Von Ralf Isau sind bei Bastei Lübbe Taschenbücher erschienen:

15 234 Der Silberne Sinn
15 318 Der Kreis der Dämmerung – Band 1
15 319 Der Kreis der Dämmerung – Band 2

Über den Autor:

Ralf Isau wurde 1956 in Berlin geboren. Er arbeitete zunächst als Organisationsprogrammierer, Computer-Verkäufer, Systemanalytiker, Niederlassungsleiter eines Software-Hauses, Projektmanager und seit 1996 als selbständiger EDV-Berater. Zu dieser Zeit hatte er bereits ein Kinderbuch und drei Romane veröffentlicht.

Zum Schreiben ist er 1988 gekommen, als er mit der Arbeit an der inzwischen legendären »Neschan«-Trilogie begann. 1992 überreichte er Michael Ende anlässlich einer Lesung ein kleines, selbstgebundenes Märchenbuch, das er für seine Tochter geschrieben hatte. Ende empfahl ihn dem Thienemann Verlag, wo Ralf Isau über ein Dutzend Romane für jüngere und ältere Leser veröffentlichte, die in zwölf Sprachen übersetzt und mit mehreren Preisen ausgezeichnet worden sind. Mit Romanen wie »Der silberne Sinn« (2003) und »Der Herr der Unruhe« (2004) gelang Ralf Isau der Schritt über das Jugendbuch hinaus in die Erwachsenenliteratur.

RALF ISAU

DER KREIS DER DÄMMERUNG

Roman

Teil 3: Der weiße Wanderer

BASTEI LÜBBE TASCHENBUCH
Band 15 320

1. Auflage: Juli 2005

Vollständige Taschenbuchausgabe

Bastei Lübbe Taschenbücher in der Verlagsgruppe Lübbe

© 2001 by Thienemann Verlag GmbH, Stuttgart / Wien
Lizenzausgabe: Verlagsgruppe Lübbe GmbH & Co.KG,
Bergisch Gladbach
Titelbild: Peter Gric
Umschlaggestaltung: Bianca Sebastian
Satz: KCS GmbH, Buchholz/Hamburg
Druck und Verarbeitung: Nørhaven Paperback A.S., Viborg
Printed in Denmark
ISBN: 3-404-15320-0

Sie finden uns im Internet unter
www.luebbe.de

Der Preis dieses Bandes versteht sich einschließlich
der gesetzlichen Mehrwertsteuer.

Die Verzweiflung schickt uns Gott nicht, um uns zu töten, er schickt sie uns, um ein neues Leben in uns zu wecken.
HERMANN HESSE

SECHSTES BUCH
Jahre der Einsamkeit

Der Einsame ist nur ein Schatten eines Menschen.
GEORGE SAND

Die Große Seele

Der Situation haftete etwas Unwirkliches an. Kein Romancier, dem etwas an seiner Glaubwürdigkeit lag, hätte die Szene in dieser Weise zu Papier gebracht. Und trotzdem trug sich alles genau so zu.

Der kleine braune Mann, der nur mit einem selbst gewebten Tuch bekleidet war und die Arme gerade zum traditionellen Segensgruß erhoben hatte, reagierte erstaunlich gefasst. Die Augen hinter den runden Brillengläsern Bapus, des »kleinen Vaters«, verrieten keine Furcht, ja nicht einmal Erstaunen. Da war nur Bedauern wie über eine verpasste Chance, vielleicht sogar Mitleid mit dem jungen Mann, der sich ihm in den Weg gestellt hatte.

Aber auch dessen Verhalten entsprach nicht unbedingt den in der Literatur vorgegebenen Klischees. Anstatt Hass zeigte er Respekt. Er wünschte dem fast Achtzigjährigen alles Gute und verbeugte sich ehrfürchtig. An der ganzen Szene störte eigentlich nur der Revolver zwischen dem kleinen Mann und dem höflichen Attentäter.

Das Haus in Faridabad bot einen erbärmlichen Anblick. Der Verputz war großflächig abgefallen. Braungelbe Lehmziegel stachen hervor, die sich ebenfalls in einem fortgeschrittenen Stadium der Auflösung befanden. Das Gebäude mit den leeren Fensterhöhlen und dem Flachdach schien verlassen zu sein. Vielleicht hatte Gandhi sich geirrt. Zwar wogen dessen Vertraute jedes seiner Worte mit Gold auf, aber unfehlbar war der Mahatma – »Er, dessen Seele groß ist« – auch nicht.

Ja, bis zu diesem 30. Januar 1948 hatten die Menschen ihm viele Ehrennamen verliehen. Seine engsten Freunde, für die Mohandas Karamchand Gandhi einfach Bapu war, würden ihren »kleinen Vater« natürlich nie absichtlich täuschen, aber glühende Bewunderung und Scharfblick gleichen oft Feuer und Wasser: Das eine schließt das andere aus. Und wo es an Besonnenheit mangelt, kann man leicht etwas Wichtiges übersehen. Die einzige Konstante in diesen bewegten Zeiten schien ohnehin der stete Wechsel zu sein.

Während David unter der brütenden Sonne zu dem schäbigen Haus hinüberspähte, wanderten seine Gedanken zurück. Bewegte Tage und Wochen lagen hinter ihm. Vor erst vierundzwanzig Monaten, im Januar 1946, hatte er Japan verlassen. Nach einer kurzen Stippvisite in New York war er im Auftrag seines Freundes Henry Luce als Prozessbeobachter nach Nürnberg gereist. Das internationale Militärtribunal hatte mit einstigen Nazigrößen abgerechnet. Auch mit Franz von Papen, ein für David allerdings noch nicht abgeschlossenes Kapitel. Dem war eine wochenlange Odyssee quer durch Europa gefolgt, die ihn schließlich hierher, nach Indien, geführt hatte. Bis zum gegenwärtigen Zeitpunkt hatte er nur zwei Mitglieder aus dem Kreis der Dämmerung ausschalten können. Damit blieben, neben Lord Belial, noch neun! Und Davids einhundertjähriges Lebensmaß war beinahe zur Hälfte ausgeschöpft. Nein, er hatte dieser – zugegeben – vagen Hoffnung einfach nachgehen müssen. Gandhi kannte die Höhen und Tiefen des Daseins und die Abgründe der menschlichen Seele. Als Verfechter der Idee der Gewaltlosigkeit musste er Lord Belial und seinem Geheimbund ein Dorn im Auge sein. Vielleicht, so hatte David sich gedacht, konnte ihn der Mahatma in seinem Kampf gegen den Kreis der Dämmerung unterstützen. Im Augenblick kam ihm dieser Gedanke allerdings ungemein selbstsüchtig vor.

Gandhi war nicht gerade darauf erpicht gewesen, sich noch weitere Sorgen aufzuladen. Er hatte in den vergangenen zwölf Monaten selbst einen zermürbenden Kampf geführt und war schließlich gescheitert. Moslems, Sikhs und Hindus wollten sich lieber gegenseitig zerfleischen, als seine Vision von einem geeinten Indien wahr werden zu lassen. Zweimal war er in Hungerstreik getreten und hatte damit die zerstrittenen Parteien wieder zum Frieden gezwungen. Wer wollte es dem Mahatma verübeln, wenn ihm der Wohnort eines kleinen Wadenbeißers wie Raja Mehta nicht gewärtig war?

»Sieht ziemlich verlassen aus, oder was meinst du?«

Die Frage galt Balu Dreibein an Davids Seite. Der kleine Inder trug Pumphosen und ein langes Hemd aus feinem weißem Leinen, eine graubraune Weste sowie einen hellgelben Turban. Unzufrieden stieß der alte Mann seinen Stock in den Boden und eine kleine Staubwolke stob auf. »Wenn wir nicht nachschauen, werden wir's nie herausfinden, Sahib.«

»Ich hätte eher erwartet, dass du mich warnst.« David ahmte die Redeweise des alten Freundes nach: »›Zu gefährlich, Sahib.‹ Früher hörte sich so jeder dritte Satz aus deinem Mund an. Du hast dich ziemlich verändert, seit du nicht mehr mein Leibwächter bist, Balu.«

Baluswami Bhavabhuti grinste schief. »Das liegt an der Erfahrung, die man im Laufe des Lebens gewinnt. Nur noch ein paar Jahre und ich werde achtzig.«

»Was sind schon achtzig Jahre im Verhältnis zu den vielen Leben, die der stolze Tiger von Meghalaya bereits hinter sich gebracht hat?«

Der drahtige Hindu mit dem Holzbein gab sich beleidigt. »Willst du etwa meinen Glauben an die Reinkarnation infrage stellen? Ich hätte besser bei Bapu bleiben und *ihn* beschützen sollen.«

»Ehrlich gesagt, wäre mir das sogar lieber gewesen. Immerhin haben wir es hier vielleicht mit einem brutalen Handlanger Belials zu tun und du bist nun wirklich nicht mehr der Jüngste, mein Guter. Ich würde es mir nie verzeihen, wenn dir etwas zustieße.«

»Ich werde mindestens einhundertdreiunddreißig Jahre, bin demnach also jetzt gerade im besten Alter und kann ganz gut auf mich aufpassen.«

»Soweit ich mich erinnere, war es der Mahatma, der sich diese Lebensspanne vorgenommen hatte.«

»Wenn du Bapu nicht verraten hättest, dass ich drei Jahre jünger bin als er, wäre er weiter bei seinen hundertfünfundzwanzig Jahren geblieben. Aber so ...«

David seufzte. Balu Dreibein war auf seine alten Tage ein wenig schrullig geworden. »Lass es gut sein, mein Freund. Du kannst mir ja helfen, nur musst du mir versprechen, vorsichtig zu sein.«

Balu grinste von einem Ohr zum anderen. »Das war ich doch schon immer, Sahib. Und nun lass uns endlich diesen Schakal aus seinem Versteck locken und ihm das Fell über die Ohren ziehen. Für Fanatiker habe ich noch nie viel übrig gehabt, egal ob sie vorgeben, Allah, Wischnu oder meinetwegen sogar den Teufel anzubeten.«

David sah seinen Freund verwundert an. Für einen Vertrauten Gandhis, jenes Propheten der Gewaltlosigkeit, gebärdete sich der graue Tiger von Meghalaya erstaunlich angriffslustig. Vielleicht stimmte ja, dass die zerstrittenen Parteien des Landes das Herz der Großen Seele gebrochen hatten. Balu schien jedenfalls fest entschlossen, es jedem heimzuzahlen, der an dieser Tragödie eine Mitschuld trug.

Missmutig wandte David seinen Blick von dem energischen Alten ab und widmete sich der näheren Umgebung. Die Straße war kaum mehr als ein in der Sonne glühender Trampelpfad. Auf der anderen Seite, fünf oder sechs Häuser weiter, saßen im Schatten eines Balkons zwei vielleicht zehn- oder elfjährige Jungen und äugten neugierig herüber.

– 13 –

»Also gut«, brummte David. »Du gehst am besten um das Haus herum und zeigst dort Flagge. Dann kann sich Mehta nicht einfach nach hintenraus verdrücken. Ich zähle langsam bis dreißig und werde dann hier vorne in Aktion treten. Alles klar?«

Baluswami Bhavabhuti nickte, fasste den Gehstock fester, als hätte er es mit einer tödlichen Waffe zu tun, und machte sich von dannen.

Als David – mit Rücksicht auf Balus Holzbein – bis vierzig gezählt hatte, ging er festen Schrittes auf das baufällige Haus zu. Mit der Faust klopfte er drei-, viermal gegen die verwitterte Holztür, die gefährlich schief in den Angeln hing und auf die rüde Behandlung hin ächzend protestierte. »Ist da jemand?«

Die beiden Jungen auf der anderen Straßenseite reckten die Hälse. Im Haus blieb es still.

David klopfte erneut, wieder ohne Erfolg. Er überlegte, ob er Raja Mehtas Namen rufen sollte, aber ein vermeintlicher Freiheitskämpfer mochte sich dadurch in seiner Anonymität verletzt fühlen. Und wenn er wirklich mit dem Kreis der Dämmerung in Verbindung stand ...

Ganz auf seine Sekundenprophetie konzentriert, klopfte David weiter. Niemand sollte ihn überraschend angreifen können. Im Augenblick allerdings bestand nur die Gefahr, dass das Gebäude über ihm zusammenbrach. Einmal mehr rief David, in Ermangelung besserer Alternativen, in der Sprache der ehemaligen Kolonialherren: »Hallo, ist denn niemand zu Hause?«

Plötzlich drang ein dumpfes Krachen durch die windschiefe Tür, gefolgt von lauten Stimmen. David erkannte mit Schrecken, aus welcher Richtung das Getöse kam. Nicht er wurde angegriffen, sondern sein Freund! Er unterdrückte ein Fluchen und rannte zur Südseite des Gebäudes.

Der hagere Inder steckte in einer dicken Staubwolke und war in ein lebhaftes Handgemenge verwickelt. Balus Gegner zappelte, biss und fluchte, um sich aus den Fängen des Tigers von Meghalaya zu befreien. Da ein baldiges Ende des Zweikampfes nicht abzusehen war, schaltete sich David vorsorglich in das staubige Geschehen ein.

Mit einer für sein Alter ungewöhnlichen Behändigkeit warf er sich zwischen die beiden Kontrahenten. Seit den Kindheitstagen, als er in die Geheimnisse der japanischen Kampfkünste eingeweiht worden war, hatte er sich eine katzenhafte Geschmeidigkeit bewahrt. Im Grunde verabscheute David jede Art der Gewaltanwendung, doch hin und wieder hatten ihm seine Gegner keine andere Wahl gelassen – und es bitter bereut. Dementsprechend gewandt packte er die beißende und kratzende junge Frau am Kragen und löste sie von dem holzbeinigen Tiger.

»Seit wann verprügelst du Mädchen?«, fragte David seinen am Boden sitzenden Freund.

Balu klopfte sich den Schmutz von den Kleidern und linste zu dem zappelnden Wesen an Davids Arm hoch. »Bist du sicher, dass das ein Weib ist, Sahib?«

David warf einen Blick auf das schmutzige Häuflein Mensch. Seine Gefangene war nur wenig größer als Balu, aber ebenso dünn. Dennoch ließen sich neben den langen schwarzen Haaren noch andere weibliche Attribute ausmachen. »Etwas zu rundliche Formen für einen Knaben«, erwiderte er knapp und schüttelte seine Beute kräftig durch. »Wirst du endlich still halten! Dann gebe ich dich auch frei und muss dir nicht wehtun.«

Der Widerstand der jungen Frau erlahmte. Als David sie daraufhin losließ, warf sie ihm einige unverständliche Worte an den Kopf, spuckte ihm ins Gesicht und rannte davon. Sie kam nicht weit. Balu hatte seinen Stock über dem Kopf geschwungen und ihn wie eine Streitkeule der Fliehenden hinterhergeschleudert. Der elfenbeinerne Knauf traf sie am Hinterkopf. Die Frau sackte mit verdrehten Augen zu Boden.

»Sie spricht ein sehr rohes Hindi«, bemerkte Balu seelenruhig.

David sah den alten Mann verblüfft an, während er sich mit einem Taschentuch den Speichel von der Wange wischte. »Wie hast du das nur gemacht?«

»In einem meiner früheren Leben musste ich für einen Maharadscha ...«

»Schon gut«, unterbrach David den Freund. »Und was hat sie gesagt?«

Balu Dreibein wirkte mit einem Mal etwas verlegen. »Nichts, das ein Mädchen in den Mund nehmen sollte.«

»Du übertreibst.«

»Dann findest du es also angemessen, wenn sie dich einen ›englischen Bastard‹ schimpft, der ohne Zweifel einem Kuhfladen entstiegen sei, in dem er besser geblieben wäre, weil er nur der Sohn einer dreckigen ...«

»Es reicht! Ich kann mir in etwa vorstellen, wie es weitergeht. Sieh doch mal, ob wir im Auto noch einen Rest Wasser übrig haben.«

»Eine gute Idee, Sahib. So ein kleiner Kampf kann ganz schön durstig machen.«

»Das Wasser ist für *sie* gedacht.« David deutete mit dem Kopf auf die am Boden Liegende.

»Seit wann gibt man einer Schlange etwas zu trinken, Sahib?«

Davids Miene war ernst geworden. »Ich habe auf dem Markt in Delhi gut aufgepasst, mein Guter. Die Schlangenbeschwörer behandeln ihre schlanken Tierchen aufmerksamer als manch anderer die Angebetete. Warum tun sie das wohl? Etwa aus Liebe?«

»Wohl eher, weil ihre Kobras ihnen nützlich sind, Sahib.«

»Siehst du.« David zeigte auf die junge Frau im Staub. »Und diese da wird uns womöglich auch noch von Nutzen sein. Also, bitte, geh und hol Wasser.«

»Ich bin fünfundsiebzig Jahre alt, ein geachteter Mann und kein *Fan-wallah*, Sahib!«

»Kein *was*?«

»Kein Lakai, kein Ventilatordreher, der den feinen Herrschaften frische Luft zubläst.«

»Es geht hier um *Wasser*, Balu, nicht um Luft. Und ich bitte dich als Freund, nicht als dein Herr.«

Balu schnaubte etwas, das gut eine Verwünschung auf Hindi oder Urdu hätte sein können, und machte sich verdrießlich daran, Davids Wunsch zu erfüllen. Der seufzte nur und blickte dem alten Kämpen kopfschüttelnd hinterher – das Selbstbewusstsein seines einstigen Leibwächters war in den letzten Jahrzehnten stark gewachsen.

Dann wandte sich David wieder dem Mädchen zu. Sie lag reglos im Staub. Ein seltsamer Gedanke kam ihm in den Sinn. *Sie könnte gut meine Tochter sein!* Und: *Hoffentlich hat Balus Keule sie nicht umgebracht.*

Von plötzlicher Sorge getrieben, machte er sich an die Untersuchung des bewusstlosen Mädchens. Er richtete sie in eine sitzende Position auf und seine Finger durchforsteten den Dschungel ihres zerzausten Haarschopfes. Es fand sich zwar eine schnell anschwellende Beule, aber die Haut war nicht aufgeplatzt, aus der Nase der Patientin trat keine helle Flüssigkeit und ihre Augen waren nicht blutunterlaufen – also kein Schädelbruch. David erlaubte sich ein erstes Aufatmen. Eine ansehnliche Beule sowie dröhnende Kopfschmerzen würden die Kleine noch eine Weile an diesen Tag erinnern, doch weitere Blessuren schien sie nicht davongetragen zu haben.

Langsam ließ er den Kopf des Mädchens gegen seine Brust sinken und strich sanft die staubigen Haare aus dem jungen Gesicht. Wenn man sich die dicke Schmutzschicht darauf wegdachte, konnte sie höchstens achtzehn sein – wahrscheinlich sogar erst sechzehn.

Plötzlich öffnete die Kleine die Augen.

»Wie schön! Du bist wieder wach«, sagte David leise.

Seine Stimme – vielleicht auch die Berührung seiner Finger – zeigte Wirkung. Das Mädchen runzelte die Stirn und musterte ihn prüfend. Aber sie spuckte nicht mehr.

»Mein Name ist David Pratt«, sagte er freundlich und legte sich die flache Hand auf die Brust. Dann deutete er auf die Wiedererwachte. »Und wer bist du?«

Das Mädchen bewegte die aufgesprungenen Lippen, aber es dauerte eine Weile, bis endlich ein einzelnes Wort hervorkam. »Abhitha.«

David lächelte, doch bevor er noch etwas sagen konnte, verdunkelte ein Schatten die am Boden Kauernden.

»Die Schlange ist wieder aus ihrem Korb gekrochen«, sagte eine abschätzig klingende Stimme. »Dann können wir sie ja jetzt ertränken.«

Davids Blick glitt an den drei Beinen nach oben, bis die Sonne ihm die Sicht nahm und ihn blinzeln ließ. »Ich glaube, sie ist gar nicht so giftig, wie du glaubst, Balu. Bitte frage Abhitha, ob sie allein in dem Haus wohnt.«

Der kleine Inder tat ihm den Gefallen, wenn auch auf eine etwas ruppige Art. Das Mädchen gab eine kurze Antwort in Hindi.

»Sie sagt, sie wohne gar nicht hier.«

»Und was hat sie dann in dem Haus zu suchen gehabt?«

»›Ich bin ein Straßenkind‹«, übersetzte Balu die Antwort Abhithas.

»Und was will sie damit sagen?«

Balu zuckte die Schultern. »In Indien haben die Familien viele Köpfe. Der Schopf eines Jungen wird allerdings wesentlich lieber gesehen als der eines Mädchens. Ein neugeborenes Mädchen wird oft einfach ertränkt oder lebendig begraben – je nach Religion der Eltern. Manchmal verstümmelt man die überflüssigen Kinder auch und schickt sie zum Betteln auf die Straße. Die Kleine da scheint noch Glück gehabt zu haben. Ihr fehlt nur ein Dach über dem Kopf.«

David nickte. »Und deshalb hat sie sich ein leer stehendes Haus gesucht. Frage sie bitte, ob es so gewesen ist.«

Abhitha bestätigte die Vermutung. Auf Davids weitere Fragen hin erklärte sie, dass sie nicht wisse, wer vorher in dem halb verfallenen Gebäude gewohnt habe. Sie lebe erst seit einigen Wochen in dieser Gegend und während dieser Zeit habe sich außer ihr niemand in dem Haus aufgehalten.

Die nächste Bemerkung des Mädchens ließ Balu erschrocken zurückfahren. Seine Augen waren vor Entsetzen geweitet. »Schnell, lass von ihr ab, Sahib!«, keuchte er.

David wurde aus der seltsamen Reaktion seines Freundes nicht recht schlau. »Weshalb? Was hat sie denn gesagt?«

Balu wich weiter zurück, die Hände wie zur Abwehr des Bösen erhoben. »Aussatz!«, hauchte er. »Man erzählt sich im Viertel, das Gesicht eines der früheren Hausbewohner habe sich in das einer Raubkatze verwandelt. Andere sagen, der Aussatz habe alle Menschen aus dem Gebäude vertrieben.«

Faridabad lag ungefähr fünfzehn Meilen südöstlich von Neu-Delhi. Eine für indische Verhältnisse gut ausgebaute Straße ließ die schwere englische Limousine zügig vorankommen. Am Steuer saß David, daneben Baluswami Bhavabhuti, den Wurfstock zwischen den Beinen und seinem Fahrer alle drei Meilen wegen der dritten Person im Fond Vorhaltungen machend.

Der Austin stammte übrigens aus dem Fuhrpark des britischen Generalgouverneurs. Diese nicht unbedingt alltägliche Leihgabe hatte David Lady Edwina Mountbatten zu verdanken, einer glühenden Verehrerin Gandhis. Lord Louis Mountbatten – der vormalige Vizekönig von Indien und seit der Unabhängigkeit des Landes im letzten August dessen Generalgouverneur – und seine Gemahlin pflegten gute Kontakte zu Mahatma Gandhi und hatten bei einem ihrer Besuche auch den freien Mitarbeiter des *Time*-Magazins David Pratt kennen und schätzen gelernt. Vor allem die beharrliche Fürsprache von Lady Edwina hatte David während seines Aufenthaltes in Delhi manche Annehmlichkeit verschafft.

Dabei befand er sich erst seit wenigen Tagen in der nordindischen Stadt. Er erinnerte sich noch genau an jenen Abend des 17. Januar, kurz nach seiner Ankunft in Delhi, als er Gandhi zum ersten Mal begegnet war. Der zerbrechlich wirkende Mann hatte gerade wieder einmal ein mehrtägiges »Todesfasten« hinter sich. So nannte der Führer der indischen Unabhängigkeitsbewegung seine persönlichen Protestaktionen gegen die blutigen Auseinandersetzungen zwischen Hindus, Moslems und Sikhs. Diese Rücksichtslosigkeit gegen den eigenen Körper war die einzige Form von »Gewaltanwendung«, die er tolerierte. Schon oft hatte er sein Leben riskiert und damit mehr erreicht als durch den Einsatz ganzer Armeen. Diese Art der Auseinandersetzung schien allerdings nur für ein Land wie Indien geeignet zu sein, in dem Politik und Religion so eng miteinander verwoben waren, dass selbst die unerbittlichsten Moslemführer einen von allen geliebten Hinduprediger nicht einfach sterben lassen konnten.

Aber nach dem letzten Fasten war Gandhi nur noch ein Schatten seiner selbst. Auf sechsundneunzig Pfund abgemagert, konnte er sich ohne fremde Hilfe nicht mehr aufrichten, als Balu ihm seinen »englischen Sahib« vorstellte. Drei Tage später versuchte ein fanatischer junger Hindu dem »kleinen Vater« die Idee auszureden, mit Moslems sei gut auszukommen. Für seine Überzeugungsarbeit bediente sich der Besucher einer Bombe. Glücklicherweise hatte David das Unglück vorausgesehen und damit ernsthaften Schaden vom *Birla House* und seinem verehrten Bewohner abgewendet.

Seit diesem Tag durfte David fast täglich – meist in Gegenwart von Balu Dreibein – mit dem weisen alten Mann sprechen. Gandhi erholte sich nur langsam von Hungerstreik und Bombenschreck. Sogar jetzt, nach einer Woche, musste er seine Arme immer noch auf die Schultern seiner beiden Nichten Manu und Abha stützen, wollte er zum Abendgebet vor die alte Villa treten. Dort erwarteten ihn Hindus, Moslems, Sikhs, alle friedlich vereint. Er mochte seine Kinder nicht enttäuschen. Selbst einem Christen wie David begegnete er mit erfrischender Unbefangenheit.

»Der Kreis der Dämmerung steht für alle Übel dieser Welt, Mr Gandhi. Es ist meine Bestimmung, ihn zu bekämpfen, und ehrlich gesagt, sind Sie mir von Balu als ein Mann beschrieben worden, der dafür das größte Verständnis haben müsste.« David hatte dem Mahatma reinen Wein eingeschenkt und wartete nun gespannt auf dessen Reaktion.

»Balu.« Gandhi wiederholte diesen Namen wie den eines geliebten Enkelkindes, während er Baluswami Bhavabhuti einen unergründlichen Blick widmete. Dann wandte er sich wieder David zu und erwiderte mit seiner leisen Stimme: »Er ist ein alter Mann. Sie dürfen nicht jedes seiner Worte auf die Goldwaage legen.«

»Aber immerhin drei Jahre jünger als Sie, Mr Gandhi, und ich meine beobachtet zu haben, dass *jedes* Ihrer Worte von Ihren Schülern mit Gold aufgewogen wird.«

Der Kopf des kleinen braunen Mannes schnellte nach links und ein Anflug von Unwillen huschte über sein Gesicht. »Drei Jahre jünger? Das hast du mir nie verraten, Baluji.«

Baluswami Bhavabhutis Augen funkelten erbost in Davids Richtung, bevor er dem Mahatma mit sanfter Stimme antwortete: »Du hast mich nie danach gefragt, Bapuji.«

Gandhi schürzte die Lippen und sein grauer Schnurrbart sträubte sich wie bei einem Walross. Er lachte. »Da hast du Recht.« Sich wieder seinem englischen Besucher zuwendend, erklärte er dann würdevoll: »An Ihrer Ehrlichkeit habe ich seit unserem ersten Gespräch übrigens keinen Moment gezweifelt, Mr Pratt. Ich glaube zu wissen, wann jemand die Wahrheit spricht, und ich muss gestehen, noch nie war ich mehr von der Aufrichtigkeit eines Menschen überzeugt.«

Mit einem Nicken bedankte sich der Wahrheitsfinder für das Kompliment, blieb in der Sache selbst jedoch hartnäckig. »Wenn Sie nicht an meinen Worten zweifeln, kann ich dann auf Ihre Unterstützung hoffen?«

Der alte Mann lächelte schwach. »Lassen Sie es mich einmal so sagen, mein Freund. Nach einer Woche des Herumdrucksens haben Sie mir heute die Geschichte von diesem Lord Belial und seinen elf Logenbrüdern aufgetischt, der Verkörperung ›aller Übel dieser Welt‹, wie Sie es ausdrückten. Ihre christliche Erziehung zwingt Sie regelrecht zu dieser Einschätzung. Sie glauben ja auch an einen persönlichen Gott, der in sich alle guten Eigenschaften vereint. Dank meiner Mutter bin dagegen ich mit einem hinduistischen Weltbild aufgewachsen. Wir haben so ungefähr dreihundertdreißig Millionen Götter – sehen Sie es mir bitte nach, aber die aktuelle Zahl ist mir gerade nicht präsent. Die Buddhisten, daran dürften Sie sich noch aus Japan erinnern, glauben überhaupt nicht an einen persönlichen Gott, sondern an die Erleuchtung, die aus einem Weg der vollkommenen Rechtschaffenheit und Weisheit erwächst. Wenn damit also das göttliche Gute aus dem Menschen selbst entspringt, dann wohl auch das teuflische Böse.«

Ghandi nahm einen Schluck heißes Wasser und wickelte sich fester in seinen großen weißen Schal. Der Monolog hatte ihn sehr angestrengt, aber der Mahatma schien an dem Thema Gefallen zu finden, denn fröhlich fügte er hinzu: »Ich hoffe, Sie halten mich nicht für eitel, mein Sohn, wenn ich Ihnen verrate, dass ich lange über die größten Plagen dieser Welt nachgedacht und schließlich sogar eine Liste der ›Sieben Weltübel‹ erstellt habe. Das sind meiner Meinung nach Wohlstand ohne Arbeit, Vergnügen ohne Gewissen, Wissen ohne Charakter, Handel ohne Moral, Wissenschaft ohne Menschlichkeit, Gottesdienst ohne Opfer und Politik ohne Grundsätze. All das, was Sie mir über Ihren so genannten Kreis der Dämmerung und dessen Wirken erzählt haben, spiegelt sich in diesen sieben Übeln wider.«

»Ich bin nicht gekommen, um mit Ihnen über Religion zu diskutieren, Mr Gandhi. So Leid es mir tut«, antwortete David, langsam ungeduldig werdend. »Aber eines kann ich Ihnen versichern: Seit über dreißig Jahren jage ich nun schon die Mitglieder dieses Zirkels und der Geheimbund jagt mich. Bei all dem geht es nicht um ein universelles Prinzip wie das allgemeine Böse, dem wir alle unterworfen wären. Zugegeben, in den meisten Fällen hört einfach die Lebensuhr auf zu schlagen, manchmal fordern auch Zeit und Umstände ihren Tribut, aber viel zu oft ist es ein konkreter boshafter Geist, der zum buchstäblichen Täter wird. Der vielleicht schlimmste Mörder überhaupt hat mit seinen Schergen meine Eltern, meinen Großonkel, meine besten Freunde und zuletzt auch noch meine geliebte Frau umgebracht ... « David geriet ins Stocken. Bei dem Gedanken an Rebekka musste er schlucken. Schließlich sagte er ruhiger, aber mit aller Eindringlichkeit, die ihm zu Gebote stand: »Es gibt diese Verschwörergruppe, Mr Gandhi, und es gibt den Jahrhundertplan. Viel zu viel von dem, was mein Vater in seinem Vermächtnis niedergeschrieben hat, ist schon Wirklichkeit geworden. Wenn Sie bedenken, mit welcher unsagbaren Grausamkeit allein in Ihrem Land Männer, Frauen, selbst kleine Kinder niedergemetzelt wurden und werden, sogar jetzt noch, nach einem halben Jahr der Unabhängigkeit, dann können Sie Ihre Augen doch vor dieser Wahrheit nicht verschließen.«

Der Mahatma sah David durch seine runde Nickelbrille lange nachdenklich an, bevor er leise sagte: »Ich höre da viel Bitterkeit aus Ihren Worten sprechen, junger Freund.«

David schlug die Augen nieder. »Das will ich nicht abstreiten. Könnten Sie an meiner Seele lecken, Sie würden sich zweifellos vergiften.«

»Bitte, glauben Sie mir, ich fühle mit Ihnen. Auch ich liebe meine Angehörigen. Mit Kasturba wurde ich schon im zarten Alter von dreizehn verheiratet, aber bis sie mir vor vier Jahren vorausging, war unser Verhältnis gewiss inniger als manche der leidenschaftlichen, aber doch so kurzen Beziehungen, die neuerdings in Europa und Amerika in Mode zu kommen scheinen.«

»Ich habe Rebekka leidenschaftlich *und* innig geliebt. Nein, ich tue es immer noch.«

»Dessen bin ich mir sicher«, erwiderte Gandhi und legte David, der wie der Mahatma auf einer Matte am Boden saß, die Hand auf den Arm. »Woran, glauben Sie denn, könnte man ein Mitglied dieses ominösen Geheimbundes erkennen?«

David versteifte sich. Hatte er sich verhört? Beim Gedanken an Rebekka war sein Blick betrübt zu Boden geglitten, aber jetzt sah er überrascht auf. »Der Mann, den ich suche, spielt höchstwahrscheinlich eine bedeutende Rolle in dem Konflikt, der Ihr Land in den letzten Monaten erschüttert hat. Trotz seiner Schlüsselstellung schaltet und waltet er eher aus dem Hintergrund heraus. Nur in einem Fall hat bisher ein Mitglied des Kreises der Dämmerung eine exponierte Position in der Politik eingenommen. Ein anderer Vertreter der Gruppe war der Kopf einer Geheimgesellschaft, zu deren Spezialitäten Attentate auf bedeutende Persönlichkeiten gehörten. Das entspricht auch mehr der Strategie von Belials Bruderschaft: destabilisieren, Unruhe schaffen ...«

»Die Folgen dieser Taktik sehe ich überall in meinem Land«, murmelte Gandhi vor sich hin, um dann an David gewandt fortzufahren: »Vielleicht kann ich Ihnen doch helfen, mein Sohn. Geben Sie mir nur ein paar Tage Zeit.«

Und die Große Seele hatte wie ein geduldiger Fischer ihr Netz ausgeworfen. Fünf Tage später, am vorhergehenden Abend also, war schließlich ein viel versprechender Fang eingeholt worden. In dem spartanisch eingerichteten Raum im *Birla House* hatten sich David, Balu sowie zwei weitere Personen um den noch immer sehr schwachen »kleinen Vater« geschart.

Zunächst gab es da Manu, die Nichte des Mahatma. Sie wachte wie eine Glucke über das Wohlbefinden ihres Onkels und achtete streng darauf, dass nichts und niemand ihren Bapuji überanstrengte. Das für David neue Gesicht in der abendlichen Runde war Jawaharlal Nehru, besser bekannt unter dem Namen Pandit. Nicht nur ein enger Freund und langjähriger Weggefährte des Mahatma, sondern auch dessen Nachfolger auf dem Präsidentenstuhl des Indian National Congress. Außerdem bekleidete der Politiker seit knapp sechs Monaten das Amt des indischen Premierministers.

In Gandhis Nähe spielten Förmlichkeiten oder Standesunterschiede jedoch bestenfalls eine untergeordnete Rolle. Seine Besucher vergaßen – von seltenen Ausnahmen abgesehen – für kurze Zeit ihre gesellschaftliche Stellung und waren nur noch Freund oder Bewunderer dieses bescheidenen Mannes.

»Ich entsinne mich da eines gewissen Raja Mehta«, berichtete der Mahatma vergnügt, und als Balu ihm einen strengen Blick zuwarf, präzisierte er: »Mein Erinnerungsvermögen ist durch einen guten Freund aufgefrischt worden. Raja ist ein verirrter Sohn Mohammeds.«

David runzelte fragend die Stirn.

»Ihr Engländer würdet ihn einen fanatischen Moslem nennen«, setzte Pandit hinzu.

An Nehru und den Mahatma gleichermaßen gewandt, fragte David: »Dann glauben Sie also, dieser Raja Mehta sei kein Einzelgänger, sondern ein Erfüllungsgehilfe einer grauen Eminenz?«

Die Frage wirkte auf die indischen Anwesenden augenscheinlich erheiternd. Gandhi antwortete fröhlich: »Sie befinden sich hier im Land der Gurus, der Sikh-Meister und vieler anderer Heiliger. Mehta ist noch jung und begeisterungsfähig, höchstens fünfundzwanzig Jahre alt. Glauben Sie mir, er *ist* ein Mitläufer. Und ich bin mir sicher, er dient nicht dem Quaid-I-Azam in Karachi, dem ›großen Führer‹, wie Sie ihn nennen würden. Nein, Mohammed Ali Jinnaah hat die blutigen Unruhen im Fünfstromland immer verurteilt. Mehta gehorcht einem anderen Herrn, jemandem, der ganz eigene Ziele verfolgt, dessen Interessen vielleicht nur zufällig und für eine gewisse Zeit mit denen der Lenker Pakistans übereinstimmen.«

»Gerade solch einen Mann suche ich. Ich würde mich gerne einmal mit Raja Mehta über seinen Guru unterhalten.«

David blickte verdrießlich durch die schmutzige Windschutzscheibe auf die Straße hinaus. Mehr als ein staubiges Straßenkind auf dem Rücksitz schien die Suche bisher nicht eingebracht zu haben. Entweder war Mehta gewarnt worden oder …

»Ich spreche kein Hindi, Balu. Was bedeutet eigentlich *Kushtha?*«

Der Inder spielte mit dem Stock zwischen seinen Knien. Er warf einen kurzen, unwirschen Blick über die Schulter, den Abhitha schweigend und durchaus feindselig erwiderte, dann antwortete er: »Das ist der Name für Aussatz in Sanskrit. Wörtlich übersetzt bedeutet es ›zerfressen‹! Ich könnte es dir kaum verzeihen, würden meine Glieder vom Aussatz *zerfressen*, Sahib.«

»Deine Glieder werden höchstens von Holzwürmern

angenagt«, antwortete David knapp. Bei dem Gedanken an die Lepra schauderte ihn. Mit dem Heer Alexanders des Großen war die Krankheit aus Indien nach Europa gekommen und dort als Aussatz bekannt geworden.

Balu schwieg für eine Weile. Bei Meile zwölf murrte er: »Bapu hat wirklich genug Probleme am Hals. Du solltest ihm nicht auch noch die Verantwortung für dieses Straßenkind aufbürden, Sahib.«

»Er muss ja Abhitha nicht gleich adoptieren. Aber ich weiß, wie viel Gutes er schon für die Menschen getan hat. Er braucht nur ein Wort in das richtige Ohr zu sagen und das Mädchen wird wenigstens eine Chance bekommen. Es ist sowieso schon ein Wunder, dass sie auf der Straße so lange überleben konnte.«

Für einige Minuten kehrte wieder Schweigen ein.

Es war kurz nach fünf Uhr nachmittags und *Birla House*, der derzeitige Wohnsitz Mahatma Gandhis, würde bald in Sicht kommen, als sich Balus mahnende Stimme erneut meldete. »Die Straßen werden immer belebter, Sahib! Warum fährst du wie ein Wahnsinniger?«

»Ich weiß es nicht.«

»Aber dann geh doch vom Gas!«

David schüttelte den Kopf. »Da ist so eine Unruhe in mir. Ich kann es selbst nicht recht beschreiben. Aber das Gefühl ist mir nicht unbekannt.«

»Und was sagt dein Gefühl?«

»Gefahr.« David wich einer Rikscha aus und drehte sich kurz zu Balu. »Lebensgefahr.«

»Doch nicht …?«

»Wenn ich das wüsste, mein Guter, wäre mir wohler. Bisher habe ich Ähnliches nur empfunden, wenn meine Angehörigen oder gute Freunde betroffen waren. Aber ich bin ja auch selten zuvor einem Menschen wie der Großen Seele begegnet.«

Balu klammerte sich am Haltegriff des Armaturenbretts fest und fragte: »Geht denn das nicht schneller?«

Birla House war im Vergleich zu dem früheren Domizil Gandhis in den Slums von Bombay geradezu idyllisch gelegen. Da gab es Bäume, Rosenbüsche und einen großen grünen Platz, auf dem sich die Menschen jeden Abend zur gleichen Uhrzeit versammelten, um mit dem »kleinen Vater« zu beten. So auch an diesem Tag.

Ungefähr fünfzehn Minuten nach fünf hielt David am Rande des Areals und sprang aus dem Wagen. Auf dem Platz befand sich eine von einem weißen Baldachin beschattete Plattform aus Holz, von der aus der kleine braune Mann gewöhnlich zu seinen Anhängern sprach. Aber David sah keinen Bapu, nur eine wogende Masse. Sein Angstgefühl wurde immer stärker. Er lief zu der Plattform, rascher als Balu auf seinen drei Beinen, schneller auch als Abhitha, die noch zögerte, denselben Rasen zu betreten, über den der »kleine Vater Indiens« zu wandeln pflegte.

Unsanft, wie es sonst gar nicht seine Art war, schob David die Menschen zur Seite. Vor sich glaubte er Abha zu entdecken. Gandhis Nichte bat gerade mit besänftigendem Lächeln aufgeregte Besucher zur Seite. Und da! Aus der Menge erhoben sich zwei dürre Arme. David hatte den

– 31 –

Segensgruß der Großen Seele nun schon so oft gesehen. Gerade wollte er aufatmen, als durch seinen Geist plötzlich ein Schuss gellte, gefolgt von einem zweiten und dritten – die Vorahnung des Kommenden.

Verzweiflung wollte Davids Herz zersprengen. Unter Aufbietung all seiner Kraft bahnte er sich den Weg. Die Plattform lag nun ganz dicht vor ihm. Der Schütze stand irgendwo in der Menge, war für ihn immer noch unsichtbar und damit unerreichbar. Da zerrissen drei Schüsse die fröhliche Atmosphäre und David brach zu dem Attentäter und seinem Opfer durch.

»*He Ram!*«, murmelte Gandhi, »Oh Gott!«, und keine Silbe mehr. David war es, als schwebten die letzten Worte der Großen Seele wie der besänftigende Klang einer Glocke über dem Platz. Entsetzen versiegelte für einen Augenblick die Lippen der Gläubigen und schuf eine fast gespenstische Stille. Dann waren die zwei Worte verklungen wie der Nachhall des Schusses.

Der kleine braune Mann lebte nicht mehr.

Auf dem Platz vor *Birla House* brach Chaos aus. Als den Anhängern Gandhis klar wurde, was da eben geschehen war, erhoben sich die ersten Rufe nach Vergeltung. Vergessen das Credo der Gewaltlosigkeit, das ihr Führer immer gepredigt hatte. David hatte in den letzten beiden Wochen genug von der explosiven Stimmung in Indien mitbekommen, um sich die blutigen Folgen dieses Attentats ausmalen zu können. Sollte der Mörder ein Moslem sein, würden die Hindus wieder Dörfer überfallen und die Bäuche von Frauen und Kindern aufschlitzen, Totenzüge würden durch den Punjab rollen, voller Passagiere mit durchschnittenen Kehlen oder abgeschlagenen Köpfen. Alles würde sich wiederholen.

»Der Attentäter ist ein Hindu«, raunte David in Manus Ohr, während er den leblosen Körper Gandhis untersuchte. Der Mahatma atmete nicht mehr. Drei Löcher klafften in seiner Brust. *Wenigstens hast du nicht leiden müssen, kleiner Vater.* Inzwischen war auch Balu Dreibein herangekommen und blickte erschüttert auf den blutverschmierten Schal seines Bapu. »Nun geht schon!«, verlangte David von den beiden. »Sagt den Leuten, der Mörder sei *kein* Moslem. Und schickt jemanden nach Pandit. Am besten auch gleich nach dem Generalgouverneur. Es wird ein großes Unglück geben, wenn wir nicht schnell handeln und die Lunte vom Pulverfass reißen.«

»Das große Unglück ist bereits geschehen«, antwortete die Nichte des Toten, ging dann aber doch, um Davids Anweisungen nachzukommen. Balu folgte ihr, aber ehe er sich abwandte, glaubte David ihm durch die Augen direkt auf den Grund seiner Seele blicken zu können. *Warum bin ich heute nicht hier geblieben?*, stand da in dicken Lettern geschrieben.

Kräftige Hände hatten den Attentäter festgehalten, und als David sicher war, dass er für Gandhi nichts mehr tun konnte, überließ er ihn seinen Nichten, Jüngern und Verehrern. Er brauchte einige Sekunden, um sich zu sammeln. Früher wäre er angesichts einer ähnlichen Tragödie vielleicht zusammengebrochen. Früher ...

»Wie heißt du?«, fragte er barsch den schlanken jungen Mann, dessen schwarze Augen ihn gefährlich anfunkelten.

Der Mörder antwortete nicht.

»Hat man dir die Zunge …?«

»Godse!« Die Antwort kam von unerwarteter Seite, von irgendwoher hinter David. Verwundert drehte er sich um und erblickte das Mädchen aus Faridabad.

»Abhitha?«, fragte David ungläubig. »Kennst du diesen Schurken …? Ach, du kannst mich ja nicht verstehen.«

Besagter Godse machte Anstalten, sich auf das Mädchen zu stürzen, aber dem Klammergriff seiner Bewacher konnte er sich nicht entwinden. Dafür schleuderte er giftige Blicke in Abhithas Richtung.

Plötzlich sagte das Mädchen mit versteinerter Miene und in durchaus verständlichem Englisch: »Er war in dem Haus, Sahib.«

David riss die Augen auf. »Aber ich dachte, du sprichst nur Hindi.«

»Ich habe zwei Jahre als Stubenmädchen bei einem englischen …«

»Später, Abhitha«, unterbrach sie David. »Zuerst müssen wir uns um den Revolverschützen hier kümmern. Hast du vielleicht diesen Schurken zusammen mit Raja Mehta in dem Schuppen gesehen, in dem wir dich gefunden haben?«

»In dem Aussätzigenhaus, ja. Nathuram hat sich dort oft mit Raja getroffen.«

»Nathuram Godse – ist das sein vollständiger Name?«

Abhitha nickte. Die feindseligen Blicke des Mörders erwiderte sie mit Blitzen aus ihren feurigen Augen.

»Du hast mich vorhin belogen, nicht wahr? Woher kennst du ihn?«

»Ich hatte Angst, Ihr würdet mich aus dem Haus vertreiben, Sahib. Das Viertel ist schon lange mein Zuhause. Nathuram konnte ich allerdings noch nie leiden. Er hat sich vor mir aufgeplustert wie ein Pfau. Dann hat er mir Geld geboten – er wollte mich in die Geheimnisse des Kamasutra einführen.«

David schluckte. Abhitha war ja noch ein Kind. »Du hast doch nicht …?«

»Ich habe ihn angespuckt.«

»Braves Mädchen.« David nickte. Irgendwie erleichterte ihn Abhithas Antwort. Daraufhin wandte er sich den Bewachern des liebeshungrigen Todesschützen zu und sagte streng: »Bringt ihn ins Haus.«

Die Worte des großen Engländers, der Gandhi vor der Bombe gerettet und ihm damit zehn weitere Lebenstage geschenkt hatte, stießen auf keine Widerrede: Man führte den Mörder ab.

Zu den Hintergründen der Tat waren aus Nathuram Godse nicht viel mehr als fanatische Parolen herauszubekommen. Gandhi habe die Sache der Hindus verraten, was immer diese Sache auch sein mochte. Seinetwegen sei Indien zerrissen worden – ein Witz, wenn man bedachte, wie sehr der Mahatma versucht hatte die Teilung zu verhindern. Und er sei ein Freund der Moslems – we-

– 35 –

nigstens das stimmte, war Gandhi doch niemandes Feind gewesen.

Als David – in Gegenwart von zwei stämmigen Polizisten niederen Dienstgrades – auf Raja Mehta zu sprechen kam, wurde Nathuram mit einem Mal sehr schweigsam. An den beiden Beamten konnte es nicht liegen, sie verstanden, wie David schnell festgestellt hatte, kein Wort Englisch. Er versuchte es zunächst mit mahnenden Worten, dann mit Appellen an das Gewissen des Attentäters und schließlich mit Drohungen: alles vergebens. Nathuram gewann seine Sprache nicht zurück.

»Es heißt, der Aussatz soll von Rajas Haus Besitz ergriffen haben«, erklärte David am Ende.

Nathurams Augen verrieten Furcht, aber seine Lippen blieben verschlossen.

»Du weißt doch sicher, dass diese Krankheit ansteckend ist!«

Die dunkel umschatteten Augen wurden größer.

»Bei manchen wird die Haut weiß wie Schnee. In anderen Fällen wird den Infizierten die Nase zerfressen und dann verfaulen ihnen die Glieder am lebendigen Leib. Es wäre doch bedauerlich, wenn gerade dir so etwas zustoßen sollte. Du bist noch so jung. Im Gegensatz zu mir weißhaarigem Zausel hast du noch ein ganzes Leben vor dir.«

Nathuram begann zu zittern.

»Ich bin …« David zögerte, dachte nach. »Sagen wir, so etwas wie ein Guru. Kein richtiger natürlich, aber ich kann erkennen, was in dir steckt. Möchtest du gerne erfahren, ob deine Haut weiß wie Schnee werden wird?«

– 36 –

Über das Gesicht des Attentäters liefen Schweißtropfen. Seinen Blick interpretierte David als ein entschiedenes Ja.

»Sieh her«, sagte er und legte seine Hände auf diejenigen Nathurams. Dann hob er die Arme und trat rasch zwei Schritte zurück.

Der Mörder konnte sich nur schwer von Davids bohrendem Blick losreißen, aber als er schließlich auf seine gefesselten Handgelenke hinabsah, packte ihn das nackte Grauen. Die Unterarme waren weiß wie das Salz, das sein Opfer einst am Strand von Jalalpur aufgelesen hatte.

»Aussatz!«, hauchte Nathuram entsetzt. »Ich werde sterben.«

Ja, das wirst du. »Für die heutige Tat musst du auf jeden Fall büßen, aber ich kann vielleicht dafür Sorge tragen, dass dein Körper in einem Stück aus diesem Leben scheiden wird.«

Nathuram blickte David flehend an, brachte aber die erlösenden Worte nicht über die Lippen.

»Ich will dir helfen«, bot David dem Verängstigten freundlich an. Er deutete auf Nathurams weiße Arme und sagte: »Verrate mir, wo ich Raja Mehta finde, und ich werde diesen Aussatz von dir nehmen.«

Nathuram Godse zögerte.

»Ich glaube, er breitet sich aus«, bemerkte David.

Der Mörder stierte auf seine Arme. Jetzt waren sie bereits bis unter die Hemdsärmel weiß geworden. »Er ist in Amritsar«, rief er voller Entsetzen. »Oder in der Nähe. Mehr kann ich dir nicht sagen.«

»Doch, das kannst du. Wer hat dich beauftragt, Bapu zu töten?«

Wieder blieb Nathuram stumm, aber allein das Heben von Davids Händen ließ seinen Widerstand zusammenbrechen. »Halt!«, wimmerte er. »Bitte nicht! Ich möchte nicht zerfressen werden.«

»Dann sprich endlich die Wahrheit.«

»Er ... Er hat mich dazu angestiftet. Ich bin nur die Hand, die den Abzug des Revolvers betätigt hat, aber der Kopf ...«

»Ja? Ich höre. Wer ist der eigentliche Befehlsgeber?«

»Ich habe keine Ahnung. Und wenn mein ganzer Körper hier und jetzt verfault, ich *kann* es Ihnen nicht verraten, weil ich es nicht *weiß!*«

Der völlig verängstigte Mann sagte die Wahrheit. David nickte knapp, strich mit großer Geste über die zitternden Arme des Todesschützen und murmelte: »Sei rein.« *Und nimm die Sühne auf dich für das, was du Bapuji angetan hast.*

Dann trat er, ohne Nathuram Godse noch eines einzigen Blickes zu würdigen, ins Freie und überließ den Mörder seiner Erleichterung über die angeblich wiederhergestellte Gesundheit.

David schätzte sie auf eine Million. Er hatte noch nie so viele Menschen auf einmal gesehen. Der kleine Vater Indiens war gestorben und Indien kam nach Neu-Delhi, um ihn zu betrauern. Wie in Ländern mit heißem Klima üblich, fanden die Bestattungsfeierlichkeiten bereits einen Tag nach dem Dahinscheiden statt.

Der Leichenzug folgte der Yamuna, jenem Fluss, der seiner Vereinigung mit Ganga Ma, der »Mutter Ganges«, entgegenstrebte. Gemessen wälzte sie sich dahin, als trüge auch sie schwer an dem großen Verlust. Ihre Ufer waren grün, jetzt im Winter ein beinahe schon fröhlich wirkender Trauerschmuck.

Bevor Gandhis sterbliche Überreste der Mutter Ganges übergeben werden konnten, mussten sie eingeäschert werden. Dieser Brauch war David nicht ganz unbekannt. Unwillkürlich musste er an seinen Freund Yoshi denken, als er hinter dem knarrenden und knarzenden Wagen herschritt, der den Leichnam des Mahatma nach Raj Ghat trug. Ganz vorn gingen Gandhis engste Angehörige, allen voran sein jüngster Sohn Devadas. Dann folgten Pandit Nehru, Lord Louis und dessen Gemahlin Edwina sowie einige andere hohe Würdenträger. David und Baluswami Bhavabhuti befanden sich im hinteren Drittel, durften aber immerhin die Einfriedung betreten, die den Verbrennungsplatz umgab.

»Wie lange wird die Einäscherung dauern?«, raunte David in Balus Ohr.

Der hob verwundert und ein wenig unwillig den Blick. »Vielleicht zwei Stunden, möglicherweise auch drei. Das hängt von Ram ab.«

»Von Gott? Ich denke, wohl eher vom Wind.«

»Das auch.« Balu blickte wieder nach vorn, nicht gewillt, sich noch einmal in seiner Trauer stören zu lassen.

David konnte ihn gut verstehen. Auch er verlor mit dem kleinen Vater einen geschätzten und geachteten

Menschen. In den wenigen gemeinsamen Tagen mit Gandhi war zwischen ihnen eine besondere Art des Vertrauens gewachsen, eine Harmonie entstanden, wie er sie zuletzt während des Zusammenseins mit Lorenzo Di Marco gespürt hatte, seinem römischen »Bruder«, der seit dem Krieg verschollen war.

Einmal mehr drehte sich David um, er wollte alles, was an diesem denkwürdigen Tag geschah, in sich aufnehmen. Henry Luce sollte für das *Time*-Magazin einen ergreifenden Artikel bekommen, aber nicht nur darum ging es ihm. Er machte sich Sorgen wegen all der Menschen, ein möglicherweise explosives Gemisch aus unterschiedlichen Religionen. Manche Besucher brachten ihre Trauer in den Farben der Gewänder zum Ausdruck, andere durch gellende Schreie. Es könne aber auch der eine oder andere versucht sein sich einer Bombe zu bedienen, hatte Lord Louis besorgt angemerkt und empfohlen, sich im Falle etwaiger Unruhen sofort flach auf den Boden zu werfen und dem Militär die Arbeit zu überlassen. David hoffte, dass es an diesem Feiertag nicht dazu kommen würde.

Der Scheiterhaufen war ein gewaltiger Stapel aus kostbarem Sandelholz. Daneben standen Pujaris, heilige Männer in orangefarbenen Gewändern, und psalmodierten vedische Gebete. Vor ihnen verhielt der Trauerzug. Keine peinlichen Drängler störten die Zeremonie. Einige Gäste standen unentschlossen herum, andere machten es sich bald auf der Erde bequem – Stühle waren in der erforderlichen Menge nicht aufzutreiben gewesen, also hatte man gleich ganz auf sie verzichtet. In der Nähe ragten große

Holztürme auf, bevölkert von einer bunten Vogelschar aus Journalisten, die ungeduldig ihre Mikrofone und Kopfhörer zurechtrückten und die Kameras entsicherten. Nichts von dem nun Folgenden durfte verpasst werden. Die Welt wollte den Mahatma brennen sehen.

»Wer wird den Scheiterhaufen entzünden?«, wagte David seinen trauernden Freund erneut zu fragen.

Balu reagierte erst beim zweiten Nachhaken. »Devadas.«

»Ist das nicht eigentlich die Pflicht des Erstgeborenen?«

»Ja, Sahib.«

»Und warum tut er's nicht?«

»Zu gefährlich, Sahib«, knurrte Balu in verächtlichem Ton.

David runzelte die Stirn. »Verstehe ich nicht.«

»Haribal würde vermutlich explodieren, wenn er das brennende Holzscheit in die Hand nähme.«

»Unsinn.«

»Er ist ein Säufer, er hat Vater und Mutter entehrt. Schon bei Kasturbas Bestattung war er nicht zugegen und heute liegt er wahrscheinlich wieder in einer Ecke und schläft seinen Rausch aus. Devadas ist da ganz anders. Er ... «

Balus Stimme ging in einem ungeheuren Geschrei unter. David wandte den Kopf dem Wagen mit Gandhis Leichnam zu. Gerade konnte er noch Nehrus weiße Kappe sehen, rund um den Premierminister spielten sich tumultartige Szenen ab. Irgendwie gelang es den Weggefährten des Verstorbenen dann aber doch, die Bahre sicher

– 41 –

herunterzuheben. Neben Jawaharlal Nehru fassten auch Patel und sogar Ghaffar Khan mit an, der als Führer der moslemischen Pathanen mit seinem beherzten Einsatz nicht nur der eigenen Trauer um den Propheten der Gewaltlosigkeit Ausdruck verlieh, sondern zugleich ein Zeichen der Versöhnung an alle Hindus und Moslems setzte.

Dank seines hohen Wuchses konnte David gut mitverfolgen, wie nun Gandhis steifer Leichnam rasch auf den Scheiterhaufen gebettet und sein von dem weißen Leichentuch befreiter Oberkörper mit Blumen bedeckt wurde. Nur noch sein kahler, in der Sonne glänzender Kopf war jetzt zu sehen, schützend umfangen von Nehrus Händen.

Nachdem der indische Premierminister von seinem engsten Gefährten Abschied genommen und sich zu den anderen hohen Trauergästen begeben hatte, begann die eigentliche Zeremonie. Devadas, Gandhis Jüngster, schritt siebenmal um den Scheiterhaufen und entbot der sterblichen Hülle des Vaters ebenso oft seinen Gruß. Nachdem er heiliges Wasser über den Körper des Mahatma gesprengt hatte, legte er zu dessen Füßen ein Stück Sandelholz ab. Darauf nahm er von einem der Priester eine brennende Fackel entgegen.

»Ram, Ram!«, drang es aus Devadas Kehle. »Ram, Ram ... «

Während Gandhis jüngerer Sohn seinen Gott anrief, wanderten die Gesichter all jener an Davids innerem Auge vorbei, die der Kreis der Dämmerung ihm schon genommen hatte – bis hin zu Rebekka. Und nun hatten sich die Verschwörer also auch jenes Mannes entledigt, dessen Lehren so ganz und gar ihren finsteren Plänen entgegenstanden. Für David gab es keinen Zweifel, wer hinter dem jüngsten Attentat steckte. Aber konnte er Nathuram Godse vertrauen? Gelogen hatte Gandhis Mörder wohl nicht, allerdings – wusste der Schwanz des Drachen immer, wo sich sein Kopf befand?

Amritsar. Die heilige Stadt der Sikhs im Nordwesten Indiens. Was konnte Raja Mehta, einen Sohn Mohammeds, dorthin verschlagen haben? In jüngster Vergangenheit hatten die Moslems unbeschreibliche Gräueltaten an den Sikhs verübt. Letztere waren in der Kunst des Massakrierens allerdings kaum weniger erfahren, wie etliche von Allahs Kindern zu spüren bekommen hatten. Warum sollte sich Mehta ausgerechnet in die Höhle des Löwen begeben? Vielleicht war ja auch der Attentäter getäuscht worden, weil ein gewisser Unbekannter sehr genau wusste, wem sein Henkersknecht in die Hände fallen würde.

»Ram, Ram!« Die letzte Anrufung des Gottes, der über die Zeremonie wachte, verklang. Stille breitete sich aus. Wie konnten Hunderttausende sich nur so ruhig verhalten? Feierlich hielt Devadas die Fackel ans Stroh. Unglaublich schnell zog sich ein Flammengürtel rund um den Scheiterhaufen und umhüllte Gandhis sterbliche Überreste. Sengende Hitze traf die nahe stehenden Trauergäste.

Auch aus der Ferne war die Lohe gut zu sehen und mit einem Mal drängte die Menge in das umzäunte Areal. Die Einfriedung fiel schon unter dem Ansturm der ersten

– 43 –

schreienden und jammernden Menschen. Ein mulmiges Gefühl machte sich in Davids Magengrube breit. Noch hatte sich seine Sekundenprophetie nicht alarmierend gemeldet, aber dieser Ansturm der Trauernden konnte schnell zu einer tödlichen Gefahr werden.

»Alle hinsetzen! Schnell!«, brüllte Lord Mountbatten und zeigte, wie es gemacht wird. Er nahm im Schneidersitz auf dem Boden Platz und zog den Kopf ein. Viele taten es ihm nach.

David blieb stehen und sah – halb beruhigt, halb angewidert –, wie berittene Polizisten mit ihren Lathis gegen die verkörperte Trauer Indiens vorgingen. Hagelschauern gleich prasselten ihre langen Stöcke auf die schreienden und stöhnenden Menschen nieder.

Allmählich kam die Masse zum Stillstand. Einmal mehr hatte britischer Drill für Ruhe gesorgt.

Lord Louis gab Entwarnung. »Fast wären wir geröstet worden«, sagte jemand in Davids Nähe. Die Feierlichkeiten konnten weitergehen.

Amritsar oder nicht Amritsar? Sobald die unmittelbare Gefahr gebannt schien, versank David wieder in Gedanken. Wenn er Belials Logenbruder auf dem Subkontinent fände, ließ sich vielleicht noch der Bürgerkrieg verhindern, von dem seit Gandhis Ermordung wieder vermehrt die Rede war. David verzweifelte fast an seiner Trauer um diesen wertvollen Menschen und der Wut auf die Urheber der Leiden seines Volkes. *Ich wünschte, Rebekka wäre hier. Sie war mir so oft der Wegweiser ...*

Plötzlich erhob sich das feine weiße Leichentuch aus

dem fauchenden Flammenofen in die Luft. David beschirmte mit der Hand die Augen, um seinen Flug zu verfolgen. *Ein Zeichen?* Das Tuch verschwand in der Sonne. *Du fängst an durchzudrehen, mein Bester.*

Devadas schien mit der beißenden Glut noch nicht zufrieden zu sein. Oder gehörte das zur Zeremonie? Jedenfalls schüttete er flüssige Butter auf den brennenden Leichnam. Um die wild fauchende Feuerbestie zu übertönen, ließen die Punjaris ihren Singsang noch lauter erschallen. Die orangefarbenen Gewänder flimmerten in der aufsteigenden Hitze.

Dann blickte David gebannt auf den großen Hammer, der plötzlich in Devadas Händen erschienen war. Er schwang ihn über dem Kopf seines Vaters, ließ ihn niederfahren. Als der Schädel des Toten mit lautem Knacken zerbarst, zuckte David unwillkürlich zusammen.

»Jetzt kann seine Seele endlich aufsteigen«, raunte Balu in Davids Ohr. »Bapu hat uns immer gesagt, er werde des Namens Mahatma erst dann würdig sein, wenn sein letzter Gedanke der Gegenwart Gottes gehöre und nicht dem Tod an sich. Nachdem er nun mit Rams Namen auf den Lippen von uns gegangen ist, wird er unter seinem Ehrentitel unsterblich sein.«

David schaute Balu ernst an, bevor er sich wieder dem Geschehen um den Scheiterhaufen zuwandte. Er teilte zwar nicht Balus Ansichten, was das Leben nach dem Tod betraf, glaubte aber auf die ihm eigene Weise ebenso an Gandhis Unsterblichkeit.

Noch ganz in diesen Gedanken versunken, geschah erneut etwas Ungewöhnliches, das nicht nur ihn erschauern ließ: Gandhis Arm hob sich.

Ein Stöhnen und Raunen ging durch die Menge. Die Umstehenden blickten gebannt auf die verkohlten Finger, die für einem Moment über den Flammen zu schweben schienen.

Davids Nackenhaare stellten sich auf. Es war nicht die erste schwarze Hand, die ihm während einer Trauerfeier erschien. *Wohin?* Die Frage bahnte sich ungestüm ihren Weg in sein Bewusstsein. Dann sank die schwarze Hand nach Nordwesten zeigend herab.

»Hast du so etwas schon einmal gesehen?«, hauchte er.

»Du meinst *genau* so etwas, Sahib?«

David riss sich von dem Flammenmeer los und blickte in Balus braune Augen. »Amritsar liegt doch nordwestlich von Delhi, nicht wahr?«

»Ja, Sahib.«

»Ich glaube, ich weiß jetzt, was ich als Nächstes tun werde.«

»Oh nein, Sahib.«

»Doch, Balu.«

»Zu gefährlich, Sahib!«

David blickte wieder zu dem in sich zusammenfallenden Scheiterhaufen hin. »Du hast Recht, es ist zu gefährlich.« Balu wollte schon aufatmen, aber da fügte sein Sahib hinzu: »Für einen alten Hindu wie dich. Aber *ich* werde morgen in die Stadt des Goldenen Tempels aufbrechen.«

Der Goldene Tempel

Manu hatte eine Bürste genommen und den ganzen Körper von Abhitha geschrubbt. Erstere war nun zufrieden und Letztere nicht mehr wieder zu erkennen. Gerührt hatte David beobachtet, wie Gandhis Nichte ihr kummervolles Herz dem bisher immer nur herumgestoßenen »Findelkind« aus Faridabad öffnete und sich seiner herzlich, wenn auch mit spitzen Fingern annahm. Weniger das Wissen um eine wertvolle Zeugin, die den Mörder ihres Onkels identifiziert hatte, war der Auslöser dafür gewesen, sondern jene Art von Nächstenliebe, die sie von dem Mahatma gelernt hatte und die selbst die Parias, die Unberührbaren, einschloss.

Im Nu war ein – in jeder Hinsicht brüderlicher – Streit entbrannt, wer das Straßenkind letztlich aufnehmen dürfe. Auf der Ziellinie lieferten sich Devadas und Pandit ein Kopf-an-Kopf-Rennen, aus dem schließlich Gandhis Sohn als Sieger hervorging. Allerdings konnte sich der Premierminister den Rang eines Patenonkels erobern und durfte sich damit wenigstens an den Ausbildungskosten für das Mädchen beteiligen.

»Du musst ein verzauberter Schmetterling sein«, sagte David, als ihm die verwandelte Abhitha vorgeführt wurde.

Die Kleine lächelte verschmitzt. »Ihr seid zu gütig, Sahib.«

»Oh bitte! Es genügt schon, wenn Balu darauf besteht, mich so zu nennen. Ich weiß, du hast gerade eine Menge neuer Schwestern, Brüder und Onkel hinzugewonnen, aber lass mich bitte auch zu diesem Kreis gehören. Ich heiße übrigens David.«

Abhitha senkte verschämt ihre Augen. »Vielen Dank, Davidji. Bist du mir denn nicht mehr böse?«

»Warum sollte ich das?«

»Weil ich dich angespuckt habe.«

David schmunzelte. »Nein, ich bin dir nicht böse. Du warst misstrauisch. Wenn man bedenkt, wie wir uns kennen gelernt haben, wohl nicht einmal zu Unrecht.«

Auch Abhitha lächelte nun. »Du bist sehr gütig, Davidji.«

»Leider muss ich dir heute Lebewohl sagen, Abhitha.«

Das Mädchen sah ihn erschrocken an. »Warum?«

»Ich habe noch einen langen Weg vor mir.« David seufzte. »Und ich kann dir nicht einmal versprechen, ob er sich jemals wieder mit dem deinen kreuzen wird.«

Erneut senkte Abhitha den Blick, die Augen nun voller Tränen. »Dann habe ich in zwei Tagen zwei Väter verloren.«

David spürte einen dicken Kloß im Hals. Nicht einmal achtundvierzig Stunden kannte er dieses Mädchen. Wie schaffte sie es, derart sein Herz anzurühren? Mit einem Mal hielt er sie in den Armen und seine Augen wurden ebenfalls feucht. *Sie ist so dünn!* »Weine nicht, kleine Abhitha. Zum ersten Mal in deinem Leben sind da jetzt Menschen, denen du etwas bedeutest. Du wirst nicht mehr hungern. Du wirst zur Schule gehen. Und – was am allerwichtigsten ist – du wirst geliebt werden. Ich verspreche hoch und heilig, dir zu schreiben. Selbst wenn wir uns nicht mehr wieder sehen, werde ich dich nie vergessen.«

»Als du mich in den Armen gehalten und mir die Strähne aus dem Gesicht gestrichen hast, da ...« Abhitha schniefte. »Noch nie hat mich jemand so gut behandelt. Ich werde immer an dich denken, Davidji.«

David schob sie auf Armeslänge von sich und betrachtete noch einmal wie ein stolzer Vater ihr ebenmäßiges Gesicht. »Das ist gut so, meine Kleine. Menschen, die man im Herzen trägt, kann einem niemand nehmen. Und nun wünsche mir Glück. Ich werde es gebrauchen können.«

Die Landschaft des Punjab zog wie ein Film an ihm vorbei. David achtete kaum auf die Dörfer, die Frauen in ihren bunten Saris, die Männer mit ihren Turbanen, die Wasserbüffel ... Seine Gedanken wanderten hin und her zwischen dem Unfassbaren, das hinter ihm lag, und dem Unwägbaren, das ihn noch erwartete.

Seine Lebensmeile hatte er fast bis zur Hälfte abgeschritten. Seit der Nachricht von Rebekkas Tod war nichts mehr wie zuvor. In mancher Hinsicht glich er nur noch dem Schatten eines Menschen. Es fiel ihm schwer, zu lachen oder auch nur zu lächeln. Aus ihm war, wie es Balu auszudrücken pflegte, ein »weißer Wolf« geworden, der auf seiner unerbittlichen Jagd die Einsamkeit suchte und neue Bekanntschaften scheute, weil er sich nicht mehr für fähig hielt zu lieben. Unerträglich war ihm der

Gedanke, ein neuer Freund könnte bald ein Toter mehr sein in der langen Liste jener, die der Kreis der Dämmerung ihm schon geraubt hatte. In Anbetracht dessen hatte Abhitha ein kleines Wunder vollbracht. David fühlte sich für sie verantwortlich.

Als Henry Luce ihn vor vielen Monaten nach Nürnberg geschickt hatte, war das alles noch anders gewesen. Nicht die Verpflichtung gegenüber einem alten Freund hatte den Ausschlag für Davids Zusage gegeben, sondern eine offene Rechnung, die es noch zu begleichen galt. In New York hatte David dem *Time*-Herausgeber erklärt, er werde zukünftig nur noch als freier Mitarbeiter für das Magazin tätig sein. Unter wechselnden Pseudonymen. Den Ruhm für seine Reportagen könnten getrost andere einstreichen.

Die Rückkehr nach Deutschland war dann für David eine beklemmende Erfahrung geworden. Hier hatte man ihm Rebekka entrissen, sie verschleppt, womöglich gefoltert … Jetzt wirkte das Land auf ihn sonderbar fremd, wie eine in falschen Farben gehaltene Fotografie. Er wusste noch genau von der glühenden Verehrung für Adolf Hitler, damals klar an den leuchtenden Augen nur allzu vieler Deutscher abzulesen, erinnerte sich der Hingabe, mit der sie die Wünsche ihres »Führers« erfüllt hatten, wenn sie auch noch so unmenschlich waren. Und schlagartig sollte es nun keine Nazis mehr geben …?

Den Anklägern in den Nürnberger Prozessen war dieser Widerspruch nicht entgangen und sie mühten sich redlich, wenigstens jene Hauptkriegsverbrecher zu verurtei-

len, die für die nationalsozialistischen Verbrechen feder-
führend zeichneten. Während der Verhandlungen wurde
auffällig oft der Name eines Mannes genannt, der nicht
auf der Anklagebank saß, weil man seiner bisher nicht
hatte habhaft werden können: Adolf Eichmann. David erinnerte sich sofort. In seinem wiederhergestellten Schat-
tenarchiv gab es ein Dossier über diesen Mann. Ober-
sturmbannführer Eichmann hatte das Protokoll geführt,
als auf einer Konferenz in der Dienststelle der Internationalen Kriminalpolizeilichen Kommission in Berlin-
Wannsee unter Leitung von Reinhard Heydrich am 20. Januar 1942 die Tötung von elf Millionen Juden geplant
worden war. Mit deutscher Gründlichkeit. Als Leiter des
Referats »Judenangelegenheiten, Räumungsangelegen-
heiten« war Eichmann für die Organisation des Abtrans-
ports der europäischen Juden in die Vernichtungslager
verantwortlich. Der Technokrat des Bösen hatte seine Arbeit sehr gewissenhaft verrichtet und damit immerhin
sechs Millionen Menschen in den Tod geschickt.

Als David Mitte März 1946 in Nürnberg eintraf, wurde
gerade Hermann Göring verhört. In einem großen holzgetäfelten Gerichtssaal saßen die internationale Schar der
Ankläger, Richter, Verteidiger sowie die deutschen Angeklagten und zeigten ernste Mienen. Alle trugen schwarze
Kopfhörer zum Mitverfolgen der Simultanübersetzung.
Überall standen kaum weniger ernste Militärpolizisten
mit weißen Helmen herum. Göring trat für sich selbst in
den Zeugenstand und rechtfertigte in beschämender Weise Hitlers Taktik der »verbrannten Erde«: Durch die mo-

derne Kriegsführung sei die Genfer Konvention überholt. Irgendwie wollten aber die vier Richter und deren Stellvertreter den Darlegungen von Hitlers Reichsmarschall nicht recht folgen, weshalb sie ihn dennoch dem Strick anbefahlen. Der empörte Göring verlangte aber nach der Kugel. Als man ihm auch die verweigerte, nahm der Eigensinnige Gift.

Die übrigen elf Todesurteile wurden schließlich am 16. Oktober vollstreckt. David war aber nicht bereitwillig nach Deutschland zurückgekehrt, nur weil er die Verantwortlichen für Rebekkas Tod der gerechten Strafe überantwortet sehen wollte. Ein Name auf der Liste der als Hauptkriegsverbrecher Angeklagten hatte den Ausschlag gegeben: Franz von Papen.

Während der Verhandlungen, denen David als Prozessbeobachter für *Time* beiwohnte, hing sein Blick ständig an diesem einen Mann. Und dabei machte er eine verwirrende Entdeckung. Hitlers ehemaliger Vizekanzler trug den Siegelring nicht mehr. Das widersprach allen bisherigen Erfahrungen Davids mit den Logenbrüdern Belials. Er wusste nicht viel über das unheimliche Band, das den Schattenlord und seine elf Getreuen zusammenhielt, aber – nicht zuletzt Jasons Geschichte hatte dies eindeutig belegt – die goldenen Ringe spielten in der Verbindung eine zentrale Rolle.

Papen kam David auch irgendwie verändert vor. Sie hatten sich zwar nur ein einziges Mal Auge in Auge gegenübergestanden, eigentlich kannte er seinen Gegenspieler nur aus Reden, Wochenschauen und Zeitungsberichten, aber das vor Jahren sorgfältig aufgebaute Bild dieses Mannes stimmte nicht mehr. Papen wusste sich durchaus zu verteidigen. Er schien im Vollbesitz seiner geistigen Kräfte zu sein, litt aber unter merkwürdigen Gedächtnislücken. Im Verlauf des Prozesses musste sich David mehr und mehr mit der für ihn kaum erträglichen Möglichkeit anfreunden, dass der Steigbügelhalter Hitlers sogar freigesprochen werden könnte. Eigentlich hätte ihn dies bei einem Logenbruder Belials nicht verwundern dürfen – der Kreis hatte so seine Mittel –, aber David wollte sich dennoch nicht damit abfinden.

Voller Elan machte er sich wieder an die Arbeit. Mit seiner Aura der Wahrhaftigkeit wirkte er unermüdlich auf die Chefankläger der vier Siegermächte ein, die ganz und gar auf seiner Seite standen. Er sprach mit Anton Pfeiffer, dem bayerischen Minister für Entnazifizierung, der ihm Unterstützung zusicherte. Verschiedene Zeugen der Anklage und andere Prozessbeobachter ließen sich von seinen Wahrheitstropfen stärken. Als besonders empfänglich erwies sich ein begeisterungsfähiger junger Jude namens Zvi Aharoni, der dem britischen Field Security Service angehörte und in Nürnberg als Dolmetscher arbeitete. Auch die Richter »interviewte« David, mit aller gebotenen Vorsicht natürlich. Sie verwiesen auf die Anklagepunkte. Hatte Papen Kriegsverbrechen, Verbrechen gegen den Frieden oder die Menschlichkeit begangen?

Einmal mehr musste David zähneknirschend die Raffinesse Papens konstatieren. Er hatte Hitler auf den Thron gehoben, ihm die Anerkennung der katholischen Kirche und damit den Respekt der Welt verschafft, ihm Österreich in die Arme getrieben und zuletzt als Botschafter in Ankara immer wieder die alte deutsch-türkische Waffenbrüderschaft des Ersten Weltkrieges beschworen, damit sich das neutrale Land am Bosporus nur nicht auf die Seite der Alliierten schlug.

In Nürnberg hatte David Sir Lloyd Ayckbourn, seinen alten Agentenführer aus Berliner Tagen, wieder getroffen. Dem Wahrheitsfinder war es nicht schwer gefallen, dem schon etwas zerstreuten »Väterchen« einige aufschlussreiche Details über Papens Aktivitäten in Ankara zu entlocken. Unter dem Mantel der Verschwiegenheit erzählte der inzwischen pensionierte Geheimdienstler von Papens Machenschaften in der Türkei. Es hieß sogar, der deutsche Botschafter habe die Spionageergebnisse eines berüchtigten deutschen Topagenten nach Berlin weitergeleitet.

Wie auch immer, David war dennoch erschüttert, als der grauhaarige Mann in der Mitte der zweiten Reihe der Anklagebank am 1. Oktober freigesprochen wurde. Franz von Papen zeigte kaum eine Regung. Hatte ihm jemand zugesichert, dass er nicht am Galgen enden würde?

Erneut fühlte sich David kaltgestellt. Während des Prozesses hatten ihm die Militärbehörden ein persönliches Gespräch mit dem schwer bewachten Angeklagten verweigert und nach dessen Freispruch wich Papen dem *Time*-Reporter immer wieder geschickt aus. Davids Zorn flammte auf. Einmal mehr musste er sich klar machen, was seine eigentliche Aufgabe war: Er wollte nicht als

Schlächter durch die Welt laufen, den Kreis der Dämmerung mit dem Schwert zerschlagen wie einst Alexander den Gordischen Knoten. Es genügte ja, den Bund bloßzustellen und, wenn möglich, aufzusprengen. Um eine Ankerkette unbrauchbar zu machen, muss man sie nicht gleich einschmelzen. Schon ein einziges beschädigtes Kettenglied schwächt sie, ein gebrochenes kann den Untergang des ganzen Schiffs bedeuten. Es genügte also, Belials Logenbrüder ihrer Macht und ihres Einflusses zu berauben – und, falls es irgendwie ging, auch ihrer Ringe.

Da gab es noch einen anderen, vermeintlich schnelleren Weg. *Vernichtest du jedoch den Fürstenring, sterben alle Ringträger in einem Nu.* Die Worte aus Jasons jahrtausendealtem Vermächtnis gingen David oft durch den Sinn. Doch bisher hatte keine Form von Gewalt dem Siegelring, den er Tag und Nacht an einer goldenen Kette um den Hals trug, etwas anhaben können. Ohne den geringsten Kratzer aufzuweisen, schien ihn dieses geheimnisvolle Schmuckstück regelrecht zu verhöhnen. Wohl oder übel musste er sich also mit einer Strategie der kleinen Schritte bescheiden.

Wenn daher der eine oder andere doch auf seine Mahnungen hörte, buchte er das schon als Erfolg für sich. Franz von Papen mochte sich geärgert haben, als ihm die Militärbefehlshaber der britischen und französischen Zone die Einreise verweigerten. Zweifellos war er am Boden zerschmettert, als ihn Anton Pfeiffer vor die Nürnberger Spruchkammer brachte, die ihn erfreulich schnell zu acht Jahren Arbeitslager verurteilte.

Wieder ein lädiertes Kettenglied, sagte sich David und verließ Deutschland in Richtung Paris. Er hatte die Suche nach seiner Schwiegermutter Marie Rosenbaum schon viel zu lange verschleppt, wohl weil er die Antwort auf seine Fragen fürchtete. Das Haus Nummer vierzehn am Quai d'Orléans sah noch genauso aus wie vor dem Krieg. Aber die ersten beiden Stockwerke befanden sich nun fest im Griff eines Rechtsanwalts. M. Apollinaire hatte während der deutschen Besetzung mit dem französischen Widerstand zusammengearbeitet und sich diese Unterstützung von der Résistance mit Maries Praxisräumen und ihrer Wohnung vergolden lassen. Er behauptete von der Vormieterin nichts zu wissen.

Schließlich gelang es David aber doch, eine ehemalige Nachbarin von Rebekkas Mutter ausfindig zu machen, die ihm einiges vom Einmarsch der Deutschen in Paris erzählen konnte. Marie hatte sich bis zum Schluss geweigert, ihre Patientinnen im Stich zu lassen. Als die französische Hauptstadt Mitte 1940 in Hitlers Hände fiel, erklärte sich die jüdische Ärztin schließlich doch bereit unterzutauchen. Im Juli war sie zuletzt von einer Patientin gesehen worden, die David unter Tränen von den Demütigungen der Nazis berichtete. Danach verlor sich Marie Rosenbaums Spur.

Davids Vermögen war längst wie Schnee in der Sonne dahingeschmolzen. Daher bestritt er schon seit geraumer Zeit einen nicht unwesentlichen Teil seines Unterhalts durch die Reportagen für das *Time*-Magazin. Henry Luce hatte ihn nicht lange bitten müssen, denn – abgesehen vom

Geld – konnte David im Rahmen der journalistischen Tätigkeit auch noch ein anderes Anliegen in Angriff nehmen. Vor dem Krieg war er Stamm und Wurzel eines blühenden »Baumes« Gleichgesinnter gewesen, die ihn in seiner Jagd nach dem Kreis der Dämmerung unterstützt hatten. Die feinsten Verästelungen besaß seine Bruderschaft damals in Deutschland, aber auch in Italien, Frankreich und auf den Britischen Inseln gab es wertvolle Helfer. Während der Wirren des Zweiten Weltkrieges hatte Belial in diesem weit verzweigten Astwerk wie ein schwerer Sturm gewütet. Einige Zweige waren buchstäblich abgestorben.

Während David nun zwischen den großen Metropolen Europas hin und her pendelte, versuchte er neues Leben in seine Bruderschaft zu bringen. Bei seiner verdeckt geführten Recherche erfuhr er manch Betrübliches. Professor Giovanni Leopardi war in Mailand einem Herzanfall erlegen, als die Nazis ihn festnehmen wollten. Den Priester Markus Stangerl hatten Hitlers Schergen in einem Konzentrationslager ermordet. Dasselbe Schicksal schien auch all den alten Nachbarn vom Haus am Berliner Richardplatz widerfahren zu sein. Und Ferdinand Klotz, der David auf der Suche nach Johannes Nogielskys Mutter unterstützt hatte …

In sein Ressort als *Time*-Auslandskorrespondent fielen auch die Tagungen der im Juni 1946 begründeten Menschenrechtskommission der Vereinten Nationen. Dieses Gremium hatte den Auftrag erhalten, einen Kodex mit den Rechten eines jeden Erdenbürgers auszuarbeiten. Im Januar 1947 lernte David in London eine hoch gewachsene sympathische ältere Dame kennen, die den achtzehn aus aller Herren Länder stammenden Mitgliedern der Kommission vorstand: Eleanor Roosevelt. Die selbstbewusste und doch geduldige Witwe des verstorbenen amerikanischen Präsidenten machte aus einem streitsüchtigen Männerklub eine produktive Zweckgemeinschaft.

Am 1. Dezember 1947 traf David erneut die würdevolle Lady und sie begrüßten sich wie alte Freunde. Ort ihres Wiedersehens war Genf, die Menschenrechtskommission sollte noch am selben Tag hier zusammenkommen. Daraus wurde allerdings nichts. Wegen eines Sturmes auf dem Genfer See trafen etliche der Delegierten erst spät am Abend ein.

David nutzte die Gelegenheit für ein längeres Gespräch mit Lady Eleanor und berichtete ihr in verblümten Worten von seinem »Kampf gegen Kräfte, die das friedliche Zusammenleben der Menschen torpedieren wollen«. Er fühle sich manchmal schwach und kaum fähig, das eigene Leben in den Griff zu bekommen, gab er freiheraus zu.

Eleanor lächelte wissend – vielleicht ging es ihr manchmal ähnlich. Dann nannte die sechsfache Mutter ihm ein altes Hausrezept, das sich bei heftigen Schüben von Selbstzweifeln hervorragend bewährt habe: »Sie müssen die Dinge tun, von denen Sie denken, sie tun zu können.«

Diese schlichte Weisheit sollte David nachhaltig verändern. Die ersten Früchte zeigten sich bereits unmittelbar im Anschluss an die Kommissionssitzung, als er kurzerhand nach Indien aufbrach. Womöglich hatte die ehemalige First Lady der Vereinigten Staaten Recht und er war viel zu lange einem Gespenst hinterhergejagt, in dem Glauben, den Lauf der Welt ändern zu müssen. Er hatte Hitlers Amoklauf vielleicht nur be-, aber nicht verhindern können. Jetzt musste er sich wieder auf sein eigentliches Ziel konzentrieren: die Kette des Kreises der Dämmerung zu zersprengen.

»Du hast mir von der alten Handschrift erzählt, Sahib.«

David schreckte aus seinen Gedanken hoch und blickte benommen in Balus Gesicht. Der alte Dickkopf hatte es sich nicht ausreden lassen, Amritsar einen Besuch abzustatten, natürlich rein interessehalber. Balu konnte es sich leisten, als Tourist durchs Land zu reisen. Er besaß in Delhis Stadtteil Chandi Chowk mehrere florierende Geschäfte, »die in einem Vierteljahrhundert aus dem großzügigen Abschiedsgeschenk des Sahib zu ansehnlichem Wuchs erblüht sind«. Am Morgen hatte er sich sogar erdreistet, seinem »zurzeit nicht gerade flüssigen Sahib« die Fahrkarte nach Amritsar zu spendieren.

»Ich weiß im Moment nicht, wovon du sprichst«, antwortete David auf den Einwurf seines Freundes hin.

»Du hast es, soweit ich mich erinnere, Jasons Geschichte genannt.«

»Ach so, die meinst du. Was ist damit?«

»Glaubst du, dass wir von dem Gesuchten, Belials Logenbruder, etwas über das Geheimnis der ›Tränen‹ erfahren?«

»Ich weiß es nicht, Balu. Vielleicht besitzt ja jedes Mitglied des Zirkels eine solche Glaskugel. Sollte es mir gelingen, die hiesige Dependance von Belials Organisation auszuheben, werde ich mich natürlich gründlich nach dem begehrten Stück und einer dazugehörigen Bedienungsanleitung umsehen.«

»Und wenn du nichts findest?«

»Warum bist du plötzlich so versessen darauf, das Geheimnis dieser Glaskugeln zu ergründen?«

»Weil ich glaube, dass *du* darauf erpicht bist, Sahib.«

David verzog den Mund zu einem verunglückten Lächeln. »Es hat doch bestimmt einen Grund, weshalb du ausgerechnet jetzt danach fragst.«

»Natürlich gibt es den. Im letzten Jahr habe ich in der Zeitung von einem wichtigen Fund der Altertumsforscher gelesen. In Jordanien, genauer gesagt in den Höhlen von Qumran, hat ein Beduine sehr alte Schriftrollen entdeckt.«

David nickte. »Ich erinnere mich. Man hat hunderte Leder- oder Papyrusschriftrollen gefunden. Offenbar sind zahlreiche alte Bibelmanuskripte darunter, aber auch andere archäologisch wertvolle Dokumente ...« Er stockte. »Denkst du etwa ...?«

Balu schmunzelte. »Was so lange verborgen lag, mag ungeahnte Geheimnisse bergen.«

Nachdenklich kraulte sich David den sauber gestutzten Vollbart. *Vielleicht sogar ein Rezept zur Zerstörung des Fürstenrings.* »Möglich wär's. Nach Expertenmeinung könnten einige der Qumran-Rollen lange vor Christi Geburt entstanden sein.«

»Und bei vielen Juden steht Alexander der Große seit jeher in hohem Ansehen. Vielleicht entdeckst du ja in ihren Schriften etwas über deinen Jason oder seinen Geheimbund.«

David nickte. »Ich kenne da einen jungen Mann, einen Juden. Als ich ihm und seiner Mutter zum ersten Mal auf einem Konzert in einer Berliner Synagoge begegnet bin, war er höchstens zehn. Aber kürzlich habe ich ihn in Nürnberg wieder getroffen. Er hat mich während eines Kriegsverbrecherprozesses in einer Verhandlungspause angesprochen.«

»Manchmal geht das Leben seltsame Wege, Sahib. Mir ist allerdings nicht klar, wie ein deutscher Jude ...«

»Entschuldige, das habe ich nicht erwähnt: Hermann Zvi Aronheim – inzwischen nennt er sich Aharoni, weil ihm sein alter Familienname nicht hebräisch genug war – lebt jetzt in Palästina, vorausgesetzt, es hat ihn noch kein arabischer Heckenschütze erwischt. Er konnte sich mit seiner Mutter und seinem jüngeren Bruder zwei Monate vor der Reichspogromnacht dorthin retten und hat so die Shoah überlebt. Soweit ich mich erinnere, werden die Qumran-Rollen in Jerusalem untersucht. Die Stadt soll ja als internationale Zone unter die Verwaltung der UNO gestellt werden. Es wäre also durchaus denkbar, dass Zvi Aharoni dort ein paar Erkundigungen für mich anstellen kann.«

»Ah, jetzt verstehe ich! Ihn um Hilfe zu bitten ist bestimmt ein guter Einfall, Sahib.«

Diesmal hatte es Balu geschafft, seinem Sahib ein leichtes, aber warmes Lächeln abzutrotzen. »Natürlich. Er stammt ja auch von dir, mein Guter.«

– 61 –

David blickte einem Gespann von Buckelochsen nach, das einen Bauern samt Pflug hinter sich herschleppte. Trotz der geöffneten Schiebefenster war das Zugabteil stickig und roch ausgesprochen orientalisch: Gewürze, Rosenwasser, Schweiß … Wie gut, dass Balu Fahrkarten für ein Zweiter-Klasse-Abteil bewilligt hatte und nicht für die »Dachklasse« – in Indien gehörte es zum Normalsten der Welt, auf Zugdächern sitzend oder an allen vorspringenden Teilen hängend weite Strecken zurückzulegen.

Der pfiffige kleine Greis hatte versprochen, ein Treffen mit einem Sikh-Meister zu arrangieren.

Als David wieder leise zu reden begann, schaute er noch immer auf die vorüberfliegende Landschaft. »Vielleicht gelingt es uns, den Marionettenspieler ausfindig zu machen, der Männer wie Nathuram Godse und Raja Mehta meucheln und brandschatzen lässt.« David wandte sich wieder seinem Freund zu. »Ich bin froh, dich bei mir zu haben, Balu. Ohne dich könnte Indien für mich genauso gut auf einem anderen Stern liegen. Abgesehen von ein paar buddhistischen Lehren, die mir aus Japan bekannt sind, habe ich keine Verbindung zu diesem Land. Ende der zwanziger Jahre konnte ich Kelippoth und seinen drei K noch mit den Waffen eines Journalisten begegnen … Aber hier … «

»Wieso nur drei?«, fragte Balu unvermittelt.

»Ich rede vom Ku-Klux-Klan, kurz KKK.«

Der alte Mann nickte verstehend. »Na, dann kommen hier noch zwei K hinzu!«

Davids schneeweiße Augenbrauen hoben sich verwun-

dert. »Das macht insgesamt fünf. Wovon sprichst du überhaupt?«

»Von der *Khalsa*.«

»Aha.«

»Das ist eine Sikh-Bruderschaft, die von einem ihrer
zehn Gurus gegründet wurde. Als Christ würdest du die
Khalsa vielleicht einen Orden nennen.«

David musste an seinen verschollenen Freund Lorenzo
Di Marco denken. »Ähnlich den Benediktinern?«

»Ja und nein, Sahib. Guru Gobind Singh hat auch
Frauen den Weg der Khalsa eröffnet. Aber die Bruder- und
Schwesternschaft braucht keine Klöster, um nach Rein-
heit im Denken und Handeln zu streben.«

»Sondern?«

»Die fünf K.«

David rutschte auf der harten Holzbank in eine beque-
mere Sitzposition. »Du machst mich neugierig.«

»Da ist einmal *Kesch*, das ungeschnittene Haar als Geschenk Gottes, keine Klinge darf es verletzen. Es ist von
einem Turban gekrönt. Seine Bedeutung wird auch durch
das zweite K hervorgehoben: *Kangha*, der hölzerne Kamm
zum Pflegen des Haars, symbolisiert Reinlichkeit, Ordnung und Disziplin. *Kachh*, die kurze Baumwollhose, unter den normalen Beinkleidern getragen, dient der ständi-
gen Mahnung zur Reinheit und Enthaltsamkeit.«

»Das wären drei K«, stellte David fest.

»Jetzt wird es gefährlich. K Nummer vier ist *Kirpan*, der
Säbel der Rechtschaffenheit zur Verteidigung des erhabenen Weges der Wahrheit. Er steht auch für Würde, Mut

und Selbstaufopferung, was wir nicht unterschätzen sollten, Sahib.«

David nickte. »Und Nummer fünf?«

»*Kara*, der Kreis.«

Für einen Moment starrte David nur auf Balus dunkle Augen unter den buschigen Brauen. »Hast du eben ›Kreis‹ gesagt?«

»Nun, eigentlich handelt es sich dabei um einen eisernen Ring. Einen Armreif, den der Khalsa um das Handgelenk trägt. Meistens das rechte. *Kara* steht für die Einheit und Verbundenheit mit Gott und die Freiheit von jeglicher Verstrickung mit den Feinden der Wahrheit.«

»Jetzt hast du mir aber einen Schreck eingejagt, Balu. Wenn die Sikhs sich der Wahrheit verpflichtet fühlen, dann kann mir das nur recht sein.«

»Sie verstehen darunter natürlich ihre Version der Wahrheit.«

»Hätte ich mir denken können. Schon ein wenig seltsam, dass ich auf meiner Jagd nach Belials Bund alle Nase lang über Kreise stolpere.«

»Vielleicht liegt das an der Vorliebe der Bruderschaft für dieses uralte Symbol der Unendlichkeit und des Zusammenhalts. Wusstest du, dass das Zeichen der Sikh-Religion drei über einem Kreis gekreuzte Schwerter sind?«

»Allmählich kann ich da kaum noch an einen Zufall glauben. Mit unserer Entscheidung, nach Amritsar zu reisen, könnten wir buchstäblich ins Schwarze treffen.«

»Du solltest Guru Nanak nicht unrecht tun, Sahib.«

»Keine Angst, Balu. Sorge nur dafür, dass er mich empfängt. Die Sikhs sind für mich nicht besser oder schlechter als andere Menschen und gerade deshalb halte ich sie
für genauso leicht verführbar.«

»Da wird es nur eine Schwierigkeit geben, Sahib.«

David runzelte die Stirn. »Probleme sind dazu da, überwunden zu werden.«

Balu grinste schief. »Als Guru Nanak das Beste des
Hinduismus mit dem Besten des Islam verschmolz, waren
wir beide noch nicht geboren. Er ist schon seit über vier-
hundert Jahren tot.«

»Oh, dann wird es wohl ziemlich schwierig werden, ihn
zur Mithilfe zu überreden.«

»Ich nehme den blauen.«

»Eine gute Wahl, Sahib. Der blaue Turban steht bei den
Sikhs für einen Sinn, umfassend wie der Himmel und ohne Vorurteile.«

»Ich fürchte, man wird mir trotzdem nicht abnehmen,
dass ich ein Sikh bin.«

David betrachtete sich im Spiegel. Er trug – passend zu
seinem schneeweißen Barthaar – Hosen, eine Tunika und
eine Weste aus naturbelassenem Baumwollstoff. Der Turban allerdings stach ins Auge. Dessen Stoff sei mit afgha-
nischem Ultramarin gefärbt, einem Pigment doppelt so
kostbar wie Gold, schwärmte Balu.

»Überlass das Reden einfach mir, Sahib. Dann wird
schon nichts geschehen. Aber jetzt nimm endlich den
Handspiegel und kontrolliere noch einmal alle sichtbaren

Hautstellen. Ich finde, dein Hals sieht irgendwie scheckig aus.«

Etwas unwillig inspizierte David die reklamierten Körperregionen. Am Hals entdeckte er tatsächlich noch einen hellen Fleck. Kurz konzentrierte er sich und schon färbte sich die verräterische Stelle braun. Seine europäischen Gesichtszüge allerdings ließen sich auch kraft Farbgebung nicht verändern. Missmutig brummte er: »Ich verstehe überhaupt nicht, warum dieser Sikh-Meister uns nicht hier im Hotel *Mohan* treffen kann oder irgendwo anders in Amritsar.«

»Zangh Singh? Diese Stadt ist sein Revier und er bestimmt die Spielregeln.«

»Trotzdem riecht die Einladung in den Goldenen Tempel für mich verdächtig nach einer Falle.«

Balu ging noch einmal um David herum und prüfte, ob er nun an allen Stellen gleichmäßig braun war, erst dann antwortete er: »Ich glaube, er will deine Entschlossenheit auf die Probe stellen, Sahib.«

»Soweit ich weiß, verschanzen sich die Sikhs mit Vorliebe in ihren prächtigen weißen Anbetungsstätten, den Gurdwaras, und schießen auf alles, was sich bewegt.«

»Das ist ein Gerücht. Sie zielen hauptsächlich auf Moslems.«

»Das beruhigt mich ungemein. Soll ich nicht doch lieber den weißen Turban eines frommen Mannes nehmen?«

»Bist du das denn, Sahib?«

»Alter Besserwisser! Ich bleibe bei Blau. So kann ich bei dieser absurden Maskerade wenigstens mein Gesicht wahren.« David zog unwillig den Kopf zurück, weil Balu wie ein unzufriedener Coiffeur daran herumzupfte. »Bist du endlich fertig?«

»Ja, Sahib.«

»Na, dann los.«

Die Frühlingstemperaturen waren angenehm, das Gedränge auf Amritsars Straßen weniger. Immer wieder kreuzten klapprige Zweiräder in halsbrecherischer Fahrt die Bahn der Rikscha, die David und Balu zum Goldenen Tempel bringen sollte. Antriebs- und Steuereinheit des dreirädrigen Fahrradtaxis stellte ein kleiner Sikh dar, der – in Erinnerung an das britische Massaker von 1919 – einen schwarzen Turban trug und mit seiner hellen, aber dafür umso lauteren Stimme die Straße vor ihnen leer fegte.

»Ich hätte nie gedacht, dass ein einzelnes menschliches Wesen einen derart unbeschreiblichen Radau machen kann«, staunte David.

Balu lächelte. »Die Briten sind sich doch nur zu fein, ihre Stimme über ein gedämpftes Näseln zu erheben. Dafür haben ihre noblen Limousinen erstaunlich laute Hörner.«

»Da hast du auch wieder Recht.«

»Dort drüben ist übrigens Sri Hari Mandir Sahib.«

David blinzelte. »Muss ich den kennen?«

Jetzt lachte Balu. »Es stimmt, Sahib, ohne mich wärst du in diesem Land hilflos wie ein Neugeborenes. Dir dürfte Sri Hari Mandir Sahib unter dem Namen ›Goldener Tempel‹ besser bekannt sein.«

Blinzelnd blickte David in die von Balu angezeigte Richtung. Unweit glitzerten in der Februarsonne spitz auslaufende goldene Kuppeln. Viel mehr war noch nicht zu sehen, weil ein langes weißes Gebäude den Blick auf das Heiligtum verstellte. »Mir kommt es vor, als läge der Schrein tiefer als die Gebäude seiner unmittelbaren Umgebung.«

»Das stimmt, der Gläubige soll dem Gurdwara huldigen, wenn er sich darauf zubewegt.«

»Ich hoffe nur, der Wächter des heiligen Beckens ist wirklich über mein Kommen informiert.«

»Keine Sorge, Sahib. Der gestrige Tag war nicht verschenkt. Ich habe meine alten Beziehungen spielen lassen, einige wichtige Leute getroffen und mit der Zunge eines Gurus geredet. Bhag Bhabra wird uns auf die Brücke lassen.«

»Ist das der Name des Wächters?«

Balu nickte und deutete über die Schulter des schimpfenden Rikschapiloten. »Sieh nur, da ist er schon.«

Ein bogenförmiger Durchlass in der weißen Häuserflucht gewährte Zugang zum eigentlichen Tempelbezirk. Linker Hand stand ein großer bärtiger Sikh mit einem blauen Turban. Er trug einen langen weißen Baumwollmantel und musterte jeden Gläubigen voller Argwohn.

Balu bezahlte das indische Taxi und sagte dann zu David gewandt: »Du wartest hier, Sahib, bis ich dir ein Zeichen gebe.«

»Was macht mein Make-up?«

»Man könnte dich für einen Doppelgänger von Pandit Nehru halten.«

»Sehr witzig. Ich komme mir eher wie ein Eskimo in Verdis Oper *Othello* vor – in der Rolle des Mohren.«

– 68 –

»Achte auf mein Zeichen.«

Balu hinkte würdevoll auf den Wächter des heiligen Beckens zu. Die beiden wechselten einige leise Worte und dunkel umrandete Augen blickten argwöhnisch zu David hinüber. Der erinnerte sich an frühere Aktionen und Selbstversuche in Sachen Farbgebung, die jämmerlich gescheitert waren, und musterte unauffällig seine Hände. Sie waren »indisch braun«. Aber was hieß das schon? Vielleicht leuchtete sein Gesicht längst so blau wie der Turban, den er auf dem weißen Haupt trug.

Offenbar war alles in Ordnung, denn die Miene des Wächters, den Dreibein als Bhag Bhabra angekündigt hatte, entspannte sich ein wenig. Balu klapperte mit seinem Stock auf dem Pflaster – das Zeichen.

David holte noch einmal tief Atem und setzte sich in Bewegung. Bhag Bhabra war fast so groß wie er selbst, jedoch stärker gebaut und mit nicht weniger als fünfzig Jahren beladen. Ein ebenbürtiger Kämpfer, dachte David.

Als er mit dem Wächter auf einer Höhe war, nickte er ihm freundlich zu. Des Wächters Erwiderung bestand in einem bohrenden Blick. Plötzlich spuckte er ein Wort aus, das David nicht verstand, geschweige denn hätte wiederholen können. Von einem Moment auf den anderen erstarrte er zur Salzsäule.

Bhag Bhabra trat ganz dicht an ihn heran und fixierte ihn zwischen zwei schmalen Schlitzen hindurch. David, sich in der Rolle des falschen Mohren immer unwohler fühlend, begann zu schwitzen. In aller Seelenruhe nahm der Wächter nun Zeige- und Mittelfinger, steckte sie kurz in den Mund und fuhr dann mit erheblichem Nachdruck in Davids Gesicht herum.

Endlich gab Bhag Bhabra auf und zischte etwas in Balus Richtung. Der antwortete fröhlich. David verstand nicht das Mindeste.

Dann kam das Winken des Wächters.

David deutete die Geste als Eintrittserlaubnis und setzte sich wieder in Bewegung.

»Was hat er eigentlich gewollt?«, raunte er, sobald Bhag Bhabra außer Hörweite war.

»Dein Gesicht hat ihm nicht gefallen, Sahib. Zu europäisch.«

»Hab ich's dir nicht gesagt!«

»Ich erinnerte den Wächter daran, dass wir in Indien leben. Viele Europäer haben sich hier mit indischen Mädchen vergnügt.«

David schnappte nach Luft.

»Sieh dich vor, Sahib, sonst wirst du nass.«

Balu hatte leicht übertrieben. Ein hohes Geländer schützte die Gläubigen davor, in ihrer Verzückung in das riesige Becken zu fallen, das gleich hinter der Pforte begann und über eine lange Brücke erkundet werden konnte.

Während David über die kunstvollen Steineinlegearbeiten der Brücke schritt – der Steg war leicht abschüssig –, blickte er benommen auf den goldenen Schrein. Der reich verzierte Tempel erinnerte ihn an eine gewaltige längliche Schmuckschatulle mit abgeschrägten Ecken, obenauf vier winzige Türmchen und in der Mitte eine

Kuppel. Unter den Gurdwaras der Sikhs nahm diese Anbetungsstätte den ersten Rang ein. Über einem weißen Steinfundament glänzte pures Gold in der Frühlingssonne, das sich in dem leicht bewegten Wasser des viereckigen Beckens spiegelte.

»Das Nektarbecken«, erklärte Balu mit gedämpfter Stimme, als er Davids staunenden Blick bemerkte. »Die heiligen Becken gehören zu den Gurdwaras wie das Weihwasser in die katholischen Gotteshäuser.«

»Mir ist aufgefallen, dass der Tempel Tore an allen vier Seiten hat. Wozu, wenn man ihn doch nur über diesen einen Steg betreten kann?«

»Ein Symbol der Offenheit für jedermann.«

»Offenheit?« Missmutig schaute David über das weite Areal. Der tief liegende Tempel glich einer wehrhaften Insel. Ohne Frage konnte man sich in ihm nicht nur trefflich verschanzen, sondern auch ungestört mit frommen Riten, heiligen Schriften und störrischen Geiseln beschäftigen. »Ich mag es nicht besonders, wenn sich bei einem Unternehmen alle Trümpfe in der Hand des anderen befinden.«

»Zangh Singh ist zwar ein glühender Patriot und schreckt auch vor Gewalt nicht zurück, wenn sie ihm nützlich erscheint, aber auf seine Art ist er verlässlich. In diesem Fall kannst du ihm vertrauen, Sahib.«

»Ich hoffe nur, für seine Khalsa-Krieger gilt das Gleiche.«

Fast hatten sie das Ende der Brücke erreicht, als ihnen ein wohlbeleibter kleiner Sikh entgegenwatschelte. Er trug einen weißen Turban, war also fromm. Mit vor der Brust zusammengelegten Händen und einer schnellen Verbeugung brachte er den traditionellen Gruß hinter sich, bevor er in holprigem Englisch loskeuchte: »Ich bin Ranjit Pasi, der Leibdiener des Meisters. Er erwartet Euch bereits.«

»Sind wir zu spät?«, fragte Balu verwundert.

»Keineswegs, der Meister ist heute nur etwas … ungeduldig.«

»Dann wollen wir ihn nicht länger warten lassen.«

Ein auf der Brücke angebrachtes Messinggeländer diente der Trennung von kommenden und gehenden Besuchern. David fiel auf, dass auf der rechten Seite zwar etliche Personen das Gebäude verließen, er und Balu aber links die Einzigen waren, die das Heiligtum zu betreten beabsichtigten.

»Bitte hier entlang«, sagte Pasi und deutete mit einer ehrerbietigen Geste in den prunkvollen Gurdwara.

David betrat den Tempel durch eine überraschend enge und niedrige Tür, über der sich drei kleine Fenster befanden. Innen setzte sich fort, was außen begonnen hatte. Die Besucher wandelten über kunstvoll in Stein gearbeitete Ornamente, unter runden Bögen hindurch und an Wänden entlang, die, ebenso wie die Decken, vor Gold und erlesenen Materialien nur so strotzten. Bald stand David dem Mann gegenüber, der sich diesen ungewöhnlichen Treffpunkt ausbedungen hatte.

Zangh Singh war eine eindrucksvolle Persönlichkeit: stattlich, alt und einäugig. Im Gegensatz zu anderen Wür-

– 72 –

denträgern, die ihre Gäste gerne im Sitzen empfingen, stand er unter dem Bogen eines Durchganges und stützte sich würdevoll auf einen mächtigen Krückstock mit silbernem Knauf.

»Meister, Eure Gäste sind eingetroffen«, kündigte Pasi die Besucher an, als sei auch Singhs zweites Auge blind.

»Sei bedankt, Pasi«, antwortete Meister Zangh Singh und entließ den Diener mit einer knappen Geste.

Eingehend musterte er dann seine Gäste. Vor allem dem »Mohr« schien sein Interesse zu gelten, wie David unbehaglich feststellte. Der glühende Patriot Singh trug den blauen Turban der himmelweiten Vorurteilslosigkeit, ein knöchellanges weißes Hemd aus kostbarem Leinen und hatte einen üppigen, mit zahlreichen Silberfäden durchwirkten Vollbart.

»Ich hoffe, es ist Ihnen recht, wenn wir uns nicht auf Punjabi, sondern in Ihrer Sprache unterhalten, Mr Pratt«, eröffnete Meister Zangh Singh das Gespräch in makellosem Englisch und zeigte mit der Hand hinter sich. »Kommen Sie, bitte. Ich habe dafür Sorge getragen, dass wir uns dort eine Weile völlig ungestört unterhalten können.«

David deutete eine Verbeugung an und folgte an Balus Seite dem vorangehenden Sikh. Jetzt verstand er, warum nach ihnen niemand mehr die Brücke zum Goldenen Tempel betreten hatte. Respektvoll antwortete er: »Ich bin Ihnen sehr zu Dank verpflichtet, ehrenwerter Singh. Mit meinen Kenntnissen der hiesigen Sprache käme ich im Basar nicht einmal an eine Schüssel Reis. Abgesehen davon ist es eine große Ehre für mich, den Goldenen Tempel betreten zu dürfen.«

Meister Zangh Singh schritt feierlich um einen großen Tisch, auf dem ein gewaltiges Buch lag, und nahm dahinter Platz. Einen Moment lang ruhte sein Blick amüsiert auf dem fremden Gesicht. Erst dann sagte er: »Ich habe mich gefragt, ob Sie wirklich den Mut aufbringen würden, hierher zu kommen, Mr Pratt. Es war, wenn Sie so wollen, der erste Teil einer Prüfung. Sollten Sie sie bestehen, werde ich Ihnen helfen. Ich wollte sehen, wie ernst Ihnen Ihr Anliegen ist, den verwerflichen Mord an Bapu aufzuklären. Sie werden wohl wissen, was die Briten uns Sikhs vor nun bald dreißig Jahren in dieser Stadt angetan haben und wie viele von uns sie deshalb hassen.«

»Im April 1919 weilte ich in England. Ich war gerade von den Schlachtfeldern Frankreichs zurückgekehrt. Aber all das Leid des Großen Krieges konnte die Scham nicht überdecken, die mich anlässlich der Nachricht des Amritsar-Massakers befiel.«

Meister Zangh Singhs dunkles Auge wanderte prüfend über Davids Gesicht. Doch der Wahrheitsfinder spürte, dass er genau die richtige Antwort gegeben hatte.

Als der Sikh-Meister endlich wieder zu sprechen begann, bestätigte er diesen Eindruck. »Und gerade eben haben Sie den zweiten Teil der Prüfung bestanden, Mr Pratt. Ich kann es fühlen, wenn mich jemand belügt, und Sie sprechen die Wahrheit. Ihr mutiger Begleiter hat mir ausrichten lassen, Sie seien ein Freund des Mahatma gewesen.«

David lächelte bescheiden. »Ich weiß nicht, ob ich die Ehre verdiene, so genannt zu werden. Aber die Große Seele hat mit mir viele Gedanken geteilt, das ist gewiss wahr.«

Meister Zangh Singh nickte bedeutungsschwer. »Das ist mehr, als den meisten vergönnt gewesen ist. Ich war erschüttert, als ich von dem Attentat erfuhr. Wenn ich für die Moslems auch nicht viel übrig habe, musste ich Bapu und seinen Bemühungen um ein friedliches Miteinander aller Volksstämme und Religionen doch immer Anerkennung zollen. Indien hat mit ihm einen weisen Führer verloren. Ohne ihn könnte es bald genauso zerrissen werden, wie es unserer Heimat, dem Fünfstromland, widerfahren ist.«

»In bin durch den Punjab gereist, um auch das zu verhindern, ehrenwerter Singh. Seit Jahren bin ich einer Verschwörerbande auf der Spur, die am liebsten alle Menschen zu Mord und Totschlag anstiften würde. Ich weiß, dass es hier, irgendwo auf dem Subkontinent, einen Mann geben muss, der dieses Ziel mit allen Mitteln verfolgt. Gandhi hat ihm im Wege gestanden. Also ließ er ihn ermorden.«

Erneut nahm sich der betagte Meister einige Zeit zum Nachdenken. Schließlich senkte er den Blick auf das vor ihm liegende Buch und sagte leise: »Wissen Sie, was das hier ist, Mr Pratt?«

»Ich nehme an, eine Abschrift Ihres heiligen Buches.«

Meister Zangh Singh lächelte mild. »Nein, weit mehr als das. Stellen Sie sich vor, Sie könnten die echten Steintafeln mit Moses' Zehn Geboten studieren, dann werden Sie in etwa ermessen, was es einem Sikh bedeutet, die Seiten des *Adi Granth* umzublättern. Er ist unsere Heilige Schrift.«

»Ich fühle mich geehrt«, antwortete David wahrheitsgetreu.

»Für jeden Sikh sind die Worte unseres obersten Gurus Gesetz.« Meister Zangh Singh klappte das ungefähr einen halben Meter große Buch behutsam zu, um es dann sogleich wieder auf den ersten Seiten zu öffnen. Er fand die gesuchte Stelle, ohne das Blatt mit den Fingern zu berühren, und zitierte: »›*Eg Ong Kar.*‹ So lautete Guru Nanaks einfache Botschaft an uns, seine demütigen Schüler. In Ihrer Sprache ausgedrückt bedeutet das so viel wie: ›Wir sind alle eins, hervorgebracht von dem *einen* Schöpfer aller gemachten Dinge.‹ Da es also nur einen Gott gibt und er unser Vater ist, müssen alle Menschen Brüder sein.«

»Auch der Mahatma stritt gewaltlos für diese brüderliche Einheit aller Menschen.«

Meister Zangh Singh nickte bedächtig. Der sanfte Wind wehte aufgeregte Stimmen durch die offenen Fenster herein. Ein Zug von Unwillen schlich sich auf Singhs Miene. »Was wollen Sie nun genau von mir, Mr Pratt?«

Nervös blickte David zum Fenster, der Quelle des Lärms, der so gar nicht zur andächtigen Aura dieses Ortes passen wollte. »Haben Sie jemals von einem sehr mächtigen Mann gehört, der vor keiner – angeblich patriotischen – Gewalttat zurückschreckt, sich selbst aber stets im Hintergrund hält?«

Meister Zangh Singh gab eine kühle Antwort. »Seit ich im letzten März mit meinem Krummsäbel die grüne Fahne der Moslem-Liga in Stücke zerhackt habe, behaupten böse Zungen, ich selbst sei ein solcher Schurke.«

»Bitte seien Sie unbesorgt«, erklärte David rasch und mit aller ihm zu Gebote stehenden Überzeugungskraft. Sein Blick lag auf den unberingten Fingern des Sikh-Führers. »An *Sie* habe ich dabei nicht gedacht. Der Mann, den ich suche, würde keinen Moment zögern, diesen Tempel in Schutt und Asche zu legen. Und er hat die Macht dazu.«

»Dann kann ich es nicht sein«, erwiderte Meister Zangh Singh voll religiöser Inbrunst und verfiel in tiefe Nachdenklichkeit. David wollte sich schon zu Wort melden, als der Sikh mit einem Mal wieder leise zu sprechen begann. »Es gibt da eine Anzahl mir sehr ergebener Männer, die mich regelmäßig über die verschiedensten Entwicklungen auf dem Laufenden halten. Mir ist dadurch vor einiger Zeit etwas zu Ohren gekommen, aus dem ich nicht recht schlau geworden bin. Als ich den *Granthi* danach fragte, hielt er sich auffällig bedeckt.«

»Der Granthi?«

»Wahrscheinlich würden Sie ihn einen Hohepriester nennen. Er ist der Bewahrer, der Hüter des *Adi Granth*.«

David nickte. »Was haben Ihre verlässlichen Freunde Ihnen denn erzählt?«

Meister Zangh Singh senkte ungeachtet der störenden Nebengeräusche vom Fenster her die Stimme. »Es gebe da einen Marwari, einen sehr wohlhabenden Händler, dem die Freiheit des Punjab sehr am Herzen liege und der wie kaum ein anderer unter der Teilung des Fünfstromlandes leide. Niemand konnte mir bisher seinen Namen nennen. Wenngleich angeblich ein Sikh, heißt es doch, er paktiere mal mit der hinduistischen RSSS, dann wieder mit den Moslems, vorzugsweise jedoch mit Letzteren.«

»Lebt er hier in Amritsar?«

»Eher in Lahore oder in einer anderen pakistanischen Stadt. Aber Genaueres habe ich nicht herausfinden können.«

»Glauben Sie, Ihr Hohepriester, der Granthi, kennt diesen Unbekannten oder arbeitet gar mit ihm zusammen?«

»Sie haben mich nach dem wirklichen Mörder Gandhis gefragt. Was soll ich Ihnen nun antworten, Mr Pratt? Ehrlich gesagt, weiß ich nicht, was der Granthi im Einzelnen für unsere Sache unternimmt. Und sollten Sie von ihm empfangen werden und ihn nach dem Marwari fragen können, würden Sie wohl kaum eine befriedigende Antwort erhalten.«

Für David war das Gesagte niederschmetternd und anspornend zugleich. *Wenn der kurze Weg nicht zum Ziel führt, dann vielleicht der lange.* »Eigentlich bin ich noch aus einem anderen Grund nach Amritsar gekommen, ehrenwerter Singh. Ich suche einen Mann namens Raja Mehta. Offenbar hat er Nathuram Godse zu dem Mord an Gandhi angestiftet.«

Meister Zangh Singhs Miene war wie versteinert. »Ich kenne keinen Sikh dieses Namens.«

»Ich hörte, er leide an Lepra. Und von Gandhi persönlich habe ich erfahren, dass er Moslem sein soll.«

»Umso schlimmer.«

Der Meister wusste mehr, als er verraten wollte. David konnte es fühlen. Er deutete mit der Hand auf Balu und sagte respektvoll zu Singh: »Mein treuer Gefährte hier hat mir einiges von Guru Nanak erzählt. Die Religion des *Sikh Dharma* vereint das Edelste aus dem Hinduismus und der Lehre des Propheten Mohammed. Könnte es nicht sein, dass einige der Söhne des Propheten in Ihren Augen Gnade gefunden haben, Meister Singh? Immerhin tragen Sie einen blauen Turban.«

Die mutige Bemerkung Davids traf wie ein Wahrheitspfeil mitten in Singhs Herz.

Nach einigem Zögern erhob sich die Stimme des Meisters über den mittlerweile zum Tumult gewordenen Lärm von draußen. »Gestern nach Sonnenuntergang kam ein Aussätziger zu mir. Ich habe ihn hier zum ersten Mal gesehen und eigentlich wollte er auch zum Granthi vorgelassen werden. Ich weiß nicht, was ihn auf die Idee gebracht hat, das geistige Oberhaupt aller Sikhs würde ihn einfach so empfangen. Jedenfalls hat er mich gebeten, sich im Nektarbecken einer rituellen Reinigung unterziehen zu dürfen.«

David horchte auf. Unvermittelt schien in der Luft eine Antwort zu schweben, für die er nur noch die richtige Frage finden musste. »Und was hat das zu bedeuten?«

»Der Legende nach brachte Rajni, die Tochter des Steuereinnehmers Rai Dhuni Chand aus Patti, ihren aussätzigen Ehemann an diesen Ort. Damals speiste die Nektarquelle hier einen Teich. Nachdem Rajnis Mann sich in dem Teich gebadet hatte, fiel der Aussatz von ihm ab. Seit dieser Zeit spricht man der Nektarquelle eine heilende Wirkung zu. Das Löwengesicht scheint auf ein Wunder gehofft zu haben.«

»Sagten Sie *Löwengesicht*?« Nur mit Mühe konnte David ein Zittern unterdrücken. Abhitha hatte den Besitzer des Hauses in Faridabad ganz ähnlich beschrieben.

Zangh Singh nickte. »Nase und Mundwinkel waren seltsam verformt. Er sah wirklich aus wie ein Löwe.«

»Einen Namen hat er Ihnen nicht verraten?«

»Nein. Obwohl das seltsam, ja, sogar gegen alle Sitten ist. Aber als ich seinen Zustand erkannte, habe ich ihm das Bad nicht verweigern wollen.«

»Hat der Fremde noch etwas gesagt?«

»Nein. Allerdings habe ich in Hari Mandir schon viele Pilger gesehen und das Löwengesicht schien mir jemand zu sein, der an einer schweren Last trägt. Es sollte mich nicht wundern, wenn seine größte Unreinheit von innerlicher Art ist.«

»Womöglich rührt sie von einer abscheulichen Tat her, die er sich selbst nicht verzeihen kann?«

Meister Zangh Singh nickte. Doch ehe er noch etwas erwidern konnte, platzte Ranjit Pasi herein, drohte unter dem zornigen Auge seines Herrn fast das Gleichgewicht zu verlieren und schrie: »Meister, da sind Männer, Sikhs. Sie tragen Säbel und Gewehre. Sie wollten Hari Mandir betreten, aber der Wächter des heiligen Beckens verwehrte

– 80 –

es ihnen, ganz wie Ihr befohlen habt. Nach einer längeren Auseinandersetzung haben sie ihn einfach niedergeschlagen und kommen jetzt über die Brücke.«

Meister Zangh Singh, David und Balu wechselten schnelle Blicke. Dann war jedem klar, die ungebetenen Besucher kamen weder auf Einladung der einen noch der anderen Partei.

»Ich müsste mich schon sehr täuschen, wenn diese Männer nicht unter dem Befehl unseres großen Unbekannten stünden. Gibt es noch einen anderen Weg hinaus?«, fragte David.

»Die Brücke ist der einzige Zugang«, antworteten Balu, Singh und Pasi wie aus einem Munde.

David überlegte nur einen kurzen Augenblick, dann begannen seine Augen zu leuchten und ein grimmiges Lächeln huschte über seinen Mund. »Balu, du sagtest vorhin etwas über Hari Mandirs Offenheit für jedermann. Ehrenwerter Singh, ist das Tor auf der von der Brücke abgewandten Seite unverschlossen?«

»Ja, genau wie vorgeschrieben.«

»Pasi, führen Sie uns sofort hin.« David hatte sich bereits in Bewegung gesetzt. Halb schob er den Leibdiener des Sikh-Meisters, halb wurde er gezogen.

»Aber dort befindet sich nur das Nektarbecken«, bemerkte der runde kleine Mann erstaunt. »Wollt Ihr etwa über das Wasser wandeln wie der Prophet Jesus?«

»Es käme auf einen Versuch an.«

Der Diener starrte David an, als wäre dieser komplett verrückt geworden.

»Das Becken ist wirklich zu tief, um einfach hindurchzuwaten«, gab Meister Zangh Singh zu bedenken. Er und Balu hatten mit ihren Krückstöcken Probleme, Schritt zu halten.

»Bitte, bei allem Respekt, überlassen Sie das mir. Bevor ich mich verabschieden muss, habe ich nur noch eine Frage.«

Ein Schuss fiel und hallte durch das ummauerte Areal. Von der anderen Seite des Goldenen Tempels her ertönten laute Stimmen. Noch hielten Singhs Gefolgsleute die schmale Eingangstür.

»Keine Zeit mehr, Mr Pratt. Wenn diese Verräter hinter Ihren Plan kommen, werden sie um das Gebäude herumlaufen und jeden Moment hier sein. Sie müssen sofort fliehen!«, drängte der Sikh-Meister.

»Das Löwengesicht muss Ihnen doch noch irgendetwas gesagt haben. Wenn nicht den eigenen Namen, dann vielleicht den seiner Unterkunft.«

»Ich weiß nichts«, brach es aus Singh heraus. »Und nun gehen Sie endlich. Es darf in diesem Haus kein Blut vergossen werden. Und schon gar nicht das eines Engländers.«

Inzwischen hatten sie das rückwärtige Tor erreicht, das seltsamerweise ein gutes Stück größer war als der Haupteingang.

David blickte verdrossen auf das grüne Wasser im Becken. Dann holte er tief Luft und wandte sich zu Balu um. »Hier, nimm meine Hand. Du musst mir jetzt vertrauen.«

»Ja, Sahib.« Der Alte zitterte wie Espenlaub.

»Sieh auf keinen Fall zurück.«

– 82 –

»Nein, Sahib.«

»Und lauf, so schnell du kannst.«

Balus braune Augen schienen aus ihren Höhlen zu springen. Er schüttelte energisch den Kopf. »Zu gefährlich, Sahib!«

»Für die Gefahr bin ich zuständig, hörst du? Du musst nur laufen.« Und sich an Meister Zangh Singh wendend sagte David: »Lebt wohl, ehrenwerter Singh. Und habt Dank für Eure Offenheit.«

David schloss kurz die Augen, um sich zu konzentrieren. Hinter ihm ertönte ein lautes Krachen. Schmerzensschreie. Stimmengewirr. Die Eindringlinge hatten den Tempel gestürmt.

Gerade wollte David den rechten Fuß über den schmalen Vorsprung hinaus auf das Wasser setzen, da meldete sich die aufgeregte Stimme von Meister Zangh Singh. »Warten Sie! Mir ist gerade noch etwas eingefallen. Um sein Anliegen zu untermauern, hat das Löwengesicht gesagt, wenn der Sutlej ein heiliger Fluss wie Ganga Ma wäre, gäbe es auf ihm keine Kushtha-Inseln.«

»Ja und?«

»Das erkläre ich dir später, Sahib«, schaltete sich Balu ein. Aus dem Tempel drang Geschrei. Die Eindringlinge tobten, weil sie offenbar nicht gefunden hatten, was sie suchten.

»Also gut«, sagte David und bedankte sich noch einmal bei Meister Zangh Singh. Dann trat er auf den Teich hinaus.

Die Wasseroberfläche des Nektarbeckens gab etwas nach. Man durfte eben nicht stehen bleiben. Während

Balu mit Holzbein und Krücke wie benommen über das Wasser humpelte, blickte David unruhig immer wieder zurück. Anfangs sah er nur die fassungslosen Gesichter von Meister Zangh Singh und seinem Leibdiener, bald aber tauchten die ersten bewaffneten Fremden auf.

Die Sikhs blieben wie benommen stehen. Manche ließen vor Schreck sogar die Waffen fallen.

»Wie kann das sein?«, jammerte Balu. Der Greis war einem Nervenzusammenbruch nahe.

»Das sage ich dir, wenn du mir erklärst, was eine Kushtha-Insel ist – also später. Und jetzt komm! Lange halte ich das nicht mehr durch.«

»Was denn?«

In diesem Moment knallte ein Schuss. Einer der Sikhs musste seine Überraschung überwunden haben. Aber David hatte den Angriff vorhergesehen und auch, dass die Kugel sie verfehlen würde. Mit einem Zischen pfiff sie zwischen den beiden Wassertretern hindurch.

»Kopf runter!«, rief David und zog Balu an der Hand zur Seite. Unmittelbar darauf fiel ein zweiter Schuss. Diesmal hätte das Projektil sein Ziel nicht verfehlt.

Endlich erreichten Sie das weiße Geländer am gegenüberliegenden Ende des heiligen Beckens. David half Balu hinüber, der ihn seltsam musterte.

»Was ist?«

»Dein Gesicht hat giftgrüne Flecken, Sahib!«

»Solange es keine blutroten sind – pass auf!«

Balu duckte sich und ein dritter Schuss hallte durch das Tempelareal. Und ging knapp daneben.

Nun fiel die ehrfürchtige Starre von den Verfolgern ab. Wie auf Befehl brandete eine ganze Salve vom Goldenen Tempel her auf.

Auch diese hatte David vorausgesehen. Kraft der Verzögerung konnte er die heransausenden Geschosse »lähmen«, sie schienen gleichsam in der Luft zu stehen. Rückwärts gehend zog er Balu durch einen runden Torbogen in Sicherheit. Im nächsten Augenblick prasselten die Kugeln gegen das weiße Mauerwerk und hinterließen dort ein paar hässliche Krater.

Die Insel der Aussätzigen

»Mir ist mit einem Mal diese Eidechse eingefallen. Jedenfalls glaube ich, dass es eine Eidechse war. Wenn ich mich nicht irre, habe ich im *National Geographic* von ihr gelesen. Sie kann über das Wasser gehen, ohne einzusinken.«

»Aber wir sind doch keine Eidechsen, Sahib. Oder etwa doch?« Balus Verwirrung wollte nicht so einfach von ihm abfallen. Sie waren im Gedränge der Stadt untergetaucht und saßen nun wieder in einer Rikscha. Erneut schrie und schimpfte sich ein kleiner strampelnder Inder durch den dichten Fahrrad- und Fußgängerverkehr.

»Keine Sorge, mein Guter. Du erinnerst dich bestimmt noch, wie ich dich kurz nach unserer ersten Begegnung aufgefordert habe, mit deinem Revolver auf mich zu schießen.«

»Und ob! Du hast die Kugeln mit einem Lappen einfach aus der Luft gepflückt.« Balus Augen begannen zu leuchten. »Ah! Jetzt fange ich an zu verstehen. Mit deiner Gabe hast du auch die Gewehrkugeln von uns fern gehalten.«

David nickte. »Es ist immer dasselbe Prinzip. Auf dem Wasser habe ich nur das Einsinken so stark verlangsamt, dass wir sicher einen Fuß vor den anderen setzen konnten. Die Eidechse macht's auch nicht viel anders, nur bewegt sie sich erheblich schneller als wir beiden alten Grauköpfe.«

»Das beruhigt mich, Sahib.«

»Wie bitte?«

»Ich möchte in meinem nächsten Leben nur ungern eine wasserwandelnde Eidechse sein.«

David sah seinen alten Freund nachdenklich an. Er wusste nie recht, wie ernst es Balu mit seinen Reinkarnationsgeschichten wirklich war. Schließlich wechselte er zu einer ihm wichtigeren Frage: »Diese Kushtha-Inseln – was hat es mit ihnen auf sich?«

»Vielleicht erinnerst du dich noch: Kurz nachdem wir das Straßenkind Abhitha aus dem Dreck aufgelesen hatten, haben wir über den Aussatz gesprochen. Kushtha bedeutet ›zerfressen‹.«

»Das hatte ich schon wieder vergessen. Und diese Insel, was ist damit?«

»Vielleicht kannst du dich aber noch daran erinnern, welche große Furcht die Menschen vor Kushtha haben. Um sich nicht anzustecken, hat man die Aussätzigen einfach auf Inseln gebracht. Hier sollen sie auf ihren Tod warten. Normalerweise befinden sich diese Plätze draußen auf dem Meer. Doch ich habe von einer Leprakolonie nur wenige Meilen südwestlich von Amritsar gehört.«

»Auf einer Insel im Sutlej.«

»So ist es, Sahib.«

Es war David nicht entgangen, mit welcher Abneigung der alte Mann über das Thema sprach. Lächelnd versicherte er seinem Freund: »Du wirst natürlich nicht mit auf die Insel kommen.«

Schrecken malte sich auf Balus Gesicht. »Auf die Insel? Du willst doch nicht ...«

»Aber ja, mein Guter. Wenn das Löwengesicht, von dem Meister Zangh Singh gesprochen hat, der von uns Gesuchte ist, dann werde ich mit ihm sprechen – selbst wenn er sich in einer Pestkolonie verkrochen haben sollte.«

David hatte, aus einer Ahnung heraus, die Koffer rechtzeitig bei der Gepäckaufbewahrung am Bahnhof deponiert. So mussten sie jetzt nach dem Zwischenfall im Goldenen Tempel nicht ins Hotel zurückkehren. Für das Auftauchen der schießwütigen Sikhs fand er nur eine Erklärung: Seine Anwesenheit konnte den Verschwörern, die Gandhis Tod geplant und den Mahatma womöglich schon längere Zeit beobachtet hatten, nicht entgangen sein. Höchstwahrscheinlich handelte es sich sogar um dieselbe Gruppe von Fanatikern, deren Bombenanschlag er zehn Tage zuvor vereitelt hatte. Der Rest ließ sich leicht schlussfolgern: Wenn der Drahtzieher all dieser Aktionen ein Mitglied des Kreises der Dämmerung war, wusste er nun, mit wem er es bei dem hoch gewachsenen, weißhäuptigen Engländer zu tun hatte. David seufzte innerlich. Schon um Balus willen würde er sich wieder einen neuen Namen zulegen müssen.

Mit finsterer Miene blickte er über die Straße. Auf der anderen Seite stand Balu und verhandelte mit einem Mann, der einen roten Turban trug, vermutlich dem Kennzeichen für Schlitzohrigkeit. Anlass des heftigen Wortwechsels war die Übertragung der Eigentumsrechte an einem Schrotthaufen. Die auf vier abgefahrenen Reifen ruhende Blechansammlung musste einmal ein japanisches Armeefahrzeug gewesen sein, ein viersitziger offener Geländewagen des gleichen Typs, der von David einmal in der Bucht von Tokyo gekapert worden war.

Balu hatte einen Vorteil errungen, unschwer erkennbar an dem niedergeschlagenen Gesichtsausdruck des Turbanträgers. Eine schwer abschätzbare Zahl von Rupien wechselte den Besitzer. Dann kam Balu in bester Laune auf David zugehumpelt.

»Wir haben ein neues Automobil, Sahib!«

»Und ich habe es für eine Nähmaschine gehalten.«

Balu stutzte. »Wozu wäre die uns von Nutzen, Sahib?«

»Schon gut, Balu. Du bist mir eine große Hilfe.«

Das Gepäck war auf den Rücksitzen schnell verstaut. David setzte sich ans Steuer, trickste mit einem Zündschlüssel, der wie ein Nagel aussah, die widerspenstige Elektrik aus und brachte den Motor auf Trab. In Schlangenlinien steuerte er dann den Geländewagen mitten in das Getümmel aus Fahrrädern, Rikschas und Fußgängern

– 88 –

hinein, vorbei an Straßenhändlern, die den Passanten ihre Messingwaren, Früchte oder Ziegen anboten.

»Ich finde, das Automobil läuft vorzüglich, Sahib.« Aus Balus Stimme sprach der Stolz des erfolgreichen Geschäftsmannes.

»Besser, als ich es für möglich gehalten hätte«, brummte David. »Wie viel hast du dem Halsabschneider eigentlich dafür in die Hand gezählt?«

»Das soll nicht dein Problem sein, Sahib.«

»Ich möchte dir die Kosten aber erstatten.«

»›Sende dein Brot hinaus auf die Oberfläche der Wasser und im Verlaufe vieler Tage wird es zu dir zurückkehren.‹«

David hob verwundert die Augenbrauen und blickte für eine Sekunde in Balus schmunzelndes Gesicht.

»Du hast mich schon vor langer Zeit reich gemacht, Sahib. Mit deiner Freundschaft und mit deinem Geld. Jetzt kann ich dir ein wenig von beidem zurückgeben.«

David schluckte einen Kloß hinunter. »Ich wundere mich nur, dass ein Hindu wie du mit einem Mal aus der Bibel zitiert.«

»Oh, ich wusste nicht, dass der Sinnspruch aus eurer Heiligen Schrift stammt. Ich habe ihn von Bapu. Aber nun wird mir einiges klar. Er hat während seiner Studienzeit in England viel in eurer Bibel gelesen. Zum Vizekönig sagte er einmal, wenn Großbritannien und Indien sich nur an die Worte aus Jesu Bergpredigt hielten, gäbe es längst Frieden zwischen beiden Ländern.« Und mit einem wehmütigen Unterton in der Stimme fügte Balu hinzu: »Der

Mahatma wusste die Wahrheit zu finden, auch an den ungewöhnlichsten Orten.«

»Das habe ich ja so an ihm geschätzt«, pflichtete David bei. »Wohin jetzt?«, fügte er schnell hinzu. Sie näherten sich einer Straßengabelung.

»Nach rechts. Wir fahren in Richtung pakistanische Grenze, immer am Sutlej entlang.«

Der Wagen erreichte bald die Außenbezirke Amritsars und holperte auf eine Sandpiste hinaus, die dem Flusslauf folgte. Der Sutlej sei der größte der fünf Nebenflüsse des Indus, klärte Balu seinen Chauffeur während der Fahrt auf. Daher trage die Region auch den Namen Punjab, also »Fünfstromland«. Die Zahl fünf spiele bei den Sikhs eine sehr große Rolle, wie das Beispiel der »fünf K« ja anschaulich zeige. David machte sich seine eigenen Gedanken zur Khalsa, zum Kara, dem eisernen Kreis und …

»Wie heißt in der Khalsa doch gleich der Säbel?«

»*Kirpan*. Wieso?« Balu war von der Frage offenbar überrascht.

»Ich brauche einen neuen Namen. Als David Pratt würde ich uns beide nur unnötig in Gefahr bringen. Der Säbel steht doch für ›Rechtschaffenheit zur Verteidigung des erhabenen Weges der Wahrheit‹, richtig?«

»Und für Würde und selbstlosen Mut.«

»Was hältst du von dem Namen Dan Kirpan?«

»Dan?«

David lächelte viel sagend. »Ein Wortspiel. Wie du vielleicht weißt, ist der Name im englischen Sprachraum weit verbreitet, aber eigentlich kommt er aus dem Hebräischen und heißt so viel wie ›Richter‹.«

»Der Richter mit dem Schwert der Gerechtigkeit. Wir Hindus schätzen Namen, die etwas über ihren Träger aussagen.«

»Dann gefällt er dir?«

»Er passt zu dir, wenn er mich auch mit Sorge erfüllt.«

David blickte Balu verärgert an. »Du musst nicht befürchten, dass ich zu einem Amokläufer werde und mit meinem *katana* massenhaft Hälse durchschneide.«

Balu erwiderte betrübt den trotzigen Blick. »Nein, das ist es nicht, was mir Sorgen bereitet, Sahib. Aber du hast einen jüdischen Namen gewählt, einen, der dich an deine Frau erinnert und in dem das Wort ›Rache‹ anklingt.«

David wich einem Schlagloch aus und heftete den Blick wieder auf die Straße. Auf Balus Bemerkung antwortete er nicht.

Gegen Abend erreichten sie ein kleines Dorf, das nur aus wenigen flachen Hütten bestand. Es lag direkt am Flussufer. David sah weder ein Ortsschild noch die in Amritsar allgegenwärtigen Stromleitungen. Vermutlich waren die Menschen hier zu arm, um sich derartigen Luxus leisten zu können. Dicht an dem träge dahinfließenden Gewässer stand ein weiß getünchtes Backsteinhaus, das etwas stabiler aussah als die ärmlichen Lehmhütten ringsum. Hinter dem Gebäude, genau in der Flussmitte, war eine Insel zu erkennen.

»Die Kushtha-Insel«, sagte Balu. Seine gute Laune vom Nachmittag war wie weggeblasen.

– 91 –

»Lass uns bei dem weißen Haus dort nachfragen, wie man hinüberkommt.«

»Tu es nicht, Sahib.«

»Doch, Balu.«

»Du wirst zerfressen werden und sterben.«

»Ein sehr boshafter Mensch hat mir einmal eine gewaltige Dosis *Clostridium tetani* injiziert. Dieses Bakterium ist kaum weniger grausam als der Lepra-Erreger. Es verursacht Tetanus. Aber zum Leidwesen des besagten Bösewichts bin ich nicht an Wundstarrkrampf gestorben. Und genauso wenig wird mir der Aussatz etwas anhaben können. Vertrau mir, mein Freund.«

»Bist du dir auch ganz sicher, Sahib?«

David brachte den Wagen neben dem Backsteinhaus zum Stehen und zog die Handbremse an. »Nein, bin ich mir nicht. Aber ich werde trotzdem gehen.«

Da motorisierter Besuch in dem Dorf offenbar eine große Seltenheit war, näherten sich sofort einige Neugierige dem Fahrzeug: Frauen in leuchtend bunten Saris, barfüßige braune Kinder und auch einige Männer mit Turbanen, weißen Hemden und Hosen sowie erdfarbenen Westen. Noch bevor David und Balu aus dem Geländewagen gestiegen waren, hatte sich auch schon die Tür des Backsteinhauses geöffnet und ein schlanker Mann von europäischem Habitus trat heraus.

»Herzlich willkommen«, sagte der Mann und schien es auch so zu meinen. Er war Anfang vierzig, hatte üppige blonde Haare, einen buschigen Schnurrbart und einen energischen Ausdruck um den Mund. Zu den cremefarbenen weiten Bundfaltenhosen trug er ein helles luftiges Leinenhemd. Er reichte David die Hand und sagte: »Ich bin Doktor Philip Browne. Kann ich Ihnen helfen?«

»Angenehm, Dr. Browne. Mein Name ist Dan Kirpan und das hier ist mein Freund und Führer Baluswami Bhavabhuti. Könnten wir Sie«, David sah sich zu der wachsenden Zahl Neugieriger um, »in einer etwas vertraulicheren Umgebung sprechen?«

Die Neugier des Doktors war geweckt. Wie ein Missionsvater wedelte er mit den Armen und schickte die Dorfbewohner freundlich, aber bestimmt in ihre Hütten zurück. Dann führte er den Besuch in das Haus.

Dr. Browne freute sich sichtlich über die unverhoffte Abwechslung. Er bot seinen Gästen auf der zum Fluss hin gelegenen Veranda Platz in großen Korbsesseln an und brachte eilig eine Karaffe mit lauwarmer Limonade. Bald erzählte er ausführlich von seiner Arbeit. Lupur – so nannte er das Dorf – sei keine offizielle Station der British Empire Leprosy Relief Association, gleichwohl gebe es auf der Insel im Fluss eine Kolonie. Die Kranken aus der Umgebung würden schon seit Jahrhunderten dorthin gebracht. Früher hätten sie unter erbärmlichen Umständen vor sich hin vegetieren und, auf den Tod wartend, zusehen müssen, wie der eigene Körper von der Krankheit zerfressen wurde.

»Ich stamme aus Fort William und habe während meiner Jugend in Schottland erfahren, was es bedeutet, arm zu sein. Durch die Royal Navy bin ich nach Indien gekommen. Diese Arbeit hier draußen wird wenig beachtet, aber sie bedeutet mir viel, kann ich doch Menschen helfen, die sonst völlig allein gelassen wären. Und wer weiß: Es gibt viel versprechende Versuche mit einem neuen Wirkstoff. Möglicherweise können wir mit Dapsone – das ist der Name des Medikaments – bald schon viele Menschenleben retten.«

»Soweit ich mich erinnere, hat man die Krankheit doch bisher mit Chaulmoograöl bekämpft.«

»Mit bescheidenem Erfolg, das stimmt. Wir verwenden auch Promin, ein Sulfon. Sind Sie ebenfalls Arzt, Mr Kirpan?«

David lächelte verlegen. »Nein. Im Ersten Weltkrieg war ich Sanitäter. Seit diesen Tagen habe ich viel Zeit mit Medizinern zugebracht. Außerdem war meine Frau die Tochter einer angesehenen Ärztin. Da schnappt man so einiges auf.«

»Ich verstehe. Und was führt Sie in diese gottverlassene Gegend?«

David wechselte einen kurzen Blick mit Balu, der sich wie immer bei Gesprächen seines Sahib respektvoll zurückhielt. »Ich suche ein Löwengesicht.«

Dr. Browne lachte freudlos auf. »*Eines?*« Er zeigte auf die Insel im Fluss. »Da drüben finden Sie mindestens *fünfzig*.«

»Was wollen Sie damit sagen, Doktor?«

»Lassen Sie mich das Ganze näher erklären. Das so genannte Löwengesicht ist eine der verschiedenen Erscheinungsformen der Hansen-Krankheit, die vereinfachend Lepra oder volkstümlich Aussatz genannt wird. Der Befall durch das *Mycobacterium leprae* äußert sich nämlich auf sehr unterschiedliche Weise. Grob gesagt, gibt es zwei polare Formen: Die multibacilläre Lepra ist ansteckend und verläuft oft tödlich – das ist die berüchtigte lepromatöse, also ›aussätzige‹ Lepra –, während die paucibacilläre Ausprägung, auch als tuberkulöse Lepra bekannt, in vielen Fällen sogar von allein ausheilt. Der dem Tuberkelbazillus verwandte Erreger ...«

»Entschuldigen Sie, wenn ich Sie unterbreche, Dr. Browne. Das alles ist sehr aufschlussreich, aber mich würde vor allem interessieren, welches Schicksal das Löwengesicht erwartet.«

»*Die* Löwengesichter, Mr Kirpan. Es gibt viele davon. Wie gesagt, bei der Gesichtsverformung handelt es sich um ein verbreitetes Symptom der lepromatösen Form, die mit anderen Krankheitsanzeichen wie Haarausfall und Verkrüppelung der Extremitäten einhergehen kann. Die Schwellungen im Gesicht des Infizierten entstehen übrigens durch eine nahezu ungebremste Vermehrung der Bakterien. Wir haben schon bis zu einer Milliarde Bakterien pro Gramm Körpergewebe festgestellt. Manchmal – vergeben Sie mir diesen für einen Wissenschaftler etwas emotionalen Vergleich – nehmen die Gesichter der Erkrankten einen animalischen Zug an. Die Menschen in diesem Land neigen zu bildhaften und oft mythischen Übertreibungen, daher die Wahl des Begriffes. Hinzu kommt die scheinbare Schmerzunempfindlichkeit der Befallenen, eine Folge des Absterbens der Nervenzellen. Oftmals kommen sie mit Verletzungen, manchmal sogar mit schweren Verbrennungen zu uns.«

David schüttelte traurig den Kopf. »In den Augen aber-
gläubischer Naturen mag so ein ›verwandelter‹ Mensch
schnell zu einem Dämon werden. Es wird mir wohl nichts
anderes übrig bleiben, als zur Insel hinüberzufahren und
alle Löwengesichter einzeln zu befragen.«

»Sind Sie Polizist?«

David lauschte kurz in sich hinein. Als der Sinn des
Wahrheitsfinders keinen Alarm schlug, beschloss er dem
Arzt zu vertrauen. Er schüttelte lächelnd den Kopf.
»Manchmal komme ich mir zwar so vor, aber nein. Allerdings ermittle ich tatsächlich in einem Fall, von dem Sie
ganz sicher gehört haben dürften. Es geht um das Attentat auf Mohandas Karamchand Gandhi.«

Dr. Browne ließ das Glas, das er gerade an die Lippen
gesetzt hatte, wieder sinken. »Ich bin sprachlos.«

»Sagt Ihnen der Name Raja Mehta etwas, Doktor?«

Jetzt schüttete sich der Arzt die Limonade über die Ho-
se. »Entschuldigung. Sie haben mich völlig aus dem Konzept gebracht. Das ist alles so schrecklich – die Ermordung
Gandhis, meine ich. Und jetzt kommen Sie und fragen
nach Mehta.«

David richtete sich kerzengerade in seinem knirschen-
den Sessel auf. »Heißt das, Sie kennen den Mann?«

»Und ob! Wir haben ihn erst heute früh wieder auf die
Insel gebracht. Irgendwie war es ihm gelungen, an den
Wachen vorbeizukommen, welche die Infizierten vom
Festland fern halten sollen. Dabei handelt es sich um eine
Art Selbstschutzmaßnahme der Bewohner in der Umge-
bung, die ich, ehrlich gesagt, zutiefst missbillige. Schließ-

lich könnte schon morgen jeder von uns an Lepra erkranken.« Jetzt nahm Dr. Browne doch einen Schluck aus seinem Glas. »Haben Sie es vorhin ernst gemeint, als Sie sagten, Sie wollten zur Insel hinüber?«

»Sehr ernst.«

»Sie könnten sich Kushtha einfangen, das heißt, Sie würden bei lebendigem Leib zerfressen.«

»Übertreiben Sie jetzt nicht etwas, Doktor?«

»Ich will Sie nur vor einer großen Dummheit bewahren.«

»Dann sind Sie allerdings der größere Dummkopf von uns beiden, kümmern Sie sich doch ohne Frage täglich um Ihre Patienten.«

»Eins zu null für Sie, Mr Kirpan. Offen gestanden ist das Ansteckungsrisiko bei Lepra auch weniger hoch, als allgemein angenommen wird.«

»Entschuldigen Sie, wenn ich mich einmische«, unterbrach Balu die Unterhaltung der beiden. »Es liegt mir sehr viel daran, dass mein Sahib nicht vom Aussatz zerfressen wird. Kann er irgendetwas tun, um sich zu schützen?«

Der Arzt blickte erst auf den alten Inder, dann wieder zu David. Er seufzte wie jemand, der schon mehr als genug Übel gesehen hatte, und erwiderte: »Es gibt keine Schutzimpfung und wir wissen auch nicht genau, wie man sich ansteckt. Ich kann Ihnen nur eines raten, Mr Kirpan: Kommen Sie den Kranken nicht zu nah.«

Niemand war bereit gewesen, den verrückten Engländer überzusetzen. Warum sollte jemand, der weder Arzt noch

– 97 –

ein Mitarbeiter der Leprahilfsorganisation war, freiwillig zu den Aussätzigen gehen? Es konnte sich bei dem Mann nur um einen Wahnsinnigen handeln.

Balu verabschiedete sich von seinem Sahib, als wäre ein Wiedersehen frühestens im nächsten Leben möglich. David ließ sich nicht beirren. Er bestieg sein schwankendes Transportmittel, ein schlankes hölzernes Flussboot mit hoch gezogenem Bug und Heck. Dr. Browne stieß das Gefährt in die Strömung und David brachte es mit kräftigen Ruderschlägen auf Kurs. Noch eine Weile winkten ihm der Arzt und der dreibeinige Inder vom Ufer her nach.

Der Sutlej erreichte an dieser Stelle seines Laufes eine Breite von etwa einer Viertelmeile. Die sichelförmige Insel lag ziemlich genau in der Mitte des Stromes. Als David das Ufer der Leprakolonie erreicht hatte und sein Boot auf den Strand zog, war die Sonne noch hinter dem Horizont versteckt. Er trug eine dunkelblaue Wolljacke. Die kühle dunstige Morgenluft ließ alles unwirklich aussehen. Im Zwielicht des anbrechenden Tages schienen die nahen Hütten auf einem wabernden See zu schwimmen.

Plötzlich entdeckte David herannahende Schemen. Ein Schauer lief ihm über den Rücken. Die Gestalten kamen direkt auf ihn zu. Aus der Entfernung wirkten sie gesichtslos wie Moorgespenster. Einige hinkten. Andere hielten ihre Arme seltsam abgewinkelt. David holte noch einmal tief Luft und ging auf die Aussätzigen zu. Als er sich ihnen bis auf wenige Schritte genähert hatte, stoben sie unvermittelt auseinander. »Bitte wartet!«, rief er. »Kann mich vielleicht irgendjemand verstehen?«

Dunkle Augen musterten ihn wie ein überirdisches Geschöpf. Keiner der Menschen wagte sich näher als sechs oder sieben Schritte an ihn heran. Manche hatten entsetzlich entstellte Nasen, andere dick geschwollene Gliedmaßen. Gelähmte Hände und Finger, furchtbar verkrümmt, reckten sich ihm wie flehend entgegen. Wieder andere waren mit Geschwüren übersät.

David empfand weder Ekel noch Abscheu für diese bedauernswerten Menschen, zu denen auch einige Löwengesichtige zählten. »Ich soll Sie alle von Dr. Browne grüßen. Er wird sich zur gewohnten Zeit wieder um Sie kümmern. Haben Sie das verstanden?«

»Uns Aussätzigen hat man beigebracht, Abstand zu den Gesunden zu halten. Manchmal durch Steinwürfe und Prügel. Aber viele hier sprechen Englisch«, meldete sich endlich ein älterer Mann. Er trug einen schwarzen Turban und hatte eine dicke breite Nase, geschwollen bis weit in die Stirn hinauf.

»Ich muss unbedingt mit einem Bewohner der Insel reden«, sagte David laut und eindringlich. »Er hat ein Löwengesicht. Sein Name lautet Raja Mehta.«

Schweigen. Wieder starrten ihn die dunklen Augen an, einige verständnislos, manche in stiller Klage, andere feindselig.

»Unser Vögelchen, das hinausflog, ein Wunder zu suchen«, sagte mit einem Mal eine Stimme. Der Sprecher war hinter anderen Aussätzigen verborgen. »Sucht doch mal ganz am Ende der Insel nach ihm, in dem allein stehenden Haus.«

David reckte den Hals, konnte den Mann aber nicht entdecken. »Danke«, sagte er und setzte sich Richtung Siedlung in Bewegung.

Die Kushtha-Insel war schmal. Unter Palmen und Tamarisken drängten sich Schilf-, Lehm- und Wellblechhütten. Vor manchen lagen Menschen auf Strohmatten, von ihrer Krankheit gelähmt. Sie warteten nur noch auf den Tod. Andere, die ihm begegneten, machten einen beinahe gesunden Eindruck, aber David sah die Verzweiflung in ihren Augen. Zum nördlichen Ende der Insel hin gab es immer weniger Hütten und schließlich entdeckte er im schwachen Morgenlicht ein einzelnes rechteckiges Gebilde aus Schilf.

Die Hütte besaß weder Fenster noch ein vernünftiges Dach. Eine Strohmatte als Vorhang markierte den niedrigen Eingang. Die windschiefen Wände hatten sicher noch keinen Sommermonsun erlebt – sie wären unweigerlich fortgeweht worden.

»Ist jemand zu Hause?«, rief David. Seine Nerven waren gespannt wie die Saiten einer Sitar.

Aus dem Schilfhaufen drang kein Laut.

»Raja Mehta, ich habe eine weite Reise auf mich genommen, um Sie zu sprechen.«

Der Wind wehte einen Schilfhalm vom Dach direkt an Davids Jacke. Nachdenklich nahm er das trockene gelbe Röhrchen und musterte die Wohnschachtel, die aufgrund ihrer provisorischen Bauweise überall Schlitze und Luftlöcher aufwies. Von innen musste man über eine gute Rundumsicht verfügen, aber von außen war nicht viel zu erkennen. Vorsichtig näherte er sich dem Eingang.

»Raja, ich weiß, dass Sie da drinstecken. Sie haben von mir nichts zu befürchten, aber ich muss dringend mit Ihnen reden.«

Wieder blieb alles stumm.

David hob behutsam eine Ecke des Türvorhangs an und spähte in das Innere des Verschlags. Auf einer großen löchrigen Strohmatte lagen ein schmutziges zusammengeknäultes Laken, eine leere Messingschüssel und ein *Kukri*, jenes breite schwere Rundmesser, das die gefürchteten nepalesischen Gurkhakämpfer im Dschungel oder Kampfgetümmel benutzten. Die Entdeckung verwirrte David. Mit eingezogenem Kopf betrat er die Hütte, um sich das Gurkhamesser näher zu besehen.

Gandhi gegenüber war Raja Mehta als Moslem aufgetreten, aber in Amritsar hatte er einen Sikh-Priester besuchen wollen. David stand gebückt über der aus Stahl geschmiedeten Waffe und zerbrach sich den Kopf. Die Gurkhas waren gewöhnlich Hindus. Irgendetwas stimmte da nicht.

Während noch dieser Gedanke in seinem Bewusstsein hing, brach urplötzlich die Decke über ihm zusammen und ein wildes Kriegsgeschrei erhob sich. David war abgelenkt gewesen und hatte den Angriff erst im letzten Moment vorausgesehen. Er wirbelte herum und sah ein Löwengesicht auf sich zufliegen.

Der Angreifer riss ihn zu Boden. David kämpfte gegen einen zwar kleineren, aber eindeutig kräftigeren Gegner, der noch dazu über mehr als nur zwei Arme zu verfügen schien. Der Aussätzige schrie und spuckte wie Rudra, der »Heulende«, er fauchte unverständliche Verwünschungen wie Bharaiva, der »Schreckliche« – alle Verkörperungen des vielarmigen Zerstörergottes Shiva schienen auf einmal über ihn hergefallen zu sein. Was zuvor nur eine Ahnung gewesen war, sah David plötzlich wie auf einer gestochen scharfen Fotografie vor sich. Der braunhäutige Shiva-Imitator wollte ihn mit dem Gurkhamesser barbieren.

Als der Arm des Angreifers sich nach der Waffe ausstreckte, drehte sich David plötzlich wie ein Schilfrohr im Wind nach rechts und vervielfachte dadurch den Schwung des Gegners. Der wilde Kämpfer schoss mit einem überraschten Aufschrei über das Ziel hinaus, und bevor er sich noch aufrappeln konnte, war David samt Klinge schon über ihm.

Mit dem geschmiedeten Stahl am Hals befiel den Wüterich eine beruhigende Starre. David atmete schwer. »So viel zu der Empfehlung von Dr. Browne, den Kranken nicht zu nahe zu kommen.«

»Der Aussatz wird dich zerfressen wie mich«, geiferte der rücklings am Boden Liegende und spannte die Muskeln an.

»Sieh dich vor, Freundchen«, fauchte David drohend und erhöhte den Druck auf die Klinge. Das Löwengesicht wurde wieder schlaff wie eine Stoffpuppe. »Du solltest dir deine Gegner in Zukunft etwas gründlicher anschauen, bevor du dich über sie hermachst. Du bist Raja Mehta, nicht wahr?«

– 102 –

»Was geht dich das an?« Das Löwengesicht versuchte sich hochzustemmen, allerdings nur halbherzig.

»Ein weiser Mann hat mir gesagt, dich plage ein schweres Leiden.«

»Soll das ein Scherz sein, Engländer? Wir sind hier auf einer Kushtha-Insel. Sieh mich an, dann weißt du, wie es um mich steht.«

»Dein Schmerz sitzt viel tiefer«, widersprach David. »Es ist dein Gewissen, das dich quält.«

David spürte, wie der Druck seines Gegners merklich nachließ. »Unsinn!«

»Wenn *ich* den Befehl zur Ermordung des Mahatma übermittelt hätte, würde es mir ähnlich ergehen.«

Nun brach der Widerstand Mehtas endgültig zusammen. Seine Muskeln erschlafften. Der Hass schien aus den Furchen seines verquollenen Gesichts abzufließen. Zurück blieben Verzweiflung und ein Ausdruck unsäglicher Qual. »Das habe ich nicht gewollt«, jammerte er.

David spürte Zorn in sich aufsteigen »Ach, und was hat dir in etwa vorgeschwebt? Dass Bapu nur von einer statt drei Kugeln durchlöchert wird? Du musst doch gewusst haben, was deine Botschaft bewirken wird.«

»Es sollte nur ein Denkzettel sein.«

»Eine sehr schwache Rechtfertigung, Raja. Ziemlich unglaubhaft. Du warst der Bote des Todes für den Mahatma. Finde dich damit ab.«

»Aber das kann ich nicht!«, brach es aus Mehta hervor. »Ich bereue, was ich getan habe, und wünschte, ich könnte mich von dieser Schuld reinwaschen.«

– 103 –

David glitt von Mehtas Brust und richtete sich in der zerstörten Hütte auf. Der Besiegte blieb am Boden liegen. Eine Weile lang blickte David grimmig über den Rand der nun dachlosen Hütte. Draußen hatten sich, angelockt durch den Kampfeslärm, einige Verkrüppelte versammelt. Nach einem tiefen Seufzer beugte er sich schließlich zu Metha hinab und tat etwas, das ihn einige Überwindung kostete. Auch jetzt nicht wegen der entstellenden Krankheit, sondern weil er wusste, was dieser Mensch angerichtet hatte. Er reichte dem Löwengesicht die Hand und sagte: »Komm. Lass uns gleichauf, von Auge zu Auge miteinander reden.«

Bald saßen sich die beiden Männer auf der Strohmatte gegenüber und führten ein langes, ungewöhnlich vertrauliches Gespräch.

Raja Mehta erzählte von seiner Jugend in Nepal, wie er später als Gurkhakämpfer in einer britischen Eliteeinheit gedient und sich zuletzt immer mehr mit der Religion der Sikhs angefreundet hatte. Etwa zu dieser Zeit lernte er einen mächtigen Marwari kennen, einen Kaufmann, der ihn bald mit verschiedenen Aufträgen kreuz und quer durch Indien und Pakistan schickte. Anfangs waren die Aufgaben rein geschäftlicher Natur gewesen. Aber dann stellte der Marwari ihm den Granthi vor. Es war eine unfassbare Ehre, mit dem heiligen Mann zu reden. Der Granthi, erinnerte sich Mehta, habe in ihm dann auch den Patriotismus entzündet, eine Flamme, die schließlich immer höher und heißer loderte. Und während er lernte, Züge in die Luft zu sprengen und Heckenschützen zu dirigieren, stieg er allmählich im Ansehen des Marwaris. Am Ende bekam er den Auftrag, die Ermordung Gandhis in die Wege zu leiten.

Als Mehta den Befehl entgegennahm, war er zunächst wie betäubt. Er hielt es für im höchsten Maß verwerflich, den »kleinen Vater« auch nur zu beleidigen, geschweige denn ihm körperlichen Schaden zuzufügen. Zu dieser Zeit, gestand der Gurkha, litt er bereits an einem merkwürdigen Taubheitsgefühl in Fingern und Füßen. Bald kamen dann die Hautflecken hinzu, helle gefühllose Stellen. Er ahnte, was diese Veränderungen bedeuteten, aber Scham, wohl auch die Angst, von seinen Freunden ausgegrenzt zu werden, hielten ihn davon ab, mit anderen über seine Erkrankung zu sprechen. Zuletzt begann sich sein Gesicht zu verändern.

Nun stieg ein unbeschreiblicher Hass in ihm auf. Mehta spreizte hilflos die Finger. Er könne nicht einmal erklären, gegen wen oder was sich dieser Groll gerichtet habe. *Warum ausgerechnet ich!*, schoss es ihm nur immer wieder durch den Kopf. Er wollte irgendjemandem die Schuld für sein Schicksal geben, egal wem. Gerade zu diesem Zeitpunkt wiederholte der Marwari seinen Befehl. Vollkommen abgestumpft habe er sich an die Durchführung des Attentats gemacht, berichtete Mehta niedergeschlagen. Er habe drei Pläne erarbeitet und enge Vertraute eingeweiht. Einer davon sei Nathuram Godse gewesen. Plan eins – das Bombenattentat – sei fehlgeschlagen, weil zufällig ein Engländer den Mahatma gerettet habe. Godse hatte dann später mehr Erfolg.

Nach dem Anschlag sei er zusammengebrochen, gestand Mehta. Er habe sich auf die Insel der Aussätzigen zurückgezogen, weniger seiner Krankheit wegen, sondern um sich vor der Polizei zu verstecken. Aber als dann die Nachricht von Gandhis Tod die Runde machte, schlug ihm das Gewissen.

In seiner Verzweiflung wollte er bei dem Granthi Beistand suchen, aber er traf nur Meister Zangh Singh, der ihm ein Bad im Nektarbecken zubilligte. Die Krankheit besiegte er dadurch nicht. Vielleicht war sie eine Strafe Gottes, sinnierte Metha. Am Boden zerstört sei er daraufhin nach Lupur zurückgekehrt, um auf der Insel seinen Tod zu erwarten.

David konnte aus den Worten des Gurkha echte Reue heraushören. Dennoch machte er ihm klar, dass allein die Einsicht in die Verwerflichkeit der eigenen Tat nicht genügte.

»Reue ohne darauf folgendes Handeln ist wie ein nicht eingelöstes Versprechen. Du wirst dein Leben lang an deiner Schuld tragen und keine Nektarquelle der Welt kann dich von ihr reinwaschen. Aber wenn du umkehrst und deine reumütige Einstellung beweist, wirst du wieder im Spiegel dein Bild betrachten können.«

»Selbst wenn es nur ein Löwe ist, den ich dort sehe?«

»Gerade *weil* es ein Löwe ist, der dich aus ihm anschaut.«

»Wenn ich mich den Behörden stelle, werde ich hingerichtet.«

»Das ist nicht gesagt. Du bist nicht Gandhis Mörder. Jeder muss für seine Taten die Verantwortung übernehmen. Davon spricht selbst die Reue nicht frei.«

Raja Mehta nickte und ließ den Kopf hängen. »Das verstehe ich. Aber was kann ich tun, um mich von meiner Sünde reinzuwaschen?«

»Sag mir, wer den Befehl zur Ermordung des Mahatma erteilt hat. Wer ist dieser Marwari?«

Mehtas Kopf fuhr hoch. Seine braunen Augen flackerten.

»Ich kann mir denken, was dir dieser Mann versprochen beziehungsweise angedroht hat: Wohlstand und allerlei irdische Freuden im Falle deines Gehorsams, bei Verrat allerdings den Tod und die Wiederkehr als Wurm in vielen zukünftigen Leben.«

»Das waren fast genau seine Worte«, staunte Mehta.

»Was die irdischen Freuden betrifft, hat er ja nun nicht Wort gehalten. Ich dagegen verspreche dir, dass du spätestens im Tod endgültige Erlösung finden wirst. Wem möchtest du nun vertrauen, dem Lügner oder dem, der bis auf den Grund deiner Seele blicken kann?«

David hatte genau die richtigen Worte gefunden. Er bemerkte, wie sich der Rücken des Gurkha plötzlich straffte und ein entschlossener Ausdruck in das Löwengesicht zurückkehrte.

Und dann sagte Raja Mehta: »Der Marwari, in dessen Diensten ich stand, hat einen Palast in Amritsar und einen zweiten auf der Halbinsel Manora in Karachi. Seine ›Geschäfte‹ führen ihn jeweils für mehrere Wochen in die eine oder andere Stadt. Rechtzeitig vor dem Attentat hat er sich nach Pakistan abgesetzt.«

»Er müsste also noch dort sein?«

Mehta nickte.

Mit ernster Miene beugte sich David zu dem geständigen Gurkha vor und sagte ebenso leise wie eindringlich: »Nur eines noch muss ich jetzt von dir wissen: Wie lautet der Name dieses ›rührigen‹ Mannes?«

Raja Mehta hielt dem Blick des weißhaarigen Engländers lange stand. Seine Kiefer mahlten. Die dunklen Augen funkelten erregt. Schließlich sprach er die letzten zwei Worte, die für ihn Erlösung und für David Abschied bedeuteten.

»Ben Nedal.«

Der Sturmpalast

David überreichte Dr. Philip Browne das Ergebnis seiner zweistündigen Recherche in einem verschlossenen Umschlag. Er, der Lepraarzt, möge die Geschichte lesen und damit tun, was immer er für richtig halte.

Gegen zehn Uhr morgens saßen David und Balu wieder in ihrem japanischen Militärschrotthaufen und klapperten Richtung pakistanische Grenze. Balu brütete lange Zeit neben seinem Freund, bevor er endlich nach dem Inhalt des Umschlags fragte.

»Ich habe Raja Mehtas Geschichte aufgeschrieben, so objektiv, wie es mir möglich war. Dr. Browne kann sie den

Behörden übergeben, wenn er will. Oder er lässt Mehta in Ruhe sterben.«

»Machst du es dir nicht etwas zu einfach, Sahib?« Balus Stimme zitterte leicht.

Ist er jetzt wütend auf mich? »Du meinst, Gandhis Tod sei mir gleichgültig, nicht wahr? Aber das stimmt nicht, mein Freund. Ich vermisse ihn und leide unter dem Eindruck dessen, was man ihm angetan hat. Aber ich kann weder alle Übeltäter dieser Welt noch ihre Verbrechen ausmerzen, sondern muss mich auf die Dinge konzentrieren, von denen ich glaube, sie auch wirklich tun zu können.«

»Es wäre keine Staatsaktion gewesen, den Bericht über Mehta bei der nächsten Polizeistation abzugeben. So hätte er wenigstens die Strafe bekommen, die er verdient.«

David brachte den Geländewagen in einer Staubwolke zum Stehen, drehte sich zur Seite und blickte seinem Freund in die Augen. »Hat er das denn, Balu? Ich meine, ist ein Strick oder lebenslanger Kerker das Richtige für ihn? Oder ist nicht die Leprainsel sogar eine viel schlimmere und möglicherweise gerechtere Strafe? Und wer sagt denn, dass die Polizei im Punjab nicht auch auf der Gehaltsliste von Ben Nedal steht? Willst du dafür garantieren, dass Mehta einen fairen Prozess bekommt und nicht schon morgen von einem anderen Meuchler Belials umgebracht wird? Also ich vermag die Antworten auf all diese Fragen nicht zu geben. Ich weiß nur eines: Dr. Browne hat einen klaren Verstand, er ist ein Menschenfreund und wird die richtige Entscheidung treffen, weil er sich dafür viel Zeit nehmen kann. Erheblich mehr jedenfalls, als mir zur Verfügung steht.«

Der alte Inder kannte David viel zu gut, um nicht zu wissen, dass dessen Entscheidung endgültig war. Er wandte sich ab und blickte schweigend durch die gesprungene Frontscheibe auf die Piste.

David legte den Gang ein und fuhr weiter.

Wieder verging eine geraume Zeit, bevor sich Balu erneut meldete. »Dann willst du jetzt also wirklich nach Karachi fahren und diesem Ben Nedal in die Suppe spucken, Sahib?«

Mit einem Mal musste David lachen. »Mit dieser rasenden Nähmaschine? Ich bin doch nicht lebensmüde!«

Das Überschreiten der »Religionsgrenze« nach Pakistan bedeutete für David den Verlust eines Tages. Denn der Freitag gehört in der muslimischen Welt dem Gebet und nicht der Eisenbahn. In Lahore achtete man sehr streng darauf, wenigstens am 6. Februar 1948.

Nach einigem Hin und Her hatte David dem Vorschlag Balus zugestimmt, einen seiner Geschäftsfreunde um eine Unterkunft für eine Nacht zu bitten, was sich noch als ausgesprochener Glücksfall erweisen sollte. Herbergen waren nicht sicher. Der Überfall in Amritsar hatte gezeigt, wie gefährlich Fragen werden konnten. Ben Nedal musste ein weit gespanntes Netz von Zuträgern besitzen. Als David und Balu daher am Donnerstagabend im Schatten eines Minaretts Muhammad Alis Haus betraten – den Kopf voll drückender Erinnerungen und tollkühner Pläne –, ahnten sie noch nichts von ihrer Zwangspause.

Yar Muhammad Ali war ein Karneolhändler, ein kleiner fülliger Mann von nicht ganz vierzig Jahren, gesegnet mit einem dichten dunklen Vollbart und einem sonnigen Gemüt. Balu kannte ihn seit mehr als zehn Jahren und David spürte bald, dass er diesem Moslem trauen konnte. Jedenfalls, solange er nicht mit ihm um dessen Schmucksteine feilschte. Yars Spezialität waren nämlich röhrenförmige Perlen, etwa eine Handspanne lang und durch ein bestimmtes Brennverfahren leuchtend orangerot gefärbt. Karneolperlen würden am Indus schon seit Jahrtausenden hergestellt, aber niemand habe Stücke mit so prächtigen Farben wie er, Yar Muhammad Ali. Ob der englische Sahib nicht ein Geschenk für die Frau seines Herzens kaufen wolle? David lehnte das Angebot mit einem bitteren Lächeln ab.

Yar besaß jenes Feingefühl für menschliche Regungen, das einen begnadeten von einem nur passablen Händler unterscheidet. Als er den Gast auf seine traurigen Augen hin ansprach, begann David vom tragischen Schicksal seiner jüdischen Frau zu erzählen. Und weil er die Aufrichtigkeit Yars spürte, ließ er auch beiläufig einige Bemerkungen über die Verschwörergruppe fallen, die er seit Jahren jagte. Auch Gandhis Ermordung blieb an diesem Abend nicht unerwähnt. Der Karneolhändler nahm starken Anteil an dem Bericht. David registrierte es mit stiller Freude. War dies etwa ein neuer »Bruder«, den es zu gewinnen galt?

Das gemeinsame Abendessen näherte sich bereits dem Ende, als die Pläne für den kommenden Tag angesprochen wurden. Er und der Sahib würden mit dem Zug in die Hauptstadt reisen, bemerkte Balu eher beiläufig.

Daraufhin begann Yar zu lachen. Sein Heiterkeitsausbruch galt der offensichtlichen Zerstreutheit seines hinduistischen Geschäftspartners. »Dir sollte inzwischen doch bekannt sein, dass sich bei uns am Freitag nicht viel abspielt, abgesehen vom Besuch der Moschee natürlich. Sofern ihr euer klappriges Blechkamel nicht selbst aus der Stadt treibt, werdet ihr wohl bis Sonnabend in Lahore bleiben müssen.«

Balu war dieser Fauxpas ungemein peinlich. Er funkelte seinen langjährigen Geschäftspartner an. »Könntest du nicht . . . «

»Nein, kann ich nicht«, schnitt Yar ihm das Wort ab. »Seid zwei Nächte lang meine Gäste, lasst es euch gut gehen und ruht euch von den Strapazen der Reise aus.«

Am Freitagmorgen erinnerte der Muezzin vor Sonnenaufgang die schlafenden Gläubigen an das erste der fünf Tagesgebete. Nach der waghalsigen Besteigung seines Schwindel erregend hohen Minaretts sorgte er – nicht nur bei David – für ein frühes Ende der Nachtruhe.

David fühlte sich wie gerädert. Gähnend schlurfte er auf den umlaufenden Balkon hinaus, von dem aus man in den Innenhof von Yars Anwesen blicken konnte, ein verstecktes kleines Paradies mit grünem Rasen, Feigenbäumen und einem plätschernden Springbrunnen. Eine

Schar von Wolken jagte über den Feuerhimmel. David entdeckte den Hausherrn, wie er sich auf einem kleinen Teppich gen Mekka verneigte und murmelnd das Morgengebet anstimmte.

»Im Namen Allahs des Gnädigen und Barmherzigen. Aller Preis gehört Allah, dem Herrn der Welten, dem Gnädigen, dem Barmherzigen, dem Meister des Gerichtstages ...«

David konnte Yars Arabisch zwar nicht verstehen, aber er kannte die Übersetzung der ersten Sure des Korans. »Führe uns auf dem geraden Weg«, hieß es darin weiter. Er fragte sich, ob er endlich den geraden, den direkten Weg gefunden hatte, der ihn an sein Ziel bringen würde. Wenn, wie er vermutete, Ben Nedal wirklich ein Mitglied des Kreises der Dämmerung war, wäre das ein weiterer Meilenstein.

Ganz versunken in Gedanken bemerkte David zuerst nicht, dass sich sein Gastgeber erhoben und den Teppich zusammengerollt hatte und nun direkt auf ihn zukam. Als er über sich den Engländer auf der Balustrade sah, reagierte er weder verlegen noch verärgert. Er neigte mit einem Lächeln leicht den Kopf und sprach: »*La ilâh illa Allâh; Muhammad rasûl Allâh.*« Die Worte des *Shahada*, des islamischen Glaubensbekenntnisses: »Kein Gott außer Allah; Muhammad ist der Gesandte Allahs.«

David nickte zurück.

»Sind es neue oder alte Sorgen, die dich bedrücken, Sahib?«, fragte Yar.

David lächelte etwas säuerlich und beugte sich vor, die

Unterarme auf die Brüstung stützend. »Du bist ein guter Menschenkenner, Yar.«

»Dann sind es neue Sorgen.«

Nach kurzem Zögern antwortete David: »Hast du jemals mit einem Mann namens Ben Nedal Geschäfte gemacht?«

Yars Miene verfinsterte sich. »Ist er der ›Verschwörer‹, dem du auf den Fersen bist?«

»Das weiß ich nicht.«

»Um deine Frage zu beantworten, Sahib: Ben Nedal ist mir nicht unbekannt. Er ist gefährlich. Nimm dich vor ihm in Acht.«

David schaute noch immer grübelnd auf den plätschernden Brunnen hinab, als Yar Muhammad Ali längst verschwunden war.

»Du beschämst mich, Yar. Dieses Geschenk wäre eines Kalifen würdig. Oder besser noch einer Prinzessin. Aber nicht mir.«

»Die Welt ist voller Prinzessinnen, Sahib, man muss nur genau hinsehen, um sie zu erkennen. Bitte nimm die Perle trotzdem. Ich möchte es so.«

»Aber ich habe doch niemanden, dem ich sie schenken kann. Was soll ich damit?«

»Zu gegebener Zeit wirst du es wissen«, erwiderte Yar und in seinen Augen funkelte ein Licht.

Die Röhrenperle in dem lackierten Zedernholzkästchen war nicht so ebenmäßig wie die anderen Schmuckstücke, die Yar seinen Gästen tags zuvor gezeigt hatte. Doch trotz oder gerade wegen der leicht welligen Oberfläche und ihrer auffälligen Zeichnung bezauberte sie David. Er seufzte. »Dann danke ich dir. Die Perle ist wunderschön. Ich habe noch nie einen so leuchtenden Karneol gesehen, mir ist beinahe, als blickte ich in den Sonnenaufgang.«

»Das ist ein guter Vergleich«, freute sich Yar. »Ich wünsche euch beiden für eure Mission viel Glück und Allahs Segen.«

David drückte fest Yars Hand. »Danke, noch einmal. Für alles. Du hast uns sehr geholfen.«

Yar lächelte vergnügt. »Das will ich hoffen, Sahib.«

Mit einer makellos glänzenden und voll funktionstüchtigen Limousine, die aus Yars Fuhrpark stammte, ließen sich David und Balu zum Bahnhof von Lahore bringen. Den japanischen Geländewagen hatte Yar in Zahlung genommen. »Für meine Kuriositätensammlung«, lautete seine Erklärung, gefolgt von schallendem Gelächter.

Als David später an Balus Seite im Zug saß, den Blick auf die dunklen Wolken am Himmel gerichtet, musste er noch lange über diese glückliche Begegnung nachdenken. Zwischen seinen Fingern drehte er die leuchtende Karneolperle. Es war schon sonderbar, wie oft ihm Menschen ohne Eigennutz halfen. Vor zwei Tagen kannte er Yar noch nicht und nun ... David stutzte. Sein Daumen spürte etwas, das eben noch nicht da gewesen war. Verwundert blickte er auf die Röhrenperle in seiner Hand. Starr wie eine Holzpuppe saß er auf seiner Bank.

Balu war die Veränderung an seinem Freund sofort aufgefallen. »Was ist, Sahib?«

David zeigte dem Alten das Schmuckstück, das beinahe so dick wie sein kleiner Finger, aber ungefähr doppelt so lang war. Um die Perle vor den neugierigen Blicken der anderen Reisenden zu schützen, hielt er sie in der hohlen Linken. Mit Zeigefinger und Daumen der anderen Hand förderte er ein dünnes Papierröllchen zutage, das ein wenig aus dem Einfädelloch der Perle herausgestanden hatte. Er entrollte die Botschaft, die, wie sich schnell herausstellte, von Yar Muhammad Ali stammte, und las.

Hoch geschätzter Freund!

Die Röhrenperle, die ich dir gab, mag dir, verglichen mit anderen, unvollkommen erscheinen, aber das ist sie nicht. Dieser Karneolstein wurde vor mehr als viertausend Jahren gebrannt und – niemand weiß heute mehr wie – der Länge nach durchbohrt. Das seltene Stück stammt aus Mohendscho Daro, dem »Hügel der Toten«. Die Perlen aus dieser Stadt waren in alter Zeit sogar in Mesopotamien geschätzt. Mir ist zu Ohren gekommen, dass Ben Nedal besessen von solchen Kostbarkeiten ist. Er zahlt für sie fast jeden Preis. Das Artefakt mag dir als Schlüssel zu Ben Nedals Palast dienen. Aber sei vorsichtig! Er würde selbst vor einem Mord nicht zurückschrecken, um eine derart wertvolle Perle sein Eigen nennen zu können. Möge Allah deine Pfade gerade machen.

Yar Muhammad Ali

Schweigend, ja, regelrecht benommen reichte David das Zettelchen seinem Freund. Balu schien die winzigen Buchstaben mit der Nase zu lesen – seine Augen waren nicht mehr die besten.

Nachdem auch er Yars Mitteilung studiert hatte, grinste er über das ganze Gesicht und sagte einen einzigen Satz. »Ein ausgesprochen viel versprechendes Geschenk, Sahib.«

Die fast siebenhundert Meilen weite Zugreise von Lahore nach Karachi war nervenaufreibend und kräftezehrend. Als David und Balu lange nach Sonnenuntergang in der größten pakistanischen Stadt eintrafen, wären sie am liebsten in ein Taxi gestiegen und hätten sich in eines der großen Hotels unweit des Bahnhofs chauffieren lassen. Aber die Erinnerung an Amritsar und die ernsten Warnungen Yar Muhammad Alis waren noch frisch. Also mobilisierten sie ihre letzten Reserven, kletterten in ein Eselstaxi und ließen sich nach Khadda karren, einem Stadtteil am Fischereihafen, nördlich der Bandar Road.

Das verwinkelte Viertel von Khadda war ein ideales Versteck. Fast mittelalterlich muteten die Häuser, Straßen und Gassen an. Hier, im alten Teil Karachis, wohnten die Großhändler, eine eigene Spezies, die vorzugsweise scheu und zurückgezogen lebte. Yar hatte ihnen am Abend zuvor eine Unterkunft empfohlen, in der er selbst bisweilen abstieg.

Nur am Namen war das Hotel *Quaid-i-Azam* als solches zu erkennen. Zwei Stockwerke flach kauerte es zwischen einem doppelt so hohen kolonialen Backsteinbau, in dem sich ein Tuchlager befand, und einem heruntergekommenen Wohnhaus, vor dem Männer mit Kopftüchern standen und lebhaft debattierten. Die fast zur Gänze abgeblätterte Fassade der Herberge war früher einmal rotbraun gewesen und die Entzifferung ihres verblichenen Namens hätte für jeden ehrgeizigen Archäologen eine Herausforderung bedeutet.

Wie es Yar gesagt hatte, besaß der Wirt des *Quaid-i-Azam* eine »Abneigung gegen Formulare jeglicher Art«, was den beiden Gästen nur recht sein konnte. Balu bestand darauf, eine Anzahlung für drei Nächte zu leisten, und der Wirt entließ sie mit blumigen Segenswünschen in die Nachtruhe.

Die Betten quietschten und hingen durch wie Hängematten, aber das Zimmer war überraschend sauber und besaß sogar einen Tisch, an dem man Pläne machen konnte. Dies taten David und Balu dann auch, nachdem sie bis weit nach Sonnenaufgang geschlafen hatten, obwohl auch an diesem Ort ein Muezzin sich redlich mühte, solcherlei Müßiggang zu unterbinden.

Zunächst wollten sie die altertümliche Karneolperle in einschlägigen Kreisen bekannt machen. Ben Nedal musste dann früher oder später auf sie aufmerksam werden. Yar hatte ihnen einige Namen von Kaufleuten aufgeschrieben, denen hohe Gewinnspannen alles, »saubere« Geschäfte dagegen wenig bedeuteten. Die Verhandlungen wickelte man am besten in einem gut besuchten Kaffeehaus ab, meinte Balu. David war einverstanden und beauf-

– 118 –

tragte seinen Freund, für den Nachmittag entsprechende Treffen zu vereinbaren. Er selbst wollte in der Zwischenzeit Ben Nedals Palast auf der Halbinsel Manora in Augenschein nehmen.

»Mir ist von Geschäftsleuten in Karachi mit einigen sehr kostspieligen Steckenpferden berichtet worden.« David ließ die Worte eine Zeit lang einwirken. Er nippte an einer Mokkatasse und lächelte Ghulam Leghari an, der ihm gegenübersaß und sich nach Kräften mühte gelangweilt auszusehen. Der Mittelsmann war der fünfte und letzte auf Yars Liste. In dem lauten Kaffeehaus herrschte ein ständiges Kommen und Gehen. Auffällig war, dass nur Männer zu den Gästen gehörten.

Balu spitzte die Ohren, während David die fünfte Vorstellung des Tages gab. »Ich hätte da ein besonders kostbares Stück anzubieten: nicht weniger als viertausendfünfhundert Jahre alt, eine Röhrenperle aus Karneol, leuchtendes Orangerot, prachtvolle Bänderung, tadelloser Zustand.«

Die linke der beiden auffällig struppigen Augenbrauen Legharis zuckte ein einziges Mal. Sein Gesicht blieb unbewegt. »Wie kommen Sie dazu, ausgerechnet mir dieses Angebot zu machen, Mr Gladius?«

Zur Rolle ebenjenes Gladius gehörte eine gewisse Verschlagenheit. David grinste unverschämt und erwiderte abschätzig: »Sie werden doch wohl nicht von mir erwarten, dass ich Ihnen meine besten Geschäftskontakte offen lege. Aber seien Sie versichert, Mr Leghari, überall auf der

– 119 –

Welt habe ich Handelspartner, ich unterbreite Ihnen deshalb dieses Angebot nur einmal. Es ist für mich schlicht und ergreifend einfacher, das besagte Artefakt gleich hier in Pakistan zu verkaufen, da es ja aus Mohendscho Daro stammt. Natürlich will ich aber auch kein Verlustgeschäft machen. In Europa oder den Vereinigten Staaten gibt es einige Kunstliebhaber, die für das Stück einen fürstlichen Preis bezahlen würden.«

»Den Sie daher auch von mir verlangen müssen. Sie haben mein Mitgefühl, Mr Gladius.«

»Danke. Ich verkaufe übrigens nur an den Endabnehmer persönlich, Mr Leghari. Bezahlung in bar und er übernimmt Ihre Provision. Das Geschäft wird auf diese Weise abgewickelt oder gar nicht.«

»Ich nehme an, Sie möchten den Kaufpreis in amerikanischen Dollars?«

David nickte und nannte eine unverschämt hohe Summe.

Ghulam Leghari stieß pfeifend die Luft zwischen den Zähnen hervor. »Zweihundertfünfzigtausend? Das können Sie vergessen!«

Diese Reaktion hatte David erwartet. Orientalische Kaufleute schienen das Feilschen alle auf derselben Schule gelernt zu haben. Er drückte sich aus dem Stuhl hoch und reichte dem Pakistani die Hand. »Dann danke ich Ihnen für das Gespräch, Mr Leghari. Ich werde meine Ware wohl doch besser jemandem anbieten, der ihren wahren Wert zu schätzen weiß.«

»Nun seien Sie doch nicht gleich gekränkt, Mr Gladius«, beschwichtigte der Mittelsmann. »Und nehmen Sie bitte wieder Platz.«

David ließ sich, scheinbar widerwillig, auf den Stuhl zurücksinken.

Balu war einfach sitzen geblieben. Er kannte das Spiel ja schon.

»Für diese hohe Summe benötige ich die Zustimmung meines Kunden. Haben Sie denn zur Begutachtung die Perle dabei?«

»Für wen halten Sie mich?«, schnaubte David. »Ich weiß, wie locker die Dolche in diesem Land sitzen. Bringen Sie mich mit Ihrem Kunden zusammen und er kann die Ware in aller Ruhe prüfen und sich dann entscheiden.«

»Darf ich Sie morgen in Ihrem Hotel aufsuchen?«

»Ich werde um neun Uhr hier auf Sie warten, genau fünfzehn Minuten lang. Wenn Sie nicht erscheinen, ist das Geschäft geplatzt.«

»Sie sind ein harter Verhandlungspartner, Mr Gladius.«

David fixierte mit versteinerter Miene den Zwischenhändler. »Falsch, Mr Leghari. Wir sind weder Partner noch verhandele ich mit Ihnen. Ich habe es Ihnen schon einmal gesagt: Wir spielen hier nach meinen Regeln. Sie können entweder als Bote fungieren und dafür ein sattes Honorar einstreichen oder Sie lassen es bleiben.«

»Meinst du, er wird kommen, Sahib?«

David blickte unauffällig zum Eingang des Kaffeehauses hin. Ein Turban flog draußen am Fenster vorbei und ein barhäuptiger Mann lief hinterher. »Leghari ist unser Mann, Balu. Wie ausgekocht er auch sein mag, mich konnte er gestern nicht täuschen. Er kennt die Passion seines Kunden. Wahrscheinlich wollte er nur Zeit gewinnen, um Ben Nedal eine möglichst hohe Provision abzugaunern. In spätestens fünf Minuten wird Leghari durch die Tür dort treten und uns mit einem überschwänglichen Lächeln einladen, ihn zu begleiten.«

»Willst du wirklich allein gehen?«

»Du kannst mich gerne noch hundertmal fragen und wirst von mir trotzdem keine andere Antwort bekommen, Balu: Du bleibst hier und wartest im Hotel auf mich. Sollte ich bis heute Abend nicht zurück sein, fährst du nach Hause und steckst nie mehr deine Nase in meine Angelegenheiten. Dann hast du wenigstens eine gewisse Chance, einhundertdreiunddreißig Jahre alt zu werden. Im anderen Fall ...«

»Du bist nicht besonders nett zu deinem alten Freund, Sahib.«

Das stimmt, mein Guter. Aber wenigstens dir soll Belial nichts antun. »Die Zeit der Nettigkeiten ist für mich endgültig vorbei, Balu. Der Schattenlord hat mir die Hälfte meines Herzens herausgerissen. Das ist wirklich genug – findest du nicht?«

»Da kommt Leghari!«, flüsterte Balu zurück. »Viel Glück. Wir sehen uns später.« Der Inder erhob sich schnell und verließ den Tisch.

David konnte nur noch zustimmend nicken. Eigentlich hatte er sich den Abschied von seinem Freund anders vorgestellt. Bewusst vermied er es, Balu hinterherzusehen und damit vielleicht Ghulam Legharis Misstrauen zu wecken. Er wartete, bis Ben Nedals Mittelsmann sich vor ihm aufgebaut und ein höfliches Begrüßungswort gemurmelt hatte.

Sein Kunde, ein Kenner und Liebhaber antiker und vorgeschichtlicher Artefakte, habe den Wunsch geäußert, die Röhrenperle persönlich in Augenschein zu nehmen, eröffnete der Pakistani. Wenn es Mr Gladius passe, könne man dem Kunstfreund sofort einen Besuch abstatten. Ob er denn das Schmuckstück diesmal bei sich trage?

Mit der Rechten klopfte sich David auf das Jackett und lächelte. »Ich habe es direkt über meinem Herzen. Und falls die Röhrenperle den Gefallen Ihres Kunden findet, könnte ich ihm vielleicht noch weitere besorgen.«

»Das wird er bestimmt gerne hören«, antwortete Leghari. Er wusste nun, welch fetter Provisionen er sich berauben würde, sollte er dem Engländer auch nur eines seiner schneeweißen Haare krümmen.

Vor dem Kaffeehaus blickte David zum pechschwarzen Himmel empor. Das Arabische Meer hatte den Straßen Karachis einen heftigen Sturm gesandt, der alles, was nicht niet- und nagelfest war, durcheinander wirbelte. Es würde bald Regen geben. David überlegte, ob er das Unternehmen abblasen sollte.

Da drang eine aufgeregte Stimme an sein Ohr. Ein braunhäutiger livrierter Chauffeur versuchte eine Horde Neugieriger, überwiegend Kinder, von seiner schwarzen

Limousine zu vertreiben. Als ihm das endlich gelungen war, wanderte sein besorgter Blick über die spiegelnde Oberfläche des Bentley. Erst ein Räuspern Legharis erinnerte ihn an seine eigentliche Aufgabe.

»Bitte verzeihen Sie, aber dieser Pöbel kann einem den ganzen Lack ruinieren«, sagte er diensteifrig und war schon zur Stelle, um den Schlag der Limousine aufzureißen. David zog den Kopf ein und ließ sich in die weichen Ledersitze sinken, neben ihm nahm Leghari Platz. Die Tür fiel mit einem satten Klacken ins Schloss und eine fast bedrückende Stille umfing sie. Mit gemischten Gefühlen blickte David durch die Heckscheibe auf das sich schnell entfernende Kaffeehaus zurück. Er wünschte, Balu stünde dort und würde zum Abschied winken.

Der Bentley kämpfte sich durch den dichten Verkehr von Khadda. Fußgänger, Eselskarren und Fahrräder verstopften die Straße. Gelegentlich kam auch ein Kamel hinzu. Während die Limousine entlang der Bahntrasse stadtauswärts rollte, glänzte Ghulam Leghari durch nachhaltiges Schweigen. Offenbar hatte er seinen Teil an dem Handel erfüllt, alles Weitere würde sich fügen.

Auf einer Brücke, die ein wasserloses Flussbett überspannte, blieb der Wagen plötzlich stehen.

»Leider bin ich nicht zu der Unterredung geladen«, entschuldigte sich Leghari. »Der Chauffeur wird Sie zum Haus meines Kunden bringen und später auch wieder in die Stadt zurück. Leben Sie wohl, Mr Gladius. Es war eine interessante Erfahrung, mit Ihnen Geschäfte zu machen.«

Ehe sich's David versah, war der Mittelsmann verschwunden. Der Bentley nahm wieder Fahrt auf und ließ das Zentrum Karachis schnell hinter sich. Bald bog die schwere Limousine nach links auf eine gepflasterte Seitenstraße. Immer weniger Häuser säumten den Weg, bis David zuletzt fast nur noch Mangroven sah. Hin und wieder konnte er durch das dichte Grün einen Blick auf die bewegte See erhaschen. Auf dem Meer tobte ein Sturm. David suchte das Wasser nach Schiffen ab, aber er konnte kein einziges entdecken.

Am Tag zuvor hatte er sich bereits an die Erkundung der Halbinsel gemacht. Ein unverschämt dickes Bündel pakistanischer Rupien war erforderlich gewesen, um einen der Fischer zu einer kleinen Rundfahrt hinaus auf das Meer zu locken. Dank Chaudhuri und *Fatima* – Ersterer war der Kapitän, Letztere sein mit einem Außenbordmotor gesegnetes Boot – konnte sich David einen guten Überblick verschaffen. Der hagere Seemann zeigte dem vermeintlichen Touristen einen spärlich besiedelten und von Wellen gepeitschten Küstenstrich, über dem Ben Nedals Strandpalast thronte. Der Name *Sturm*palast hätte besser zu dem aus wuchtigen Sandsteinquadern errichteten Komplex gepasst. Mit seinem trutzigen quadratischen Turm beherrschte er die kleine Bucht am Rande eines Mangrovenwaldes. Die Bastion eines Piratenadmirals.

Mittlerweile hatte der Bentley ein großes Tor erreicht und blieb stehen. David betrachtete nachdenklich das Gitter. Es schien aus zusammengeschmiedeten Lanzen zu bestehen und war eingepasst in eine hohe Steinmauer, die sich nach beiden Seiten hin im Dickicht der Insel verlor. Die Zufahrt zu Ben Nedals Domizil war streng bewacht. Ein uniformierter Posten mit Schnellfeuergewehr begrüßte den Chauffeur, wechselte mit ihm ein paar für David unverständliche Worte und ließ die Augen durch das Wageninnere schweifen. Weitere Bewaffnete standen vor einem grünen Holzhäuschen und unterhielten sich. In ihren Gürteln steckten schwere Rundmesser. *Kukris.* David kannte diesen kleinen braunhäutigen Menschenschlag. Es waren nepalesische Gurkha.

Die Limousine rollte nun über einen kiesbestreuten Weg. Bald tauchte zwischen den Bäumen die unverwechselbare Silhouette des trutzigen Turmes auf, den David bereits am Tag zuvor vom Meer aus gesehen hatte. Spätestens jetzt stand fest, wer Legharis Kunde war. Ob Ben Nedal allerdings auch zu Belials Bruderschaft gehörte, musste sich erst noch zeigen.

Der Bentley hatte den imposanten Gebäudekomplex erreicht, verlangsamte auf einem runden Platz sein Tempo und kam schließlich vor einer flachen, breiten Treppe zum Stehen. Sofort eilte ein Page mit weißem Turban und grün schimmernder Livree aus dem Strandpalast – er musste zu diesem und keinem anderen Zweck dort gewartet haben. Am Wagen angekommen, riss der wohl kaum Dreißigjährige die Tür auf.

»Herzlich willkommen, Mr Gladius, mein Herr erwartet Sie bereits.«

David bedankte sich und folgte dem Livrierten in das Gebäude. Zu seiner Verwunderung wurde er am Ende der geräumigen Eingangshalle nicht etwa in einen repräsentativen Salon geführt, sondern geradewegs auf eine breite Treppe zu. Nun ging es stetig nach oben. Rings an den Wänden hingen Elefantenstoßzähne, Tigerfelle und Nashornköpfe. Der Hausherr musste ein begeisterter Jäger sein. Nach zwei Etagen mündete der weite Aufgang in eine verhältnismäßig enge und schmucklose Wendeltreppe. Weshalb man den Turm als Ort des Treffens gewählt hatte, war nicht schwer zu durchschauen. Eine Flucht schien so gut wie unmöglich, ein Sprung in die Tiefe musste tödlich enden. Das tosende Meer würde den Tollkühnen unweigerlich gegen das Mauerwerk schleudern. Ben Nedal hatte sich das fein ausgedacht. Alle Trümpfe lagen in seiner Hand.

David konnte kein Ende der Wendeltreppe ausmachen. Was würde ihn dort oben erwarten? Sein Plan zielte zunächst darauf ab, Ben Nedal zu entlarven. Wenn er derjenige war, für den David ihn hielt, dann sollte er tief fallen: Ohne Macht und Ansehen, möglichst in einem Kerker auf die gerechte Strafe harrend, würde er für Belial von keinem Nutzen mehr sein. Natürlich ging es David auch um den Siegelring und, wenn sich eine solche denn finden ließ, um eine jener Glaskugeln, deren Geheimnis er noch immer nicht vollständig ergründet hatte. Vielleicht fielen zudem ein paar nützliche Dokumente ab, die einen besseren Einblick in die Strukturen des Geheimbundes zuließen. David hatte sich also nicht wenig vorgenommen.

Einen Schwachpunkt gab es noch: Er wusste nicht, auf welche Weise er seinen Gegner nun demaskieren sollte.

– 127 –

Möglicherweise würde ihn Ben Nedal erkennen und sofort in die Offensive gehen. Davids bisherige Erfahrungen mit den Logenbrüdern Belials verhießen für eine solche Situation nichts Gutes.

Schließlich endete die Treppe. Scheinbar unbeeindruckt von den Mühen des Aufstiegs klopfte der Lakai gegen eine stabile Holztür. Nur wenige Augenblicke später wurde sie geöffnet und ein anderer Turbanträger streckte seinen Kopf heraus. David vermutete in ihm einen Leibwächter. Der Mann war vielleicht zehn Jahre älter als der Page, im Gegensatz zu diesem breit wie ein Kleiderschrank und ungewöhnlich groß. Seine dunklen Augen hatten den Besucher sofort erfasst und musterten ihn wie eine Bombe, die es zu entschärfen galt.

Einige wenige unverständliche Bemerkungen wurden ausgetauscht, dann zog der Leibwächter wie eine Schildkröte den Kopf zurück und schloss die Tür.

Der Lakai deutete eine Verbeugung an und erklärte: »Mein Herr wird Sie gleich empfangen, Sahib. Bitte warten Sie hier.« Sodann verschwand er mit schnellen Schritten in den Tiefen des Turms.

Davids Gelassenheit war rein äußerlich. Spätestens seit dem Passieren des schmiedeeisernen Tores waren alle seine Sinne geschärft. Hatte er alles sorgfältig genug bedacht? Hätte er nicht wenigstens seine weißen Haare umfärben sollen? Nein, machte er sich zum wiederholten Mal klar. Er war kein junger Mann mehr. Mit beinahe fünfzig Jahren durfte man so aussehen. Und die Hautfarbe? Wenigstens die hätte er doch verändern können. Um dann mit einer grünen Nase vor Ben Nedal zu stehen? Besser nicht, die meisten seiner Selbstversuche auf dem Gebiet der Farbgebung hatten bisher in grotesken Maskeraden geendet.

Mitten in diese Überlegungen hinein platzte der Leibwächter. Die Tür öffnete sich schwungvoll und der Turbanträger präsentierte sich in seiner ganzen beeindruckenden Größe.

»Wenn Sie bitte eintreten würden, Sahib. Mein Herr wird Sie gleich empfangen.«

David dankte dem Hünen und folgte der Einladung. Erst jetzt wurde ihm bewusst, wie geräumig der Turm wirklich war. Er betrat ein Arbeitszimmer, das andernorts einer ganzen Familie Platz zum Wohnen geboten hätte. Das rechteckige Gemach mochte fünfundzwanzig Fuß breit und etwas mehr als halb so tief sein. Auf dem Boden lagen kostbare Teppiche und an den Wänden hingen Gemälde von nicht zu unterschätzendem Wert. Die Tür in Davids Rücken schloss sich und er befand sich allein in Ben Nedals Drachennest.

Dieser Vergleich gefiel ihm. Nach Westen hin konnte man durch eine offen stehende Tür und drei Rundbogenfenster das schäumende Meer sehen. Dunkle Wolken rasten über den Himmel und in der Ferne zuckte ein Blitz auf die graue See hinab. Kaum mehr als einen Schritt hinter der Tür befand sich eine relativ niedrige steinerne Brüstung. Der Blick von dem schmalen Balkon musste atemberaubend sein. Dicht bei der Fensterwand stand ein massiver, aber so gut wie leerer Schreibtisch aus Mahagoni –

der durch das Zimmer streichende Wind hätte lose herumliegende Papiere unweigerlich weggewirbelt.

»Ein faszinierender Ausblick, nicht wahr?«

David nahm die Frage, die von irgendwo hinter seiner linken Schulter herkam, ohne erkennbare Reaktion hin. Er hatte seit einigen Augenblicken gespürt, dass er nicht mehr allein im Zimmer war. Innerlich wappnete er sich für das Kommende, erst dann drehte er sich langsam um.

Beiderseits des Ausgangs – hinter dem zweifellos der Riese auf neue Befehle seines Herrn wartete – befanden sich zwei weitere Türen. Die rechte stand offen. Im Türrahmen lehnte ein Mann, ein Mittvierziger vom Aussehen her. Doch wie bei allen Mitgliedern des Kreises der Dämmerung musste er die Hundert längst überschritten haben.

Für einen langen Augenblick taxierten sich die beiden Männer. Ben Nedals Hände waren hinter dem Rücken versteckt. Er hatte einen dunklen Vollbart, in dem nur einzelne graue Fäden schimmerten. Auch das Haupthaar war noch fast makellos schwarz. Eine lange schmale Nase dominierte das pockennarbige Gesicht. Den Mund mit den dünnen Lippen umspielte ein spöttischer Zug. Fast sechs Fuß groß und schlank war er eine durchaus imposante Erscheinung. Aber mehr als sein Äußeres beeindruckte David das gefährliche Funkeln in Ben Nedals tiefbraunen Augen.

Er hat mich erkannt. Anders als bei früheren Gelegenheiten war er sich in diesem Moment ganz sicher. Selbst wenn der endgültige Beweis durch den Siegelring noch fehlte, zweifelte David kaum noch an Ben Nedals Zugehörigkeit zum Kreis der Dämmerung. Der Logenbruder Belials mochte ein guter Schauspieler sein, doch dem Wahrheitsfinder war er nicht gewachsen.

David deutete eine Verbeugung an. »Ich bin eigentlich nicht gekommen, um die Aussicht zu genießen. Darf ich mich vorstellen? Mein Name ist Veit Gladius.«

»Wie aufschlussreich!«, erwiderte Ben Nedal belustigt. »Ich dachte, Sie wären Engländer.«

»Der Name stammt aus Österreich, genauer gesagt, aus Wien. Aber England ist mir zur zweiten Heimat geworden. Und mit wem habe ich die Ehre?«

Der Hausherr schlenderte um seinen Schreibtisch herum und ließ sich dahinter in einen ledergepolsterten Stuhl sinken. Endlich kamen seine Hände zum Vorschein und präsentierten – David glaubte seinen Augen nicht – an *jedem* Finger einen goldenen Ring! Mit einer schlanken Rechten deutete Ben Nedal vor sich auf die drei übrigen Sitzgelegenheiten und sagte: »Ich ziehe es vor, anonym zu bleiben – bitte nehmen Sie doch Platz, Mr Gladius –, was unserem kleinen Handel hoffentlich nicht schaden wird. Offen gestanden haben mich die Andeutungen meines Geschäftspartners sehr neugierig gemacht. Aber nun würde ich doch gerne den Anlass unseres heutigen Treffens sehen.«

David setzte sich auf den mittleren der drei Stühle und kämpfte um seine Fassung. Er konnte ja nicht wie ein Taschendieb auf Beutefang unentwegt die Hände seines Gastgebers anstarren. Bisher hatte er das charakteristische

– 131 –

Siegel des Geheimbundes noch nicht entdeckt. Vielleicht hatte Ben Nedal dieses aber auch einfach zur Handfläche hingedreht. Das würde die Aufgabe nicht eben leichter machen.

Während David in die Innentasche seines Jacketts griff, atmete er tief ein. *Jetzt nur nicht zittern!* Äußerlich ruhig hielt er dem Blick seines Gegenübers stand. Es war ein gegenseitiges Abtasten, ein Belauern. Er fragte sich, wie weit Ben Nedal dieses Spiel noch treiben würde. Betont langsam zog er die Hand wieder hervor und legte die kleine Schatulle auf den Schreibtisch. »Prüfen Sie das Schmuckstück nur in aller Ruhe. Ich bin sicher, es wird Ihnen gefallen.«

Ben Nedal nahm das lackierte Zedernholzkästchen und öffnete es vorsichtig, als könne ihn daraus etwas Giftiges anspringen. Als seine Augen die Röhrenperle erblickten, begannen sie zu leuchten.

Diesmal war sich David nicht sicher. Lag da Überraschung auf Ben Nedals Gesicht? Wenn ja, dann musste er mit keinem ernsthaften Angebot seines Besuchers gerechnet haben. Und falls Belials Logenbruder schon seit längerem Bescheid wusste, dann war auch *Balu* in Gefahr ...!

Mühsam zwang sich David zur Ruhe. Das jahrtausendealte Artefakt hatte Ben Nedals Gier geweckt – sie stand ihm förmlich in die Augen geschrieben. Er wollte, nein, er *musste* dieses alte Schmuckstück besitzen. Aufgeregt wie er war, mochte er sogar daran zweifeln, ob ihm tatsächlich das Jahrhundertkind gegenübersaß.

Ben Nedal zog eine Schublade an seinem Schreibtisch

auf. David verfolgte jede seiner bedächtigen Bewegungen. Er machte sich auf das Schlimmste gefasst. Solange er nur wachsam blieb, würde ihm eine Pistole nichts anhaben können. Ein chromblitzendes Etwas lag in Ben Nedals Hand. David hielt den Atem an …

Es war eine Lupe.

David entspannte sich wieder. Das spöttische, wissende Lächeln auf der anderen Seite des Schreibtisches brachte ihn beinahe aus dem Konzept.

Ben Nedal untersuchte eingehend die Perle. Sein rechtes Auge erschien hinter dem runden Glas auf bizarre Weise vergrößert. Sekunden dehnten sich zu Minuten. »Sie haben nicht zu viel versprochen«, stellte er schließlich erfreut fest. »Ein wunderschönes Stück und zweifellos die geforderte stolze Summe wert.«

Diese Bemerkung machte David misstrauisch. Kein Orientale akzeptierte einfach den verlangten Preis. »Ich hoffe, Ghulam Legharis Provision ist nicht allzu unverschämt.«

»Das muss Sie nicht kümmern, Mr Gladius. Wenn es also bei den zweihundertfünfzigtausend Dollar bleibt, können wir jetzt unser Geschäft besiegeln.«

»Auf mein Wort kann man sich verlassen«, antwortete David vieldeutig.

»Auf meines ebenso. Warten Sie bitte eine Minute, ich gehe nur kurz an meinen Tresor.«

»Selbstverständlich.«

Die Luft kam David wie elektrisch geladen vor. Lag es an dem sich nähernden Gewitter oder einem sich anbahnenden Kampf? Schließlich ging es hier nicht um eine Perle. Er war in den Strandpalast gekommen, um Ben Nedal das Handwerk zu legen und – vorausgesetzt, er gehörte überhaupt zu Belials Bruderschaft – den Kreis der Dämmerung weiter zu schwächen.

Der Hausherr hatte den Raum verlassen. Durch die offene Balkontür wehten erste Regentropfen herein. Ein Blitz zuckte über den schwarzen Himmel, gefolgt von einem gewaltigen Donnerschlag. David stand von seinem Stuhl auf und ging langsam auf das Nebenzimmer zu. Durch den Spalt der nur angelehnten Tür sah er einen Teil des geöffneten Wandtresors. Im Stahlschrank stapelten sich Papiere. Nirgends glitzerte eine Glaskugel. Es raschelte, aber niemand war zu sehen. Sollte er sich am Ende doch getäuscht haben? Handelte es sich bei dem Herrn des Strandpalastes womöglich gar nicht um Ben Nedal? Hatte Raja Mehta – vielleicht sogar ohne böse Absicht – die Unwahrheit gesagt? David schloss die Augen. Es war höchste Zeit, das herauszufinden.

Als er wieder durch den Spalt blickte, war der Tresor geschlossen. Vom Hausherrn fehlte weiter jede Spur. »Wie haben Sie eigentlich die Nachricht von Gandhis Tod aufgenommen?«, rief David in den anderen Raum hinein, als wollte er lediglich ein bisschen plaudern.

»Sie hat mich tief berührt«, drang die Antwort irgendwo hinter der Tür hervor.

»Wie wohl uns alle. Es geht das Gerücht, eine Verschwörergruppe sei für den Anschlag verantwortlich.«

»Meines Wissens nach war es die Tat eines Einzelnen,

– 134 –

eines Hindufanatikers – Gobse oder Godse, irgendwas in der Art.«

»Und Raja Mehta? Was ist mit ihm?«

Diesmal ließ die Antwort aus dem Nebenraum auf sich warten. Schließlich: »Ich kenne niemanden dieses Namens.«

»Dann ist Ihnen wohl auch Ben Nedal kein Begriff?«

Wieder herrschte Stille nebenan. David machte noch einen weiteren Schritt auf die Tür zu und wollte sie gerade mit der Hand aufdrücken, als ihn seine Sekundenprophetie warnte. Er reagierte sofort.

Kaum hatte ihn ein kraftvoller Satz aus der unmittelbaren Gefahrenzone gebracht, wurde auch schon die Tür mit einem kräftigen Ruck aufgerissen und der Hausherr stürzte auf ihn zu. Obwohl der Überfall nicht unerwartet kam, überraschte David doch die Art des Angriffs. Im Kreis der Dämmerung schienen sich Liebhaber alter Waffen gesucht und gefunden zu haben. Ben Nedal – es *konnte* nur der gesuchte Logenbruder Belials sein – schwang nämlich einen breiten Rundsäbel über dem Kopf.

David wich der ersten Attacke geschickt aus. Zwei, drei Hiebe rauschten an ihm vorbei.

»Dann habe ich mich also doch nicht in Ihnen geirrt«, sagte Ben Nedal grinsend, während er sein, wie er glaubte, sicheres Opfer umschlich. Er machte sich nicht einmal die Mühe, den Leibwächter zu rufen. »Nach den Berichten über einen weißhaarigen Engländer, der auf wundersame Weise das Bombenattentat gegen den Mahatma verhindert habe, war mir klar, dass Sie früher oder später hier aufkreuzen würden, Camden.«

Erneut blitzte und donnerte es. Der Wind peitschte dicke Regentropfen herein. Spätestens jetzt war aus dem Strand- ein Sturmpalast geworden.

»Darauf sind Sie aber denkbar schlecht vorbereitet«, erwiderte David furchtlos. Seine Augen suchten nach irgendetwas, das ihm zur Verteidigung dienen konnte, aber er fand nichts.

»Eigentlich muss ich Ihnen danken, Camden. Der ehrenwerte Großmeister wird hocherfreut sein, wenn ich ihm vom Ende der Jagd berichte.«

Ein neuerlicher Ausfall bescherte David eine Serie von Hieben. Doch nur ein Stuhl ging zu Bruch und der Schreibtisch erlitt einige ärgerliche Schrammen. Das Grollen des Gewitters übertönte den Kampflärm und der Leibwächter blieb draußen vor der Tür. David fischte sich ein Stuhlbein aus dem Trümmerhaufen am Boden. Nun hatte er wenigstens eine Waffe.

Ben Nedal reagierte verstimmt auf diese Vorteilsnahme und attackierte seinen Gast erneut. Dabei handhabte er seinen Säbel so geschickt, dass David zu begreifen begann, wo dieser Mann sein Handwerk gelernt haben musste. Wenn er auch unter Hindus, Moslems und Sikhs Ränke schmiedete, konnten es doch nur die gefürchteten Gurkhakämpfer sein, denen er seine Fertigkeit verdankte.

Nachdem David nur um Haaresbreite einem gewaltigen Hieb entkommen war, sagte er: »Die Luft zu zerteilen ge-

– 136 –

lingt Ihnen ja schon recht gut, aber lernt man in Nepal auch, wie man einen Gegner treffen kann?«

»Das will ich dir gerne zeigen«, erwiderte Ben Nedal zornesrot.

Offenbar hatte David einen empfindlichen Nerv getroffen. Wie ein Berserker hackte der Herr des Sturmpalastes nun auf den weißhaarigen Feind ein. Obwohl David die einzelnen Streiche vorhersah, musste er doch vor dem Stahl zurückweichen. Zwangsläufig näherte er sich dabei immer mehr der offenen Balkontür. Sein Stuhlbein leistete ihm bei der Verteidigung keine nennenswerten Dienste, denn gegen den Säbel war es machtlos und sein Gegner hielt sich auf sicherem Abstand.

Mit einem Mal prasselten dicke Tropfen auf David nieder. Im selben Augenblick packte ihn der Sturm und er taumelte rückwärts gegen die Steinbrüstung des Balkons. Regen und Gischt umpeitschten ihn. Im Nu war er durchnässt. Um sein Gleichgewicht ringend, blickte er einen Augenblick in die Tiefe. Wie rasend warf das Meer Wellen, Tang und Schlamm gegen die Grundmauern der Festung.

»Du hast uns oft genug zum Narren gehalten«, dröhnte Ben Nedal. Sein Gesicht war hassverzerrt. »Jetzt werde ich dich an den Ort schicken, von dem es keine Rückkehr gibt.«

David schnappte nach Luft. In Gedanken ging er seine Chancen durch. Sollte er seine grausamste Verteidigungswaffe gegen Ben Nedal einsetzen, ihn der Erdrotation entreißen? Eine Windbö zerrte an seinem durchnässten Leib.

– 137 –

Fast hätte sie ihn über das Geländer gedrückt. *Nein, das Töten muss ein Ende haben.*

Ben Nedal war im Augenblick offensichtlich anderer Meinung. Er holte mit seiner furchtbaren Waffe weit aus, zweifellos in der Absicht, den Feind in zwei Hälften auf die Reise ohne Wiederkehr zu schicken, als seine Arme plötzlich wie gelähmt in der Luft hängen blieben. Kaum einen Wimpernschlag später traf ihn ein Stuhlbein am Kopf. Dass sein Gegner dann auch noch vorsprang und ihm den Säbel entriss, konnte der Belialjünger nicht verstehen.

In gerade einmal einer Sekunde hatte sich das Blatt völlig gewendet. Nun hielt David das Schwert in der Hand und Ben Nedal wich verstört an die Brüstung zurück. Sein gehetzter Blick suchte nach einer Waffe, aber da gab es nichts als das fallen gelassene Stuhlbein.

»An Ihrer Stelle würde ich nicht einmal daran denken. Es ist aus«, sagte David mit einer Stimme, hart wie Diamant. Er würde dafür sorgen, dass Ben Nedal wegen der Ermordung Gandhis zur Verantwortung gezogen wurde und sein Imperium zu Staub zerfiel. Aber erst, nachdem er den Siegelring an sich gebracht hatte.

Belials Logenbruder funkelte das Jahrhundertkind hasserfüllt an. Der Regen lief in Strömen über sein Gesicht. »Noch hast du nicht gewonnen«, geiferte er.

Plötzlich spürte David eine Gefahr von hinten. Rasch fuhr er herum und sah den hünenhaften Leibwächter vor sich aufragen. In seiner Hand blitzte ein schweres Gurkhamesser. Zugleich kündigte sich ein Angriff von der anderen Seite her an. *Jetzt steckst du in der Klemme!* Noch einmal wirbelte David herum und ließ die flache Seite des Säbels gegen Ben Nedals Unterarm krachen. Der Schmerzensschrei wurde vom Sturm fortgerissen, das Stuhlbein entschwand in die tosende Gischt.

David wusste um die tödliche Wirkung des *Kukri*, der berüchtigten Nahkampfwaffe der Gurkha. Seine Verteidigung bestand in einer Pirouette, aber diesmal schien der Gegner schneller zu sein. Ein Blitz spiegelte sich in der breiten Klinge des Rundmessers. Dann gab es einen dumpfen Schlag, der Leibwächter verdrehte die Augen, sackte wie ein nasser Reissack zusammen – und begrub einen Krückstock mit Elfenbeinknauf unter sich.

David blickte ungläubig auf den kleinen zornigen Inder, der hinter dem Gefällten zum Vorschein gekommen war. »Balu?«

Die Augen des Angesprochenen weiteten sich. »Pass auf, Sahib, der Kerl hat immer noch nicht genug!«

Wieder fuhr David herum. Ben Nedal hatte aus den Tiefen seines weiten Gewandes ein Stilett zu Tage gefördert, das er nun in seiner Linken über dem Kopf hielt. Als er sich jedoch David mit dem Säbel gegenübersah, wurde seine Hand kraftlos. Die Klinge fiel klirrend zu Boden.

»Nicht!«, rief David entsetzt, weil er erkannte, was gleich geschehen würde.

Aber Belials Jünger wollte nicht hören. Behände sprang er auf die Brüstung und drehte sich grinsend zu seinem Feind um.

»Sie müssen nicht sterben!«, rief David, um das Schreckliche vielleicht noch zu verhindern.

Aber Ben Nedal grinste nur noch scheußlicher. »Ich sagte dir doch: Du hast noch nicht gewonnen.« Er legte die Hände vor der Brust zusammen und verneigte sich spöttisch, dann trat er einen Schritt zurück.

Sofort setzte ihm David nach. Später sollte er sich oft fragen, ob er in diesem Augenblick richtig reagiert hatte. Er ließ Belials Logenbruder in die Tiefe stürzen. Aber Ben Nedals wie im Gebet vereinte Hände folgten ihm anfangs nur widerwillig und die zahlreichen Goldringe überhaupt nicht.

David hing weit über der Brüstung und konnte gerade noch sehen, wie der Selbstmörder mit nach oben gerissenen Armen in die Brandung tauchte. Die Gischt schien wie eine wütende Bestie nach der Beute zu schnappen und sie wie wild durchzuschütteln. Ein gewaltiger Brecher donnerte gegen die Palastmauern. Ben Nedals Körper war verschwunden.

Nicht jedoch seine Ringe. Sie schienen immer noch in der Luft zu hängen. Tatsächlich aber sanken sie jenseits der Brüstungspfeiler ganz langsam in die Tiefe, nicht weit von David entfernt und für ihn dennoch unerreichbar. Dann erhellte ein gleißender Blitz den nachtschwarzen Himmel und David entdeckte den Siegelring.

»Schnell, Balu. Im Arbeitszimmer hängen mehrere große Gemälde. Bring mir eines!«

»Wie kannst du jetzt an Bilder denken, Sahib? Jeden Moment wird die Leibgarde des Schurken hier aufkreuzen.«

»Bitte, Balu! Stell jetzt keine Fragen. Hol einfach ein Bild.«

Balu nahm sich noch die Zeit, seinen Wurfkrückstock unter dem reglosen Körper des Leibwächters hervorzuziehen, und hinkte dann zu der Wand mit den besagten Bildern. Kurze Zeit später kehrte er mit einem verständnislosen Ausdruck im Gesicht zurück. »Hier, Sahib. Ich hoffe, das Motiv sagt dir zu.«

David riss ihm das Gemälde aus der Hand. Schnell kniete er sich auf den Boden, schob das Bild zwischen den Steinpfeilern der Brüstung hindurch und hielt es wie eine Schaufel unter die goldenen Sternchen. Dann ließ er die Ringe auf das Ölgemälde purzeln.

Vorsichtig zog David das Bild zu sich heran. Doch gerade, als er es ankippen und die Ringe auf sich zugleiten lassen wollte, erfasste ein Windstoß den leichten Rahmen.

Balu schrie auf. Einen Wimpernschlag lang wirbelten Ringe, Arme und das Gemälde wie bei einem Jongleur durch die Luft. Zuletzt verschwanden die Utensilien im Meer und nur David blieb zurück. Schwerfällig drehte er sich zu Balu um und ließ sich gegen die Brüstung sinken.

Der alte Inder spürte, wie aufgewühlt sein Freund war. »Nimm es nicht so schwer, Sahib. Immerhin bist du den Schurken los – wieder einer weniger.«

Langsam stahl sich ein Lächeln auf Davids triefnasses Gesicht. »Wenigstens konnte er das hier nicht mitnehmen.« Er öffnete die Hand und Balu erblickte einen einzelnen Siegelring.

»Und ich dachte ...«

David grinste. »Manches im Leben geht eben doch nicht so schnell, wie man denkt.«

Schon stand er wieder auf den Füßen und hielt den Säbel in der Hand. »Jetzt sollten wir uns aber wirklich beeilen.«

Sie kehrten ins Arbeitszimmer zurück und David blieb vor dem Schreibtisch stehen. Darauf lag immer noch die Karneolperle in ihrem blausamtenen Bett. Einen Moment lang betrachtete er sie nachdenklich. Das Schmuckstück hatte seinen Zweck erfüllt. Oder vielleicht doch nicht? Die Welt sei voller Prinzessinnen, hatte Yar Muhammad Ali gesagt, man müsse nur genau hinsehen, um sie zu erkennen. Flugs schloss David die Schatulle und steckte sie in seine Brusttasche zurück.

»Sahib!«, drängte Balu. »Nun komm endlich!«

»Sofort. Ich muss nur noch einen Blick in Ben Nedals Safe werfen.«

»Aber dafür haben wir keine Zeit ...«

David ignorierte die Proteste seines Freundes und eilte in das Nebenzimmer.

Balu folgte widerwillig. »Der Tresor ist zu, Sahib. Den bekommen wir nie auf.«

»Das wird sich zeigen.«

»Willst du etwa mit dem Säbel ...?«

»Tritt ein Stück zurück, Balu.«

David schob den Freund zur Seite und fixierte den Stahlschrank in der Wand. Einige Herzschläge lang geschah nichts. Nur Balu schimpfte leise vor sich hin. Aber dann erschütterte der nächste Donnerschlag die Insel und exakt zur selben Zeit flog die Tresortür aufs Meer hinaus.

Der kleine Inder starrte sprachlos auf die beiden Löcher

in den Turmwänden, die den Weg des Stahlgeschosses markierten. Als ein Blitz aufzuckte, konnte man durch sie hindurch das Meer sehen. »Wie hast du das nur gemacht, Sahib?«

»Das erkläre ich dir später.« David stand vor dem Tresor und durchsuchte dessen Inhalt. Keine Glaskugel, nur Dokumente und bündelweise Geld. »Wäre ja auch zu schön gewesen«, brummte er und lud sich die Arme mit den Unterlagen voll.

»Ich trage für uns die Dollars«, erbot sich Balu schnell.

»Das wirst du schön bleiben lassen.«

»Aber ...«

»An dem Geld klebt Blut. Ich will es nicht. Und ich wäre sehr enttäuscht von dir, wenn du auch nur eine Banknote mitnehmen würdest.«

Balu gab nach, aber es fiel ihm sichtlich schwer. Seufzend deutete er auf einen an der Wand stehenden Tisch. »Da liegt ein Sack, Sahib. Stecken wir doch die Papiere hinein.«

Nachdem die Dokumente verstaut waren, schlichen sie sich ins Treppenhaus und machten sich an den Abstieg. Ben Nedal musste sich vor der Besprechung jede Störung durch Bedienstete strengstens verbeten haben. Wie sonst war zu erklären, dass sich niemand in der Nähe des Arbeitszimmers aufhielt? David und Balu konnte es nur recht sein. Die Treppe war menschenleer. Kein Licht brannte. Nur ab und zu erhellte ein Blitz die Dunkelheit.

»Entweder rettet uns das Unwetter oder es ist unser Untergang.«

– 143 –

»Wie meinst du das, Sahib?«

»Das wirst du bald feststellen.«

Endlich erreichten sie die Eingangshalle. David spähte hinter einem Mauervorsprung hervor. Ein Lakai mit einem Kerzenleuchter tauchte auf. Als er wieder verschwunden war, zog David seinen Gefährten hinter sich her. Balus Holzbein klackte über den Steinfußboden.

Der runde Platz vor dem Strandpalast lag verlassen da. Auch der Bentley war verschwunden. Ganz in der Nähe entdeckte David ein an die Mauer gelehntes Fahrrad. Ein wild entschlossenes Lächeln lag auf seinem Gesicht. »Und jetzt machen wir eine kleine Spritztour, mein Freund.«

Es war gar nicht so leicht, mit einem bald achtzigjährigen schimpfenden Greis auf der Fahrradstange und einem schweren Beutel voller Papiere am Lenker über einen nassen Kiesweg zu fahren. Aber David meisterte auch diese Herausforderung.

»Müssen wir nicht in die andere Richtung, Sahib?«

»Da sitzen die Gurkhas in ihrer Wachstube und schauen in den Regen. Die lassen uns bestimmt nicht so einfach vorbeiradeln.«

»Aber du fährst direkt auf das Ende der Halbinsel zu. Da ist nur das Meer. Und ein Leuchtturm.«

»Ganz richtig, mein Guter. Dort wird uns niemand so schnell suchen.«

Das seltsame Paar gelangte bald in den Teil des Anwesens, der für Fahrräder – zumal bei einem solchen Wetter – schwer passierbar war. David lenkte den Drahtesel an die Seite und bedeutete Balu Dreibein abzusteigen.

»Von hier aus müssen wir zu Fuß weitergehen.« Er warf das Fahrrad schwungvoll hinter einen Busch.

»Ich möchte nur wissen, wie ihr Engländer es geschafft habt, ein Drittel der Welt zu erobern.«

»Beruhige dich, alter Freund. Es ist nicht mehr weit.«

»Bestimmt wirst du gleich von mir verlangen, dass ich durch das Arabische Meer schwimme.«

David grinste. »Damit liegst du gar nicht so verkehrt.«

Balu schnaubte eine Verwünschung und stapfte mit seinen drei Beinen hinter David her. Noch immer goss es in Strömen. Kein Wachposten war zu sehen. David wurde zuversichtlicher. Das Unwetter schien doch auf ihrer Seite zu stehen. Aber dann erreichten sie die Mauer.

»Und was nun, Sahib? Wachsen uns jetzt Flügel, damit wir auf die andere Seite fliegen können?«

David seufzte. Vielleicht gab es auch noch einen Hinterausgang, aber für die Suche danach fehlte ihm die Geduld. »Falsch«, knurrte er. »Nicht wir werden fliegen lernen, sondern dieses Mäuerchen da.«

Er brauchte sich nur kurz zu konzentrieren. Zuerst erklang ein unheimliches Knirschen, dann schien die Mauer regelrecht zu explodieren. Ein großes rundes Stück machte sich krachend in Richtung Meer davon.

David deutete in die Bresche. »Nach dir, mein Guter.«

Balu stolperte los. Ihm fehlten die Worte.

Außerhalb von Ben Nedals Anwesen fiel das Vorankommen ungleich schwerer. Die beiden Fliehenden mussten durch wuchernde Vegetation und Schlamm waten.

»Wie bist du eigentlich hierher gekommen?«, fragte David im Voranstapfen.

»Im Kofferraum, Sahib.«

»Wie bitte?«

»Vielleicht sind dir die vielen Automobilliebhaber vor dem Kaffeehaus aufgefallen. Den geschniegelten Lackaffen am Steuer haben sie jedenfalls ganz schön nervös gemacht. Dabei muss ihm irgendwie entgangen sein, dass seinem chromblitzenden Liebling ein blinder Passagier zugestiegen ist.«

»Du bist unmöglich, Balu!«

»Das hat Bapu auch immer gesagt.«

»Ich hoffe, deine kleine Torheit hat dich viele große Scheine gekostet.«

»Ein paar Rupien waren schon nötig, um die Begeisterung auf der Straße anzuheizen. Aber wenigstens hat dir diese Torheit, wie du sie zu nennen pflegst, das Leben gerettet.«

»Mit dem Gurkha wäre ich auch allein fertig geworden.«

Balu lachte – zum ersten Mal seit ihrem überraschenden Wiedersehen. »Fragt sich nur, ob mit oder ohne Kopf.«

David blieb stehen und wischte sich den Regen aus dem Gesicht. Einen Moment lang sah es so aus, als wollte er seinen Freund gehörig zusammenstauchen. Aber dann begann er den Kopf zu schütteln und zu lachen. »Na, dann hab recht herzlichen Dank, mein Guter. Doch das nächste Mal sage ich dir Bescheid, wenn ich wieder einen Lebensretter brauche.«

»Darauf kann ich mich nicht …«

»Pass auf!«, entfuhr es David, zugleich zog er Balu in die Hocke. Ein Schuss hallte durch den Wald und zischte über ihnen durch das Dickicht. »Anscheinend ist Ben Nedals Leibwächter wieder wach.«

Balu spähte wütend durch das dichte Blattwerk. »Ja, und jetzt veranstaltet er eine Treibjagd auf den weißen Wolf und den Tiger von Meghalaya.«

»Höchste Zeit, von hier zu verschwinden. Komm!« David zog Balu wieder mit sich.

»Ich würde doch ganz gerne wissen, wo du eigentlich hinwillst, Sahib.«

»Denke ich mir. Gib auf den Ast Acht!«

Balu zog den Kopf ein und stapfte weiter hinter David her.

Bald waren Geräusche im Wald zu hören, die nicht vom Unwetter stammten: Stimmen, laut brechende Äste und immer wieder Schüsse. Aber noch hatten die Gurkhas sie nicht ausgemacht.

Mit einem Mal stießen David und Balu auf einen Trampelpfad. Ihre Schuhe versanken im Matsch, aber sie kamen nun dennoch besser voran als zuvor im Wald. Natürlich bald auch ihre Verfolger. Doch schon lichtete sich das Blätterdach. Unmittelbar voraus sah David die Spitze des Leuchtturms und sein rotierendes Licht. Er schlug einen Haken nach links.

Wieder mussten sie sich durch Unterholz und Sträucher kämpfen. Balu fiel das Vorankommen zusehends schwerer und das Lärmen der Verfolger wurde lauter. Normalerwei-

– 147 –

se konnten sich Gurkhas völlig geräuschlos durch den Dschungel bewegen, aber hier schienen sie das nicht für nötig zu halten. Manora war eine sehr schmale Halbinsel. Die Fliehenden mussten bald auf das Meer stoßen.

Natürlich ahnten die Verfolger nicht, dass genau darin Davids Absicht lag. Mit einem befreienden Aufschrei begrüßte er den Strand. Sie hatten sich bis zur westlichen Seite der Insel durchgeschlagen. Vor ihnen lag die Wasserstraße, die Karachis Hafen mit dem offenen Meer verband. Schwach ließ sich im Regen das andere Ufer ausmachen, flaches Schwemmland, das den so genannten Clifton Hills vorgelagert war. Besorgt wanderte Davids Blick am Strand entlang, aber dann jauchzte er erneut auf.

»Da drüben wartet unser Taxi«, rief er Balu zu und zerrte ihn mit sich.

Am Strand lag ein kleines Beiboot mit Außenbordmotor und davor stand ein Mann mit einem triefenden weißen Turban.

»Ich dachte schon, Sie hätten es sich anders überlegt, Sahib«, begrüßte der Wartende die beiden klitschnassen Ankömmlinge in ihren verdreckten und zerschlissenen Kleidern.

»Darf ich dir Chaudhuri vorstellen«, sagte David zu Balu. »Er ist ein hilfsbereiter und äußerst geschäftstüchtiger Fischer.«

Ein Schuss hallte über den Strand. »Ich schlage vor, wir stechen jetzt erst einmal in See«, schlug Chaudhuri vor.

Keiner erhob Einspruch. Balu wurde über das Dollbord gehievt und das Beiboot ins tiefere Wasser geschoben.

Chaudhuri warf den Motor an und übernahm das Steuer. David bezog Posten am Bug.

Als das kleine Boot sich durch die Wellen fraß, erreichten die Verfolger den Strand. Sie gaben noch ein paar Schüsse ab, schnell jedoch befiel ihre Gewehre eine seltsame Krankheit: Schlagkolben verkanteten sich, Patronen blieben einfach stecken. Dann verschwanden die Flüchtigen in einem Nebel aus Wasser und Gischt.

Das Dokument

Das Unwetter hatte auf Manoras Seeseite besonders heftig getobt. Nun aber – wie ein Komplize Belials, der sich widerstrebend der Niederlage fügte – ließ der Regen allmählich nach und hörte schließlich ganz auf. Als die *Fatima* in Karachis Fischereihafen ihrem Liegeplatz entgegentuckerte, herrschte kaum größerer Seegang als während der Erkundungsfahrt vom Vortag.

Chaudhuri hatte sich als Retter in der Not erwiesen, wenn auch für ein fürstliches Entgelt. Von Balu bekam der Fischer nun sogar noch einen dicken Bonus. Als man sich auf der Mole verabschiedete, hing fast so etwas wie Wehmut in der Luft. Wer einmal gemeinsam dem Tod ins Auge geblickt hat, kommt schwer wieder voneinander los. Aber dieser Abschied sollte nicht der letzte des Tages sein.

»Was werden wir als Nächstes tun, Sahib?«, erkundigte sich Balu voller Überschwang. Sein Enthusiasmus

passte mehr zu einem Achtzehn- denn einem Achtzigjährigen.

David holte tief Luft. Vor diesem Augenblick fürchtete
er sich schon seit Tagen. Missmutig warf er sich den Beutel mit den Dokumenten über die Schulter und antwortete: »Was schon, Balu? Ich werde nach Europa zurückkehren und weiter meine Schwiegermutter suchen und du
wirst nach Delhi heimfahren.«

»Du kannst nicht ewig als einsamer weißer Wolf durch
die Welt wandern!«, schnaubte Balu erbost. »Jeder braucht
einen Freund, dem er vertrauen kann. Ich lasse dich auf
keinen Fall allein, Sahib. Schließlich muss dich jemand beschützen.«

»Irgendwie werde ich wohl ohne deinen Beistand zu-
rechtkommen müssen.«

»Das ist unmöglich, Sahib.«

»Ich weiß.«

»Viel zu gefährlich, Sahib.«

David verharrte mitten im Schritt. Fast wäre ein Pas-
sant über ihn gestolpert. »Balu!« Ernst, den Kopf leicht
schräg, blickte er dem kleinen Inder in die funkelnden
Augen. »Ich möchte nicht mit dir streiten. Aber mein
Entschluss steht fest. Deine Hilfe war für mich unschätz-
bar und nie werde ich dir angemessen dafür danken können. Doch Belial wird versuchen dich zu töten, wenn du
an meiner Seite bleibst. Ganz davon abgesehen, dass *mich*
das zerreißen würde, darfst vor allem *du* nicht auch noch
wegen mir Schaden nehmen. Versteh mich bitte nicht
falsch, aber ich habe schon bei Rebekka versagt und ...«

»Dich trifft keine Schuld an ihrem Tod«, unterbrach sanft der alte Mann seinen Freund. Es war ihm anzusehen, wie wenig ihm Davids Entschluss schmeckte. Doch Baluswami Bhavabhuti besaß genug Weisheit, um sich in die unabänderliche Entscheidung seines Gefährten zu fügen. Er seufzte aus tiefster Seele. »Dann wirst du also erst zufrieden sein, wenn ich in hohem Alter langsam verdorre und in meinem Bett zu Staub zerfalle?«

David legte seine Hand tröstend auf die Schulter des Freundes. »Werde jetzt nicht melodramatisch. Dann bist du schließlich einhundertdreiunddreißig, wie du es immer behauptet hast. Das heißt, *ich* bin derjenige, der zuerst vertrocknet.«

Der Himmel des Mittwochs verschleierte nichts. Die Sonne schien wieder, als gebe es auf der Welt keine Finsternis. Zwei Tage war es her, dass Stürme das Meer gepeitscht und Ben Nedal ein feuchtes Ende gefunden hatte. David war auf Balus Rat eingegangen und hatte ihn einen anonymen Anruf bei der Polizei machen lassen: Es habe da einen Unfall auf Manora gegeben, möglicherweise auch einen Selbstmord; die Behörden sollten der Sache besser nachgehen.

Die Morgenzeitungen berichteten dann erst am 10. Februar von dem grauenvollen Ableben eines eher zwielichtigen Bürgers der Stadt. Nirgendwo war Ben Nedals Name zu lesen, dafür einige andere, deren er sich bedient haben sollte. Wie es hieß, habe der Bewohner des Strandpalastes sich aus bisher unerfindlichen Gründen am Montag, dem

8. Februar, ins Meer gestürzt. Seine sterblichen Überreste seien nur aufgrund einer blütenartigen Tätowierung in der Achselhöhle zu identifizieren gewesen. Ein Bediensteter des Verstorbenen – er wollte namentlich nicht genannt werden – äußerte jedoch Zweifel am Freitod seines Arbeitgebers: Bei der Leiche wurde kein einziger der Ringe gefunden, mit denen der Verblichene noch kurz vor seinem Ableben gesehen worden war.

Als David das Fallreep der *Kassandra* emporstieg, verschwendete er keinen Gedanken mehr an Belials verloren gegangenen Bruder. Unten am Kai stand Balu Dreibein, würdig und ernst. Er blickte seinem Sahib nach. Balu hatte die Tränen bis zuletzt hinter einer unbewegten Miene zurückgehalten.

David wusste, wie es um seinen Freund bestellt war. Erst das Attentat auf Gandhi, dem er mehr als zwanzig Jahre gedient hatte, und nun, kurz darauf, dieser Abschied, dessen Endgültigkeit für ihn kaum weniger schmerzlich sein musste. Wenigstens sei Bapus Tod gesühnt worden, hatte Balu nach der Rückkehr aus dem Sturmpalast gesagt und daraus offenbar einen gewissen Trost gezogen.

Als die *Kassandra* ablegte, winkte David seinem treuen Freund von der Reling her zu. Auch ihm war schwer ums Herz. Und während das griechische Passagierschiff sich langsam vom Kai entfernte, begann auch der kleine steife Inder auf der Mole aufzutauen. Zuerst winkte er nur verhalten mit dem Stock, aber dann fuhr der elfenbeinerne Knauf durch die Luft, dass man nur hoffen konnte, niemand würde ihm zu nahe kommen. David war sich nicht sicher, was Balu Dreibein als Letztes rief, aber er glaubte, der Wind wehe ihm ein unerschütterliches »Ich werde dich nie vergessen, Sahib!« zu.

Eine erste Inaugenscheinnahme der erbeuteten Papiere hatte eher für Verwirrung als für Erleuchtung gesorgt. Die meisten Dokumente waren für David unlesbar. Balu hatte die Schrift *Landa* genannt. Sie wurde vornehmlich von den Kaufleuten der pakistanischen Provinzen Punjab und Sind benutzt. Andere Blätter waren in *Devanāgarī* verfasst, wie man in Sanskrit die »göttliche Schrift der Stadt« bezeichnete. Während die erstgenannten Dokumente hauptsächlich Ben Nedals Geschäfte zu betreffen schienen – vom Teppich- bis zum Menschenhandel war alles vertreten –, ging es in Letzteren möglicherweise um politische Verschwörungen, Anschläge und Intrigen gegen bedeutende Persönlichkeiten. Leider beherrschte Balu die »göttliche Schrift« nur höchst unvollkommen, weshalb er David zum Inhalt der betreffenden Papiere nur vage Andeutungen machen konnte. Es würde wahrscheinlich Wochen, wenn nicht gar Monate dauern, bis er in Paris vertrauenswürdige Übersetzer gefunden, das Material gesichtet und den Weizen von der Spreu getrennt hatte.

Als David nun während der Schiffsreise noch einmal gründlich alle Papiere aus Ben Nedals Tresor durchging, machte er eine überraschende Entdeckung. Unter den zumeist in indischer, gelegentlich auch englischer Sprache abgefassten Schriftstücken stachen zwei aus der Masse heraus. Das eine war die Kopie eines maschinegeschriebe-

– 153 –

nen Briefs mit der Unterschrift Franz von Papens. Auf der Rückseite befand sich ein handschriftlicher Vermerk, vermutlich nur eine Telefonnotiz.

Samstag, 26.4.41: Göreme, Atatürk Hotel, 20 Uhr → Golgotha

David schenkte dem Eintrag keine weitere Beachtung und drehte das Blatt wieder um. Der Text auf der Vorderseite erinnerte ihn an ein Gespräch, das er vor zwei Jahren mit »Väterchen« Ayckbourn, dem Leiter der Berliner Sektion des britischen Secret Intelligence Service, geführt hatte. Der Orts- und Zeitangabe zufolge hatte Papen den Brief als Botschafter des Deutschen Reiches in der Türkei verfasst. Es handelte sich um einen inoffiziellen Bericht über die Aktivitäten eines Agenten mit dem Decknamen Cicero, von dem er Fotografien wichtiger Geheimdokumente entgegengenommen und nach Berlin weitergeleitet hatte. Das Material sei in der Residenz des britischen Botschafters Sir Hughe Montgomery Knatchbull-Hugessen abgelichtet worden, schrieb Papen. David hätte zu gerne gewusst, warum Ben Nedal eine Kopie dieses Briefs besaß. Von den Spionagepapieren schien sich, soweit sich das schon sagen ließ, kein einziges unter Ben Nedals Dokumenten zu befinden. David legte das Schreiben zur Seite und wandte sich dem zweiten zu. Nachdenklich betrachtete er die Zeichen, die nur für einen Laien der japanischen Schrift glichen. Es musste sich um Koreanisch handeln. Er konnte kein einziges Wort entziffern.

Das koreanische Dokument. Es war nur ein Gefühl,

aber David glaubte, kein anderes der erbeuteten Schriftstücke würde ihn in seinem Kampf gegen den Kreis der Dämmerung weiter bringen als dieses.

Die *Kassandra* fuhr durch das Arabische, dann das Rote Meer, die Tage an Bord vergingen wie im Flug und David begann neue Pläne zu schmieden. Als das Schiff in den mittlerweile von Großbritannien kontrollierten Suezkanal einlief, musste er an eine frühere Reise durch diese Gewässer denken. Damals hatte sein Vater einen Abstecher in das fünfundsiebzig Meilen entfernte Kairo bewilligt, aber diesmal gönnte sich David in Suez keinen Landurlaub. Das ägyptische Al-Iskandarīyah war ohnehin der Zielhafen der *Kassandra*.

Auch die Reichtümer des alten Alexandria fanden keine Beachtung. Zwar erinnerte sich David lebhaft des Heidelberger Bibliothekars Anton Fresenius, der ihm von der alexandrinischen Bibliothek erzählt hatte. Jasons Geschichte war hier vor vielen Jahrhunderten zwischen tausenden und abertausenden von Büchern gefunden und damit vor dem verheerenden Brand bewahrt worden, der diesen vielleicht größten Schatz der Antike vernichtet hatte. Aber das eigentliche Geheimnis von Jasons Träne und der Methode zur Zerstörung des Fürstenringes blieb nach wie vor im Dunkeln. Auch die Plünderung von Ben Nedals Tresor hatte daran nichts geändert.

Stimmte das? Als David während des kurzen Aufenthalts in der ägyptischen Stadt das Postbüro im Hafen suchte, war er sich da nicht mehr so sicher. Ohne Ben Nedal wäre er kaum nach Amritsar gefahren. Dann hätte ihm Balu womöglich auch niemals sein Wissen über die Qumran-Rollen verraten. David vergewisserte sich, ob der dicke Umschlag noch in seiner Brusttasche steckte. Das Leben bestand aus vielen Umwegen und manche davon erwiesen sich erst im Nachhinein als Abkürzungen.

Endlich fand er das Amt in einem roten Backsteingebäude. Mit gemischten Gefühlen überreichte er den Brief einem desinteressiert wirkenden Schalterbeamten. Im Vergleich zu David hatte das Kuvert eine eher kurze Reise zu bewältigen. Wenn es denn je seinen Empfänger erreichte. Der Adressat wohnte nämlich in Haifa. Wenigstens nahm David dies an, weil dort die Mutter von Hermann Aronheim alias Zvi Aharoni lebte.

David setzte alles auf eine Karte: Sein jüdischer »Bruder« benötigte Informationen über den Kreis der Dämmerung sowie über Jasons Geschichte, damit er in den Qumran-Rollen nach versteckten Hinweisen suchen konnte. Davids Schilderungen waren ein verbaler Drahtseilakt, ein simpler Code, den jeder halbwegs intelligente Geheimdienstler vermutlich beim Frühstück nebenher knacken konnte. Immerhin bestand ein nicht geringes Risiko, dass der Brief mit den verklausulierten Angaben und vielleicht sogar dessen Empfänger »verloren« gingen. Am 14. Mai endete nämlich das britische Mandat über Palästina. Der jüdische Nationalrat würde einen neuen Staat ausrufen: Israel. Die Bevölkerung Palästinas bestand allerdings zu etwa zwei Dritteln aus Arabern, und die wehrten sich mit Bomben und Gewehren gegen das, was die Juden als ihr gottgegebenes Recht ansahen. Schon bevor Zvi sich freiwillig zur britischen Armee gemeldet hatte, war er in der jüdischen Siedlerpolizei aktiv gewesen. Jetzt, da die Situation im Gelobten Land zu eskalieren drohte, konnte man unmöglich sagen, welche Rolle der idealistische junge Zvi in diesem Konflikt einnahm.

Die *Liberté* war im Vergleich zu dem roststarrenden griechischen Dampfer eine noble Herberge mit Stahlkiel und drei Schornsteinen. David leistete sich eine bescheidene kleine Innenkabine und genoss die Spaziergänge an Deck. Hier oben konnte er ungestört nachdenken. Nur wenige Gäste setzten sich freiwillig den Frühjahrsstürmen und der eisigen Gischt aus.

In Marseille ging David von Bord und fuhr mit dem Zug nach Paris. Dort fand er schnell ein preiswertes Zimmer in einer kleinen Pension nahe dem Panthéon und widmete sich erneut der Suche nach Marie Rosenbaum. Sie war seine einzige, hoffentlich noch lebende Angehörige.

In den folgenden Wochen reihten sich Erfolge und Enttäuschungen aneinander. David schrieb hunderte von Briefen: an das Rote Kreuz, an Flüchtlingsorganisationen, verschiedene Archive der Siegermächte und an etliche Privatpersonen, die während der Kriegsjahre militärische oder politische Schlüsselpositionen bekleidet hatten.

Schon am Tag nach seiner Ankunft nahm er ein zweites Projekt in Angriff. Er benötigte dringend neue »Brüder«, vorzugsweise Kenner koreanischer und indischer Schriftzeichen. Weil er nicht wusste, welche brisanten Geheimnisse noch in den erbeuteten Dokumenten

– 157 –

schlummerten, brauchte er absolut vertrauenswürdige Helfer. Die souveränen Staaten Indien und Pakistan waren gewissermaßen Neugeborene, weniger als ein Jahr alt. Um das lange von Japan beherrschte Korea stritten sich die Vereinigten Staaten und die Sowjetunion. Allem Anschein nach würde das Land zerrissen werden, um aus den beiden Hälften noch im laufenden Jahr zwei unabhängigabhängige Staaten zu bilden. Aufgrund dieser Entwicklungen schien es nicht geraten, einfach in ein Konsulat zu marschieren und dort nach geeigneten Übersetzern zu fragen. Also verlegte sich David auf Zeitungsannoncen.

Die Ergebnisse waren entmutigend. Er sprach mit Exilanten zwielichtiger Provenienz, deren radikale Gesinnung kaum auf baldige Bekehrung hoffen ließ, traf einen koreanischen Koch, der nicht lesen konnte, und verabredete sich mit einem Schamanen, der sich für unsterblich hielt, von ehemaligen Anhängern aber trotzdem – oder vielleicht gerade deshalb – davongejagt worden war. Wäre das geheimnisvolle Dokument aus Ben Nedals Haus in Vietnamesisch verfasst gewesen, hätte David mühelos einen Übersetzer engagieren können – Frankreich pflegte Indochina in diesen Tagen mit regelmäßigen Blutbädern zu beglücken. Bald hatte sich bei ihm die Überzeugung festgesetzt, dass er.in London wesentlich schneller auf einen vertrauenswürdigen Kandidaten stoßen würde. Die Stadt an der Themse übte sich als Nachlassverwalter des britischen Empire. Dort wimmelte es von Indern und Chinesen. Zwar ähnelten sich die chinesischen Dialekte und das Koreanische nicht im Geringsten, aber da der gelbe

Riese das kleine »Land der Morgenstille« jahrhundertelang geknechtet hatte, gab es verwandtschaftliche Beziehungen. Auf diese baute David, als er im Juli 1948 den Ärmelkanal überquerte.

In London hatte sein Elternhaus gestanden. Hier war er zur Schule gegangen. Das – wenn auch leere – Grab Rebekkas befand sich dort. Es gibt Orte, die eine besondere Macht auf den Menschen ausüben: Man muss sich dort den eigenen Gefühlen stellen, obwohl man nur ungern die Verliese seiner Seele öffnen mag. Für David war London ein solcher Ort.

Innerhalb weniger Wochen gelang ihm, was er in Paris zuvor nicht in Monaten geschafft hatte. Den entscheidenden Hinweis verdankte er Charles W. H. Callington, seinem alten Studienkollegen aus Oxford.

Charly ging es prächtig. Er wog nicht weniger als zweihundert Pfund, musste sich als Kahlkopf nicht mit Frisurproblemen plagen und diente seinem Vaterland nach eigenem Bekunden »als Berater in außenwirtschaftlichen Fragen«. Der tatsächliche Gegenstand seiner fachmännischen Fingerzeige war angeblich zu komplexer Natur, um ihn ohne umfangreiche Erläuterungen erschöpfend darzustellen, weshalb sich David auch nicht sonderlich dafür interessierte. So beschränkte man sich zunächst darauf, Wiedersehen zu feiern.

Die Stadt platzte aus allen Nähten, in wenigen Tagen sollten die XIV. Olympischen Sommerspiele eröffnet werden. Aber Charly hatte schon bei den Wirten in Oxford Sonderkonditionen genossen, in den Londoner Pubs war das nicht anders. Er brauchte dann ungefähr fünf *pints*, bis er endlich akzeptierte, dass es wirklich David »Streber« Camden war, der ihn da in seiner Luxuswohnung im Londoner West End aufgeschreckt hatte. Zu fortgeschrittener Stunde wurde Charly redselig.

»Weißt du, altes Haus«, lallte er und wischte sich mit einem karierten Taschentuch den Schweiß von der Glatze, »in meinem Beruf lerne ich täglich neue Menschen kennen – dutzende, hunderte, tausende … «

»Sind auch Koreaner oder koreanisch sprechende Chinesen darunter?«

Charly leerte ein Glas dunkles Bier und grinste. »Von mir kannst du alles haben.«

Am nächsten Morgen fragte sich David, ob es klug gewesen war, seinen alten Kommilitonen nicht näher nach dessen Betätigung gefragt zu haben. Immerhin stand Charly im Staatsdienst, versuchte er sich zu beruhigen, nur um sich gleich darauf einiger besonders widerwärtiger Verbrechen dieser oder jener Regierung zu erinnern. Jedenfalls lieferte ihm der Wonneproppen schon nach wenigen Tagen einige viel versprechende Namen. David stürzte sich in die ersten Gespräche.

Am Ende blieben gerade zwei der mindestens zwanzig Kandidaten übrig: Prof. Choi Soo-wan und Indu Cullingham.

Soo-wan war Historiker und litt unter erschreckender Kurzsichtigkeit. Nicht etwa im übertragenen Sinne des Wortes, sondern buchstäblich. Er konnte – vom Lesen

– 160 –

einmal abgesehen – selbst die einfachsten Handgriffe nur unter Zuhilfenahme von monströsen Brillengläsern bewältigen. Manche Mitmenschen reagierten bisweilen mit unangemessenen Heiterkeitsausbrüchen, wenn seine grotesk geschrumpften Augen sie zum ersten Mal anstierten. Andere wurden misstrauisch, weil sie in der dickglasigen Sehhilfe einen Scherzartikel vermuteten. Einige ergriffen kurzerhand die Flucht. Dabei war Choi Soo-wan ein einfühlsamer Gelehrter mit bemerkenswertem Scharfsinn.

Der Professor stammte aus Ch'ongjin, das David noch unter dem japanischen Namen Seishin kannte. Ohne Brille hätte man den bescheidenen kleinen Mann leicht übersehen können. Er hatte olivfarbene Haut, sehr kurzes, dafür aber dichtes glattes schwarzes Haar und hinter der Brille lebendig funkelnde Augen. Er liebte es zu lachen, wenngleich manchmal in seinem breiten Gesicht die Spuren jahrelanger Entbehrungen und namenlosen Leids zu erkennen waren – Soo-wan hatte intensive Erfahrungen mit japanischen Foltermethoden in koreanischen Gefängnissen gemacht. Zwischen ihm und den Besatzern aus Nippon hatte es unüberbrückbare Differenzen gegeben, weil sich die jeweilige Sicht der koreanischen Geschichte nicht in Deckung bringen ließ. Also war er – um einem Erschießungskommando zu entgehen – bereits Mitte der Dreißigerjahre nach England geflohen und wirkte seit Kriegsende in einer größeren Bildungsanstalt am Northampton Square.

Indu Cullingham gehörte seit vier Jahren dem Stand der englischen Offizierswitwen an. Die wohlgestaltete Inderin war überaus gebildet. Sie hatte an der Visva-Bharati-Universität in Bengalen und später sogar in Oxford studiert. Ihr Gatte war an der birmanischen Grenze im Kampf gegen die Japaner gefallen und hatte ihr ein ansehnliches Erbe hinterlassen.

Die erste Begegnung zwischen der indischen Witwe und David fand in *The White Swan*, einem Café in Richmond, statt. Sie trug einen orangefarbenen Sari und zog zahlreiche Blicke auf sich. Anfangs plauderten sie nur ein wenig miteinander. David erzählte, wie er als Pennäler im feuchten Farn des benachbarten Parks gelegen und unter Vater Bucklemakers Kommando die Weihen britischen Soldatentums empfangen hatte. Indu hörte höflich, aber eher desinteressiert zu. Dann begann er von seiner kürzlichen Indienreise zu berichten und ihre Augen begannen zu leuchten. Als er auf das Mädchen zu sprechen kam, das er in Faridabad buchstäblich von der Straße aufgelesen hatte, fing Indu Feuer. Anscheinend schmerzte sie an ihrer Witwenschaft vor allem der Umstand der Kinderlosigkeit. So kam es, dass David über das Mädchen Abhitha zu Indus Herz vordrang. Bereits beim ersten Gespräch fragte die betuchte Inderin, ob es nicht möglich sei, das Mädchen Abhitha einmal nach London einzuladen. Sie werde selbstverständlich sämtliche Unkosten übernehmen.

»Abhitha ist in einer völlig anderen Welt aufgewachsen. Sie dort herauszureißen, könnte ihr schaden«, gab David zu bedenken.

»Wer sagt, dass ich sie für immer aus ihrer gewohnten

Umgebung fortlocken will? Aber neue Eindrücke – solange es gute sind – können einem jungen Menschen nicht schaden, sondern ihn nur reicher machen. Ich spreche aus eigener Erfahrung. Bitte erlauben Sie mir, Abhitha einen Brief zu schreiben!«

David spürte, die Inderin meinte es wirklich ernst. Also willigte er ein. Sie staunte allerdings nicht schlecht, als er sie an Devadas Gandhi, den Sohn des ermordeten Mahatma verwies. Erst Jahre später sollte David begreifen, wie durch die Anteilnahme und Wärme, mit der er von dem herumgestoßenen schmutzigen Straßenkind gesprochen hatte, in Indus Herz der Boden für jenen Wahrheitssamen bereitet worden war, der sie später für ihn zu einer wahren »Schwester« werden ließ.

Die Eroberung des koreanischen Geschichtsprofessors vollzog sich da schon auf eine etwas andere Weise. Der immerhin bereits Vierundfünfzigjährige war erstaunlich begeisterungsfähig. Nachdem David ihm erst einmal den Jahrhundertplan umrissen hatte, wäre er sogar dafür durchs Feuer gegangen, einen der Logenbrüder Belials aus dem Verkehr zu ziehen. Als Choi Soo-wan das zweiseitige koreanische Dokument ins Englische übertragen und seinem Auftraggeber vorgelegt hatte, begann hinter Davids Stirn ein kleines Hammerwerk zu pochen.

Der Brief war an einen An Chung-gun gerichtet. David kannte diesen Namen. Er wusste nur nicht mehr woher. Unglücklicherweise konnte auch der Professor ihm nicht weiterhelfen. Als David dann den Gedanken äußerte, man könne ja einfach nach Korea fahren und diesen An ausfindig machen, brach Soo-wan in schallendes Gelächter aus.

Nach einer Weile beruhigte er sich wieder, blinzelte hinter seinen dicken Brillengläsern wie ein Frosch und sagte: »Das ist keine gute Idee, jüngerer Freund. Du musst nämlich wissen, die Menschen in *Choson* sind nicht besonders einfallsreich, was ihre Namen betrifft. Höchstens zwanzig verschiedene werden von achtzig Prozent aller Familien verwandt – An ist einer davon. Bei den Rufnamen beweisen meine Landsleute auch nicht viel mehr Phantasie.«

Enttäuscht wandte sich David wieder dem Text der Übersetzung zu. Es handelte sich um einen Durchschlag, unterzeichnet von Ben Nedal und datiert auf den 12. Dezember 1945. Als unbedarfter Leser konnte man glauben, es ginge um Krisenbewältigung in einem international tätigen Wirtschaftsunternehmen.

Lieber An Chung-gun!

Die Gegenseite nimmt uns unter Feuer. Wie Sie wissen, mussten wir unter dem massiven Druck mit Hiroshima eine weitere unserer Dependancen schließen. Beinahe hätte es eine Katastrophe gegeben. Ein verstärktes Engagement ist daher dringend geboten! In einer Krisensitzung hat der Bund die Konzentrierung unserer Kräfte auf einige wenige Geschäftsfelder mit viel versprechenden Erträgen beschlossen. Nach Absprache mit dem Direktorium bitten wir Sie, Salzmann zu kontaktieren – er konnte krankheitsbedingt an der letzten Besprechung

– 164 –

nicht teilnehmen. Die Unternehmensleitung beauftragt ihn mit der Ausarbeitung einer Aktion im russischen Zweig. Eine Blockierung minimalen Ausmaßes mit maximalen Folgen wäre genau das Richtige, um die geschäftsschädigenden Machenschaften der Konkurrenz zu kompensieren. Salzmann wird wissen, was er zu tun hat. Sie werden angewiesen, ihm jede mögliche Hilfe zukommen zu lassen.

Ich grüße Sie im Geiste des Aufbruchs.

Ben Nedal

Ohne rechte Freude registrierte David den drängenden Ton des Schreibens. Man sah ihn also als ernsthaften »Konkurrenten« und glaubte offenbar nicht an eine Verkettung unglücklicher Umstände, was Toyamas Bekanntschaft mit einer explodierenden Atombombe betraf. Der Kreis war also aufgeschreckt. Gut. Auch ohne den Brief hätte sich David dergleichen denken können. Aber der Rest der Mitteilung blieb für ihn ein Rätsel. Warum hieß es da, es hätte nur *beinahe* eine Katastrophe gegeben? Der Totalausfall des treuesten Logenbruders für den Kreis der Dämmerung musste doch ein Desaster darstellen. Und dann dieser »Salzmann«. Wer war das? Etwa ein weiterer Logenbruder in Russland, wie vermutlich auch der koreanische Adressat des Briefes?

»Es hilft nichts«, beschloss David die Spekulationen. »Solange mir nicht einfällt, wer dieser An Chung-gun ist, werden wir weiter im Nebel herumstochern müssen.«

»Manchmal findet auch ein blindes Huhn ein Korn«, sagte Soo-wan schmunzelnd. »Mach dir keine Sorgen, jüngerer Freund. Fahr nach Paris zurück und suche nach deiner Schwiegermutter. Wenn es irgendeinen An Chung-gun gibt, der kürzlich in Korea aufgefallen ist, finde ich ihn für dich und schicke dir ein Telegramm. Wie weit soll ich zurückgehen?«

»Einhundert Jahre.«

Der Professor stutzte. »Willst du etwa einen Greis jagen?«

David lächelte geheimnisvoll. »Wer kann das schon wissen?«

Als David Mitte August im Zug nach Paris saß, war er dennoch zufrieden. Auf seinem Schoß lag eine Zeitung. Gedankenverloren blickte er auf die vorbeifliegende Landschaft und lächelte. Seine Bruderschaft hatte Zuwachs bekommen. Was würde wohl die Übersetzung der übrigen Dokumente aus dem Sturmpalast ergeben? Indu war beinahe ebenso begierig darauf wie er, es zu erfahren. Einen weiteren Etappensieg konnte er ja bereits verbuchen: die Entdeckung des neuen Namens – An Chung-gun. Er musste diesem Anhaltspunkt unbedingt nachgehen.

Was war nur mit der mysteriösen »Aktion im russischen Zweig« gemeint, von der das Dokument sprach, dieser womöglich folgenreichen Blockierung? David seufzte. Dann fiel sein Blick auf die Zeitung.

– 166 –

BERLINER BLOCKADE
GEHT IN DIE ACHTE WOCHE –
NOCH IMMER KEIN ENDE IN SICHT.

Und mit einem Mal fiel es David wie Schuppen von den Augen. Die Sowjets hatten in der zweiten Junihälfte alle Zufahrtswege nach West-Berlin geschlossen. Seitdem befand sich die Stadt in einem Ausnahmezustand. Die Bevölkerung wurde über eine Luftbrücke versorgt. Erst vor wenigen Tagen hatte David einen alten Kameraden aus Bletchley Park getroffen und erfahren, wie explosiv die Lage in Deutschland tatsächlich war. Angeblich sei auf amerikanischer Seite sogar von einem gewaltsamen Durchbrechen nach West-Berlin die Rede gewesen. Einige Militärs hätten auch laut über den Einsatz von Atomwaffen nachgedacht. Je länger David überlegte, desto mehr glaubte er, in all dem die Handschrift Belials erkennen zu können. In der Aktion des »russischen Zweiges« hatte wirklich eine Zeit lang das Potenzial gesteckt, die beschworenen »maximalen Folgen« heraufzubeschwören.

Glücklicherweise schien sich die Lage wenigstens so weit entspannt zu haben, dass die Panzer der Kontrahenten an der Berliner Sektorengrenze nicht mehr aufeinander zielten. Nur »Rosinenbomber« warfen alle zwei bis drei Minuten ihre süße Last an kleinen Fallschirmen über den Kindern der Stadt ab, die schwereren Pakete wurden anschließend auf dem Flughafen Tempelhof ausgeladen. Der »maximale« Erfolg für Belial war also ausgeblieben. David zwang sich, die Lage ruhig und sachlich zu beurteilen. Er hätte diesen Konflikt ohnehin nicht verhindern können. Wie lautete doch gleich Lady Eleanors Credo: Tu, was du zu tun imstande bist.

David atmete wieder ruhiger. Mit dem »russischen Zweig« musste jenes Mitglied des Kreises der Dämmerung gemeint sein, das in der Sowjetunion wirkte. Konnte An Chung-gun der Schlüssel zum Reich des russischen Bären sein? David fasste einen neuen Entschluss: Sobald er das Schicksal von Marie Rosenbaum geklärt und Sicherheit über die Identität des koreanischen Verbündeten Ben Nedals gewonnen hatte, würde er wieder nach Asien aufbrechen. Er musste diesen An finden.

Neben den vielen Briefen zur Klärung des Schicksals von Rebekkas Mutter verfasste David natürlich auch weiter Artikel für *Time*. Die Berichte über Gandhi hatten Henry Luce gefallen – natürlich nur vom publizistischen Aspekt her – und er nahm fast alles, was sein Pariser Korrespondent ihm schickte.

Nicht allein beruflicher Natur war Davids erneutes Zusammentreffen mit Eleanor Roosevelt, die immer noch der Menschenrechtskommission der Vereinten Nationen vorstand. Bereits kurz nach seiner Ankunft hatte er eine Vorlesung der couragierten Lady an der Sorbonne besucht. Die Universität lag nur wenige Gehminuten von Davids bescheidener Unterkunft entfernt.

Die Ausführungen der Präsidentenwitwe waren für ihn ein Erlebnis. Sie habe stets gedacht, mit der Erziehung der eigenen Kinder sei ihre Geduld bereits bis zum Äußersten

– 168 –

strapaziert worden, berichtete sie, doch »der Vorsitz in der Menschenrechtskommission war eine noch größere Geduldsprobe«. Zwar bestehe die Aufgabe des Gremiums in der Verabschiedung einer Erklärung der allgemeinen Menschenrechte, aber das halte die anderthalb Dutzend Kindsköpfe nicht davon ab, verbissen um ihre Lieblingsspielzeuge zu streiten. Der chinesische Delegierte wollte in dem Schriftstück unbedingt die konfuzianische Philosophie vertreten wissen, die Sowjets brachten regelmäßig Karl Marx ins Spiel, für die Vereinigten Staaten musste das Dokument den Geist der American Bill of Rights widerspiegeln und ein katholisches Kommissionsmitglied trat unverdrossen für die Lehren Thomas' von Aquin ein.

Lady Roosevelts Schilderungen bereiteten nicht nur David Vergnügen. Augenscheinlich sprach da eine große, mit allen Wassern gewaschene Frau, die ihre familiären Erfahrungen geschickt auf dem politischen Parkett einzusetzen verstand. Unter dem Eindruck der Vorlesung verfasste David einen Artikel und nannte Lady Roosevelt darin »eine Mutter, die einer großen Familie mit oftmals lauten, bisweilen aufsässigen, aber im Grunde gutherzigen Jungen vorsteht, die hin und wieder entschieden in ihre Schranken verwiesen werden müssen«.

Eleanor Roosevelt freute sich aufrichtig, als David sie im Anschluss an ihren Vortrag ansprach.

»Wollten Sie nicht nach Indien reisen, Mr Pratt?«

»Ich bin schon wieder zurück.«

»Wir waren alle erschüttert, als wir von der Ermordung Mahatma Gandhis hörten.«

– 169 –

»Wem sagen Sie das! Ich war dabei, als es geschah.«

»Nein, wie schrecklich! Sie müssen mir unbedingt davon erzählen. Wollen wir gemeinsam zu Abend essen?«

Im Gegensatz zu vielen Menschen, denen Todesnachrichten einen durchaus willkommenen Nervenkitzel zufügten, war Eleanor Roosevelt wirklich betroffen. Gandhi hatte sich für die Gleichberechtigung der Unberührbaren eingesetzt, die Unterdrückung der Frau angeprangert, also genau für jene Rechte gefochten, die auch ihr am Herzen lagen.

»Bitte seien Sie mir nicht böse«, sagte David, nachdem er zu fortgeschrittener Stunde einen letzten Schluck von dem herrlichen Bordeaux genommen hatte, »aber ich habe meine Zweifel, ob eine einfache Erklärung der Menschenrechte uns Erdenbürgern wirklich die körperliche und seelische Unversehrtheit sichern kann.«

Lady Roosevelt dachte gründlich nach, bevor sie lächelnd den Kopf schüttelte. »Es geht hier nicht um Träume, Mr Pratt, obgleich mir bewusst ist, dass wir eine Vision in Worte zu fassen versuchen, zu deren Verwirklichung es mehr als nur eines Stückes Papier bedarf. Natürlich reicht es nicht aus, die Freiheit jedes Erdenbürgers in einer Urkunde zu beschwören. Die Menschenrechte müssen *gelebt* werden.«

»Wenn ich mich recht entsinne, hat Jean-Jacques Rousseau einmal gesagt: ›Der Mensch ist frei geboren und doch überall in Ketten.‹ Das war noch vor der Französischen Revolution. Wir beide wissen, wie wenig die Freiheit bis heute geachtet wird, selbst in Ländern, wo sie in der Verfassung verankert ist.«

Lady Roosevelts Miene verriet Mitgefühl. »Sie sind ein sehr verbitterter Mann, Mr Pratt. Ich wünschte, etwas von meiner Zuversicht würde auch auf Sie abfärben.«

David scheiterte am Versuch eines Lächelns. »Ich war nicht immer so. Das Leben und Menschen, die Ihre Ideale, Lady Eleanor, mit Füßen treten, haben das aus mir gemacht, was ich heute bin. Aber dennoch haben Sie mir schon mehr geholfen, als Sie vielleicht denken. Hoffentlich können Sie Ihre ›Kinderschar‹ bändigen, damit Ihre hervorragende Arbeit in der Kommission nicht vergeblich war.«

»Keine Sorge, Mr Pratt. Das deichseln wir schon. Und bei der Abstimmung der Generalversammlung über unsere Erklärung müssen Sie einfach dabei sein. Ich werde Ihnen eine Einladung schicken.«

Was wie eines der vielen leichtfertig dahingesagten Versprechen klang, sollte noch vor Ablauf des Jahres eingelöst werden. Ende November fand David in seiner Post eine höchst offizielle Einladung mit Lady Roosevelts Unterschrift, und wenige Tage später, am 10. Dezember 1948, wohnte er als Gast einer feierlichen Sondersitzung der Generalversammlung der Vereinten Nationen bei. Fast kam es ihm vor, als hätte Lady Eleanor seinetwegen die Vertreter der UN-Mitgliedsstaaten nach Paris beordert. Die Delegierten versammelten sich in dem unlängst erbauten Palais de Chaillot. Anlass der außerordentlichen Sitzung war die Annahme der Allgemeinen Erklärung der Menschenrechte. David hörte bewegt, wenn auch nicht ohne eine gewisse Skepsis, was die Menschenrechtskommission da im Verlaufe von ungefähr zwei Jahren erstritten hatte.

Alle Menschen sind frei
und gleich an Würde und Rechten geboren.
Sie sind mit Vernunft und Gewissen begabt
und sollen einander im Geiste der Brüderlichkeit begegnen.

Im Geiste der Brüderlichkeit. Dem Artikel eins folgten neunundzwanzig weitere, ein beachtliches Plädoyer für die Menschenrechte und fundamentalen Freiheiten jedes Erdenbürgers. Aber waren sie mehr als das? Auch das zweite globale Gemetzel hatte mit dem Ruf geendet: »Nie wieder Krieg!« Allein Davids jüngste Erfahrungen auf dem indischen Subkontinent zeigten, wie weit es mit der Brüderlichkeit der Menschen her war. Er wünschte sich an diesem Freitag in Paris so sehr, der gemeinsame Ruf nach Einheit und Freiheit für alle möge den Jahrhundertplan zu Fall bringen, aber er hegte ernste Zweifel daran.

Der Sondersitzung folgte ein Fototermin, bei dem Lady Roosevelt ein riesiges gedrucktes Exemplar »ihres Babys« in die Kameras hielt. Anschließend fand ein Stehempfang statt, der den vorerst letzten Berührungspunkt beider Lebenswege markierte.

Eine knappe Woche nach der Sondersitzung wurde David auf brutale Weise in die Wirklichkeit zurückgeworfen. Die

– 172 –

Post brachte einen Brief aus Deutschland. Er stammte von einem Zentralarchiv, das die alliierte Militärbehörde im württembergischen Ludwigsburg zur Aufklärung von NS-Verbrechen eingerichtet hatte. Der Inhalt war erschütternd.

... müssen wir Ihnen mitteilen, dass die von Ihnen gesuchte Person, Frau Dr. Marie Rosenbaum, nach geltender Aktenlage im Jahre 1943 im Konzentrationslager Ravensbrück verstorben ist. Den entscheidenden Hinweis konnte das Archiv in einer Akte des damaligen Referats IV B 4 des Reichssicherheitshauptamtes finden. Besagte Dienststelle war für die Deportation von Juden in die Vernichtungslager zuständig. Insofern weisen die Umstände des Ablebens der von Ihnen gesuchten Person einige Merkwürdigkeiten auf. Ravensbrück war ein Frauen- und Kinderlager. Es diente zwar auch, aber nicht in erster Linie der Vernichtung von Menschenleben. Hier waren hauptsächlich Zwangsarbeiter, z. B. für die Rüstungsindustrie, untergebracht. Als Ärztin besaß Dr. Rosenbaum für die Nazis einen gewissen Wert, was nach der Aktenlage von der Lagerleitung auch eine Zeit lang respektiert wurde. Gründe für eine vorzeitige Liquidierung von Mme. Rosenbaum (Arbeitsunfähigkeit aufgrund schlechter Gesundheit, Vergehen gegen die Lagervorschriften, Fluchtversuch etc.) scheiden aus. Einem Dokument, das vom Leiter der Dienststelle, Adolf Eichmann, persönlich abgezeichnet war, konnten wir zweifelsfrei entnehmen, dass Marie Rosenbaum gezielt ermor-

det wurde. Wir betrachten es als unsere traurige
Pflicht . . .

David war wie betäubt. Vielleicht begann er allmählich
demselben Wahnsinn zu verfallen, der die letzten Lebensjahre seines Vaters bestimmt hatte, aber für ihn belegte der
Brief aus Deutschland eindeutig, warum Rebekkas Mutter
hatte sterben müssen. Allerdings wollte ihm nicht ein-
leuchten, weshalb sich Adolf Eichmann persönlich für
Maries Ermordung verwendet hatte. Welches Interesse
konnte dieser Nazi an ihrem Tod haben, der – nach allem,
was David während des Internationalen Militärtribunals
in Nürnberg mitbekommen hatte – der Architekt der
»Endlösung« gewesen war? Konnte es sein, dass Papen
und Eichmann unter einer Decke steckten?

Wenn der letzte Strohhalm, an den ein Mensch sich
klammert, zerfällt, wird die Verzweiflung zum alles beherr-
schenden Gefühl. Man kann kaum einen klaren Gedanken fassen, geschweige denn, planvoll und vernünftig in
die Zukunft blicken. Bei David war das nicht anders. Einige Tage lang ließ er sich einfach treiben. Er arbeitete nicht
und kümmerte sich wenig um den Kreis der Dämmerung.
Paris war ihm wieder einmal zum Gefängnis geworden.
Die Mauern dieses Kerkers nahmen ihm die Luft zum Atmen. Negromanus hatte ihm hier den Sohn geraubt. Und
Belial nun auch die Mutter – genau so empfand es David.
Er fühlte sich einsamer als je zuvor.

Während die Stadt sich für das vierte Weihnachtsfest
nach dem Krieg rüstete, reiste David mit dem Zug in Rich-

tung Schweiz ab. Sein Ziel war Genf. Vor ziemlich genau einem Jahr hatte er hier ein Bankschließfach gemietet, in dem ein besonderer Schatz lag: zwei goldene Siegelringe. Jetzt kam ein dritter hinzu. Bevor er sein Beutestück deponierte, machte er noch einen Abdruck mit rotem Siegelwachs. Vielleicht konnte der ihm irgendwann einmal von Nutzen sein. Den rubingeschmückten Fürstenring trug David weiter an der alten Goldkette um den Hals. Eines Tages würde er alle zwölf Ringe besitzen und zerstören. Aus diesem Gedanken schöpfte er Kraft.

Über Zürich und London kehrte David nach New York zurück. Während eines mehrtägigen Zwischenstopps in der britischen Hauptstadt hatte er sich noch einmal mit Choi Soo-wan und Indu Cullingham getroffen. Der Professor steckte mitten in den Recherchen – unter den Myriaden von Kandidaten hatte er den richtigen An noch nicht gefunden. Die Offizierswitwe stockte Davids Reisegepäck um fast dreihundert handgeschriebene Seiten auf. Vereinbarungsgemäß habe sie die Übersetzungsarbeit abgeschlossen, ohne ein Sterbenswörtchen darüber verlauten zu lassen. Aus Gründen der Geheimhaltung hatte David auch keine Zwischenberichte bekommen. Natürlich wäre von Indu ein verschlüsseltes Telegramm nach Paris geschickt worden, hätte das Beutegut aus dem Sturmpalast einen konkreten Hinweis auf den Kreis der Dämmerung enthalten. Dem weißen Wolf würde nun die mühevolle Aufgabe zufallen, in den Übersetzungen nach einer versteckten Fährte zu suchen und zwischen den Zeilen zu lesen.

In New York ging David daran, sein Leben neu zu ordnen. Dabei spielte der Herausgeber des *Time*-Magazins eine maßgebliche Rolle. Henry Luce verhalf ihm gleich im doppelten Sinne des Wortes zu einer neuen Identität: Wie schon vor zwanzig Jahren besorgte er ihm neue Papiere. Diesmal bediente sich David des Namens Dan Kirpan. Wichtiger als die Personaldokumente war für ihn jedoch Henrys moralische Unterstützung. Davids Gefühle lagen eingeigelt unter einem Schutzpanzer, dessen Oberfläche aus spitzen Kommentaren manch gut gemeinte Freundlichkeit wirkungslos abprallen ließ. Kurz nach ihrem Wiedersehen fragte der Verleger daher besorgt und wohl nicht ohne Absicht herausfordernd, ob David inzwischen seinen Doktor in Zynismus gemacht habe.

Die verbale Ohrfeige verfehlte bei David ihre Wirkung nicht. Einer kurzen Phase des Zornes folgte eine etwas längere der Zerknirschung. Es gab noch genug Menschen, die ihn schätzten und ihm ihre Verbundenheit versichern wollten. Wenn er auch die Burg seiner Einsamkeit nicht gleich verließ, so öffnete er solchen jetzt doch wenigstens die Fenster: Er hörte sich ihre Ratschläge an und sprach gelegentlich sogar über die eigenen Gefühle. Auch begann er wieder mehr auf sein Äußeres zu achten. Er legte den Vollbart ab, nur über der Oberlippe ließ er ein weißes Büschel stehen. Um dem Müßiggang keinen Vorschub zu leisten, erlegte sich David außerdem ein strenges Tagesprogramm auf.

Von Henry bekam er bald mehr Arbeit, als ihm recht war. Der *Time*-Herausgeber hatte sich Davids alter Stärken erinnert, dessen Wahrhaftigkeit und Integrität. Daher überhäufte er ihn im Frühjahr 1949 mit »unmöglichen Interviewaufträgen«, Zielpersonen waren vorwiegend exzentrische und gegenüber der Presse sonst eher verschlossene Prominente. In gewohnt souveräner Weise verstand es David, sich Zugang zu diversen Türen zu verschaffen.

»David Pratt« wurde bald zu einem Markenzeichen. Er gewann den Ruf eines ruhigen, verständnisvollen und fairen Gesprächspartners, dem sich selbst sehr scheue Geschöpfe nicht verweigerten. Innerhalb kurzer Zeit interviewte er eine ganze Reihe von Berühmtheiten, darunter Howard Hughes, der – angeblich – reichste Mann der Welt, Humphrey Bogart, spätestens seit *Casablanca* der unwiderstehlichste Mann der Filmleinwand, und Tennessee Williams, als vorjähriger Pulitzerpreisträger der – wie seine Landsleute behaupteten – populärste Dramatiker der amerikanischen Literatur. Außerdem sprach David mit einigen weniger bekannten Personen, die für Publicity durchaus aufgeschlossen, aber nach Henrys Einschätzung aus irgendwelchen anderen Gründen schwierig waren. Dazu gehörte ein affektiertes Filmsternchen namens Norma Jean Mortenson, das einige Monate zuvor ihren ersten Streifen abgedreht hatte und nun unter dem – wie sie wohl meinte – viel versprechenden Signet Marilyn Monroe firmierte. Ein anderer bunter Schmetterling auf Davids Interviewtour hieß John F. Kennedy, ein ziemlich betuchter, ziemlich kranker junger Mann, der gleichwohl in Washington Stadtgespräch war. Der zweiunddreißigjährige Abgeordnete des elften Kongressdistrikts von Massachusetts hielt den

Abwesenheitsrekord im Repräsentantenhaus, was wohl nicht von ungefähr mit seiner Passion für das »Girling«, einen von ihm selbst kreierten »Jagdsport«, zu tun hatte.

So gesehen war David mit Henrys Wunschliste gut ausgelastet und froh, wenn er hinter seinem Schreibtisch Platz nehmen und einfach nur aufschreiben konnte, was er in der Welt von Glamour, Geld und Geltungsdrang erlebt hatte. An freien Abenden gönnte er sich hin und wieder sogar etwas Zerstreuung und aß in einem kleinen Lokal in der Bleecker Street. Mit Henry und dessen Frau Clare besuchte er das im letzten Dezember uraufgeführte Musical *Kiss me, Kate* von Cole Porter, bei anderen Gelegenheiten ein Konzert in der Radio City Music Hall und Theaterstücke am Broadway, aber aus dem Kunstgenuss wollte kein rechtes Festmahl werden, so wie damals, als Rebekka für ihn das Kulturmenü zusammengestellt hatte.

Die Arbeit für *Time* war ihm immer wichtig gewesen, wenngleich er sich anderen Aufgaben mehr verpflichtet fühlte. Dieser Berufung folgend widmete er sich nun wieder verstärkt der Jagd nach dem Kreis der Dämmerung. Bald schon, das war seine feste Überzeugung, würde sie ihn nach Korea führen. Deshalb bemühte er sich als Phil Claymore um ein Visum zur Einreise in die junge Republik. Im vergangenen August war der Süden der Halbinsel aus der Aufsicht der UN – streng genommen der Vereinigten Staaten – entlassen worden. Der von der Sowjetunion protegierte Norden hatte sich im Monat darauf als Demokratische Volksrepublik Korea, kurz DVK, konstituiert. Die Chancen, eine Einreisegenehmigung für den Süden zu bekommen, standen ungleich besser. Doch was hieß das schon? Sie waren immer noch mehr als bescheiden.

Neben dem Papierkrieg mit koreanischen, amerikanischen und UN-Behörden sah sich David einer kaum weniger schwierigen Herausforderung gegenüber. Er verbarrikadierte sich mit dem von Indu übersetzten Dokumentenstapel in seiner Festung am Pier 40. Sein Arbeits-, Wohn- und Schlafzimmer in der West Street war ungefähr sechzig Fuß breit und hundert lang. Platz hatte er wahrhaft genug in dem Lager- und Bürohaus, das ihm seit mehr als sieben Jahren gehörte. Damals, nachdem keine Hoffnung mehr bestanden hatte, Rebekka jemals wieder zu sehen, war ihm der Gedanke unerträglich erschienen, das für ihre Freilassung vorgesehene Geld einfach für Reisen und den Lebensunterhalt auszugeben. Deshalb hatte er diesen inzwischen völlig verwahrlosten Backsteinbau aus gelb glasierten Ziegeln gekauft. Kaum weniger ansehnlich waren die Kaianlagen auf der anderen Straßenseite. Wenn man den Blick aus den großen Fenstern im sechsten Stock allerdings nur ein wenig weiter schweifen ließ, wurde man mit einer traumhaften Aussicht auf den Hudson River belohnt. Für David war die Zinne seiner »Gelben Festung« der ideale Platz, um sich in Gedanken über Gott und die Welt zu verlieren.

In dem hohen Wohn-Schlaf-Koch-Büro hatten früher einmal getrocknete Kräuter und Gewürze gelagert. Noch immer hing der Duft von Kardamom und Koriander, von Melisse und Muskat in der Luft. Der einzige Schmuck in dem ansonsten kahlen Raum war ein Bild, das er vor Jahren für Rebekka gekauft und Sean Griffith für ihn zusammen mit anderen Habseligkeiten rechtzeitig vor Ausbruch des Krieges nach New York verschifft hatte. Unter dem *Weißen Einhorn* saß David nun an einem zerkratzten Schreibtisch, den er im Keller des Gebäudes gefunden und mit dem wundersamerweise noch funktionierenden Lastenaufzug ins oberste Stockwerk geschafft hatte, und entwarf Zukunftspläne.

Zunächst musste er wieder zu Geld kommen. Die Weltwirtschaftskrise hatte seine Wertpapiere Makulatur werden lassen. Er überlegte ernsthaft, die während des Krieges im Keller seines Londoner Anwalts verstaubten Aktien zum Tapezieren seines neuen »Lebensraumes« zu verwenden. Wenn sie auch nichts mehr wert waren, sahen sie doch wenigstens hübsch aus. Schließlich verwarf er die Idee. Er konnte nicht Wochen damit vergeuden, seinen Wohnsaal zu verschönern. Ungefähr einen Tag lang rang er auch mit sich, ob er *Stony House*, seinen letzten Grundbesitz in England, veräußern sollte. Aber es gab zu viel, was ihn mit dem Landsitz in Cornwall verband. Nein, es ging ihm noch nicht schlecht genug, um die steinerne Erinnerung auf den Klippen zu verkaufen.

Mitten in diese finanziellen Überlegungen hinein platzte an einem ungewöhnlich stürmischen, verschneiten Märztag des Jahres 1949 ein kleiner Mann in einem pelzbesetzten Mantel. Er sprang aus einem vor dem Haus geparkten verbeulten Ford, als hätte er genau gewusst, dass David in seinem verzweifelten Kampf um Selbstdisziplin jeden Morgen um sieben Uhr seine Gelbe Festung verließ, um sich in einem nahe gelegenen Frühstückscafé für den neuen Arbeitstag zu stärken. Mit der Linken die graphitfarbene Baskenmütze festhaltend streckte er David die behandschuhte Rechte entgegen.

»Guten Tag, Herr Gladius. Wie gut, dass Sie pünktlich sind! Zehn Minuten später und ich wäre in meinem Auto erfroren.« Die Augen des kleinen Mannes lächelten, nur sein Gesicht wirkte in dem eisigen Wind verzerrt.

David kam der Fremde seltsam vertraut vor. Dennoch war er, gelinde gesagt, erschüttert: Woher kannte der Mann mit der Mütze den von David nur in Karachi benutzten Decknamen? Warum sprach er von Pünktlichkeit? Und weshalb redete er *deutsch* mit ihm?

»Wer sind Sie?«, knurrte David. Ihm war dieser Überfall nicht geheuer. Nur Ghulam Leghari und einige andere Handlanger Ben Nedals konnten den Namen Gladius kennen, abgesehen von Balu Dreibein natürlich, aber der …

»Erinnern Sie sich nicht mehr an mich?«, fragte der Fremde unverändert freundlich.

»Sollte ich?«

»Wie geht es meinem *Weißen Einhorn*?«

Davids Augen wurden groß. Einen Moment lang war er völlig perplex. »Sie sind … der *Maler*! Wie war doch gleich der Name? Warten Sie …«

»Ruben Rubinstein, ganz recht.« Der kleine Mann lächelte zufrieden. »Was halten Sie davon, wenn wir uns drinnen weiter unterhalten? Es beeinträchtigt den künst-

– 181 –

lerischen Ausdruck, mit Erfrierungen an den Händen arbeiten zu müssen.«

David öffnete wieder das Bataillon von Schlössern, das sein riesiges leeres Reich sicherte, und führte den Maler hinein. Er war völlig durcheinander. Vor langer Zeit – in Jahren der Finsternis – war er diesem Mann begegnet, nur ein einziges Mal. Deprimiert hatte der Jude damals die Zerstörung eines seiner Bilder durch den Nazipöbel beklagt.

Von Ruben Rubinstein stammte das Gemälde über Davids ramponiertem Schreibtisch. Dieser Mensch hatte mit seinem federleichten Pinselstrich einmal Rebekkas Herz angerührt. Nicht zuletzt deshalb freute sich David, ihn jetzt als einen Überlebenden des Holocaust wieder zu sehen, und ließ ihn sogar in sein Reich. Aber misstrauisch blieb er trotzdem.

»Hübsch haben Sie's hier«, sagte Rubinstein, nachdem er den kahlen Bürosaal betreten und den Schreibtisch, das Feldbett, den rollbaren Kleiderständer, den Stuhl und – mit einem wehmütigen Lächeln – das *Weiße Einhorn* begutachtet hatte. Merkwürdigerweise konnte David in der Äußerung keine Spur von Ironie ausmachen.

»Warum sind Sie hier?«, fragte er lauernd.

»Ich suche ein neues Atelier. Das Glück hat mir einige wohlbetuchte Käufer in die Arme getrieben, die nun nach neuen Bildern verlangen. Ich arbeite gerne an mehreren Werken gleichzeitig, aber in meiner Brooklyner Dachkammer ist daran überhaupt nicht zu denken. Ich hörte, Sie könnten vielleicht einen Mieter gebrauchen und jemanden, der auf dieses Haus hier aufpasst, während Sie durch die Welt reisen.«

David wusste nicht, was er darauf antworten sollte. Schließlich fiel ihm aber doch eine, wie er glaubte, passende Erwiderung ein. »Woher wissen Sie das alles? Wer hat Ihnen das verraten?«

Rubinstein wirkte ein wenig unglücklich, sein Lächeln etwas gequält. »Sagen wir, ein Freund. Jemand, der es gut mit Ihnen meint.«

»Ach, tut er das?«

»Ja.«

»Hat dieser Wohltäter zufällig auch einen Namen?«

»Spielen Namen für Sie eine Rolle, Herr Gladius?«

Der Hieb hatte gesessen. Zu Davids nicht geringer Verwirrung musste er durch seine Gabe der Wahrheitsfindung feststellen, dass dem Künstler wirklich zu trauen war. Ein Problem blieb: Der Mann wusste zu viel. Möglicherweise hatte Belial ja einmal mehr einen arglosen Menschen zu einer nur dem Anschein nach guten Tat angestiftet.

»Seien Sie mir nicht böse, Herr Rubinstein«, sagte David, »doch mir wäre wohler, wenn ich wüsste, wer Sie mit all diesem Wissen zu mir geschickt hat.«

»Das glaube ich Ihnen gerne. Jener Freund, dem wir beide unser Wiedersehen verdanken, hat mir das hier für Sie gegeben. Er meinte, es könne Sie vielleicht davon überzeugen, dass ich in guter Absicht komme.« Der Maler hatte bei diesen Worten in die Brusttasche seines Mantels gegriffen und hielt nun David eine Spielkarte hin. Französisches Blatt. Ein Herz-Ass. Über dem Symbol in der Mitte stand eine rätselhafte Nachricht.

Mandschurei 1909

Wieder wurde in David eine Saite zum Klingen gebracht. Stirnrunzelnd blickte er in die funkelnden Augen des Malers. »Was hat das zu bedeuten?«

»Mir wurde gesagt, Sie würden es schon herausfinden, möglicherweise mithilfe eines Gelehrten namens Choi.«

Am liebsten hätte David laut aufgeschrien. Wie konnte der Maler nur das alles wissen?

»Wie steht es nun?«, fragte Rubinstein.

David blinzelte. »Wie bitte?«

»Kann ich in Ihrem hübschen Etablissement ein Stockwerk mieten? Ich könnte, wenn Sie es wünschen, auch ein paar Freunde von mir für das wunderbare Licht hier begeistern.«

»Geben Sie mir bitte ein paar Tage Bedenkzeit«, stammelte David. »Ich muss mir erst einen Reim auf unser unverhofftes Wiedersehen machen.«

Rubinstein schien mit dieser Reaktion gerechnet zu haben. »Natürlich. Dann melde ich mich wieder bei Ihnen. Sagen wir, in einer Woche?«

»Ja, gut. Sie kennen ja anscheinend meinen Terminplan.«

Der Künstler setzte sich mit einem Lächeln die Baskenmütze auf. »Nur keine Sorge, Herr Gladius, wir zwei kommen schon zusammen.«

Im Land der Morgenstille

David wusste nicht, ob er in Panik ausbrechen oder sich freuen, ob er fluchtartig das Land verlassen oder auf Rubinsteins Angebot eingehen sollte. Wenn Belial ihn wirklich in New York aufgespürt hatte, warum sollte er dann dieses Spiel mit ihm treiben? Ebenso gut hätte ihn auch ein professioneller Killer vor dem Haus abpassen können oder ein ambitionierter Bombenwerfer.

Je länger David darüber nachdachte, desto positiver erschien ihm diese überraschende Begegnung. Ausgerechnet ein Jude, ein Verfolgter wie Rebekka, war zu ihm gekommen. Sie hatte einst Mitleid, aber auch Bewunderung für Rubinstein empfunden und Davids Freundlichkeit mochte ihm damals Trost und Hoffnung gegeben haben. Das alles waren Gründe für eine gewisse Anhänglichkeit, vielleicht sogar für Dankbarkeit, aber sicher kein Anlass für hinterhältiges Taktieren …

Noch am Tag der beunruhigenden Begegnung schickte David ein Telegramm nach London. Es war an Choi Soowan adressiert und bestand nur aus einem einzigen Satz.

```
lebte unser unbekannter 1909 in der
mandschurei? — stopp —
```

Zu Davids Überraschung kam die Antwort schon einen Tag später. Sie war nur unwesentlich länger.

```
prinz ito hirobumi wurde am 26. Oktober
1909 von dem koreanischen nationalisten
an chung-gun in harbin erschossen —
stopp — fortsetzung folgt — stopp -
```

Das Telegramm aus London wühlte düstere Erinnerungen auf. Kein Wunder, dass sein Gedächtnis ihm den Dienst verweigert hatte. Als der vielmalige japanische Premierminister im mandschurischen Harbin ermordet wurde, war David erst neun Jahre alt gewesen. Yukio Ito, der Neffe des Premiers und Yoshis Vater, hatte die bedrückende Botschaft in einer regnerischen Nacht nach *New Camden House* gebracht.

Er musste so schnell wie möglich nach Korea, so viel stand für David fest. In Choi Soo-wans Telegramm war von weiteren Informationen die Rede gewesen. Die würde er auch dringend benötigen, machte sich David klar. Denn wenn es in ganz Korea nur zweihundertfünfzig verschiedene Familiennamen gab, dann glich seine Aufgabe der sprichwörtlichen Suche nach der Nadel im Heuhaufen.

Davids Jagd nach dem Kreis der Dämmerung war Dank Ruben Rubinstein regelrecht beflügelt worden. Natürlich wollte er wissen, welchem »guten Freund« er den Besuch des bescheidenen, leisen Künstlers aus Deutschland verdankte. Doch Rubinstein wollte ihm den Namen nicht verraten – er selbst sagte, er könne es nicht.

Während der nächsten drei Wochen gab es eine Anzahl weiterer Treffen mit dem Berliner Juden. Und bei jedem fasste David mehr Vertrauen. Umgekehrt war es nicht anders. Ganz sacht und ohne es zu merken, wurde Ruben Rubinstein für David zu einem neuen »Bruder«. Die Idee einer Weltverschwörung kam dem Angehörigen eines seit Jahrhunderten verfolgten Volkes nicht allzu fremdartig vor. Schließlich gab David dem Drängen des neuen Gefährten nach und überließ ihm eine Etage seiner Gelben Festung. Auf eine Bezahlung hätte er gerne verzichtet, aber in dieser Hinsicht ließ Ruben nicht mit sich handeln.

»Ich will keine ausgedrückte und vertrocknete Farbtube als Vermieter haben.« Der Ton zwischen den beiden war in den letzten Tagen vertraulicher geworden.

David lächelte säuerlich. »Vielen Dank für deine punktgenaue Analyse meiner finanziellen Lage. Aber ich möchte keinen Freund ausnehmen.«

»Wer sagt denn, dass du das tust? Ich kann mir inzwischen ein größeres Atelier leisten. Du wirst also mein Geld nehmen. Und nun möchte ich nicht länger mit dir darüber diskutieren, David.« Schon bei ihrer ersten Begegnung hatte Ruben die wahre Identität des Herrn der Gelben Festung gekannt.

Der erwiderte zerknirscht: »Irgendwann kann ich mich nicht mehr im Spiegel anschauen.«

Der Künstler ignorierte den Einspruch. Stattdessen sah er sich in seinem neuen Studio um und fragte mit einem Mal: »Und was ist mit den anderen Stockwerken?«

David kniff das linke Auge zusammen. »Du willst doch wohl nicht etwa eine Künstlerkolonie in meinem Haus unterbringen?«

»Wieso nicht?«

»Vergiss es, Ruben.«

»Du brauchst Geld, David, und ich kann es dir beschaffen.«

»Aber ich brauche auch einen Zufluchtsort, an den ich mich zurückziehen kann. Mir steht nicht der Sinn danach, alle paar Monate meine Sachen zu packen und in einen anderen Winkel der Welt zu fliehen.«

»Ich denke, du willst hier demnächst sowieso eine Nachrichtenagentur eröffnen. Möchtest du die etwa auch geheim halten? Sei mir nicht böse, aber das klingt für mich irgendwie widersprüchlich.«

»Haarspalterei!«

»Nenn mir eine bessere Tarnung, als den Hauswirt für einen Haufen exzentrischer Maler und Bildhauer zu spielen.«

David fiel keine ein. Aber damit waren seine Bedenken noch nicht erschöpft. »Der Publikumsverkehr …«

»Ich könnte zur Bedingung machen, dass in deiner Festung keine Ausstellungen stattfinden. Außerdem habe ich bereits einen sehr rührigen Galeristen an der Hand.«

»Hätte ich mir denken können.« David seufzte. »Also gut. Die ersten vier Geschosse bekommst du. Ich überlasse es dir, die Höhe der Miete festzulegen. Allerdings, eine Bedingung hätte ich doch noch!«

»Ja?«

»Keinen hammerschwingenden Steinmetz oder Blechschmied direkt unter mir.«

Ruben lächelte zufrieden. »Abgemacht.«

Während Ruben sich in der hammerfreien Zone, gleich unter den zwei oberen Etagen, einrichtete, konzentrierte sich David wieder auf seine Jagd. Das Unternehmen im Gelobten Land hatte leider noch keine Früchte getragen. Der Brief an Zvi Aharoni war bisher unbeantwortet geblieben. Unglücklicherweise hatte sich im vergangenen Jahr die Situation in Palästina dramatisch verschlechtert. Davids düstere Befürchtungen waren sogar noch übertroffen worden. Nach Abzug der letzten britischen Mandatstruppen aus Palästina hatte David Ben Gurion am 14. Mai 1948 den *Medinat Israel*, den »Staat Israel«, kaum ausgerufen, da stürzten sich auch schon die Armeen von sechs arabischen Staaten auf das kleine, scheinbar wehrlose Land. Seitdem tobten unter der Sonne Palästinas erbitterte Kämpfe. Im vergangenen Januar waren sogar die jüdischen Bezirke Jerusalems von Flugzeugen ohne Hoheitsabzeichen bombardiert worden. Zugegeben, die Zeit in Nürnberg hatte für David nicht gereicht, um die Persönlichkeit des jungen Zvi bis in jeden Winkel auszuleuchten, aber eigentlich stand außer Frage, dass der idealistische Exilant sich aus diesem Konflikt nicht heraushalten konnte. David versuchte sich mit dem Gedanken vertraut zu machen, den jüdischen »Bruder« vielleicht nie wieder zu sehen. Es wollte ihm aber nicht gelingen.

Dank Ruben Rubinstein gab es dennoch Lichtblicke. Ein Vorschuss des Künstlers hatte David das nötige Reisegeld in die Taschen gespült, um die Suche nach An Chung-gun anzugehen. Jetzt fehlten nur noch das südkoreanische Visum und die von Professor Choi angekündig-

– 189 –

te »Fortsetzung«. Letztere kam am 27. Mai auf höchst unerwartete Weise.

David saß gerade über die *New York Times* gebeugt an seinem Schreibtisch, in der Hand einen Becher dampfenden Kaffees, der aus Rubens »Feldküche« im vierten Stock stammte, und las einen Bericht über den Abzug der US-Marineeinheiten aus China, als es an der Tür zum Treppenhaus klopfte.

»Ja?«

Ruben streckte den Kopf herein. »Da ist Besuch für dich.«

David runzelte die Stirn. »Ich erwarte niemanden.«

»Der Besucher behauptet aber das Gegenteil. Er sagt, er heiße For Tse Tzung. Sieht ein bisschen aus wie ein asiatischer Frosch.«

Nun riss David die Augen auf und sprang hinter seinem Schreibtisch hervor. »Soo-wan? Das gibt's doch nicht!«

In diesem Moment kam auch schon der kleine Koreaner in den Saal gestürzt, ließ einen schweren Koffer fallen und lief mit ausgestreckten Armen auf David zu. Die beiden begrüßten sich wie uralte Freunde. Anschließend machte David den Professor mit Ruben bekannt und klärte das Namensmissverständnis auf.

Danach wandte er sich wieder an den Koreaner. »Die Überraschung ist dir gelungen, Soo-wan.«

»Wieso Überraschung? Ich habe dir in meinem Telegramm doch eine *Fortsetzung* angekündigt.«

»Wann bist du angekommen?«

»Gerade eben. Das Taxi hat mich vom Flughafen direkt

– 190 –

zum Washington Square gefahren. War etwas mühsam, mit dem Gepäck bis hierher zu marschieren, aber ich wollte dein Versteck nicht leichtfertig verraten.«

»Und was gibt es so Wichtiges, dass du mir nicht schreiben konntest?«

Der kleine Geschichtsprofessor streckte die Brust heraus. »Mich.«

»Ich verstehe nicht ganz.«

»Gerade deshalb bin ich ja gekommen. Wenn du nach Korea willst, dann brauchst du jemanden, der die Sprache des Landes versteht, der Kontakte hat und sich auskennt.«

»Du selbst hast mir erzählt, dass in deiner Heimat bis Kriegsende Japanisch die einzige zugelassene Amts- und Bildungssprache war. Wie du sehr genau weißt, Soo-wan, dürfte damit die Verständigung für mich kein Problem sein.«

Der Professor lachte laut auf. »Und dir, jüngerer Freund, scheint nicht klar zu sein, wie sehr die alten Besatzungsherren bei den meisten Einwohnern *Chosons* verhasst sind. Wenn ein japanisch sprechender Europäer durch das Land streift, wird die Operation An Chung-gun nicht lange ein Geheimnis bleiben. Solltest du Glück haben, jagt man dich nur fort, im schlimmsten Fall wird man dich aufschlitzen und den Fischen zum Fraß vorwerfen.«

»Du willst mich also wirklich begleiten.«

Soo-wan nickte und grinste breit. Seine Augen leuchteten wie winzige Juwelen durch die dicken runden Brillengläser.

»Aber deine Studenten …«

»Als Professor genieße ich den Vorzug, mich auch einmal aus dem Lehrbetrieb ausklinken zu können, um den eigenen Wissenshorizont zu erweitern. Wegen der ganzen Formalitäten hat es etwas gedauert, bis ich kommen konnte.«

»Na, du hast ja alles bestens vorbereitet«, brummte David. Ihn störte der Gedanke, wieder einen Freund in Gefahr zu bringen.

Der Professor nickte eifrig. Aus seinem Gesicht strahlte die Vorfreude. »Alles! Ich habe eine Liste von Personen angelegt, die wir nach An Chung-gun befragen sollten. Vermutlich hält er sich in Südkorea versteckt, um von dort aus seine Kurierreisen in den kommunistischen Teil Asiens zu unternehmen. In *Choson* gibt es etliche Archive und amtliche Verzeichnisse, die wir durchforsten müssen. Weil nicht abzusehen ist, wie lange wir dafür brauchen werden, habe ich auch schon einen Freund ausfindig gemacht, der uns in Seoul eine Unterkunft besorgen kann.«

»Gibt es denn überhaupt irgendwelche Hinweise, dass An Chung-gun noch lebt? Ich meine, er ist ja immerhin der Mörder eines angesehenen japanischen Staatsmannes. In Nippon war man Anfang des Jahrhunderts nicht gerade zimperlich im Aussprechen und Vollstrecken von Todesstrafen.«

»Daran hat sich auch bis 1945 nicht viel geändert. Aber ich denke, An Chung-gun ist raffiniert genug gewesen, um selbst die Japaner auszutricksen. Oder er hat 1909 sehr mächtige Verbündete gehabt.«

David blickte kurz in Rubens Gesicht, dann sah er wieder den Professor an. Er konnte beiden Männern vertrauen. »Was hast du herausgefunden, Soo-wan?«

»Meinen Erkundigungen nach muss sich alles folgendermaßen zugetragen haben: Nachdem An Chung-gun den Premier Ito Hirobumi erschossen hatte, ließ er sich widerstandslos festnehmen. Allerdings unter dem Hinausschreien einiger patriotischer Parolen, was ihn für die umstehenden Zeugen zu einem koreanischen Freiheitskämpfer machte. Im Übrigen war er lammfromm. Die Polizisten auf dem Revier, in das er abgeführt wurde, waren offensichtlich bestochen.« Soo-wan holte tief Luft, bevor er weitersprach. »An Chung-gun hat nie eine Gefängniszelle von innen gesehen – jedenfalls nicht wegen des Anschlags. Er wurde gegen einen anderen Mann gleichen Namens ausgetauscht.«

»Und das hat niemand bemerkt?«, fragte Ruben ungläubig.

»In *Choson* ist dieser Name keine Seltenheit. Vermutlich hat man sich einen Sündenbock ausgesucht, der dem echten An sehr ähnlich sah.«

»Und der ist dann hingerichtet worden«, schloss David. Soo-wan nickte.

»Wie bist du dahinter gekommen?«

»In meinem Gepäck habe ich ein Foto von dem Attentat.«

»Wie bitte?«

Soo-wan lächelte, diesmal aber eher traurig. »Wie gesagt: Ito Hirobumi war ein sehr prominenter Mann. Auf seiner Reise durch die Mandschurei begleiteten ihn zahlreiche Reporter. So kam es, dass An Chung-gun gewissermaßen in flagranti abgelichtet wurde. Knapp zehn Jahre später erschien Ans Foto in Taegu ein zweites Mal in den Zeitungen. Diesmal stand er auf der Seite der Japaner und hatte ihnen einige Aufständler ans Messer geliefert. Es gab mehrere Hinrichtungen. Für seinen Verrat – möglicherweise sogar an alten Kampfgefährten – wurde er von den Kolonialherren nun in den Himmel gelobt.«

»Und du bist dir sicher, dass es sich um ein und denselben Mann handelt?«

»Nein.«

David schnappte nach Luft. »Aber du hast doch gesagt ...«

»Er sagte nur«, ging Ruben dazwischen, »seinen Nachforschungen zufolge muss es sich so zugetragen haben.«

Soo-wan nickte. »Danke, jüngerer Freund.«

Ruben nickte zurück. »Keine Ursache, älterer Mann.«

Davids Miene war angespannt. »Hast du den Zeitungsartikel dabei, Soo-wan, den zweiten meine ich, der von An, dem Denunzianten, handelt?«

Der Professor öffnete den Koffer, der hinter ihm am Boden lag, und entnahm ihm eine größere Anzahl Papiere. Seine Nase vergrub sich tief in das raschelnde Bündel, dann hatte er die beiden angesprochenen Fotos gefunden und reichte sie David.

Das erste Bild war verschwommen und grobkörnig. Es zeigte An Chung-gun, wie er mit ausgestrecktem Arm auf Ito Hirobumi zielte. Das Konterfei des Attentäters gab für eine groß angelegte Suchkampagne allerdings nicht viel her. Ganz anders die zweite Aufnahme. Groß

– 194 –

und scharf prangte darauf ein rundliches Gesicht mit buschigen Augenbrauen und einem verschlagenen Grinsen. Nur wenn man beide Fotos nebeneinander hielt, ließ sich erahnen, dass es sich um ein und denselben Mann handelte. Der Bericht über Ans Heldentat war in Japanisch verfasst. Als David die Spalten überflog, blieb er an einem Namen hängen. Die Schriftzeichen schienen ihn geradezu anzuspringen. Sie konnten auf zweierlei Weise gelesen werden. Entweder übersetzte man sie mit »Amur-Gesellschaft« oder »Gesellschaft Schwarzer Drache«.

»Das ist unser Mann«, sagte David. Der vergilbte Zeitungsausschnitt in seiner Hand zitterte.

Der Professor blickte ihn ebenso fragend an wie Ruben Rubinstein. »Woher willst du das wissen?«, sagten beide wie aus einem Mund und wandten sich verdutzt einander zu.

David deutete auf den Artikel. »Hier steht, An Chunggun habe bei der ›Entlarvung der Terroristen eng mit der patriotischen Amur-Gesellschaft Mitsuru Toyamas zusammengearbeitet‹.« Er schaute wieder zu den beiden Freunden auf. »Toyama ist der Auftraggeber des Mordes an Ito Hirobumi. Jedenfalls hat mein Vater das geglaubt und in diesem Punkt stimme ich mit ihm überein.«

»Dann haben wir jetzt also ein Foto von dem Gesuchten«, freute sich Soo-wan. »Das wird die Ermittlungen einfacher machen.«

»Ihr solltet nicht vergessen, dass zwischen dieser Aufnahme und dem heutigen Tag ungefähr dreißig Jahre liegen«, sagte Ruben im Ton eines bereits voll integrierten Bundesgenossen.

David schüttelte den Kopf. »Sollte er, wie ich vermute, ein Mitglied von Belials Bruderschaft sein, dann altert er erheblich langsamer als gewöhnliche Menschen. Sofern er sein Äußeres nicht bewusst verändert hat, müssten wir ihn erkennen. Und falls An Chung-gun tatsächlich mehrmals die Fronten gewechselt hat, erinnern sich vielleicht auch noch andere an ihn. Gibt es in Korea eigentlich noch die Todesstrafe, Soo-wan?«

Der Professor nickte mit versteinerter Miene. »Ja, aber bevor wir uns darüber Gedanken machen, müssen wir den Aufenthaltsort An Chung-guns herausfinden.«

»Gemäß Ben Nedals Brief sollte er mit jemandem Kontakt aufnehmen, der den Decknamen ›Salzmann‹ trägt und im ›russischen Zweig‹ des Geheimbundes tätig ist. Erst im März hat die UdSSR mit Nordkorea ein zehnjähriges Wirtschafts- und Kulturabkommen geschlossen. Damit ist dein Heimatland zu einer der drei Hintertüren ins Reich des russischen Bären geworden, neben Berlin in Deutschland und – unter etwas anderen politischen Vorzeichen – auch Finnland. Für Chung-gun ist es bestimmt keine große Sache, diese ›Brücke in die rote Welt‹ zu überqueren. Er muss nur einen Verwandtenbesuch im Norden des Landes vortäuschen, um von dort mit jeder beliebigen Person in der Sowjetunion oder in einem ihrer ›Bruderstaaten‹ in Verbindung zu treten.«

»Das sehe ich genauso«, stimmte Soo-wan seinem jüngeren Freund zu, »obwohl die Suche dadurch für uns ungleich schwieriger und gefährlicher wird. Wir sollten deinem Vorschlag folgen und uns zunächst auf den einfacher zu erkundenden südlichen Teil der Halbinsel konzentrieren. Für den Norden wirst du vermutlich sowieso kein Visum bekommen und ohne ein entsprechendes Dokument ist ein Grenzübertritt nicht sehr empfehlenswert – jenseits des achtunddreißigsten Breitengrades könnte man dich leicht für einen Spion halten.«

Davids Gesicht war ernst geworden. »Und was man mit solchen anzustellen pflegt, ist ja hinlänglich bekannt.«

Indu Cullingham hatte ganze Arbeit geleistet. Ihrer Übersetzung der Geschäftspapiere Ben Nedals verdankte David wichtige Einsichten. Hinter der Fassade des ehrenwerten Geschäftsmannes Ben Nedal hatte sich ein gänzlich anderer Mann versteckt, ein Menschenhändler, Kunsträuber und Waffenhändler. Auf dem Nachkriegsglobus züngelten noch genug Feuerchen, die zu versorgen Ben Nedals Passion gewesen sein musste. Da gab es Kontakte zu den Vietminh in Indochina, zu beiden Bürgerkriegsparteien in China, natürlich zu diversen Extremistengruppen in Pakistan und Indien und eben zu Kim Il Sungs Nordkorea. Mehrfach hatte der Pakistaner auch Städte im Vorderen Orient aufgesucht – Diyarbakir und Erzurum in der Türkei, Kirkuk im Irak und Sanandaj sowie Saiz im Iran. David konnte die vielen unterschiedlichen Namen und geschäftlichen Transaktionen nur auf einen gemeinsamen Nenner bringen: Ben Nedal hatte sein ohnehin schon verwerfliches Engagement im Waffenhandel einem noch ab-

– 197 –

scheulicheren Gesamtziel untergeordnet: Die verschiedenen Unruheherde Asiens sollten so lange unter Feuer gehalten werden, bis daraus ein Flächenbrand entstand. Zum Glück konnte er nun kein Unheil mehr stiften. Mit diesem tröstlichen Gedanken stopfte David die übersetzten Papiere in einen Karton, fand in seinem Bürosaal mühelos ein Stückchen freie Wand und erklärte es zum archivarischen Grundstock seiner zukünftig geplanten Nachrichtenagentur.

Die Untersuchungen von Ben Nedals »Vermächtnis« waren längst abgeschlossen und alle Pläne für Korea siebenfach geschmiedet, als im Spätsommer endlich das Visum erteilt wurde. Zuletzt war wieder einmal Henry Luce helfend eingesprungen, der extra seinen Mann aus Südkorea abberufen hatte, um ihn durch David zu ersetzen (die Behörden ließen von jedem Nachrichtenblatt nur *einen* Korrespondenten einreisen).

Mit dem Flugzeug machten sich der Kreisjäger und sein gelehrter Assistent am 3. September auf den Weg nach *Choson*, wie die Koreaner ihre Heimat liebevoll nannten. Über dem »Land der Morgenstille« hingen dunkle Gewitterwolken: Am selben Tag noch legte eine UN-Kommission einen Bericht vor, in dem vor einem drohenden Bürgerkrieg in Korea gewarnt wurde. Wäre David in New York geblieben, wenn er die entsprechenden Zeitungsmeldungen gelesen hätte? Später sollte er sich diese Frage noch oft stellen.

Nach einem letzten Zwischenstopp in Tokyo landete die Propellermaschine der Northwest Airlines am 5. September auf dem Flughafen Kimpo. Ein Taxi brachte die beiden Männer durch die Hanebene in die Innenstadt. In zwei oder drei Tagen, hatte der Professor versprochen, würde sein Freund eine Wohnung für sie gefunden haben. Ein Quartier in den Kasernen der UN-Truppen kam für David nicht infrage, weil die Wachposten jedes Kommen und Gehen mit militärischer Gründlichkeit protokollierten. Verdeckte Operationen waren da kaum möglich. Für seine Aktivitäten brauchte er den denkbar größten Bewegungsspielraum. Auf der Fahrt vom Flughafen stellte er in Gedanken makabre Vergleiche an: Er fragte sich, ob der Krieg Seoul oder Tokyo übler zugerichtet hatte. Jedenfalls beschlich ihn das Gefühl, die Südkoreaner würden noch einige Jahre länger brauchen, um ihre Hauptstadt wieder auf Vordermann zu bringen.

Nach Überquerung des Han fuhren sie durch Namdaemun, das »Große Südtor«. Wenige Minuten später hielt das Taxi vor dem Hotel. David brannte darauf, endlich mit der Suche nach An Chung-gun zu beginnen, aber sein Freund zügelte ihn. Im Land der Morgenstille liefen die Uhren anders als in den geschäftigen Metropolen des Westens. Er solle sich in Geduld üben. Am nächsten Tag wolle Soo-wan einen alten Freund treffen und dann werde man weitersehen.

Nach dem Abendessen im Hotelrestaurant schlug Soo-wan seinem Gast einen »Verdauungsspaziergang« in einem nahe gelegenen Park vor. Toksu-gung, ein Palast aus dem fünfzehnten Jahrhundert, beherrschte das idyllische Areal.

– 199 –

»Der Name bedeutet in deiner Sprache ›Palast der tugendhaften Langlebigkeit‹«, sagte der Professor nachdenklich, als sie über die Parkwege wandelten. Inzwischen wusste er um die seinem Freund vorherbestimmte Lebensspanne. »Du könntest darin ein Motto sowohl für die nahe wie auch die ferne Zukunft sehen.«

»Glaubst du, meine Tugendhaftigkeit ist in Gefahr?«

Soo-wan wurde ernst. »Ich bin mir noch nicht ganz im Klaren, was du mit An Chung-gun vorhast.«

»Du fragst dich, ob ich ihn töten werde?«

Die Antwort des Professors war ein einziger forschender Blick.

Mit einem Mal musste David lächeln. »Es ist wahr, durch meine Hand sind bereits mehrere von Belials Schergen umgekommen, aber ich war nie derjenige, der die Initiative dazu ergriffen hat. Ob Negromanus, Toyama, Scarelli oder Ben Nedal – alle haben immer zuerst *mir* nach dem Leben getrachtet. Ich bin im Kreis der Dämmerung nicht gerade sehr beliebt, musst du wissen.«

Soo-wans Miene blieb ausdruckslos. »Das ist mir bekannt. Schließlich habe ich Ben Nedals Brief an den Ito-Mörder übersetzt. Sie fürchten dich. Gerade deshalb muss ich wissen, worum es dir wirklich geht, jüngerer Freund.«

»Jedenfalls nicht um Rache für Rebekkas Tod, falls es das ist, woran du gerade denkst. Ich bin kein Mörder. Aber auch kein Richter. An Chung-gun muss unschädlich gemacht werden und er soll für seine Taten büßen. Sollte er mein Leben – oder das deine – bedrohen, dann werde ich mich zur Wehr setzen, aber solange er vernünftig bleibt, werde ich ihm nichts antun.«

Endlich entspannte sich Soo-wans Gesicht. »Es ist keineswegs so, dass ich ihm eine gerechte Strafe nicht wünsche. Aber jede Gewalt ...«

»Deine Erfahrungen während der japanischen Besatzung machen dir immer noch zu schaffen, stimmt's?«

Der Professor nickte. »Ich habe in dieser Stadt vier Monate im Sodaemun-Gefängnis zugebracht und sechzehn weitere im so genannten ›Schutzhaftlager‹ von Chungju. Die Japaner liebten es, für alles und jedes Vergeltung zu üben. Schon ein schräger Blick genügte, um sie zu den übelsten Grausamkeiten anzustacheln. Während der Zeit meiner Gefangenschaft habe ich Furchtbares erlitten und bin Zeuge der schrecklichsten Gewalttaten geworden. Ich könnte es nicht ertragen, so etwas noch einmal durchzumachen. Selbst meinem schlimmsten Feind wünsche ich diese Erfahrung nicht.«

David legte dem kleinen Mann die Hand auf die Schulter. »Sei unbesorgt, älterer Freund. Ich werde mit An Chung-gun streng verfahren, aber gerecht.«

Die Adresse lautete 143 Key Dong, erster Stock, links. Das Steinhaus war während der japanischen Besatzung fast unbeschädigt geblieben und in einem erheblich besseren Zustand als die meisten koreanischen Unterkünfte. In den Kriegsjahren hatte sich die Einwohnerzahl von Seoul auf anderthalb Millionen verdoppelt. Es herrschte massive Wohnungsnot. Wie Soo-wans nervöser, aber einsilbiger Freund es schaffen wollte, die Bewohner einer intakten Einzimmerwohnung für unbestimmte Zeit auszuquartieren, konnte sich David anfangs nicht recht vorstellen, bis es ihm der Vermittler begreiflich machte. Er streckte einfach die flache Hand aus und sagte: »Zweihundert Won.«

Kaeddong – so hieß der glatzköpfige, in einer alten abgewetzten US-Uniform steckende Mann, der von seinem Bewegungsdrang her eher einem unruhigen Teenager als einem gesetzten Kriegsveteranen glich – wollte das Domizil »leer kaufen«, genau diese Formulierung benutzte er. Sein mit hartem Akzent gesprochenes Englisch hatte er von amerikanischen GIs gelernt, was den bisweilen deftigen Wortschatz erklärte.

Der Geschichtsprofessor verdeutlichte die eher knappen Darlegungen des Vermittlers und berichtete vom zusammengebrochenen Arbeitsmarkt und den armseligen koreanischen Wochenlöhnen. Man nahm, was man kriegen konnte. Auf dem Schwarzmarkt wurde alles angeboten, was sich entbehren ließ, um dagegen Nahrungsmittel oder andere wichtige Güter einzutauschen. Einige besonders geschäftstüchtige Zeitgenossen waren durch Schiebereien sogar zu bescheidenem Wohlstand gelangt, unschwer an der Anzahl der Speckröllchen in der Taillengegend zu erkennen – Kaeddong musste demnach ein sehr vermögender Mann sein. Aber nur wer Bargeld besaß, gehörte zu den wirklich Auserwählten. Die bisherigen Mieter der Einraumwohnung lebten vorübergehend bei lieben Verwandten außerhalb von Seoul und teilten jetzt wahrscheinlich mit ihnen den neu erworbenen Reichtum.

Professor Choi Soo-wan verfügte über eine Liste von ungefähr einer Million An Chung-guns. Jedenfalls war das Davids erster Eindruck, als er das widerspenstige Bündel Blätter sah, das Kaeddong seinem Freund bei der Begrüßung im Hotel in die Hand drückte. Die Aufstellung war das Ergebnis einer Gemeinschaftsarbeit der über das ganze Land verstreuten Freunde Soo-wans. Das informative Sammelsurium bestand aus Zetteln unterschiedlicher Größe, gelegentlich ziemlich zerknittert und randvoll mit Notizen. Darunter befanden sich nebulöse Orts- und Zeitangaben, vage Zeugenaussagen, hin und wieder aufgelockert durch einen aufgeklebten Zeitungsausschnitt.

Am ersten Abend im neuen Unterschlupf wurden die zusammengetragenen Fahndungsergebnisse einer eingehenden Prüfung unterzogen. Weil David kein Wort Koreanisch verstand, musste Soo-wan die Sichtung übernehmen, Belangloses ausfiltern und Wichtiges übersetzen. Zu Beginn der Auswertung machte der Professor eine seltsame, unverständliche Bemerkung, die nach Davids Meinung wohl mit den Sitten des Gastlandes zu tun haben musste.

Soo-wan wog den Stapel Papier in der Hand, lächelte selig und sagte: »Dieser Hundedreck!«

Davids Kinnlade klappte herunter. Er blickte die Notizzettel, dann das wonnige Antlitz des Freundes und schließlich wieder die Blattsammlung an. »Warum strahlst du wie ein Honigkuchenpferd, wenn du eine derart schlechte Meinung von dem Papierhaufen hast?«

Die Antwort Soo-wans bestand – einmal mehr – in einem gewaltigen Lachen, das vermutlich auch sämtliche Nachbarn beglückte. Der kleine Historiker freute sich immer wie ein Schelm, wenn ihm ein Scherz gelang. »Es war nicht abwertend gemeint, jüngerer Freund. Ich wollte sagen, was für ein Pfundskerl dieser Kaeddong doch ist.«

»Und deshalb bezeichnest du ihn als *Hundedreck*?«

»Das haben schon seine Eltern getan.«

»Also ich bin ja von den japanischen Bräuchen her einiges gewohnt, aber ...«

»Kaeddong«, stellte Soo-wan klar, »bedeutet ›Hundedreck‹. Manche Eltern fürchten, böse Dämonen könnten ihrem Neugeborenen Übles wollen, deshalb geben sie ihm einen bewusst abstoßenden Namen.«

»Wie Hundedreck«, sagte David tonlos.

Soo-wan freute sich über das dämmernde Verständnis des jüngeren Freundes. »Den rühren selbst die Dämonen nicht an.«

Es bedurfte einiger Augenblicke, bis David sich mental von dieser Lektion erholt hatte. »Mit anderen Worten, dir scheint diese Liste keinen Schrecken einzujagen. Wie wollen wir denn konkret vorgehen, jetzt, wo wir diesen Wust von Hinweisen haben?«

Der Historiker lächelte unbekümmert. »Ganz einfach, wir überprüfen jeden einzelnen dieser An Chung-guns. Bei einem werden wir ins Schwarze treffen.«

»Bist du dir da sicher?«

»Nein.«

»Das hatte ich befürchtet.«

»Ohne Koreanischkenntnisse wirst du mir sowieso nicht viel helfen können. Am besten übernehme ich die Ermittlungen anhand der An-Liste und du forschst in den Zeitungsarchiven von Seoul.«

»Aber ich kann eure Schrift doch nicht lesen!« David hatte sich lange nicht mehr so hilflos gefühlt.

»Bis 1945 war Koreanisch als Amts- und Unterrichtssprache in *Choson* verboten.«

»Richtig! Das hatte ich für einen Augenblick vergessen. Dann müsste es also genug Zeitungen in Japanisch geben, die ich durchforsten kann.«

»So hatte ich mir das gedacht.«

David fasste wieder Mut. »Also dann, lass uns die Sache anpacken!«

Die Sache, wie David es genannt hatte, entwickelte sich zu einem ziemlich unübersichtlichen, geradezu monströsen Unternehmen. Nachdem Soo-wan seinen »jüngeren Freund, Phil Claymore« bei den betreffenden Zeitungshäusern Seouls eingeführt und dessen »brillante Japanischkenntnisse als wertvolle Waffe gegen den militaristischen japanischen Imperialismus« verkauft hatte, entschwand er in die Provinz.

Die nächsten Monate verbrachte David in Gesellschaft alter vergilbter Zeitungen, atmete die muffige Luft enger Archive und büffelte Koreanisch. Zwischendurch schrieb er Artikel für *Time*, half als Japan-Experte im UN-Hauptquartier aus oder knüpfte Kontakte zu anderen Auslandskorrespondenten. Abends, wenn er sich nicht gerade mit

– 205 –

Soo-wans »jüngeren und älteren Freunden« traf, hörte er die vom Rundfunk der amerikanischen Streitkräfte in Korea ausgestrahlten Nachrichtensendungen. Das Radiogerät hatte Kaeddong aufgetrieben. Es schien nichts zu geben, was er nicht besorgen konnte.

Im Nachbarland war Mao Zedong im Streit mit Chiang Chung-cheng zu einem für ihn befriedigenden Ergebnis gelangt. Er hatte seinen – der übrigen Welt eher als Tschiang Kai-scheck bekannten – Rivalen samt zwei Millionen Gefolgsleuten ins Meer getrieben (die Guomindang-Anhänger konnten sich glücklicherweise an Taiwans schmales Ufer retten). Auf dem Festland rief der Führer der chinesischen Kommunistischen Partei am 1. Oktober 1949 die Volksrepublik China aus. Korea drohte vom Fieber des Bürgerkriegs angesteckt zu werden. Im Dezember reiste Mao zu Verhandlungen mit Stalin nach Moskau. Jetzt, wo er sich nicht mehr um den abtrünnigen Chiang kümmern musste, brauchte seine Rote Armee ein neues Betätigungsfeld. Vielleicht konnte sich der rote Norden *Chosons* ja an der Seite der großen Brüder aus Moskau und Peking des Ärgernisses entledigen, das man gemeinhin Südkorea nannte.

Als David fünfzig wurde, befand sich Soo-wan immer noch auf Reisen. Natürlich hielten sie regelmäßig Kontakt, aber die Rechercheergebnisse des Professors waren beinahe so deprimierend wie Davids Archivwühlerei.

Zur inneren Stärkung unternahm er während des trockenkalten Winters daher des Öfteren Spaziergänge durch die Gärten der alten Königspaläste, um sein Vorgehen zu überdenken.

An einem klaren, klirrend kalten Märznachmittag des Jahres 1950 suchte er wieder eine dieser Oasen der Stille auf, die hinter verwitterten Mauern schlummerten wie Relikte einer lange versunkenen Welt. Diesmal hatte er sich für seinen »Gedankengang« den geheimen Garten von *Changdok* ausgewählt, den »Palast der erlauchten Tugend«. David war gekommen, um einen Entschluss zu fällen. Seit der Jahreswende hatte ihn eine seltsame Unruhe befallen. Vielleicht hing es ja damit zusammen, dass er nun die Hälfte seines Lebensmaßes verbraucht hatte. Er konnte nicht wie in Deutschland ein zweites Mal Jahre damit vergeuden, gegen einen Schergen Belials zu kämpfen. Was also tun?

Die Kälte machte den Spaziergang im Palastgarten zu einem einsamen Unternehmen. Bis 1912 hatten nur die Königsfamilie und einige auserwählte Edelleute in diesem geheimen Garten lustwandeln dürfen und jetzt schien jemand die Zeit zurückgedreht zu haben. *Wenn das nur möglich wäre!*, dachte David. Der Atem stand ihm in weißen Wölkchen vor dem Mund. *Einfach die Jahre wie einen Film zurückkurbeln und mit Rebekka in Sicherheit fliehen ...*

Um sich wieder in die Gegenwart zurückzubringen, warf er eine Fünfzigchonmünze in die Luft und setzte sie derselben Macht aus, die Antonio Scarelli fünf Jahre zuvor an einer Steinmauer hatte zerschellen lassen. Dank wochenlanger Übungen konnte David die Kraft der Verzögerung nun fein dosiert einsetzen. Er ließ Teller langsam vom Tisch rutschen, eine Katze waagerecht an einer Mauer kleben oder einen an die Wand gelehnten Besen wie durch Geisterhand umkippen. Die Kunst bestand darin, der senkrecht wirkenden Gravitation eine annähernd gleich starke Kraft entgegenzusetzen. Dies erreichte er durch die sanfte Verzögerung von Bewegungen, derer es im Universum unzählige gab: Die Erde rotierte, kreiste gleichzeitig um die Sonne, wanderte mit der Milchstraße durch das All ... Leider schätzte David diese für ihn ja unsichtbaren kosmischen Ortsveränderungen nicht immer richtig ein, weshalb der unbedachte Einsatz seiner Gabe sehr gefährlich werden konnte: Ein kleines Geldstück wurde da schnell zu einem tödlichen Geschoss. Aber er machte viel versprechende Fortschritte.

Das Ausbalancieren der Kräfte, die auf das Fünfzigchonstück einwirkten, verlangte Davids ganze Konzentrationsfähigkeit. Als er die Münze endlich wieder in die Tasche steckte, war die schmerzliche Erinnerung verflogen. Das An-Chung-gun-Problem ließ sich leider nicht so leicht lösen. David seufzte resigniert und beschloss sich ein warmes Plätzchen zu suchen.

Da Heizmaterial fast so kostbar wie Bargeld war, entschied er sich für einen Abstecher nach Nam-san, dem »Südberg« von Seoul. Am Hang der so benannten Erhebung lebte der Schwarzhändler Hundedreck. Wenn einer über Kohle oder anderen Brennstoff verfügte, dann Kaeddong.

David stieg in einen Bus Richtung Süden. Das letzte Stück musste er laufen. Inzwischen hatte die Dämmerung eingesetzt. Ab und zu kamen ihm zerlumpte Gestalten entgegen, einmal auch zwei US-Soldaten, vermutlich Militärberater, die nach dem Abzug der Schutztruppen noch im Land verblieben waren. Als David den Nam-san über einen hart gefrorenen Fußweg erklomm, sah er im Norden das Pukhangebirge. Im Abendlicht spiegelte sich die Sonne purpurfarben auf den schneebedeckten Hängen. Und in diesem Moment gleißte ein Blitz in Davids Geist auf.

Es handelte sich dabei um eine jener Assoziationen, die ihn regelmäßig heimsuchten und gelegentlich schon dramatische Entschlüsse und Veränderungen bewirkt hatten: Das Pukhangebirge lag im Norden. Die Demokratische Volksrepublik Korea ebenfalls. Sie hatten das Pferd vom falschen Ende her aufgezäumt! Mit einem Mal war alles sonnenklar.

Ben Nedals schriftliche Instruktionen für Chung-gun endeten mit dem Befehl: »Sie werden angewiesen, ihm jede mögliche Hilfe zukommen zu lassen.« Ein dauerhafter und massiver Einsatz im sowjetischen Einflussbereich verlangte nach einen Stützpunkt im *Norden* des Landes, denn Besuche südkoreanischer Staatsangehöriger in der Volksrepublik waren auf wenige Tage und zumeist den engeren Verwandtenkreis beschränkt. Aber wenn sich An Chung-gun seine Anweisungen lediglich von einem südkoreanischen »Briefkasten« abholte, dann brauchte er den kommunistischen Einflussbereich jeweils nur kurz zu verlassen. Selbst das erforderte Beziehungen und korrupte Helfer im Staatsapparat – zu engmaschig war der Eiserne Vorhang inzwischen geworden –, aber daran hatte es den hochrangigen Mitarbeitern von Belials Mörderriege ja noch nie gemangelt.

David beschleunigte seinen Schritt. Er wünschte, es gäbe irgendeine technische Möglichkeit, unverzüglich mit Soo-wan in Verbindung treten zu können, um ihn nach Seoul zurückzubeordern. Leider würde er mit seinem Auftrag noch fast zwanzig Stunden warten müssen – sie telefonierten jeden Nachmittag um die gleiche Zeit, wobei David den abhörsicheren Fernsprecher eines befreundeten Polizeiinspektors benutzte, während sich der Professor meist mit öffentlichen Telefonen begnügen musste.

Der Schwarzhändler saß in seinem bullig warmen Einzimmerhaus und freute sich ausnehmend über Davids unverhofften Besuch. »Ach!«, sagte er und grinste.

»Woher beziehst du eigentlich deine Waren, die du auf dem Schwarzmarkt verhökerst?«, fragte David nach einer knappen Begrüßung.

Kaeddong tat so, als hätte er die Frage nicht verstanden. Um sein Englisch stand es tatsächlich nicht zum Besten und Davids frische Kenntnisse der Landessprache taugten auch kaum zu mehr als einer Teebestellung in einem *tabang*, einem koreanischen Kaffeehaus.

»Bist du ein Schmuggler?«, wiederholte David.

Kaeddong gab sich gekränkt. Der wohlbeleibte Schwarzhändler begann in seiner Hütte herumzulaufen. Ein gutes Zeichen.

»Ich will dich nicht bei der Polizei anzeigen«, zerstreute David die offensichtlichen Bedenken des anderen, »sondern dir ein Geschäft verschaffen.«

Der Koreaner blieb plötzlich stehen. »Ein Geschäft? Lohnt es sich denn?«

»Du bekommst eine Provision.«

»Wie viel?«

»Zweihundert Won.«

Kaeddongs Augen fingen an zu leuchten und seine Füße trabten wieder los. Beim Durchstreifen des Zimmers wippte er merkwürdig in den Knien, fast hüpfte er – seine übliche Art der Fortbewegung. »Du verlangst doch nichts Ungesetzliches von mir, oder?«

»Ha!« David konnte sich ein kurzes Auflachen nicht verkneifen. »Das musst gerade du sagen.«

»Wir leben in harten Zeiten: Hier gibt es Nachfrage. Und da gibt es Angebot. Ich sehe nichts Verkehrtes darin, die beiden zusammenzubringen.«

»Kommt immer darauf an, was nachgefragt und angeboten wird. Aber lassen wir das. Was ich brauche, ist eine Schiffspassage. Wenn du kein Schmuggler bist, kennst du doch bestimmt den einen oder anderen, der mich auf seinem Kahn mitnehmen könnte.«

»Kommt darauf an, wohin.«

»Dreimal darfst du raten.«

Der Gummiball hörte auf zu hüpfen. »Doch nicht in den Norden?«

»Ich wusste, dass du ein kluges Köpfchen bist, Kaeddong.«

»Das wird teuer.«

»Dachte ich mir. Allerdings sind meine Mittel beschränkt. Mehr als fünfhundert Won kann ich für die Bootsfahrt nicht aufbringen.«

Kaeddong seufzte und erwiderte mit beinahe tränener-

– 211 –

sticker Stimme: »Du bist ein Freund Soo-wans. Und damit auch meiner. Ich werde sehen, was sich machen lässt.«

Stückwerk

Yukkai jang kuk wurde verwendet, um Tote aufzuerwecken. Oder um Drachen zu vergiften. Vielleicht auch, um alten Lack von einem Schrank oder einer Tür abzubeizen. Irgendetwas dieser Art. David konnte sich keine andere sinnvolle Verwendung dafür vorstellen. Wirklich hinterhältig war das Aussehen dieses Wunder wirkenden Mittels. Es hatte eine ansprechend rote Farbe und es schwammen Zwiebeln darin.

Die pfefferrote Suppe war Kaeddongs Begrüßungsgeschenk für seinen älteren Freund Soo-wan. David hatte die Schüssel schon nach dem ersten Löffel von sich gestoßen und minutenlang um sein Leben gebangt. Er rang nach Atem und schüttete becherweise Bier in sich hinein. Das traditionelle Gericht war feuerscharf, nicht zu vergleichen mit irgendetwas anderem, das er je in Japan, Indien oder sonst wo gegessen hatte.

»Schmeckt dir mein Yukkai jang kuk nicht?«, erkundigte sich Kaeddong, der, ebenso wie Soo-wan, schon am Verschlingen der zweiten Portion war. Der Professor hatte seine Brille abgesetzt, vermutlich, um die Gläser vor Verätzungen durch die aufsteigenden Dämpfe zu bewahren.

»Äh … Es ist irgendwie … *ungewöhnlich.*«

– 212 –

»Das haben die GIs auch immer gesagt«, freute sich Kaeddong. »Nimm doch noch ein bisschen.«

»Nein!« David schnappte nach Luft. »Nein, vielen Dank, aber ich möchte wirklich nichts mehr. Wie sieht es denn nun mit deinem Schmugglerfreund aus, Kaeddong – kann er mich irgendwo in der Koreanischen Bucht absetzen?«

Es war der Abend des 25. März, ein Freitag. Soo-wans Rückkehr nach Seoul lag erst vier Stunden zurück. Die widerspenstige Notizzettelsammlung des Professors war während der monatelangen Odyssee durch Südkorea zu einem knisternden, erschreckend hohen Papierhaufen angewachsen. Kaeddong wusste inzwischen genügend über Belials Jahrhundertplan, sodass die anderen in der Dreierrunde kein Blatt vor den Mund nehmen mussten.

»Die Bucht ist groß«, erwiderte der Schwarzhändler. »Sehr groß!«

»Versuche nicht, den Preis hochzutreiben!«, warnte David.

»Kaeddong hat Recht«, schaltete sich Soo-wan vermittelnd ein. »Bis jetzt ist bei unserer Suche nur Stückwerk herausgekommen: unzählige Notizen, aber nichts Konkretes. Wir müssen erst wissen, wo sich An Chung-gun versteckt hält und dann können wir uns über den Weg zu ihm den Kopf zerbrechen.«

»Zur ersten Frage habe ich mir schon meine Gedanken gemacht. Du hast doch vorhin erzählt, was du während der letzten Wochen über einige Dutzend An Chung-guns in Erfahrung bringen konntest. Was weißt du über ihre Angehörigen?«

Soo-wan kniff die Augen zusammen. »Ich fürchte, viel zu wenig. Immerhin habe ich die Fährte des An Chung-gun, der Anfang der Zwanzigerjahre mit den Japanern kollaboriert hat, etwas aufhellen können. Er war zweimal verheiratet und hat insgesamt elf Kinder. Drei von ihnen sind gestorben. An Chung-gun lebte einige Jahre bei seinem ältesten Sohn, zuletzt auf Kanghwa.«

»Ist das nicht eine Insel, gar nicht weit von Seoul?«

»Ja, sie liegt direkt vor der Hanmündung im Gelben Meer. Anfang der Dreißigerjahre hat der bewusste An Chung-gun seine Familie verlassen. Ich konnte seine Spur noch über drei oder vier Stationen weiterverfolgen, bis sie sich schließlich verlor. Ung-doo, sein Erstgeborener, soll wieder aufs Festland gezogen sein, vermutlich in die Gegend von Inch'ŏn.«

David horchte auf. »Du meinst die Hafenstadt Inch'ŏn, gerade dreißig Kilometer von hier?«

Der Professor nickte.

»Ich würde mich zu gerne einmal mit diesem Ung-doo unterhalten. Schade, dass du nicht seine genaue Adresse kennst.«

Ein lautes Schlürfen ertönte aus der Ecke des Schwarzhändlers. Kaeddong wischte sich mit dem Ärmel Suppe und Schweiß aus dem Gesicht und meinte leichthin: »Ich kriege das für dich raus, älterer Freund. Am Hafen von Inch'ŏn wohnt ein Geschäftspartner von mir. Er schuldet mir noch einen Gefallen. Und wo der Rest von

Chung-guns Kinderschar lebt, dürften wir auch bald wissen.«

»Was wird mich das kosten?«

Kaeddong grinste. »In meiner Agentur gehört das zum Dienst am Kunden.«

»Eines ist mir noch nicht klar«, meldete sich wieder Soo-wan zu Wort. »Wie willst du weiter vorgehen, etwa An Chung-guns komplette Familie beschatten? Das könnte eine ziemlich aufwändige Operation werden.«

David schüttelte den Kopf. »Nein. Sie sollen nur die Zeilen meines Rasters füllen.«

»Wie bitte?«

»Ehe ich euch meinen Plan erkläre, noch eine Frage, Soo-wan: Kannst du irgendwie herausfinden, welche An Chung-guns in … sagen wir, in den letzten anderthalb Jahren nach Südkorea gereist sind oder von dort Besuch bekommen haben?«

Der Professor setzte sich wieder die Brille auf. »Ältere Aktenvermerke gibt es ohnehin nicht, die Demokratische Volksrepublik Korea ist ja erst am 10. September 1948 gegründet worden. Aber für die Zeit danach kann ich dir Hoffnungen machen, jüngerer Freund. Ich hatte in P'yŏng-yang zwei Jahre lang den Lehrstuhl für Altkoreanische Geschichte inne und war mit dem Dekan der Fakultät gut befreundet. Im Grunde ist Chae-P'il ein Opportunist: Er hat es tunlichst vermieden, bei den Japanern in Ungnade zu fallen, aber sie gleichzeitig verwünscht, wann immer er sich unbelauscht fühlte. Heute biedert er sich bei den Kommunisten an. Ich werde ihn überreden, mir Ein-

– 215 –

blick in die von dir gewünschten Behördenvermerke zu verschaffen.«

»Das klingt nicht gerade nach einem zuverlässigen Verbündeten. Hat er als Historiker denn Zugang zu amtlichen Aufzeichnungen?«

»Viel besser: Nach dem Krieg ist er ins Innenministerium gewechselt, auf einen guten Posten. Er trägt die Verantwortung für die Kontrolle des gesamten Reiseverkehrs sowohl in die DVK als auch wieder hinaus, zum Beispiel in die Länder des Klassenfeindes. Letzteres kommt allerdings eher selten vor. Wie ich Chae-P'il kenne, drückt er jedoch für etwas Geld hin und wieder beide Augen zu.«

David stieß ein anerkennendes Pfeifen aus. »Das ist allerdings eine Quelle, aus der wir schöpfen sollten, auch wenn sie nicht ganz sauber ist.«

Soo-wan machte eine wegwerfende Geste. »Sei unbesorgt, jüngerer Freund. Um es mit den Worten Kaeddongs zu sagen: Chae-P'il ist mir noch eine Gefälligkeit schuldig. Ohne mich wäre er ziemlich sicher auf Nimmerwiedersehen in einem japanischen Lager verschwunden. Aber angenommen, Chae-P'il kann mir geben, wonach du verlangst – wie geht es dann weiter?

»Jetzt kommt mein Raster ins Spiel«, antwortete David. »Wir legen uns eine große Tabelle an: Über die *Spalten* schreiben wir die Adressen aller nordkoreanischen An Chung-guns, die seit der Gründung der Demokratischen Volksrepublik am grenzüberschreitenden Reiseverkehr teilgenommen haben. Vor die *Zeilen* des Rasters setzen wir alle Angehörigen im Süden, deren Wohnorte wir mithilfe deines Dossiers ausfindig machen können. Hierdurch erhalten wir im Schnittpunkt jedes Namenpaars ein Kästchen. Da, wo sich Besuchte – David malte mit dem Zeigefinger senkrechte Linien auf den Tisch – und Besucher – nun zeichnete er waagerechte Striche – *kreuzen*, gibt es eine direkte Verbindung. Im günstigsten Fall kann uns dein Freund·Chae-P'il die Adresse desjenigen An Chunggun nennen, der eines der acht Kinder des Mannes auf unserem Foto besucht hat.«

»Und dann haben wir das große Los gezogen«, knurrte der Schwarzhändler.

David merkte auf. »Wir?«

»Ja, willst du einen der durchtriebensten Männer *Chosons* etwa mit diesem blinden Maulwurf da fangen?« Kaeddong deutete auf seinen Freund, den Professor.

Betretenes Schweigen füllte die schwülwarme Hütte.

David hatte tatsächlich schon überlegt, wie er Soo-wan in Seoul zurücklassen konnte, ohne ihn tödlich zu beleidigen. Nach einer Weile sagte er vorsichtig: »In einem Punkt hat Kaeddong Recht. Wenn ich ohne Visum nach Nordkorea reise, bedeutet das eine Gefahr für jeden, der mich begleitet. Du hast in deinem Leben schon genug gelitten, Soo-wan. Ich möchte nicht, dass sich deine schlimmen Erlebnisse wiederholen.«

Zu Davids Erstaunen nickte der Professor traurig und erwiderte: »Niemand kann ermessen, was ich damals wirklich durchgemacht habe. Ich glaube, ein zweites Mal könnte ich Derartiges nicht ertragen.«

»Dann ist ja alles gebacken«, rief Kaeddong und klatschte in die fleischigen Hände. »Ich werde dich begleiten, älterer Freund.«

David stutzte. »Du? Ich fürchte, *das* kann ich mir wirklich nicht leisten.«

»Weißt du eigentlich, wie sehr es mich kränkt, wenn du ständig auf meine gewinnorientierte Seite anspielst?«

»Du meinst, deine Geldgier?«

Der Schwarzhändler gab sich beleidigt.

David wusste ebenso gut wie die beiden Koreaner, dass er hier ohne einen einheimischen Begleiter hilflos wie ein Neugeborenes war. Abgesehen von seinem europäischen Aussehen machten es ihm seine dürftigen Sprachkenntnisse so gut wie unmöglich, sich unauffällig durch ein Land zu bewegen, in dem jeder Fremde Misstrauen erregte. Einen Führer, der wie Kaeddong mit allen Wassern gewaschen war, konnte er gut gebrauchen.

Also holte David einmal tief Luft und sagte beschwichtigend: »Ich wollte dich nicht verletzen, jüngerer Freund. Dein Vorschlag ist beachtenswert. Aber bitte lasst uns zuerst den Wohnort des richtigen An Chunggun herausfinden. Dann entscheide ich, wie wir an ihn herankommen und die Wahrheit aus ihm herausquetschen.«

»Quetschen ist gut!«, freute sich Kaeddong und rieb sich die Pranken.

Der Professor bekam das Einreisevisum für die Demokratische Volksrepublik Korea in der Rekordzeit von drei Wochen. Bis zu seiner Abreise hatten sie gemeinsam an Davids Fahndungsraster gearbeitet. Dazu mussten sie den widerspenstigen Papierstapel des Historikers Seite für Seite und Schnipsel für Schnipsel erneut durchforsten. Diesmal achteten sie nicht auf die Hauptperson, den Gesuchten An Chung-gun, sondern konzentrierten sich auf die Angehörigen. Oft fehlten genaue Angaben zu deren Wohnorten. In einem solchen Fall wurde Kaeddong tätig. Er unterhielt anscheinend »Geschäftsverbindungen« in jedem Teil Südkoreas. Davids Tabelle füllte sich immer mehr.

Als Soo-wan am 17. April nach P'yŏng-yang abreiste, nahm er eine Kopie der noch unfertigen Tabelle mit. In der Hauptstadt Nordkoreas wollte er versuchen die Spalten des Rasters zu füllen. Als Reisezweck waren auf seinem Visum »historische Studien« vermerkt, was es ihm erlaubte, nicht nur wenige Tage, sondern notfalls ganze drei Monate in der DVK zu bleiben. Sollte er eine wichtige Entdeckung machen, würde er David umgehend ein verschlüsseltes Telegramm schicken.

Während Kaeddong mit der Suche nach Familien namens An im Allgemeinen und nach Ung-doo im Besonderen beschäftigt war, kümmerte sich David um die Koordination der ganzen Operation. Dazu gehörten auch gelegentliche Besuche eines Cafés in Seouls Innenstadt, das sich fest in der Hand amerikanischer Militärangehöriger befand. Unter ihnen war er als Japan-Experte Phil Claymore bekannt, und wenn er einmal ein neues Gesicht entdeckte, konnte er sich sogar mit einem amtlichen Dokument als UN-Mitarbeiter ausweisen.

– 219 –

So auch an jenem Nachmittag, als er Norbert Matz begegnete.

Der Oberfeldwebel kümmerte sich um den Fuhrpark der Militärberater. Da ein modernes Fortbewegungsmittel für Davids Recherchen wichtig, aber in dem ruinierten Land praktisch nicht zu bekommen war, setzte er sogleich seine »Wahrheitstropfen« ein. Matz sprach erfreulich gut auf sie an.

Am 8. Juni reisten David und Kaeddong mit einem vorbildlich gewarteten Militärmotorrad von Seoul aus in Richtung Küste. Tags zuvor war in 143 Key Dong ein Bote eingetroffen und hatte eine kurze Nachricht in koreanischer Schrift von einem der »Geschäftsfreunde« des Schwarzhändlers überbracht. Auf dem Zettel standen nur ein Name und eine Adresse.

»Wir haben ihn«, triumphierte Kaeddong.

»Wen?«, fragte David.

»Ung-doo, den Erstgeborenen unseres aussichtsreichsten Kandidaten.«

Die Hafenstadt Inch'ŏn war Seouls Tor zur Welt. Eine Eisenbahnlinie, so alt wie David selbst, verband sie mit der Hauptstadt. Jenseits der östlichen Stadtgrenze, unweit der Bahntrasse, befand sich eine ärmliche Hüttensiedlung. Die Häuser standen auf Niemandsland. Daher besaßen sie auch keine offizielle Postanschrift. Und deshalb hatte das Aufspüren Ung-doos durch Kaeddongs »Geschäftsfreund« auch so viel Zeit gekostet.

Die Harley Davidson der US-Armee rollte mit blubberndem Motor auf ein Gebäude am Rande der chaotisch anmutenden Siedlung zu. Es war größer und auch in besserem Zustand als die umliegenden Hütten. Offenbar verfügte Chung-guns Lieblingssohn über eine Geldquelle, die seine Nachbarn nicht hatten. Seltsam nur, dass Ung-doo noch in dem Armenviertel lebte und nicht längst ein schönes Haus am Gelben Meer bewohnte.

»Du kannst mich prügeln, aber das passt zu Chung-guns Legende«, rief Kaeddong, dem die Unstimmigkeit auch aufgefallen war. »In diesem Viertel, wo der Sohn nicht einmal eine richtige Adresse braucht, kann der Vater aus und ein gehen, wie es ihm gerade passt. Hier hat jeder genug mit sich selbst zu tun. Und die Behörden kümmern sich auch nicht um die Bruchbuden.«

»Du scheinst dich hier ja bestens auszukennen.«

»Ein Geschäftspartner von mir wohnt in dieser Siedlung, nur ein paar Häuser weiter.«

»Natürlich. Hätte ich mir denken können.«

»Wir werden ihm einen Besuch abstatten.«

»Wozu das?«

»Das wirst du gleich merken.«

Der Schwarzhändler legte den angekündigten Zwischenstopp bei einer Hütte aus Eisenbahnbohlen, Wellblech und Holzplatten ein. Das Bauwerk sah aus, als würde es jeden Augenblick zusammenbrechen. Kaeddong riss mutig die Tür auf und verschwand in dem Patchworkhaus. David hörte von drinnen laute, durchaus freundliche Töne, dann kam Kaeddong wieder heraus.

»Alles in Ordnung.«

David antwortete schicksalsergeben: »Wenn du es sagst.«

Während der rundliche Schwarzhändler wieder das Kraftrad bestieg, erläuterte er seinen Plan. Augenblicke später hatten sie sich dem ausgespähten Haus bis auf vielleicht einhundert Meter genähert. Kaeddong brachte das Motorrad hinter einer eingestürzten Bretterbude zum Stehen. David wollte bei der Maschine warten, einerseits, damit sie nicht gestohlen wurde, und andererseits, weil er damit rechnen musste, dass Ung-doo ihn erkannte. Ein weißhaariger, hagerer Engländer – an diesem Ort genügte das, um ihn zweifelsfrei zu identifizieren.

Kaeddong entfernte sich mit schnellen kurzen Schritten in Richtung Haus. Davids bange Blicke folgten ihm aus seinem Versteck heraus. Ung-doos Anwesen – so es ihm denn gehörte – mochte sechs Meter im Quadrat messen. Dicht daneben stand eine wesentlich kleinere und ärmlichere Hütte aus groben Holzlatten, vor der zwei Kinder im Staub spielten. Es waren Mädchen, beide höchstens zehn Jahre alt. Eines trug ein ordentliches Kleidchen, das andere eine Art langes Hemd, das vor Dreck nur so starrte. Zweifellos war das sauber gekleidete Mädchen Chung-guns Enkeltochter und das andere irgendein Nachbarskind.

Kaeddong rief etwas in das größere der beiden Häuser. Wie abgesprochen, sollte er auf keinen Fall An Chung-guns Namen erwähnen. Das würde nur unnötigen Verdacht erwecken.

David sah einen schlanken mittelgroßen Koreaner vor die Tür treten. Die Unterhaltung verlief offenbar planmäßig. Kaeddong stellte sich als Beauftragter der US-Armee vor, der eine wichtige Postsendung für einen Nachbarn habe. Er wedelte mit einem braunen Briefumschlag. Dann nannte er den Namen des Empfängers – es handelte sich um den zuvor instruierten »Geschäftskollegen«. Der Angesprochene kannte den Mann. Leider, beteuerte Kaeddong tief zerknirscht, habe er die Botschaft nicht persönlich aushändigen können, und sie einfach unter der Tür hindurchzuschieben sei ihm nicht erlaubt. Er benötige eine schriftliche Empfangsbestätigung. Vorschriften! Sein Gegenüber wisse ja, wie die Amerikaner seien.

Der Hausbesitzer nickte ohne allzu großes Mitgefühl. Kaeddong könne seine Quittung ja selbst unterschreiben. Dieser Vorschlag sei für ihn unannehmbar, entrüstete sich der gewissenhafte Bote. David konnte sehen, wie er empört auf- und abhüpfte. Jetzt kam die Stelle im Programm, an der Kaeddong den Verfall der alten Sitten und Gebräuche sowie das Verschwinden der Nachbarschaftshilfe zu beklagen hatte. Die Tirade dauerte ungefähr drei Minuten. Endlich – der Mann war ein harter Brocken – ließ sich der Hausbesitzer erweichen. Er nahm den Umschlag entgegen und zeichnete den Empfang in der ihm von Kaeddong untergeschobenen Liste ab. Jetzt musste der falsche Briefbote nur noch fragen, ob er den Namen An Ung-doos richtig gelesen habe, und nachdrücklich daran erinnern, die Sendung auf keinen Fall zu verschlampen. Ung-doo war einem Nervenzusammenbruch nahe. Er schwor bei allen guten Geistern seines Großvaters mütterlicherseits – eines angesehenen Schamanen – den Brief beim Nachbarn abzuliefern und seufzte erleichtert, als der militärische Zusteller endlich davonhüpfte.

»Er ist es!«, triumphierte Kaeddong, als er wieder beim Motorrad war.

»Dich möchte ich nicht zum Gegner haben«, sagte David anerkennend – keine größere Freude hätte er dem Schwarzhändler bereiten können.

Müde ließ sich David auf sein Lager fallen, eine leidlich bequeme Matratze am Boden. Aus dem Radio erklangen die Melodien eines Mannes, dessen Flugzeug im vorletzten Kriegsjahr irgendwo zwischen England und Frankreich abgestürzt war. Glenn Miller erfreute sich in den Radiostationen der Army immer noch großer Beliebtheit. Um neun – noch war die Sonne nicht untergegangen – wurde der G. M. *Sound* ausgeblendet und die Stimme des Nachrichtensprechers verschaffte sich Gehör.

Die Hauptmeldung ließ David aufmerken. Die Tageszeitungen Nordkoreas hätten am Morgen in großer Aufmachung berichtet, die Nationalversammlung werde zum Jahrestag von Japans Kapitulation am 15. August in Seoul einberufen, um die Wiedervereinigung Koreas zu beschließen. Das erschien insofern unglaubhaft, weil die Quelle, auf die verwiesen wurde, ein Staatsorgan Nordkoreas war, Seoul aber die Hauptstadt des südlichen Konkurrenzstaates. Ebenso gut hätten die Zeitungen vermelden können, die Führung der Deutschen Demokratischen Republik verspüre Lust nach einer Sitzung im Bonner Bundestag.

Anfang der fünfziger Jahre waren amerikanische Nach-

richtensprecher nicht gerade für nennenswerte Gefühls-
ausbrüche bekannt. Dennoch glaubte David einen höhni-
schen Unterton aus der Verlautbarung herauszuhören.
Wie sollte das gehen, ein Betriebsausflug von fast siebenhundert Abgeordneten in die Hauptstadt des ungeliebten
Nachbarn zu schicken? Die Antwort ließ nicht lange auf
sich warten.

Bereits in den nächsten Tagen berichtete der Militär-
rundfunk immer wieder von kleineren Scharmützeln entlang der Demarkationslinie am achtunddreißigsten Breitengrad. Kaum jemand schenkte dem jedoch größere
Beachtung. David allerdings machte sich zunehmend Sorgen. Soo-wan schien wie vom Erdboden verschluckt. Seit
seiner Abreise im April hatte er sich kein einziges Mal gemeldet.

David kaufte von nun an jeden Tag zwei englischspra-
chige Zeitungen und hörte nicht weniger als dreimal täglich die aktuellen Rundfunkmeldungen. Die politische
Lage spitzte sich immer weiter zu.

Am 23. Juni kehrte Choi Soo-wan endlich aus dem
Norden zurück. Als er am Abend die Wohnung in 143 Key
Dong betrat, wirkte er fahrig. Seine Augen sprangen hinter den dicken Brillengläsern nervös hin und her, als suchten sie in dem kahlen Zimmerchen nach Spionen. Unübersehbar zitterten seine Hände, als er in die abgewetzte
Aktentasche griff und einige Papiere hervorzog, darunter
Davids Tabelle. Von Soo-wans plötzlicher Rückkehr überrascht, achtete David zuerst kaum auf dessen desolaten Zustand.

Er habe eine gute und eine denkbar schlechte Nachricht mitgebracht, leitete Soo-wan seinen Bericht ein. David wählte zunächst die gute, wie die andere lautete, konnte er sich schon denken.

»Wir verfügen jetzt über eine Liste von knapp zwei Dutzend An Chung-guns, die seit September 1948 den Süden besucht oder von dort Gäste empfangen haben. Ein Name ist besonders viel versprechend. Er gehört einem hohen Parteifunktionär, der mehrmals nach Inch'ŏn reiste. Ich habe ihn erst heute früh von Chae-P'il bekommen, deswegen konnte ich dir auch nicht von P'yŏng-yang aus telegrafieren.«

»Nach Inch'ŏn?« Davids Herz machte einen Sprung. »Das muss der Mann sein, den wir suchen. Heißt sein Gastgeber vielleicht zufällig An Ung-doo und ist Chung-guns ältester Sohn?«

»Als ich den Namen las, ging es mir genauso wie dir«, bestätigte der Professor nickend.

»Wo genau hält sich An Chung-gun versteckt?«

»Er besitzt große Waldungen hoch im Norden, direkt vor der chinesischen Grenze. Laut Chae-P'il wohnt er in Yongamp'o, einem kleinen Ort südlich von Sinŭiju.«

David schloss betroffen die Augen. »Ist das etwa die schlechte Nachricht? Ich hatte An Chung-gun irgendwo kurz hinter der Demarkationslinie vermutet. Und nun das! Wie soll ich in diesen unruhigen Zeiten unbehelligt quer über die Koreanische Bucht kommen?«

»Das halte ich allerdings auch für so gut wie unmöglich. Leider muss ich dir aber noch etwas anderes mitteilen, das die Operation An Chung-gun wohl endgültig vereiteln wird: Ich konnte nur dank Chae-P'ils unerwartet mutiger Intervention nach Seoul zurückkehren. Die letzte Woche habe ich unter Spionageverdacht im Gefängnis zugebracht ...«

»Was?«, fuhr David entsetzt hoch. »Sie haben dich doch nicht ...?«

»Geschlagen?« Soo-wan schüttelte traurig den Kopf. »Für einen nordkoreanischen Kerker war die Behandlung, glaube ich, beinahe zuvorkommend. Allerdings ließ man mich jede Minute spüren, dass sich meine Lage auch schnell verschlechtern könnte.«

»Das muss furchtbar gewesen sein.«

Soo-wan versuchte die Sache mit einer Handbewegung abzutun, aber David ließ sich nicht täuschen, der schmächtige Professor sah arg mitgenommen aus. »Wie bist du wieder freigekommen, älterer Freund?«

»Das habe ich Chae-P'il zu verdanken. Er hat all seine Beziehungen spielen lassen, um mich als Persona non grata in den Süden ›abschieben‹ zu können, wie es im offiziellen Parteijargon heißt. Sollte man mich je wieder in der DVK aufgreifen, droht mir die Exekution. Heute früh hat er mich auf dem Bahnhof von P'yŏng-yang verabschiedet und mir heimlich einen Brief zugesteckt. Darin stand An Chung-guns Legende. Der Einfluss dieses Mannes muss sehr groß sein, seine Reiseanträge tauchen in keiner offiziellen Akte auf. Als verantwortlicher Beamter wusste Chae-P'il aber davon und hatte sich, wie es seine Art ist, einige persönliche Notizen angefertigt. Wäre ich nicht ins Gefängnis gekommen, hätte er sie mir vielleicht nie gezeigt. Aber so muss ihn wohl sein schlechtes Gewissen getrieben haben. Zum Abschied sagte er mir, jetzt seien wir quitt.«

»Und wenn die ganze Aktion ein abgekartetes Spiel ist, um dich loszuwerden? Nach allem, was du mir über diesen Chae-P'il berichtet hast, traue ich ihm auch das zu.«

Soo-wan schüttelte den Kopf. Aus seinen Augen blickte David tiefes Entsetzen an. »Nein, jüngerer Freund. Der Grund für diese unhaltbaren Spionagevorwürfe ist ebenso einfach wie schrecklich: Es wird Krieg geben.«

»Offen gestanden überrascht mich das nicht. Wie viel Zeit bleibt uns noch?«

Soo-wan wirkte konsterniert, wohl weil die schreckliche Nachricht David nicht zu beeindrucken schien. Endlich zuckte er die Achseln. »Das konnte oder wollte selbst Chae-P'il mir nicht sagen. Aber er wurde von einem Tag auf den anderen zur Organisation von Zivilschutzmaßnahmen abberufen. Du kannst dir vorstellen, was das bedeutet.«

David starrte mit glasigen Augen vor sich hin. Der Professor schien nur mehr Luft zu sein. »Am 15. August soll die Oberste Volksversammlung hier in Seoul die Wiedervereinigung Koreas beschließen. Ich schätze, uns bleibt höchstens noch ein Monat. Das könnte reichen, um An Chung-gun aufzuspüren und ihm ein paar sehr direkte Fragen zu stellen.«

Am Ufer des Krieges

Der heiße Sommermonsun entlud seine feuchte Fracht über der Stadt. Alles sah grau und trostlos aus. Kaeddong war noch am gleichen Abend in Richtung Inch'ŏn abgereist. Er hatte lose Vereinbarungen mit zwei »Fischern« getroffen, die bereit waren, David mit dem Schiff nach Norden zu bringen. Einer der Seeleute lebte in Kansŏng, am östlichen Ende der Grenzzone zwischen Nord- und Südkorea, und der andere ganz im Westen. Diesen suchte Kaeddong nun auf, versehen mit einer erweiterten Vollmacht Davids, was die Preisverhandlungen betraf. Das Limit lag bei eintausend Dollar. David hoffte inständig, dass Ruben Rubinstein in New York mittlerweile ein paar Mieter für die Gelbe Festung gefunden hatte.

Am Samstag, dem 24. Juni, kehrte Kaeddong aus Inch'ŏn zurück und überbrachte gute Nachrichten. Einer der Fischer sei bereit, zwei Passagiere für insgesamt achthundert Dollar nach Yongamp'o zu bringen. Allerdings müssten sie sich noch bis zum kommenden Mittwoch gedulden und, wenn das Wetter sich nicht beruhigte, auch noch einige Tage länger.

Zähneknirschend musste sich David mit dieser weiteren Verzögerung abfinden. Gegen den Monsun war er machtlos. Immerhin hatte Kaeddong ihn nicht enttäuscht, ja, nicht einmal den Verhandlungsspielraum voll ausgeschöpft. Auf seine Vermittlungsprovision wolle er auch verzichten, wiederholte er unentwegt – ein Opfer, das ihm nicht ganz leicht zu fallen schien. Vielleicht war der Schwarzhändler doch kein so durchtriebener Kerl.

Am Sonntag, dem 25. Juni 1950, überraschte das Radio seinen Stammhörer Phil Claymore mit einer niederschmetternden Nachricht: Gegen vier Uhr morgens waren nordkoreanische Truppen auf breiter Front über den achtunddreißigsten Breitengrad nach Süden durchgebrochen. Der Koreakrieg hatte begonnen.

Noch am Vormittag desselben Tages fand eine Krisensitzung in Kaeddongs Haus statt.

»Du musst die Stadt verlassen«, sagte David an die Adresse Soo-wans gewandt.

Der Professor blickte ihn ungläubig an. »Was heißt hier, *ich* muss gehen? Die Grenze ist nur fünfzig Kilometer entfernt. Was glaubst du denn, wie lange die Kommunisten bis Seoul brauchen werden? Willst du etwa hier bleiben und sie willkommen heißen?«

»Vielleicht kann die republikanische Armee sie ja zurückschlagen«, erwiderte David schwach. Seine Pläne zielten längst in eine ganz andere Richtung und er wusste, wie wenig überzeugend seine Worte klangen.

Prompt – und mit unüberhörbarem Zorn in der Stimme – entgegnete Soo-wan: »Du bist ein Narr, wenn du das glaubst. Der Süden *Chosons* verfügt über knapp einhunderttausend Soldaten, allerdings nur mit Pistolen bewaffnet. Von Chae-P'il weiß ich, dass der Norden mindestens das Doppelte dagegensetzen kann und anscheinend auch noch eine Panzerbrigade hat. Du musst mit mir fliehen, jüngerer Freund! Wir werden ein Flugzeug nehmen, und wenn wir keinen Platz mehr bekommen, dann setzen wir uns nach Süden ab.«

Kaeddong wirkte unentschlossen. Er teilte zwar Soowans Einschätzung der Lage, schien aber zunächst Davids Gedanken erfahren zu wollen.

Und der sagte zum Entsetzen des Professors: »Ich kann nicht mehr zurück. Der Kreis der Dämmerung ist wie eine Ankerkette, kaum zu zersprengen. Wenn ich mit An Chung-gun jetzt endlich ein schwaches Glied gefunden habe, dann darf ich mir diese Chance einfach nicht entgehen lassen. Der Kampf gegen Belial ist meine Bestimmung. Ich kann mich ihr nicht entziehen.«

»Tot wirst du gar nichts erreichen.« Soo-wan gab sich noch nicht geschlagen.

»Ich bin in Frankreich durch Kugel- und Granatenhagel marschiert und kein Geschoss wollte mich auch nur ankratzen. Die Gefahr fürchte ich nicht. Aber die Möglichkeit, dass Belial seinen Jahrhundertplan verwirklichen könnte, das macht mir wirklich Angst. Nein, Soo-wan, ich weiß, du meinst es gut mit mir, aber je eher wir diese Auseinandersetzung beenden, desto früher können wir überlegen, wie ich die jetzige Situation für mich nutzen kann.«

Soo-wans hinter der Brille grotesk verkleinerte Augen blickten David fassungslos an. »Das klingt ja fast, als hättest du schon einen Plan.«

»Ich kann mir denken, was ihm durch den Sinn geht, älterer Freund.« Kaeddong klang nachdenklich. Und irgendwie belustigt. Sich an David wendend sagte er: »Mich hast du bei jeder Gelegenheit als ausgekochtes Schlitzohr

– 231 –

hingestellt, aber in Wirklichkeit bist du der Gerissenere von uns beiden. Du willst abwarten, bis die nordkoreanischen Truppen wie eine Meereswoge über dich hinweggeschwappt sind und dich dann nach Norden absetzen, stimmt's?«

»Zugegeben, mit dem Gedanken habe ich gespielt.«

»Du könntest in den Wellen untergehen.«

»Das Risiko gehe ich ein. Ich brauche nur jemanden mit einem sicheren Versteck in der Stadt. Du kannst mir da nicht zufällig helfen, jüngerer Freund?«

Die Frage gefiel Kaeddong. Er grinste. »Wenn stimmt, was du eben über die Kugeln und Granaten in Frankreich gesagt hast, bin ich dabei. Unter einer Bedingung allerdings ... «

»Welche?«

»Du weichst nicht von meiner Seite, bis die ganze Sache vorüber ist.«

David holte tief Luft. *Auf dem Schlachtfeld hat das meinen Kameraden auch nicht viel genützt.* »Sogar ich bin nicht unverwundbar, Kaeddong. Du musst selbst wissen, ob du dieses Risiko für mich eingehen willst.«

»Also gut. Dann sage ich: Ja!«

Gegen besseres Wissen nahm David das Angebot des Schwarzhändlers an, der sich längst als »Bruder« in sein Vertrauen geschlichen hatte. Kaeddong mochte äußerlich Ecken und Kanten aufweisen, aber sein Kern war makellos.

»Wir müssen uns tief eingraben«, hatte Kaeddong gesagt.
Die Taktik war David nicht fremd. Anders als an der
Somme oder in Flandern würde es aber in Seoul nicht genügen, einfach einen Schützengraben auszuheben. Am
Morgen des 27. Juni hatte der Schwarzhändler einen
sicheren Schlupfwinkel gefunden. Unter der Aula der
Chae-Dong-Grundschule gab es – was kaum einer wusste – einen Keller und der verfügte – was noch weit weniger bekannt war – über einen geheimen Zugang zur Kana-
lisation. Dort unten, in der stinkenden Unterwelt Seouls,
gab es eine Art Bauhütte, die früher von Kanalarbeitern
benutzt worden, aber nun schon seit langem verlassen war.
Ein Geschäftspartner Kaeddongs lagerte dort Waren, die
nicht sofort auf den Schwarzmarkt geworfen werden
konnten – angeblich aus Gründen der Preisstabilität, aber
wohl eher, wie David vermutete, um sie der allzu großen
Neugier der Behörden zu entziehen.

An diesem Dienstag hieß es für David wieder einmal
Abschied nehmen. Im Rundfunk der amerikanischen
Streitkräfte wurden alle US-Bürger dringend aufgefordert,
die Stadt zu verlassen. Die Army hatte Busse organisiert,
die alle infrage kommenden Personen auflesen und zum
Flughafen Kimpo bringen sollten. Als das grüne Armeefahrzeug vor dem Haus 143 Key Dong hielt, war der UN-
Berater Phil Claymore nicht zu Hause. Er würde auch nie
mehr in diese Straße zurückkehren.

Nur knapp eine Stunde vor Eintreffen des Evaku-
ierungsbusses hatten Soo-wan und David sich Lebewohl
gesagt. Die Stimmung war gedrückt. Niemand wusste, ob

er den anderen je wieder sehen würde. Professor Choi besaß nicht einmal einen britischen Pass – sein Einbürgerungsverfahren in Großbritannien war noch nicht abgeschlossen. Deshalb wollte er nicht das Risiko eingehen, in Kimpo hängen zu bleiben. Die letzten Plätze in den Flugzeugen waren nämlich Ausländern, vornehmlich amerikanischen Staatsbürgern vorbehalten. Mit Mühe hatte er noch einen Sitzplatz im Zug nach Pusan ergattern können.

»Ich melde mich bei dir in London, sobald die Operation abgeschlossen ist und ich ein Telegrafenamt finde.«

Hinter Soo-wans Brille glitzerte eine Träne. »Ich werde es dir nie verzeihen, solltest du es nicht tun, jüngerer Freund.«

»Bitte informiere auch, wenn es irgend geht, Ruben Rubinstein über die Situation hier – natürlich in dem vereinbarten Code.«

»Keine Angst, ich werde unsere Sache nicht verraten.«

Die beiden ungleichen Männer umarmten sich. Anschließend drückte Kaeddong den älteren Freund.

In Seouls Straßen war das Chaos ausgebrochen. Auf dem Weg zur Chae-Dong-Grundschule mussten David und Kaeddong sich an fliehenden Menschen vorbeidrücken und immer wieder südkoreanischen Soldaten ausweichen, die noch nach »Freiwilligen« suchten.

In der Ferne grummelte Geschützdonner. Am Himmel türmten sich dunkle Wolken, aber wenigstens regnete es nicht. Immer wieder – und schon bedrohlich nah – hörte man auch Pistolenschüsse knallen. Kaeddong hatte ausdrücklich davor gewarnt, sich während der Kampfhandlungen auf der Straße blicken zu lassen. Die Kommunisten würden die Ausländer auf Todesmärsche schicken oder in Lager einsperren. Anscheinend hielt er nicht sehr viel von seinen Brüdern im Norden.

Der Einmarsch des Feindes kam dann so überraschend, dass sie zweifelten, ihr Versteck überhaupt noch zu erreichen. Jagdbomber kreisten über der Stadt, sowjetische Lawotschkins vom Typ La-11. Diese Beobachtung ließ David stutzen. Es war nicht unbedingt üblich, einem kleineren Waffenbruder modernstes Kriegsgerät an die Hand zu geben – man wusste ja nie, ob man den Verbündeten nicht schon bald zum Feind hatte.

Die Piloten der Jäger besaßen eine Vorliebe für schnurgerade Straßenzüge, die sie bequem im Tiefflug mit ihren schweren Maschinengewehren bestreichen konnten. Gerade war der Fluchtweg, den Kaeddong nehmen wollte, von einem der wendigen Kampfflugzeuge beschossen worden. Das Sägen des Motors im Verein mit dem Rattern der beiden 20-mm-Kanonen konnte einen an den Rand des Wahnsinns treiben. Die Menschen hatten sich auf den Boden geworfen. Rikschas und einzelne Automobile waren durchsiebt worden. Die Straße hatte sich rot gefärbt.

David konnte sehen, wie das Flugzeug direkt über seinem Versteck eine enge Schleife zog. Die Maschine flog so tief über den flachen Häusern, dass er für einen kurzen Augenblick den Piloten in der länglichen Kanzel erkennen konnte: Der Mann am Steuerknüppel war kein Koreaner.

»Da sitzen *sowjetische* Piloten in den Maschinen«, flüsterte er fassungslos.

– 235 –

»Wundert mich nicht«, entgegnete Kaeddong unge-
rührt, während er die nähere Umgebung im Auge behielt.
Sie kauerten in einem Hauseingang und blickten die Straße hinab. Der Koreaner hatte im letzten Krieg aufseiten
der Alliierten gekämpft und war erstaunlich gefasst.

»Bist du dir eigentlich im Klaren, wohin das hier alles
führen kann? Sowjets bombardieren eine Stadt, in der sich
möglicherweise immer noch einige amerikanische Militärs aufhalten.«

»Wenn sich die Großen reiben, bleibt von den Kleinen
nur noch Staub übrig.«

David starrte den wachsam umherblickenden Schwarzhändler entgeistert an. Was er mit asiatischer Gelassenheit umschrieben hatte, konnte den dritten Weltkrieg bedeuten, vielleicht sogar den Einsatz von Atomwaffen. Er
hatte sich geschworen, nie mehr direkt in das Machtge-
rangel der Großen einzugreifen, aber in diesem Moment
begann er diesen Vorsatz anzuzweifeln. Leider sah er, aus
seiner gegenwärtigen Situation heraus, nicht die geringste Möglichkeit, an dem Kriegsgeschehen auch nur irgendetwas zu ändern.

»Wir sind spät dran«, sagte Kaeddong knapp.

»Glaubst du, wir können es wagen, die Fahrbahn zu
überqueren?«

»Warte noch einen Moment. Der Jäger kommt bestimmt noch einmal zurück.«

Kaeddong sollte Recht behalten. Unglücklicherweise
bog in diesem Augenblick einer der amerikanischen Eva-
kuierungsbusse in die Straße. Mit bangen Blicken suchte

David den Himmel ab. Noch war kein Kampfflugzeug zu sehen. Er sah wieder zum Bus hin. *Wie kann dieser Schwachkopf nur die Hauptstraße nehmen! Hat er von dem Angriff eben nichts bemerkt?*

In diesem Moment eröffneten die Bordkanonen der La-11 das Feuer. Fassungslos verfolgte David die unwirkliche Szene. Sein Geist hatte den Kampflärm ausgesperrt, er sah nur die Bilder. Wie Steine, die über einen See hüpften, jagten zwei Reihen von Geschossen in schneller Folge über die Straße. Sie erreichten den Bus, schienen ihn gleichsam zu zerteilen und setzten ihren Weg fort. Die Lawotschkin ging in den Steigflug über und schwenkte nach rechts ab.

Schlagartig kehrten die Geräusche zurück. Der Bus explodierte mit einem ohrenbetäubenden Knall. Dann taumelten blutende Menschen auf die Straße. Doch es waren nur wenige.

»Wir müssen ihnen helfen, Kaeddong.«

»Bist du verrückt geworden? Wir sollten uns lieber selbst retten.«

»Das hat Zeit bis später. Komm!«

David sprang aus der Deckung heraus und lief auf den brennenden Bus zu. Der Schwarzhändler folgte zögernd, aber schließlich doch festen Schrittes. Die beiden taten, was möglich war, um die Verletzten zu bergen und in den Schutz der umstehenden Häuser zu schleppen. Notdürftig band David Blutungen ab, legte einige Druckverbände an und sprach den teilweise furchtbar zugerichteten Zivilisten Mut zu. Kaeddong assistierte ihm. Bis er die Geduld verlor.

»Es wurde nach Hilfe geschickt und du hast die Menschen verarztet: Jetzt müssen wir uns um uns selbst kümmern, älterer Freund. Lass uns gehen. Bitte!«

David blickte voller Verzweiflung in Kaeddongs versteinertes Gesicht. Einige schnelle Herzschläge lang kämpfte sein Helferinstinkt mit dem Verstand und schließlich siegte Letzterer. Vor einigen Jahren noch hätte er sich vielleicht anders entschieden. Er nickte traurig, legte dem Verletzten neben ihm zum Abschied die Hand auf die Schulter und erhob sich.

»Ich würde zu gerne wissen, ob die Nordkoreaner nicht auch ein paar Waffen von einem gewissen Ben Nedal benutzen. Brechen wir auf und gehen dieser Frage auf den Grund. Es gibt da einen Mann, der mir einige Antworten schuldet.«

Unbeschadet erreichten David und Kaeddong die Aula der Chae-Dong-Grundschule. In einem Nebenraum mit aufgestapelten Stühlen räumte der Schwarzhändler eine Luke frei und zog sie hoch. Darunter kam eine steinerne Treppe zum Vorschein, die in dunkle Tiefe hinunterführte.

Kaeddong hatte alles vorbereitet. Schnell war eine Karbitlampe zur Hand. Dann begann der Abstieg in die Unterwelt.

Der Keller unter dem Schulsaal bot ein Bild heillosen Durcheinanders. Er war voll gestopft mit allem möglichen Gerümpel. Wieder räumte Kaeddong Hindernisse aus dem Weg. Bald stießen sie auf eine Wand mit einem hölzernen Bücherschrank, in dem vergessene Schulfibeln mit japani-

schen Schriftzeichen einen aussichtslosen Kampf gegen
den Zerfall führten.

Gemeinsam schoben die beiden Männer den Schrank
zur Seite. Er lief auf unsichtbaren Rollen, die dahinter ver-
steckte Tür wurde anscheinend schon seit geraumer Zeit
als Geheimausgang benutzt. David und Kaeddong traten
auf den Absatz einer weiteren Treppe. Ein übler Gestank
schlug ihnen entgegen. Über einen Seilzug beförderte der
Koreaner den Bücherschrank wieder in seine alte Position
zurück.

Nun ging es in den Abwasserkanal hinab. Es musste
sich um einen Nebenzweig des unterirdischen Systems
handeln, denn der Tunnel war sehr schmal. Zur Abwehr
der Fäkaliengerüche hielt sich David ein Taschentuch vor
Mund und Nase, sein koreanischer Begleiter stapfte unge-
schützt voran. Wenig später stieß Kaeddong eine Stahltür
in der linken Backsteinwand auf und die beiden betraten
einen ungefähr vier mal sechs Meter großen Raum.

»Nicht gerade komfortabel, aber zum Überleben wird's
reichen«, kommentierte der Schwarzhändler das trostlos
wirkende Versteck. Der Fußboden bestand aus gestampf-
tem Lehm. An den kahlen Wänden stapelten sich einige
Holzkisten, die der eingebrannten Beschriftung nach Eigentum der US-Armee waren. Die Luft roch zwar muffig,
aber im Vergleich zu den Tunneln draußen geradezu angenehm.

David seufzte. Er hatte schon in schlimmeren Unter-
ständen gehaust.

Entgegen der ursprünglichen Planung kehrte Kaeddong

bereits am Nachmittag des kommenden Tages an die Oberwelt zurück, um »die Lage zu peilen«, wie er es ausdrückte. Inzwischen war der Kampflärm bis tief unter die Straßen zu hören. Der Koreaner hatte versprochen, in einer Stunde zurück zu sein. Es wurden fast zehn daraus.

Als David aus dem Tunnel das Patschen von Schritten vernahm, wappnete er sich schon im Geiste gegen einen bis an die Zähne bewaffneten Gegner, aber – zum Glück – schob sich nur der Schwarzhändler durch die Tür. Er war pitschnass.

»Was ist denn mit dir passiert?«

»Es regnet wieder.«

»So stark? Du siehst aus wie aus dem Wasser gezogen.«

Kaeddong grinste schief. »Na ja, ich bin in den Han gefallen.«

»Wie bitte?«

»Unsere Generäle müssen selten beschränkt sein. Sie haben die wichtigste Brücke über den Fluss gesprengt, obwohl noch tausende von unseren Soldaten am Nordufer liegen. Inzwischen dürften sie sich wohl in nordkoreanischer Kriegsgefangenschaft befinden.«

»Und du bist durch den Fluss geschwommen?«

Kaeddong nickte. »Nach Einbruch der Dunkelheit habe ich es gewagt.«

»Der Han ist breit. Das hätte ich dir gar nicht zugetraut.«

Wieder das Grinsen, diesmal schon selbstbewusster. »Fett schwimmt immer oben – noch nie gehört?«

»Ich finde das gar nicht lustig, Kaeddong. Von nun ab

bleibst du an meiner Seite, wie wir es vereinbart haben, verstehst du mich?«

Der Schwarzhändler brummte etwas auf Koreanisch.

Davids Zorn, der sich ja nur aus seiner Sorge gespeist hatte, verrauchte schnell. Zwischen den beiden Männern entspann sich ein Gespräch über die Situation in der Stadt. Nein, einen erbitterten Häuserkampf gebe es nicht, antwortete Kaeddong auf Davids Frage. Mit ihren leichten Waffen seien die Verteidiger gegen den massiven Ansturm aus dem Norden machtlos. Er habe sogar einige russische T 34 gesehen. Die Panzer walzten alles platt, was sich ihnen in den Weg stellte. Die Armee der Republik Korea fliehe nach Süden wie der Hase vor dem Fuchs.

»Dann ist die Woge also schon über uns«, sinnierte David. »Ich kann mir ehrlich gesagt nicht vorstellen, dass die Vereinten Nationen, allen voran die USA, dieses Husarenstück der Nordkoreaner und ihres sowjetischen Verbündeten tatenlos hinnehmen. Seoul ist wie ein Stein am Strand: Mal befindet er sich unter Wasser, mal an der Luft; gerade jetzt ist er überspült, aber es wird, davon bin ich überzeugt, schon bald eine Gegenoffensive geben und dann schwappt die Frontlinie wieder zurück. Wenn es uns gelingt, in der Zwischenzeit nach Yongamp'o zu kommen, An Chung-gun auszuhorchen und wieder dieses Versteck hier zu erreichen, können wir relativ sicher die Befreiungswelle abwarten.«

Kaeddong setzte sich wieder in Bewegung. »Klingt wie ein netter Tag am Meer. Da gibt es nur ein Problem, älterer Freund.«

»Denke ich mir. Der Fischer wird sich weigern, uns jetzt noch durch die Koreanische Bucht zu bringen.«

»Wahrscheinlich. Zumindest wird die veränderte Lage den Preis nach oben treiben.«

»Das soll unsere geringste Sorge sein. Wann, denkst du, können wir einigermaßen unbehelligt nach Inch'ŏn aufbrechen?«

»Ich würde den ›Besuchern‹ noch zwei Tage geben, sich in der Stadt einzurichten. Am besten brechen wir in der Nacht zum Samstag auf. Der Hafen von Inch'ŏn liegt gut dreißig Kilometer von hier. Bis zur Morgendämmerung können wir ihm schon ein gutes Stück näher sein.«

Mit Soo-wan an seiner Seite wäre David den Nordkoreanern vermutlich schon an der ersten Straßenkreuzung in die Hände gefallen. Der Schwarzhändler besaß hingegen einige Übung darin, sich neugierigen Blicken zu entziehen. Auf dem Schwarzmarkt wurde von der Polizei zwar nicht gleich scharf geschossen, aber die dort gewonnenen Erfahrungen ließen sich durchaus nutzbringend auf andere Gebiete anwenden.

Gegen drei Uhr morgens verließen sie den westlichsten Außenbezirk Seouls. Auf dem Rücken trug jeder einen Rucksack mit Proviant, einer Schlafdecke und einigem anderen Notwendigen. David schützte sich mit einer blauen Steppjacke gegen die nächtliche Kälte. Wenigstens von weitem sah er in dieser »Verkleidung« einigermaßen koreanisch aus. Kaeddong trug wie immer seine um die Dienstgradabzeichen erleichterte amerikanische Armeeuniform.

Als stünde der Monsun auf der Seite der Nordkoreaner, hatte er sein Wolkenheer unvermittelt abgezogen. Der Himmel war erschreckend klar. Man konnte mindestens einen Kilometer weit sehen.

Gerade wollte sich David ein erstes Aufatmen gönnen, als plötzlich ein koreanischer Befehl durch die Finsternis peitschte, den selbst er verstand.

»Halt!«

Im Nu waren die beiden von sechs oder sieben Bewaffneten umringt. Die Soldaten trugen die Uniform der Demokratischen Volksrepublik Korea. Ein blutjunger, eher schwächlich wirkender Offizier baute sich vor den Gefangenen auf und blaffte Kaeddong an. David verstand nur einen Teil, aber ihm wurde schlagartig klar, in welcher Gefahr sie sich befanden. Jede Verletzung der nächtlichen Ausgangssperre wurde gemeinhin streng geahndet.

Wegen des auffallend unkoreanischen Aussehens von Kaeddongs Begleiter machte sich der Offizier nicht die Mühe, diesen nach dem Grund der Nachtwanderung zu fragen. Mit vorgehaltenen Gewehren wurden die Gefangenen abgeführt.

Die Soldaten wirkten wie streitsüchtige Bauernjungen. Zwar besaßen sie keine Stahlhelme, dafür aber Kalaschnikows, und die flößten ihnen Mut ein. Mit den automatischen Waffen hatten sie von ihren Landsleuten im Süden nichts zu befürchten. Der weißhaarige Ausländer war ihnen allerdings nicht ganz geheuer, was leicht zu Kurzschlussreaktionen führen konnte. David beschloss, zunächst abzuwarten.

Sie wurden zu einem nahen, annähernd runden Platz von vielleicht fünfzig Metern Durchmesser geführt, wo bereits mehrere andere Männer am Boden saßen. Ringsherum brannten größere Feuer. David konnte unter den Gefangenen niemanden entdecken, der älter als er selbst war. Die meisten der Unglücklichen mochten nicht einmal dreißig sein, auf jeden Fall alles wehrtüchtige Männer und für die Eroberer damit eine potenzielle Gefahr.

David ließ sich an Kaeddongs Seite am Rande der Gruppe auf den Boden sinken. »Was haben sie mit uns vor?« Er flüsterte, weil in der Nähe ein Posten mit lebhaft funkelnden Augen stand.

Der Schwarzhändler deutete unauffällig mit dem Kopf zu einem nicht weit entfernt stehenden Haus. Davor stand ein Holztisch, an dem ein nordkoreanischer Militär saß. Ein Gefangener wurde gerade von zwei Bewaffneten abgeführt und ein anderer vor den Offizier geschleppt. »Sie stellen Fragen«, konstatierte Kaeddong knapp.

»Und was passiert, wenn sie nicht die richtigen Antworten bekommen?«

Plötzlich fielen zwei Gewehrschüsse. Eine kurze Pause. Dann der Knall einer Pistole. Die Schüsse waren aus der Richtung gekommen, in die man den eben Verhörten weggeschafft hatte.

Kaeddong ersparte sich eine Erklärung.

Minutenlang brüteten beide vor sich hin. Währenddessen wiederholte sich das grausame Schauspiel am Rande des Platzes noch einige Male: ein kurzes Verhör, dann eine Salve. Manchmal blieb der Gefangene auch am Leben,

– 244 –

aber David hatte nicht die geringste Ahnung, welchem Zauberwort dies zu verdanken war. Gerade überlegte er, ob und wie er seine besonderen Gaben einsetzen konnte, um der makabren Inszenierung ein Ende zu bereiten, als eine unfreundliche Stimme den Schwarzhändler herbeizitierte.

Kaeddong wechselte einen kurzen Blick mit David. Nun war sein Mut doch ins Wanken geraten.

»Ich lasse nicht zu, dass dir etwas passiert«, raunte David.

»Nur *du* bist wichtig und deine Aufgabe«, zischte Kaeddong zurück, ein wenig zu laut. Mit dem Gewehrkolben erhielt er einen Hieb auf den Rücken. Der Gefangene schrie zwar auf, wunderte sich aber doch über die Schwäche des Schlages – David hatte der Waffe den Schwung genommen.

Mit Argusaugen beobachtete David das weitere Geschehen. Wie alle anderen zuvor schon wurde Kaeddong dem Verhöroffizier vorgeführt. Obwohl selbst kaum älter als dreißig, passte der schlanke Mann nicht recht zu diesem Haufen Halbwüchsiger. Er war groß, hielt sich gerade und achtete sehr auf Distanz.

Das Verhör begann. Jenseits des Tisches wurden Fragen gebellt und diesseits Antworten gesucht. Bei aller Raffiniertheit gelang es dem Schwarzhändler offenbar nicht, seine Harmlosigkeit glaubhaft zu machen. Der Offizier deutete nach links, in Richtung der Erschießungsstätte. Eine winzige Bewegung, knapp aus dem Handgelenk heraus, entschied über Leben und Tod.

»Nein!«, schrie David und sprang hoch.

Sofort war ein Soldat zur Stelle und zielte mit dem Gewehrkolben auf Davids Gesicht. Dieser streckte dem Angreifer die rechte Handfläche entgegen und rief auf Koreanisch: »Steh!«

Der Soldat gehorchte. Jedenfalls hatte es für die Beobachter den Anschein. Mit dem erhobenen Gewehr stand der Posten unbeweglich da und blickte dorthin, wo David sich längst nicht mehr befand. Der nämlich stapfte inzwischen auf den Tisch des Offiziers zu. David wusste, dass viele Läufe auf ihn gerichtet waren. Wenn es zum Äußersten kam, würde er den Platz in ein Trümmerfeld verwandeln.

»Sie dürfen diesen Mann nicht exekutieren«, rief David auf Englisch, noch ehe er den Verhörtisch ganz erreicht hatte. Der Offizier runzelte die Stirn. Er verstand den wütenden Gefangenen nicht. David wiederholte sein Begehren auf Japanisch.

Der Verhörspezialist brach in schallendes Gelächter aus, um mit einem Mal wieder ernst zu werden. »Wer will mir das verbieten? Etwa Sie, ein japanischer Kollaborateur?«, entgegnete er gleichfalls in der Zunge der einstigen Kolonialherren.

Wie David jetzt feststellte, musste der Verhörexperte doch schon Mitte oder sogar Ende dreißig sein. Sein Gesicht hatte etwas Altersloses, fast Aristokratisches. Im Gegensatz zu den einfachen Soldaten war seine Uniform tadellos sauber und gepflegt. Eher freundlich, so wie ein weiser Mann einem jugendlichen Heißsporn eine Lektion erteilt, erwiderte David: »Wenn jeder, der Japanisch

– 246 –

spricht, ein Freund von *Chosons* verhassten Bedrückern ist, dann gehören Sie doch wohl auch dazu.«

Das Argument entbehrte nicht einer gewissen Logik. Der Offizier, offenbar ein Intellektueller, begann an dem Gespräch Gefallen zu finden. »Wer sind Sie?«

»Mein Name ist Phil Claymore. Ich komme aus New York.«

Der Militär deutete eine Verbeugung an, lächelte spöttisch und erwiderte: »Wie angenehm. Ein seltenes Vergnügen, mit einem Klassenfeind von so weit her zu sprechen. Ich bin Oberleutnant Park Pom-shik. Und was, wenn ich fragen darf, führt sie in diesen unruhigen Zeiten mitten unter die Truppen des ruhmreichen Revolutionsführers Kim Il Sung?«

»Als ich hierher kam, hatte die Demokratische Volksrepublik noch keine Soldaten in Seoul stationiert. Ich arbeite im Süden *Chosons* als Auslandskorrespondent der amerikanischen Wochenzeitschrift *Time*. Dieser Mann da«, David deutete auf den zwischen zwei Soldaten stehenden Kaeddong, »ist mein Dolmetscher und Gehilfe. Wir genießen die Immunität der Presse.«

»Ach, tun Sie das?«, entgegnete der Offizier amüsiert. »Vielleicht ist es Ihnen in Amerika bisher entgangen, aber bei uns in der DVK gibt es keine Pressefreiheit. Dafür haben wir die Zensur. Sie schützt das Volk vor zersetzendem Gedankengut.«

»Lässt sie unliebsame Schreiberlinge auch erschießen?«

»Wo denken Sie hin! Aber hier geht es nicht um eine

abträgliche Presse, sondern um Partisanen und Spione. Wer sagt mir, dass Sie nicht auch einer sind?«

»Ich ein koreanischer Partisan? Oder gar ein westlicher Spion? Ha!« David lachte bitter auf. »Meinen Sie wirklich, der amerikanische, britische oder sonst ein westlicher Geheimdienst ist so dumm und schickt einen bleichgesichtigen Agenten hierher ins Kriegsgebiet? Man kann auf eine Meile erkennen, dass ich kein Sohn *Chosons* bin.«

»Es ist klüger, eine Mücke zu erschlagen, als über den Zeitpunkt ihrer letzten Mahlzeit zu sinnieren.«

David beugte sich zu dem Offizier vor und fixierte ihn mit kalten Augen. »Bei allem Respekt, jüngerer Mann, aber das hier sind keine Insekten. Sie bringen Menschen um. Diese Männer sind ebenso Kinder *Chosons* wie Sie und Ihre Untergebenen.«

Unter anderen Umständen hätte dieser Einwand dem zynischen Soldaten kaum ein müdes Lächeln abverlangt, aber nicht in diesem Fall. Er befand sich einem Wahrheitsfinder gegenüber. Keines von Davids Worten war gelogen.

»Ich bin nicht Ihr Feind, Oberleutnant Park, kein Spion und auch kein Partisan. Ihre Männer haben bei uns keinerlei Waffen gefunden. In Seoul hat uns Ihre Armee überrollt und nun sind unsere Rucksäcke für eine Reise ans rettende Ufer gepackt, das will ich guten Gewissens eingestehen. Für Sie und Ihr Land bedeuten mein Begleiter und ich keine Gefahr. Ganz im Gegenteil. Ich bin ein Mann des Wortes. Menschen glauben mir, wenn ich die Wahrheit sage. Und wenn Sie uns gehen lassen, dann werde ich nichts als die Wahrheit über die tapferen Kämpfer

Kim Il Sungs berichten. Jedoch – bitte verstehen Sie das jetzt eher als Prophezeiung und nicht als Drohung – werden Sie und Ihre Kinder es bereuen, wenn Sie über uns das Todesurteil verhängen.«

Eine unheimliche Stille hatte sich über den Platz gelegt. Der Offizier war verstummt. Nur das Knistern der Lagerfeuer konnte man noch hören.

Endlich regte sich Oberleutnant Park Pom-shik wieder. Auf seinem Gesicht machte sich tiefe Bestürzung breit. Sie schien ihm aus den Poren zu quellen wie kalter Schweiß. Seine Augen wirkten mit einem Mal wie die eines gehetzten Tieres. Mühsam reckte er den Hals im engen Kragen und zischte den nahe stehenden Posten einen Befehl zu.

»Geleitet den Amerikaner und seinen Dolmetscher aus dem Ort.«

David fing einen besorgten Blick Kaeddongs auf. War das ein Todesurteil?

Die bis vor kurzem noch versteinerte Miene Parks zeigte Risse. Endlich sprach er die befreienden Worte. »Ihr haftet mit eurem Leben dafür, dass dem Vertreter des *Time*-Magazins kein Haar gekrümmt wird. Wenn es nötig ist, begleitet ihr ihn noch etwas länger. Bis zum Mittag erwarte ich euch zurück.«

David und Kaeddong atmeten auf. Oberleutnant Park Pom-shik erhob sich von seinem Tisch, wünschte den Freigelassenen eine gute Heimkehr und zog sich verstört zurück. An diesem Morgen würde es keine weiteren Erschießungen mehr geben.

– 249 –

Es war schon eine absurde Situation: Da wurden ein New Yorker Reporter und ein Südkoreaner in einer auf zivil getrimmten amerikanischen Uniform von vier nordkoreanischen Soldaten durch ein Kampfgebiet eskortiert – Henry Luce würde diese Geschichte in den Papierkorb feuern. Aber das war Davids geringste Sorge.

Ungefähr eine Stunde lang marschierte Kaeddong neben seinem weißhaarigen Freund schweigend dahin – für jeden von Davids langen Schritten musste er mindestens zwei machen – und schielte dabei immer wieder in dessen ausdrucksloses Gesicht.

Endlich platzte es aus ihm heraus. »Wie hast du das nur gemacht?« Er zischte die Frage auf Englisch, in der nicht unbegründeten Hoffnung, die Eskorte werde ihn dann nicht verstehen.

»Was?«

»Jetzt tu nicht so scheinheilig! Wie du den Offizier beschwatzt hast, will ich wissen. Eben noch hat er ein halbes Dutzend junger Männer erschießen lassen und mit einem Mal bringst du ihn mit zwei, drei simplen Sätzen völlig aus der Fassung. Du hättest ihn doch genauso gut auch anlügen können. Bist du so etwas wie ein Hypnotiseur?«

David schmunzelte. »Bestimmt nicht, jüngerer Freund. Ein solcher Mensch zwingt anderen seinen Willen auf, aber ich habe nur die Wahrheit gesagt und der Oberleutnant hat mir geglaubt.«

»Das ist alles?«

»Das ist alles.«

»Und warum war er am Schluss so durcheinander?«

»Ich vermute, es lag an meiner Bemerkung über den Wert von Menschenleben. Vielleicht habe ich ihm den Spiegel der Wahrheit vorgehalten und er hat sich darin als abscheuliche Bestie erkannt.«

Die nächste halbe Stunde dachte Kaeddong über Davids Worte nach, dann schloss er für sich das Thema ab. »Für mich bist du ein Wunder, älterer Freund.«

David musste lächeln. »Zeige mir einen Menschen, von dem sich das nicht sagen lässt.«

Ungefähr eine Stunde vor Inch'ŏn verabschiedeten sich die Freunde von ihren Begleitern. Die einen wollten ihren gestrengen Befehlshaber nicht enttäuschen und die anderen sich nicht in die Karten blicken lassen. Jetzt nämlich sollte Davids Plan in die Tat umgesetzt werden.

Bevor sie nach dem geschäftstüchtigen Fischer suchten, wollte er An Ung-doo einen Besuch abstatten. Vor allem ging es ihm darum, ein neueres Foto oder wenigstens eine genaue Beschreibung von Chung-gun zu bekommen. Der Lieblingssohn würde das eine oder andere ohne Frage liefern können.

Beim Erreichen der Hüttensiedlung zerplatzten Davids Hoffnungen wie Seifenblasen. Die DVK-Truppen waren über das ärmliche Dorf wie ein Sturm hinweggezogen. Die Soldaten hatten etliche Häuser niedergebrannt, zahllose Menschen erschossen und jagten nun längst der fliehenden südkoreanischen Armee hinterher.

Schon von weitem erkannte David, dass Ung-doos hübsches kleines Häuschen nur noch ein rauchender Trümmerhaufen war. Bei den umliegenden Hütten sah es ähnlich aus. Dennoch bestand er auf einer Durchsuchung der Holzruine. Was er dabei fand, war schlimmer als befürchtet. Die Familie An lebte nicht mehr. Eine Granate hatte nicht nur das Haus, sondern Vater, Mutter und drei Kinder zerfetzt. Auch das kleine Mädchen in dem adretten Kleidchen gehörte zu den Opfern.

David war erschüttert. Ung-doo mochte kein guter Mensch gewesen sein, vielleicht sogar ebenso durchtrieben wie sein Vater, aber: »Wie in aller Welt kann man einen Krieg befehlen und Derartiges in Kauf nehmen?« Seine Frage blieb unbeantwortet, denn Kaeddong war nicht nach Sprechen zumute.

Plötzlich drang ein leises Wimmern an ihre Ohren.

»Was ist das?«, fragte Kaeddong. »Ein Tier?«

Vorsichtig stapfte David zwischen gesplitterten Holzlatten und zerbrochenem Geschirr herum, aber nirgendwo war ein Lebenszeichen zu entdecken. Da – wieder das Jammern, diesmal lauter als zuvor.

»Es kommt von draußen.« Schon war er auf der Straße.

Kaeddong hinter ihm protestierte. Es sei höchste Zeit, von hier zu verschwinden. Wenn die Roten eine Nachhut durch die Siedlung schickten, werde Davids Neugier schlimm enden. Außerdem: Ein Tier sei dieses Risiko nicht wert.

David achtete nicht auf seinen zeternden Freund. Er ging weiter dem Geräusch nach. Die Laute kamen aus dem benachbarten Trümmerhaufen. Er lief schnell über den staubigen Platz, auf dem vor einiger Zeit das hübsche Mädchen mit dem schmuddeligen Nachbarskind gespielt hatte, und kämpfte sich wieder durch schwarz verkohlte Balken. Nun hörte er das Wimmern deutlicher.

Bald erreichte auch Kaeddong den Ort der Zerstörung. Ohne viel Begeisterung griff er nach einem langen Brett. Nach und nach räumten die beiden Männer einen Berg von Bruchholz zur Seite. Dabei machten sie einen weiteren schrecklichen Fund: drei verkohlte Leichen, zwei Erwachsene und ein Kind.

Einen Moment lang hielten die Gefährten inne. Beide kannten den Krieg, aber an seinen Anblick würden sie sich nie gewöhnen können. Da vernahmen sie wieder das Klagen.

»Ist bestimmt nur ein Hund. Lass uns hier verschwinden«, sagte Kaeddong.

David hörte nicht auf ihn. Er zerrte an einem großen Wellblechteil, das er dann erst mithilfe des Schwarzhändlers vom Fleck bewegen konnte. Darunter lag ein riesiger Holzbottich umgestülpt auf der Erde. Seine Oberseite war vom Feuer dunkelbraun, an einigen Stellen sogar schwarz, aber als David den Behälter umdrehte, erwies sich die Innenseite noch feucht von dem Wasser, das sich vorher darin befunden haben musste. Und die Überraschung: Unter dem Zuber kauerte ein nacktes schlammverschmiertes Kind.

Das Mädchen hockte in einem kleinen Erdloch, das früher vielleicht zur Aufbewahrung von Vorräten gedient hatte. Knöcheltief stand noch das Wasser darin. Vater oder Mutter mussten den vollen Waschzuber über das Kind gestülpt haben, um es vor den Flammen zu retten.

– 253 –

David glaubte die Kleine zu erkennen. Es handelte sich um die Spielkameradin von Chung-guns Enkelin. Sie war unglaublich dürr, ungefähr acht, höchstens zehn Jahre alt. Als das Mädchen die beiden Männer sah, fing es zu weinen an.

Kaeddong stöhnte. Seine Gedanken waren ihm förmlich ins Gesicht geschrieben: *So ein Kind ist nur ein Klotz am Bein!*

David streckte die Arme nach dem Mädchen aus und sagte ein paar holprige und, wie er glaubte, beruhigende Worte auf Koreanisch, aber das Kind jammerte nur noch mehr und schrumpfte in dem Erdloch vor Angst regelrecht zusammen.

»Was sollen wir bloß mit ihr tun?« Es war nicht allein die Ratlosigkeit eines im Umgang mit brüllenden Kindern wenig erfahrenen Mannes, die da aus ihm sprach. Er musste unweigerlich an Abhitha, das indische Straßenkind, denken.

Der Schwarzhändler stand unschlüssig neben der Vertiefung und blickte finster auf das schreiende Mädchen.

»Kaeddong, nun tu doch etwas!«

»Am besten stülpen wir den Zuber wieder drüber. Dann hört sie vielleicht auf zu schreien.«

»Das ist nicht dein Ernst!«

»Ich kenne mich nicht mit Kindern aus.«

»Na, dann haben wir wenigstens eines gemeinsam. Jetzt setz dich nieder und rede beruhigend auf sie ein. Mich scheint sie ja nicht zu verstehen.«

»Vermutlich hält sie dich für einen Geist.«

Es war nicht ausgeschlossen, dass Kaeddong seine Bemerkung ernst gemeint hatte. Wenigstens redete er nun endlich dem angstbebenden Kind sanft zu. Vielleicht hatte die Kleine noch nie einen Europäer gesehen, schon gar nicht so einen weißhaarigen, dünnen Riesen.

Langsam beruhigte sich das Mädchen, richtete sich ein wenig auf und streckte Kaeddong seine spindeldürren Ärmchen entgegen. Wie David nicht ohne Verwunderung feststellte, konnte der Schwarzhändler ganz gut mit Kindern umgehen. Kein Wunder. Einkindfamilien gehörten in Korea zu den absoluten Ausnahmen.

»Wir müssen ihr etwas anziehen«, sagte David, während Kaeddong das Kind an sich drückte und dessen Rücken tätschelte. Die Kleine schluchzte jetzt nur noch leise.

»Leider haben wir vergessen, Kleidchen und Spielzeug in unsere Rucksäcke zu packen«, knurrte der Schwarzhändler zwischen den Zähnen hindurch. Er sprach Englisch, um seine gespielte Missbilligung vor dem Mädchen zu verbergen.

»Du hast doch eine Jacke.«

»Das bleibt auch so. Gib ihr doch deine.«

»Von einem Geist wird sie bestimmt nichts annehmen. Die Kleine ist nackt, Kaeddong! Und nass außerdem. Nun gib ihr schon deine Jacke.«

Der Schwarzhändler verdrehte die Augen zum Himmel, stieß eine koreanische Verwünschung aus und zog die schwere Militärjacke aus. Ganz sanft legte er sie dann auf die zerbrechlich wirkenden Schultern. Er lächelte dem

Mädchen zu, um schließlich wieder David anzufunkeln und zu sagen: »Bist du jetzt zufrieden?«

»Warum sträubst du dich eigentlich so dagegen, andere in dein großes Herz schauen zu lassen?«

Kaeddong wich dem Blick des Wahrheitsfinders aus. Er nahm die Hand des Kindes und stapfte mit ihm nach draußen.

Die Jadeprinzessin

Zwei Männer mit einem Kind sind unverdächtiger als zwei ohne. Dieser Tatsache musste selbst Kaeddong beipflichten, auch wenn er es höchst widerwillig tat. Auf dem Weg zum Fischerhafen gelang es ihm, dem Kind die Angst vor dem großen weißhaarigen Mann zu nehmen. Ja, als erst einmal feststand, dass David kein Geist war, schmiegte sich die kleine Hand des Mädchens sogar in die seine. Kaeddong reagierte darauf etwas eifersüchtig – er hatte die Kleine längst in sein Herz geschlossen.

»Wir haben sie noch gar nicht nach ihrem Namen gefragt«, sagte David, um die Zunge des Freundes zu lockern.

»Doch, hab ich wohl.«

»Und?«

»Was, und …?«

»Na, wie heißt die Kleine?«

»Sie hat keinen Namen.«

»Unsinn!«

»Manche Familien sind so arm, dass die Kinder nicht einmal einen Namen haben.«

»Jetzt mach keine Witze! So etwas gibt es doch gar nicht.«

»In *Choson* schon. Dir wird es nicht entgangen sein, dass wir einander sehr respektvoll ansprechen. Kinder sagen einfach nur ›Vater‹ und ›Mutter‹ zu den Eltern, ›jüngere Schwester‹ oder ›älterer Bruder‹ zu den Geschwistern. Bei anderen Familienangehörigen ist es ähnlich. Was glaubst du, wie schwierig es ist, im Krieg auseinander gerissene Familien wieder zusammenzubringen! Die Kinder kennen selbst die Namen ihrer engsten Verwandten nicht.«

David schüttelte ungläubig den Kopf und blickte auf die schwelenden Ruinen, die das marodierende Heer hinterlassen hatte. »Und wenn das hier erst vorüber ist, wird es noch viel schlimmer werden. Wir müssen dem Mädchen einen Namen geben.«

»Wieso? Wir können es doch ›Findelkind‹ nennen.«

David quittierte diesen Vorschlag mit einem vernichtenden Blick. Auf Kaeddongs Einfallsreichtum konnte er bei der Namensfindung wohl nicht bauen. Eine Weile grübelte David nach. Ihm gingen die Erlebnisse der letzten Wochen und Monate durch den Kopf. Mit einem Mal fragte er: »Was heißt eigentlich ›Prinzessin‹ auf Koreanisch?«

Kaeddong schielte skeptisch auf das schlammverkrustete Mädchen hinab und sagte: »Hi.«

»Recht kurz«, bemerkte David naserümpfend.

»Es ist auch nicht sehr viel an ihr dran.«

»Du bist unmöglich!«

»Was mir schon oft von großem Nutzen war.« Kaeddong grinste. »Abgesehen davon hat jeder vernünftige Mensch bei uns einen Doppelnamen.«

»Stimmt. Dann nennen wir sie Li-hi, das passt zu ihr.«

»Besser Phil Li-hi, weil *du* sie ja gefunden hast.«

Der Vorschlag gefiel David. »Vielleicht hat dein Freund eine Frau, die auf *Phillihi* aufpassen kann.«

»Der Fischer?«

»Da, wo ich herkomme, nennt man das Schmuggler. Ist er verheiratet?«

»Witwer. Seine Frau und die einzige Tochter wurden von den Japanern ermordet. Soll allerdings ein Flämmchen im Süden haben, das er gerne neu entfachen möchte. Ich hoffe, er ist noch nicht dorthin aufgebrochen.«

»Na, wir werden's ja bald wissen.«

Der weitere Weg ins Hafenviertel gestaltete sich – wie von Kaeddong nicht anders erwartet – schwierig. Phillihi fing wieder an zu quengeln. Jetzt, wo David kein Schreckgespenst mehr für sie war, redete sie unaufhörlich auf ihn ein. Die meisten ihrer Worte konnte er sogar verstehen. Zuerst hatte sie Hunger – Kaeddongs Rucksack barg eine Lösung für dieses Problem –, dann Durst – auch das ließ sich regeln –, schließlich sagte sie etwas, was in Davids Wortschatz nicht vorkam.

»Phillihi muss Pipi«, übersetzte Kaeddong.

Nachdem auch das behoben war, wurde Phillihi müde

und jammerte. Kaeddong hatte natürlich alles vorausgesehen, behauptete er jedenfalls. Seit ihrem Aufbruch von der zerstörten Hüttensiedlung waren etwa drei Stunden vergangen.

»Es kann nicht mehr weit sein«, tröstete David das Mädchen.

Phillihis kleine Hand verkroch sich in der seinen. Das Klagen ließ nach.

Einige Male fragten sie nach dem Weg. Flüchtige Gestalten (im wahrsten Sinne des Wortes) warfen ihnen verständnislose Blicke zu, aber vereinzelt erhielten sie auch Auskunft. Nordkoreanischen Soldaten mussten sie nur selten ausweichen. Noch brannten in Inch'ŏn einige Häuser, auf den Straßen lagen Leichen, manche schrecklich entstellt. Immer wieder legte sich Davids Hand um Phillihis Augen, schob er ihren Kopf an seinen Leib, um ihr einen grausigen Anblick zu ersparen.

Als das ungleiche Dreiergespann in eine neue Straße einbog, lag unerwartet in der Ferne das Gelbe Meer. Die Küste glich hier einer Festungsmauer, die sich jedem in den Weg stellte, sowohl der rauen See wie auch kaum weniger rüden Eroberern. Diesem Umstand verdankte Inch'ŏn wohl den Vorzug einer nur verhältnismäßig kleinen Besatzungstruppe. Welcher Feldherr würde sich ausgerechnet diesen abweisenden Küstenstrich für eine Invasion aussuchen? Da konzentrierte man aufseiten der Nordkoreaner seine Kräfte doch besser auf lohnendere Ziele, etwa auf die Niederwerfung der restlichen Halbinsel.

Inch'ŏns Hafen gehörte zu den größten und wichtigsten

des Landes. Jenen, die hier eigentlich die älteren Rechte besaßen – den Fischern –, war nur ein Reservat geblieben, ein kleines, etwas abseits gelegenes Areal des Hafenbezirks. Unweit der Liegeplätze ihrer Boote befanden sich die bescheidenen Hütten der Seeleute.

Da vorne stehe es, sagte Kaeddong, als er das Haus seines »Geschäftspartners« entdeckte, einen windschiefen Bretterverhau am Ende einer schmalen Gasse. Sofort beschleunigte der Schwarzhändler seinen Schritt. David und Phillihi hatten Mühe, dem hüpfenden Energiebündel nachzukommen.

Die Hütte war hellblau lackiert. Ein frischer Anstrich hätte allerdings nicht schaden können. Kaeddong machte sich durch lautes Rufen bemerkbar. Niemand öffnete. Dann hämmerte er gegen die Tür. Keine Reaktion. Schließlich trat er in das unverschlossene Haus.

»Il ist ausgeflogen«, rief eine Stimme von der anderen Seite der schmalen Gasse her.

David, Phillihi und Kaeddong drehten sich um und blickten in das wettergegerbte Gesicht eines alten Mannes. Er war für einen Koreaner ungewöhnlich groß, stand aber leicht gebeugt. Hinter seinem Rücken lugte das runzelige Gesicht einer Frau hervor.

»Wie lange ist das her?«, fragte Kaeddong.

»Wartet«, sagte der Alte, als habe man ihm eine ungewöhnlich schwierige Rechenaufgabe gestellt. »Kurz bevor die Roten kamen. Vor drei Tagen, glaube ich.«

»Hat er gesagt, wo er hingeht?«

»Ich habe nur im Morgengrauen gesehen, wie er zu den

Booten hinunter ist. Offenbar wollte er seinen Kahn in Sicherheit bringen.«

»Vor den Roten?«

»Nein, vor unseren Leuten. Sie haben alles beschlagnahmt, was nicht niet- und nagelfest war. Kriegswichtige Güter, hat es geheißen. Dass ich nicht lache! Jetzt müssen Yoo-me und ich von unseren Vorräten leben. Lange werden die nicht reichen.«

»Du fährst noch zum Fischen hinaus?«, staunte Kaeddong.

»Was soll ich machen? Meine Söhne sind im letzten Krieg gefallen. Und die Almosen, die ich vielleicht vom Staat bekommen könnte, reichen weder zum Verhungern noch zum Überleben. Bist du ein Freund von Il?«

Es fing wieder an zu regnen. Ein dicker Tropfen platschte auf Kaeddongs linke Wange. Er kniff das Auge zu und bejahte die Frage. Nachdem er und der Fischer ihre Namen ausgetauscht hatten – der Alte hieß übrigens Pak Jung-Sip –, stellte er auch David vor, betonte dessen Vertrauenswürdigkeit und erzählte dann, wie sie an Phillihi geraten waren.

Sobald das Gespräch auf das Waisenkind kam, verlor die Frau des Fischers die Scheu und trat hinter ihrem Mann hervor. Sie sah noch älter aus als er, war, selbst für eine Koreanerin, ungewöhnlich klein und besaß ein Gesicht, über das sich ein feinmaschiges Fischernetz zog: Runzeln, wohin man schaute. Ihr dünner Leib steckte in einem schlichten schwarzen Hemd, unter dem knöchellange Pumphosen in derselben Farbe hervorlugten.

– 261 –

Die Alte legte eine knotige Hand auf Phillihis rabenschwarzen Schopf und fragte sie nach ihrem Namen.

»Phil Li-hi«, antwortete diese selbstbewusst.

David staunte. Kaeddong wippte ungeduldig. Die Fischerin Yoo-me fragte, ob Li-hi Hunger habe.

»Sie hat gerade gegessen«, bemerkte Kaeddong.

»Großen!«, sagte Phillihi.

»Und nun?«, meinte David.

»Ihr seid unsere Gäste«, beschloss Jung-Sip.

Die Fischersleute Pak legten viel Wert auf die althergebrachte Gastfreundschaft. Sie teilten mit den Fremden das wenige, das sie besaßen: Fischsuppe für alle und einige eilig umgeänderte Kleidungsstücke für Phillihi. Mangels Platz zogen sich die Gäste zur Nachtruhe in die verlassene Hütte auf der anderen Seite der Gasse zurück. Trotz Yoomes wiederholter Angebote bestand Phillihi darauf, bei den »alten Männern« zu schlafen – gemeint waren David und Kaeddong.

Die Fischerin bereitete dem Mädchen am Hüttenboden ein bequemes Lager, aber kaum war das Licht der kleinen Kerze erloschen, kroch es unter seiner Decke hervor und grub sich bei David ein. Der ließ es ohne Widerspruch geschehen.

Li-hi musste Furchtbares durchgemacht haben. Zwar war ihr der Anblick der sterbenden Eltern erspart geblieben, aber sie wusste, dass sie ihre Familie niemals wieder sehen würde. Die letzten vier Jahre des Zweiten Weltkrieges waren die ersten ihres Lebens gewesen. Auch später hatten Tod und Siechtum in der Armensiedlung zu den häufigeren Besuchern gehört. Schreckliche Bilder hatten sich dem jungen Geist eingebrannt. Phillihi war ein sehr ernstes Kind und ein sehr anschmiegsames.

Am nächsten Morgen gab es eine lebhafte Diskussion zwischen David und Kaeddong über das weitere Vorgehen. Auf die Rückkehr des Fischer-Schmugglers Il zu hoffen, sei vergebliche Liebesmüh, behauptete der Schwarzhändler, und den Landweg nach Yongamp'o, dem angenommenen Schlupfwinkel Chung-guns, zu wagen ein noch aussichtsloseres Unterfangen. Gegen Letzteres konnte selbst David nichts einwenden. Aber mit Kaeddongs Idee, sich nach Süden durchzuschlagen, wollte er sich auch nicht anfreunden.

»Ich halte das für kaum weniger gefährlich als eine Reise in den Norden. Immerhin müssten wir die Frontlinie passieren. Stell dir vor, Phillihi würde etwas zustoßen ... «

»Du bist verrückt!«, platzte es aus Kaeddong heraus. »Lass doch das Kind bei Yoo-me. Hast du nicht gesehen, wie sehr die Alte sich eine Enkelin wünscht?«

»Dann bleiben wir alle hier«, antwortete David. Was wie Trotz klang, war nur die Reaktion auf einen ihm unerträglichen Gedanken: Er wollte Phillihi nicht zurücklassen. Sie hätte seine eigene Tochter sein können. Ein Vater lässt sein Kind nicht im Stich. Außerdem hoffte er immer noch, ein Transportmittel in den Norden zu finden. Leise, den Blick auf das Kind geheftet, meinte er: »Ich will Phillihi nicht einer ungewissen Zukunft aussetzen.«

»Die Zukunft ist immer ungewiss, älterer Freund.«
Auch Kaeddongs Stimme klang jetzt milder.

»Aber man kann wenigstens versuchen sie in die eigene Hand zu nehmen. Ich bleibe hier. Mein Entschluss steht fest. Ich werde ein Schiff auftreiben und Chung-gun finden. Wenn er von Ung-doos Tod erfährt, ist er vielleicht sogar bereit, mit mir zu kooperieren.«

»Das glaubst du doch selbst ... «

»Der Papa von Ung-doo wird weinen.«

Die beiden Streithähne schauten Phillihi konsterniert an. Sie hatten ihre Meinungsverschiedenheit in Englisch ausgetragen, aber der Name eines ehemaligen Nachbarn musste dem Mädchen trotzdem aufgefallen sein.

David kniete sich zu dem Kind, sammelte im Kopf rasch die passenden koreanischen Worte zusammen und fragte: »Kennst du Ung-doos Vater, Phillihi?«

Sie nickte. »Der ehrenwerte Großvater von Nu-ri hat immer Geschenke mitgebracht. Auch für mich.«

»Und wie sieht er aus?«, fragte David aufgeregt.

Sie antwortete mit einem Wort, das er noch nicht kannte. Auf seinen fragenden Blick hin erwiderte Kaeddong: »Büffelfett.«

»Du meinst, er ist dick?«, vergewisserte sich David.

Phillihi nickte ernst, blähte die Backen auf und breitete weit die Arme aus.

»So dick?«

Sie nickte abermals.

»Frag sie, ob sie Chung-gun wieder erkennen würde, Kaeddong.«

»Du willst doch nicht ...?«

»Kaeddong! Bitte! Tu, worum ich dich gebeten habe.«

Der Schwarzhändler stellte die Frage und Phillihi nickte ein drittes Mal.

Etwa drei Wochen brachten David, Kaeddong und Phillihi in der Obhut des Ehepaares Pak zu, wurden von ihm versteckt, wenn die Nordkoreaner die Häuser durchkämmten, mit Nahrung versorgt, wenn sie selbst nichts Essbares hatten auftreiben können, und getröstet, wenn ihre Suche nach einem Ersatzboot wieder einmal gescheitert war. Doch dann, in der Nacht vom 22. auf den 23. August, öffnete sich ihnen unvermittelt und für nur wenige Stunden eine Tür zur Flucht.

Kaeddong schnarchte bereits wie ein ganzes Sägewerk. Phillihi hatte sich Davids Decke erkämpft und drohte ihn von der Schlafmatte zu drängen. Er selbst lag seit Stunden wach, lauschte mal dem hektischen Sägen des Schwarzhändlers, dann wieder dem gleichmäßigen Atmen des Kindes. Hin und wieder wälzte sich Phillihi herum, stöhnte oder stieß angstvolle kleine Schreie aus – Albträume. In diesen Momenten strich er ihr besänftigend übers Haar, bis sie wieder ruhiger schlief. Plötzlich hörte David ein fremdes Geräusch: ein leises Knarren. Es kam von der Tür her, die auf die Straße hinausführte. Langsam schwang sie auf. In dieser Nacht lagen die Sterne hinter dichten Wolken. Der warme Monsunregen gönnte sich eine kurze Verschnaufpause. Trotz der Finsternis glaubte David unter der Tür einen menschlichen Schemen zu entdecken.

– 265 –

Sofort setzte er sich sprungbereit auf wie eine Raubkatze. Phillihi schlummerte friedlich und Kaeddong sägte weiter an riesigen Stämmen. Der nächtliche Besucher rührte sich nicht. Er stand, kaum wahrnehmbar, in der Tür und schien in aller Ruhe das Terrain zu sondieren.

Unweigerlich musste David an Negromanus denken. Im nächsten Moment hatte er das Erinnerungsbild schon wieder ärgerlich verscheucht – die rechte Hand Lord Belials existierte nicht mehr. Aber wer verbarg sich hinter diesem Schemen?

Vorsichtig glitt David näher an die Tür heran. Der stille Gast schien ihn nicht zu bemerken. Vielleicht ein Soldat, der Nachlese halten wollte, wo die Plünderer des letzten Sturms es an Gründlichkeit hatten mangeln lassen? Jeden Moment konnte er ein Gewehr in Anschlag bringen, um sich das Feld freizuschießen – Kaeddongs brutales Schnarchen war ja Herausforderung genug.

David holte tief Atem und hielt die Luft an. Immer noch tief in der Hocke kauernd, spannte er die Muskeln – und sprang. Der nächtliche Besucher wirbelte herum und wollte fliehen. Doch da traf ihn ein gewaltiger Schlag im Rücken. Er stürzte vornüber und landete ausgestreckt im Schlamm der regendurchtränkten Gasse. Voller Panik strampelte er mit Armen und Beinen, wollte sich aus dem Straßenmatsch hochdrücken, aber ein tonnenschweres Monstrum saß ihm im Kreuz. Das jedenfalls war der erste Gedanke des Plünderers. Der zweite: *Gleich wird es mir den Kopf abreißen und ihn fressen – oder vielleicht doch erst die Arme und Beine?*

Der Mann schrie um sein Leben. Einige Nachbarn stürzten auf die Gasse. Bombenalarm? Die Zuschauerränge füllten sich. Das Ehepaar Pak auf der einen, Kaeddong und Phillihi auf der anderen Seite machten den Anfang. Weiter oben in der Gasse kamen weitere Neugierige hinzu. Beim Opfer stellte sich Panik ein. Es konnte sich aus seiner misslichen Lage einfach nicht befreien. Schließlich ließ der Plünderer resigniert den Kopf seitlich in den Matsch sinken und fing zu wimmern an. Erst jetzt bemerkte er den Alten, der neben ihm kauerte und den Unterlegenen interessiert musterte.

Jung-sip lächelte, als sich ihre Blicke trafen, und sagte: »Schön, dich wieder zu sehen, Il. Du siehst aus, als könntest du eine gute Tasse Tee vertragen.«

»Bist du des Wahnsinns, Il, dich noch einmal hier blicken zu lassen?«

Kaeddongs Ärger mochte echter Sorge um den »Geschäftsfreund«, vielleicht aber auch der Befürchtung entspringen, ein schon als gescheitert erhofftes Himmelfahrtskommando nun doch noch antreten zu müssen. Die beiden Männer waren augenscheinlich mehr als nur flüchtige Bekannte, die in der gleichen Branche arbeiteten. Sie ähnelten einander äußerlich wie auch im Alter – beide standen am Beginn der fünften Dekade ihres Lebens.

Man befand sich beim Ehepaar Pak und trank grünen Tee.

»Ich hatte nicht vor, mich für längere Zeit einzurichten«, erwiderte ein hinlänglich gesäuberter und fast schon wieder trockener Il.

»Warum bist du überhaupt zurückgekommen?«

Il zögerte. Er massierte sich nervös seine schiefe Nase. Sein Blick sprang unruhig zwischen den Gesichtern der anderen hin und her, die gebannt auf eine Antwort warteten. »Ich habe etwas vergessen.«

Diese Antwort befriedigte die nachmitternächtliche Runde nicht. Mit Ausnahme von Phillihi, die an David gelehnt eingeschlafen war, wurden einmütig Köpfe geschüttelt.

Pak Jung-sip zauberte von irgendwo eine irdene Flasche mit *soju*, einem klaren Schnaps aus Reis und Gerste, hervor, füllte damit vier Trinkschälchen und tadelte den Schmuggler in großväterlich mildem Ton: »Was du für einen Unsinn redest, Il. In diesen Zeiten! Denkst du, wir sind Schwachköpfe?«

»Ich habe nicht gelogen«, beharrte der Fischer-Schmuggler.

David mischte sich zum ersten Mal in das Gespräch ein. »Das, was du vermisst hast, muss dir sehr wichtig sein.«

Il drückte sich um eine Antwort und zuckte nur mit den Achseln.

»Wann wolltest du wieder abhauen?«, erkundigte sich Kaeddong.

»Sobald ich es ausgegraben habe.«

»Wo?«

Il stöhnte. »Es befindet sich unter dem Fußboden meiner Hütte.«

»Und wo wolltest du hin?«

»Was spielt das für eine Rolle? *Choson* hat dreitausend Inseln. Mit meinem Boot hätte ich schon ein Fleckchen gefunden, an dem es sich auf bessere Zeiten warten lässt.«

»Besteht denn Hoffnung, dass die Roten bald zurückgeschlagen werden?«

»Es heißt, der Sicherheitsrat der Vereinten Nationen will dem Süden Hilfe leisten, um ›die bewaffnete Aggression abzuwehren‹. Für mich klingt das nach einigen Wochen Hauen und Schlagen – danach geht alles weiter wie zuvor.«

»Und da wolltest du mit deinem Schatz untertauchen, bis die Prügelei vorüber ist. Ein schöner Freund bist du.«

»Was soll das nun wieder heißen?«

»Du hast versprochen, meinen Auftraggeber mit dem Boot nach Norden zu bringen.«

»Ja, bevor der Bürgerkrieg ausbrach. Die Abmachung gilt nicht mehr.«

»Ich sehe das anders«, meinte David. Er sprach ruhig, aber unerbittlich. »Du hast den Preis auf achthundert Dollar ... Wie sagt man?«

»Hochgeschachert?«, schlug Kaeddong vor.

David nickte. »Ich habe das Geld dabei. Jetzt musst du dein Wort halten, Il.«

»Achthundert Dollar sind zu wenig für mein Leben«, wehrte sich der Schmuggler. »Es ist Krieg. Wir kommen niemals lebend in Yongamp'o an.«

David raunte Kaeddong einige Worte zu und der übersetzte: »Die Demokratische Volksrepublik Korea ist keine

Seemacht. Die Marine besitzt zweifellos nur wenige Kriegsschiffe, und wenn die Sowjets Radaranlagen gestiftet haben, dann gerade genug, um die am meisten gefährdeten Küstenstriche zu überwachen. Yongamp'o liegt an der chinesischen Grenze. Ein kleines Fischerboot, das sich vom offenen Meer her anpirscht, wird niemand bemerken.«

Ok Il-Sung war ein Dickschädel, und das nicht nur im übertragenen Sinne des Wortes. Sein breites Gesicht wurde von wuchernden Augenbrauen dominiert, über denen eine hohe Stirn aufragte. Zwar erreichte er nicht ganz das Kampfgewicht von Kaeddong, war aber unzweifelhaft ein Mann, dem man ungern im Dunkeln begegnete.

Gleichwohl ließ David sich vom Aussehen des Koreaners nicht beeindrucken. Er saß mit geradem Rücken auf dem Boden und blickte Il direkt in die dunklen Augen. »Wenn du dein Versprechen nicht einhältst, wirst du mit leeren Händen von hier weggehen.«

Ein verzweifelter Gedanke zuckte durch Ils Hirn. David erkannte, was der Schmuggler vorhatte: Er wollte in seiner Jacke nach der verborgenen Pistole greifen.

Nur um ihm zu zeigen, mit wem er es zu tun hatte, kam David dem Schmuggler zuvor. Er tippte sich mit der Rechten auf die linke Brust und sagte: »Du solltest die Waffe dort besser stecken lassen. Wie du weißt, werde ich leicht böse, wenn man mich bedroht.«

Il war überrascht, blieb aber bockig. »Zwingen kannst du mich trotzdem nicht, dich nach Yongamp'o zu bringen.

Und du hast schon gar kein Recht, mir mein Jadekind zu nehmen.«

Allgemeines Aufhorchen. Nun war es also heraus. »Was für ein Jadekind?«, fragte Kaeddong; er hatte sein linkes Auge zugekniffen.

»Das geht dich gar nichts an.«

Der alte Jung-sip lächelte wissend. »Eine hübsche Steinschnitzarbeit, ungefähr eine Handspanne groß, ein kostbares Erbstück und das einzige Andenken an seine Familie, die ...«

»Ich weiß, was die Japaner ihm angetan haben«, unterbrach David den Fischer. Voller Mitgefühl wandte er sich dem Witwer zu, der ihn aus traurigen Augen musterte. »Verzeih mir, Il. Das konnte ich nicht ahnen. Hab keine Sorge: Ich werde dir das Erinnerungsstück nicht rauben. Du kannst die Jadefigur ausgraben und mitnehmen.«

Ok Il-Sung wirkte erstaunt. Mitleid schien ein Gefühl zu sein, das er lange nicht erfahren hatte.

Es kostete David große Überwindung, seine eigenen schmerzvollen Erinnerungen preiszugeben, aber er tat es. Ils Kummer sei ihm nicht fremd, erklärte er ruhig. Auch ihm seien Frau und Sohn entrissen worden, auch in seinem Fall trügen gewissenlose Menschen die Schuld an dem ihm widerfahrenen Leid. Der Wahrheitsfinder sprach ohne Berechnung. Er wollte seine anfängliche Grobheit wieder gutmachen und etwas wie Vertrauen zwischen sich und dem Schmuggler aufbauen. Zudem hatte er die Regeln des *kibun* verletzt, des auf Ausgleich bedachten Verhal-

– 271 –

tenskodexes der Koreaner. Nun war es an ihm, Ils Gesicht zu retten.

Zu Davids Überraschung zeigte sich schon bald der Erfolg seiner Bemühungen. Il stellte unvermittelt die Frage: »Bist du bereit, noch in dieser Nacht mit mir nach Yongamp'o aufzubrechen?«

Bezeichnenderweise trug der Kutter den Namen *Ok-Hi*, was selbst David unschwer mit *Jadeprinzessin* übersetzen konnte. Es handelte sich um eine aus China stammende Zweimastdschunke mit einer Sonderausstattung, die sich am besten aus Ils Nebenberuf erklären ließ. Unter anderem verfügte das Segelschiff über einen kräftigen Dieselmotor, denn selbst der vorsichtigste Schmuggler musste hin und wieder einen schnellen Rückzug antreten. Ein ebenfalls motorisiertes Beiboot ermöglichte die Anlandung von Konterbande in flachen Küstengewässern, an denen das Gelbe Meer nicht gerade arm war. Und dann gab es da über dem Laderaum noch die kleine Kajüte, die ausreichenden Schutz vor den Unbilden des Wetters bot. Il meinte, bis Ende August sei beinahe täglich mit feuchten Grüßen des Monsun zu rechnen. Er sollte Recht behalten.

Wie angekündigt lichtete die *Jadeprinzessin* noch in derselben Nacht den Anker. Neben Kaeddong gehörte auch Phillihi zur Besatzung – David hatte gegenüber den koreanischen »Geschäftsfreunden« seine ganze Überzeugungskraft einsetzen müssen. Dabei benahm sich der grobschlächtige Skipper oft selbst wie ein Kind. Er stopfte

Phillihi in schweres Ölzeug, band ihr einen Strick um den Leib und spielte mit ihr an Deck Fangen. David verfolgte die wachsende Zuneigung des Witwers zu dem Mädchen mit einer Mischung aus Eifersucht und stiller Befriedigung. Er fragte sich, warum es in seiner Muttersprache zwar die Begriffe »Waise« und »Witwe« gab, aber keinen Ausdruck für um ihre Kinder beraubte Eltern. Hatten die Betroffenen es etwa nicht verdient, ihrer Trauer und ihrem Verlust einen Namen zu geben? Il und David waren beide wie Schiffe, die orientierungslos auf dunkler See trieben, während mit einem Mal der Polarstern aufging und ihnen eine neue Richtung wies: das Mädchen Phillihi.

»Die Kinder sind unsere Zukunft«, sagte Il lachend, als er Davids Blick bemerkte, »ohne sie ist alles trostlos und leer.«

Von Inch'ŏn aus hielten sie zunächst südlichen Kurs, direkt auf ein verwirrendes Labyrinth aus kleinen Inseln in der Asan-Bucht zu. Il unterhielt dort ein Treibstoffdepot. In einer Grotte, die nur vom Meer her zugänglich war, wurde am Tag nach der Abreise Diesel gebunkert. Erst in der Nacht nahm die *Jadeprinzessin* dann wieder Kurs aufs offene Meer.

Es ging geradewegs nach Nordwesten. Ungefähr zwölf Stunden später – etwa auf Höhe des achtunddreißigsten Breitengrades – wechselte das Fischer- und Schmugglerboot dann auf nördlichen Kurs. Die *Jadeprinzessin* hatte nun die Hälfte der Strecke zurückgelegt. Fernab jeder Küste durchquerte sie die Koreanische Bucht. Dann kam der

– 273 –

schwierigste Teil des Unternehmens: die Landung vor Yongamp'o.

Am vierten Tag der Reise standen die drei Männer in der engen Kajüte über eine grobe Karte des Zielgebiets gebeugt und diskutierten voller Unternehmungsgeist die Einzelheiten der Operation An Chung-gun. Phillihi lag in ihrer Hängematte und beobachtete schweigend den Planungsstab.

David verstand genug von der Seefahrt, um die Problematik des Einsatzes nachvollziehen zu können. Die Küstengewässer waren flach. Man konnte leicht auf eine Sandbank auflaufen, von Minen ganz zu schweigen. Das Unternehmen ließ sich unmöglich in einer Nacht durchführen, da ständig die Wassertiefe ausgelotet werden musste. Und um das kleine Beiboot einzusetzen, brauchte man einen Stützpunkt. Kaeddong schlug die Insel Ka vor, aber die war fünfundzwanzig Seemeilen Luftlinie vom Operationsgebiet entfernt. Fünfzig, wenn man den Rückweg dazurechnete.

»Der Motor ist nicht mehr der Jüngste«, gab Il zu bedenken. »Ich weiß nicht, ob er das durchhält.«

Resignation zeigte sich bereits auf den Gesichtern der Koreaner. Mit einem Mal beugte sich David noch tiefer über die Karte und tippte auf einen winzigen Punkt. »Was ist mit Sin, der kleinen Insel hier oben? Sie dürfte so um die acht Seemeilen von Yongamp'o entfernt sein.«

»Damit liegt sie aber direkt vor der chinesischen Grenze«, knirschte Il.

»Glaubst du, China fürchtet eine Invasion Nordkoreas?«

»Unsinn. Die beiden sind doch Waffenbrüder.«

David lächelte. »Eben. Dann werden die Kontrollen dort, im Schatten des großen Bruders, am geringsten sein. Ich schlage vor, meine Herren, wir legen unsere Basis an die Küste von Sin.«

Il nickte. »Der Plan ist verwegen, aber er könnte klappen.« Dann entblößte er seine krummen Zähne und grinste David an. »Ich könnte für mein Geschäft noch einen Partner gebrauchen – wie wär's?«

Mitternächtliche Missverständnisse

Der letzte Morgen im August sollte die Entscheidung bringen, Triumph oder bittere Niederlage. David hätte sich gewünscht, weiter als nur ein paar Sekunden in die Zukunft sehen zu können. Zumindest das Wetter zeigte sich kooperativ: Der Himmel war bedeckt, aber das Meer verhältnismäßig ruhig. Zwei Tage zuvor hatten sie das Versteck im Süden der Insel Sin bezogen. Als Stützpunkt diente ihnen eine winzige Bucht mit überhängenden Felsen, deren hinterster Winkel weder vom Meer noch von den Klippen aus einsehbar war. Sie hatten einige Erkundungsfahrten zum Festland unternommen und sich einen Küstenstrich gesucht, an dem sie unbemerkt landen und auch ein kleines Boot verstecken konnten. Auf diesem Gebiet besaß Il einen sechsten Sinn und so ließ sich schnell ein passendes

Terrain finden. Nun hatte das Warten ein Ende. Die heiße Phase der Operation An Chung-gun begann.

Exakt zwei Stunden vor Mitternacht kletterten David, Kaeddong, Il und Phillihi in die *Tugend* – der koreanische Name des Beibootes lautete *Suk* – und der Schmuggler warf den Motor an. Zunächst ging es aufs offene Meer hinaus, dann in einem weiten Bogen nach Norden, direkt auf die Mündung des Yalu zu. Die Grenze zwischen China und Korea verlief in der Mitte des Flusses. In sicherem Abstand zur Küste drehte die *Tugend* nach Steuerbord. Die letzte Seemeile bis zum ausgekundschafteten Landungsplatz wurde gerudert.

Der kiesbedeckte Strand sah so verlassen aus wie in der Nacht zuvor. Als der Kiel der *Tugend* den Grund berührte, sprangen die Männer ins Wasser und zogen das kleine Boot auf den mitgebrachten runden Holzbohlen über den Strand bis unter die nahen Kiefern. Kaeddong und Il schnitten Zweige von den Bäumen und deckten das Gefährt damit zu.

»So, jetzt wird es niemand entdecken«, sagte Il zufrieden. »Ich bleibe hier und halte Wache. Für euch beide wird es Zeit, euch umzuziehen. Phillihi kann bleiben, wie sie ist.«

Kaeddong öffnete die Verschnürung eines großen Bündels, das zwei traditionelle Bauerngewänder enthielt. Die Kleidung war für einen Europäer, gelinde gesagt, gewöhnungsbedürftig. Die nackten Füße steckten in flachen Schlappen, die für David wie Ballerinaschuhe aussahen. Als Beinkleider dienten graue Pumphosen, deren Enden

– 276 –

über den Knöcheln mit Bändern zusammengehalten wurden. Darüber kam ein Kittel, schneeweiß und bis zu den Waden herabreichend. Die Krönung – in jeder Hinsicht – bildete der schwarze »Zylinder«, kurz *kat* genannt. Er bestand aus Pferdehaar, war kurz und schmal, die Krempe dagegen ziemlich breit. Normalerweise schützte die, nach Davids Dafürhalten, lächerliche Kopfbedeckung den statusbestimmenden Haarknoten, über den aber weder er noch Kaeddong verfügten.

»Na ja, wenigstens mache ich mich hier für einen höheren Zweck zur Witzfigur«, stöhnte David.

Kaeddong grinste. »Lass das nur keinen unserer stolzen alten Bauern hören. Sie würden dich steinigen.«

David griff nach dem schmückenden Beiwerk – einem Krückstock – und seufzte: »Können wir?«

Kaeddong nickte. »Von mir aus. Ich kann es kaum erwarten, diesem Schuft gegenüberzutreten.«

Nach einer kurzen Verabschiedung stapften die Landmänner mit Phillihi in ihrer Mitte davon. Il hatte sie noch einmal ermahnt, keine unnötige Zeit zu vergeuden. Er rechne in spätestens vier Stunden mit ihrer Rückkehr und wolle vor Anbruch der Dämmerung wieder auf See sein. Sorgenvoll winkte er ihnen hinterher.

Kurz vor Mitternacht erreichten sie Yongamp'o. Der kleine Ort war wie ausgestorben, trostlos und finster. Offenbar hatten die Behörden eine nächtliche Ausgangssperre sowie Verdunkelung angeordnet. Leise, ständig nach Patrouillen Ausschau haltend, liefen sie erst durch eine breite, mit Flusssteinen gepflasterte Straße und bogen

– 277 –

dann in eine schmale Gasse nach Norden ab. Ab und zu ließ David seine Taschenlampe aufblitzen. Wieder erreichten sie eine größere Straße, die bald leicht anzusteigen begann. Die Abstände zwischen den Häusern zu beiden Seiten wurden immer größer, bis der Ort mit einem Mal hinter ihnen lag.

»An der Straße nach Sinŭiju, ungefähr einen halben Kilometer hinter dem Ortsausgang«, wiederholte David leise, was der Geschichtsprofessor ausgekundschaftet hatte. »Wir müssten bald auf einen steilen Pfad treffen.«

Genau so war es. Besagter Weg wurde von einer eisernen Pforte versperrt, gerade groß genug für ein Automobil. Beiderseits des Tores erstreckte sich eine hohe Mauer. David rüttelte an dem Gitter. Das Tor rührte sich nicht.

»Der Kreis der Dämmerung scheint einheitliche Bauvorschriften für die Festungen seiner Mitarbeiter auszugeben.«

Kaeddong sah ihn verständnislos an. »Was?«

»Schon gut. Tritt einen Schritt zurück.«

Der Schwarzhändler gehorchte und zog Phillihi an sich. David legte die Hände an die beiden Torflügel, schloss die Augen, konzentrierte sich einen Moment …

Mit einem metallischen Knirschen sprang das Tor auf. Der linke Flügel war mitsamt seiner Verankerung oben aus der Mauer gerissen und hing windschief an der unteren Angel.

Phillihi kicherte. »Wie hast du das gemacht, Onkel?«

»Das würde ich allerdings auch gerne wissen«, fügte Kaeddong erstaunt hinzu.

David schüttelte den Kopf. Nun hatte er so lange mit Geldstücken, Katzen und anderen Utensilien geübt, aber wenn es wirklich darauf ankam, funktionierte das Ganze immer noch nicht richtig. »Ich nenne es die ›sanfte Verzögerung‹«, brummte er. »Und jetzt kommt.«

Kaeddong zog das Mädchen mit sich, den Blick fest auf die abgerissene Torangel geheftet, und flüsterte dabei zweifelnd: »Sanft? Verzögerung? Demnächst sprengt er noch An Chung-guns Haus in die Luft und nennt es ›harmonische Umgestaltung‹.«

David griff nach Phillihis anderer Hand und flüsterte noch einmal Anweisungen in ihr Ohr, die sie wohl schon tausendmal gehört hatte. »Und wenn du den Großvater von Nu-ri siehst, dann drückst du zweimal fest meine Hand. Alles klar?«

Phillihi nickte ernst.

Ohne Hast gingen die drei zu An Chung-guns Haus. Es ragte wie eine schlafende Riesenschildkröte weniger als einhundert Meter vor ihnen auf. Die Taschenlampe huschte über Steinplatten und Büsche. Grillen zirpten. David wollte einen möglichst unverfänglichen Eindruck machen. Deshalb traten sie fest auf, flüsterten nicht, sondern sprachen ganz normal, tappten nicht vorsichtig im Dunkeln herum, sondern ließen den Kegel der Stablampe munter hin und her tanzen. Der Mörder Ito Hirobumis verfügte weder über eine Privatarmee noch über einen ähnlich gepflegten Garten wie der selige

– 279 –

Ben Nedal. Aber wenigstens einen Leibwächter hatte er.

»Halt! Wer da?«, rief jemand vom Haus herüber.

»Wir kommen in einer dringenden Angelegenheit«, schrie Kaeddong zurück, als gäbe es nichts, aber auch gar nichts zu verbergen.

Plötzlich flammte ein Licht auf. Ein gelbes Rechteck erschien in der Dunkelheit, eine offen stehende Tür. Darin war ein Mann mit Petroleumlampe zu erkennen. Kein Handzeichen von Phillihi. Bald hatten die drei das Haus erreicht.

Der Koreaner in der Tür sah aus wie ein Sirum-Ringer: kräftig gebaut, breiter Nacken, die Haare kurz geschoren, der Blick wild. Nur einen halben Kopf kleiner als David musste er auf die meisten seiner Landsleute hinreichend einschüchternd wirken, um seinen Herrn vor unangenehmen Belästigungen von vornherein zu bewahren. Deshalb mochte es ihn auch irritieren, als einer der beiden – wie er glaubte – alten Bauern unerwartet behände die drei Stufen zur Tür überwand und mit ihm auf Tuchfühlung ging.

Der hagere Bauer deutete auf das Mädchen an der Hand des kleinen Dicken und zischte: »Das Herz deines Herrn wird hüpfen, wenn er sieht, was wir ihm hier aus Inch'ŏn mitgebracht haben. Sein Sohn Ung-doo ist leider verhindert. Richte An Chung-gun unsere Grüße aus und sorge dafür, dass er uns empfängt.«

Der Ringer blickte unschlüssig in das versteinerte Antlitz unter dem Zylinder. Es verwirrte ihn. Die schräg stehenden Augen des Landmannes wirkten ebenso seltsam wie sein Akzent. Auch sein Gesicht leuchtete im Petroleumlicht ungewöhnlich blass. Möglicherweise stammte der Fremde aus der benachbarten Mandschurei und besaß russische Vorfahren, in dieser Gegend keine Seltenheit. Der Ringer wollte den Greis, der ihm da so unverschämt auf die Pelle gerückt war, wie ein lästiges Insekt abschütteln, doch ehe er sich's versah, klemmte sein Handgelenk im zangenartigen Griff des großen Bauern.

Der langte mit der Linken nach der goldenen Kette auf seiner Brust und drückte mit einem Mal etwas Hartes auf den Handrücken des Ringers, so fest, dass es schmerzte. Der Leibwächter wagte sich nicht zu wehren und nun sagte der Bauer auch noch bedrohlich: »Das hier soll uns als Passierschein dienen und die Zweifel deines Herrn zerstreuen. Und jetzt lauf schnell und zeig ihm den Abdruck, ehe er wieder verschwindet.«

Eine aberwitzige Situation war das für den Ringer: Da erlaubte sich ein Bauer zu nachtschlafender Zeit Frechheiten mit ihm und er hatte nicht einmal Gelegenheit, diesem Kamuffel Manieren beizubringen. Zudem jagte der verblassende Abdruck des Siegelrings dem Leibwächter eine Heidenangst ein, er sah ihn ja nicht zum ersten Mal. Fluchend entfernte er sich in das dunkle Haus.

David machte seinen Begleitern mit einem Lächeln Mut. Er hatte seine Augen mit den Zeigefingern zu zwei schmalen Schlitzen verzogen und dann kraft der Verzögerung in der Stellung gehalten, eine grobe, aber wirkungsvolle Maskerade, die sich nun jedoch verflüchtigte. Phillihi fand das ausgesprochen lustig und Kaeddong unheimlich.

»Du hättest mir ruhig schon früher von deinen merkwürdigen Begabungen erzählen können«, beschwerte er sich. »Wer bist du wirklich?«

»Du sagst es mindestens hundertmal am Tag: dein älterer Freund.«

Kaeddong schüttelte den Kopf. »Es muss schlimm sein, dich zum Feind zu haben.«

Ein Rumpeln aus dem Inneren des Hauses kündigte die Rückkehr des Leibwächters an. »Der ehrenwerte An ist jetzt bereit, euch zu empfangen«, sagte er nun respektvoll.

»Danke«, erwiderte Kaeddong (Davids auswendig gelernte koreanische Sprüchlein waren erschöpft) und fügte besorgt hinzu: »Mit dem Tor bei der Straße scheint übrigens irgendetwas nicht zu stimmen. Wie du siehst, hat es uns keinen Widerstand geleistet. Du solltest besser nachsehen und es reparieren.«

Der tumbe Leibwächter tat sich schwer mit dem Gesagten. Er grunzte etwas Unverständliches und schickte sich an, in den Garten hinabzustapfen. Als er David passierte, nahm dieser ihm die Petroleumlampe aus der Hand. »Du kennst dich hier auch im Dunkeln aus, wir nicht.«

Der Leibwächter wollte schon protestieren, aber da entsann er sich der Worte seines Herrn. Nach dem Anblick des Siegelabdrucks hatte dieser streng die zuvorkommende Behandlung der Gäste angemahnt. Grollend stieg der Muskelprotz die Treppe hinab. Als er drei oder vier Schritte gegangen war, wurde es schwarz um ihn.

Kaum im Haus schlug David die Eingangstür zu und

verriegelte sie von innen. Draußen brüllte der Ringer wie ein angeschossenes Tier.

»Was hast du mit ihm gemacht?«, erkundigte sich Kaeddong misstrauisch.

»Ihn mit Blindheit geschlagen.«

»Sag, dass das nicht stimmt!«

»Es ist nur vorübergehend. In ein paar Tagen kann er wieder fette Kontrahenten durch die Luft wirbeln. Und jetzt lasst uns endlich nach Chung-gun suchen. Ich finde es ungewöhnlich, dass er uns nicht entgegenkommt, wo er doch Belials Siegel erkannt haben muss.«

David hatte seine Gedanken kaum ausgesprochen, als vom Ende des Flures eine Stimme erscholl. »Kommen Sie hier herein. Ich erwarte Sie.«

Phillihi drückte zweimal schnell hintereinander Davids Hand und kurz darauf erneut.

»Ich habe dich verstanden, Prinzessin. Bleib dicht hinter uns, damit er dich nicht gleich erkennt«, flüsterte er und löste sich aus dem Griff des Mädchens. Er steckte die Öllampe in eine Halterung an der Wand und zog sich wieder die Augen in eine, wie er meinte, asiatische Form.

Langsam ging das Trio den Flur entlang. Ein heller Türausschnitt an dessen Ende wies ihnen den Weg. In dem großen Holzhaus schien es keine weiteren Bediensteten zu geben. Es war völlig still. Nur von draußen drang hin und wieder dumpf das Jammern des im Dunkeln umhertappenden Leibwächters herein. Seite an Seite mit Kaeddong betrat David das Wohnzimmer.

Der Raum mochte acht Meter lang und sechs breit sein. Er wurde eher dürftig von zwei weiteren Petroleumlampen erleuchtet.

Links befand sich ein Kamin. Auf den wuchtigen, aber spiegelblank polierten Bohlen am Boden lagen kostbare Teppiche. Einige Truhen und Vasen standen an den holzgetäfelten Wänden, deren Schmuck aus Landschaftsaquarellen sowie zwei Wandteppichen bestand. Durch zwei große Fenster und eine verglaste Terrassentür konnte man auf den Fluss Yalu hinabsehen; am chinesischen Ufer brannte ein einsames Licht. Im hinteren Bereich des Raumes stand ein länglicher flacher Tisch. Dahinter, mit dem Rücken an die Wand gelehnt und von einem seidig glänzenden Morgenrock nur spärlich bedeckt, saß inmitten zahlreicher Kissen ein bemerkenswert fetter Mann.

Ein Schleier aus Schatten umgab das Gesicht des Hausherrn. David hätte nicht sagen können, ob es der Prinzenmeuchler und Denunziant von den alten Fotos war, aber dann spürte er, wie Phillihi von hinten abermals nach seiner Hand griff und sie wie verabredet drückte. Also doch! Endlich hatte er ihn gefunden: Er stand An Chung-gun gegenüber.

»Im Namen der Dämmerung seid mir gegrüßt«, sagte der Gastgeber mit einer angedeuteten Verneigung. Den Besuchern reckte sich ein fleischiger Arm entgegen, dabei öffnete sich Ans Morgenrock und entblößte eine wabbelnde Hängebrust. »Entschuldigt das schlechte Licht, aber wir haben wieder einmal keinen Strom. Kommt doch bitte näher, damit ich mein Enkelkind sehen kann. Ist das Dong-Hong, der da draußen zetert?«

»Er kümmert sich um das Gartentor«, erklärte Kaeddong schnell. »Wir haben bemerkt, dass es beschädigt ist. Wahrscheinlich flucht er so laut, weil er es im Dunkeln reparieren muss. Oder er hat sich irgendwo den Kopf gestoßen.«

»Mir ist nur wenig Zeit gegeben«, schaltete sich David auf Koreanisch ein.

An Chung-gun zögerte einen Moment. Vielleicht irritierte ihn der Akzent des anderen. »Wer hat Euch zu mir geschickt?«

David erkannte in der Frage eine seltene Chance. Die Einladung näher zu treten ignorierend, antwortete er, jetzt auf Japanisch: »Na wer schon? Nachdem wir Ben Nedal verloren haben, dürfte es Ihnen nicht schwer fallen, das zu erraten.« *Und bitte rate laut!*

»Ihr kommt aus dem Land der aufgehenden Sonne!«, erwiderte An in flüssigem Japanisch und durchaus erfreut. »Ich fühle mich geehrt, dass der Bund sich um mich und meine Familie kümmert, wenngleich – bitte versteht das nicht als Kritik – seit Gründung der Volksrepublik die Informationen bei mir nur noch spärlich eingehen.«

Ich brauche Namen, keine höflichen Floskeln! »Sie wissen, wie gefährlich die Lage ist, seit dieser Engländer einige der Unsrigen getötet hat.«

»Da habt Ihr wohl Recht. Nennt mir bitte Euren Namen, damit ich Euch die gebührende Ehre erweisen kann.«

– 285 –

»Es wundert mich, dass Sie danach fragen. Sie müssten ihn eigentlich kennen«, wich David aus. Er spürte, wie An Chung-guns Misstrauen erwachte. *Ich darf mir nicht das Heft aus der Hand reißen lassen.* »So viele Ringträger gibt es ja nicht mehr.«

»Ihr sprecht Japanisch – also müsst Ihr Toyama sein.«

»Was soll das?«, blaffte David den Koreaner so heftig an, dass dieser zusammenzuckte. »Ihr wisst ebenso gut wie ich, was unserem Bruder widerfahren ist.«

»Dann vielleicht Rasputin«, schlug An Chung-gun kleinlaut vor.

David funkelte den Ito-Mörder gefährlich an. *Der Kerl ist nicht dumm. Er stellt mich auf die Probe.* Verächtlich schnaubte er: »Vielleicht verrate ich Ihnen damit ja etwas Neues, aber Scarelli ist bereits vor elf Jahren spurlos verschwunden. Und wenn Sie jetzt noch behaupten, ich wäre der schwarze Kamboto, dann werde ich mit Ihnen genau das anstellen, was früher Negromanus' Spezialität gewesen ist.«

Der Atem des fetten Mannes wurde flach und schnell. Er schien zu überlegen. Obwohl David zusammen mit Kaeddong und Phillihi – noch immer – im Halbdunkel auf der anderen Seite des Raumes stand, glaubte er ein ängstliches Flimmern in den Augen An Chung-guns zu sehen.

»Wer also bin ich?«, drängte David.

»Was weiß ich!«, platzte es da aus dem Meuchler heraus. »Ihr wisst genau, wie verschwiegen die Gemeinschaft ist. Ich kenne nur wenige Mitglieder. Im ersten Moment habe ich Euch in dieser – verzeiht – ein wenig merkwürdigen Kostümierung für Golizyn gehalten, aber das war ein Irrtum. Dieser Kamboto – wenn es ihn denn wirklich gibt – ist mir völlig unbekannt. Sollte seine Haut tatsächlich schwarz sein, wie Ihr behauptet, dann könnt Ihr höchstens Belials Logenbruder aus Amerika sein.«

David war wie vom Donner gerührt. Bis zu diesem Augenblick hatte er in An Chung-gun einen Angehörigen des Geheimzirkels vermutet. Und nun behauptete dieser fette Kerl – auf bestürzend überzeugende Weise –, er kenne nur wenige Mitglieder! *Sie werden angewiesen, dem Salzmann jede mögliche Hilfe zukommen zu lassen.* Die Worte aus Ben Nedals Brief traten plötzlich aus Davids Erinnerung hervor. So wendete man sich nicht an einen Gleichgestellten, sondern an einen Untergebenen. Chung-gun war lediglich ein weiterer willfähriger Helfer des Schattenlords.

Nur mühsam erlangte David seine Fassung wieder. Immerhin hatte der Koreaner soeben seinen ersten Fehler gemacht. Vielleicht ließ sich ihm ja noch mehr entlocken. Hatte er nicht von einem amerikanischen Logenbruder gesprochen?

»Sie meinen Lucius Kelippoth?«

Ans Erwiderung kam wie aus der Pistole geschossen. »Ist das eine Fangfrage? Toyama hat mir gesagt, der verstünde nur Englisch. Nein, ich meine natürlich …« Mit einem Mal zögerte er.

David hielt den Atem an. *Jetzt nur kein falsches Wort!* »An wen hatten Sie gedacht?«

An Chung-guns Augen verengten sich. »Sagt *Ihr* es mir.

– 287 –

Und tretet bitte endlich näher, damit ich Euch und meine Enkelin sehen kann.«

Jetzt hat er den Braten gerochen! David suchte fieberhaft nach einer passenden Antwort. Er sah nur einen Ausweg: den Frontalangriff. Mit einem füchsischen Grinsen erwiderte er: »Ihnen den Namen verraten? Für wie dumm halten Sie mich, An? Ich werde mich von einem kleinen Spion wie Ihnen nicht in die Enge treiben lassen.«

»*Ich* ein Spion?«, japste An Chung-gun, sehr zu Davids Befriedigung. »Warum hegt Ihr plötzlich Zweifel an meiner Loyalität, nachdem ich dem Kreis der Dämmerung beinahe mein ganzes Leben lang treu gedient habe?«

»Uns sind Gerüchte über einen Verräter in unserer Mitte zu Ohren gekommen, einen Doppelagenten, der einen von uns getötet hat und die Übrigen an diesen David Camden verraten will.«

»Ihr glaubt doch nicht etwa, *ich* ...?«

»Wer kann das wissen?«, schnitt David dem Koreaner scharf das Wort ab.

An Chung-guns Nervosität nahm zu. »Ich gestehe ja ein, mich in den letzten Jahren nicht gerade zu meinem Vorteil verändert zu haben. Das eine oder andere Pfund ...«

»Nicht zum Vorteil? Sie sind behäbig und fett geworden!«, fiel David dem Meuchler erbost ins Wort. Er durfte ihm jetzt keine Ruhe mehr zum Nachdenken gönnen. »Das süße Leben hat an Ihrem Leib hässliche Spuren hinterlassen. Sie haben die Güte des Großmeisters schändlich missbraucht – vorausgesetzt, Sie sind überhaupt der, für den Sie sich ausgeben.«

Jetzt bekam es An Chung-gun mit der Angst zu tun. Der Schweiß brach ihm aus und er fing an zu zittern. Offenbar litt er unter einem schwachen Herzen, denn er beugte sich vor, um nach einem länglichen goldenen Arzneikästchen zu greifen, das vor ihm auf dem Tisch lag. Als Sekundenprophet sah David die harmlose Aktion voraus und blieb ruhig stehen. Kaeddong dagegen missdeutete die nun vorwärts schnellende Hand. Mit wenigen Sätzen durchmaß er den Raum und hechtete nach der Schatulle. Sie war groß genug für einen Dolch oder eine kleine Pistole.

Krachend landete der Schwarzhändler auf dem Mahagonitisch und rutschte bäuchlings auf An zu. Vier Hände rangen um das glitzernde Behältnis. Mal wurde es in die eine, mal in die andere Richtung gezogen, dann traf in einer plötzlichen Attacke An Chung-guns Rechte das Kästchen und katapultierte es mehrere Meter weit durch den Raum. Als es den Boden berührte, sprang der Deckel auf und sein Inhalt verteilte sich über die polierten Bohlen: zerspringende Fläschchen, pillenspuckende Schächtelchen, herumkullernde Salbentöpfchen.

»Was habt Ihr getan?«, schrie An Chung-gun entsetzt und seine Augen weiteten sich. »Mein Herz!«, keuchte er. Dann stierte er Phillihi an, die er zum ersten Mal deutlich sehen konnte, und röchelte auf Koreanisch: »Du bist ja gar nicht meine Nu-ri, sondern nur ... dieses schmuddelige *Nachbarskind*!«

»Ich habe mich gewaschen, Großvater der älteren

Freundin«, protestierte Phillihi. »Und neue Kleider habe ich auch.«

Währenddessen hatte David den Tisch erreicht. Es bedurfte keines Medizinstudiums, um An Chung-guns Besorgnis erregenden Zustand zu erkennen.

»Die Tabletten!«, hechelte der fette Mann, den rechten Arm zur am Boden liegenden Schatulle hin ausgestreckt, die Linke verkrampft am Hals. Kaeddong stand daneben, unschlüssig, ob er den Meuchelmörder bedauern sollte.

»Welche Pillen sind für Ihr Herz?«, rief David.

An Chung-gun glotzte ihn an, als hätte er ihn nicht recht verstanden. Sein Gesicht war kalkweiß, mit einem Stich ins Blaue. »Die kleinen weißen. Es sind nur noch zwei da«, antwortete er schließlich.

»Kaeddong, such sie und bring sie mir!«, befahl David, um sich gleich wieder An zuzuwenden. »Sind Sie nun ein Verräter oder nicht?«, fragte er den keuchenden Mann.

»Niemals! Bitte lasst mich am Leben.«

»Ich will Sie doch gar nicht umbringen, Sie Narr!«

»Bitte tut mir nichts.«

»Nein, Mann! Der Tod wäre eine viel zu milde Strafe für Sie.«

»Nicht töten!«, krächzte An. »Ich sage Euch, was Ihr wissen wollt, aber bitte nicht meinen Rücken...« Seine massige Hand verkrampfte sich über der linken Brust und er stieß ein grauenvolles Stöhnen aus.

»Ist Golizyn der Salzmann? Sagen Sie's mir!«, forderte David.

In den Augen Ans schien ein Ja zu stehen, aber er antwortete nicht. David versuchte es mit einer, wie er glaubte, unverfänglicheren Frage. »Haben Sie der DVK im Auftrag Ben Nedals Waffen verschafft?«

»Und wenn es so wäre?«, schnarrte An Chung-gun.

»Dann haben Sie womöglich selbst die Mittel zur Auslöschung Ihrer Familie geliefert. Ich bin in der Armensiedlung bei Inch'ŏn gewesen und habe das zerstörte Haus Ihres ältesten Sohnes gesehen. Ung-doo ist tot, ebenso seine Frau, die kleine Nu-ri und ihre beiden Geschwister. Die fünf Leichen waren schrecklich zugerichtet, An! Und das alles, weil Menschen wie Sie ... «

»Nein!«, gurgelte An und schüttelte trotzig das schwere Haupt. Tränen schossen ihm in die Augen.

Obwohl dieser Mensch viel Böses getan hatte, empfand David Mitleid für ihn. Traurig meinte er: »Der Krieg ist eine unbezähmbare Bestie. Wer sie freilässt, muss damit rechnen, selbst von ihr verschlungen zu werden.«

»Hier sind weiße runde und weiße längliche Pillen«, kam es vom Boden her, wo Kaeddong kniete und mit einem Schürhaken versuchte eine Tablette aus der Spalte zwischen zwei Bohlen herauszuangeln. Phillihi rutschte neben ihm herum und rief jedes Mal »Hier!«, wenn sie eine neue Pille entdeckt hatte.

An Chung-guns schwammiges Gesicht war inzwischen mehr blau als weiß. Seine Brust bebte, das Atmen bereitete ihm offensichtlich furchtbare Schmerzen. David stieß in Gedanken eine Verwünschung aus. Seine letzte Mitteilung schien dem herzkranken Mann den Rest gegeben zu

haben, ausgerechnet jetzt, wo er sich schon zweimal ver-
plappert hatte. »Wie viele längliche siehst du, Phillihi?«,
rief David dem Mädchen zu.

Es begann zu zählen: »Eins, zwei, drei ... «

»Nimm eine von den runden!«, befahl er hastig dem
Freund.

Phillihis spindeldürre Fingerchen befreiten endlich
eine Tablette aus der Spalte. »Da ist sie«, sagte das Mädchen und reichte David die runde Pille.

»Danke.« Er drückte Ans Wangen über dem Unterkiefer zusammen, um ihm den Mund zu öffnen. Dann schob
er die Pille hinein und sagte: »Schlucken Sie die Tablette
hinunter, An.«

An Chung-gun reagierte nicht. Er war zu einem leblosen Fettberg geworden. David legte sein Ohr an die
Brust des Mannes, aber das kranke Herz hatte aufgehört
zu schlagen. Keinen deutlicheren Beweis hätte es dafür
geben können, dass der Koreaner keiner der zählebigen
Logenbrüder Belials war. Seufzend richtete sich David
wieder auf. »Der wird nie mehr eine Tablette schlucken.«

Kaeddong blickte entsetzt auf den halb entblößt zwischen den kostbaren Kissen ruhenden Toten. »Ich habe
diesem Kerl ja einiges an den Hals gewünscht, aber dieses
Ende – *brr!*« Er schüttelte sich.

»Ist Großvater der älteren Freundin tot?«, erkundigte
sich Phillihi.

David legte ihr die Hand auf das Haar und zog ihren
Kopf an seinen Leib. »Ja, Phillihi. Nun sind wir so weit ge-

reist, um Nu-ris Großvater zu besuchen, und ausgerechnet jetzt muss er einschlafen.«

Ein Krachen riss die drei aus ihren Gedanken. Dong-Hong war in das Totenzimmer gestürzt – geradewegs durch die verglaste Terrassentür hindurch. Tausende von Splittern schwirrten durch den Raum. Chung-guns Leibwächter blutete aus mehreren kleinen Wunden, aber das schien ihn wenig zu beeindrucken. Er suchte den weißhaarigen Fremden, der ihn geblendet hatte.

Ein Schuss gellte durch den Raum. Wie es der Zufall wollte, traf er den soeben Dahingeschiedenen mitten in den Leib. Dong-Hong schrie wie ein verwundetes Tier.

Kaeddong zitterte, er hatte die schwarzen Augäpfel des Amokschützen erblickt und konnte sich nicht mehr von ihnen losreißen.

Aber da packte ihn eine kräftige Hand an der Schulter und zerrte ihn zur Seite. »Pass auf!«, schrie David.

Im nächsten Moment löste sich ein weiterer Schuss aus Dong-Hongs Waffe und verfehlte Kaeddong nur um Haaresbreite.

»Lasst uns hier verschwinden«, sagte David und zog seine beiden Begleiter durch die zerstörte Terrassentür.

»Warte!«, rief Kaeddong, als sie durch den Garten stolperten. Ein großes Loch in den Wolken gewährte dem Mondlicht einen kurzen Auftritt. Der Schwarzhändler deutete zu einem kastenförmigen Etwas unweit des Hauses. »Da ist ein Schuppen. Vielleicht gibt es dort ein Fahrzeug.«

Während hinter ihnen weitere Schüsse fielen, erreichten sie unbeschadet die Garage. Ja, es stand wirklich eine schwere Limousine darin, verrostet und staubig, möglicherweise ein russisches Modell. David glaubte nicht, dem blechernen Relikt noch irgendein Lebenszeichen entlocken zu können. Er sollte sich irren. Auch ohne Zündschlüssel brachte Kaeddong den Motor in Windeseile zum Laufen. David hatte neben ihm, Phillihi auf der Rückbank Platz gefunden. Kaeddong drückte das Gaspedal bis zum Anschlag durch und der schwere Wagen setzte sich behäbig in Bewegung.

»Für Autorennen weniger geeignet«, kommentierte der Schwarzhändler das Temperament der Chaise. Er lenkte sie durch den Garten und auf die Straße hinaus.

»Du willst wohl sagen für Schmuggelfahrten und Verfolgungsjagden.«

»Was du immer denkst! Ich glaube, ich hänge meinen Beruf an den Nagel.«

»Wieso das denn?«

»Weiß nicht. Muss wohl an deiner Gesellschaft liegen, älterer Freund.«

David schüttelte den Kopf. Was für eine aberwitzige Situation! Der Mann, dem er monatelang nachgejagt war, lag tot in seinem Haus und Kaeddong gelüstete es danach, über seine beruflichen Zukunftspläne zu reden. Im Moment fehlte David einfach die Muße dafür. An Chung-gun war mit all seinem Wissen ins Grab gefahren. Im ersten Moment hatte sich David einfach nur betrogen gefühlt, nun jedoch, während die schwere Limousine durch Yon-

– 294 –

gamp'os nächtliche Straßen rollte, ergriff ihn ein Gefühl des Triumphes. Was hatte er sich von einem Schergen Belials eigentlich erwartet? Offenen Verrat? Der Gedanke war absurd. Und trotzdem hatte Chung-gun zwei Dinge verraten, für die er in den Augen des Schattenlords vermutlich ohnehin den Tod verdiente: Der Salzmann hieß Golizyn. Und außerdem gab es in Amerika neben Kelippoth noch einen weiteren Angehörigen des Kreises der Dämmerung – An Chung-guns zweiter Fehler.

»Ja!«, stieß David unvermittelt hervor und ballte die Faust.

Kaeddong sah ihn verwundert von der Seite her an. »Hast du mir überhaupt zugehört?«

»Ich habe gerade im Kopf noch einmal unsere Mission Revue passieren lassen.«

»Ja und? Der Fettkloß hat beinahe sein gesamtes Wissen über den Kreis der Dämmerung mit ins Grab genommen, ein schießwütiger Leibwächter weckt im Augenblick sämtliche Armeeposten im Umkreis von zehn Kilometern auf und du freust dich?«

»Aber ja, jüngerer Freund. Mir ist eben klar geworden, dass sich der ganze Aufwand wahrscheinlich doch gelohnt hat.«

»Das musst du mir jetzt aber erklären.«

David tat es, doch zuletzt geriet er wieder ins Grübeln. »Irgendetwas stimmt trotzdem noch nicht.«

»Wie meinst du das?«

»Ich fühle so ein Kribbeln im Bauch. Da ist etwas. An Chung-gun war ziemlich aufgewühlt. Er hat mir noch ein drittes Geheimnis verraten, aber ich komme nicht drauf, was es ist.«

Kaeddong wich einer Katze aus. »Vielleicht sollten wir erst einmal hier rauskommen. Später, in Sicherheit kannst du in Ruhe darüber nachdenken, dann wird es dir schon einfallen. Selbst ein totes Schlitzohr wie Chung-gun kann dir doch auf Dauer nichts verheimlichen.«

»Wie meinst du das?«

Ein Schlagloch schüttelte die Insassen des Wagens gehörig durch. »Du *bist* Wahrheit, älterer Freund.«

»Wir müssen uns unbedingt um dein Englisch ...«

»Nein, nein, das war kein Versprecher. Ich meine genau das, was ich gesagt habe: Man kann dich nicht belügen, David, jedenfalls nicht für längere Zeit. Was verborgen ist, wirst du über kurz oder lang aufdecken. Daran glaube ich ganz fest. Die Wahrheit ist dein Wesen, du lebst, und wenn es sein muss, stirbst du sogar dafür. Ich halte dich nicht für einen Fanatiker. Alles, was du tust, kommt mir vernünftig vor ...«

»Jetzt übertreibst du!«

»Von wegen! Ich wünschte, mir gelänge es, halb so aufrichtig zu sein wie du.«

»Du meinst, dein Verhalten sei nicht *kibun*?«

Kaeddong lachte. »So könnte man sagen. Jedenfalls nicht, wenn man dich zum Maßstab nimmt. Ich habe mir überlegt ...«

»Warte!«, unterbrach David den Freund.

»Wieso?«

»Mir ist, als hätte ich eben einen Schuss gehört.«

»Das war bestimmt der Wagen. Er hat ständig Fehlzündungen.«

»Nein. Bleib bitte kurz stehen.«

Kaeddong gehorchte. David kurbelte die Scheibe herunter und lauschte. Plötzlich hallte ein weiterer Schuss durch die Nacht.

»Das war ein Gewehr«, sagte Kaeddong grimmig.

»Sie haben unser Boot entdeckt. Il ist in Gefahr. Gib Gas!«

Die schwere Limousine ähnelte in vielem einem Panzer. Sie war ungefähr so anzugstark, bestand aus beinahe so dickem Blech und walzte alles nieder, was ihr in die Quere kam. Als sie die Straße oberhalb des Landungsplatzes erreichten, entdeckte David dort mehrere schattenhafte Gestalten. Vier oder fünf hatten hinter einem kleineren Mannschaftswagen Deckung gesucht und zielten von dort auf die Bäume, hinter denen sich Il mit seiner *Tugend* verbarg. Zwei Schüsse blitzten durch die Nacht.

»Haltet euch fest!«, schrie Kaeddong und hielt direkt auf Fahrzeug und Heckenschützen zu.

David wusste noch nicht recht, wie er die Gabe der Verzögerung zum Schutz seiner Freunde einsetzen konnte, aber er würde sein Bestes tun. Der russische Blechhaufen krachte gegen das Armeefahrzeug.

»Raus hier!«, rief David. »Nimm Phillihis Hand und lass sie auf keinen Fall los. Ich bleibe hinter euch.«

Die beiden gehorchten.

Während sie sich im Mondlicht dem Versteck des Bootes näherten, fielen hinter ihnen mehrere Schüsse. Keine

– 297 –

Kugel erreichte ihr Ziel. Sobald David das Mündungsfeuer eines gegnerischen Gewehrs im Voraus lokalisiert hatte, schaltete er die Waffe durch eine Ladehemmung aus. Mit einem Mal bekam er einen Riesenschreck.

»Köpfe runter!«, brüllte er. Im nächsten Augenblick krachte wieder ein Schuss. Er kam von der *Tugend.* »Il, bist du verrückt geworden?«, schrie er zum Beiboot hin. »Wir sind es. Stell das Feuer ein.«

Endlich erreichten sie den Gefährten. Als Kaeddong sich nach Ils Befinden erkundigte, antwortete dieser keuchend: »Alles in Ordnung. Lasst uns schnellstens das Boot ins Wasser ziehen und hier abhauen.«

Diesmal half sogar Phillihi mit. Mit dem Heck voran wurde die *Tugend* zu Wasser gelassen. David behielt die Bäume im Auge. Als er dort eine Bewegung sah, entwurzelte er kurzerhand eine Kiefer. Wer immer ihnen auch hatte nachsetzen wollen, gab den Plan schnell wieder auf.

»Warst du das eben?«, keuchte Kaeddong.

David hob Phillihi ins Boot. »Später, jüngerer Freund. Erst müssen wir hier weg.«

»Kann mir von euch mal vielleicht irgendjemand helfen?«, beschwerte sich Il vom Bug her.

»Wieso, bist du etwa zu fett geworden, um deinen Körper selbst ins Boot zu schwingen?«

»Nein, aber die Wunde macht mir jetzt doch ein wenig zu schaffen.«

Einen Herzschlag lang schienen Kaeddong und David wie zu Salzsäulen erstarrt.

»Du bist verletzt?«, fragte schließlich der Schwarzhändler.

»Ist es schlimm?«, setzte David nach.

»Wo denn?«, wollte Kaeddong wissen.

»Was spielt das für eine Rolle! Will mir denn niemand von euch helfen?«

Als sie den Schmuggler ins Boot hievten, konnte David die Verletzung sehen: ein dunkler Fleck, direkt auf dem Gesäß des Schmugglers.

»Wolltest du sie mit deinem Hinterteil in die Flucht schlagen?«, erkundigte sich Kaeddong, fügte nach einem Stöhnen Ils aber schnell hinzu: »Entschuldige, war nicht so gemeint.«

»Wirf den Motor an und bring uns hier weg«, befahl David dem Schwarzhändler. »Ich muss mich um Ils Wunde kümmern.«

Jeder ging jetzt seiner Aufgabe nach: Kaeddong brachte die *Tugend* aufs offene Meer hinaus, David stillte die Blutung an Ils rechter Gesäßbacke und Phillihi hielt die Taschenlampe, während sie mit der anderen Hand dem bewusstlos gewordenen Schmuggler über den Kopf streichelte.

Nach einer Weile fragte sie: »Wird der jüngere Onkel wieder gesund?«

David blickte besorgt auf den sich rot färbenden Verband. Il musste unmittelbar nach der Entdeckung durch die Strandpatrouille verletzt worden sein. Er hatte viel Blut verloren. Mit einem bemühten Lächeln antwortete der Sanitäter seiner Assistenzschwester: »Ja, Prinzessin, wir machen ihn wieder gesund.«

– 299 –

»Woher kannst du so gut mit Verbänden umgehen?«, fragte Kaeddong.

»Ich verspürte im Ersten Weltkrieg keinen Drang, andere Menschen zu töten, also half ich dabei, sie zu heilen.«

Kaeddong nickte. »Jetzt wird mir so einiges klar.« Kurz darauf übertönte seine Stimme erneut den Außenbordmotor. »Oh nein! Nicht auch das noch!«

David blickte von dem Verletzten hoch und entdeckte sofort, was Kaeddong meinte. »Sieht aus wie ein Torpedoboot«, sagte er in einem Ton, der an Resignation grenzte. Abgesehen von den körperlichen Strapazen, die alle Teilnehmer der Operation hatten aushalten müssen, war David noch zusätzlich durch den Einsatz seiner besonderen Fähigkeiten geschwächt. Er wusste nicht, ob er imstande war zu tun, was ihm durch den Kopf schoss, aber wenigstens versuchen musste er es.

»Drossel die Geschwindigkeit und bring uns längsseits an das Boot dort drüben heran«, sagte er, müde in die betreffende Richtung deutend.

»Aber dann können sie uns doch eine volle Breitseite verpassen«, protestierte Kaeddong.

»Vertrau mir, jüngerer Freund.«

Der Schwarzhändler brummte eine koreanische Verwünschung und widmete sich wieder der *Tugend*. Als hätte er nie etwas anderes getan, brachte er sie auf einen Kurs parallel zu dem des Torpedobootes. David konnte mehrere Männer an der Reling des Kriegsschiffes sehen. Einige hielten Gewehre im Anschlag.

»So ist es gut«, rief ein Offizier mit einer Flüstertüte.

»Und jetzt stellen Sie Ihren Motor ab. Wir werden längsseits gehen und Sie an den Enterhaken nehmen.«

David schloss für kurze Zeit die Augen und sagte zu
Kaeddong, gerade laut genug, damit er es hören konnte:
»Sobald das Torpedoboot verschwindet, gibst du Gas.«

Plötzlich stiegen kleine Tröpfchen aus dem Wasser auf.
Erst wenige – es sah aus, als würde das Meer sieden –, aber
dann erhob sich eine brodelnde Wasserwand zwischen der
Tugend und dem Kriegsschiff. Die Mannschaften verloren
sich aus den Augen.

Kaeddong ließ den Außenbordmotor aufheulen. »Bitte
sag mir, dass ich träume«, jammerte er, hielt aber brav den
von David angewiesenen Kurs.

»Du träumst«, antwortete der einfach. Obwohl der
Morgen auf dem Meer kühl war, standen ihm Schweißtropfen auf der Stirn.

Auf der Brücke des Torpedobootes wurden wütende Befehle geschrien. Beinahe schon hatte man die Spione gefasst, die ein aufgeregter Nachbar Chung-guns gemeldet
hatte – und nun das! Erstaunlicherweise wollte jetzt auch
der Schiffsantrieb nicht mehr gehorchen. Ein metallisches
Knirschen ging durch das Schiff, als die starken Dieselmo-
toren an der Propellerwelle zerrten, aber die Schraube am
Heck ihren Dienst verweigerte. Sie stand still, oder zumindest so gut wie. Bei einer Umdrehung pro Minute hätte
dem Stolz der koreanischen Flotte selbst ein Ruderboot
entkommen können.

Kurze Zeit später brach David erschöpft zusammen.

Kaeddong wollte einfach nicht glauben, was er in den

letzten Stunden erlebt hatte. »Ha! Ich – die größte Landratte aller Zeiten – habe ein Boot mit Kranken und Kindern durchs Meer gelenkt«, wiederholte er alle paar Minuten, als handele es sich um den Refrain eines alten Seemannsliedes.

Phillihi pflegte bei jedem Ausruf kurz innezuhalten und den korpulenten Skipper aus großen Augen anzusehen. Schwieg er wieder, streichelte sie ihre beiden Patienten weiter.

Kurz bevor die *Tugend* bei der *Jadeprinzessin* anlangte, gewann David die Besinnung zurück. Schwerfällig richtete er sich auf. Phillihi saß bei dem noch immer ohnmächtigen Il und hielt seine Hand.

»Wir werden wohl eine Weile ohne unseren Kapitän auskommen müssen«, sagte David.

Kaeddong spuckte ins Wasser. »Ich fürchte, hier wimmelt es bald von Schiffen. Egal wie es um Il steht, wir müssen so schnell wie möglich von der Insel verschwinden.«

David seufzte. »Ja, und zwar irgendwohin, wo ich Il operieren und er sich anschließend erholen kann.«

»Heißt das, er würde einen Transport bis in den Süden nicht überleben?«

»Ich fürchte, ja. Du kennst nicht zufällig einen Schlupfwinkel hier in der Gegend, wo die koreanischen Kanonenboote nicht nach uns suchen werden?«

Vabanquespiel

Die Kugel steckte im Hüftknochen. Zum Glück hatte sie keine größere Arterie verletzt. Aber was hieß schon Glück? Abgesehen von der halben Flasche *soju*, dem »Whiskey des kleinen Mannes«, musste der Schmuggler die Operation ohne Betäubungsmittel durchstehen. David hatte zuletzt vor über dreißig Jahren bei derartigen Eingriffen assistiert, aber nie einen solchen selbst durchgeführt. Er war froh, als Il schnell das Bewusstsein verlor. Das Schiff schwankte. Die Morgensonne schickte ihr kostbares Licht durch ein Bullauge in die Kajüte. Mit einem gereinigten und sterilisierten Ölpeilstab als Sonde tastete er sich zu dem Projektil vor. Es steckte erfreulicherweise nicht allzu tief im Hüftknochen. In Ermangelung geeigneter Greifwerkzeuge musste er einen tiefen Schnitt durch das Muskelgewebe vornehmen, um mit einer Rundzange an den Fremdkörper heranzukommen.

Kaeddong hatte sein Versprechen wahr gemacht und schon bald einen Schlupfwinkel gefunden. Die Insel Haiyang Dao lag nur etwa fünfundsechzig Seemeilen von Yongamp'o entfernt. Der Schwarzhändler hatte versichert, dort würden sie vor den koreanischen Kommunisten sicher sein. Das stimmte. Die allgemeine Freude trübte einzig der Umstand, dass sich dieses Refugium fest in der Hand der chinesischen Kommunisten befand. Die Insel war der äußerste Vorposten von Mao Zedongs Riesenreich in der Koreanischen Bucht.

Il erwachte erst am nächsten Tag wieder und brauchte fast zwei Wochen, um einigermaßen zu Kräften zu kommen. Phillihi umsorgte ihn wie eine Tochter den schwer kranken Vater.

In der Nacht zum 13. September wagte die Mannschaft der *Jadeprinzessin* dann den Ausfall. Unbehelligt erreichte die Dschunke das offene Meer und nahm Kurs auf die Hafenstadt Inch'ŏn, genauer gesagt auf die Asan-Bucht, wo das Schiff neue Treibstoffvorräte aufnehmen sollte. Von dort aus wollte man einen noch nicht eroberten Teil der Halbinsel weiter im Süden erreichen. Sollte *Choson* bereits völlig eingenommen sein, würde man es bis zur japanischen Insel Tsushima schaffen müssen.

Bis zum Treibstoffdepot waren es nicht ganz zweihundert Seemeilen. Wenn sie sich am Ruder ablösten, konnten sie in ungefähr vierundzwanzig Stunden die Grotte erreichen. So jedenfalls lautete Ils Schätzung. Doch es kam wieder einmal alles anders.

Etwa vierzig Seemeilen westlich von Inch'ŏn in stockdunkler Nacht fing das Herz der *Jadeprinzessin* plötzlich an heftig zu schlagen.

Das Pochen alarmierte Il, der gerade in der Koje lag und nach Schlaf suchte. Der Skipper machte sich sofort an die Untersuchung seines Patienten. Er steckte in einer Luke, an Deck über ihm schwebten drei Köpfe und machten sorgenvolle Gesichter.

»Er ist verreckt«, drang es von unten herauf.

»Der Motor?«, fragte Kaeddong überflüssigerweise.

»Kannst du ihn reparieren?«, erkundigte sich David.

»Nicht ohne Ersatzteile, und die befinden sich in meinem Depot.«

»Dann müssen wir eben segeln! Zwischen den Inseln hindurchzumanövrieren ist zwar ... «

»Pscht!«, machte David und hob den Kopf. »Könnt ihr das auch hören?«

Der Schmuggler streckte den Kopf aus der Luke und lauschte. Mit einem Mal erstarrte er und stieß dann entsetzt hervor: »Ein Schiff! Ein Riesenpott. Er hält direkt auf uns zu.«

Schwerfällig wegen der noch schmerzenden Verletzung und mithilfe seiner Freunde hievte sich Il aus dem Maschinenraum an Deck. Die vier lauschten und spähten in die Dunkelheit.

Und dann sahen sie es. Ein Wall aus Stahl schob sich auf die *Jadeprinzessin* zu. Das mussten dutzende, wenn nicht gar hunderte von Schiffen sein.

»Was ist das?«, flüsterte Kaeddong fassungslos.

David wandte sich ihm benommen zu und erwiderte: »Die Zeitungen werden es vermutlich ›die Antwort der Weltgemeinschaft auf die nordkoreanische Aggression‹ nennen. Sag einfach ›Invasionsflotte‹ dazu.«

»Wir müssen Zeichen geben«, brach es plötzlich aus Il hervor. »Sonst pflügen die uns unter und bemerken es nicht einmal.«

»Hast du ein Signallicht?«, fragte David ruhig.

»Ja. Ich hole es.«

Il stellte sich mit der kleinen Signallampe ans Heck der

Jadeprinzessin. Vor ihm zogen bedrohlich die dunklen Rümpfe der Kriegsschiffe auf. Das Bild erinnerte an Don Quichotte im Kampf gegen die riesigen Windmühlenflügel.

»Warum bist du nur so gelassen?«, fragte Kaeddong ärgerlich.

»Die amerikanische Marine besitzt Radar. Sie werden uns längst entdeckt haben.«

»Ist das sicher?«

»Nein.«

»Du machst mir Spaß!« Der kleine Schwarzhändler griff nach Phillihis Hand, als sei diese ein Schutzengelchen, das man nur berühren musste, um dem Ansturm von über zweihundert Kriegsschiffen zu entgehen. So groß nämlich war die Flotte, die ihr Boot nach und nach ringsherum eingeschlossen hatte.

Bald löste sich aus dem Konvoi ein einzelnes kleines Torpedoboot und hielt direkt auf sie zu.

»Signalisiere ihnen, dass wir unbewaffnet sind und einen Maschinenschaden haben«, rief David Il zu.

»Habe ich längst getan.«

»Er hat aber ein Gewehr«, merkte Phillihi an.

»Das liegt noch in der *Tugend*«, erinnerte sich Kaeddong. »Und es wäre schön, wenn du das den netten Onkels, die gleich kommen werden, nicht gerade auf die Nase bindest.«

Wie sich schnell herausstellte, hatte der Kommandant des Torpedobootes präzise Anweisungen erhalten: keinen Lärm machen und keine unnötigen Verzögerungen. Als

– 306 –

David dem Kapitän erst einmal gegenüberstand, lösten sich viele Probleme wie von selbst.

»Wer ist der Oberbefehlshaber der Operation?«, fragte David selbstbewusst.

Der Kapitän zögerte nur einen Augenblick. Er hatte das Gefühl, diesem weißhaarigen Mann, der sich als der UN-Berater Phil Claymore ausgewiesen hatte, alles anvertrauen zu können. »Das Kommando hat General Douglas MacArthur.«

David musste unweigerlich schmunzeln. »Dough!«, gluckste er. »Wie klein doch die Welt ist!«

»Sir?«

»Vermutlich ist Funkstille angeordnet, Captain. Aber es wäre nett, wenn Sie dennoch dem Oberkommandierenden auf dem Flaggschiff eine Nachricht von mir übermitteln könnten. Richten Sie ihm bitte aus, Sie hätten soeben David Pratt aus dem Meer gefischt.«

»Bitte, Sir?«

Jetzt konnte sich David ein Lachen nicht mehr verkneifen. »Tun Sie's einfach und ich verspreche Ihnen, Sie werden im Ansehen des Generals mindestens um drei Faden steigen.«

Die Wiedersehensfreude war nicht ungetrübt. Davids Freundschaft mit dem General wurde von einer bitteren Erfahrung überschattet. General Douglas MacArthur hatte ihm fünf Jahre zuvor geheimnisvoll das Kommen eines bösen kleinen Jungen angekündigt, aber dessen wahre Natur ebenso verschwiegen wie den Zeitpunkt seiner An-

kunft. Fast wäre David von *Little Boy,* der Hiroshimabombe, verdampft worden.

Aber Erinnerung ist ein sehr elastischer Stoff – man
kann ihn fast in jede gewünschte Form zerren. Aufgrund
dieser oft unterschätzten Eigenschaft besaß der General
ein ganz anderes Bild von jenem Mann, den er einst als
Japankenner an seine Seite berufen und der, wie er felsen-
fest glaubte, den Tenno zur Kapitulation überredet und damit den Zweiten Weltkrieg beendet hatte.

»Seien Sie mir gegrüßt, David«, dröhnte General
MacArthur. »Ich hab's nicht glauben wollen. Mein Gott,
das gibt es einfach nicht! Aber Sie machen ja in bewähr-
ter Weise das Unmögliche möglich.«

»Ich bin auch überrascht, Sie hier wieder zu treffen«,
gestand David. »Obwohl es mich, je länger ich darüber
nachdenke, immer weniger wundert. Sie planen eine Invasion – habe ich Recht?«

»Das war ja nicht schwer zu erraten.«

»Eine ganz ansehnliche Flotte haben Sie da zusammengebracht.«

»Danke. Zweihundertdreißig Schiffe sind, zugegeben,
ganz nett. Wenn es nach mir ginge, wären es noch ein paar
mehr gewesen, aber wir mussten unsere Kräfte aufteilen.
Es sind insgesamt fünf amphibische Landungsoperationen
geplant.«

»Und wo genau wird die Invasion stattfinden?«

»Das ist geheim.«

David lächelte. »Das alte Spiel. Kommen Sie schon,
Dough. Wo sollen die Marines an Land gehen?«

»Wir haben uns für Inch'ŏn entschieden.«

Davids Augenbrauen hoben sich. »Das wird aber kein Spaziergang, General. Ich war zuletzt Ende vorigen Monats dort. Die Küste um die Hafenstadt gleicht einer hohen Mauer.«

»Und wie viele Verteidiger haben Sie gesehen?«

»Schon komisch, kaum bin ich hier, machen Sie mich schon wieder zu einem Ihrer Spione.«

»Das ist ein hässliches Wort, David. ›Berater‹ gefällt mir viel besser. Also: Ist der Küstenstrich um Inch'ŏn schwer bewacht?«

»Soweit ich das beurteilen kann, nicht. Anscheinend halten die Nordkoreaner eine Landung an dieser Stelle für unmöglich.«

Der General steckte sich mit einem zufriedenen Grinsen eine Zigarre an. »Genau das habe ich auch gesagt. Unseren geheimdienstlichen Ermittlungen zufolge gibt es praktisch keine Verteidigungsanlagen rings um Inch'ŏn. Wir werden es wie die alten Rittersleute machen.«

»Wie bitte?«

MacArthur stieß genüsslich eine blaue Wolke aus. »Unsere Marineinfanteristen sind mit Aluminiumleitern ausgerüstet. Die Ledernacken werden den Küstenwall erstürmt und einen Brückenkopf errichtet haben, bevor die roten Teufel aus dem Norden dreimal furzen können.« Der General schien in den letzten Jahren noch bissiger geworden zu sein.

»Ich hoffe nur, der Krieg ist bald wieder zu Ende. In den vergangenen zwölf Monaten habe ich die Südkoreaner als gastfreundliche und offene Menschen kennen gelernt. Selbst ihre Gegner jenseits des achtunddreißigsten Breitengrads scheinen sie nicht wirklich zu hassen. Hier wie da ist man von der Notwendigkeit einer Wiedervereinigung des Landes fest überzeugt, nur in der Wahl der Mittel sind sich die Koreaner uneins.«

»Wenn nicht der ganze amerikanische Geheimdienst falsche Berichte verbreitet, dann wird der Bürgerkrieg aber mit unerbittlicher Härte geführt. Wollen Sie behaupten, die Koreaner tun das aus Liebe?«

»Natürlich nicht. Aber ich würde nicht die Empfindungen der Bevölkerung mit jenen der Politiker und – nichts für ungut, Dough – der Militärs gleichsetzen. Ich habe mit eigenen Augen gesehen, wie sowjetische Piloten in ihren La-11-Jägern auf Zivilisten in Seoul schossen. Wenn Sie mich fragen, führen die beiden großen Machtblöcke auf dem Rücken Koreas einen Stellvertreterkrieg. Und das finde ich wirklich verachtenswert.«

»Es würde mich zwar nicht wundern, aber bewiesen ist es nicht, dass dieser Krieg auf Betreiben Russlands vom Zaun gebrochen wurde.«

»Zumindest wird ihn Stalin begrüßen. Nach der gescheiterten Blockade in Berlin kann er nun vielleicht hier seinen Machtbereich ausdehnen.«

MacArthur spuckte einen Tabakkrümel aus. »Das werden wir zu verhindern wissen.«

In Davids Ohren klangen diese Worte nur allzu vertraut. Irgendwie fühlte er sich überrumpelt, denn ohne es zu wollen, steckte er wieder einmal mitten im Gerangel der Mächtigen. Wie große Puppenspieler steckten die verfeindeten Machtblöcke hinter den kleinen Kriegsparteien, die sich im Rampenlicht der Weltöffentlichkeit die Köpfe einschlugen. Aber niemand schien zu bemerken, dass auch die Drahtzieher nur Marionetten in einem noch viel größeren Spiel waren.

David seufzte. »Ich hätte nur eine Bitte, Dough.«

»Ja?«

»Fangen Sie keinen neuen Weltkrieg an.«

Die Gegenoffensive der Vereinten Nationen, in der Hauptsache getragen von den USA, schien ein voller Erfolg zu werden. Innerhalb weniger Tage wurden die nordkoreanischen Verteidigungslinien um Seoul »geknackt«, wie MacArthur seinem neuen und alten Berater David freudig verkündete. Vom Ufer des Krieges zogen sich die Wogen des gegnerischen Heeres zurück.

Für David kamen nun Tage, in denen ihm nicht viel Muße zum Nachdenken blieb. Er sollte MacArthur zu jeder Tages- und Nachtzeit zur Verfügung stehen. Dabei schien es den General wenig zu stören, dass andere Männer aus seinem Stab über einen erheblich größeren Erfahrungsschatz verfügten. Nicht selten hatte David den Eindruck – und Derartiges erlebte er schließlich nicht zum ersten Mal –, der Oberbefehlshaber halte ihn für eine Art Maskottchen.

Gleich zu Beginn ihrer neuen Kooperation hatte David ausdrücklich an die alten Spielregeln erinnert: Sobald er es wünsche, müsse der General ihn gehen lassen. Selbst

dieser Bedingung hatte MacArthur vorbehaltlos zugestimmt.

David verfasste einige Berichte für das *Time*-Magazin
und andere für den amerikanischen Militärgeheimdienst.

Nachdem am 29. September die Hauptstadt in einer
Siegesparade an den südkoreanischen Ministerpräsiden-
ten Rhee Syng-man zurückgegeben worden war, reiste er
noch einmal nach Inch'ŏn. Anlass des Treffens in der Hütte des Ehepaars Pak war ein kleines Abschiedsfest für sein
eigenes »Operationsteam«, bestehend aus Kaeddong, Il
und Phillihi.

Während der einstige Schwarzhändler David mit der
Absicht überraschte, seine »Lotusblume in Sunch'on« –
eine vor dreißig Jahren unerfüllt gebliebene Liebe ganz im
Süden der koreanischen Halbinsel – aufsuchen zu wollen,
konnte ihm Ok Il-Sung längst Erahntes nur noch bestätigen. »Ich möchte Phil Li-hi ein Vater werden, auf den sie
stolz sein kann. In Cheju werden wir beide einen neuen
Anfang wagen.«

David verspürte längst keine Eifersucht mehr darüber,
dass Phillihi dem Fischer größere Zuneigung entgegenbrachte als ihm. Er, David, musste sich wieder einmal mit
dem Rang eines Patenonkels zufrieden geben, während Il
zum Adoptivvater befördert worden war. Wenigstens
brauchte er nicht länger um Phillihis Leben zu fürchten.
Für den Kreis der Dämmerung war sie viel zu unbedeu-
tend.

Obwohl Il sich weigerte, überhaupt einen Cent anzunehmen, bezahlte David ihm das Doppelte des vereinbar-

ten Fahrpreises und versprach, Phillihis Werdegang auch von New York aus weiterzuverfolgen und, wenn nötig, ihre Ausbildung zu unterstützen.

Jetzt war David zwar pleite – er hatte nicht einmal das Geld für ein Ticket in die Heimat –, aber das störte ihn wenig. Hauptsache, Phillihi war in guten Händen und dessen konnte er sich bei Ok Il-Sung völlig sicher sein. Der Fischer hatte ihr die alte Steinfigur aus Jade geschenkt, das Erinnerungsstück an seine ermordete Tochter. Il liebte Kinder, er konnte mit ihnen umgehen und hinfort würde Phillihi für ihn die Jadeprinzessin sein.

Was in seiner Größe von MacArthur nur vage umschrieben worden war, kristallisierte sich bald als gewaltige Streitmacht von zweihunderttausend Soldaten heraus. Dabei hatte alles nach einem baldigen Ende der Kampfhandlungen ausgesehen. Die Truppen des Generals hielten am achtunddreißigsten Breitengrad inne, alles schien wieder im Gleichgewicht. Aber dann befahl der amerikanische Oberkommandierende – aus »militärstrategischen Gründen«, wie er betonte – den Vorstoß auf nordkoreanisches Territorium. Innerhalb weniger Wochen waren die aus fünfzehn verschiedenen Staaten rekrutierten UN-Truppen durch das Land geprescht und David als Berichterstatter mit ihnen. In einem Abschnitt wurde sogar die chinesische Grenze erreicht. Und schon entdeckten die Elitekämpfer aus dem Reich der Mitte ihre Bruderliebe für die Koreaner.

Über eine gewisse Zeit hinweg lieferten sich beide Kriegsparteien erbitterte Gefechte, bis am 24. November

– 313 –

die Verteidigungslinie auf breiter Front zusammenbrach. Nun waren die UN-Streitkräfte der Hase und wieder einmal die Kommunisten der Fuchs.

Eigentlich war Davids Rückflug nach New York bereits für den 7. November gebucht gewesen, aber der Krieg hatte ihn einmal mehr zurückgehalten. Die Verzögerung zehrte an seinen Nerven. MacArthurs Laune hatte sich in einem Maß verschlechtert, dass David Angst bekam. Immer häufiger gab sich der General zugeknöpft. Panikstimmung breitete sich aus. David glaubte, das Unvorstellbare ansprechen zu müssen, als er sich in MacArthurs Hauptquartier unter vier Augen mit dem Oberbefehlshaber beriet.

»Sie planen, die Atombombe einzusetzen, habe ich Recht, Dough?«

Der General wirkte überrascht. »Wie …?«

»Sie haben mich ein Mal getäuscht, General, das wird Ihnen nie wieder gelingen.«

»David«, sagte MacArthur ärgerlich, »was bilden Sie sich eigentlich ein? Ich schätze Ihren Scharfsinn, Ihre Ausgeglichenheit und Ihre profunden Kenntnisse der asiatischen Sitten und Gebräuche – aber in meine Strategie lasse ich mir von niemandem hineinreden, auch von Ihnen nicht.«

Im Nu war ein lebhafter Streit entbrannt. David zischte: »Menschen, Städte, ja, ganze Landstriche einzuschmelzen – nennen Sie das etwa Strategie?« Und MacArthur knurrte: »Es wird den Gegner abschrecken. Wir brauchen freien Rücken, wenn wir die chinesischen Nachschubbasen in der Mandschurei ausschalten wollen.« David: »In China einmarschieren? Sind Sie verrückt geworden?« MacArthur: »Das muss ich mir von Ihnen nun wirklich nicht gefallen lassen, David.« Ebenjener: »Ha! Das also ist Ihr Wort wert.«

Der General stutzte. »Wovon reden Sie überhaupt?«

»Sie haben mir versprochen, keinen dritten Weltkrieg anzufangen.«

»Nichts habe ich Ihnen versprochen.«

»Doch.«

»Nein.«

Endlich erlangte David seine Fassung zurück. Er holte tief Luft und sagte nun deutlich ruhiger: »Ich kann Ihre taktischen Überlegungen ja nachvollziehen, Dough – wenigstens bis zu einem gewissen Punkt. Aber was Sie da vorhaben, ist trotzdem Wahnsinn. Ihnen verdanke ich das zweifelhafte Vergnügen, einen Atombombenabwurf hautnah miterlebt zu haben. Schon allein deshalb müssen Sie sich anhören, was ich Ihnen vorzuschlagen habe.«

Obwohl es im Raum nicht sonderlich warm war, öffnete MacArthur den obersten Knopf seines khakifarbenen Hemdes. »Also reden Sie schon, David. Was geht Ihnen durch den Kopf?«

Der strich sich über den weißen Schnurrbart. Dann begann er seine »Wahrheitstropfen« in MacArthurs Ohr zu träufeln. Zuerst lieferte David eine ungeschminkte Schilderung des Hiroshimaabwurfes, sprach dann über die Leiden der Opfer und widmete sich schließlich den militärischen und politischen Folgen eines erneuten Einsatzes von Nuklearwaffen. Einem strategischen Vorteil dürfe nicht die Zukunft der Menschheit geopfert werden. Ganz abgesehen davon würden die Vereinigten Staaten für den Einsatz von Kernwaffen in den Augen der Völkergemeinschaft auf Jahrzehnte hinaus geächtet werden.

Es dauerte lange, aber allmählich zeigten die Worte des Wahrheitsfinders Wirkung. MacArthur begann an der Richtigkeit seiner radikalen Pläne zu zweifeln. Allerdings war er noch zu tief in ihnen verstrickt, um sich ihrer mit einem einzigen Befreiungsschlag zu entledigen.

Als David das klar wurde, bot er dem Oberbefehlshaber einen Kompromiss an. »Wie ich Sie kenne, Dough, werden Sie eine Delegation nach Washington schicken, die Präsident Truman und den Vereinigten Stabschefs Ihre Vorschläge unterbreiten soll. Lassen Sie mich mit in die Staaten fliegen. Verschaffen Sie mir eine Unterredung mit dem Präsidenten und ich werde mich für eine Lösung des Konflikts einsetzen, die den Fortbestand der Menschheit sichert und Amerikas Ansehen in der Welt bewahrt.«

MacArthur brütete in einem schweren Sessel vor sich hin. Zwischen seinen Fingern knisterte eine erloschene Zigarre. Mal schaute er David finster an, dann wieder blickte er zu Boden. Unvermittelt begann der General zu sprechen, langsam und mit tiefer Stimme.

»Also gut, David Pratt. Sie sollen Ihren Willen bekommen. Fliegen Sie in die Staaten und streiten Sie mit Truman um – wie hatten Sie es genannt? – den Fortbestand der Menschheit.«

Präsident Harry S. Truman haftete nicht unbedingt das Charisma eines Roosevelt an. Und mit der Entscheidung zum Abwurf der Atombomben über Hiroshima und Nagasaki hatte er in Davids Augen erst recht nicht an staatsmännischer Statur gewonnen. An diesem Abend nun drängte sich David der Eindruck auf, er habe es bei Truman mit einem netten älteren Buchhalter zu tun, der zwar über vollendete Umgangsformen verfügte, gelegentlich aber auch in Jähzorn zu verfallen drohte. Den Präsidentensessel hatte Truman gewissermaßen durch die Hintertür erobert, sein Chef war vorzeitig gestorben. Später sollte er sich dann allerdings – zur Überraschung nicht weniger Amerikaner – bei einer ordnungsgemäßen Wahl durchsetzen.

David war mit einer Militärmaschine am 30. November kurz vor sieben Uhr abends in Washington, D. C., gelandet. Dem Fahrer, der ihn vom Flugplatz abholte und mit einer schwarzen Limousine ins Weiße Haus fuhr, schienen die neuesten Radiomeldungen über einen drohenden Kernwaffeneinsatz in Korea keine Furcht einzujagen. »Dann kommen unsere Jungs bald nach Hause«, freute er sich sogar. David brummte etwas Unverständliches zur Erwiderung und machte sich seinen eigenen Reim auf das Gehörte. *Hoffentlich denkt der Präsident nicht genauso. Und wenn, vielleicht kann ich ihn noch umstimmen ...*

»Sie sind ein außergewöhnlicher Mann, Mr Pratt«, gestand Truman etwa anderthalb Stunden später seinem Gast. »Aber warum sollte ich auf Ihre Empfehlung eingehen und die Atombombe nicht gegen Nordkorea einsetzen?«

David seufzte. Er hatte wie bei MacArthur seine ganze Litanei von Argumenten heruntergebetet – sogar mehrfach! – und leider nur wenig Wirkung erzielt. Vor allem die Vereinigten Stabschefs schien es nicht zu stören, wenn ihr Boss mit Streichhölzern am nuklearen Pulverfass herumspielte. Offenbar musste man Truman die Wahrheit mit dem Dampfhammer beibringen.

»Wollen Sie als der Nero des zwanzigsten Jahrhunderts in die Geschichte eingehen?«

Dem Präsidenten fiel die Kinnlade herunter und seine Brille beschlug sich. Im Oval Office war es mucksmäuschenstill geworden. »Was wollen Sie damit andeuten, Mr Pratt?«

»Gar nichts möchte ich andeuten«, erwiderte David geradeheraus. »Sie könnten mich womöglich missverstehen, Mr President. Kaiser Nero, sagt man, habe Rom niedergebrannt. Aber wenn Sie nach Hiroshima und Nagasaki jetzt auch koreanische oder gar chinesische Städte mit einem Feuersturm überziehen, dann wird Nero im Vergleich zu Ihnen als antiker Menschenfreund dastehen. Mit Ihrem Amtseid haben Sie doch geschworen, Gefahren von Amerika abzuwehren, aber durch den neuerlichen Einsatz von Nuklearwaffen würden Sie die Vereinigten Staaten in der Welt zu einem Gestank machen, von dem sich die Völker angewidert abwenden würden. Und außerdem – wollen Sie wirklich einen Krieg mit China, Mr President, nur um Ihr politisches Programm durchzusetzen?«

Wenn zwei das Gleiche sagen, ist es noch lange nicht dasselbe. Normalerweise hätten wohl die ernsten, verantwortungsüberladenen sowie ebenso kenntnis- wie einflussreichen Berater und Militärs am Tisch nur gelacht, wenn ein einfacher Mensch mit diesem Vortrag zu ihnen gekommen wäre, aber bei David war das anders. Natürlich konnte man nicht zustimmen, wo man eben noch skeptisch abgewinkt hatte, deshalb befleißigte man sich zunächst eines kühlen Schweigens, ungefähr eine Minute lang.

»Natürlich will ich keinen offenen Konflikt mit China«, brach endlich Truman das Eis. »Mao koaliert mit Stalin. Jeder hier weiß, wohin die Geschichte führen würde.«

Einmütiges Nicken am Tisch.

Dem Präsidenten entrang sich ein schweres Seufzen. »Es wird wohl doch besser sein, den Konflikt mit konventionellen Mitteln zu beenden.«

David atmete hörbar auf. Am liebsten hätte er laut gejubelt. Der Kreis der Dämmerung war wieder einmal gescheitert, die Selbstauslöschung der Menschheit verhindert. Vorerst jedenfalls.

Nachdem die Idee eines Atomschlages erst einmal aus den Köpfen der Politiker und Strategen verbannt war, widmete man sich den Detailfragen über das weitere Vorgehen. Beschlüsse wurden gefasst oder zumindest angedacht. David riet zu »häufigeren Abstimmungen mit dem Oberbefehlshaber, weil besonnene Köpfe in die militärische Entscheidungsfindung vor Ort eingebunden werden« sollten. Eine vorsichtige Umschreibung dafür, dass MacArthur gebremst werden müsse, um ein Ausufern des Koreakrieges

– 319 –

zu verhindern. Diesmal verstand man ihn am Tisch sofort und seine indirekte Warnung wurde durchaus ernst genommen.

Als Truman laut darüber nachdachte, den nationalen Notstand zu erklären, um der prekären Lage Herr zu werden, bat David darum, gehen zu dürfen. Über solche Fragen sollten sich die Politiker die Köpfe zerbrechen. Er hatte sein Ziel erreicht.

Erstaunlich herzlich verabschiedete sich Truman von der »Legende David Pratt«. Dem Geehrten erschien diese von MacArthur stammende Titulierung reichlich übertrieben. Wenn der General erst davon erfuhr, dass sein Protegé ihm an diesem Abend die militärische Unfehlbarkeit abgesprochen hatte, dann dürften ihm vermutlich noch einige weniger schmeichelhafte Namen einfallen.

Für David war der Koreakrieg damit zu Ende, nicht jedoch für die Welt. Am 24. Dezember wurden mit Ausnahme der kampffähigen Männer sämtliche Einwohner Seouls aufgefordert, die Stadt erneut zu verlassen. Während eines unerbittlichen Winterkrieges kam es zu beispiellosen Gräueltaten. Die südkoreanischen Einheiten konnten nur mühsam davon abgehalten werden, sämtliche Gefangenen zu erschießen. Am 11. April 1951 verlor Douglas MacArthur sein Kommando und wurde durch General Matthew B. Ridgway ersetzt. Bereits drei Monate später wurden Waffenstillstandsverhandlungen aufgenommen, die sich zwei Jahre hinziehen sollten. Die Frontlinie hatte sich um den achtunddreißigsten

Breitengrad herum stabilisiert. Bei der Betrachtung der politischen Landkarte konnte man also meinen, alles sei beim Alten geblieben – die drei Millionen neuen Gräber aus dem Koreakrieg waren darauf ja auch nicht verzeichnet.

Am 27. Juli 1953 wurde der Waffenstillstand endlich besiegelt. Solange David lebte, würde in der Verhandlungsbaracke von P'anmunjŏm eine lange Tafel stehen, die zum Symbol eines zerrissenen Volkes werden sollte: Die Verhandlungspartner saßen an ihr jeder in seinem Land – die Grenze ging mitten durch den Tisch.

Alles ist relativ

David Pratt war wie vom Erdboden verschluckt. Dafür kehrte Dan Kirpan am 2. Dezember 1950 nach New York zurück. Als er die Gelbe Festung betrat, begegneten ihm einige merkwürdige Gestalten mit Frisuren, die er noch nie gesehen, und Kleidungsstücken, von denen er nie gehört hatte.

Die Begrüßung Ruben Rubinsteins fiel ungemein herzlich aus. Der Maler lud David in sein Atelier ein. Es roch nach Farbe. An den Wänden hingen und standen zahlreiche neue Bilder. Mehrere Staffeleien zeigten unvollendete Werke.

»Unter Arbeitsmangel scheinst du jedenfalls nicht zu leiden«, stellte David fest.

Ruben lächelte selig. »Ich habe zu keiner Zeit so viel geschuftet wie gerade jetzt, aber ich war auch niemals so zufrieden!«

»Offenbar habe ich auch ein paar neue Mieter. Ziemlich skurrile Typen, wie mir scheint. Sind die genauso emsig am Arbeiten wie du?«

»Die meisten. Wenn du auf deine finanzielle Situation anspielst, kann ich dich beruhigen. Ich habe bei der Vermietung herausgeholt, was möglich war.«

»Ich hoffe, es ist nicht vermessen, aber könntest du mir einen Vorschuss geben? Ich bin völlig abgebrannt.«

Ein verschmitztes Blinzeln Rubens kündete die frohe Nachricht an. »Was heißt hier Vorschuss? Alles, was ich dir geborgt habe, ist bereits zurückgezahlt. Und wenn du nicht allzu verschwenderisch bist, müsstest du das nächste halbe Jahr ganz gut leben können.«

»Ich weiß gar nicht, wie ich dir danken soll, Ruben.«

Der Jude lehnte sich in gespielter Empörung zurück. »Was soll das? Ich muss *dir* danken.« Er zögerte kurz. »Etwas könntest du doch für mich tun.«

»Es ist schon bewilligt.«

»Mach mich zu deinem Vermögensverwalter. Ich weiß ja nicht, wie du das früher angestellt hast, aber ich denke, jetzt kannst du einen Mann wie mich gut gebrauchen.«

»Früher hatte ich Geld wie Heu«, sagte David, ohne dabei prahlerisch zu klingen. »Allerdings – ein Maler, der mit Geld umgehen kann?«

Ruben lachte. »Viele begnadete Künstler waren und sind außerordentlich erfolgreiche Geschäftsleute.«

– 322 –

»Schon gut. Ich wollte deine Talente nicht infrage stellen. Danke für das Angebot. Ich nehme es gerne an.«

Ruben freute sich wie ein Kind. Selbst in New York war er für viele nur der Jude, ein Künstler, dessen Werke man gerne kaufte, aber auch nicht mehr. Bei David war das anders. Durch ihn erfuhr der Emigrant aus Berlin Anerkennung und Anteilnahme.

»Wie ist es dir in Korea ergangen?«, fragte er nach einer Weile.

David breitete in einer ratlosen Geste die Hände aus. »Was soll ich dir darauf antworten? Ich habe neue Freunde gewonnen, einmal mehr das hässliche Antlitz des Krieges gesehen, düstere Erinnerungen sind wieder aufgelebt und die Hälfte meiner Lebenskraft ist verbraucht.«

»Anstatt dich in Selbstmitleid zu aalen, solltest du endlich auf den Punkt kommen. Du weißt genau, was ich wissen will.«

»Ach so, das! Ich habe den Mörder Ito Hirobumis gefunden; das Ganze war ein höchst zwiespältiges Erlebnis.« David berichtete ausführlich über die Geschehnisse im Hause An Chung-guns und schloss mit dem nüchternen Resümee: »Wenigstens hat der Koreaner die Existenz eines zweiten Geheimbündlers in Amerika eingestanden und meiner Liste von Belials Logenbrüdern noch einen weiteren Namen hinzugefügt: Golizyn.«

»Ist das der ›Salzmann‹ aus Ben Nedals koreanischem Dokument?«

David nickte. »Belials Mann im ›russischen Zweig‹.

Jetzt muss ich ihn nur noch im größten Flächenstaat der Welt finden.«

»Du hast zwei Hinweise«, versuchte Ruben seinem Freund Mut zu machen. »Na gut, sie sind etwas dünn, aber deine Abenteuer in Korea waren nicht umsonst.«

»Und trotzdem habe ich das Gefühl, etwas Wichtiges übersehen zu haben.« David stieß einen tiefen Seufzer aus und schlug sich mit der Faust auf die Brust. »Hier drinnen versteckt es sich. Mein Herz ruft, aber ich kann seine Sprache nicht verstehen. Was glaubst du, wie ich mir das Hirn über diese Nacht in An Chung-guns Haus zermartert habe! Hat er etwas gesagt, das mir unwichtig erschien? War es eine seiner Gesten, ein Bild an der Wand, eine Bemerkung seines Dieners? Ich komme einfach nicht darauf.«

»›Sende dein Brot aus auf die Oberfläche der Wasser, denn im Verlauf vieler Tage wirst du es wieder finden.‹«

»Das scheint der Lieblingsspruch meiner Berater zu sein. Balu hat ihn von Gandhi aufgeschnappt und auch schon versucht mich damit zu verzaubern.«

Ruben lächelte mitfühlend. »Eigentlich stehen die Worte im Buch Kohelet und stammen vom weisen König Salomon. Wie auch immer, ich habe einfach das Gefühl, du verkrampfst dich zu sehr, David, weil du unbedingt *jetzt* den Hauptgewinn ziehen willst, aber deine mühsame Jagd nach diesem Koreaner nur einen Trostpreis eingebracht zu haben *scheint*. Solange du die Zeit als deinen Feind betrachtest, kannst du nur verlieren. Du musst sie zu deinem Verbündeten machen, dann wird sie dir zu Diensten sein.«

David sah verwundert auf. »Ist das noch so ein salomonisches Sprichwort?«

Der Maler lächelte ein wenig verlegen. »Es wurde gerade erst geprägt – von Ruben Rubinstein. Einige Probleme lösen sich von allein, David, andere sind, wenn man etwas abwartet, wesentlich leichter zu bewältigen. Wie manche Panzerschränke nur mit zwei Schlüsseln zu öffnen sind, musst du möglicherweise erst einem anderen Menschen begegnen, der dir An Chung-guns letzte Lebensstunde erschließt. Außerdem darfst du den Fortschritt in der Technik nicht übersehen. Dank Telefon und Fernschreiber kannst du dich mit deinen Verbündeten quer über den Globus hinweg abstimmen. Das Fernsehen liefert Bilder aus der ganzen Welt, demnächst sogar in Farbe. Und diese Elektronenhirne, die sie neuerdings bei IBM bauen, können unvorstellbare Datenmengen in kürzester Zeit verarbeiten. Eines Tages wirst du dich womöglich an eine Schreibmaschinentastatur setzen, den Namen Golizyn eintippen und die Maschine druckt dazu alle passenden Adressen aus.«

»Du bist ein Visionär, Ruben. Aber ich bezweifle ... «

»Hör auf zu zweifeln!«, unterbrach Ruben seinen Freund streng. »Du musst *glauben*. Wenn du aufhörst an dich zu glauben, wirst du scheitern.«

David sah den Maler erschrocken an. Nur allmählich sickerte die Einsicht in sein Bewusstsein: Ruben sprach die Wahrheit. Er, David, durfte sich nicht gehen lassen. Hörbar stieß er die Luft durch die Nase aus und straffte den Rücken. »Vielleicht sollte ich in Amerika weitermachen und hier nach dem zweiten ›Schlüssel‹ An Chung-guns suchen.«

Ruben lächelte. »So gefällst du mir schon viel besser. Eine Operation hier wäre – lass mich das als dein neuer Vermögensverwalter anmerken – auch leichter zu finanzieren als weltweite Recherchen. Du hast mir einmal zum Thema Ku-Klux-Klan erzählt, er hänge irgendwie mit dem Kreis der Dämmerung zusammen ... Meinst du, der von An erwähnte Geheimbündler ist dort zu finden?«

»Nein. Ich kenne den Namen *dieses* Logenbruders. Dabei handelt es sich um einen gewissen Kelippoth, wenigstens hieß er noch so, als ich ihm 1929 das Wasser abgegraben habe.«

Ruben schlug David freundschaftlich aufs Knie. »Also ich finde, dein Koreaabenteuer hat uns ein gutes Stück vorangebracht. Jetzt hör endlich auf, Trübsal zu blasen, und lass uns den amerikanischen Bösewicht suchen.«

Mit seiner lebensbejahenden Einstellung und seinem unerschütterlichen Optimismus half Ruben Rubinstein dem Freund über manche Krise hinweg. Früher hatte Rebekka diese gewiss nicht leichte Aufgabe wahrgenommen, nun konnte sich David auf den treuen Künstler stützen.

Das war auch dringend nötig, denn die Suche nach dem Phantom gestaltete sich, wie man sich denken kann, schwierig. David fuhr kreuz und quer durch die Vereinigten Staaten. Zweimal besuchte er sogar Mexiko. Zum Glück übernahm *Time* die Kosten für viele dieser Reisen. Henry Luce wurde nicht müde, seiner »Geheimwaffe« David Pratt illustre Namen hinzuwerfen, deren Träger der überredungsbegabte Prominenteninterviewer fast alle im Sturm eroberte.

Wenn sich David auch in der Rolle der lebenden Legende nicht recht wohl fühlte, hatte die Sache immerhin etwas Gutes: Er lernte Leute kennen, die ihm nützlich sein konnten. Seine Nachrichtenagentur bestand derzeit aus nicht viel mehr als einem Briefkasten, über den er mit seiner Bruderschaft kommunizierte, aber mit den vielen Kontakten, die er nun knüpfte, mochte aus dem Papiertiger eines Tages eine mächtige Waffe im Kampf gegen den Kreis der Dämmerung werden.

Im Spätsommer 1953 hatte er eine Begegnung der besonderen Art, die er zunächst nur für die Erfüllung eines Jugendtraumes hielt. Erst viel später sollte ihm bewusst werden, dass es eine der wichtigsten seines ganzen Lebens war.

David reiste mit dem Zug nach Princeton. Das Wetter war herrlich. Der Himmel präsentierte sich in makellosem Blau. Das Treffen sollte gewissermaßen auf neutralem Boden stattfinden, im Haus eines Freundes von Albert Einstein.

Der Vertraute des Genies, wie dieser am hiesigen Institute for Advanced Study tätig, holte David persönlich mit dem Wagen vom Bahnhof ab. Er war ein Mathematiker und Logiker von Weltruf, ließ davon aber wenig durchblicken. Im Talar hätte man den Siebenundvierzigjährigen eher für einen gemütlichen Gottesmann halten können, gesegnet mit einem angenehmen, gleichwohl tiefsinnigen Humor. Seine Knickerbocker und die Schirmmütze passten dagegen eher zu einem Chauffeur, eine Rolle, die ihm im Moment sehr zu gefallen schien. David verstand sich mit Kurt Gödel auf Anhieb, vielleicht weil man in der österreichischen Mundart schnell eine erste Gemeinsamkeit entdeckt hatte.

Der unablässig redende Gödel war besonders stolz auf sein Cabriolet, einen rosa-weißen Cadillac. Mit offenem Faltverdeck rollte die ausladende Limousine durch Princeton. Bald erreichten sie eine baumbestandene Straße, an der sich hübsche Villen reihten. Vor einer blieb der Wagen des Mathematikers stehen.

»Ich werde Sie mit Albert allein lassen. Bitte fassen Sie das nicht als Unhöflichkeit auf, Mr Pratt.«

»Im Gegenteil, Herr Gödel. Ich danke Ihnen außerordentlich für Ihre Bereitschaft, bei diesem Treffen als Vermittler zu fungieren.«

Der Professor lachte. Anscheinend tat er das oft – seine Augen umrahmten unzählige Lachfältchen.

Auf einer Veranda, von der man in einen wunderbaren alten Garten blickte, traf David schließlich auf den Menschen, für den er so viel Bewunderung empfand. Einstein saß in einem großen Korbsessel mit dem Rücken zu ihm. Als er den Journalisten kommen hörte, drehte er sich um.

»Sie können nur der geheimnisvolle Mr Pratt sein«, rief er in einem Englisch mit hartem schwäbischem Akzent. David war von der herzlichen Begrüßung des Physikers überrascht. Henry hatte ihn vorgewarnt, Einstein sei schwierig und Pressevertretern gegenüber oft wenig aufge-

– 328 –

schlossen. Nicht von ungefähr zeigte ein bekanntes Foto das Jahrhundertgenie mit herausgestreckter Zunge.

»Und Sie nur der legendäre Mr Einstein«, gab David schlagfertig zurück. Während Reporter und Physiker sich die Hand reichten, fügte er hinzu: »Woran haben Sie mich erkannt?«

»Es muss wohl an Ihren Haaren liegen.«

David konnte sich ein Schmunzeln nicht verkneifen. »Wie sich die Bilder gleichen!« Albert Einsteins Markenzeichen, abgesehen von der spitzen Zunge, war die widerspenstige graue Mähne.

Körperlich wirkte Einstein ein wenig hinfällig. Womöglich litt er unter einer Krankheit oder befand sich gerade in der Rekonvaleszenz – immerhin blickte er schon auf vierundsiebzig Lebensjahre zurück. Geistig dagegen war der Physiker in Höchstform. Er bestand darauf, den perfekten Gastgeber zu mimen. Sein Freund, der heitere Herr Gödel, hatte ein lauffreudiges Dienstmädchen und es schien Einstein ein diebisches Vergnügen zu bereiten, das junge Ding durch die Gegend zu scheuchen.

»Möchten Sie noch etwas Limonade, Mr Pratt?«

Das Interview war bereits in vollem Gange. David schüttelte den Kopf. »Vielen Dank, Mr Einstein. Wissen Sie eigentlich, dass dies nicht unsere erste Unterhaltung ist?«

»Sie hatten in unserem Telefonat bereits so etwas angedeutet.«

»Sagt Ihnen der Name *Jadlowker* etwas?«

»Das Berliner Synagogenkonzert, natürlich!«

»Das war am 29. September 1930. Ich erinnere mich noch, als wäre es gestern gewesen. Sie haben Violine gespielt.«

Einstein machte ein betroffenes Gesicht. »Oh weh! Dann ist mir allerdings klar, warum Sie es nicht vergessen können.«

»Mir hat Ihr Geigenspiel gefallen. Aber noch mehr beeindruckte mich unsere anschließende Unterhaltung.«

»Ich bin ein schlechter Lügner, Mr Pratt, deswegen sage ich es freiheraus: Leider kann ich mich nicht im Geringsten daran erinnern.«

»Das macht gar nichts. Ehrlich gesagt gefällt mir Ihre Offenheit. Auf die Gefahr, dass ich wie ein idealistischer Teenager klinge, aber in diesem Jahrhundert bin ich nur wenigen großen Männern begegnet. Neben Mohandas Karamchand Gandhi sind Sie einer davon.«

Einsteins Unterkiefer sackte herab. »Habe ich Sie eben richtig verstanden: Sie kannten den Mahatma persönlich?«

David bejahte die Frage und schon nahm das Gespräch einen neuen Verlauf. Einstein bezeichnete sich als einen der größten Verehrer Gandhis. In dessen Ablehnung der Gewalt läge das »Gegengift«, sagte der Nobelpreisträger nicht ohne einen melancholischen Unterton in der Stimme, zu den massiven, aus der Kernspaltung erwachsenen Gefahren.

Die innere Zerrissenheit Einsteins war für David unübersehbar. »Durch Ihre Forschungen ist die Hiroshimabombe erst möglich geworden. Ist das nicht bitter für Sie?«

Das graue Haupt des Wissenschaftlers nickte schwer. Mit einem Mal wirkte sein mit braunen Flecken übersätes Gesicht sehr alt. »Und ob. Wenn ich nur daran denke, wie wir '39 diesen Brief an Roosevelt geschickt und ihn zum Bau der Atombombe ermuntert haben, weil wir glaubten, Hitler würde es sonst vor uns tun ...!« Jetzt schüttelte Einstein bekümmert den Kopf. »Ich wünschte manchmal, ich könnte auf einem Lichtblitz in die Vergangenheit reisen und einige dunkle Abschnitte meines Lebens ausradieren.«

Unweigerlich musste David schmunzeln. »Aus Ihrem Munde klingt das wie eine gar nicht so abwegige Geschichte. Ich nehme an, das ist auch Teil ihrer Relativitätstheorie?«

»Ja sicher: Wenn Sie sich schneller als das Licht bewegen, ist es kein Problem, in die Vergangenheit zu reisen.«

»Wissen Sie das bestimmt?«

Einsteins Mundwinkel zuckten amüsiert. »Phantasie ist wichtiger als Wissen, Mr Pratt.«

»Sie sprechen wohl eher von Ihrer sprichwörtlichen Intuition.«

»Vielleicht auch davon, obwohl ich dieses Geniegerede für maßlos übertrieben halte. Fest steht, wenn ich mich zu Beginn dieses Jahrhunderts nur auf das *Wissen* meiner Zeit gestützt hätte, wären mir die grundlegenden Ideen für die spezielle Relativitätstheorie nie in den Sinn gekommen.«

»Irgendwie erscheint mir der Gedanke, frei durch die Zeit reisen zu können, dennoch nicht plausibel. Theoretisch, mit einem Haufen mathematischer Formeln, mag das ja möglich sein, aber die Wirklichkeit sieht doch wohl ... «

»Die Wirklichkeit, Mr Pratt, ist immer das, was Sie dafür halten. Und insofern sich die Sätze der Mathematik auf die Wirklichkeit beziehen, sind sie nicht sicher, und insofern sie sicher sind, beziehen sie sich nicht auf die Wirklichkeit.«

»Mit anderen Worten, die Durchführbarkeit von Zeitreisen lässt sich nicht wirklich belegen.«

Einstein verdrehte theatralisch die Augen zur Verandadecke. »Oh, diese Kleingläubigen! Es ist schwieriger, eine vorgefasste Meinung zu zertrümmern als ein Atom.«

»Ich lasse mich gerne vom Gegenteil überzeugen.« David klang ein wenig gekränkt.

»Wie Ihnen geht es den meisten Menschen«, sagte Einstein mit routinierter Nachsicht. »Von Geburt an wachsen wir mit einem dreidimensionalen Weltbild auf – Höhe, Länge und Breite, mehr gibt es nicht.« Er kniff verschmitzt lächelnd das linke Auge zu. »Aber es gibt eben doch mehr, Mr Pratt. Die *Zeit!* Sie ist die vierte Dimension. Manche vergleichen sie mit einem Strom, der nur in eine Richtung fließt. Aber das halte ich zumindest für zweifelhaft. Inzwischen gibt es Verbrennungsmotoren und Propeller – man kann Flüsse auch hinauffahren.«

»Und wie würde ein Zeitmotor aussehen?«

»Ich kann Ihnen sagen, was er bewirken müsste: den Zeitreisenden schneller bewegen als das Licht. Zugegeben, das zu bewerkstelligen dürfte nicht ganz einfach sein, zu-

– 332 –

mal ich die Lichtgeschwindigkeit für eine Grenzkonstante halte, über die man sich nicht erheben kann.«

Bis zu diesem Punkt war Davids Begriffsvermögen bereits arg strapaziert worden. Beinahe trotzig antwortete er: »Und wenn man das Licht verlangsamen könnte?«

Einstein war von dieser Idee sofort begeistert. »Den Spieß einfach umdrehen? Warum nicht? Alles ist relativ. Nein, das ist sogar ein famoser Gedanke: Man bremse das Licht einfach auf Schrittgeschwindigkeit ab und laufe dann an ihm vorbei in die Vergangenheit.«

»Jetzt machen Sie sich lustig über mich!«

Einstein kicherte schelmisch. »Das hört sich nur so an. Zu Ihrer Beruhigung: Spätestens seit der Sonnenfinsternis von 1919 weiß man, dass Körper mit einer sehr großen Masse – etwa ein Stern – das Licht beugen können. Wenn die Gravitation nur groß genug wäre, könnte solch ein Körper das Licht gewiss auch ›festhalten‹, um es einmal bildlich auszudrücken.«

»Gäbe es an einem solchen Ort überhaupt noch so etwas wie Zeit?«

»Vielleicht. Vielleicht auch nicht. Oder sie würde ganz anderen Gesetzen gehorchen, als wir es uns mit unserem begrenzten Verstand überhaupt vorstellen können.«

David nickte zerstreut und in Gedanken wiederholte er Einsteins schlichte Feststellung. *Alles ist relativ.* »Ich habe nie über Geschwindigkeit unter dieser Prämisse nachgedacht. Wenn ich bisher auf die Bremse eines Autos getreten bin, hat das für mich immer nur eine Verlangsamung bedeutet. Aber der Fahrradfahrer auf der Straße neben mir erlebt denselben Vorgang für sich und seinen Drahtesel als relative Beschleunigung.«

»Die Physiker sehen im Bremsvorgang auch eine Beschleunigung, nur eben eine mit umgekehrtem Vorzeichen. Aber so ist das eben mit uns Menschen: Alles legen wir negativ aus. Denken Sie nur an meinen geschätzten Freund Gödel. Ihm zu Ehren spricht man vom Gödel'schen *Unvollständigkeits*satz, nach Wolfgang Pauli hat man das Pauli*verbot* und nach Heisenberg die *Unschärfe*relation benannt. Vielleicht entdecken Sie ja mal etwas Positives: die Pratt'sche Zeitverdoppelung.«

In Davids Kopf schwirrten aberwitzige Gedanken durcheinander. »Ich glaube, wir sollten das Thema wechseln, sonst verliere ich noch den Verstand.«

»Am Anfang geht es vielen so«, beruhigte ihn der Physiker. »Manche bekommen kalte Füße und erklären die Physik zur metaphysischen Wissenschaft, aber wenn ihre grauen Zellen erst gehörig auf Trab gebracht worden sind, fangen sie plötzlich Feuer – darin sind sich der Mikrokosmos und das normale Leben verblüffend ähnlich.«

»Wie meinen Sie das?«

»Ich rede von der Bewegungsenergie der Elemente, die mit Wärme in Beziehung gesetzt wird. Gegen kalte Füße hilft Trampeln, besser noch schnelles Laufen. Um einen Eiswürfel aufzutauen, müssen eben die Wassermoleküle auf Trab gebracht werden. Es ist dasselbe Prinzip.«

»Und umgekehrt?«

»Funktioniert's natürlich genauso. Wenn die Mikroteilchen im Wasser abgebremst werden, erstarrt die Flüssigkeit wieder zu Eis.«

David betrachtete nachdenklich den schmelzenden Eiswürfel in dem Limonadenglas vor ihm auf dem Tisch. Er stellte sich die Wassermoleküle wie einen winzig kleinen Fischschwarm vor, der unablässig durcheinander wirbelte. Was würde geschehen, wenn die kleinen Quirler in Honig statt Limonade schwämmen?

Klirr!

Physiker und Journalist blickten gleichermaßen erstaunt auf das Limonadenglas, vielmehr auf das, was von ihm noch übrig war. Das Erfrischungsgetränk war von einem Moment zum anderen zu Eis erstarrt und hatte sein gläsernes Behältnis auseinander gesprengt.

»Haben Sie das gesehen?«, fragte Einstein überflüssigerweise.

David nickte. Jetzt hatte er einen trockenen Mund, aber nichts mehr zu trinken. »Wie konnte das passieren?«

»Ist mir auch schleierhaft.«

Die Reste des Phänomens wurden schnell beseitigt und das Dienstmädchen brachte ein neues Glas. Es dauerte einige Zeit, bis David die soeben gemachte Entdeckung an den Rand seines Bewusstseins drängen und die Unterhaltung wieder in geordnete Bahnen lenken konnte. Man unterhielt sich – für die Leser des *Time*-Magazins – noch eine Weile über Einsteins derzeitige Arbeit, die Formulierung der »einheitlichen Feldtheorie«, deren Ziel die Beschreibung der maßgeblichen Kräfte des Universums auf einer homogenen Basis sei. Dann schwang sich der Gedanken-

– 335 –

austausch in noch höhere Dimensionen empor. Es ging um die Frage nach jenem genialen Geist, der das so Ehrfurcht einflößende Regelwerk des Mikro- und Makrokosmos ersonnen haben musste.

Einstein beschloss den Dialog mit einer bemerkenswerten Äußerung. Er sagte: »Das ganze Universum besteht aus den gleichen Atomen, also ist auch die Energie, die in der Masse jedes einzelnen Atoms steckt, ein Funke jener schöpferischen Kraft, die einst das Universum hervorbrachte.«

Das knapp dreistündige Gespräch gab David schwer zu denken. Als er mit dem Zug nach New York zurückreiste, platzten im Salonwagen etliche Whiskey- und Champagnergläser. Er registrierte es mit stiller Freude. Auf die Frage, was er an diesem Tag gelernt habe, hätte er ohne Zögern antworten können: Mehr als in meinem bisherigen Leben.

Phantasie sei wichtiger als Wissen, hatte Einstein zu ihm gesagt. *Aber ohne Wissen nützt die blühendste Phantasie nichts,* setzte David in Gedanken hinzu. Gleichermaßen beflügelt von der visionären Persönlichkeit Einsteins wie auch von Rubens realistischer Einschätzung der in Korea gewonnenen Erkenntnisse, begann David seiner Phantasie Nahrung zu geben. Einmal mehr schöpfte er aus vertraulichen und öffentlich zugänglichen Quellen, um Hinweise auf den geheimnisvollen »zweiten Schlüssel in Amerika« zu finden, jenen Logenbruder Belials, dessen Namen An Chung-gun nicht verraten hatte.

Beim Studium der Tagespresse sprangen David manche Nachrichten förmlich entgegen, andere weniger, was nicht unbedingt mit der Wichtigkeit der Meldungen zu tun hatte. So nahm die Öffentlichkeit kaum Notiz davon, als James Dewey Watson und Francis Crick 1953 unter Verwendung einer Fotografie ihrer Kollegin Rosalind die Doppelhelixstruktur der DNS entschlüsselten. Desoxyribonukleinsäure – allein der zungenbrecherische Name schien von vornherein jedes Interesse zu ersticken. Viel mehr Bewunderung verdienten dagegen nach Ansicht vieler so wagemutige Männer wie Edmund Percival Hillary und Tenzing Norgay, die im selben Jahr erstmals den höchsten Berg der Welt, den Mount Everest, bestiegen hatten. Mit gewaltigem Brimborium wurde auch die Geburt von *Mike* gefeiert, dem großen Bruder von *Little Boy*, wenn man so will. Als *Mike* am 1. November 1952 auf den Marshall-Inseln das Licht der Welt erblickte, erlitt dabei das Eniwetok-Atoll unwiderruflichen Schaden. *Mikes* Mutter, die »große amerikanische Nation«, war trotzdem sehr stolz. Die Sowjets sollten es nur wagen, irgendwo auf der Erde den amerikanischen Machtbereich anzutasten. Die Vereinigten Staaten würden – das war der Gedanke hinter Trumans Containment-Politik – jedem mit Geld und Waffen beistehen, der sich dem kommunistischen Vormarsch entgegenstellte. *Mike*, die erste im Test erprobte Wasserstoffbombe, war also herzlich willkommen.

Deshalb verwunderte es kaum, dass nicht wenige im westlichen Lager beim Ableben eines alten Verbündeten aus dem Zweiten Weltkrieg die Korken knallen ließen.

Der Hohepriester der kommunistischen Welt war schließlich reichlich unbequem geworden. Mit dem Tod von Iossif Wissarionowitsch Stalin am 5. März 1953 setzte eine Veränderung der politischen Großwetterlage ein. Nicht nur die koreanischen Waffenstillstandsverhandlungen schien das einsetzende »Tauwetter« im Ostblock voranzubringen.

Wie es hieß, belebte der Weggang des vergötterten Sowjetführers auch den Reiseverkehr aus und in die Warschauer-Pakt-Staaten. Der Eiserne Vorhang wurde zwar nicht aufgezogen, aber zumindest etwas gelüpft.

Gerade als David darüber nachdachte, ob er in dieser günstigen Situation eine Reise nach Moskau unternehmen sollte, um von dort eine Suchaktion nach Golizyn zu starten, wurde er von einer unerwarteten Nachricht überrascht. Sie kam von der Primel. Hinter dem Spitznamen verbarg sich ein scheuer, kapriziöser, hyperaktiver Maler, der seine abstrakten Bilder als Fortführung des Werkes von Piet Mondrian ansah, den er während dessen letzten vier Lebensjahren als Freund und Schüler begleitet hatte. Herschel Goldblum war, nachdem die Nazis an ihm etwas »Entartetes« gefunden zu haben glaubten, in die USA emigriert, unterhielt aber nach wie vor gute Kontakte zur alten Heimat. In der Gelben Festung war Herschel *der* Deutschlandexperte. Eine lapidare Äußerung der Primel hatte Rubens Aufmerksamkeit erregt. Nun machten beide David mit den unerfreulichen Neuigkeiten bekannt.

»*Was* hat er getan?«, keuchte David. Weniger der Umstand, dass der von ihm so verabscheute Mensch ein Buch verfasst hatte, trieb ihm die Zornesröte ins Gesicht als vielmehr der Titel des Machwerks: *Der Wahrheit eine Gasse*. Für ihn, den Wahrheitsfinder, war das eine schallende Ohrfeige.

Die Primel sah Hilfe suchend zu dem gelassen wirkenden Ruben hinüber.

»Du hast mich schon ganz richtig verstanden, David. Franz von Papen ist unter die Schriftsteller gegangen, oder sagen wir besser unter die Autobiographen.«

David schüttelte ungläubig den Kopf. »Das verstehe, wer will. Ich meine, Hitler hat in Rudolf Hess während seiner Festungshaft ja noch einen Sekretär gehabt, dem er *Mein Kampf* diktieren konnte, aber wie bringt man es fertig, in einem Arbeitslager ein Buch zu schreiben?«

»Ich fürchte, das ist die zweite schlechte Nachricht, die ich für dich habe.«

»Sag jetzt bitte nicht, Papen befindet sich nicht mehr in Haft.«

»Er ist wieder auf freiem Fuß. Klingt das angenehmer für dich?«

David knirschte mit den Zähnen. »Seit wann?«

»Du darfst dich aber nicht aufregen.«

»Wie lange läuft er schon wieder frei herum, Ruben?«

»Seit 1949.«

David riss die Augen auf. »Er wird zu acht Jahren Arbeitslager verurteilt und ist schon nach dreien wieder frei?«

»Er hatte offenbar mächtige Fürsprecher«, mutmaßte die Primel.

– 339 –

»Das kannst du wohl laut sagen! Ich muss sofort nach Deutschland.«

Ruben und die Primel nickten gleichzeitig. »Das haben wir uns schon fast gedacht.«

David reiste Anfang März 1954 über London nach Deutschland ein. Seine Brieftasche enthielt den größten Teil seiner Ersparnisse. Für einen Weltenbummler lächerlich wenig, hatte Ruben mahnend angemerkt.

In der britischen Hauptstadt gab es ein Wiedersehen mit Choi Soo-wan. Der Historiker hatte Korea mit heiler Haut verlassen können und freute sich überschwänglich seinen »jüngeren Freund wohlbehalten zurückzubekommen«. Auch Indu Cullingham und Abhitha stattete David einen Besuch ab. Die Offizierswitwe war für das einstige Straßenkind zu einer treu sorgenden Pflegemutter geworden. Die eintägige Stippvisite in London hatte David zuversichtlich gestimmt. Mit einem stillen Lächeln auf den Lippen saß er am nächsten Morgen im Flugzeug nach Deutschland.

Als er mittags in Frankfurt am Main die Gangway hinunterstieg, peitschte ihm kalter Regen ins Gesicht. Ihn fröstelte. Es war wie vor acht Jahren. Ähnliche Gründe hatten ihn schon 1946 nach Nürnberg geführt. Er hoffte damals, die Richter des internationalen Militärtribunals würden Franz von Papens Anteil am abscheulichsten Verbrechen der Menschheitsgeschichte das richtige Gewicht beimessen. Wie inzwischen bekannt, wurde David enttäuscht. Obwohl er den Richtern zugute hielt, dass sie von

– 340 –

der Zugehörigkeit Papens zum Kreis der Dämmerung nicht die geringste Ahnung hatten, kam ihm das Ganze wie eine alberne Provinzposse vor.

Ungeduldig stand er kurze Zeit später auf dem Bahnsteig des Frankfurter Hauptbahnhofs. Während er auf den Zug wartete, ging ihm durch den Kopf, wie schlecht der einstige Reichskanzler Franz von Papen doch das deutsche Haus beschützt, ja sogar dem Schlächter Hitler Tür und Tor geöffnet hatte. David hielt die Zeit der Abrechnung für gekommen. Mit diesem Gedanken stieg er in den Zug nach Braunschweig.

Leider besaß er keinerlei Anhaltspunkte, wo sich sein alter Widersacher aufhielt, aber das, so hoffte er, würde sich bald ändern. Über die Primel hatte er Kontakt zu einem hohen deutschen Justizbeamten namens Fritz Bauer bekommen. Der Mann sei Generalstaatsanwalt in Braunschweig und habe für Nazis nicht viel übrig, versicherte Rubens sensibler Malerkollege. Bauers Erinnerungen an das Konzentrationslager hielten diese Antipathie wach. Wie die beiden Kunstschaffenden war auch Fritz Bauer Jude. Herschel Goldblum hatte den Juristen 1937 im dänischen Exil kennen gelernt. Als die deutsche Wehrmacht dann Dänemark besetzte und Bauer erneut inhaftiert wurde, trennten sich die Wege der beiden. Herschel war die Flucht nach Amerika gelungen, Bauer hatte später nach Schweden entkommen können, wo er bis Kriegsende als Wirtschaftswissenschaftler an der Universität Stockholm arbeitete. Seit 1949 lebte er wieder in Deutschland.

Im Schatten des Braunschweiger Doms kam es zu Davids erster Fühlungnahme mit Fritz Bauer. Sie trafen sich in einem Restaurant, dessen rustikale Inneneinrichtung noch aus der Vorkriegszeit stammte. Der niedersächsische Generalstaatsanwalt war eine imponierende Erscheinung: etwa fünfzig Jahre alt, hoher Wuchs, graue buschige Augenbrauen, gekleidet in einen gepflegten, wenn auch etwas altmodisch wirkenden dunkelgrauen Anzug, aber umgeben von einer Aura selbstbewusster Liebenswürdigkeit.

David war ihm von der Primel als seriöser Journalist angekündigt worden, der Bauers Leidenschaft teile, abgetauchten Nazis nachzuspüren.

Nicht um spektakuläre Artikel gehe es ihm, betonte David während des Essens, auch nicht um Rache für seine ermordete jüdische Frau, sondern um Gerechtigkeit und Aufklärung. Er wolle die Mechanismen der Unmenschlichkeit bloßlegen, damit nicht eines Tages – womöglich in globalem Ausmaß – Fortsetzung fand, was im Tausendjährigen Reich seinen Anfang genommen hatte.

Wie meist bei derartigen Unterhaltungen hegte Davids Gesprächspartner keinerlei Misstrauen gegen ihn. Fritz Bauer spürte, wie ihm der Fremde sein Herz öffnete, und das schuf Vertrauen.

»Auch ich will Recht, nicht Rache«, betonte Bauer freimütig. »Gerichtstag halten über die gefährlichsten Faktoren unserer Geschichte – das ist die mir selbst gestellte Aufgabe. Wie mir Herschel mitteilte, suchen Sie einen hochrangigen Nazi. Kann ich Ihnen dabei irgendwie behilflich sein, Mr Claymore?«

»Das hoffe ich zumindest. Es geht um Franz von Papen.«

»Hitlers Vize? Warum gerade er? Papen mag ein politischer Stümper sondergleichen sein, machtbesessen und intrigant, aber warum jagen Sie nicht den KZ-Arzt Josef Mengele oder Hitlers Sekretär Martin Bormann ...«

»Wenn ich Sie unterbrechen darf, Herr Bauer. Es geht mir nicht allein darum, das Ihrem Volk zugefügte Unrecht ins Bewusstsein der Öffentlichkeit zu rücken, sondern um wesentlich mehr ...«

»Die Aufarbeitung der Ermordung von sechs Millionen Juden erscheint mir Aufgabe genug.«

»Und ich halte sie für richtig und notwendig. Was aber würde geschehen, wenn wir vor lauter Vergangenheitsbewältigung die Gegenwart und Zukunft vergäßen? Die katastrophalen Auswüchse des Dritten Reichs sind meiner Meinung nach nicht die Folge einer singulären Mutation im Organismus der Menschheit. Es ist nicht damit getan, dieses Krebsgeschwür mit dem Skalpell herauszuschneiden, also einige Kriegsverbrecher in Prozessen zu verurteilen.«

»Um in Ihrem Bild zu bleiben: Ich stimme Ihnen zu, wenn Sie sagen wollen, der Tumor des Nationalsozialismus habe vor seiner Entfernung Metastasen gebildet, die nun im Kreislauf der Welt zirkulieren und neue Geschwüre bilden. Man muss diese Krankheitsherde mit rechtsstaatlichen Mitteln lokalisieren und ausmerzen.«

»Ich gehe aber sogar noch einen Schritt weiter, Herr

Bauer. Meine persönliche Bestimmung liegt in der Verhinderung einer globalen Katastrophe, gegen die Hitlers Holocaust und der Zweite Weltkrieg nur kleine Flämmchen wären.«

Zum ersten Mal wirkte der Jurist skeptisch. Was David damit meine, wollte er wissen, und welche Gefahr ein gescheiterter Machtmensch wie Papen für seine Mitmenschen noch darstellen könne. Geduldig beantwortete David alle Fragen des Deutschen und schilderte einige Details des Jahrhundertplans, ohne den Kreis der Dämmerung beim Namen zu nennen. Dafür war es noch zu früh, aber befriedigt nahm er die Offenheit Bauers zur Kenntnis.

Bauer ging zielstrebig an die Arbeit. Er führte Telefonate, schrieb Briefe, bat alle seine Kollegen in den anderen deutschen Bundesländern um Amtshilfe bei der Suche nach Papen. Zu seiner Verwunderung blieb jedoch das Echo aus. Niemand schien zu wissen, wo sich Hitlers ehemaliger Steigbügelhalter aufhielt. Das weckte seinen Argwohn und machte ihn nur noch entschlossener, Davids Anliegen zu unterstützen. Dem war das nur recht. Binnen einer Woche konnte er den Generalstaatsanwalt zu seiner Bruderschaft zählen.

»Ich habe mit beinahe zwei Dutzend Leuten gesprochen«, schilderte David Anfang April die Ergebnisse seiner eigenen Ermittlungen. Die regelmäßigen Treffen mit dem inzwischen zum Freund gewordenen Juristen fanden, wie auch an diesem Abend, meistens in dessen Braunschweiger Haus statt. »Alle Antworten klingen ähnlich:

Anton Pfeiffer – ein bayerischer Minister, der mich 1946 darin unterstützt hat, Papen ein Spruchkammerverfahren anzuhängen – ist die jetzige Anschrift des Gesuchten nicht bekannt. Selbst der Verlag, in dem Papens Buch erschien, behauptet, nichts von seinem derzeitigen Aufenthaltsort zu wissen. Man könnte meinen, der Erdboden habe ihn verschluckt.«

»Mir ist es ähnlich ergangen«, resümierte Franz Bauer und griff nach dem gespritzten Apfelsaft, der vor ihm auf dem Tisch stand. »Ich komme mir langsam vor wie Emil Zátopek. Nur noch am Laufen bin ich, von einer Stelle zur anderen, aber niemand konnte – oder wollte – mir Auskunft geben. Ich fürchte, auf dem Amtsweg kommen wir nicht weiter.«

»Das klingt ja, als gebe es da noch eine andere Möglichkeit.«

»Es ist eher eine vage Hoffnung, David.«

»Egal, Fritz, heraus damit.«

Prompt verschluckte sich der Deutsche und stieß prustend das Gemisch aus Mineralwasser und Saft durch die Nase hervor. David war bereits aufgesprungen, um dem Ärmsten auf den Rücken zu klopfen. So wörtlich habe er seine Aufforderung nicht gemeint, entschuldigte er sich. Aber Fritz interessierte etwas ganz anderes, während er sich mit einem riesigen karierten Stofftaschentuch säuberte.

»Woher hast du gewusst, dass mir dieses Malheur passieren wird?«

»Gewusst? Ich? Was denn?«

»Du warst schon halb bei mir, ehe ich mich überhaupt verschluckt hatte.«

David grinste schief. »Auf viele Menschen wirke ich sehr überzeugend. Anscheinend bist du da keine Ausnahme. Ich habe gesagt: ›Heraus damit!‹, und schon ist es passiert.«

Der Generalstaatsanwalt bedachte David mit einem Blick, den er sich sonst für zwielichtige Gestalten vorbehielt. »Wie auch immer«, brummte er schließlich, zog einen kleinen Zettel aus der Seitentasche seiner Strickjacke und schob ihn über den Tisch. »Papens Botschaftertätigkeit in Wien hat mich an einen Mann erinnert, dessen Name und Adresse ich dir hier notiert habe. Er hat das KZ Mauthausen überlebt. Zwar kenne ich ihn nicht persönlich, aber er scheint für uns genau der Richtige zu sein.«

David las nachdenklich die handschriftliche Notiz. »Simon Wiesenthal. Kommt mir irgendwie bekannt vor.«

»Würde mich nicht wundern, wenn du schon von ihm gelesen hast. Die Jagd nach untergetauchten Nazis ist für Wiesenthal nicht wie bei mir Nebenbeschäftigung, sondern Passion. Er leitet in Linz ein Zentrum zur Dokumentation der Schicksale von Juden und ihren Verfolgern.«

Ohne den Blick von dem Zettel zu nehmen, murmelte David: »Irgendwie ernüchternd, dass die Justiz ausgerechnet in diesem Land bei der Jagd nach Hitlers Helfern so wenig Elan zeigt.«

»Ernüchternd vielleicht, aber nicht erstaunlich. Was

glaubst du, wie viele Juristen aus nationalsozialistischer Zeit der Staat bei uns noch immer beschäftigt! Solange Konrad Adenauer regiert, müssen kapitale Nazi-Hirsche den Abschuss durch deutsche Gerichte nicht fürchten.«

Seufzend steckte sich David die Adresse Simon Wiesenthals in die Brusttasche. »Also gut, ich habe dich verstanden, Fritz. Eigentlich bin ich mein ganzes Leben lang auf Nebenpfaden gewandelt. Ich werde mir diesen famosen Nazijäger einmal anschauen.«

Simon Wiesenthal war besessen von der Idee, die Peiniger seines Volkes ihrer gerechten Strafe zuzuführen. Als David den etwas unscheinbar wirkenden Juden in Linz traf, blieb ihm das nicht verborgen. Wiesenthals Augen waren angefüllt mit erlebtem Leid, aber aus ihnen strahlte auch eine ungeheure Kraft. Äußerlich betrachtet war er ein netter, sogar gut aussehender Mann von über vierzig, deutlich kleiner als David, mit einem markanten, etwas kantigen Gesicht und einer hohen Stirn. Sein dunkles Haar wies nur wenige graue Strähnen auf, der schmale Schnurrbart überhaupt keine.

An einem sonnigen Apriltag hatten sie sich bei der Dampfschiffstation getroffen und auf Vorschlag Wiesenthals einen Spaziergang entlang der Donau angetreten. Wie üblich bemühte sich David zunächst um das Vertrauen des Gesprächspartners: Er ließ sein Gegenüber erzählen und hörte aufmerksam zu.

Den Krieg hatte Simon Wiesenthal als körperliches

Wrack überlebt. Doch bald erholte er sich wieder. Vergessen konnte er die in zwölf Konzentrationslagern erlittenen Torturen jedoch nie. Zunächst half er dem amerikanischen Counter Intelligence Corps bei der Suche nach Kriegsverbrechern. Im Jahre 1947 gründete er dann mit dreißig Gleichgesinnten das Linzer Dokumentationszentrum. Vor kurzem war über die Schließung seines Instituts entschieden worden. Aber der Jude dachte keineswegs ans Aufgeben. Seine zahllosen Dokumente hatte er dem Staat Israel vermacht. In Zukunft würde der Nazijäger allein auf die Pirsch gehen.

Als David von der Suche nach Papen erzählte, zeigte sich Wiesenthal aus ähnlichen Gründen wie vordem Fritz Bauer zunächst uninteressiert. Doch dem Wahrheitsfinder konnte auf Dauer kaum jemand widerstehen. Zuletzt schritten die beiden Männer schweigend nebeneinander her. Zu ihrer Linken floss träge die Donau, rechter Hand zwitscherten die Vögel in Bäumen und Büschen.

»Sie scheinen mir ein sehr entschlossener Mann zu sein, Mr Claymore«, begann Wiesenthal schließlich. »Halten Sie mich bitte nicht für begriffsstützig, aber warum konzentrieren Sie sich nicht auf lohnendere Ziele? Eichmann zum Beispiel oder ...«

»Sie reden von Adolf Eichmann?«

Wiesenthal nickte. »Für mich einer der größten Naziverbrecher überhaupt.«

»Mir kommt er eher wie ein von Hitlers Wahnvorstellungen infizierter Schreibtischtäter vor, dessen pathologi-

– 348 –

sche Gewissenhaftigkeit ihn für die barbarischen Folgen seiner ›Arbeit‹ blind gemacht hat.«

»Nett gesagt, Mr Claymore. Wir liegen allerdings gar nicht so weit auseinander. Mit dem Wort ›Verbrecher‹ habe ich keineswegs einen von der Gesellschaft geächteten Paranoiker gemeint, der schon von weitem aus der Menge heraussticht. Massenmord in großem Maßstab setzt einen sozial angepassten Täter voraus. Eichmann wird von Zeugen als durchaus umgänglicher Mensch beschrieben, als geborener Beamter: gründlich, ordentlich, die Dienstvorschrift immer peinlich beachtend. Insofern dürfte Ihr Bild vom Schreibtischtäter also stimmen. Im Übrigen scheint Eichmann, nach allem, was ich erfahren habe, ein eher farbloses Gewächs zu sein.«

»Mir fällt es schwer, ihn mir so … *menschlich* vorzustellen. Er hat meine Schwiegermutter, eine jüdische Ärztin aus Paris, in den Tod geschickt.«

»Und noch sechs Millionen andere Frauen, Männer und Kinder.«

»Sie spielen auf Eichmanns Rolle im Referat IV B 4 des Reichssicherheitshauptamtes an. Aber ich rede nicht von seinem Beitrag bei der Deportation der Juden in die Vernichtungslager. Die Zentrale Stelle für die Aufklärung von NS-Verbrechen im württembergischen Ludwigsburg hat mir auf meine Anfrage hin bestätigt, dass Marie Rosenbaum, die Mutter meiner Frau, auf seine ausdrückliche Anweisung hin ermordet wurde.«

Wiesenthals dunkle Augen begannen zu funkeln. »Haben Sie das Schreiben von damals noch?«

– 349 –

»Natürlich. Allerdings trage ich es nicht bei mir. Ich könnte Ihnen eine Kopie schicken.«

»Oh bitte! Eichmann steht auf meiner ›Abschussliste‹ ganz oben. Ich bin immer an Dokumenten interessiert, die seine direkte Beteiligung am Tode Einzelner belegen. Sie könnten einmal der Schlüssel zu seiner Verurteilung sein.«

»Sie meinen seiner Hinrichtung.«

Ein tiefgründiges Lächeln umspielte Wiesenthals Lippen. »Darüber haben die Gerichte zu entscheiden.«

David suchte nach Spuren von Rachegelüsten im Gesicht des anderen, fand aber nur einen unbeugsamen Willen. »Vielleicht können wir ein Geschäft auf Gegenseitigkeit abschließen, Herr Wiesenthal. Sie versorgen mich mit Informationen über die Ihnen bekannten Nazischlupfwinkel und ich halte meine Augen in Bezug auf Eichmann offen. Als Zeichen meines guten Willens werde ich umgehend die Zusendung des von Ihnen gewünschten Dokumentes veranlassen.«

»Unsere Unterhaltung beginnt mir Spaß zu machen. Wenn Sie wirklich der findige Mann sind, als der Sie mir von Fritz Bauer avisiert wurden, dann könnte so ein Geschäft für beide Seiten lohnenswert sein. Einverstanden – Sie bekommen von mir, was sie brauchen.«

David atmete auf. »Gibt es irgendwelche Anhaltspunkte, wo sich Eichmann jetzt aufhalten könnte?«

»Wie es der Zufall will, hat er hier in Linz ganz in meiner Nachbarschaft gewohnt. Ich kenne seine Frau, eine Sudetendeutsche namens Veronika Liebl. Sie hat nach dem Untergang des Dritten Reiches die Mär verbreitet, ihr Mann habe den Krieg nicht überlebt. Ich persönlich halte das für eine Finte: Tote werden aus den Registern gestrichen und niemand kümmert sich mehr um sie. Vor zwei Jahren ist Vera Eichmann allerdings ziemlich plötzlich verschwunden. Leutselige Nachbarn haben mir gegenüber ausgeplauscht, Frau Eichmann lebe jetzt mit ihren Söhnen in Brasilien.«

»Südamerika?« David horchte auf. Sofort kam ihm An Chung-gun in den Sinn. Der Koreaner hatte von einem amerikanischen Logenbruder gesprochen. *Ich bin ein Narr gewesen, immer nur an die Vereinigten Staaten gedacht zu haben!* Er versuchte sich seine Aufregung nicht anmerken zu lassen, als er fast beiläufig sagte: »Man erzählt sich, dort unten gebe es einige Länder, die Nazis durchaus freundlich gegenüberstehen.«

»Das ist noch untertrieben. In verschiedenen Fällen hat die argentinische Regierung sogar die Flugtickets für deutsche Rüstungsexperten bezahlt. Auch den politischen Führern von Kolumbien ist braunes Gedankengut nicht gerade unsympathisch.«

»Könnte es sein, dass die alten Nazis noch immer Kontakt untereinander halten?«

»Sie wollen sagen: Papen und Eichmann?«

»Zum Beispiel.«

Wieder dieses wissende Lächeln. »Nun, Mr Claymore, betreten wir dünnes Eis. Ich werde Ihnen einige Dinge erzählen, die entweder absichtlich von den Nazis lancierte Legenden sind oder, wenn die Informationen stimmen, jeden allzu Neugierigen in Todesgefahr bringen können. Haben Sie schon einmal von einer Organisation namens *Odessa* gehört?«

Spielernaturen

Hitlers Orden mit dem Totenkopf und der Siegrune glich einer Krake. Wie das Meerestier besaß auch die SS viele Arme und ein zähes Leben. Die Mitglieder der Schutzstaffel hatten ein Faible für Mystisches. Deshalb verehrten sie die germanischen Götter- und Heldenepen genauso wie deren Interpreten Richard Wagner. Dem Namen *Odessa* haftete ebenfalls ein Hauch des Dunklen, Rätselhaften an. Er stand für eine geheimnisvolle SS-Organisation, deren unsichtbares Netz nicht greifbar, aber doch überall präsent zu sein schien. Phantasiebegabte Zeitgenossen dichteten der »Interessenvertretung« fast unbegrenzte Macht an, gegründet auf sagenhafte Nazischätze. Man sprach von Geheimkammern voller Dollarbündel oder versunkenen U-Booten prall gefüllt mit Goldbarren.

Einen knappen Monat lang bereiste David die Alpenrepublik Österreich, um die Informationen von Simon Wiesenthal zu verifizieren. Nebenbei zerbrach er sich den Kopf über den von An Chung-gun erwähnten zweiten amerikanischen Logenbruder. Damit konnte er kaum Papen gemeint haben, weil dieser erst 1949 aus dem Arbeitslager entlassen worden und danach – offenbar noch in Deutschland – zum Schriftsteller avanciert war. Der Koreaner hatte sich beklagt, seit Gründung der Volksrepublik seien Nachrichten bei ihm nur noch spärlich eingegangen. Vermutlich wusste er nicht einmal von der Existenz Papens. Südamerika blieb dennoch ein lohnendes Studienobjekt für David, denn sollte sich der deutsche Logenbruder dorthin abgesetzt haben, hatte er aller Wahrscheinlichkeit nach die Hilfe seines Kumpans vor Ort in Anspruch genommen. Und wer konnte schon wissen, ob die von Wiesenthal so vage umschriebene SS-Geheimorganisation nicht wie der Ku-Klux-Klan ein Ableger des Kreises der Dämmerung war? Natürlich ließ sich in den vier Wochen, die David in Österreich umherreiste, die Organisation von *Odessa* nicht enträtseln, ja, nicht einmal deren Existenz zweifelsfrei nachweisen, aber einige wertvolle Anhaltspunkte brachte er doch ans Tageslicht.

Seine Recherchen begann er unweit des idyllischen Uferpfads, den er mit Wiesenthal entlanggewandert war, genauer gesagt in der Linzer Bischofstraße 3. Hier wohnten Adolf Eichmanns Eltern. Naturgemäß begegneten Karl Adolf und seine Frau Maria Fremden mit Misstrauen. Immer wieder kamen Sensationsreporter und fragten nach der »Bestie«, ihrem mit zweifelhaftem Ruhm behafteten Sprössling. Gewöhnlich verlangten sie nach Familienfotos, die einen kleinen Teufel auf einem Schaukelpferd oder einen windelbepackten giftgrünen Schnullerdämon bäuchlings auf einer Schmusedecke zeigten. Derartiges besaßen die geplagten Eltern nicht und vom Verbleib ihres von der Welt so missverstandenen Filius wollten sie auch nichts wissen. Alles, was der Wahrheitsfinder ihnen entlocken konnte, war die unbedachte Äußerung, der Sohn habe seinen Frieden an fernen Gestaden gefunden, wo der Glaube an die großen Visionen des Führers ungebrochen sei. Danach landete David auf der Straße.

Wohlgemut reiste er von Linz nach Gmunden, wo Wiesenthal die Zentrale der Naziuntergrundbewegung *Spinne* vermutete. Gruppierungen wie diese seien die »Stielaugen von *Odessa*«, hatte der Jude bildhaft erklärt. Die *Spinne* jedoch stellte sich tot. Unverrichteter Dinge nahm David die nächste Etappe in Angriff: Graz.

Hier war eine andere Vereinigung in Erscheinung getreten, die unter dem Namen *Sechsgestirn* firmierte. In einem Café am Karmeliterplatz, zwischen Burggarten und Schlossberg, traf David einen Mann, den Wiesenthal als zwielichtige Gestalt bezeichnet hatte. Der so Beschriebene hieß Theodor Soucek und wurde, zumindest äußerlich, durchaus seiner Charakterisierung gerecht: ein Gesicht voller Schmisse, das Haar vor Pomade triefend, die dunkelblaue Anzugweste mit den breiten Nadelstreifen über dem Kugelbauch prall gespannt und eine knarrende, befehlsgewohnte Stimme – kurz, eine ekelhafte Erscheinung. Gleichwohl galt Soucek als Mann von Einfluss und Ansehen. Er mochte zwar nicht über versunkene Gold-U-Boote verfügen, als Industrieller aber hatte er genügend Geld, um Gruppierungen wie die *Spinne* und das *Sechsgestirn* am Leben zu erhalten, ja, deren Aktivitäten möglicherweise sogar koordinieren zu können. Wenn dem so war, dann gehörte Soucek womöglich zu den Schlüsselpersonen von *Odessa*.

David stellte sich als Reporter vor, der über Souceks Unternehmen einen Artikel verfassen wolle. In ungezwungener Atmosphäre – der alte Nazi hatte sich sechs Marillenknödel und eine Melange mit Schlag bestellt, David begnügte sich mit einem Türkischen – kam man schnell auf die Vergangenheit zu sprechen. Geschickt brachte David den Industriellen zum Schwadronieren. Soucek sehnte sich nach »der guten alten Zeit« zurück – er meinte damit Hitlers Tausendjähriges Reich – und bedauerte zutiefst die »Verkommenheit und Dekadenz des bolschewistischen Judentums«, das allenthalben wieder um sich greife. Bei so viel braunem Gerede fiel es David schwer, die Rolle des sympathisierenden Zuhörers zu spielen. Auf einem schmalen Grat zwischen Wahrheit und Lüge wandelnd entlockte er dem Alt-Nazi weitere Unbesonnenheiten.

»Der Vergangenheit nachzutrauern ist leider selten besonders produktiv. Die einstige Größe des Deutschen Reiches kann wohl allein durch das Singen strammer Lieder an Sonnenwendfeuern und das Sammeln von Stahlhelmen und Eisernen Kreuzen nicht zurückgebracht werden.« David seufzte und fühlte sich schlecht dabei.

»Sie sprechen die Wahrheit«, bellte Soucek. »Aber unterschätzen Sie die Kraft des Nationalsozialismus nicht.«

»Die Nachkriegsjugend denkt doch nur ans Vergnügen. Und die alten Vorkämpfer der Bewegung sind alle tot.«

»Wer weiß, vielleicht haben ja einige von ihnen überlebt.«

David spitzte die Ohren und mimte jetzt den Resignierten. »Wer denn? Etwa Hess, dieser Schwächling, der mit den Engländern paktieren wollte? Oder von Papen, den selbst die Richter des Militärtribunals für zu unwichtig hielten? Der eine sitzt streng bewacht in Berlin ein und der andere ist vermutlich längst verrottet.«

»Seien Sie nicht so pessimistisch«, donnerte Soucek. »Ich bin sicher, Papen lebt. Aber er ist nur ein kleiner Fisch. Es gibt andere. Kürzlich habe ich in Buenos Aires an einem Treffen des *Dürerkreises* teilgenommen. Rudel war anwesend – na, Sie wissen schon: das Fliegerass. Er berichtete über die Kameradschaftsrunden und was sich dort so tut. Großartig, sage ich Ihnen! Unsere heilige Bewegung ist nicht gestorben, sondern nur wie ein stolzer Kranich ins Winterquartier gezogen.«

David erschauerte, während er zugleich den Wissenden gab. »Keine Frage: Länder wie Argentinien werden der Welt noch einmal große Überraschungen bescheren.«

»Nicht allein Perón steht auf unserer Seite. Auch in Paraguay und Brasilien warten prominente Exilanten auf die Stunde ihrer Rückkehr.«

Jetzt ist es raus! David holte tief Luft, dann meinte er verdrießlich: »Etwa Bormann, der Sekretär des Führers, den man in Abwesenheit verurteilt hat? Nein, das kann ich mir nicht vorstellen.«

»Wieso nicht?«

»Es heißt, er sei tot.«

»Solche Gerüchte könnten auch mit Absicht in Umlauf gebracht worden sein. Außerdem soll es Kameraden

– 356 –

geben, die selbst den Nürnberger Advokaten durch die Finger geschlüpft sind.«

David stellte sich nachdenklich, wartete einige Sekunden und ließ sein Gesicht aufstrahlen. »Sie reden von Eichmann, nicht wahr? Man hat seine bedeutende Rolle bei der Endlösung der Judenfrage völlig unterschätzt und ihn während des Hauptkriegsverbrecherprozesses nicht einmal angeklagt.«

»Ich hasse dieses Wort.«

»Welches? Etwa ›Endlösung‹?«

»Nein, ich rede von dem so genannten ›Hauptkriegsverbrecherprozess‹. Man hätte das Theater besser ›Schauprozess‹ nennen sollen.«

»Ach, Sie meinen damit die Art von Vorstellung, die Freisler an seinem Volksgerichtshof zu bieten pflegte?«

Theodor Soucek blieb der sechste Marillenknödel im Halse stecken.

Die Maschine landete am Abend des 8. Mai 1954 pünktlich um 19.40 Uhr auf dem Rollfeld von Ezeiza, dem internationalen Flughafen von Buenos Aires. Mit dem Taxi ließ sich David zu einem Hotel in der Innenstadt bringen, wo er ein Zimmer reserviert hatte. Er war erschöpft von den Strapazen der Reise. Der Taxifahrer versuchte ihn in ein Gespräch zu verwickeln, aber David konnte mit dessen Spanisch nicht sehr viel anfangen; sollte sich die Suche länger hinziehen, würde er wohl als Nächstes die Landessprache lernen müssen.

Gedankenverloren blickte er aus dem Fenster. In Paris,

der letzten Zwischenstation seiner Reise vor Argentinien, hatte er eine *France-Soir* gekauft. DIEN BIEN PHU EST TOMBÉ titelte das Blatt in dicken Lettern. Bei der auf beiden Seiten von langer Hand vorbereiteten Schlacht hatten die Franzosen den Kürzeren gezogen. Ihr Stützpunkt Dien Bien Phu im äußersten Norden Vietnams war den angreifenden Vietminh unter General Vo Nguyen Giap nach sechsundfünfzigtägiger Belagerung in die Hände gefallen. Was die genaue Zahl der Opfer betraf, hielt sich die französische Militärführung bedeckt. David konnte nicht umhin, die hehren Friedensworte nach Japans Kapitulation im August 1945 als blanken Hohn zu empfinden. Nur wer auf einer Insel der Glückseligen wohnte, mochte ernsthaft an diesen Frieden glauben. Der Kreis der Dämmerung wühlte unermüdlich und es wurde höchste Zeit, dieser Hydra einen weiteren Kopf abzuschlagen.

Die in Österreich gewonnenen Hinweise galt es jetzt auszuwerten. Von Simon Wiesenthal hatte David einige Namen genannt bekommen, denen er nachgehen wollte. Und Theodor Soucek, der die gefräßige SS-Krabbe *Odessa* mit seinen Millionen fütterte, waren ebenfalls einige aufschlussreiche Versprecher unterlaufen.

In den nächsten Tagen erkundete David die Naziszene in der argentinischen Hauptstadt. Es überraschte ihn dabei, wie einfach sich diese Sondierungen anstellen ließen. Nicht erst unter seinem Präsidenten Juan Domingo Perón hatte Argentinien eine Politik des offenen Schlagbaums verfolgt. Einwanderer, vor allem solche aus Deutschland, waren schon vor dem Zweiten Weltkrieg willkommen gewesen. Das lateinamerikanische Land hatte sich durch diese Politik in eine heikle Lage manövriert, denn vor Hitlers Überfall auf Polen hatten nicht wenige Juden in Argentinien Zuflucht gesucht, danach aber waren vor allem Nazis gekommen. Jede der beiden sich nicht gerade wohlgesinnten Gruppen baute sich ihre Schutzburgen, vornehmlich in Gestalt von Vereinigungen. Äußerlich dienten die Vereine und Organisationen kulturellen Zwecken oder der Wahrnehmung wirtschaftlicher Interessen, aber hinter den Kulissen wurde nicht selten ein unerbittlicher Krieg geführt.

Aufseiten der Nazis trugen diese Vereine Namen, die heimatliche Gefühle weckten: *Teutonia* ruderte auf dem Río de la Plata, *Austria* turnte im Parque Presidente Nicolás Avellaneda und der *Kameradenkreis* sammelte Fotos ruhmreicher U-Boot-Schlachten. Nur die SS kochte ihr eigenes Süppchen. Ihr in dasselbige zu spucken würde für David nicht einfach werden.

Der Weg war eine Gazette der allerschlimmsten Machart, gewissermaßen die argentinische Variante des *Völkischen Beobachters*. Die Emigrantenzeitschrift quoll über vor nationalsozialistischem Gedankengut. Und gerade deshalb wollte sie David als Startpunkt für seine südamerikanischen Ermittlungen nutzen. Der Tipp stammte von Gustav Mankel, einem leidenschaftlichen Gegner des *Weges*. Mankel war ein gestandener Redakteur des *Argentinischen Tageblattes*, der ältesten deutschsprachigen Zeitung des Kontinents, die seit 1889 ein freundliches Bild von der deutschen Kultur zeichnete, ohne dabei die Farbe Braun zu verwenden. Er präparierte seinen – wie er meinte, österreichischen – Gesinnungsgenossen für den Einsatz als Undercoveragent im »feindlichen Lager«.

Mittlerweile besaß David einiges Geschick darin, die Wahrheit zu sagen und seine Widersacher darunter das verstehen zu lassen, was ihnen genehm war. Diese Taktik wandte er auch beim *Weg* an. Sozusagen als Pass diente ihm dabei ein Dokument, das mehr schlecht als recht in seiner Brieftasche den Krieg überstanden hatte: der Presseausweis eines gewissen Friedrich Vauser. Der Chefredakteur des *Weges* zeigte sich beeindruckt. Die *Berliner Illustrierte Zeitung* gehörte in Hitlerdeutschland zwar nicht zu den dunkelbraunen Blättern, aber da seinerzeit die Presse sowieso gleichgeschaltet war, gab es an Davids Gesinnung nichts herumzudeuteln. Er sei gerade klammheimlich aus Österreich nach Argentinien gekommen, erklärte dieser völlig wahrheitsgemäß, wenn auch in einer für den Chefredakteur arg missverständlichen Weise. Ob es für ihn nicht eine berufliche Zukunft beim *Weg* gebe?

An einer freien Mitarbeit sei er durchaus interessiert, erwiderte der Hauptschriftleiter zackig. Über was der Kamerad denn zu schreiben gedenke? Die deutsche Kultur habe es ihm angetan, antwortete David, weil er insgeheim hoffte, sich auf diesem Gebiet am wenigsten verrenken zu müssen, falls je ein Manuskript verlangt wurde. Der Chefredakteur wirkte ein wenig enttäuscht. Ein Propagandaspezialist wäre ihm vermutlich lieber gewesen. Aber schließlich akzeptierte er den neuen Journalisten doch.

Wann eigentlich die nächste Veranstaltung des *Dürerkreises* stattfinde, erkundigte sich David beiläufig, Theodor Soucek habe ihm die Kulturvereinigung empfohlen. Der Name des Grazer Industriellen zeigte schnell Wirkung. Binnen weniger Minuten bekam David ein Schriftstück in die Hand gedrückt, seine Legitimation als *Weg*-Gesandter. Der *Dürerkreis* veranstalte in zwei Tagen eine Dichterlesung, wurde ihm mitgeteilt, daran könne er sich beweisen. Liefere er in den nächsten Wochen einige brauchbare Berichte ab, werde er als Kulturredakteur angestellt. Bis dahin müsse er sich mit der Rolle eines Volontärs begnügen. Ob er damit einverstanden sei?

David war es.

Die nächsten zwei Tage heftete er Briefe und Berichte, Aktennotizen und amtliche Formulare ab und er las und las und las ... Er war neu, also fiel es nicht auf, wenn er sich die Schriftstücke etwas genauer besah. Einmal mehr staunte er, wie schnell ihm andere Menschen ihr Vertrauen schenkten, und litt deshalb fast unter einem schlechten Gewissen. Dann rief er sich aber wieder in Erinnerung, wes Geistes Kind *Der Weg* war, und die Verstellung fiel ihm leichter. Wenn denn der Kranich, von dem Theodor Soucek gesprochen hatte, je nach Deutschland zurückkehren sollte, hatte er dies in nicht geringem Maße braunen Schmierblättern wie dem *Weg* zu verdanken.

Die Redaktion befand sich in einem Raum von sieben mal zehn Metern. Die meisten Kollegen waren erstaunlich nett zu dem Volontär. *Der Weg* hätte ein Journal für Wanderfreunde sein können. Während David sein Gedächtnis bei der Registraturarbeit mit Namen, Daten und Orten fütterte, beobachtete er nebenbei seine neuen Kollegen. Gab es da jemanden, der ein wenig labil wirkte, vielleicht einen Redakteur, der seiner einschmeichelnden Gabe erliegen würde? Ja, der Erwählte hieß Willem Sassen.

Der Journalist und Amateurschauspieler war ein von der Justiz gesuchter Nazi. David erschrak, mit welcher Offenheit ihm der Kollege dieses Detail seiner Biografie anvertraute. Am nächsten Abend saßen sie zusammen bei einem blutigen Lomito-Steak und David hatte vor und nach dem Essen ausreichend Gelegenheit, in den düsteren Charakter des blonden Belgiers vorzudringen. Ihn zu durchschauen bedurfte keines Psychologiestudiums. Sassen war eitel. Er liebte die Selbstinszenierung. Als Mime spiele er im *Dürerkreis* eine tragende Rolle, erklärte er David mit vor Stolz geschwellter Brust. Der hörte das nicht ungern, hatte er doch nun einen Mentor gefunden, der ihn in den braunen Kulturzirkel einführen konnte.

Am Abend darauf setzte er sich an Willem Sassens Seite einer Stunde Johst aus. Es wurde aus dem fragwürdigen Luther-Drama *Propheten* rezitiert. David sträubten sich die Haare, aber er blieb äußerlich ruhig. Der Schriftsteller Hanns Johst hatte bis Kriegsende die Präsidentenämter der Reichsschrifttumskammer und der Deutschen Akademie der Dichtung in seiner Person vereinigt. Die dargebotenen Verse sprachen von der Hoffnung auf einen großen Retter aus der Not, jedem im Saal war klar, welcher »Führer« gemeint war.

Als das letzte Wort des Machwerks und endlich auch

– 362 –

der begeisterte Applaus des Publikums verklungen waren, konnte David nicht länger an sich halten, er raunte Sassen zu: »Wer alles auf eine Karte setzt, muss ziemlich sicher sein, nicht einen Pakt mit dem Teufel einzugehen.«

Die Antwort des Zeitungsmannes verblüffte ihn. Sassen zitierte, nicht ohne Pathos, Goethes *Faust*.

»Die Hölle selbst hat ihre Rechte?
Das find ich gut, da ließe sich ein Pakt,
Und sicher wohl mit euch, ihr Herren, schließen?«

Davids Reaktion fiel schroff aus. »Nicht jeder, der ein Recht für sich reklamiert, hat auch ein Anrecht darauf.«

Sassen war so von sich eingenommen, dass er die verräterische Äußerung seines neuen Kollegen völlig falsch deutete. »Du hast Angst, nach dem Tod des Führers könnte der Falsche ans Ruder kommen, nicht wahr?«

Innerlich aufatmend erwiderte David: »So könnte man es ausdrücken.«

»Keine Sorge, Kamerad, unsere Front ist dünn besetzt, aber tief gestaffelt. Komm, ich stelle dich einigen Herren vor, die deine Skepsis zerstreuen werden.«

In den folgenden zwei Stunden schüttelte David mehr Nazihände als während seiner ganzen Berliner Zeit – jedenfalls kam es ihm so vor. Er lernte sowohl den schon von Soucek gepriesenen Flieger Hans-Ulrich Rudel kennen als auch zahlreiche andere Angehörige der Waffen-SS. Das Wort »ehemalig« hier zu verwenden wäre unangebracht, weil die kulturbeflissenen Kameraden sich mehr

– 363 –

oder weniger noch im Kampfeinsatz sahen (man habe sich zwar »eingegraben, aber der nächste Sturm komme bestimmt«).

Dem Gespräch mit Rudel widmete David besondere Aufmerksamkeit, weil der Nazi unter dem Einfluss mehrerer Humpen Bier gerade besonders tief flog. Es dauerte nicht lange und Hans-Ulrich rutschte ein Name heraus, der David aufhorchen ließ.

»Die Tapfersten unter uns«, sagte er in vertraulichem Ton, »stehen nie allein. Es gibt immer Mutige, mein lieber Veit, die ihnen beistehen.«

»Zum Beispiel?«, fragte David gelangweilt, während er aus einer Serviette einen Phönix faltete.

»Gerhard ist so einer«, lallte Hans-Ulrich. »Mit dem kann man Pferde stehlen!«

»Du meinst Hans Gerhard in Mercedes?«

»I wo! Ich rede von Wolfgang Gerhard aus São Paulo.«

»Ach so, der.« David grinste zufrieden und ließ seinen Phönix auf dem Bierglas des Lufthelden landen.

Dringende Familienangelegenheit. Die Ausrede war nicht besonders originell, aber sie erfüllte ihren Zweck. Außerdem betrachtete David seinen Widersacher Papen nach wie vor als einen der Hauptschuldigen am Tode Rebekkas und damit *war* der Flug nach Brasilien eine Familienangelegenheit. Wenn Wolfgang Gerhard wirklich ein Heim für entlaufene Nazihunde unterhielt, dann mochte Franz von Papen dort vielleicht ebenfalls untergeschlüpft sein. Der Chefredakteur des *Wegs* bedauerte zutiefst, seinen kultu-

– 364 –

rell gebildeten Mitarbeiter schon so schnell wieder ziehen lassen zu müssen, aber David versprach, bei passender Gelegenheit zurückzukommen.

São Paulo kostete ihn annähernd zwei Wochen. Nachdem David vergeblich versucht hatte Wolfgang Gerhards Misstrauen zu überwinden und ihn auszuhorchen, verlegte er sich aufs Beobachten seiner Farm. Tagelang lag er unter fleischigen Blättern, gepeinigt von stechwütigen Moskitos, und observierte die verschiedenen Zugänge des Anwesens. Im Dschungel herrschte ein erstaunlich reger Publikumsverkehr. Zwar glich keiner von Gerhards zahlreichen »Gästen« auch nur im Entferntesten Franz von Papen oder Adolf Eichmann, aber seine Beharrlichkeit wurde dennoch belohnt. Ende Mai verfolgte er einen wohl beleibten, plattfüßigen Glatzkopf bis in ein Hotel in São Paulo und belauschte ihn an der Bar im Gespräch mit einem Unbekannten.

David mimte den Angetrunkenen und spitzte die Ohren. Die sich leise unterhaltenden Männer ignorierten ihn. Der korpulente Farmbesucher hieß August Siebrecht, der Name des anderen blieb ungenannt. Sie sprachen deutsch miteinander. Und plötzlich war von Josef Mengele die Rede.

Unwillkürlich versteifte sich David. *Der KZ-Arzt von Auschwitz!* Simon Wiesenthal hatte ihn den »Todesengel« genannt.

Als sich die beiden Deutschen voneinander verabschiedet hatten, erlebte der vermeintliche Trunkenbold eine wundersame Ernüchterung. David erkundete August Siebrechts weitere Reisepläne und tauschte Telegramme mit Wiesenthal, Bauer und Ruben Rubinstein aus. Innerhalb weniger Stunden wusste er mehr über die zwielichtige Gestalt.

August Siebrecht hatte erste Südamerika-Erfahrungen als AEG-Vertreter in Chile gewonnen, musste sich nach Abbruch der diplomatischen Beziehungen mit Hitlerdeutschland aber ein gastlicheres Land suchen. Er fand es in Argentinien, wo Juan Domingo Perón, damals noch nicht Staatspräsident, ihn mit offenen Armen empfing. Anscheinend – und hier begann das weite Feld der Spekulation – stand Siebrecht nun sogar in Diensten Peróns und versorgte den ehrgeizigen Staatsführer mit Wissenschaftlern, Ingenieuren und anderen Fachkräften, die sich in ihrer entnazifizierten deutschen Heimat nicht mehr recht wohl fühlten.

Das alles hörte sich viel versprechend an. Der Schleuser Siebrecht mochte zu *Odessa* gehören, vielleicht sogar Papen in Südamerika eine neue Identität verschafft haben oder, ein kühner Gedanke, dem unbekannten Logenbruder als Vermittler dienen. Für David hätte schon ein einziger dieser Verdachtsmomente ausgereicht, um den Deutschen nicht mehr aus den Augen zu lassen.

Vor seiner Rückkehr nach Buenos Aires wollte Siebrecht einen Abstecher nach Asunciōn in Paraguay unternehmen. Eine knappe Woche lang blieb David dem »Einwanderungsspezialisten« auf den Fersen und stieß dabei auf eine dunkle Gestalt namens Javier Gonzáles, einen kaffeebraunen, seltsam unproportionierten Mann. Gonzáles mochte einen Meter achtzig groß sein, wirkte auf den ersten Blick schlank, war aber mit einem kugelrunden Bauch gesegnet, der alles Fett im Körper des Mannes zu binden schien. Obwohl Gonzáles' Hautfarbe ihn als Nachfahren afrikanischer Sklaven auswies, mussten, den Gesichtszügen und den glatten schwarzen Haaren nach zu urteilen, noch eine ganze Anzahl anderer Volksgruppen seinen Stammbaum kultiviert haben: Indianer, Mittel-europäer, möglicherweise war irgendwann auch ein Chi-nese dazwischengerutscht. Namen und Herkunftsland des leicht schmierigen Typen hatte David von einer leutseli-gen Rezeptionsdame erfahren: Javier Gonzáles besaß einen kubanischen Pass.

Der Mann von der Zuckerrohrinsel steckte Siebrecht einen weißen, prall gefüllten Umschlag zu. Es bedurfte keiner hellseherischen Fähigkeiten, um darin ein Bündel Dollarnoten zu vermuten. Vielleicht war Gonzáles nur ein Bote. Wenn ja, dann konnte er ihn womöglich zu dem ei-gentlichen Drahtzieher und Geldgeber der »humanitären Flüchtlingshilfe« führen – laut Fritz Bauer betrieb Sieb-recht seine verdeckten Aktionen unter dem Namen die-ser Tarnorganisation. Davids nächste Etappe hieß daher Havanna.

Auf dem Flug nach Kuba saß er nur zwei Reihen hinter Gonzáles. Die Gefahr der Entdeckung bestand dennoch nicht. Der Kubaner schäkerte mit der Stewardess, bestell-te sich Rum und machte auch sonst einen sehr beschäftig-ten Eindruck. Als David am 2. Juni auf den Fersen von Javier Gonzáles in der kubanischen Hauptstadt aus dem

Flugzeug stieg, befielen ihn schwere Zweifel, ob er die richtige Entscheidung getroffen hatte.

Vor dem Flughafen winkte der leicht schwankende Geldbote ein Taxi herbei und David beeilte sich es ihm nachzutun. Mit strahlenden Augen quittierte der Fahrer den Befehl: »Bitte folgen Sie diesem Wagen.«

Die Bewohner der Zuckerrohrinsel nannten ihre Hauptstadt San Cristóbal de la Habana. Sie liebten das Leben und man sah es ihnen an. Allein die Verfolgungsjagd geriet zu einer gemächlichen Sightseeingtour. Das schwere Taxi amerikanischer Bauart rollte gemütlich hinter seinem Zwillingsbruder her, hüpfte bei jedem Schlagloch wie ein Fischerboot in der Dünung und hallte wider von den temperamentvollen Ortsbeschreibungen des Fahrers. Durch die heruntergekurbelten Fenster sah David eher ärmlich gekleidete Menschen, die aber gleichwohl lachten, als kannten sie keine Sorgen. Einmal mehr musste er an die weisen Worte denken: Es gibt Arme und Reiche, Letztere sind arme Menschen mit viel Geld.

In der Nähe des Hafens wurden die Gassen verwinkelt und eng. Die beiden Wagen rollten an zahlreichen alten Häusern vorbei, die ihre besten Tage schon lange hinter sich hatten, aber mit ihren prächtig verzierten Balkonen immer noch vom einstigen Glanz der Stadt kündeten. Schließlich hielt Gonzáles' Taxi in einer geringfügig breiteren Nebenstraße. David bezahlte den redseligen Fahrer aus seiner recht schmal gewordenen Brieftasche und setzte die Verfolgung zu Fuß fort. Über die Fahrbahn tobten Kinder. Vor den Häusern schnatterten deren Mütter. Es herrschte ein reges Treiben hier, normalerweise ideal für eine Observierung. Als der Kubaner in einem fünfgeschossigen Wohnhaus verschwand, postierte David sich in einem nahe gelegenen Hauseingang. Er überlegte. Irgendwie passte er nicht hierher mit seinem Aussehen und den beiden Reisetaschen. Zwar gab es in Havanna viele Amerikaner, die sich für ihre Dollars ein Stück Karibik kaufen wollten – aber nicht in *diesem* Viertel. Das Amerikanischste im näheren Umkreis waren die buckelrunden Straßenkreuzer von Ford und General Motors. Schon wurde David von einigen Anwohnern begafft, als wäre er ein himmelblauer, Mozart trällernder Straußenvogel. Und dann sprach ihn auch noch jemand an.

»*Norteamericano?*«, wollte ein Jugendlicher von vielleicht fünfzehn Jahren wissen.

Davids Passsammlung hätte ohne weiteres ein Nicken erlaubt, aber er schüttelte den Kopf und erwiderte holperig: »*Austríaco.*«

»Ich nicht sprechen *austríaco*«, sagte der dunkelhaarige Bursche in gebrochenem Englisch. »Können Sie verstehen mich?«

David bejahte.

»Sie suchen nach Hotel?«

»Kennst du denn eines?«

»Ja. Bitte einen Dollar.«

David seufzte, fischte die Vermittlungsprovision aber bereitwillig aus seiner Hosentasche. »Und jetzt bringe mich bitte ins Hotel. Ist es weit?«

»Nein, gleich hier.« Der Junge deutete nach links.

David trat aus dem Hauseingang und stutzte. Kaum zehn Meter von ihm entfernt hing ein Schild mit der Aufschrift *Hotel Cruz*. Die ehemals goldene Schrift war so verblichen, dass man nicht recht glauben mochte, damit seien noch Gäste anzulocken. Vielleicht finanzierte man sich ja durch eine treue Stammkundschaft. Wenn ja, dann stellte sich die Frage, von welcher Art diese war. Immerhin blieben David die Vorteile der Absteige nicht verborgen. Sollte er ein Zimmer auf die Straße hinaus bekommen, konnte er von dort aus unbeobachtet das Haus Javier Gonzáles' im Auge behalten. Als er sich nach dem Halbwüchsigen umdrehte, dem er diese noble Adresse verdankte, hatte der sich scheinbar in Luft aufgelöst. David schüttelte schmunzelnd den Kopf und betrat das »Hotel Kreuz«.

Erfreulicherweise verfügte auch der Hotelier, der zugleich Empfangschef und Page war, über einen rudimentären englischen Wortschatz. Das vereinfachte die Preisverhandlungen. Er sagte, sein Haus sei ausgebucht. David zählte nacheinander ein paar Scheine auf den Rezeptionstresen. Bei zehn Dollar war das Feilschen auch schon beendet. Minuten später bezog er sein Zimmer. Es war – gewöhnungsbedürftig. Ihn interessierte jedoch weder der Zustand von Waschraum und Toilette (beides draußen auf dem Flur) noch die schon im unbelasteten Zustand durchhängende Matratze. Nur das verschmierte Fenster war für ihn wichtig.

Gegen acht Uhr abends verließ Javier Gonzáles das Haus. Jetzt trug er ein weißes Hemd, weiße Lackschuhe, einen sandfarbenen Leinenanzug und einen Strohhut. Um das Fenster nicht länger als nötig unbeaufsichtigt zu lassen, hatte David sich nur oberflächlich frisch gemacht und steckte nun ebenfalls in Abendgarderobe. Abgesehen von den Schuhen (er trug braune) hätte man ihn für einen Zwilling der observierten Person halten können.

Eine Zeit lang lief er hinter Gonzáles her und grübelte, wie der Abend wohl weitergehen würde. Vielleicht hatte sich für Gonzáles die Reise nach Paraguay ausgezahlt und nun wollte er die Früchte seiner Arbeit genießen. Natürlich wusste David um Havannas Ruf als Amüsierinsel reicher Amerikaner und er befürchtete Schlimmes.

Gonzáles hielt die Hand hoch. Auch David hatte das Taxi bemerkt. Wenn der Kubaner jetzt in den Wagen stieg, verlor er ihn. Kurz entschlossen winkte David ebenfalls dem Lenker des Fahrzeugs zu. Da er vielleicht dreißig Meter hinter Gonzáles lief und zudem wie ein zahlungskräftiger Amerikaner aussah, reagierte der Fahrer berufsbedingt schnell. Er setzte das Taxi mit quietschenden Reifen neben David an den Straßenrand.

»Guten Abend. Können Sie mich verstehen?«, fragte er den Fahrer.

Der Chauffeur nickte. »Natürlich. Sonst wäre ich in dieser Stadt ein armer Mann.«

»Mir scheint, ich habe Ihrem Landsmann da vorne die Fahrgelegenheit vor der Nase weggeschnappt. Das ist mir unangenehm. Bitte halten Sie doch noch einmal bei ihm, dann können wir ihn fragen, ob er mitfahren will.«

Der Fahrer nickte erfreut. Gruppenfahrten dieser Art

waren auf den Karibischen Inseln keine Seltenheit, nur die hochnäsigen Amerikaner wollten immer einen ganzen Wagen für sich allein. Der bullige Achtzylindermotor des Chrysler blubberte kurz auf, dann hielt das Taxi erneut. Der Fahrer sprudelte einige spanische Sätze heraus und deutete auf David.

Der lächelte und fügte hinzu: »Unhöflichkeit ist überhaupt nicht meine Art. Wenn wir uns die Tour teilen wollen, steigen Sie ruhig ein.«

Javier Gonzáles wollte.

Damit war die erste Hürde genommen. Nun hieß es für David, nicht den Anschluss zu verlieren. Kaum hatte sich das Taxi in Bewegung gesetzt, stellte er sich auch schon als der Österreicher Veit Gladius vor und fragte, was denn im Augenblick in der Stadt so los sei. Er kenne sich in Havanna nicht aus. Gonzáles schöpfte keinen Verdacht. Er gab zu, selbst einige Tage von zu Hause weg gewesen zu sein, empfehle aber als originelles und für europäische Touristen gewiss nicht alltägliches Erlebnis den *Buena Vista Social Club*, den auch er gerade ansteuere. Kubanische Musik vom Feinsten werde dort von ausgezeichneten Musikern geboten: Rubén Gonzáles (nicht mit ihm verwandt), Compay Segundo oder Ibrahim Ferrer …

David kannte keinen einzigen dieser Namen, aber nach dem verzückten Tonfall des Kubaners zu schließen musste dieser »Sozialklub« eine Art Konservatorium für musikalisch begabte Heilige sein. Ob man sich anschließen dürfe, fragte er interessiert. Gonzáles hatte nichts dagegen

– 372 –

einzuwenden. Er schien sich über die unverhoffte Begleitung sogar zu freuen. Der Tourist machte einen kultivierten Eindruck, gerade das Richtige, um sich mal wieder etwas zu produzieren.

In den kommenden zwei Stunden ertrug David die Prahlereien des Kubaners, hörte traumhafte Musik und lernte ein seltsames Getränk aus weißem Rum und Cola kennen – fürchterlich, aber auch anregend. Der ganze Aufwand diente nur einem Zweck: Javier Gonzáles' Vertrauen zu gewinnen. Als der Kubaner allmählich glasige Augen bekam und sein nervtötendes Geschwafel kaum noch auszuhalten war, begann David seine Antennen auszufahren. Er wollte wissen, wie Gonzáles über die rechte Szene in Lateinamerika dachte.

Gonzáles war im Grunde ein unpolitischer Mensch. Er schätzte geordnete Verhältnisse, auch wenn man ihm das nicht unbedingt ansah. An Fulgencio Batista y Zaldívar störte ihn hauptsächlich, dass der kubanische Diktator zu viele Reichtümer für sich und seine Clique abzweigte, ohne ihn, Gonzáles, daran zu beteiligen. Die kürzlich erfolgte Verurteilung von Fidel Castro Ruz zu fünfzehn Jahren Zwangsarbeit hielt er für gerechtfertigt, es gehöre sich schließlich nicht, Kasernen in die Luft zu sprengen. Was er von einem Führer halte, der derlei anarchistische Umtriebe mit starker, aber gerechter Hand ausmerze, fragte David daraufhin.

»Sie meinen, so einer wie Hitler«, erwiderte Gonzáles und nahm grinsend einen weiteren Schluck aus dem schlanken Cola-mit-Rum-Glas.

David erschauerte. Wie sehr er diese Gespräche hasste! »Der hat sich ja nun selbst aus dem Rennen geworfen. Und mit ihm haben die Amerikaner auch alle anderen Nazis von der Landkarte gewischt.«

»*Alle* ist vielleicht zu viel gesagt.« Wieder dieses wissende und zugleich dümmliche Schmunzeln auf Gonzáles' Lippen. Die Wirkung des Alkohols.

»Wenn Sie jetzt von den Befehlsempfängern in Wehrmacht und Waffen-SS reden, Javier – vergessen Sie es. Da ist niemand, der die alten Zeiten zurückbringen kann.«

»Ich wüsste vielleicht doch einen.«

David nippte an seiner braunen Brühe und brummte, ohne aufzuschauen: »Wer soll das denn sein?«

Eigentlich erwartete er nun einen großen Namen. Gonzáles sonnte sich in seinem Wissen, kam es doch viel zu selten vor, dass er damit prahlen konnte. Doch anstatt nun großspurig den Hoffnungsträger oder auch geheimen Förderer der aus Großdeutschland herübergeschwappten Flüchtlingsflut zu benennen, sagte er nur: »Gehen wir ein wenig spielen, Veit.«

Es war kurz vor halb elf, als David und der Kubaner ins Spielkasino von Havanna einliefen, einen altehrwürdigen Bau, dem man schon von außen ansah, wie viele arme Schlucker ihn mit ihrem Geld beglückt hatten. Unter funkelnden Kristalllüstern wurden hier tausende und abertausende von Dollars verspielt, vornehmlich von wohl betuchten Amerikanern. David müsse sich als Glücksfee beweisen, hatte Gonzáles gefeixt und dabei einen weibi-

– 374 –

schen Tanz aufgeführt, der die Gäste im *Buena Vista Social Club* sofort zum Mitmachen animierte. Hier, im Spielkasino, ging es wesentlich steifer zu.

Das Patenkind der Glücksfee steuerte zielstrebig einen zentral gelegenen Roulettetisch an. Schon auf dem Weg zur Spielbank hatte es verlauten lassen, das es zu den regelmäßigen Gästen des »Zockertempels« gehöre. David hatte ein eher gespaltenes Verhältnis zu den meisten Formen des schnellen Gelderwerbs. Kaum hatte Gonzáles die Roulettescheibe erreicht, setzte er auch schon die ersten Jetons – und verlor seinen Einsatz. Er lachte. Den Wohltäter brauner Kriegstreiber wollte er aber noch immer nicht preisgeben. Die nächsten Spielmarken wurden gesetzt – und eingebüßt. Gonzáles knirschte mit den Zähnen. Er schob vier oder fünf weitere der schillernden Chips auf eines der grünen Felder des Tisches. Zum dritten Mal fühlte er sich von der Achtundzwanzig angezogen, obwohl diese ihm doch so wenig Sympathie entgegenbrachte. Er verlor abermals.

»In Österreich scheint man nicht zu wissen, wie Fortuna zu bezirzen ist«, fauchte Gonzáles. Seine Stimmung näherte sich dem Tiefpunkt. Es sah nicht danach aus, dass er in absehbarer Zeit mit seiner »Belohnung«, dem ersehnten Namen, herausrücken würde.

David funkelte das in Quadrate und Rechtecke aufgeteilte grüne Filztuch zornig an, als wäre es persönlich an seiner verzwickten Lage schuld. Selten hatte ihn die Dekadenz der so genannten besseren Gesellschaft derart angewidert wie in diesem Augenblick. Steifhalsige Herren

– 375 –

glotzten in die tiefen Dekolletees ihrer kichernden Beglei-
terinnen und pafften dabei dicke Havannazigarren. Aus
dem stinkenden blauen Dunst ertönte die höfliche Aufforderung des Croupiers, sich der letzten Ersparnisse zu
entledigen. David wäre am liebsten aus dem Saal gestürmt. Erschrocken starrte er auf die zitternde Hand des
Kubaners, die sich mit den verbliebenen Jetons erneut der
Achtundzwanzig näherte.

»Halt!« Er hatte den Arm des angetrunkenen Mannes
gepackt und hielt ihn mit eisernem Griff fest.

»Was soll das, Veit? Sie tun mir weh!«, zeterte Gonzáles
mit schwerer Zunge.

»Warten Sie.«

»Von wegen! Wir haben eine geschäftliche Vereinba-
rung: Sie bringen mir Glück und ich gebe Ihnen dafür den
Namen.«

David sprach aus, was er bereits lange vermutete: »Das
haben Sie doch nur so dahingesagt, um mich in diese
Spielhölle schleppen zu können.«

Gonzáles blickte wie im Fieberwahn auf die sich drehende Roulettescheibe. »Ich halte mein Wort. Lassen Sie
mich gewinnen und ich erzähle Ihnen von einer neuen
Welt.«

»Also gut«, sagte David angewidert. *Der Kerl meint, was
er sagt.* »Setzen Sie die verdammten Dinger.«

Gonzáles' Hand wollte sich aus der Umklammerung befreien, um auf der Achtundzwanzig zu landen, aber David
hielt sie noch zurück. Seine Augen waren zu zwei schmalen Schlitzen geworden. Er beobachtete den Croupier,

formte mit den Lippen lautlose Worte, wartete … »Setzen Sie auf die Neun, *schnell!*«

Der so plötzlich von der Leine gelassene Glücksjäger fiel fast auf den Spieltisch. Seine Hand kurvte über den grünen Filz und lud die Jetons auf dem vorbezeichneten Platz ab.

Im nächsten Moment rief der Bankhalter am Tisch: »*Rien ne va plus.*« Die Noch-Eigentümer der Spielchips blickten erwartungsvoll auf die sich drehende Scheibe und die gegenläufig kreisende Elfenbeinkugel. Dann verlor die Glücksmurmel an Kraft und stieß gegen ein rautenförmiges Hindernis auf ihrer Bahn. Sie sprang hoch und fiel schließlich klappernd in ein kleines Fach mit der Ziffer Neun.

Gonzáles begrüßte seinen Gewinn mit einem lauten Aufschrei, der am Tisch etliche Augenbrauen missbilligend in die Höhe schnellen ließ. Ein Paar verließ degoutiert die Arena.

»Jetzt haben Sie Ihren Gewinn«, raunte David, »und nun lassen Sie uns gehen.«

Gonzáles entwand sich der Hand des anderen und erwiderte: »Ich will wenigstens meinen Verlust von heute Abend wieder einspielen.«

»Aber Sie haben einen Volltreffer gelandet, das müsste doch längst reichen.«

Gonzáles reagierte auf den Protest der Glücksfee mit trotzigem Widerwillen. Er tauschte seinen Gewinn gegen einen einzigen Jeton mit einer unanständig hohen Zahl ein und steuerte schon wieder die Achtundzwanzig an.

– 377 –

»Nicht«, zischte David und hielt Gonzáles' Arm zurück. Schweißperlen glitzerten auf der Stirn des Sekundenpropheten. Die Rouletteschüssel verlangte ihm alles ab, denn zwischen dem »Nichts geht mehr« des Croupiers und dem Stillstand der Kugel lagen quälend lange Sekunden, beinahe zu viele für seine eher kurzatmige Gabe. Kurz bevor der Bankhalter die nächste Runde schloss, zischte David – seiner durchaus nicht sicher: »Siebenundzwanzig!«

Gonzáles reagierte mustergültig. Die Hand schnellte vor, zog noch eine Ehrenrunde über die geliebte Achtundzwanzig, ließ sich aber doch auf dem verheißenen Feld nieder.

»Rien ne va plus.«

Gespanntes Warten. Wieder trieb die elfenbeinerne Kugel ihr grausames Spiel. Als sie schließlich im Feld Siebenundzwanzig landete, provozierte Gonzáles' erneuter Jubelschrei die nächsten bösen Blicke. Davon unbeeindruckt steigerte sich der Kubaner nun in einen wahren Spieltaumel hinein, der bei David Verzweiflung, bei den immer etwas zu früh setzenden Mitspielern am Tisch jedoch unverhohlenen Neid hervorrief, glaubte man doch, das ungehörige Zögern der beiden sommerlich gekleideten Herren gehe auf einen unterentwickelten Gemeinschaftssinn zurück.

Als sich Gonzáles' Gewinn in Schwindel erregende Höhe geschraubt hatte, entstand, wie von David schon seit längerem befürchtet, Tumult am Tisch. Die Situation wurde insofern unberechenbar, als mehrere, zuvor eher träge

Mitspieler sich gegen die Glücksritter verschworen und ihnen Prügel androhten. In dieser brenzligen Situation tauchte mit einem Mal der Retter auf, ein schlanker, kleiner Mann mit Menjoubärtchen, schwarz pomadisiertem Haar und dunklem Smoking: der Chefcroupier der Spielbank.

Seine bloße Präsenz sorgte am Tisch für eine gewisse Beruhigung der Lage. Nach kurzem Zögern strich er sich bedeutungsvoll über den schmalen, gestutzten Oberlippenbart, verbeugte sich leicht und bat vollendet höflich: »Meine Herren, dürfte ich Sie vielleicht einen Moment sprechen?«

»Reden Sie!«, befahl Gonzáles.

»Wo?«, fragte David vorausschauend.

»Wie wäre es in meinem Büro, gleich hier um die Ecke?«

»Jetzt geht's nicht. Ich habe gerade eine Glückssträhne«, lehnte Gonzáles ab.

»Gerne«, antwortete David und zerrte den sich sträubenden Kubaner hinter sich her.

Das Gespräch im Büro des Oberbankhalters nahm einen ausgesprochen kultivierten Verlauf. Bei gut gekühltem Champagner bedauerte der Herr im Smoking den Umstand, die Bank an dem für Gonzáles so Glück bringenden Filztisch schließen zu müssen. Ein Kunde habe den Verdacht geäußert, es sei da zu gewissen Unregelmäßigkeiten gekommen. Ein Einwand, den man im Interesse des Rufes des Hauses keinesfalls unberücksichtigt lassen dürfe. Man freue sich wirklich außerordentlich über den angenehmen Verlauf, den der Abend für Señor Gonzáles ge-

– 379 –

nommen habe, sehe sich gleichwohl genötigt wegen der leichten Erregbarkeit der anderen Gäste von einer Fortsetzung des Spieles abzuraten.

Gonzáles leistete sich darauf einen Tobsuchtsanfall. Der Chefcroupier blieb kühl wie der Champagner, den er seinen Gästen nachschenkte. Höflich, aber bestimmend präsentierte er einen letzten Kompromissvorschlag: Die Spielbank sei bereit den Gewinn der beiden Herren aufzustocken, sollten diese mit einer fünfjährigen Sperre einverstanden sein. Gonzáles zögerte, David sagte sofort zu, schlug jedoch vor, das Hausverbot auf zehn Jahre zu erweitern.

In den nächsten Minuten wurde der Gewinn zusammengerechnet. An Gonzáles' Reaktion ließ sich wunderbar ablesen, was er sich in etwa erhofft hatte und wovon er plötzlich überrascht wurde. Seine Schätzung musste sich auf ein paar hunderttausend Dollar belaufen haben – der Oberbankhalter zählte jedoch Jetons im Wert von etwas mehr als eins Komma neun Millionen! Gonzáles wurde daraufhin so bleich, wie es sein kaffeebrauner Teint nur zuließ. Anschließend übergab er sich in den Eiskübel. David unterschrieb eine Quittung über aufgerundet zwei Millionen Dollar und nahm dafür einen Briefumschlag in Empfang, der, wie er annahm, einen üppigen Scheck enthielt. Mit einem sichtlich angeschlagenen Glückskind im Schlepptau verließ die Fee das Reich Mammons.

Der Palast des Großen Jaguars

Manuel Barrios. Das war der Lohn des für David so anstrengenden Abends. Ein Name und eine Kontaktadresse in Guatemala. Ach ja, und noch etwas: der Scheck über eine Million Dollar.

David hatte zuerst nicht gewusst, was er von dem unerwarteten Geschenk halten sollte. Gonzáles' Arm über der Schulter hatte er den bleifüßigen Jungmillionär durch Havannas nächtliche Straßen nach Hause geschleift. Die Sommernacht war lau, nein, *heiß*! Irgendwann zog David sein Jackett aus, weil die Plackerei ihm den Schweiß aus allen Poren trieb. Auf seine Glücksfee gestützt ratterte Gonzáles die wichtigsten Wünsche herunter, die er sich mit dem Geld erfüllen wollte. Unweit des Hotels, in einer David fremden Straße, hatte der Kubaner dann endlich den Namen herausgerückt.

Manuel Barrios musste in Guatemala ein Mann von Einfluss sein. Wenn man Gonzáles glaubte, war er der Nachfahre eines auf David zwielichtig wirkenden Präsidenten aus dem letzten Jahrhundert, der eine Schwäche für einen der ältesten guatemaltekischen Bräuche gehegt hatte: den gewaltsamen Umsturz von Regierungen. Unter dem freundlichen Etikett eines liberalen Machthabers hatte sich Justo Rufino, der Urgroßvater des besagten Manuel, zum Oberbefehlshaber der Armee aufgeschwungen und hinfort von einer Art großmittelamerikanischem Reich geträumt, in das er nicht weniger als fünf bis dahin unabhängige Staaten eingliedern wollte, unter seiner Führung, versteht sich. Wie andere Gleichgesinnte konnte Justo Rufino Barrios seine Machtphantasien nicht verwirklichen, er starb vorzeitig: 1885 wurde er fünfzigjährig während des Eroberungsfeldzuges gegen El Salvador getötet.

Karrierepläne wie die des kurzlebigen Präsidenten passten in ein nur zu bekanntes Raster. Während Gonzáles von den vielfältigen Geschäftskontakten seines guatemaltekischen Auftraggebers in Kuba schwafelte, musste David unweigerlich an das schriftliche Vermächtnis seines Vaters denken. Lord Belial hatte seinen Jahrhundertplan nur drei Jahre vor Barrios' Tod ausgerufen und bei dieser Gelegenheit von Negromanus auch gleich den bisherigen Südamerikavertreter des Geheimbundes ermorden lassen.

Allmählich begann ein Bild in Davids Kopf Form anzunehmen, wenn auch manche seiner Überlegungen noch sehr spekulativ waren. Es erschien ihm sehr unwahrscheinlich, dass Belial den ausgeschiedenen Grafen Zapata nicht durch einen neuen Mann in Süd- oder Mittelamerika ersetzt haben sollte. Der Bund brauchte zwölf Mitglieder. Wäre ein machtbesessener General nicht der geeignete Kandidat für den vakant gewordenen Posten, vorausgesetzt, er verschwände aus der Öffentlichkeit, möglicherweise durch einen fingierten Heldentod auf dem Schlachtfeld ...?

Man kann sich vorstellen, wie sehr diese Gedankengänge David in Hochstimmung versetzten. Mehr sogar als der Millionenscheck in seiner Jackentasche. Gonzáles schien sich einem ziemlich verquasten Ehrenkodex unterworfen zu haben. Eine Beute musste geteilt werden, also hatte er David – wohl in der Hoffnung, bald seine Investition wieder einspielen zu können – heimlich die Hälfte des Gewinns zugesteckt. In den Augen des Chefcroupiers waren David und Gonzáles Komplizen, die den Gewinn ihres Spielbetrugs ohnehin teilen würden. Vielleicht hatte er weitere Komplikationen mit den beiden vermeiden wollen und deshalb gleich *zwei* Schecks ausgestellt. Möglicherweise durfte er aber auch schlicht keine einzelne Zahlungsanweisung ausstellen, die den Betrag von einer Million Dollar überstieg. David würde wohl nie erfahren, welcher glücklichen Fügung er seinen Geldsegen verdankte, und eigentlich interessierte es ihn auch nicht.

Die Glücksfee wider Willen hatte nämlich längst einen Entschluss gefasst. David wollte niemals wieder in seinem Leben eine Spielbank betreten. Er hatte sich da in etwas hineinziehen lassen und ja auch bekommen, was er haben wollte, aber der Zweck heiligte *nicht* alle Mittel. Ihm war keineswegs entgangen, wie sehr inzwischen das Sinnen und Streben der Menschen vom rein Materiellen bestimmt wurde. In New York hatte er im Fernsehen Rateshows mitverfolgt, bei denen Kandidaten mit lachhaft simplen Fragen geködert wurden. Als Preise winkten immense Sach- oder Geldgewinne. Wenn das so weiterging, würde man bei ähnlich fragwürdigen Veranstaltungen eines Tages vielleicht sogar *Millionen* verschleudern!

Alles, was das Menschsein für ihn ausmachte – Literatur, Musik, ja, jede Form von Kunst; anregende Gespräche über den Ursprung und Sinn des Lebens; der umsichtig planende und forschende Blick in die Zukunft, der auch die Sorge um die ungeborenen Nachkommen mit einschloss –, all das wurde zusehends auf ein Jetzt-Erlebnis reduziert, geopfert auf dem Altar des schnellen Konsums. Er hatte ja ein gewisses Verständnis für jene, die ihr in den unsicheren Zeiten des Zweiten Weltkriegs Angespartes nun zur Erfüllung lang gehegter Wünsche ausgegeben wollten, aber musste sich in der aufkommenden Überflussgesellschaft denn *alles* nur noch um Vergnügen und Lustmaximierung drehen? Die Bilanz von vierundfünfzigtausend gefallenen GIs im Koreakrieg und die damit einhergehende ernüchternde Wahrheit, nicht immer der strahlende Sieger sein zu können, mochte für viele patriotische Amerikaner ja eine kalte Dusche bedeutet haben, doch deshalb gleich den Genuss zu einem goldenen Kalb zu machen, erschien David doch reichlich übertrieben. Er beobachtete diese Veränderungen mit Schrecken, weil er sich vorstellen konnte, wie Lord Belial darüber dachte: Wer lernt, wie ein Tier zu leben, der wird auch irgendwann wie ein Tier sterben. Um das zu verhindern – den Sprung der menschlichen Lemminge über die Klippe der Hoffnungslosigkeit –, verließ David mit Javier Gonzáles' »Abschiedsgeschenk« schon am nächsten Tag die kubanische Hauptstadt.

Auf Reisen durch politisch instabile Regionen können eine Million Dollar leicht abhanden kommen und Freiheit sowie Gesundheit noch dazu. Um dieses Risiko auszuschließen, flog David zunächst nach New York. Außerdem wollte er seine nächsten Schritte gründlich vorbereiten, wozu auch die Abstimmung mit Ruben gehörte. Dieser freute sich ausnehmend über Davids Rückkehr. Und natürlich über die Million. Die »Kriegskasse« war praktisch leer gewesen, jetzt eröffneten sich für den Kreisjäger und seinen Vermögensverwalter ganz neue Perspektiven.

Auf Davids Schreibtisch häuften sich die Briefe. Erst angesichts dieses Papierberges wurde ihm bewusst, wie groß seine in der Welt verstreute Bruderschaft inzwischen geworden war. Offiziell wandten sich seine Freunde und Helfer nur an eine Nachrichtenagentur in New York. Den Kopf voller Reisepläne, näherte er sich zunächst eher zögerlich dem Riesenstapel, aber dann sah er ganz obenauf einen Umschlag mit israelischer Absenderadresse liegen. Er stammte von Zvi Aharoni.

Lieber David!

Die gemeinsame Zeit in Nürnberg ist mir in angenehmer Erinnerung. Umso mehr plagt mich das schlechte Gewissen, dir erst jetzt antworten zu können. Dein Brief lag im Haus meiner Eltern unter einem Berg von anderen Dokumenten. Schuld daran bin ganz allein ich, habe ich seit der Unabhängigkeit von Medinat Israel doch alle Hände voll zu tun gehabt mein eigenes Leben und das vieler meiner Landsleute zu retten. Manchmal glaube ich, es jeden Tag aufs Neue tun zu müssen, obwohl ich längst

– 385 –

nicht mehr in der Zahal kämpfe. Ich bekleide jetzt eine leitende Position in einem Staatsunternehmen, das gerade erst im Aufbau begriffen ist. Mein Chef ist ein grenzenlos misstrauischer Zwerg aus dem russischen Witebsk. Unter Kollegen kursiert das Gerücht, nur Hunde und Kinder hätten keine Angst vor seinen harten blauen Augen. Er hat sich für seine Behörde viel vorgenommen. Manchmal komme ich mir vor wie auf einer Eliteschule, deren Credo die Perfektion ist. Aber ich will dich nicht mit meiner beruflichen Laufbahn langweilen. Du hattest mich gebeten, in den Schriftrollen von Chirbet Qumran nach jenen Verschwörern zu forschen, über die wir uns in Nürnberg so ausführlich unterhielten. Zunächst ist mir dieser Wunsch ziemlich eigenartig vorgekommen. Wusstest du, dass diese Funde von einem achtköpfigen internationalen Team aus Wissenschaftlern im Palestine Archaeological Museum, also im jordanisch kontrollierten Ostjerusalem, untersucht werden? Kein jüdischer oder israelischer Gelehrter gehört zu dieser Forschergruppe. Wie also sollte ausgerechnet ich, ein einfacher Soldat, zu diesen wertvollen und gut behüteten Handschriften Zugang finden? Selbst wenn es mir gelänge: Woher sollte ich die Kenntnisse und die Zeit nehmen, sie zu durchforsten? Seltsamerweise – fast kommt es mir vor, als hättest du davon gewusst – gibt es jemanden, der mein uneingeschränktes Vertrauen genießt und den ich nun auf die Sache angesetzt habe. Du musst dich aber noch etwas gedulden. Mein Partner muss sehr vorsichtig zu Werke gehen. Bis ich wieder von mir hören lasse, senden

– 386 –

Ge'ulah und ich dir unsere herzlichsten Grüße.
In freundschaftlicher Verbundenheit

Zvi

Ge'ulah hieß eigentlich Ursula Neumann, war in Berlin geboren und seit 1941 mit Zvi verheiratet. David las den Brief mindestens dreimal durch. Er wusste nicht, ob er enttäuscht oder hoffnungsvoll sein sollte. Es gab keine neuen Erkenntnisse über den Inhalt der Qumran-Rollen, was ihm angesichts der bevorstehenden Südamerikareise eher gelegen kam. Aber da war noch etwas anderes, das David an Zvis Brief fesselte. Es hatte eine Weile gedauert, bis ihm die versteckten Hinweise zwischen den Zeilen bewusst geworden waren. Der »Bruder« aus Israel erwähnte mit keinem Wort den Namen der Behörde, für die er arbeitete. Warum nicht? Im Vergleich dazu berichtete er aber ausführlich über ein scheinbar unwichtiges Detail: den Exilrussen. Dieser sei »grenzenlos misstrauisch«. Was fürchtete denn der »Zwerg«? Manchmal glaube er, so lauteten Zvis Worte, jeden Tag aufs Neue um das Leben seiner Landsleute kämpfen zu müssen, obwohl er doch nicht mehr im aktiven Dienst der *Zahal*, der »Israelischen Verteidigungsstreitkräfte«, stehe. Quizfrage, überlegte sich David: Zu was für einem Verein gehörte Zvi?

Ihm fiel nur eine Antwort ein: *Der Bursche arbeitet für den Geheimdienst.* Und dieser, wie er glaubte, sicheren Erkenntnis schloss sich sogleich eine weitere Frage an: *Wer hat schon mehr Interesse an der Bestrafung untergetauchter Nazis als deren Opfer, die Juden?* David griff spontan zum Füllfederhalter und formulierte einen Antwortbrief, in dem er sein »Gesuch« erweiterte. Er berichtete kurz über das mit Simon Wiesenthal geführte Gespräch, die bisher gewonnenen Ergebnisse seiner Suche nach Franz von Papen sowie – schon um Zvi einen größeren Anreiz zu geben – über Adolf Eichmann und ließ auch die Gespräche mit Theodor Soucek und einigen anderen »SS-Kameraden« nicht unerwähnt. Davids Schreiben musste sich für einen Zensor wie die Bitte um Unterstützung durch einen befreundeten Journalisten lesen und irgendwie war es das ja auch.

Die Beantwortung der übrigen Briefe seiner Bruderschaft war für David nur Nebenbeschäftigung. In der Hauptsache bereitete er sich beinahe zwei Wochen lang auf den nächsten Einsatz vor. Wie für ein umfangreiches Interview mit einem Prominenten sammelte er zahlreiche Informationen zu Guatemala im Allgemeinen und zur Familie Barrios im Besonderen. Leider ließ sich von Justo Rufino, dem angeblichen Urgroßvater von Manuel, keine Fotografie auftreiben, nicht überraschend, wenn der scheinbar in El Salvador Gefallene tatsächlich zum Kreis der Dämmerung gehörte. Mit Ausnahme von Papen scheuten Belials Logenbrüder die Öffentlichkeit. Aus der miserablen Kopie eines an sich schon schlechten Kupferstichs konnte David wenigstens ein charakteristisches Merkmal des einstigen Präsidenten herauslesen: Justo Rufino Barrios besaß eine auffällig lange

Nase, sein Gesicht erinnerte entfernt an das eines Pavians.

Das Ziel des weiteren Vorgehens stand fest: Wenn er in Guatemala tatsächlich einen Angehörigen des Geheimzirkels aufspürte, würde er ihm erstens den Siegelring abnehmen und zweitens versuchen die Namen und Aufenthaltsorte der übrigen Logenbrüder herauszufinden.

Zu Davids Kriegslist gehörte ein Brief, den er Manuel Barrios unter die Nase halten wollte. Ein Siegelabdruck von Ben Nedals Ring würde die »Echtheit« des Schreibens bestätigen. Im Wesentlichen enthielt es eine Warnung vor dem gemeinsamen Feind des Zirkels – David Camden – und die Aufforderung, den Überbringer der Nachricht zur Abstimmung geeigneter Abwehrmaßnahmen sofort zum Logenbruder Belials zu bringen.

Am 16. Juni 1954 landete David mit einer Maschine der Pan American Airlines in Guatemala-Stadt. Im Anflug auf die Hauptstadt des mittelamerikanischen Staates hatte er den Pacaya erblickt, einen nahe gelegenen Vulkan, dessen Schlot fast immer rauchte; auch an diesem Tag. Zum Glück war David nicht abergläubisch, sonst hätte er die dunklen Schwaden leicht als böses Omen deuten können.

Bereits von New York aus hatte er im *Mansión San Carlos* reserviert. Das kleine, aber feine Hotel befand sich in einer noblen Villa aus dem Jahre 1910. Alle Zimmer waren exklusiv ausgestattet. Gonzáles hatte Manuel Barrios als einen vermögenden Mann beschrieben, der auf gepflegte Umgangsformen Wert lege. Eine Absteige wie das *Cruz* in Havanna kam als möglicher Treffpunkt daher gar nicht erst infrage.

Am Morgen nach der Ankunft griff David auf seinem Zimmer zum Telefonhörer und wählte die ihm von Gonzáles anvertraute Nummer. Sie gehörte zu einer Firma, die unter dem Namen ihrer beiden Eigner Mendez und Barrios geführt wurde und im Bananengeschäft beachtliche Erfolge erzielt hatte. Davids Recherchen zufolge war Mendez & Barrios sogar das größte unabhängige Unternehmen dieser Art im ganzen Land. Dem Attribut »unabhängig« kam in diesem Zusammenhang besonderes Gewicht zu, übte die US-amerikanische United Fruit Company doch noch immer eine beherrschende Rolle aus. Manche behaupteten sogar, in Wirklichkeit regiere sie mit ihren fruchtig grünen Dollars das Land.

Der offizielle Machthaber, Jacobo Arbenz Guzmán, ein demokratischer Reformer, setzte sich für eine schnellere und vor allem unabhängigere Entwicklung Guatemalas ein, was bei der United Fruit auf wenig Gegenliebe stieß. In jüngster Zeit machten kunstvoll gesponnene Lügen die Runde. Es wurde gemunkelt, Guzmán befürworte eine kommunistische Machtübernahme. Das Trauma des Koreakrieges hatte in den Vereinigten Staaten einen Kommunistenhass entfacht, der in regelrechten Hexenjagden kulminiert war. Die Rolle des Großinquisitors in diesem Trauerspiel hatte dabei ein US-Senator namens Joseph Raymond McCarthy übernommen, der gerade wegen Begünstigung im Amt selbst unter Anklage stand.

– 390 –

Unter diesen Vorzeichen verwundert es nicht, dass David Guatemala so schnell wie möglich wieder verlassen wollte. Gerüchte von einem bevorstehenden Militärputsch waren im Umlauf. Die United Fruit hatte genügend Geld, ein Söldnerheer aufzustellen und Guzmán in die Bananen zu jagen. Wenn das geschah, wollte David möglichst außer Landes sein.

»Barrios?«, meldete sich eine hohe männliche, nicht unangenehme Stimme aus dem Hörer.

»*Perdón*«, antwortete David. Damit war sein spanischer Wortschatz auch schon erschöpft. In einem Englisch mit unüberhörbar deutschem Akzent fuhr er fort: »Mein Name ist Siegfried Schwertfeger. Spreche ich mit Señor Manuel Barrios?«

»Am Apparat«, antwortete dieser knapp.

David holte tief Luft. »Ich bin ein Bote. Es geht um den Kreis. Ich muss Sie dringend sprechen.«

»Bitte?«

Die offenkundige Verwirrung auf der anderen Seite der Leitung verunsicherte David. »Es geht um unseren deutschen Bruder. Er steckt wieder in Schwierigkeiten.«

Ein leises Knacken in der Ohrmuschel war alles, was David hörte. *Vielleicht gibt es ein Losungswort und dieses Schlitzohr von Gonzáles hat nichts davon erwähnt.*

Endlich: »Wir unterhalten zahlreiche enge Geschäftsbeziehungen auch zu deutschen Partnern. Wer genau hat Sie geschickt?«

David schluckte. Eine falsche Antwort und er hatte ein Mordkommando am Hals. »Ich kann den Namen am

Telefon nicht nennen. Aber mein Auftraggeber hat mir eine Legitimation ausgehändigt.« Er wartete einen Moment. »Sie ist mit einem Siegel versehen.«

Wieder herrschte längeres Schweigen am anderen Ende der Leitung. Dann fragte Barrios: »Können Sie mir dieses Siegel beschreiben?«

»Ja, es besitzt die Form einer Rosette mit zwölf Blütenblättern, von der Mitte an abwärts durchbrochen.«

Die nächste Pause. Diesmal dauerte es besonders lange. Schließlich die erlösenden Worte: »Kommen Sie morgen früh um acht Uhr ins Foyer des *Camino Real*.« Barrios gab einige detaillierte Anweisungen und schloss mit der Frage: »Wo befinden Sie sich momentan?«

»Im südlichen Zentrum von Guatemala-Stadt.«

»Ich verstehe. Wenn Sie ein Taxi nehmen müssen, steigen Sie mindestens zehn Gehminuten vom Hotel entfernt aus. Es liegt an der Avenida La Reforma, Ecke 14. Calle, in der Zona 10.«

»Ich werde es finden.«

»Da wäre noch etwas, Herr Schwertfeger.«

»Ja?«

»Bringen Sie ein wenig Gepäck für den Fall mit, dass ich Ihre Legitimation akzeptiere. Und vergessen Sie den Abendanzug nicht.«

Die Reisetasche in seiner Hand schien immer schwerer zu werden. Sie enthielt zwar nur wenige Habseligkeiten, aber die Avenida La Reforma war dafür umso länger. Zur eigenen Sicherheit hatte er verschwiegen, dass er im *Mansión*

San Carlos residierte. Das Hotel lag am selben Boulevard wie das *Camino Real*, nur viel weiter südlich. Es war ein sonniger Freitagmorgen. Nur in der Ferne hing die dunkle Rauchsäule des Pacaya am Himmel.

Am Abend zuvor, während eines Spaziergangs im Parque Centroamérica, hatte David sich noch einmal seinen Plan zurechtgelegt. Er musste sich so konspirativ wie möglich verhalten, wie jemand, der hinter jedem Winkel einen Spion vermutet. Wenn es nötig war, würde er Franz von Papen als seinen Auftraggeber nennen, allerdings war ihm bei dem Gedanken nicht ganz wohl zumute. Da gab es immer noch dieses Bild in seiner Erinnerung: der einstige Reichskanzler zurückgelehnt auf der Anklagebank in Nürnberg – und ohne Siegelring. Man konnte ihm, wie durchaus üblich, bei der Festnahme alle Wertsachen abgenommen haben. Oder war ihm das Insigne des Kreises anderweitig abhanden gekommen? Sollte dies der Fall und innerhalb des Geheimzirkels bekannt sein, wäre ein von Papen gesiegelter Brief für David, gelinde gesagt, ziemlich unvorteilhaft.

Das Zentrum von Guatemala-Stadt bestand aus einer Mischung von ehrwürdigen Klosterkirchen und vergleichsweise neuen Häusern, die man nach den verheerenden Erdbeben von 1917 und 1918 errichtet hatte. Das *Camino Real* gehörte zweifellos zu den luxuriösesten Etablissements der Stadt. Das *Mansión San Carlos* nahm sich dagegen wie ein hübsches kleines Puppenhäuschen aus. Drei Minuten vor acht betrat David die prunkvolle Hotelhalle. Sein Haar war jetzt rot (mit echter Farbe getönt), er trug denselben hellen Leinenanzug, mit dem er in Havanna zum Millionär geworden war. Nahe der Rezeption blieb er stehen und lüpfte zweimal kurz den Hut – das verabredete Erkennungszeichen.

»Herr Schwertfeger?«

Barrios war wie aus dem Nichts hinter David aufgetaucht, für den Sekundenpropheten gleichwohl bei weitem nicht so überraschend wie der Anblick des sonnengebräunten Gesichtes. *Der Pavian!* David hatte ein Zusammenzucken vorgetäuscht und gab sich nun verwirrt. »Señor Barrios, Sie haben mich aber erschreckt! Einen wunderschönen guten Morgen wünsche ich Ihnen.«

»Und ich Ihnen, Herr Schwertfeger. Entschuldigen Sie meinen Überfall. Bitte lassen Sie uns kurz dort drüben Platz nehmen, damit ich mir das Schriftstück ansehen kann.«

Der Guatemalteke schritt wie ein stolzer Pfau voran: aufrecht, mit steifem Hals, die Brust vor und die Schultern zurück. Er war völlig »unberingt« und kaum älter als fünfunddreißig. Als Logenbruder schied dieser eitle Vogel wohl aus. Sein schneeweißer Maßanzug war tadellos, ebenso der kurze Haarschnitt. Vielleicht einen Meter fünfundsiebzig groß, schlank und mit einem markanten Gesicht ausgestattet, gehörte der schnurrbärtige Lateinamerikaner mit Sicherheit zu den meistumschwärmten Junggesellen der Stadt. David aber war ein Merkmal sofort ins Auge gesprungen: Barrios besaß die gleiche lange Nase wie sein Urgroßvater Justo Rufino.

In einer feudalen Sitzecke wechselte die Legitimation den Besitzer. Barrios überflog schnell die von Ruben Rubinstein schwungvoll in Szene gesetzten Zeilen. Der Künstler besaß, wie der Brief eindrucksvoll belegte, ein bewundernswertes Fälschertalent. Papens Handschrift hatte er anhand der wenigen Buchstaben nachgeahmt, die auf dem in Ben Nedals Sturmpalast erbeuteten Dokument zu finden gewesen waren. Bei der Abschlussformel hatte David allerdings eine Variante gewählt, die An Chung-gun als Willkommensgruß so gedankenlos herausgerutscht war: *Sei gegrüßt im Namen der Dämmerung.*

Ob diese Phrase in Belials engstem Vertrautenkreis tatsächlich üblich war, wusste David nicht. Wie sich schnell zeigte, schien sie ihre Wirkung jedoch nicht zu verfehlen. Die bis dahin starre Miene Barrios' entspannte sich etwas.

»Das klingt ernst, Herr Schwertfeger.«

David nickte zustimmend.

»Wer ist der Verfasser dieser Mitteilung?«

»Schauen Sie auf das Siegel, dann wissen Sie es«, antwortete David ausweichend.

Barrios lächelte süffisant. »Sie sind ein vorsichtiger Mann.«

»Ich habe strikte Order, jedes Risiko zu vermeiden. Wann können wir fliegen?«

»Woher wissen Sie ...?«

Jetzt grinste David. »Ich bin nicht erst seit gestern in diesem Geschäft. Wenn Sie also mit meiner Legitimation zufrieden sind, dann bringen Sie mich jetzt zu ihm.«

»Zu wem?«

»Ach, kommen Sie, Señor Barrios! Lassen wir doch diese Spielchen. Woher weiß ich denn, ob ich Ihnen trauen kann?«

»Aber ich soll *Sie* als vertrauenswürdig einstufen!«

»Sehen Sie in meine Augen und sagen Sie mir, ob ich lüge.«

Die Antwort irritierte Barrios. Er blickte tatsächlich in Davids hellblaue Augen, aber schon nach wenigen Sekunden begann er am Boden nach der Reisetasche seines Gastes zu suchen. Als er sie neben Davids rechtem Fuß gefunden hatte, hob er sie auf und sagte: »Sie haben das Siegel und kennen den Gruß. Ich bin sicher, Sie sprechen die Wahrheit.« Als er es wieder wagte, David ins Gesicht zu sehen, hatte er einen harten Blick aufgesetzt. »Und sollte ich mich dennoch irren, werden Sie nie wieder aus dem Dschungel zurückkehren.«

Die einmotorige Piper machte einen solchen Lärm, dass an eine Unterhaltung nicht zu denken war. Also saß David einfach nur stumm hinter Barrios, der das Flugzeug eigenhändig steuerte, und ließ den Regenwald unter sich dahinziehen.

Sie überquerten mehrere Flüsse und einen in der späten Vormittagssonne glitzernden See. Dann zogen unvermittelt graue Wolken auf. Hier und da lagen Nebelschwaden wie riesige Wattekissen auf dem üppig wuchernden Blätterdach des Dschungels. Die Reise dauerte nun schon fast drei Stunden, als plötzlich ein fremdes Flugzeug aus der Tiefe aufsteigend ihren Kurs kreuzte. Barrios blieb ganz ru-

– 396 –

hig, riss auch nicht am Steuerknüppel, David hingegen blickte unwillkürlich in die Richtung, aus der die andere Maschine gekommen war. Durchaus denkbar, dass hier noch mehr Störenfriede durch die Luft schwirrten. Doch anstatt neuer Überraschungen gab es, weit unter ihnen, einen atemberaubenden Anblick: eine gewaltige Stufenpyramide. David konnte nicht anders, er musste Barrios auf die Schulter klopfen, und als dieser sich umwandte, deutete er nach unten.

»Der Tempel des Großen Jaguars«, brüllte der Guatemalteke und grinste. »Aber schauen Sie mal da, auf elf Uhr«, fügte er hinzu und deutete nach links.

David wandte den Kopf zur anderen Seite und erblickte einen weiteren Tempel, der fast doppelt so groß wie der erste sein musste. Er hatte schon von der hoch entwickelten Mayakultur gelesen, aber jetzt, wo er ihre Bauwerke mit eigenen Augen sah, war er geradezu überwältigt. Vor ihm erstreckte sich ein weites Ruinenfeld mit unzähligen Pyramiden, Stelen und Palästen. Der wuchernde Dschungel machte es unmöglich, die genaue Ausdehnung der darin versunkenen Siedlung abzuschätzen, aber es mussten auf jeden Fall mehrere Quadratkilometer gewesen sein. Nach allem, was er über die alten Kulturen Zentralamerikas wusste, konnte es sich hier nur um *einen* Ort handeln: Tikal, die größte Metropole im Süden des einstigen Mayareiches.

Die Piper kippte über die Steuerbordtragfläche ab. Für kurze Zeit glaubte David, der Vogel werde sich in den Baumkronen verfangen, aber schnell tauchte vor ihnen eine kleine Landebahn auf. Barrios brachte die Maschine sicher auf die Erde zurück.

»Meine Piper ist zwar so ziemlich das langsamste Flugzeug, das es gibt«, sagte er nach dem Auslaufen des Propellers, »aber dafür kann ich sie auf jedem Badetuch landen.«

»Alle Achtung!«, erwiderte David anerkennend und stieg aus. Mit einem Taschentuch wischte er sich den Schweiß ab. Gerade wollte er fragen, wie es nun weitergehe, als er neuen Lärm vernahm. Ein Jeep raste geradewegs auf sie zu, als gelte es, ein Rennen zu gewinnen. Kurz vor Davids Füßen kam der tarnfarbengrüne Geländewagen zum Stehen. Ein höchstens zwanzigjähriger Fahrer im Kampfanzug, dem Aussehen nach ein Indio, sprang heraus und salutierte vor Barrios. Der erwiderte den militärischen Gruß, gab gestenreich einige kurze Anweisungen das Flugzeug betreffend und lud David zum Besteigen des Dschungelrenners ein.

Nur wenig langsamer als bei der Herfahrt raste der Fahrer mit seinen Passagieren wieder davon, genau auf eine Nebelwand zu. Der Jeep tauchte in den Brodem des Urwalds ein. Erst jagten Nebelfetzen, dann tiefgrüne Blätter vorüber. Ein schwülwarmer Geruch nach feuchten Pflanzen stieg David in die Nase. Nur ein Ortskundiger konnte den bisweilen kaum erkennbaren Wegen in einem dermaßen halsbrecherischen Tempo folgen. Der Geländewagen meisterte bravourös einige Bodenwellen und Löcher. Am meisten litten die Mitfahrer, fehlte ihnen doch das Lenkrad zum Festhalten.

Immer mehr Gebäude huschten vorbei, wie flüchtige

– 398 –

Erscheinungen einer längst versunkenen Zeit. Und mit einem Mal tauchte der Tempel des Großen Jaguars vor ihnen auf. Die hohen Dachkämme der Pyramiden überragten sogar die Bäume des Regenwaldes. David hatte sie schon vom Flugzeug aus gesehen. Jetzt aber, aus der Ameisenperspektive, wirkte der Tempel noch beeindruckender.

Das Fahrzeug raste über Tikals Hauptplatz dahin, wie Barrios hilfreich anmerkte, und hielt zielstrebig auf die größte der Pyramiden zu. Sie wuchs im Osten des Stadtkerns weit über die Baumkronen empor.

Erst als der Jeep um die große Stufenpyramide herumfuhr, entdeckte David das eigentliche Ziel ihrer halsbrecherischen Fahrt. Auf einer Lichtung erhob sich ein monumentaler Palast aus Kalkstein. Wie auch bei den Stufentempeln schien sich der Zahn der Zeit am rauen Mauerwerk des riesigen Quaders gütlich getan zu haben, hier wie da sah man braune, gelbe und orangefarbene Flechten auf dem grauweißen Stein. Aber je näher man dem Palast kam, desto deutlicher fielen die Unterschiede zu den Bauwerken auf, die sie bereits passiert hatten. Das wuchtige Gebäude hier war erstaunlich gut erhalten. Ja, man konnte wirklich glauben, ein alter Indiofürst habe den Untergang seines Volkes überlebt und sich an dieser Stelle ein unzerstörbares Refugium geschaffen.

Der Vorplatz des Palastes bestand aus unregelmäßig geformten Steinplatten. Wie tief sich das Gebäude in den Dschungel erstreckte, war nicht auszumachen. Soweit erkennbar, ruhte es auf einem rundum laufenden Stufensockel. Es mochte vierzig Meter breit sein und besaß zwei

– 399 –

Stockwerke. Nur das untere verfügte über Tür- und Fensteröffnungen. Das Obergeschoss war mit geometrischen Mosaiken verziert. Über einem Stuckfries, auf dem Gesichter, Flechtwerk und andere Motive der Mayakunst zu sehen waren, befand sich ein flaches, offenbar begehbares Dach.

Genau vor der Mitte des lang gestreckten Baus hielt der Wagen an. Barrios sprang hinaus und deutete einladend auf eine breite zweiflüglige Holztür. Aus der Nähe betrachtet, musste der gute Erhaltungszustand des Tores auch den letzten Zweifler überzeugen: Das hier war kein sich selbst überlassenes Gemäuer. Vor eintausendfünfhundert Jahren mochte es tatsächlich der Palast eines Mayafürsten gewesen sein, aber wer immer nun in diesem geräumigen Versteck hauste, er hatte sich viel Mühe gegeben, es wieder bewohnbar zu machen.

»Darf ich bitten, Herr Schwertfeger: der Palast des Großen Jaguars.« Barrios lächelte. Die staunenden Blicke seines Gastes waren ihm nicht entgangen.

Mit einem dankbaren Nicken griff David nach seiner Reisetasche, stieg aus dem Wagen und schickte sich an, das ungewöhnliche Herrenhaus zu betreten. An der Tür blieb er noch einmal stehen und betrachtete nachdenklich dessen reiches Schnitzwerk. Die Motive ähnelten denen am Stuckfries unter dem Flachdach, aber im Zentrum jedes der beiden Türflügel prangte ein besonderes Symbol: die Rosette des Geheimzirkels.

»Das ist Sapodillaholz«, erklärte Barrios. »Schwer, hart, besonders witterungsbeständig. Es muss mit Steinwerkzeugen bearbeitet werden. Durch diese Tür kommt so schnell niemand hinein.«

David nickte. »Ich weiß. Ein Jahrhundert voller Stürme machen dem Holz gar nichts aus.« Dann betrat er das Gebäude, wohl wissend, dass die sich hinter ihm schließende Sapodillatür auch ein Entkommen nahezu unmöglich machen würde.

Der Palast des Großen Jaguars stand einem Hotel der Spitzenklasse in nichts nach, vor allem was den Service betraf. Kaum hatte David das Innere des im klassischen Mayastil gehaltenen Hauses betreten, umschwirrte ihn schon ein Schwarm von weiß behandschuhten Lakaien. Über den ebenso strahlend weißen Hosen trugen sie lange gleichfarbige Baumwolljackets, verblüfften durch große Schweigsamkeit und lächelten, als sei das der eigentliche Zweck ihres Daseins. Natürlich durchschaute David die Dienstbeflissenheit der ihm persönlich zugeteilten Pagen schnell – sie schienen übrigens alle indianischer Abstammung zu sein. Man wollte ihn nicht aus den Augen lassen. Er sollte nicht etwa auf den vermessenen Gedanken kommen, den Palast des Großen Jaguars auf eigene Faust zu erkunden.

Vorerst begnügte sich David mit der ihm zugedachten Rolle und staunte. Zwar hatte er sich auf Überraschungen gefasst gemacht, aber die Pracht im Inneren des Bauwerkes überstieg dennoch all seine Erwartungen. Nach der Durchquerung der großen, mit Tropenhölzern kostbar verzierten Eingangshalle, wurde er wieder ins Freie geführt. Es ging durch einen Säulengang, der einen paradiesischen Innenhof umsäumte. Im hinteren – für eine Flucht gewiss am schlechtesten geeigneten – Teil des Palastes bekam David dann eine luxuriöse Suite zugewiesen: Salon, Schlaf- und Ankleidezimmer. Daneben noch ein opulentes Badezimmer mit goldenen Wasserhähnen. Sein Gastgeber hatte wirklich Stil. Leider war er, wie immer auch sein Name lautete, bisher noch nicht in Erscheinung getreten. Manuel Barrios hatte sich, das gefälschte Legitimationsschreiben in der Hand, bereits in der Vorhalle entschuldigt. Er wolle den Hausherrn umgehend über die Ankunft des Gastes in Kenntnis setzen. David solle sich ruhig in der Zwischenzeit frisch machen und ein sauberes Hemd anziehen. Offenbar legte der Besitzer dieses prunkvollen Dschungelpalastes großen Wert auf ein gepflegtes Äußeres.

Fürs Erste war David allein. Die letzten beiden Lakaien waren hinter einer massiven Holztür zurückgeblieben und warteten vermutlich dort, bis sie ihn zum Lunch abführen durften. Interessehalber drückte er nach einigen Sekunden Lauschens die Klinke hinunter. Wie vermutet war die Tür verschlossen. Schnell verschaffte er sich einen Überblick. Auch die Einrichtung der Zimmerflucht prägten Einlegearbeiten aus kostbaren Hölzern. Im Salon lud eine massive Sitzgarnitur in schlichtem Naturton zum Versinken ein. Eine Porzellanvase auf dem Glastisch davor enthielt frische Orchideen. Auf dem Boden lagen dicke Teppiche, in denen die Töne Orange, Grün und Braun dominierten. Im Zentrum des ganz in Hellblau und Gold gehaltenen Schlafzimmers stand ein riesiges Himmelbett und im Ankleideraum hingen seidene Morgenröcke verschiedener Größe. Bei all dem Luxus konnte dem unbedarften Gast schon ein entscheidendes Detail entgehen: Die gesamte Suite war von der Außenwelt hermetisch abgeriegelt.

Alle Räume verfügten über Fenster, die einen faszinierenden Ausblick in den Dschungel gewährten. Aber sie waren verschlossen. Mehr noch: Sie bestanden aus Panzerglas. Nun lud das feuchtheiße Klima draußen nicht gerade zum Aufreißen der Fenster ein, weshalb man sich leicht der Illusion hingeben konnte, besagte Beschränkungen dienten nur dem eigenen Wohlbefinden. Dennoch konnte sich David des Eindrucks nicht erwehren, in eine Falle getappt zu sein. Er fragte sich, ob die holzgetäfelten Wände auch Augen und Ohren hatten. Bei der hautnahen »Bewachung« durch das wortkarge Dienstpersonal draußen musste er diese Möglichkeit durchaus in Betracht ziehen.

Es galt also, sich so natürlich wie möglich zu verhalten. Zunächst zog er sich aus, ging ins Bad und duschte. Unter dem heißen Wasser johlte er Seemannslieder. Anschließend schlüpfte er in einen passenden Morgenmantel aus dem Umkleideraum und gönnte sich etwas Entspannung auf dem Bett. Seine Reisetasche bot ohnehin keine besonders große Auswahl: eine helle Leinenhose für den Tag und einen Smoking für das nächtliche Dinner, drei Hemden, Socken und Unterwäsche sowie die nötigen Toilettenartikel. Den Pyjama hatte er vergessen. Gerne hätte er aus New York auch seine japanischen Schwerter mitgenommen. Die Entscheidung, es nicht zu tun, erwies sich im Nachhinein als die einzig richtige: Barrios hatte vor Antritt des Fluges auf einer gründlichen Durchsuchung seines Passagiers bestanden.

Nach einigen Minuten der Ruhe begann David sich für den Lunch anzukleiden. Gerade als er sich das weiße Hemd zuknöpfte, klopfte es an der Tür. Ohne Eile ging er auf sie zu, und als er nach dem Knauf greifen wollte, öffnete sie sich auch schon. Er grinste. »Perfektes Timing. Ich nehme an, Sie wollen mich zum Essen abholen?«

Die beiden Lakaien verzogen keine Miene. Der eine, der sich schon vorher als der aktivere hervorgetan hatte, verbeugte sich leicht und deutete einladend den Flur hinab.

»Wie aufmerksam. Ohne Ihre Hilfe hätte ich die Tür vermutlich sowieso nicht aufbekommen.«

Wieder ging es unter die Arkaden hinaus, jetzt jedoch endete der Weg bereits auf halber Strecke vor einer Tür. Sie wurde aufgezogen und David trat in den Speisesaal.

Der weiß getünchte Raum war zwischen zehn und zwölf Meter lang und gut sechs breit. Er wurde von einer langen Tafel beherrscht, die nur am oberen Ende gedeckt war. Der Saal bekam sein Tageslicht durch ein Band aus buntem Glas, das sich auf der Wand zum Innenhof hin in etwa vier Meter Höhe über die gesamte Länge des Raumes erstreckte. An der Decke hingen drei massive Kronleuchter aus dunklem Holz und geschwärztem Eisen. Obwohl es im Speisesaal alles andere als hell war, brannte keine einzige der elektrischen Lampen, sondern nur ein sechsarmiger

– 404 –

Kerzenständer auf dem langen Tisch. An dessen Kopfende stand ein Stuhl mit golddurchwirkter grüner Damastpolsterung in der auffallend hohen Lehne. Durch seine Form und die kunstvollen Verzierungen erinnerte er an einen Thron. Entlang der Tafel standen außerdem elf bescheidenere Sitzgelegenheiten, die sich wie ein Ei dem anderen glichen: ebenfalls hochlehnig, dunkles Holz, kunstvoll geschnitzte Armlehnen, Sitz- und Rückenflächen aus grünem Leder. Auf einem, rechts vom »Herrschersitz«, saß Manuel Barrios und erhob sich jetzt, um David zu empfangen.

»Kommen Sie, nehmen Sie Platz, Herr Schwertfeger. Ich habe Sie dem Hausherrn bereits angekündigt. Er wird jeden Moment hier sein, um Sie zu begrüßen.«

David ließ sich genau gegenüber von Barrios einen Stuhl unter den Hintern schieben, lehnte dankend den ihm angebotenen Rotwein ab und bat um ein Glas Wasser. Auch hier kümmerten sich die Lakaien hingebungsvoll und mit einer schon ans Unheimliche grenzenden Geräuschlosigkeit um die Herrschaften. Sie erhielten ihre Anweisungen ausschließlich per Handzeichen. Wenn die Diener nichts zu tun hatten, standen sie mit ernstem Gesicht an der Wand, wachsam auf jede Weisung achtend.

Einige Minuten lang plauderten die beiden Männer über Belanglosigkeiten. Einen Palast wie den des Großen Jaguars mit allem zu versorgen, was das Leben bequem und angenehm mache, müsse doch mit erheblichem Aufwand verbunden sein, merkte David an. In vielerlei Hinsicht sei

– 405 –

man autark, erklärte Barrios nicht ohne Stolz. Das Übrige werde durch die Luft herbeigeschafft, einige Frischwaren auch über Dschungelpfade.

Der Gast tat, was man von ihm erwartete. Er zeigte sich beeindruckt.

Mit einem Mal stellten sich Davids Nackenhaare auf. Eben hatte jemand den Raum betreten, lautlos zwar, aber seine Präsenz war für ihn sofort spürbar gewesen. Er musste sich zwingen, nicht den Kopf herumzudrehen, sondern dem Hausherrn die Freude der Überraschung zu lassen.

»Da ist ja unser Gast«, sagte jemand hinter David, als habe er ihn schon im ganzen Palast gesucht und jetzt endlich gefunden.

Pflichtschuldig drehte sich der Angesprochene um und erhob sich von seinem Platz, um dem Gastgeber die Reverenz zu erweisen.

Das Gesicht war unverkennbar. Dieselbe lange Nase wie auf dem Kupferstich. Auch der Schnurrbart war noch da. Kein anderer als Justo Rufino Barrios, der angeblich 1885 verstorbene Präsident Guatemalas, kam da auf David zu. Für einen im Krieg Gefallenen machte der korpulente Mann in dem dunklen Anzug allerdings einen sehr vitalen Eindruck. Seit damals war er nur wenig gealtert, sah aus wie höchstens sechzig. David wusste es jedoch besser: Justo Rufino Barrios war beinahe einhundertzwanzig Jahre alt.

Der Ex-Präsident streckte dem Gast eine kräftige Rechte entgegen. David musste sich zwingen, nicht auf den schweren goldenen Fingerreif seines Gegenübers zu star-

– 406 –

ren. Barrios sah offenbar nicht den geringsten Anlass, den Siegelring des Geheimzirkels zu verbergen. Vielleicht gehörte das zu seiner Taktik, begann doch jetzt die Phase des gegenseitigen Abtastens: War der andere Freund oder Feind?

»Seien Sie willkommen, Herr Schwertfeger.« Die Begrüßung klang eher geschäftsmäßig als herzlich.

David verbeugte sich. Das unterwürfige Verhalten An Chung-guns hatte ihm gezeigt, welchen Respekt ein Mitglied des Kreises von einem Mitstreiter niederen Ranges erwarten durfte. »Vielen Dank, Don Justo. Euch gebührt der größere Dank, nicht nur, weil Ihr mich so schnell empfangen, sondern mir auch Euren Urenkel an die Seite gestellt habt. Ich weiß diese Ehre zu schätzen.«

Ein schwaches Lächeln erhellte Großvater Barrios' Miene. Der Auftakt gefiel ihm offensichtlich. Wie gut, das musste sich noch zeigen.

»Dessen ungeachtet würde ich es schätzen, wenn mein wahrer Name kein zweites Mal über Ihre Lippen kommt.«

David stockte. *Was nun?* Er senkte ergeben sein Haupt und arbeitete fieberhaft an einem Rettungsplan. Wie sollte er Barrios den Älteren ansprechen? Eine falsche Äußerung und die Situation konnte eskalieren. Wenn er sich schon jetzt in ein wildes Gefecht mit dem Hausherrn, dessen Urenkel und der Palastwache einließ, konnte er jede Hoffnung auf eine Demaskierung der verbliebenen Logenbrüder begraben. David spürte, wie der bohrende Blick des Alten auf ihm lag. Was sollte er nur tun? Vielleicht …

– 407 –

»Entschuldigt bitte«, sagte David demutsvoll. »Der Kreis und ich sind schon seit mehr als vierzig Jahren miteinander verbunden, da fällt es mir manchmal schwer, von alten Gewohnheiten abzulassen. Wenn Ihr darauf besteht, werde ich Euch gerne Mendez nennen.«

David hielt den Atem an. Der Name war ein Schuss ins Blaue. Er gehörte Barrios' Partner im Bananengeschäft. Und wem mochte dieser Logenbruder wohl trauen außer sich selbst? David lauschte tief in sich hinein. Wahrheitsfindung wie auch Sekundenprophetie mussten ihm Argwohn oder Gefahr anzeigen. Die Gaben der Verzögerung sowie der Farbgebung konnte er notfalls zur Verteidigung einsetzen.

Barrios der Ältere ließ noch nicht erkennen, was er vom Vorschlag seines Gastes hielt. Auch der Jüngere übte sich in mimischer Enthaltsamkeit. Plötzlich bewegte der Alte in einer raumgreifenden Geste seinen Arm. Das Personal kannte auch dieses Kommando. Fünf weiß livrierte Diener verließen eilig den Raum.

Barrios der Ältere entspannte sich. Er lächelte sogar. »Sie wundern sich vielleicht über meine seltsame Pantomime, Herr Schwertfeger, aber meine Bediensteten sind meist taubstumm. Ich lege auf dieses kleine Detail großen Wert, werden in diesem Haus doch des Öfteren Dinge besprochen, die nicht unbedingt nach außen dringen sollen. Viele meiner Lakaien verstehen sich jedoch aufs Lippenlesen, deshalb habe ich sie hinausgeschickt. Doch jetzt wieder zu uns, Herr Schwertfeger. Sie müssen meinen Argwohn schon verzeihen, aber wir haben noch nie miteinander zu tun gehabt. Deshalb können Sie auch nicht wissen, dass ich die Anrede Don Alfonso bevorzuge.«

Davids Blick lag noch auf der Tür, durch die das stumme Pagenquintett entschwunden war. Er konnte sich der unangenehmen Vorstellung nicht entziehen, Barrios habe selbst Hand angelegt, um seine Diener in die Welt des ewigen Schweigens zu versetzen.

Langsam gewann David seine Fassung zurück. Wenigstens war das heikle Namensproblem ausgeräumt. Jetzt wurde es Zeit für ihn, die Initiative zu ergreifen. »Wie Ihr wünscht, Don Alfonso. Vielleicht könnten wir nun zum eigentlichen Zweck meines Hierseins kommen.«

»Den zu erraten ist auch ohne Ihr Empfehlungsschreiben nicht besonders schwer. Dieser Camden wird allmählich zu einer Plage.«

»Genau darum geht es. Die Bruderschaft hat, Negromanus gar nicht mitgerechnet, bereits drei Mitstreiter verloren. Zwar seid Ihr in Amerika, abgesehen von der Niederlage des Ku-Klux-Klans, bislang noch von Verlusten verschont geblieben, aber ich muss Euch nicht sagen, wie sehr die Gesamtentwicklung Lord Belial missfällt. Wohl nicht ganz unbegründet rechnet er in Eurem Gebiet mit dem nächsten Angriff Camdens.«

»Das wundert mich«, antwortete der alte Mann merkwürdig misstrauisch.

David schluckte. Hatte er sich irgendeine Blöße gegeben? Wenn, dann half nur noch die Flucht nach vorn. »Seit Graf Zapata seinen Skrupeln erlegen ist, hat seine

Lordschaft ein wachsames Auge – auch und besonders auf diesen Teil der Welt.«

»Meinen Sie, das sei mir entgangen?«, fauchte Barrios unvermittelt. »Anstatt unsere Kräfte sinnvoll aufzuteilen, werden sie hier sogar noch konzentriert. Und er glaubt trotzdem an eine Schwachstelle? Lord Belial sollte mich besser kennen. Ich bin kein Kelippoth und schon gar kein Zapata. Auf mich ist Verlass.«

David blickte kurz zur anderen Seite des Tisches hinüber, wo der Urenkel des Palastherrn wie ein Jaguar lauerte. Ein Befehl seines Urgroßvaters und er würde den dreisten Besucher in der Luft zerreißen.

Bewusst zweideutig erwiderte David: »Ihr wisst, was seine Lordschaft tun würde, wenn es an Eurer Loyalität ernsthafte Zweifel gäbe.«

Barrios der Ältere betrachtete nachdenklich den Siegelring an seinem Finger. »Ja, nur zu gut. Und seien Sie versichert: *Mir* wird das nicht passieren. Eher möchte ich sterben, als ...« Er schüttelte angewidert den Kopf und David hätte zu gerne gewusst, welche Alternative für den Alten schlimmer als der Tod war. Auffallend ruhig fügte Barrios dann hinzu: »Sehen Sie mir meinen Gefühlsausbruch bitte nach.«

»Der Zorn der Gerechten muss nicht entschuldigt werden. Und schon gar nicht mir gegenüber. Ich bin nur ein Bote des Bundes, aber die Gefahr, die für den Kreis der Dämmerung von diesem Camden ausgeht, muss endlich gebannt werden. Der ganze Jahrhundertplan könnte sonst ins Wanken geraten.«

»So?«

Dieser Einwurf verwirrte David. »Immerhin hat Camden ein Viertel des Zirkels ausgelöscht«, fügte er etwas unsicher hinzu.

»Aber unsere wichtigsten Geheimnisse sind ihm bisher verborgen geblieben.«

David verbeugte sich einmal mehr, vor allem um seine Beklemmung zu verbergen. Irgendetwas an diesem Gespräch begann schief zu laufen. Aber was? »Wenn mein Leben auch eng mit dem Kreis verwoben ist, gehöre ich doch nicht seinem inneren Zirkel an. Ich fände es aufregend, wenn Ihr für diesen Camden noch eine Überraschung in petto hättet, Don Alfonso.« *Du ahnst gar nicht, wie gern ich das wüsste!*

»Der Mensch ist kurzlebig und mit Erregung gesättigt – auch Sie werden noch Ihr Maß davon bekommen.«

Lass gefälligst diese Zweideutigkeiten! Das ist mein Revier. »Ich wünsche und hoffe, diesen Tag noch zu erleben, Don Alfonso.«

»Schön, schön. Aber Sie wurden doch bestimmt nicht zu mir geschickt, um mir beim Lamentieren über David Camden Gesellschaft zu leisten. Was ist der eigentliche Anlass Ihres Besuches, Herr Schwertfeger?«

»Ein Treffen der Logenbrüder, eine Konferenz zur Koordinierung der gemeinsamen Anstrengungen. Camden soll ein Köder hingeworfen werden, dem er nicht widerstehen kann.«

Barrios der Ältere blieb gelassen. »Bisher hat das wenig gebracht. Camden ist wie der Wind. Er kommt und geht, wie er will: unsichtbar. Nur, wenn er da ist, kann man ihn wahrnehmen. Entweder wird man dann von ihm getötet oder man bringt ihn zuerst um.«

Die Unterhaltung wurde David immer unheimlicher. Ein Schaudern unterdrückend antwortete er: »Darin stimmen auch die anderen Brüder überein. Deshalb überbringe ich den Plan.«

»Von wem?«

»Wie bitte?«

»Sie haben bisher noch nicht erwähnt, welcher meiner Brüder Sie geschickt hat.«

David zögerte. Der alte Mann wartete geduldig. Er hatte offensichtlich Zeit. Ausweichend antwortete David endlich: »Sie haben meine Legitimation gesehen.«

»Ja.«

»Dann müssten Sie auch wissen, wessen Handschrift das ist.«

»Allerdings.«

»Mein Auftraggeber war der Meinung, das Dokument würde als Ausweis für mich genügen.«

»So, so.«

David nickte. Nein, dieses Gespräch gefiel ihm nicht.

»Sind Sie der gleichen Ansicht, Herr Schwertfeger?«

»Ich bin nur ein Bote. Wie könnte ich etwas anderes behaupten, Don Alfonso?«

Noch einmal lieferten sich David und der alte Mann einen Kampf der Blicke. Der Urenkel des Logenbruders jenseits des Tisches war stummer Zeuge, angespannt, aber abwartend.

– 412 –

Mit einem Mal lächelte Justo Rufino Barrios wieder, als habe nur eine Gewitterwolke sein Gesicht verdüstert und sei nun ohne Wolkenbruch abgezogen. In bester Laune verkündete er: »Jorge wird mich auf Diät setzen, wenn ich ihm nicht endlich erlaube, das Essen aufzutragen. Jorge ist mein Koch. Lassen Sie uns zunächst den Lunch einnehmen, Herr Schwertfeger. Alles Weitere können wir später bereden, vielleicht sogar beim Dinner. Heute lasse ich Sie sowieso nicht mehr zurückfliegen. Der Ruf meiner Gastfreundschaft dürfte, nehme ich an, auch Sie schon erreicht haben.«

David stand hinter der Panzerglasscheibe seiner Zimmerflucht und blickte grimmig auf den Dschungel hinaus. *Er hat mich durchschaut.* Seine Gedanken kreisten immer wieder um diesen Punkt. Der Lunch hatte unverfänglich begonnen, Barrios der Ältere hatte von seinen Umzugsüberlegungen erzählt – die Regierung plane, im nächsten Jahr aus Tikal einen Nationalpark zu machen, womit der Palast des Großen Jaguars die längste Zeit ein Ort der Ruhe und Abgeschiedenheit gewesen sei – und war plötzlich davongerauscht. Angeblich eine wichtige Besprechung, mit wem, sagte er nicht. Trotz angestrengten Grübelns kam David nicht darauf, wann er den entscheidenden Fehler gemacht hatte. Barrios' Misstrauen musste langsam gewachsen sein. Aber spätestens, als es um den Urheber der Legitimation ging, war das Gespräch gekippt.

David schalt sich einen Narren, geglaubt zu haben, er könne einen Logenbruder Belials mit der gleichen plum-

– 413 –

pen Masche aufs Kreuz legen wie An Chung-gun. Letzterer war nur ein kleines Zahnrädchen in Belials Getriebe gewesen, aber Barrios der Ältere kannte den Jahrhundertplan und dessen Akteure von Anfang an. Es konnte tausend Gründe geben, warum Franz von Papen nicht der Verfasser des Dokuments war. Vermutlich würde David nie erfahren, welchen Fehler er begangen hatte.

Wie zur Bestätigung seiner düsteren Ahnungen hörte er mit einem Mal das dumpfe Dröhnen eines Flugzeugmotors. Das Panzerglas ließ das Geräusch nur gedämpft ins Innere dringen. David hielt über den Baumkronen nach einer weiteren Transportmaschine Ausschau, stattdessen entdeckte er Manuel Barrios. In seiner Piper drehte er eine Runde über dem Palast des Großen Jaguars, als wolle er Abschied nehmen ...

Vom langjährigen Refugium im Dschungel oder von mir? Die Frage stand plötzlich groß vor Davids innerem Auge. Dieses Flugmanöver hatte etwas Höhnisches an sich, als wolle Barrios der Jüngere ihm aus den Wolken herunter mitteilen: Da unten sitzt du in einem goldenen Käfig, und wenn wir dich genug gemästet haben, schlachten wir dich.

Wusste Manuels Urgroßvater, wen er sich da in den Palast geholt hatte? Vermutlich nicht. Sonst wäre der Alte mit Sicherheit schneller und entschlossener gegen den Spion vorgegangen. Wahrscheinlich hielt er seinen Gast für einen Helfer David Camdens und wollte nur noch eine Weile mit ihm Katz und Maus spielen, bevor er wahr machte, was Barrios der Jüngere bereits angekündigt hat-

– 414 –

te: Er würde dafür sorgen, dass der Spitzel nie wieder aus dem Dschungel zurückkehrte.

Davids erster Gedanke hieß Flucht. Mit beinahe fünfundfünfzig Jahren gerät man allerdings nicht mehr so schnell in Panik. Er wog kühl seine Chancen ab. Wenn er jetzt, bei Tageslicht, in den Dschungel floh, würde Barrios' Palastwache eine muntere Treibjagd auf ihn veranstalten. Anscheinend verfügte Belials Logenbruder über eine kleine Armee. David kannte seine Fähigkeiten, aber er war nicht verrückt genug, sich blind auf sie zu verlassen.

Ruhig trat er vom Panoramafenster zurück, zog sich bequeme Reisekleidung an und legte sich rücklings aufs Bett. Er musste jeden seiner weiteren Schritte genauestens überdenken. Bis zum Einbruch der Dunkelheit hatte er noch etwas Zeit.

Während er im Kopf alle möglichen Szenarien durchspielte, blieben seine Sinne geschärft. Sollte Barrios glauben, ihn hier überraschen zu können, hatte er sich getäuscht. Aber der Alte war kein Anfänger. Im Zimmer blieb es ruhig. Anscheinend wollte er seinen Gegner zermürben und wartete ab. Wusste der Kreis der Dämmerung inzwischen, über welche Gaben sein größter Feind verfügte? Als die Sonne im grünen Meer des Dschungels versank, machte sich David für den Abmarsch bereit.

Mindestens eine Stunde lang hatte er über eine Alternative zur Flucht nachgedacht. Er konnte den Palast des Großen Jaguars den Ruinen von Tikal gleichmachen. Aber dabei würden vermutlich viele Menschen ihr Leben lassen und deshalb war dies keine Option für David. Wenn möglich, wollte er Barrios den Ring abnehmen und im Dschungel untertauchen. Gleich nach seiner Rückkehr in die Zivilisation hieß es dann für ihn, Mendez & Barrios die wirtschaftliche Grundlage zu entziehen. Anschließend sollten sich die beiden Köpfe des Unternehmens ohne große Schwierigkeiten auch gesellschaftlich ruinieren lassen. Darin besaß David ja bereits Übung.

In Äquatornähe bricht die Nacht selbst im Juni vergleichsweise früh herein. Über dem Palast des Großen Jaguars ging der Mond auf. David stand am Fenster und erinnerte sich an eine ähnliche Mondnacht im Haus eines anderen Belial-Jüngers. Ob auch Barrios alias Don Alfonso seinen Großmeister herbeizurufen gedachte, wie es einst Toyama getan hatte? Das wäre eine Gelegenheit ...

Nein. David schüttelte den Kopf. Der Zeitpunkt war noch nicht gekommen, dem Schattenfürsten gegenüberzutreten. Es gab noch einige Geheimnisse, die gelüftet werden mussten. David vergewisserte sich, dass die Taschenlampe funktionierte und sein Taschenmesser am Gürtel hing. Was für eine jämmerliche Überlebensausrüstung! Tief durchatmend trat er einige Schritte vom Panzerglas zurück ins Zimmer hinein. Er konzentrierte sich. Ein paar Herzschläge lang herrschte völlige Stille, dann geschahen mehrere Dinge gleichzeitig.

Die zentimeterdicke Scheibe knackte. Kurz darauf lief ein Riss quer durch das Glas. Dank der »sanften Verzögerung« wurde das Fenster nicht einfach – wie vor Jahren eine unschuldige Küchentür – durch die Nacht katapultiert, sondern ging langsam zu Bruch. Doch ehe David sein

Werk mit einem Fußtritt vollenden konnte, spürte er plötzlich hinter sich eine Gefahr.

Er duckte sich, gerade rechtzeitig, um dem Buschmesser auszuweichen, das nach seinem Hals zielte. Der Stahl zischte wirkungslos durch die Luft.

Verblüfft, aber unfähig zu reagieren, sah der Gegner einen Fuß auf sich zufliegen. Im nächsten Augenblick wurde er auch schon hart am Brustbein getroffen und nach hinten geschleudert. Krachend landete er auf dem Glastisch des Salons, der klirrend unter ihm zerbarst. Während sich der Mann noch schreiend in den Scherben wälzte, preschte schon der nächste Angreifer mit einer schweren, breiten Klinge heran.

Im Zimmer brannte kein Licht, aber im Halbdunkel zählte David insgesamt vier »Sensenmänner«, einschließlich des im Glastisch verunglückten. Den auf ihn niederfahrenden Schwertarm verlangsamend, rammte David dem zweiten Meuchler von unten den Handballen in die Nase. Ein Knacken, ein Schrei, Blut und Tränen bahnten sich ihren Weg – und schon hatte die Waffe ihren Besitzer gewechselt.

David wollte jedes unnötige Blutvergießen vermeiden. Obwohl er alles andere als erfreut war über den hinterhältigen Angriff der vier, hielt er seine todbringende Macht trotzdem im Zaum. Den unmittelbaren Kontrahenten narkotisierte er unter Zuhilfenahme des Buschmessergriffes.

Die beiden verbliebenen Jäger hatten sich währenddessen auf ein gemeinschaftliches Vorgehen verständigt. Einer kam von links, der andere von rechts. In ihren Händen blitzten jeweils gleich zwei Klingen: lange Macheten und nur unwesentlich kürzere Bowiemesser.

Wie ein Schilfrohr bog sich David von dem ersten Machetenhieb weg, den nachsetzenden Stich mit dem Jagdmesser wehrte er mit dem eigenen Buschmesser ab und ließ im selben Moment seinen linken Ellenbogen gegen die Schläfe des Angreifers krachen, was diesen nachhaltig betäubte. Den vierten und letzten Klingenträger konnte er aus Zeitmangel nicht so »schonend« ins Reich der Träume schicken. Der Mann büßte für seine Arglist die rechte Hand ein.

»Bedanke dich bei deinem Herrn dafür«, zischte David. Er hasste es, wenn man ihn zu derlei Taten zwang. Im Mondlicht bemerkte er eine Tätowierung auf dem herrenlosen Glied, die wie ein Schriftzug aussah. Zornig riss er sich von dem grausigen Anblick los. Der Kampf hatte nicht länger als fünfzehn Sekunden gedauert. Fünf weitere benötigte er nun, um festzustellen, woher die Angreifer gekommen waren. Unter den Bodendielen des Ankleidezimmers gab es eine Geheimtür. Licht schimmerte herauf. Und Stimmen drangen empor!

Wer konnte schon wissen, wie viele Palastwachen ihm Barrios der Ältere noch hinterherschicken würde? David beschloss jedem weiteren Gemetzel aus dem Weg zu gehen und wandte sich wieder dem Panzerglas zu. Er riss die rechte Hand hoch und schrie: »Fort!«

Krachend flog das zuvor nur eingerissene Glas in den Dschungel hinaus. »Du hast nichts gesehen«, sagte David drohend zu dem Mann, der seinen Armstumpf wimmernd unter die linke Achsel presste, »und falls doch, komme ich zurück und stelle mit dir das Gleiche an wie mit der Scheibe.« Mit diesen Worten stieg er durch das Fenster in den Dschungel hinaus.

Der Unterschied hätte nicht größer sein können. Aus dem fast sterilen Milieu des voll klimatisierten und unnatürlich stillen Palastes kommend, tauchte David in eine Welt aus schwüler Hitze, wuchernden Pflanzen und vielfältigen Geräuschen ein. Unheimliche Schreie drangen an sein Ohr. Kaum hatte er die ersten Bäume erreicht, fielen auch schon Schüsse. Genau das hatte er vermeiden wollen: eine Fuchsjagd, bei der er die Rolle des Rotpelzes spielte. Er zog den Kopf ein und verschwand im Reich des Jaguars.

Die Lichtverhältnisse unter dem Baldachin des Waldes waren, gelinde gesagt, bescheiden. Und bald würde es sogar stockfinster sein. David musste das letzte Tageslicht nutzen, um ein sicheres Versteck zu finden. Sich umzuschauen wagte er nicht. Die Taschenlampe zu benutzen noch viel weniger. Seine Sekundenprophetie musste ihn warnen: vor Wurzeln, über die man stolpern, und Kugeln, von denen man durchlöchert werden konnte.

Die Verfolger ballerten mit ihren Gewehren in den Wald, als gelte es, sämtliche Blätter zu treffen. Erst nach einer gewissen Zeit nahm die Knallerei ab. Vermutlich hatte jemand ein Machtwort gesprochen. Das Wild könne ja den Lärm nutzen, um sich stillschweigend zu verdrücken.

Solange hinter David geschossen wurde, rannte er ohne Rücksicht auf knackende Äste durch den Wald. Mit der erbeuteten Machete mähte er Farne, Wedel und dünnere Äste nieder. Erst als es hinter ihm ruhig geworden war, stellte auch er seine Taktik um. Nun begann das Schleichen und gegenseitige Belauern. David spähte durch Blätter, drückte mit dem Buschmesser leise einen Ast beiseite, huschte ein Stück voran, beobachtete wieder und überwand die nächste Etappe mit schnellen Schritten. Er kam nur langsam voran, während sich die Verfolger formierten – jemand musste ihnen verraten haben, wie eine ordentliche Treibjagd funktionierte, und die Indios waren gelehrige Schüler. Die Luft wurde wieder bleihaltiger. Einmal fiel sogar ein getroffener kleiner Affe direkt vor Davids Füße. Der Ring zog sich enger.

Tief geduckt schlich sich David voran, weg vom schwindenden Tageslicht, ungefähr in Richtung Osten. Wieder peitschte ein Schuss durch das Zwielicht und schlug dicht über ihm in einen Baum ein. Vögel flohen protestierend in die Nacht. David wünschte sich Flügel wie sie ...

Und in diesem Moment wäre er fast in den Abgrund gestürzt!

Das Buschmesser rutschte ihm aus der Hand und schlitterte die Böschung hinab. Verzweifelt ruderte er mit den Armen, um das Gleichgewicht wiederzuerlangen. Zwei, drei Schüsse gellten durch die Nacht. Man hatte ihn entdeckt. Steine bröckelten den steilen Abhang hinunter. Dann, endlich, hatte er sich wieder gefangen. Einige has-

– 420 –

tige Atemzüge lang blickte er in die gut dreißig Meter tiefe Schlucht. Unten gurgelte ein Bach. Was jetzt? Die Böschung war zu steil und das Licht viel zu schwach, um einen Abstieg wagen zu können.

»*Allá!*«, rief da eine Stimme, die David bekannt vorkam.

Barrios! Natürlich! Deshalb mit einem Mal das disziplinierte Vorrücken der Verfolger. Ihr oberster Befehlshaber hatte persönlich das Kommando übernommen. Verzweifelt blickte sich David um und entdeckte einen langen Schatten: eine Brücke.

Ungeachtet der Schüsse hinter ihm begann David zu laufen. Es wurde einer der unangenehmsten Fünfzigmetersprints seines Lebens. Wenn ihm die Überquerung der Schlucht gelang, hatte er gute Chancen, die Verfolger abzuhängen. Und im anderen Fall ...? Darüber wollte er sich vorerst lieber nicht den Kopf zerbrechen. Außerdem musste er voll konzentriert sein, um nicht doch noch zu straucheln oder sich eine Kugel einzufangen. Die Wahrscheinlichkeit hierfür wuchs mit jedem Schritt, den er seinem Ziel näher kam.

So weit die schlechten Lichtverhältnisse den Schluss zuließen, musste es sich bei der Brücke um eines jener Bauwerke handeln, mit dem Dschungelbewohner gemeinhin arglose Forscher und Abenteurer zu erschrecken pflegen. Eigentlich verdiente es seinen Namen gar nicht. Das Wort Brücke vermittelte die Vorstellung, ein ansonsten unpassierbares Hindernis gefahrlos überwinden zu können. David näherte sich dagegen einem luftigen Gebilde aus Stricken und Latten, das in keiner Weise vertrauenswürdig aussah. Er zog den Kopf ein, um einem herbeizischenden Projektil freie Bahn zu geben.

Endlich erreichte er den im Wind schwankenden Freiluftpfad. Obwohl die Verfolger in seinem Rücken mehr als geräuschvoll durch das Blattwerk brachen, zögerte er. Die Hängebrücke bestand hauptsächlich aus Tauen, möglicherweise Hanfseilen. Auch einige runde Querhölzer hatten bei ihrer Herstellung Verwendung gefunden, allerdings in so erschreckend geringer Zahl, dass sie bestenfalls als dekoratives Element angesehen werden konnten ...

Eine Gewehrsalve störte Davids Betrachtungen. Gekonnt bremste er einige Geschosse ab und nahm den maroden Hängepfad in Angriff.

Die Brücke schwankte. Nein, sie wogte. Die Wahrscheinlichkeit, das gegenüberliegende Ende lebend zu erreichen, erschien David schon nach den ersten Schritten beklagenswert gering. Trotzdem wankte er weiter voran. Einmal versuchte er eine der seltenen Bohlen zu betreten, die quer zur Laufrichtung eingeflochten waren. Schnell zog er seinen Fuß wieder zurück. *Vorsicht, Astbruch!*, meldete die Sekundenprophetie.

Knoten für Knoten kämpfte sich David weiter. Seine Hände klammerten sich an ein »Seilgeländer«, dem ein merkwürdiges Eigenleben innewohnte: Es wand sich wie eine Anakonda. Hinter ihm brach nun die Palastwache aus dem Dickicht. Die Lichtfinger schwerer Stablampen wanderten über die verwobenen Schnüre. Im nächsten

Moment wurde das Feuer eröffnet. Inzwischen hatte David ziemlich genau die Hälfte der Hängebrücke erreicht. Schwankend drehte er sich zu den Jägern um. Die Abwehr der Kugeln begann ihn zu schwächen. Verteidigung allein konnte ihn auf Dauer nicht vor einem tödlichen Treffer bewahren. Er musste in die Offensive gehen. Jetzt war also doch eingetreten, was er unbedingt hatte vermeiden wollen. Er konzentrierte sich, um seine schrecklichste Waffe einzusetzen. Da gellte plötzlich ein Schrei.

»¡*Párese!*«

Das bedeutete auf Spanisch so viel wie »Halt!«. Selbst David hatte das Kommando verstanden. Obwohl sich die Stimme, der man hier Achtung zollte, auf geradezu akrobatische Weise überschlagen hatte, glaubte er sie doch wieder zu erkennen. Als nun ein Schemen zwischen langen Schilfwedeln hervortrat, bestätigte sich seine Vermutung.

»Warum reisen Sie ab, ohne uns Lebewohl zu sagen, Herr Schwertfeger?«, rief Justo Rufino Barrios über die Brücke hinweg, diesmal in Englisch. Im Lichte einiger Stablampen schulterte er sein Gewehr und setzte, ohne zu zögern, einen Fuß auf die Hanfkonstruktion.

»Ich kann das Gefühl nicht ertragen, jemandem zur Last zu fallen«, knurrte David zurück. Die Geschicklichkeit, mit der sich da sein Kontrahent auf ihn zubewegte, nötigte ihm Respekt ab. »Was haben Sie vor, Don Alfonso?«

Der Gefragte balancierte geschickt ein Schwanken aus und stapfte weiter voran. »Ich hole Sie zurück.«

»Halt!«, rief David und fing an, das Flechtwerk durch schnelles Anziehen und Strecken der Beine in Schwingung zu versetzen.

Barrios der Ältere hatte alle Mühe, das Gleichgewicht zu bewahren. »Sind Sie verrückt geworden? Hören Sie sofort auf damit.«

»Nur wenn Sie mich gehen lassen.«

»Nein, Sie kommen mit mir.«

»Lieber stürze ich mit Ihnen in die Schlucht.«

»Sie Wahnsinniger! Geben Sie endlich auf.«

»Niemals.«

»Na gut, ich schlage Ihnen einen Handel vor«, zischte Barrios, weil die Brücke inzwischen wie ein Wildpferd bockte.

David balancierte sich aus und brachte die Seilkonstruktion damit wieder zur Ruhe. »Sie sind nicht in der Position zu verhandeln, Barrios.«

»Sie ebenfalls nicht. Ein Wort von mir und Sie fallen als bleigespickter Silberreiher in den Bach da unten.«

Ausgerechnet der Vergleich mit diesem Vogel machte David stutzig. Silberreiher sind nicht etwa silbrig, wie man meinen konnte, sondern schneeweiß! Er ahnte, was nun kommen würde. »Und was sollen wir nun tun, Barrios? Etwa ewig hier stehen bleiben und uns angiften?«

»Verraten Sie mir, ob Sie der Weißschopf sind?«

»Heute Mittag dürfte Ihnen aufgefallen sein, dass ich rotes Haupthaar trage.«

»Sagen Sie mir die Wahrheit. Sind Sie David Camden?«

Vielleicht ohne es zu wissen, hatte Barrios an eine empfindliche Stelle gerührt. Er verlangte die Wahrheit. Und darin lag Davids Problem: Im Gegensatz zu den offenen Aussprachen mit Toyama, Scarelli und Ben Nedal gab es hier Zeugen, die – sollte auch nur einer von ihnen nicht taub sein und zudem Englisch verstehen – später einmal alles Gesagte würden zu Protokoll geben können. Natürlich konnte er versuchen die ganze gegenüberliegende Böschung zu zerstören, aber er war kein Menschenschlächter wie Belial. Selbst wenn er also überlebte, würde er für den Kreis der Dämmerung nicht länger ein Phantom sein ...

»Was ist?«, drängte Barrios, der spürte, dass er Oberwasser bekam. Langsam nahm er sein Gewehr von der Schulter, entsicherte es und richtete die Mündung aus der Hüfte heraus auf seinen Feind. »Sie heißen doch David Camden, nicht wahr?«

»Es sei denn ... «, murmelte David leise.

»Ich kann Sie nicht verstehen«, geiferte Barrios ungeduldig und brachte sein Gewehr ganz in Anschlag. »Sind Sie Camden?«

»Ich kann Sie nicht belügen«, antwortete David leise und heftete seinen Blick auf die dicken Haltetaue am gegenüberliegenden Brückenkopf. Schnell wurde seine Stimme fester und, zumindest für seinen Kontrahenten, verständlicher. »Ja, Justo Rufino Barrios. Ich bin der, für den Sie mich halten: David Camden, oder wenn es Ihnen lieber ist, können Sie mich auch Exterminans nennen, den Vernichter. Ich entferne, was entfernt werden muss.«

Natürlich ahnte David, wie ein Logenbruder Belials auf

– 425 –

diese Antwort reagieren würde. Er fühlte Bedauern, als seine Sekundenprophetie ihm das Unvermeidliche ankündigte. Beherzt tat er einen Schritt auf den Alten zu und schlang zur Sicherung eine Hand um einen Stützknoten des Seilgeländers. Schon begann sich der Finger am Abzug des Schnellfeuergewehrs zu krümmen.

Mit einem Mal hörte Barrios ein merkwürdiges Geräusch in seinem Rücken, ein leises Knacken. Im nächsten Moment ging ein fast unmerklicher Ruck durch die Hängebrücke. Während er noch David anvisierte, begannen sich seine Augen vor Schreck zu weiten. Er schien bereits zu wissen, was geschehen würde.

Entsetzt riss Barrios den Kopf herum und starrte auf die sonderbaren weißen Haltetaue des Knotenpfades. Er konnte nicht fassen, was er da sah. Die Hanfseile waren – *gefroren?* Und das mitten im Sommer, im zentralamerikanischen Regenwald! Seine Männer schienen die unnatürliche Vereisung noch gar nicht bemerkt zu haben, weil die Lichtkegel ihrer Lampen auf die beiden Hauptakteure des dramatischen Schauspiels gerichtet waren.

Barrios der Ältere drehte sich langsam wieder zu David um und stotterte: »Wie … Wie kann das sein? Wir haben doch Juni!«

Davids Gesicht war versteinert. »Alles ist relativ.« Er schloss die Augen. Hinter seinen Lidern sah er einen furchtbaren Film ablaufen: Barrios riss das Gewehr wieder hoch, schrie »Feuer!« und drückte ab.

Doch dazu kam es nicht. Mit einem Ruck ging David in die Knie. Die plötzliche Erschütterung brachte das mor-

– 426 –

sche Gebilde aus Leinen, Knoten und Hölzern erneut zum Schwingen. Aber die vereisten Haltetaue waren zu spröde, um der Wellenbewegung zu folgen. Mit einem schauderhaften Knirschen brachen sie entzwei.

Der Schuss aus Barrios' Gewehr löste sich zu spät. Er durchlöcherte nur einige Blätter, weit über Davids Kopf. Einen Feuerbefehl erhielt die Wache vom Palast des Großen Jaguars jedoch nicht mehr. Die uniformierten Indios starrten stumm ihrem Chef nach, der schreiend in die Tiefe stürzte. Die nächtliche Vorstellung hatte ein jähes Ende gefunden.

Wohl wissend, was ihn erwartete, hatte sich David für den rauschenden Abgang gewappnet. Während er aus dem Scheinwerferkegel geglitten war, hatte er auch mit seiner Linken das Halteseil gepackt und gleichzeitig die Kraft der Verzögerung auf seinen Brückenabschnitt konzentriert. Auf diese Weise landete er sicher, wenn auch nicht gerade sanft an der gegenüberliegenden Böschung.

»Warum versuchst du immer wieder zu fliegen, wenn du es nicht kannst?«, zischte er ärgerlich. Vor Schmerz wurde ihm schwarz vor Augen. Mühsam hielt er sich bei Bewusstsein. Wie viel Zeit würde ihm noch bleiben, bis die Schrecksekunde oben vorüber war? Jeden Moment konnten sich die ersten Lichtfinger in die Klamm neigen.

Der Gedanke war kaum gedacht, da traf ihn auch schon ein Strahl. Aufgeregte, fast animalisch klingende Laute tönten von oben herab. Dann blitzten Gewehrmündungen auf und Schüsse fielen. David machte sich auf sein letztes Stündlein gefasst. An diesem steilen Hang gab es nirgends Deckung. Man würde so lange auf ihn schießen, bis seine Kraft zum Abwehren der Geschosse erlahmt war.

Verzweifelt kletterte er Richtung Talsohle. Als endlich die großen Findlinge am Grunde der Schlucht ins Blickfeld kamen, war David schon ungefähr ein Dutzend Tode gestorben, jedenfalls so gut wie. Bis jetzt hatte er das vorausgesehene Ende immer noch abwenden können, aber nun waren seine Kräfte praktisch erschöpft. Als habe die herrenlose Palastwache genau das geahnt, schwang sie sich zum großen Finale auf. Ein wahrer Geschosshagel ging auf David nieder. Er sank in die Knie, keuchte. Einige Projektile schlugen schon gefährlich nahe ein. Ein Steinsplitter bohrte sich in seinen Oberschenkel und er schrie …

Unvermittelt hörte der Beschuss auf. Aber die Knallerei ging weiter, sogar stärker als zuvor, doch keine einzige Kugel schien sich mehr für David zu interessieren. Es war fast so wie damals im Ersten Weltkrieg, als er, einem Schlafwandler gleich, über das Schlachtfeld an der Somme gestapft war und kein Geschoss auch nur seine Haut ritzte. Es dauerte einige Augenblicke, bis David wieder zu Atem gekommen war und begriff, welchem Umstand er diese glückliche Fügung verdankte: Auf seiner Seite der Schlucht hatte sich eine andere Truppe formiert, eine zweite Feuerlinie gebildet und die Palastwache aus allen Rohren unter Beschuss genommen.

Nach etwa einer Minute hatte er genug Kraft gesammelt, um sich aus dem Staub machen zu können. Er kletterte die letzten Meter zum Bachbett hinab, das nur wenig

Wasser führte. Schon wollte er sich zur Flucht wenden, als ihm ein Gedanke durch den Kopf fuhr.

Der Ring! Von Barrios war sicher nicht viel übrig geblieben, aber dem Siegelring würde der Sturz nicht geschadet haben. Alle Vorsicht außer Acht lassend, stapfte er zur anderen Bachseite hinüber. Bald hatte er den regungslosen und grotesk verkrümmten Leib des einstigen Präsidenten gefunden. Barrios war definitiv tot. David machte sich am Ringfinger der Leiche zu schaffen. Über ihm tobte das Feuergefecht unvermindert heftig. Irgendwie kam er sich schäbig vor.

Warum geht denn das verdammte Ding nicht ab? Die Antwort war einfach. Barrios hatte es sich in den letzten zweiundsiebzig Jahren gut gehen lassen, vielleicht nicht so gut wie An Chung-gun, aber er musste trotzdem um einiges zugenommen haben. Jedenfalls war der Siegelring im Verlaufe vieler Jahrzehnte mit dem Finger seines Trägers regelrecht verwachsen. David stöhnte. Wozu würde ihn dieser Geheimbund wohl noch zwingen! Er konzentrierte sich kurz. Unter Kälteeinfluss schrumpft alles zusammen, hatte er schon in der Schule gelernt. Als er den Finger für eisig genug hielt, zog er noch einmal kräftig am Siegelring.

Knack!

»Oh! Tut mir Leid«, sagte David in ehrlichem Bedauern. Er legte den abgebrochenen Finger des Altpräsidenten auf dessen Brust und steckte den Siegelring in die Tasche.

Jetzt nichts wie weg von hier. Fragt sich bloß, wohin? Kaum war der Gedanke gedacht, gab es für David auch schon die nächste Überraschung: Wie aus dem Nichts war plötzlich ein höchstens einen Meter sechzig großer Indio aufgetaucht. Der nur mit einer Art Stoffwindel bekleidete kleine Mann legte sich den Finger auf die Lippen.

Nach kurzem Zögern nickte David erstaunt. *Ich bin stumm wie ein Fisch.*

Dann deutete der Indio das Bachbett hinab.

David nickte abermals und flüsterte: »Ich folge dir.«

Fata Morgana

Tabasco verfügte über scharfe Sinne. Er konnte riechen wie ein Jaguar und sehen wie ein Königsgeier. Das Sprechen funktionierte bei Tabasco weniger gut. Er besaß keine Zunge mehr.

»Und du meinst wirklich, Don Alfonso hat dir das angetan?« David kauerte auf einer Waldlichtung vor dem kleinen Indio und beschirmte die Augen mit der Hand, weil die Morgensonne immer wieder durch das vom Wind bewegte Blattwerk stach, ihm direkt ins Gesicht. Sein Oberschenkel schmerzte kaum noch. Der Waldmann hatte die Wunde fachmännisch gesäubert, mit Heilkräutern abgedeckt und verbunden.

Tabasco nickte. Er verstand Spanisch wie Englisch gleich gut. Mit der flachen Hand zeigte er erst auf seine Brust, dann hielt er sie ungefähr zwanzig Zentimeter über den Boden.

»Ich verstehe«, sagte David und konnte seine Betroffenheit nicht verbergen. »Als du noch ganz klein warst, ließ er dir die Zunge herausschneiden. Später bist du ihm dann davongelaufen. Heute Nacht haben Barrios' Männer wie die Tiere geheult. Hat er sich viele stumme Diener zurechtgestutzt?«

Tabasco nickte und klopfte etliche Male auf den Boden.

»Hm, hm. Sehr viele also. Wie kommt es, dass du nicht auch taub bist wie seine Tischdiener?«

Diese doppelte Verstümmelung werde nur jenen zugefügt, die in Don Alfonsos engster Umgebung dienen, erklärte Tabasco mit flinken Fingern.

David schüttelte angewidert den Kopf. »Diese Bestie hat ihr Ende wirklich verdient.«

Ehe er sich's versah, hatte sich der kleine Indio neben ihm aufgerichtet und klopfte ihm nun freundschaftlich auf die Schulter. Die Geste sprach für sich. Tabasco bedankte sich bei dem Rächer im Namen all jener armen Leidensgenossen, deren Leben Barrios zerstört hatte.

David meinte, dass eigentlich er seinem Retter danken müsse. Tabasco hatte ihn aus dem Feuergefecht herausgelotst, ihn zeitweilig sogar gestützt und schließlich in einer Höhle aus dichtem Buschwerk verarztet. Auf einem Bett aus trockenen, aromatisch duftenden Blättern war er schließlich erschöpft in einen traumlosen Schlaf gesunken. Zur Frühstückszeit hatte ihn dann ein verlockender Bratenduft geweckt. Als er wenig später das wohlschmeckende Fleisch kostete und von seinem stummen Gastgeber erfahren wollte, von welchem Tier es stammte, bestand die Antwort in einer pantomimischen Meisterleistung.

– 431 –

»Faultier?«

Tabasco nickte freudestrahlend.

»Wie gut, dass du mich erst hast essen lassen.«

Mit Grauen erinnerte sich David an die sonderbare Tätowierung auf der abgetrennten Hand seines vierten Gegners im Palast des Jaguars. Auch Tabasco besaß eine solche Kennzeichnung. Durch sie hatte David erst den Namen seines neuen Freundes erfahren. Don Alfonso pflegte seine »Sklaven« auf diese Weise als sein persönliches Eigentum zu markieren, erklärte der Indio gestenreich. Er verdankte seinen Namen übrigens nicht, wie man meinen konnte, einer feuerscharfen Würzsoße, sondern jenem mexikanischen Bundesstaat, in dem nicht nur die Mayas beheimatet waren, sondern auch Tabasco.

Auf Davids Frage, wer die Gegenpartei in dem nächtlichen Scharmützel gewesen sei, konnte sein kleiner Retter nur eine unklare Auskunft geben: »Männer von der Regierung und doch nicht von der Regierung«, musste wohl die Übersetzung von Tabascos Gebärdensprache lauten. David ahnte schon, wes Geistes Kind seine schießfreudigen Lebensretter waren. In Mittel- und Südamerika gehörten Umstürze zur Tagesordnung. Vielleicht war er in der letzten Nacht der neuen Revolutionsarmee Guatemalas begegnet.

»Kannst du mich zur nächsten Siedlung bringen?«, erkundigte er sich. Barrios der Jüngere hatte erwähnt, einige Frischwaren würden auch über Dschungelpfade transportiert. Es konnte also nicht weit bis zum nächsten Marktflecken sein.

Tabasco drehte den Kopf und schob die Schulter vor und zurück, was wohl »Ja, aber lieber nicht« heißen sollte.

»Fürchtest du dich vor den Menschen dort?«

Der Indio warf sich in die Brust und machte das Gesicht einer angriffslustigen Raubkatze.

»Also gut, ich stelle meine Frage anders: Lauern Gefahren in dem Dorf oder der Stadt?«

Tabasco bejahte durch entschiedenes Nicken.

»Auch für mich?«

Wieder das Kopfdrehen und Schulterschieben.

»Dann habe ich eine Bitte an dich. Bring mich zu dieser Siedlung. Ich werde mich dort ein wenig umsehen. Wenn ich eine Möglichkeit finde, Guatemala zu verlassen, dann gut. Falls nicht, sehen wir weiter.«

Tabascos scharfe Augen musterten David eindringlich. Schließlich nickte er.

Der Marsch durch den Regenwald gehörte zu den schweißtreibendsten Übungen in Davids ganzem bisherigen Leben. Woran vielleicht gar nicht einmal so sehr das schwülheiße Klima schuld war als vielmehr Tabascos scharfes Tempo. Entgegen Davids Erwartungen erreichten die beiden noch vor Sonnenuntergang die Stadt. Ein Ortsschild war nirgends zu entdecken, aber aus dem Schriftzug über der Tür einer *cantina* ließ sich schließen, dass er in El Encanto gelandet sein musste.

»Sieht aus wie das Ende der Welt«, brummte David.

Tabasco rümpfte die Nase. Die Trostlosigkeit des staubigen Städtchens schien ihm genauso wenig zu behagen.

»Sind dir auch die vielen Soldaten aufgefallen?«

Der Kleine nickte.

»Ich werde mich in der Bar mal umhören. Vielleicht kann ich herausfinden, was hier los ist.«

Tabasco widersprach mit Händen und Füßen.

David legte ihm die Hand auf die Schulter, was den Indio augenblicklich beruhigte. »Ich danke dir für deine Sorge, mein tapferer Freund, aber ich kann mich nicht ewig in diesem Dschungel verstecken. Es gibt da noch ein, zwei Sachen, die ich dringend erledigen muss.«

Tabasco gab seufzend nach.

Als David die quietschende Tür der *Cantina El Encanto* aufstieß, blickten ihn einundvierzig Augen an. Einen rothaarigen Riesen hatte man hier vermutlich zuletzt vor vierhundertdreißig Jahren gesehen, als Pedro de Alvarado das Land für die spanische Krone in Besitz genommen hatte. David gab sich unbekümmert. Ruhig schritt er zum Tresen, hinter dem ein rundlicher, schwitzender Barkeeper mit Augenbinde stand. »Tequila«, verlangte er, drehte sich aufreizend langsam um und stützte die Ellenbogen auf den Schanktisch.

Bei seinem Eintreten hatten noch zahlreiche Stimmen den verrauchten Raum erfüllt, doch nun war es mucksmäuschenstill geworden. David überschlug die Zahl der Uniformierten im Raum. Es waren mindestens zehn. Vielleicht befanden sich ja auch einige seiner Lebensretter darunter. Er lächelte.

»Heißer Tag heute. Irgendjemand hier, der meine Sprache spricht?«

Niemand antwortete.

»Bin Forscher. Die großen Räuber sind meine Leidenschaft! Schreibe für dieses angesehene amerikanische Magazin – Sie wissen schon.«

»*National Geographic*«, sagte plötzlich eine Stimme mit hartem Akzent hinter ihm. Es war der einäugige Wirt.

David drehte den Bewaffneten wieder den Rücken zu und konzentrierte sich nun ganz auf den Barkeeper. »Ah, endlich ein *gebildeter* Mann!«

Der Wirt sah ziemlich wild aus. Abgesehen von der Augenklappe, mit der er nicht von ungefähr einem Piraten glich, bestach er durch einen schwarzen Stoppelbart, stachlig wie ein Kaktus, und einen beißenden Geruch nach ranziger Butter.

»Ich sehe Sie hier zum ersten Mal!«, meinte der Barmann in drohendem Ton.

David kippte den Branntwein hinunter und grinste wie ein Honigkuchenpferd. »Ich bin direkt von Guatemala City in den Dschungel geschneit und habe bei Tikal mein Lager aufgeschlagen. In der Nacht gab's dort eine Riesenschießerei. Dachte schon, der dritte Weltkrieg wäre ausgebrochen. Haben Sie 'ne Ahnung, was da los war?«

»Sie sollten lieber sehen, dass Sie hier wegkommen.«

David schob dem Wirt eine Fünfzigdollarnote über den Tisch und bestellte einen zweiten Tequila. Der Einäugige rief ein, wie es schien, aus ungefähr fünfhundert Buchstaben bestehendes Wort in den Raum – und wundersamerweise setzte gleich wieder das Gemurmel, Gelache und Gestreite ein. Nur ein, zwei Soldaten beäugten den Fremden noch misstrauisch.

Der Wirt lehnte sich auf dem Tresen lässig zu seinem Gast hinüber und hüllte ihn großzügig in eine Schweißwolke ein. »Wenn Sie Amerikaner sind, müssten Sie eigentlich wissen, dass Ihre Regierung seit drei Tagen den Schifffahrtsverkehr nach Guatemala zu unterbinden versucht.«

»Und? Muss ich deshalb befürchten gelyncht zu werden?«

»Das weniger. Aber es heißt außerdem, heute seien fünftausend Söldner über die Grenze gekommen, um Präsident Guzmán zu stürzen. Ich gebe ihm höchstens noch eine Woche. In einigen Orten hat es jetzt schon spontane Sympathiekundgebungen für die Revolutionäre gegeben.«

David blickte über die Schulter in den Schankraum, dann wieder in das schwitzende Gesicht des Wirts. »Und El Encanto ist einer dieser Orte?«

Der Einäugige nickte grinsend. »Könnte man so sagen. Die Schießerei heute Nacht war sozusagen ein Nebenkriegsschauplatz. Anscheinend hat irgend so ein Plantagenbesitzer im Dschungel eine Treibjagd veranstaltet. Soll wie wild herumgeballert haben. Unsere Miliz hat ihn und seine Leute wohl für Anhänger Guzmáns gehalten. Na, jedenfalls ist der reiche Pinkel jetzt tot, und wie es heißt, seine ganze Privatarmee auch.«

So hatte sich David das Schweigen der Zeugen nicht erkaufen wollen. Mit belegter Stimme antwortete er: »Ihre Miliz scheint ja gehörig auf Draht zu sein.«

»Nach meinem Geschmack ein wenig zu sehr. Wenn Sie mich fragen, sitzen Sie ganz schön in der ...«

»Gibt es eine Möglichkeit, sich irgendwie zu arrangieren?«

»Kommt drauf an.«

»Worauf?«

»Wenn Sie eine Lokalrunde schmeißen, kommen Sie möglicherweise lebend hier raus. Vor der Tür dann immer der Sonne nach. Irgendwann landen Sie in Britisch-Honduras.«

David schob einen zweiten Fünfzigdollarschein über den Tresen. Der Wirt schrie wieder etwas in den Raum, allgemeine Begeisterung war die Folge. Flaschen mit einer klaren Flüssigkeit wanderten über die Theke und begannen unter den Gästen zu kreisen. Die durstige Schar überschüttete den noblen Spender mit Trinksprüchen. Selig lächelnd kippte David den zweiten Schnaps hinunter und meinte, er müsse mal eben dem Ruf seiner Blase folgen.

Im Hof stand ein Verschlag mit einem ausgesägten Herzchen in der Tür und ungefähr einer Million Fliegen dahinter. Davids Blase war übrigens in tadellosem Zustand. Er umging den Donnerbalken, überwand einen Bretterzaun und hielt auf den Waldrand zu. Nach wenigen Schritten blieb er wieder stehen. Hinter der *cantina* ragte das Heck eines Pick-ups hervor, auf dem gerade noch der Rest eines Schriftzugs zu erkennen war: *& Barrios*. In der Bar musste einer von Don Alfonsos Leuten sitzen und fröhlich auf den spendierfreudigen Amerikaner trinken. Möglicherweise dauerte es noch Stunden, bis ihm jemand beiläufig oder auch prahlerisch das Gemetzel der letzten Nacht auftischte. David zuckte die Achseln. Der Mann war sowieso arbeitslos und Lord Belial schuldete ihm noch etwas.

Sekunden später heulte der Motor des Ford auf und David brauste in einer Staubwolke davon. Er schüttelte ungläubig den Kopf. Wann lernten die Leute endlich, dass man den Zündschlüssel nicht im Schloss eines geparkten Wagens stecken lässt?

Tabasco schien sich über das Auto zu freuen. Er machte zwar nicht gerade den Eindruck eines gebildeten Mannes, aber in Barrios' Diensten hatte er sowohl die Segnungen als auch die Flüche der Zivilisation kennen gelernt, Automobile eingeschlossen.

Als Scout war Tabasco kaum zu übertreffen. Er kannte die Petén genannte Region wie sein Lendentuch. Für Barrios hatte er auch hin und wieder Schmuggeltouren nach Mexiko und Britisch-Honduras unternehmen müssen. David befand sich also bei ihm in besten Händen. Der östliche Nachbar Guatemalas stand, wie es bereits der Name sagte, unter britischer Oberhoheit. Das gefiel den guatemaltekischen Machthabern zwar nicht besonders – sie hatten seit jeher ein Auge auf die malerische kleine Küstenregion geworfen –, aber selbst wenn der Militärputsch erfolgreich verlief, musste wohl nicht mit einem Übergreifen der Kampfhandlungen auf das Nachbarland gerechnet werden.

Dank Tabascos geradezu phänomenalen Instinkten gelang es ihnen in den nächsten Tagen, einen Tapir zu erle-

– 438 –

gen, ungesehen die Grenze nach Britisch-Honduras zu überqueren, einen Jaguar vom Nachtlager zu verscheuchen, Tankstellen zu finden und Polizeikontrollen zu entgehen. Mit Manuel Barrios' flügellahmer Piper hätten sie die Strecke bis zur Hafenstadt Belize vermutlich in gut einer Stunde bewältigt, mit dem Pick-up brauchten sie fast eine Woche.

Als sich David auf dem kleinen Flugfeld von seinem indianischen Freund verabschiedete, war ihm weh ums Herz. Nach einer langen Umarmung kehrte sein Retter mit dem Wagen und einem großzügigen Geldgeschenk in den Dschungel zurück.

Hatte Barrios alias Don Alfonso ihm überhaupt irgendetwas von Wert mitgeteilt? Die geplante Unterhaltung beim Abendessen war ja leider ausgefallen. David hatte also auch nicht seine Gabe ausspielen können. Während der beschwerlichen Flucht aus Guatemala waren ihm vor allem diese Fehlschläge seines Dschungeleinsatzes bewusst geworden. Natürlich besaß er nun einen Siegelring mehr und Belial einen Logenbruder weniger. Das allein durfte er sich schon als Erfolg anrechnen. Aber sonst?

Da war diese Äußerung. Auf Davids nebulöse Andeutungen über Belials Besorgnis »diesen Teil der Welt« betreffend hatte Barrios der Ältere aufbrausend gesagt: »Anstatt unsere Kräfte sinnvoll aufzuteilen, werden sie hier auch noch konzentriert.« Und war in Davids Falle getappt! Der hatte nämlich ganz bewusst offen gelassen, welcher oder welche Kontinente gemeint waren. Wenn Bar-

– 439 –

rios also das Wort »hier« benutzte, dann musste aus seiner Warte Amerika gemeint sein, vermutlich sogar Lateinamerika. Indem er darüber hinaus von einer *Konzentration* der Kräfte sprach, bestätigte er das Anwachsen der Belial-Gemeinde in dieser Region. David konnte eins und eins und eins zusammenzählen: Justo Rufino Barrios und Lucius Kelippoth und Franz von Papen. Drei Logenbrüder. Letzterer musste die von Barrios so verachtete Verstärkung gewesen sein.

Logischerweise setzte David seine Spurensuche im Süden fort. Anstatt zu Ruben nach New York City zurückzukehren, flog er wieder nach Buenos Aires und landete dort am Montag, dem 28. Juni 1954. In der Zwischenzeit war in Guatemala genau das geschehen, was der Wirt in El Encanto sogar mit seinem einen Auge hatte voraussehen können: Der demokratische Reformpräsident Jacobo Guzmán war von einer Militärjunta zum Rücktritt gezwungen worden. Nach alter guatemaltekischer Sitte regierte jetzt also wieder ein *Caudillo*, ein Diktator. Die von Guzmán schwer geschröpfte United Fruit Company rieb sich die Hände und mit ihr etliche andere US-Amerikaner. Endlich hatte man es diesen Kommunisten einmal gezeigt. Wen kümmerte es da schon, dass Präsident Guzmán eigentlich gar kein Kommunist war?

Der Weg hatte die sechswöchige Abwesenheit seines Volontärs, ohne Schaden zu nehmen, überstanden. Zwar veranstaltete der Chefredakteur ein kleines Donnerwetter, war aber sofort bereit das Feuilleton seines Blattes wieder in die Hände des kulturbeflissenen Friedrich Vauser zu legen. Derselbe, uns besser als David Camden bekannt, lächelte dankbar und stöhnte innerlich.

In den nächsten Wochen und Monaten vollführte er einen Drahtseilakt nach dem anderen. Als notorischer Lügner hätte es ihm keinerlei Schwierigkeiten bereitet, ganz auf der braunen Linie des *Wegs* zu schreiben. Aber David war weder Nazi noch Schwindler. Um der Gewissensnot zu entkommen, verfasste er seine Texte schließlich in vollendeter Doppelbödigkeit. Wenn also, nur um ein Beispiel zu nennen, eine Theateraufführung ihm besonders stümperhaft und ausgesprochen rechtsnationalistisch vorkam, dann las sich seine Kritik in etwa so:

… Das Stück, die Inszenierung und die Akteure haben in jeder Hinsicht überrascht. Manche Besucher der Premiere erwarteten bestenfalls Kleinstadtniveau. Wie sehr sie sich doch irrten! Es muss zu den größten Prüfungen eines Regisseurs zählen, den heldenhaften Mut und Nationalstolz des deutschen Volkes in glaubhafte Bilder umzusetzen. Edelfried Siminowski hat sich von der Herausforderung nicht schrecken lassen. Ihm verdankt die Bühnenkunst einen neuen Superlativ. Mit den 150 Besuchern verließ auch ein sehr nachdenklicher Rezensent das Theater …

Schon um des Prinzips willen hatte der Chefredakteur immer etwas an Davids Kulturbeiträgen auszusetzen. Entweder waren sie ihm »zu intellektuell« oder er beharrte: »Sie müssen die Fackel des Führers noch höher halten.«

Verzichten wollte er auf seinen gebildeten Schreiberling dennoch nicht. Das kam dem Undercoveragenten sehr entgegen. David verfiel in seinen Artikeln mehr und mehr auf einen polemischen Ton. Seine Kommentare verfasste er bald nur noch als Glossen. Der bissige Spott galt dem braunen Gedankengut, aber niemand schien es zu merken. Wer den *Weg* kaufte, wollte sein Deutschtum pflegen und im Feuilleton nicht zwischen den Zeilen lesen.

Willem Sassen – der Protagonist des *Dürerkreises* – schien sich über die Rückkehr des Kollegen ehrlich zu freuen. In der Redaktion kam er immer wieder an dessen Arbeitsplatz, um ihm extrem wichtige und, wie David fand, ausgesprochen langweilige Neuigkeiten über alte Kameraden aufzutischen. Obwohl es ihm viel Nervenkraft abverlangte, pflegte David den Kontakt zu Sassen auch noch nach Feierabend. Der Amateurschauspieler kannte viele Leute in der rechten Szene. David brauchte ihn. Doch erst als der Frühling Einzug hielt – auf der südlichen Erdhalbkugel Ende September, Anfang Oktober –, machte er eine viel versprechende Entdeckung.

Anlass dafür war eine »deutsche Kunstausstellung« (das französisch-dekadente »Vernissage« war in rechten Kreisen verpönt). Willem Sassen hatte David Großes versprochen. Der Federfuchser sollte Recht behalten. Mitten durch die Sektglas schwenkenden Ausstellungsbesucher tänzelte August Siebrecht, ebenjener Mann, dem David zum ersten Mal in São Paulo begegnet war und den er dann bis ins paraguayanische Asunciõn verfolgt hatte.

Derselbe August Siebrecht auch, von dem er wusste – Javier Gonzáles sei's gedankt –, dass er Barrios dem Jüngeren zu Diensten war.

In den nun folgenden Wochen lernte David einiges über die nationalsozialistische Definition des Wortes Flüchtlingshilfe. Dabei ging es, wie unschwer zu erraten ist, nicht um die Rettung verfolgter Juden, Künstler oder sonst wie Andersdenkender, sondern ausschließlich um Überlebenshilfe für altgediente Nazis. August Siebrecht genoss das Wohlwollen Peróns, der allerdings immer mehr das Wohlwollen seines Volkes verlor – wirtschaftliche Schwierigkeiten beflügelten sowohl die Opposition im Land wie auch die sie bekämpfende Geheimpolizei. Letztere war Peróns Steckenpferd. Unter dem Namen *Secretario de Informaciones* kümmerte sich der Geheimdienst keineswegs nur um Informationen, sondern auch um politische Flüchtlinge. Peróns Privatsekretär Rudi Freude leitete die »Sonderkommission Peralta«, die sich so heikler Spezialfälle annahm wie den des Transportexperten Adolf Eichmann, des »Todesengels« Josef Mengele oder des Ghettokommandanten von Przemysl, Josef Schwammberger.

David berichtete jedes Detail seiner Erkenntnisse nach Deutschland und Österreich. Franz Berger und Simon Wiesenthal waren gewiss dankbar für diese Einblicke. Dazu gehörten auch Informationen über einen geheimnisvollen Nazigönner namens Horst Carlos Fuldner. Hier schloss sich der Kreis: August Siebrecht diente Präsident Perón als »Koordinator für verdeckte Einwanderungen« und seit dem Ausfall von Don Alfonso Mendez alias Justo Rufino Barrios kooperierte er mit einem neuen Geldgeber: der Fuldner-Bank.

Unter dem Vorwand, im Namen des *Weges* Geld für kulturelle Veranstaltungen zu sammeln, sprach David am Sitz des ominösen Geldinstituts in der Avenida Cordoba 374 vor. Fuldner war als Mäzen arischer Kultur bekannt. An diesem »Schwachpunkt« konnte man ihn packen. In der üblichen Weise begann David mit dem Bankier zu plaudern und umgab ihn mit dem Netz des Wahrheitsfinders.

Er selbst sei in Argentinien geboren, verriet Fuldner leutselig, habe aber während des Zweiten Weltkriegs als SS-Offizier im Range eines Hauptmannes gedient. Noch immer fühle er sich den alten Kameraden der Waffen-SS sehr verbunden. Sein Freund August Siebrecht besorge den Flüchtlingen eine *Cedula*, jene Kennkarte, die als Arbeitserlaubnis und provisorisches Ausweispapier unabdingbar war, und er, Fuldner, kümmere sich dann um alles andere.

Wie David im Verlauf einiger weiterer Unterredungen herausfand, war die Zusammenarbeit der Bank und möglicherweise dadurch sogar mit der geheimen Naziorganisation *Odessa* einerseits sowie der argentinischen Staatsführung andererseits erstaunlich weit gediehen. Zeitweilig konnte sich der mysteriöse Horst Carlos Fuldner sogar mit dem Signet eines Beamten des Präsidialamtes schmücken. Eine seiner Firmen nannte sich *Compania Argentina para Proyectos y Realisaciones Industriales Fuldner y Cia.*, kurz

CAPRI. In Wirklichkeit war CAPRI eine Tarnfirma zur Anwerbung geeigneter Kandidaten für den Militärflugzeugbau.

Die Durchleuchtung des Unternehmens, das übrigens auch seriöse Projekte abwickelte, war anstrengende Kleinarbeit. Notgedrungen lernte David dabei auch Spanisch. Es gelang ihm, das Vertrauen einiger Verwaltungsangestellter zu gewinnen. Ab und zu fielen Namen deutscher Einwanderer, die er dann überprüfte. Weil Argentinien oft nur als Einfallstor in den südamerikanischen Kontinent diente, musste er für seine Recherchen nicht selten auch in die Nachbarstaaten reisen. Einer der auffälligeren Emigranten wurde David als sehr korrekter Mann beschrieben. Er gebe sich als Hydrologe aus, wirke aber wie jemand, der bereits wichtigere Positionen bekleidet habe. Der deutsche Auswanderer hieß Ricardo Klement.

David war Papen einige Male begegnet. Der ehemalige Reichskanzler trat mehr als nur korrekt auf, wirkte eher schon militärisch steif. Aber genügte diese Übereinstimmung, um dem Hinweis nachzugehen? Drill und Disziplin war den Nazis ein Muss. David entschied sich dennoch für eine gründliche Untersuchung. Er wollte sich später nicht den Vorwurf machen, einen entscheidenden Hinweis übergangen zu haben.

Im Sommer 1955 bestieg er einmal mehr eine Maschine der Aerolineas Argentinas und flog elfhundert Kilometer nach Nordwesten. Sein Ziel war die Provinz Tucuman. Im Staatsauftrag erstellte CAPRI dort vor Ort eine Studie über den Bau von Stauseen und Wasserkraftwerken. Eine anspruchsvolle Aufgabe für einen Hydrologen wie Klement. Die technische Außenstelle CAPRIs befand sich im Dorf El Cadillal, gut dreißig Kilometer von der Provinzhauptstadt Tucuman entfernt.

Alle »Capriolen«, wie David die Mitarbeiter des Fuldner-Unternehmens insgeheim nannte, waren im Dorf über eine einheitliche Adresse zu erreichen: *Casilla de Correo 17*, nicht mehr als ein Postfach. Wegen der zunehmenden Geldknappheit der Regierung unterhielten die Capriolen nur noch einen Notposten in El Cadillal, was Davids Gelassenheit auf eine harte Probe stellte. Niemand hatte ihm in Buenos Aires davon erzählt. Ricardo Klement arbeitete schon seit zwei Jahren nicht mehr hier. Die Suche nach ihm erschien aussichtslos. Aber dann fand David doch noch einen gesprächigen CAPRI-Mitarbeiter.

»Ja, ich erinnere mich an Klement, ein sehr gründlicher, ja, geradezu penibler Mann.«

Davids Puls beschleunigte sich. »Können Sie ihn beschreiben?«

»Nein.«

»Was? Wieso denn nicht?«

»Ich habe ihn nie gesehen.«

»Aber Sie sagten doch eben … «

»Dass ich mich erinnere«, fiel der grobschlächtige Deutsche dem *Weg*-Reporter ins Wort. »Das stimmt auch. Allerdings kenne ich Klement nur aus den Erzählungen der Kollegen. Seine Genauigkeit war sprichwörtlich. Bis heute weiß jeder, was gemeint ist, wenn der Chef sagt: ›Das muss aber klementieren!‹«

»Haben Sie eine Ahnung, was Klement vor der Kapitulation gemacht hat?«

»Darüber soll er nie geredet haben.«

»Schade.«

»Watson dafür umso mehr.«

»Wer?«

»Klements Sohn, muss beim Wegzug der Familie so zwölf, dreizehn gewesen sein. Eigentlich heißt er Horst Adolf.«

Papen soll einen dreizehnjährigen Sohn haben? David zweifelte immer mehr am Sinn dieser Reise. »Was hat denn dieser Watson so über seinen alten Herrn ausgeplaudert?«

»Genau genommen war Klement sein Stiefvater.«

David hörte wieder genauer hin. »Und?«

»Soweit ich weiß, hat der Bengel ziemlich angegeben. Sein richtiger Vater sei im Krieg gefallen. Als die Familie noch in Deutschland war, soll sie in Saus und Braus gelebt haben: schöne Villa mit großem Garten, mehrere Autos, eben alles, was man sich wünschen kann. Die Soldaten hätten großen Respekt vor seinem Vater gehabt.«

Im Krieg gefallen? David erinnerte sich an etwas, das Simon Wiesenthal einmal zu ihm gesagt hatte: Tote würden aus den Registern gestrichen und niemand kümmere sich mehr um sie. »Haben Sie eine Ahnung, wo sich Klement und seine Familie jetzt aufhalten?«

»Ein Freund hat mir erzählt, er habe ihn mal in Buenos

Aires getroffen. Hat da anscheinend eine Wäscherei auf-
gemacht.«

David nickte und bedankte sich. »Ach, noch was. Sie
wissen nicht zufällig, wie der richtige Vater von Horst
Adolf hieß?«

»Von Watson, meinen Sie?« Der Deutsche schüttelte
sein kantiges Haupt. »Nee.«

»Schade. Na, dann noch mal vielen Dank.« David
streckte dem Mann die Rechte entgegen.

»Warten Sie«, sagte der und zerquetschte fast die Hand
seines Besuchers. »Klements Frau trägt einen Doppelnamen.«

»Was ist daran ungewöhnlich? In Argentinien behalten
doch alle Ehefrauen ihren Mädchennamen bei und hängen den des Mannes nur an.«

»Wohl richtig, Herr Vauser, aber bei Klements Frau war
das anders. Wahrscheinlich haben die beiden in wilder
Ehe gelebt, was in diesem gottverlassenen Kaff nicht gerade alltäglich ist. Ich glaube, sonst hätte ich Veronicas Namen längst vergessen. Ja, so hieß sie: Veronica Catarina
Liebl de Eichmann.«

Gleich nach seiner Rückkehr schickte David einen Brief
an Wiesenthal. Der österreichische Nazijäger würde jubi-
lieren. Endlich gab es eine heiße Spur zu dem Fährmann,
der sechs Millionen Juden ins Totenreich übergesetzt hatte. Auch Marie Rosenbaum gehörte zu seinen Opfern. David war es ihr und Simon Wiesenthal schuldig, dass die
Neuigkeit in die richtigen Hände gelangte. Ihm selbst

blieb nur das lähmende Gefühl, einmal mehr Zeit und Geld vergeudet zu haben. Papen war wohl nie in El Cadillal gewesen.

Erst Jahre später sollte er erfahren, was sein Hinweis bewirkt hatte. Simon Wiesenthal verfügte über keine eigenen Geldmittel, um nach Argentinien zu fahren und Adolf Eichmanns Aufenthaltsort zu ermitteln. Deshalb schrieb er einen Brief an Nahum Goldmann, den Präsidenten des in New York beheimateten Jüdischen Weltkongresses, und bat um fünfhundert Dollar Reisegeld. Die amerikanischen Juden plagten jedoch andere Sorgen. Als die Berliner Philharmoniker im Frühjahr 1955 unter ihrem Dirigenten Herbert von Karajan in der Carnegie Hall gastierten, war die gesamte Konzerttournee von antideutschen Demonstrationen überschattet. Der Opfermut ist eine unsichere Tugend. Wiesenthals Gesuch wurde abgelehnt. Später schrieb er in seinen Memoiren: »Ich hatte das Gefühl, mit einigen wenigen gleichgesinnten Narren vollkommen alleine zu sein.«

Einer dieser »Narren« war David, der sich kaum weniger allein gelassen fühlte. Wenn ihn Ruben Rubinstein nicht wenigstens alle sechs Monate heimlich besucht hätte, um mit ihm die Vermögensverwaltung abzustimmen und ihm Wichtiges und weniger Wichtiges aus dem Big Apple zu berichten, wäre er in dem braunen Sumpf von Buenos Aires vermutlich erstickt. Für gewöhnlich brachte Ruben Briefe mit. Einer stammte von Zvi Aharoni und David verfasste umgehend eine Antwort, in der er ihm alle seine Erkenntnisse über Eichmann mitteilte. Vielleicht konnte ja der israelische Geheimdienst in die Suche nach dem Massenmörder eingreifen.

Im Herbst 1955 brachte Ruben ein Geschenk mit, das David auf besondere Weise anrührte, drei Bücher, in kurzem Abstand hintereinander erschienen, das letzte praktisch noch druckfrisch.

»Du hast mir einmal erzählt, du kennst den Autor.«

David las lächelnd den Titel des ersten Bandes: *The Fellowship of the Ring*, geschrieben von J. R. R. Tolkien. Die ganze Trilogie hieß *The Lord of the Rings*. »*Der Herr der Ringe*«, murmelte er (mit Ruben sprach er fast nur Deutsch). »Dann hat Ronald sein Vorhaben also wirklich wahr gemacht. Würde mich interessieren, ob auch sein Buch über Beowulf schon fertig ist.«

»Du scheinst dich ja nicht besonders für deine alten Freunde zu interessieren«, tadelte Ruben, wobei er sich ein Grinsen nicht ganz verkneifen konnte.

»Wie meinst du das?«

»Na dieses Beowulf-Buch. Als ich den *Herrn der Ringe* für dich gekauft habe, bin ich mit dem Buchhändler ins Gespräch gekommen. Er fragte mich, ob ich das frühere Werk des Autors kenne, und erwähnte ein Buch mit dem Titel *Beowulf: Die Monster und die Kritiker*. Tolkien hat es bereits 1936 veröffentlicht.«

David strahlte. »Dann hat sich damals mein Geschenk für den angehenden Englischprofessor also doch ausgezahlt.«

Abgesehen von solchen kleinen Freuden durchlebte David als verdeckter Agent in eigenen Diensten eine eher schmerzliche Zeit in Argentinien. Nach außen blieb er der emsige Feuilletonist des *Weges*. Seine Glossen ließen bei den Nazis die Tränen schießen, ohne dass sie merkten, über wen sie da in Wirklichkeit lachten. Manchmal war es für David besonders schwer. Als am 18. April 1955 Albert Einstein starb, nahm das Schmierblatt keine Notiz davon. David erinnerte sich an die für ihn so bedeutende Begegnung mit dem genialen Menschen und hätte am liebsten alles hingeschmissen.

Ähnlich miserabel fühlte er sich, als *Der Weg* den ungarischen Volksaufstand im Herbst 1956 »als heldenhaftes Aufbegehren gegen den maroden Bolschewismus« bezeichnete. Die Krise am Suezkanal war im schadenfrohen Jargon der Gazette ein »tolldreister Meisterstreich« des ägyptischen Staatspräsidenten Gamal Abd el-Nasser. Weil die Vereinigten Staaten und Großbritannien Nasser entgegen anders lautender Versprechen für den geplanten Bau des Assuan-Staudammes doch kein Geld zuschießen wollten, feuerte er mit scharfer Munition. Am 26. Juli 1956 verstaatlichte er den bis dahin unter britischer Kontrolle stehenden Kanal, um dessen Einnahmen in den Staudammbau umzuleiten. Drei Monate später fiel Israel in Ägypten ein. Die Briten und Franzosen versuchten, wie es der Zufall wollte, ausgerechnet zwei Tage nach dem israelischen Angriff mit Waffengewalt die freie Kanaldurchfahrt zu erzwingen. Nasser ließ sich nicht lumpen und versenkte vierzig Schiffe in der Wasserstraße, was manche als Trotzreaktion deuteten, konnte doch nun niemand mehr den Suezkanal passieren. Als das Jahr sich dem Ende näherte, zogen sich Israelis, Franzosen und Briten auf vehementen Druck der Amerikaner wieder zurück. *Der Weg* lag voll auf Gamal Abd el-Nassers Linie und feierte diesen Ausgang des Konflikts als beispiellosen Sieg über die »Judenbrut und ihre anglofranzösischen Verbündeten«. Als der Wasserweg im März 1957 mit UN-Hilfe wieder schiffbar gemacht wurde, titelte das Blatt: »Die Zeche zahlt immer der Verlierer«.

Weil David sich des Gefühls nicht erwehren konnte, auf der Stelle zu treten, beschloss er Ende August 1958, seinem Redaktionskollegen Sassen härter zuzusetzen. Willem, wie er ihn inzwischen nannte, wusste mehr, als er zugab, das spürte David. Außerdem steckte der Lebemann in finanziellen Schwierigkeiten, was ihn gegenüber gewissen Angeboten vielleicht empfänglicher machte.

»Es geht nicht darum, einen alten Kameraden zu verraten«, sagte David, als er Willem weich gekocht zu haben glaubte. Sie saßen wieder einmal in dem zentral gelegenen *ABC-Café*, das der Laienschauspieler besonders gerne aufsuchte. »Aber Monster wie Eichmann und Mengele haben die Fahne der SS beschmutzt. Und Papen hat den Führer in Marburg öffentlich verunglimpft. Solche Elemente muss man zur Strecke bringen.«

»Du hast ja Recht«, wand sich Willem. »Meinst du, ich habe vor sechs Jahren gewusst, was dieser Eichmann alles auf dem Kerbholz hat?«

»Wieso ausgerechnet vor sechs Jahren?«

»Ich habe die beiden zusammengebracht, hier in diesem Café. Irgendwie verlief die Begegnung aber eher unglücklich. Mengele ist Arzt, ein Intellektueller. Er hat in der Stadt eine Praxis. Eichmann dagegen trat wie ein kleiner Beamter auf, irgendwie spießig. Die beiden passten nicht zueinander.«

David verschluckte sich an seinem Mokka. Was er da hörte, war mehr, als er in den letzten vier Jahren erfahren hatte. Er würde sofort Telegramme an Bauer und Wiesenthal schicken. Nachdem er die braune Brühe doch hinunterbekommen hatte, fragte er: »Was ist mit Papen?«

»Was soll mit ihm sein?«

»Bist du ihm auch begegnet?«

Willem winkte ab. »Lass mich mit diesem Stümper in Ruhe. Du hast schon Recht: Er ist ein bigotter Wadenbeißer.«

»Du weißt also nicht, wo er untergeschlüpft ist?«

»Keine Ahnung. Ich habe da allerdings von so einer Ratte in Coronel Suarez gehört, Halbjude, soviel ich weiß. Der hat letztens versucht einen von uns zu verpfeifen. Bin der Sache nicht weiter nachgegangen – mit einer Judensau will ich nichts zu tun haben.«

David unterdrückte einen Schauder. »Sagtest du nicht eben, er sei eine Ratte?«

»Was sollen diese Spitzfindigkeiten, Friedrich? Wenn du willst, kannst du dich ja an ihm schmutzig machen. Ich habe seine Adresse noch im Büro. Morgen früh bekommst du sie.«

»Ich denke, für die gute Sache kann ich es wagen.«

»Von mir aus. Solange du mich nicht anschwindelst

und diese Informationen wirklich ›zu unser aller Nutzen‹ verwendest. So hast du dich doch ausgedrückt?«

»Natürlich, Willem. Ich habe die Wahrheit gesagt und nichts als die Wahrheit ...«

»Lass gut sein. Ich brauche keine Schwüre, sondern Kohle. Du könntest jetzt eigentlich die Scheine rausrücken, die du mir versprochen hast.«

Die Bahnfahrt nach Coronel Suarez dauerte mehr als vier Stunden. Lothar Hermann hatte früher in Olivos gewohnt, einem Stadtteil von Buenos Aires, aber dem Rentner war der Trubel in der Fünfmillionenmetropole zu viel geworden.

Als David in dem kleinen Mietshaus den Klingelknopf neben dem Namen »Hermann« drückte, öffnete ihm kein Mann, wie erwartet, sondern eine brünette junge Frau in einem geblümten Kleid. Sie hatte langes Haar, war schlank, nicht gerade bildschön, aber hübsch.

»Guten Tag, mein Name ist Veit Gladius«, stellte sich David vor. »Ich komme als Emissär von Fritz Bauer, dem hessischen Generalstaatsanwalt.« Das war keineswegs gelogen, denn Fritz war mittlerweile wirklich von Braunschweig nach Frankfurt gewechselt, seinem Jagdinstinkt in Bezug auf Naziverbrecher hatte das keinen Abbruch getan.

»Haben Sie einen Termin mit meinem Vater vereinbart?«

»Nun, ehrlich gesagt, hoffe ich, den erst zu bekommen. Wenn möglich, jetzt gleich. Es geht um einen

– 454 –

Kriegsverbrecher, der den Juden viel Leid zugefügt hat. Ich ... «

»Ach, von Eichmann reden Sie«, unterbrach die Brünette den Besucher und fügte mit einem koketten Lächeln hinzu: »Dann kommen Sie mal rein in die gute Stube. Mein Vater wird sich freuen.«

David wäre am liebsten umgedreht und hätte den nächsten Zug in die Hauptstadt genommen. Eichmann, immer nur Eichmann! Schon wieder war er, ohne es zu wollen, auf die Spur dieses schrecklichen Menschen geraten. Warum suchte ihn alle Welt eigentlich noch? Man musste doch in Argentinien nur an eine x-beliebige Haustür klopfen und nach dem Mann fragen. Diesem kurzen inneren Aufruhr folgte die Einsicht, dass er vielleicht mit einer netten Plauderei bei Kaffee und Gebäck die nötigen Informationen sammeln konnte, um die Menschheit von einem Monster zu befreien. Er lächelte und trat in die Wohnung.

Die Hermanns waren einfache Leute. Sie freuten sich über den Besuch eines Menschen, der ihre Ängste und Nöte kannte und Mitgefühl zeigte. Man setzte den Gast auf das mit Spitzendeckchen verzierte Besuchersofa und bot ihm eine Erfrischung an. David nahm dankend an und erzählte alsbald von Rebekkas Schicksal. Auch Lothar Hermanns Eltern waren von den Nazis ermordet worden. Durch die Trauer um die verlorenen Angehörigen kam man sich schnell näher.

Die junge Frau mit dem koketten Lächeln hieß übrigens Sylvia. Sie war Lothar Hermanns Tochter und die eigentliche Informantin, denn das Familienoberhaupt war blind, dafür aber mehr als gesprächig. David musste nur wenige Fragen stellen, um die ganze Geschichte zu erfahren.

Anfang der fünfziger Jahre habe man in Olivos gewohnt, eröffnete Lothar Herrmann. Er sprach zunächst in ruhigem Ton. Seine Frau und Tochter fielen ihm aber immer wieder mit gut gemeinten Anmerkungen ins Wort, was ihn zunehmend in Rage brachte. Sylvia habe in Olivos einen jungen Deutschen namens Klaus Eichmann kennen gelernt. Ihm, Lothar, habe das gar nicht gefallen. Antisemitische Äußerungen waren bei dem jungen Eichmann an der Tagesordnung. Auf schamlose Weise verlieh er seinem Bedauern über Hitlers Scheitern Ausdruck: Hätte der doch nur sein Ziel, die Vernichtung aller Juden, erreichen können!

Eine solche Gesinnung war eingedenk der hermannschen Familiengeschichte alles andere als akzeptabel. Klaus Eichmann prahlte während eines Besuchs bei den Hermanns mit seinem Vater, einem angeblich hohen Wehrmachtsoffizier. Über seine Adresse schwieg sich der junge Mann jedoch aus, was der Herzallerliebsten angesichts seiner sonstigen Angebereien irgendwie merkwürdig vorkam. Eines schönen Tages aber besuchte sie ihre Freundin, die ebenfalls in Olivos wohnte. Natürlich sprach man auch über Klaus Eichmann und – wie es der Zufall wollte – die Freundin kannte nicht nur ihn, sondern auch seine Adresse: Calle Chacabuco 4261.

Für Sylvia gab es nun kein Halten mehr. Sie fuhr zu dem Haus, in dem mehrere Familien wohnten. Es war für jedermann zugänglich, aber an den Türen gab es keine Namensschilder. Das Mädchen stieg darauf in den Keller hinab, um die Namen der Mieter auf den Stromzählern abzulesen. Nur, da gab es keine Familie Eichmann. Sylvia nahm all ihren Mut zusammen und klopfte an eine Tür, hinter der laut Zähler jemand mit Namen Dagoto wohnen musste. Wieder spielte der Zufall ihr in die Hände. Eine wohlbeleibte Frau öffnete und meinte mürrisch, sie sei die Mutter von Klaus. Ihr Sohn arbeite gerade. Vom ruppigen Ton dieser Mitteilung eingeschüchtert, wollte das Mädchen schon kehrtmachen, als hinter der fülligen Dame ein Mann mittleren Alters auftauchte: Brille, Halbglatze, nicht sehr groß, ziemlich hässlich. Was sie wolle, knarrte er. Sylvia fasste sich erneut ein Herz und fragte, ob er der Vater von Klaus sei. Sonderbarerweise antwortete der Mann nicht. Nach reichlichem Zögern nickte er dann endlich nervös. Das Mädchen setzte ein bezauberndes Lächeln auf (seine Spezialität, betonte Lothar Hermann) und streckte dem Hausherrn die Rechte entgegen.

»Sie sind also Herr Eichmann.«

Der so Benannte blieb stumm. Er schüttelte Sylvia weder die Hand noch sagte er irgendetwas. Stattdessen drehte er sich einfach um und verschwand in der abgedunkelten Wohnung.

Im Zug nach Buenos Aires schrieb David den Brief an Fritz Bauer. Noch am Bahnhof warf er ihn ein. Mit dem Bus fuhr er anschließend in seine Wohnung nach La Boca, einem vorwiegend von Italienern bewohnten Viertel der argentinischen Hauptstadt. Er hauste dort in einem Loch, sauber, aber winzig klein, am Rande des Caminito, eines Platzes, umgeben von knallbunten Fassaden. Es hieß, die italienischen Einwanderer hätten sich bei der farblichen Verschönerung ihrer Hütten an den Flaggen der im Hafen liegenden Schiffe orientiert.

Der besagte Platz war wie jeden Abend voll von Touristen, die das grelle Ensemble als Testmotiv für die Leistungsfähigkeit ihrer Farbkameras schätzten. David umrundete elegant einige Leute, die ihm mit ihren Fotoapparaten den Weg verstellten, und bog in eine kleine Seitenstraße ein. Er seufzte. Einmal mehr kehrte er mit leeren Händen nach Hause zurück. Immer wieder tauchte dieser Papen wie eine Fata Morgana vor ihm auf. Er glaubte den Mann nah vor sich zu haben, bekam ihn jedoch einfach nicht zu fassen.

Als er die Wohnungstür aufstieß, sah er etwas Helles zu seinen Füßen: einen Briefumschlag. Er hob ihn auf, schlug mit dem Hacken die Tür hinter sich zu und öffnete das Kuvert. Mit einem Mal lief es ihm eiskalt den Rücken hinunter. Aus dem seidengefütterten Umschlag lugte eine Spielkarte, genauer gesagt ein Kreuz-Ass. Auf der oberen Hälfte stand ein sonderbarer Vierzeiler.

DU BIST IN GEFAHR!
REISE SOFORT AB.
SUCHE DEN HORT DER TIARA.
UND VERGISS EICHMANN NICHT!

Unter dem Kreuz prangten nur zwei Worte: *Ein Freund.*

David starrte die Karte an und konnte sich nicht bewegen. Ihn fröstelte. In seinem Kopf dröhnte eine simple Frage: *Wer bist du?* Beinahe schon hatte er diesen »Freund« vergessen, der ihm Ruben Rubinstein geschickt und ihm damit einen unschätzbaren Dienst erwiesen hatte. Damals war es ein Herz-Ass gewesen, jetzt also das Kreuz. Wer war nur dieser Unbekannte, der so viel über ihn wusste? Aus der Schrift selbst, da in Großbuchstaben gehalten, konnte David nichts herauslesen. Zwar kam sie ihm irgendwie vertraut vor, aber er konnte sich auch irren.

Lange stand er wie erstarrt da, bis seine trägen, wie Sirup dahinfließenden Gedanken endlich wieder in Fahrt kamen. Dieser Freund hatte ihn auf An Chung-guns Fährte gesetzt! Misstrauen war also nicht angebracht. Somit musste er auch die jetzige Warnung ernst nehmen.

David schoss wie ein Wirbelwind durch die Wohnung. Innerhalb weniger Augenblicke hatte er einige Habseligkeiten in eine Reisetasche geworfen und war schon wieder auf dem Hausflur. *Du bist in Gefahr!* Was wollte der Freund damit sagen? Lauerte ihm ein Scharfschütze auf? Hatte er in der *Weg*-Redaktion mit einem Giftanschlag zu rechnen? Oder …? Er war noch nicht ganz auf der Straße, als seine Sekundenprophetie Alarm schlug.

»Eine Bombe!« Seine Warnung hallte mehrsprachig durch die Gasse. Er schrie heraus, was vor seinem inneren Auge längst geschehen war. Passanten blieben abrupt stehen. Einige wichen dem »Wahnsinnigen« aus, andere begannen selbst zu laufen. Man konnte ja nie wissen.

David war noch keine zehn Meter von dem gelb-rosa-orange gestrichenen Wohnhaus entfernt, als dieses in einem gewaltigen Donnerschlag verging. Zuerst jagten Stichflammen durch alle Fenster hinaus, dann zersplitterte die hölzerne Fassade. David rannte einfach weiter. Sein Gesicht war feucht vor Tränen. Er würde sich nie an diese eiskalte, brutale Gewalt gewöhnen, die selbst Unschuldige nicht verschonte. Hoffentlich war niemand im Haus gewesen.

Bilder aus der Vergangenheit

Der Weg war noch nie der seinige gewesen und jetzt sowieso nicht mehr. Weil er an diesem Abend keinen Flug mehr nach Europa bekam, buchte er sich in die erste Maschine am folgenden Morgen ein. Das Ziel hieß Paris – ein glücklicher Zufall. Er wäre genauso auch nach Chicago geflogen oder nach Hongkong.

Nach einem langen Transatlantikflug und einem kurzen Zwischenaufenthalt in der französischen Hauptstadt traf er am 6. September 1958, mit dem Zug aus Genf kommend, in der Ewigen Stadt ein. Sein geheimes Bankschließfach in der Schweiz war wieder um einen Siegelring reicher geworden.

Suche den Hort der Tiara. Für das Rätsel seines »Freundes« hatte David nur eine Lösung gefunden. Die Tiara war die dreifache Krone des Papstes, die seine Macht über Himmel, Erde und Hölle symbolisierte. Der »Hort der Tiara« musste daher Rom sein, genauer noch der Vatikan.

Bei einer zweitausendsiebenhundertjährigen Stadt fällt ein Vierteljahrhundert kaum ins Gewicht. Das Zentrum Roms sah fast noch genauso aus wie zu jener Zeit, als er mit Rebekka durch die Straßen zwischen Forum und Vatikan spaziert war. Nun hieß es also einmal mehr, eine Stecknadel in einem erschreckend großen Heuhaufen zu finden.

Wenigstens fühlte er sich in Rom um einiges heimischer als in Buenos Aires. Schon am Tag nach seiner Ankunft fand David ein möbliertes Zimmer in der Via Vittoria d'Alibert unweit des Augustusmausoleums. Es stand unter der Beaufsichtigung einer stattlichen Witwe namens Rosamaria Albertini. Die Ankündigung, bei ihr werde er sich geborgen wie in Abrahams Schoß fühlen, wagte er nicht anzuzweifeln. Außerdem erbot sie sich ihn zu bekochen, gegen ein geringes Aufgeld, versteht sich. Später sollte er den Tag noch preisen, an dem er sich für dieses Arrangement entschieden hatte.

Am nächsten Morgen begann er mit seinen Ermittlungen in der Via dei Giubbonari. Dottore Giancarlo Guicciardini, jener Dogmatiker, der David und Rebekka 1930 als Wirt und Berater in Kirchenangelegenheiten gedient hatte, lebte nicht mehr. Sein schwaches Herz habe einfach nicht mehr mitgespielt, erzählte ein sichtlich mitfühlender Hausgenosse. Allerdings lebe der Graupapagei des frommen Mannes noch. Er, der Nachbar, habe sich des verwaisten Tieres angenommen. Er deutete in das Innere

– 461 –

der dämmrigen Wohnung und fragte, ob David komme, um es abzuholen.

»Nein«, antwortete dieser rasch. »Bei Ihnen ist der Vogel sicher besser aufgehoben.«

Der betagte Mann lächelte dankbar. »Vielleicht kommen Sie in fünfundzwanzig Jahren noch einmal wieder, dann hat der Papagei auch mich überlebt.«

»*So Gott will*«, knarrte es aus dem Flur.

David klapperte alle seine Anlaufstellen aus der Zeit zwischen den großen Kriegen ab. Die Ergebnisse waren nicht sehr ermutigend. Seine erste Frage galt dabei immer Franz von Papen und die zweite Lorenzo Di Marco. Niemand aber konnte ihm eine befriedigende Antwort geben. Beide Männer waren wie vom Erdboden verschluckt. Er fürchtete schon, seine Suche in der Ewigen Stadt könne sich genauso zeitaufwändig gestalten wie das Unternehmen in Argentinien, als er überraschend eine verheißungsvolle Bekanntschaft machte.

Der Mann war ungefähr sechzig und arbeitete im Kurienamt für außerterritoriale Liegenschaften des Vatikans. Vielleicht hieß die Behörde auch anders. Ihr Name prägte sich David jedenfalls nicht ein. Etwas ganz anderes fesselte seine Aufmerksamkeit. Er hatte den Mann nicht

etwa bei seinen Erkundungsgängen in der Vatikanstadt kennen gelernt, sondern in einem kleinen Restaurant mit malerischem Blick auf den Tiber, das den Namen *Mario in Trastevere* trug. Der Alte hieß Ugo Buitoni und brachte seine Zeit mit der Pflege von Kladden zu, in denen alles Wissenswerte über die vatikanischen Besitztümer außerhalb der *Città del Vaticano* verzeichnet war. Derer gab es, offiziell, nicht viele, aber der Vatikanstaat war vielleicht das reichste Land der Erde und, wie Ugo augenzwinkernd andeutete, »stiller Teilhaber nicht weniger Unternehmen und durchaus engagiert in Kapitalanlagen«.

David erinnerte sich der päpstlichen Munitionsfabriken aus der Zeit des Abessinienkrieges, lächelte verständnisvoll und fragte: »Kennen Sie Franz von Papen?«

»Sie meinen den Deutschen, der das Reichskonkordat auf den Weg gebracht hat?«

»Oh ja! Er ist Ihnen also bekannt.«

»Nicht persönlich. Stehe schon ziemlich lange in Diensten des Heiligen Vaters. Da bekommt man eben so einiges mit.«

»Schade«, sagte David enttäuscht.

»Warum fragen Sie?«

»Ich bin Journalist. Vom *Time*-Magazin haben Sie sicher schon einmal gehört.«

Der Hüter der päpstlichen Liegenschaftsvermerke nickte wissend. Dann holte er tief Luft, als wolle er etwas sagen, zögerte, um schließlich zu flüstern: »Es wird da allerdings gemunkelt …« Die Stimme des Alten versiegte – eine bühnenreife Vorstellung zur Steigerung der Spannung.

David machte das Spiel mit, beugte sich über den Tisch und fragte: »Was wird denn so erzählt?«

»Angeblich soll Seine Heiligkeit einen Deutschen bei

sich einquartiert haben, der unter Hitler ein großes Tier war.«

»Sie meinen Pius XII. versteckt einen *Nazi*?«

»Sind Sie verrückt?«, zischte der Kladdenmeister und warf den Oberkörper zurück.

»Entschuldigung.« *Du benimmst dich wie ein Anfänger, David!* »Und Sie wissen wirklich nicht, wie der Name dieses Deutschen lautet?«

»Möglicherweise kenne ich jemanden, der Ihnen weiterhelfen kann.«

»Und jetzt brauchen Sie ein Mittelchen, um Ihre Erinnerung aufzufrischen.« David seufzte. »An wie viel haben Sie gedacht?«

»Eine Flasche Grappa dürfte genügen.«

Oh. Billiger, als ich gedacht habe. David hob den Arm und gab dem Kellner ein Zeichen. Er lächelte. »Der Schnaps kommt sofort.«

Ugo Buitoni gab sich für den Rest des Abends sehr konspirativ. Während er die Verdunstung des Branntweines bekämpfte (David musste hin und wieder ein Gläschen mittrinken), erzählte er von einem mysteriösen »Heiligen«, der sich wie kein Zweiter im Labyrinth des Vatikans auskenne. Unter gewissen Umständen sei dieser Mann, dessen Namen er nicht nennen könne, bereit seine Unterstützung zu gewähren. David fürchtete nun schon die Forderung größerer Geldbeträge, wurde aber erneut überrascht. Der Alte bat sich nur drei Tage Zeit aus. Er wolle mit dem »Heiligen« in Verbindung treten und sehen, was sich machen lasse.

Die dreitägige Wartezeit wurde von David mit weiteren Recherchen ausgefüllt. Das brachte nicht viel, aber es lenkte ihn wenigstens ab, denn er fieberte dem Treffen mit dem »Heiligen« förmlich entgegen. Immer wieder fragte er sich, ob dieser Unbekannte vielleicht sein spielkartenbesessener Freund war …

Am Abend des dritten Tages schließlich suchte er wieder *Mario in Trastevere* auf, wo Ugo Buitoni eine weitere Kostprobe seiner Schauspielkunst gab. Nach einem viergängigen Menü, für das David vorsorglich versprochen hatte die Kosten zu übernehmen, wurde Grappa bestellt. Der Liegenschaftsbeamte lobte zwar des Tresterbranntweins ausgezeichnete Qualität, aber da David von jeher ein sehr bescheidener Alkoholkonsument war, kam bei ihm keine rechte Freude auf. Voller Ungeduld starrte er auf den alten Strazzenkonservator, der genüsslich den öligen Schnaps die Kehle hinunterlaufen ließ. David fürchtete schon eine weitere Vertagung wegen alkoholbedingter Unzurechnungsfähigkeit, aber Ugo Buitoni erwies sich als trinkfest. Irgendwann zwischen dem vorletzten und letzten Viertel der Flasche sagte er mit schwerer Zunge: »Morgen um zwölf Uhr mittags. Der Heilige erwartet Sie in San Clemente. Sie wissen, wo das ist?«

David nickte ergriffen. »Die Basilica in Celio.«

»Dann sind Sie ja auch mit der unheiligen Geschichte dieses Ortes vertraut.«

»Unheilig? Soweit mir bekannt, handelt es sich bei San Clemente um eine katholische Kirche.«

»Dort gibt es mehr als nur *eine* Anbetungsstätte. Mindestens *drei* sind da übereinander gebaut und«, Ugo Buitoni bekreuzigte sich, »die unterste ist ein Heidentempel. Er war dem persischen Gott Mithras geweiht.«

»Und wo will mich der Heilige nun genau treffen?«

»Er erwartet Sie im Mithräum. Ganz unten.«

Allmählich ging David die Geheimniskrämerei des Kladdenhüters auf die Nerven. Er nickte. »Ich werde da sein. Und nun entschuldigen Sie mich bitte.«

Ugo Buitoni hielt ihn mit eisernem Griff am Unterarm zurück. »Noch etwas.«

»Ja?«

»Seien Sie unbedingt pünktlich!«

Vielleicht war es eine Falle. Weshalb tat dieser »Heilige« so geheimnisvoll? Warum dieses merkwürdige Theater mit dem Mithräum? Gerade Letzteres gefiel David überhaupt nicht. Wie sich in einer nahen Bibliothek nach einer schlaflosen Nacht schnell feststellen ließ, war Mithras der persische Gott des Lichts. Es hieß, er sei aus Fels geboren, wie Flammen aus Feuerstein entstehen. Unwillkürlich wurde David an seine Studien der Lurianischen Kabbala erinnert und musste an jene kosmische Katastrophe denken, in deren Verlauf die Gefäße des göttlichen Lichtes zersplittert worden waren und die entwichenen Funken in die Scherben des *Kelippoth*, des Bösen, eingeschlossen wurden. War es dieses Böse, das ihn dort erwartete?

Mit gemischten Gefühlen fuhr er am späten Vormittag in den Stadtteil Celio. Das Taxi umrundete, von Colonna kommend, das Kolosseum, fuhr die Via San Giovanni in

Laterano hinab und hielt kurze Zeit später vor der Basilika. Er bezahlte den Fahrer und stand unschlüssig vor der Barockfassade. Noch konnte er umkehren und dieses seltsame Treffen platzen lassen. Hinter ihm knatterten Motorroller und dreirädrige Kleinlastwagen über die Straße. Es war ein geschäftiger Montagmorgen – der 22. September, um genau zu sein. David warf resignierend die Arme in die Luft und betrat das Gotteshaus.

Die Oberkirche war wesentlich älter, als es ihr Äußeres vermuten ließ: Sie stammte aus dem zwölften Jahrhundert, das Ziborium sogar aus dem sechsten. Das mittelalterliche Kirchenschiff war leer. Um diese Tageszeit schien niemand Zeit für Gebete zu haben. David schritt einen Seitengang entlang, vorbei an Säulen aus weißem Marmor und Granit. Für die Holzverkleidung der Decke und die bunten Mosaike hatte er kein Auge. Er suchte die Sakristei.

Bald hatte er den Raum und die Treppe gefunden, ebenso wie einen Lichtschalter. Langsam stieg David in die Vergangenheit hinab, in das vierte Jahrhundert nach Christus. Die Dunkelheit sowie die dumpfe Luft in der Unterkirche drückten auf sein Gemüt. Von irgendwoher kam ein sonderbares Rauschen, das er sich nicht erklären konnte. Das versunkene Gotteshaus war erfüllt von einer Aura uralter Geheimnisse. Ähnlich musste sich auch der Dominikaner Joseph Mullooly gefühlt haben, als er sich hier 1857 durch Schutt und Geröll zu ungeahnten Schätzen vorgrub. Aber weder Gold noch Juwelen erwarteten den Prior in der Unterkirche, sondern die lebendigen

– 467 –

Zeugnisse einer längst vergessenen Zeit: byzantinische Mosaike, ein römischer Sarkophag und Fresken teils burlesken Themas – einige von Gott geblendete Häscher versuchten doch tatsächlich eine gefesselte Säule abzuführen. David fand sich leicht zurecht. Bald hatte er an der Rückwand eine schmale Treppe entdeckt, die weiter hinab in die Tiefe führte.

Es war eine Sache zu lesen, was einen dort unten erwartete, jedoch eine ganz andere, es selbst zu erleben. Alles kam ihm unwirklich vor, als sei er in eine fremde, mystische Welt hinabgestiegen. Dieses merkwürdige Rauschen, das nun deutlicher an sein Ohr drang, machte die Sache nur noch geheimnisvoller. War das Wasser? Vielleicht ein unterirdischer Flusslauf? David nahm einen tiefen Atemzug muffiger Luft und trat in einen kleinen Raum.

Das niedrige Gelass hatte wenig zu bieten, eigentlich gar nichts bis auf den gegenüberliegenden Ausgang. Nach zwei weiteren Räumen stand er vor einem Flur mit engen Tuffsteinwänden. David drang tiefer in das Labyrinth aus dunklen und mit Schimmel überzogenen Kammern, Tunneln und Nischen ein. Mehrere Gebäude aus dem ersten Jahrhundert lagen hier unten begraben wie die Gebeine von Märtyrern. Ein durchaus angemessener Vergleich, waren doch noch immer Spuren von einer verheerenden Feuersbrunst zu finden, dem Brand von Rom, Kaiser Neros wohl bekanntester Untat. Über unebenes Pflaster und zwischen den Wänden uralter Bauwerke hindurch kämpfte sich David weiter voran. Er besaß nur eine ungefähre Vorstellung davon, wo das Mithräum lag.

Endlich hatte er es gefunden. Ein lang gestreckter Raum wurde von einem niedrigen Tonnengewölbe überspannt, an dessen Decke man noch einige Sterne erkennen konnte, ein Hinweis auf den Mithraskult. An den Längswänden befanden sich steinerne Bänke, dazwischen erhob sich in der Mitte ein staubbedeckter breiter Marmorsockel, vermutlich ein Altar. Nur wer den sieben Initiationsstufen gewachsen war, durfte in dieser von Menschenhand geschaffenen Grotte Platz nehmen und an der symbolhaften Stieropferung sowie dem sich anschließenden rituellen Mahl teilhaben.

Im Moment hatte David den unheimlichen Ort ganz für sich allein. Er blickte auf seine Armbanduhr. Sieben Minuten vor zwölf. Er war überpünktlich. Der avisierte »Heilige« sollte erst mittags erscheinen. David stöhnte leise, atmete die schwere Luft, lauschte auf das unheimliche Plätschern, sah sich unbehaglich um. Was mochte dieses enge Gewölbe schon alles erlebt haben? Die notdürftige Beleuchtung sorgte eher für Schatten denn Helligkeit. Die Mithrasfigur an dem Altarsockel wirkte auf seltsame Weise lebendig. Der Gott ging gerade seinem Gewerbe nach: dem Abschlachten von Stieren. Hatte er sich nicht eben bewegt? David schüttelte ärgerlich den Kopf. Nur ein Trugbild. *Wann kommt dieser Heilige endlich?*

An der Rückseite des Mithräums entdeckte er eine Nische. Langsam ging er darauf zu, eine kleine Statue hatte seine Neugier geweckt. Mit offenem Mund betrachtete David die weiße Figur. Der Gott war nackt, stand aber, soweit man das erkennen konnte, mit den Füßen in einem

lodernden Feuer. *Der aus dem göttlichen Licht Geborene.*
David fröstelte. Im nächsten Augenblick erlosch die Beleuchtung.

Unwillkürlich duckte er sich. Aber da gab es keine unsichtbaren Armbrüste, die Bolzen auf ihn abschossen, keine giftigen Reptilien, die plötzlich über den Boden schlängelten. Er befand sich ja nicht in einer drittklassigen Abenteuergeschichte. Dies war die Wirklichkeit. Flach atmend lauschte er in die Finsternis hinein. Alles, was er hörte, war dieses nervtötende Rauschen.

Er überlegte, was er nun tun sollte. Würde er ohne ein Fünkchen Licht wieder hinausfinden? Sollte er sich durch lautes Schreien bemerkbar machen? Konnte ihn hier unten überhaupt jemand hören? Und zuletzt: Warum hatte dieser grappaabhängige Kladdenmeister ihm keine Taschenlampe anbefohlen?

Noch ganz in die Erforschung dieser Rätsel vertieft, wurde David plötzlich von einem Geräusch aufgeschreckt. Da! Eben hatte er es wieder gehört, ein Schaben, fast als schlurfte jemand in der Ferne über den Steinboden.

David wappnete sich gegen einen Angriff: Ein schwacher Lichtschimmer fiel durch den Eingang des Mithräums. Auch das Schlurfen war deutlicher geworden. Offenbar rührte es wirklich von Fußsohlen her. Aber wer immer da kam, er schien es nicht eilig zu haben.

Kein Wunder, David. Du kannst ihm ja nicht entkommen.

Ein unruhiger Lichtkreis kroch jetzt über den Boden auf das Mithräum zu. David hielt den Atem an, spannte alle

– 470 –

Muskeln und erblickte einen Mann, der langsam vor ihm in den Eingang trat und mehr mit den Gegenständen in seinen Händen als mit seiner Umgebung beschäftigt schien. Der von dem »Heiligen« mitgebrachte Kerzenhalter verbreitete genügend Helligkeit, um sein Gesicht ausreichend zu beleuchten. David verlor die Fassung ...

»Ich hatte eigentlich mit etwas mehr Begeisterung gerechnet!«, murrte der »Heilige«.

Nur mit Mühe konnte David sprechen. »Lorenzo?«

»Sag nichts: Ich bin älter geworden, stimmt's?«

Endlich wich die Lähmung aus seinen Gliedern. Gerade noch konnte Lorenzo Di Marco den Leuchter und das Wasserglas auf den Boden stellen, da fiel ihm David auch schon überglücklich in die Arme.

»Ich bin so froh, dich wieder zu sehen!« Tränen rannen ihm über die Wangen. Er weinte haltlos wie ein Kind.

»Na, na«, sagte Lorenzo bewegt, »beruhige dich doch. Hätte ich gewusst, was ich anrichten würde ...«

»Was dann?«, unterbrach David seinen Freund und schob ihn auf Armlänge von sich. Ja, Lorenzo war älter geworden – er musste Mitte fünfzig sein. Aber was spielte das für eine Rolle? Dieser Mann war für David mehr als nur ein Helfer. Auf keinen seiner Gefährten traf das Wort Bruder so zu wie auf Lorenzo Di Marco. Eine Seelenverwandtschaft verband sie seit ihrer ersten kurzen Begegnung im Vatikan. »Hättest du den Tag unseres Wiedersehens dann noch weiter hinausgeschoben?«, fragte David und lachte, wie er es lange nicht mehr getan hatte.

»Nein, natürlich nicht«, entgegnete Lorenzo lächelnd.

»Nur einen etwas anderen Rahmen hätte ich vielleicht gewählt. Aber ich war mir ja auch nicht ganz sicher, ob der Mann, den mir Ugo beschrieben hatte, wirklich derselbe war, auf den ich so lange gewartet habe.«

Mit den Hemdsärmeln trocknete sich David das Gesicht ab. »Du hast ziemlich merkwürdige Freunde.«

»Das kann man wohl sagen.« Lorenzo blickte tief in Davids Augen.

»Ich meine deinen genusssüchtigen Liegenschaftsbeamten.«

»Hab dich schon verstanden, David. Ugo ist nicht mehr als ein Bekannter für mich. Früher hatten wir öfters miteinander zu tun. Ihm verdanke ich auch meinen jetzigen Unterschlupf, ein ausgedientes Pfarrhaus samt Kirche. Beides wird zwar irgendwann einmal über mir zusammenstürzen, aber im Moment bin ich ganz glücklich damit.«

»Klingt ein wenig abenteuerlich. Warum sprichst du von dem Haus wie von einem Versteck? Und weshalb trägst du diesen abstrusen Beinamen?«

»Der Heilige, meinst du?« Lorenzo schüttelte lächelnd den Kopf. »Den habe ich mir nicht selbst gegeben. Mit den katholischen Heiligen habe ich schon längst nichts mehr zu tun.«

»Heißt das, du hast dein Gelübde gebrochen?«

»Ich bin kein Benediktiner mehr, wenn es das ist, was du meinst. Aber Gott gegenüber habe ich mein Treueversprechen gehalten. Ich diene ihm heute auf eine mehr … sagen wir, urchristliche Weise.«

»Als wir uns zum letzten Mal gesehen haben, sprühtest

du vor Unternehmungsgeist. Ich weiß noch genau, wie du die Kirche reformieren wolltest.«

»Das ist längst vorbei. Ich habe der ›Mutter Kirche‹ wegen – wie sagt man so schön? – unüberbrückbarer Differenzen den Rücken gekehrt. Das lange Schweigen Pius' XII. zum Holocaust hat meinen Entschluss besiegelt. Als er doch noch die Stimme erhob, kam es mir nur noch wie ein diplomatisches Manöver vor.«

»Darin war Pacelli ja schon immer Meister.«

Lorenzo nickte ernst. »Mir war der Blick hinter die Kulissen des Vatikans vergönnt. Das hat mich geheilt. Für Pius XII. war ich nach dem Tod seines Vorgängers und meines Mentors doch sowieso nur wie ein ungeliebtes Möbelstück, das man von seiner Erbtante übernimmt: Ich hatte immer das Gefühl, ihm im Weg zu sein, aber rausgeworfen hat er mich auch wieder nicht.«

»Vielleicht wusste er, dass du für mich arbeitest, und wollte dich im Auge behalten.«

»Dafür konnte ich nie eine Bestätigung finden. Aber auch ich habe mich Tag für Tag mehr von ihm entfernt und, was wohl entscheidender ist, von dem, was er repräsentierte. Das Tüpfelchen auf dem i war ein Schreiben von Vertretern verschiedener jüdischer Organisationen im Jahr 1942. Das Dokument schilderte in allen Einzelheiten das grausame Schicksal von neunzigtausend Juden. Der Papst wusste über alles Bescheid, David: die Vernichtungslager, die Vergasungen … Nach Kriegsende hat der Vatikan übrigens Historikern einen Teil seiner Archive geöffnet, um sich aufklärungswillig zu geben. Das besagte

– 473 –

Schreiben ließ Pacelli allerdings verschwinden. Nach dieser Affäre bin ich aus der Kirche ausgetreten.«

»Das kann ich gut nachvollziehen. Ich hätte nur zu gerne gewusst, wer wirklich die Fäden im Vatikan zieht: der Papst, Papen oder ... «

»Lord Belial?« Lorenzo machte eine vage Geste mit der Hand. »Eigentlich müsstest du fragen, wer die Welt regiert. Gibt es nicht überall Anzeichen dafür, dass die Mächte des Bösen sich zu den wirklichen Herrschern über die Menschen aufgeschwungen haben? Ich habe der Kirche auch deshalb Lebewohl gesagt, weil sie aus dem Fürsten der Finsternis eine Witzfigur gemacht hat. In Wirklichkeit liegen die Dinge doch genau umgekehrt. Dieser Fürst spielt mit den Menschen und nur Gott kann ihn davon abhalten, die Erde und alles darauf zu vernichten.«

»Du sprichst wie ein religiöser Eiferer.«

Lorenzo lächelte wieder. »Komisch, dass ausgerechnet du das sagst. Übrigens, genau so nennen mich auch meine Gegner: ›den Eiferer‹.«

»Und wie bist du zum ›Heiligen‹ geworden?«

»Nun, ich habe das Kind nicht mit dem Bade ausgeschüttet. Die Irrtümer der Kirche konnten meinen Glauben an die Kraft des Wortes Gottes nicht ersticken. Ganz im Gegenteil, er wurde dadurch eher noch stärker. Mit der Bibel konnte ich schon so manchen kirchlichen Würdenträger in Verlegenheit bringen. Natürlich habe ich mir dadurch Feinde gemacht. Aber es gibt auch Kleriker, die mir gewogen sind, nicht wenige übrigens. Den

Mitgliedern der zweiten Partei habe ich diesen Spitznamen zu verdanken.«

»Hast du etwas dagegen, wenn ich dich nicht Santo Lorenzo nenne, sondern bei der gewohnten Anrede bleibe?«

»Absolut nicht.«

»Dann sind wir uns ja wenigstens in diesem Punkt einig. Dein Vortrag über das große Marionettentheater namens Welt hat mich zwar nachdenklich gestimmt, aber durch meine christliche Erziehung weiß ich, dass vor dem Tag des Jüngsten Gerichts wohl mit keiner Entscheidung zwischen den Mächten des Bösen und des Guten zu rechnen ist.« David musste an die Prophezeiung der alten japanischen Hebamme denken und fügte hinzu: »Wäre es anders, was könnten dann Menschen gegen so gewaltige Mächte ausrichten? Nein, ich glaube, nur der Heiland kann dem Widersacher Gottes die Stirn bieten. Aber bis dahin wird sich die Welt noch lange um ihre eigene Achse drehen.«

Lorenzos dunkle Augen funkelten im Kerzenlicht. »Du sprichst nicht von irgendeinem kleinen und hilflosen Menschen, sondern von dir selbst – habe ich Recht?«

David zuckte unbehaglich mit den Schultern. Der einstige Mönch hatte seine schon fast ans Telepathische grenzende Einfühlungsgabe in all den Jahren nicht eingebüßt.

»In einem Punkt hast du Recht«, räumte Lorenzo ein. »Kein Mann, keine Frau – egal wie rein sie auch sind oder wie groß ihre Fähigkeiten sein mögen – ist diesen teuflischen Gewalten gewachsen. Aber warum hat Gott dann immer wieder Menschen berufen, um gegen die Mächte der Finsternis anzutreten? Warum hat er seinen Sohn selbst zum Menschen gemacht, wenn es doch – zumindest theoretisch – die Möglichkeit gab, dass er an seinem Auftrag scheiterte? Offenbar deshalb, weil es dem Höchsten beliebt, seine Stärke durch die Schwachheit jener zu beweisen, derer er sich bedient. Auf diese Weise bereitet er seinem Widersacher in Wirklichkeit eine viel größere Niederlage, als wenn er ihn selbst in den Staub träte.«

»Ich bin nicht Jesus«, knirschte David.

Lorenzo antwortete milde. »Josua, der die Sonne am Himmel stillstehen ließ, war es ebenso wenig. Beantworte mir eine Frage: Bist du gekommen, um den Lauf der Welt wieder in die seit Urzeiten vorherbestimmten Bahnen zu lenken?«

»Ein Fatalist bin ich schon gar nicht.«

»Das habe ich damit auch nicht gemeint, David.«

»Du weißt, was meine Bestimmung ist, Lorenzo. Das Geschick der Menschheit liegt in Gottes Händen. Mir steht es genauso wenig zu, in seine Angelegenheiten einzugreifen, wie irgendeinem anderen Menschen oder selbst einem Engel. Ich muss allein eines tun: den Kreis der Dämmerung zerschlagen. Nur wenn ich seine Geheimnisse lüfte, kann mir das gelingen.«

Der ehemalige Mönch lächelte. »Ich bin froh, dass wir diesen Punkt geklärt haben, David.«

Der runzelte die Stirn. Mit einem Mal kam ihm diese ganze Unterhaltung absurd vor. Zum Philosophieren gab es wahrlich ansprechendere Orte. »Wir haben uns so viele Jahre nicht austauschen können. Was ist eigentlich aus deinen Nachforschungen in den vatikanischen Archiven geworden?«

Lorenzo deutete auf das Glas Wasser am Boden. »Man könnte sagen, sie waren fruchtbar. So wie dieses Weihwasser dort.«

»Das ist *was*?«

Der ehemalige Benediktiner lachte leise. »Es war nichts anderes da. Ich habe nur ein leeres Glas mitgebracht, weil ich wusste, dass ich es hier füllen kann. Und außerdem noch die Kerze da.«

»Und was hat das mit der Erforschung der Archive zu tun?«

»Vermutlich weißt du, welchem Zweck der Raum hier einmal diente.«

»Ja, diese Anlage war früher ein Mithrastempel.«

Lorenzo nickte. »Komm einmal mit.« Er bückte sich, hob den Kerzenhalter auf und dozierte im Vorangehen wie ein Fremdenführer. »Man glaubt, römische Legionäre hätten den Mithraskult aus Kleinasien mitgebracht, etwa zur Zeit der Zerstörung Pompejis durch den Ausbruch des Vesuv. In der *Avesta*, der heiligen Schrift der altpersischen Parsen, taucht Mithras als oberster oder guter Geist und Weltherrscher auf. Diese Religion gibt es heute noch; sie ist dir vielleicht besser als Zoroastrismus bekannt.«

»Ich habe gerade einiges darüber gelesen«, brummte David.

Lorenzo fuhr unbeirrt fort: »Fein, dann wirst du vielleicht auch wissen, dass dieses Mithräum hier eingerich-

– 477 –

tet wurde, nachdem der Mithraskult sich im Römischen Reich längst etabliert hatte. Die Wohngebäude, deren Reste du hier siehst, bestanden allerdings bereits, als Nero im Jahre 64 nach Christus die Stadt einäscherte. Als Kaiser Domitian ungefähr zwanzig Jahre später die Christen verfolgen ließ, hatte Titus Flavius Clemens hier seine Villa, gleich neben einem Mietshaus auf der anderen Straßenseite. Clemens war römischer Konsul und Cousin des Imperators. Seine Frau Flavia Domitilla hatte sich dem Christentum zugewandt und nutzte das Haus als geheime Versammlungsstätte. Zu der kleinen Gruppe Gläubiger gehörte auch Clemens' freigelassener jüdischer Sklave, der – wohl nicht ganz zufällig – *Clement* hieß. Angeblich hat dieser Jude auch mit Paulus und Petrus zusammengearbeitet. Er wurde, der Legende nach, der dritte Papst. Ich persönlich halte es eher mit jenen Kritikern, die auf die vielen Unstimmigkeiten in der Petruslegende hinweisen, und teile mit ihnen die Überzeugung, dass er Rom nie zu Gesicht bekommen hat – aber das nur am Rande.«

Sie hatten inzwischen das Ende eines Korridors erreicht und standen in einem düsteren Raum, den Lorenzo lapidar das »Klassenzimmer« nannte. Er hob seine Kerze an die Wand, David konnte kleine Nischen erkennen. Es gebe insgesamt sieben Stück davon, erklärte Lorenzo, entsprechend der siebenstufigen Initiation des Mithraskultes. Dann schob er das Licht in die letzte Nische.

»Kennst du das hier?«

David trat näher an seinen Freund heran, um besser in

die Wandvertiefung sehen zu können. »Das gibt's doch nicht!«

»Ich dachte mir schon, dass du so etwas sagen würdest. Es ist das gleiche Symbol, das den Siegelring an deinem Hals ziert, stimmt's?«

David nickte langsam, ohne den Blick von der Rosette in der Mauervertiefung zu nehmen. »Wie hast du das nur entdeckt?«

»Durch einen Hinweis in der Kopie einer alten Handschrift von Averroes, die ich deinen Anweisungen folgend in den vatikanischen Archiven gefunden habe. Der muslimische Wissenschaftler muss – ganz wie von dir und unserem Heidelberger Freund Fresenius vermutet – etliche Schriften aus der Alexandrinischen Bibliothek gekannt haben. Jedenfalls berichtet er tatsächlich über die Bruderschaft vom Ende des Sonnenkreises, die …«

»… auch Jason in seinem Vermächtnis erwähnt hat«, führte David den Satz zu Ende. Sein Mund fühlte sich mit einem Mal ganz trocken an. »Und was hat dir Averroes verraten?«

»Komm, lass uns in den zentralen Kultraum zurückkehren. Ich erzähle es dir.«

David konnte sich nur schwer von dem Symbol lösen, aber die sich entfernende Kerzenflamme des Freundes zog ihn mit sich. Er folgte ihr in den Raum mit dem Marmoraltar.

»Es gibt Leute«, sagte Lorenzo mit leiser Stimme, »die glauben, bestimmten Orten wohnten mystische Kräfte inne.«

»Ich bin nicht abergläubisch«, brummte David und zog gerade noch rechtzeitig den Kopf ein, um nicht gegen einen Türsturz zu rennen.

»Immerhin hätte Moses sein Leben verloren, wenn er in Sandalen an den brennenden Dornbusch herangetreten wäre. Und Jesaja prophezeite, dass Babylon veröden und nur bocksgestaltige Dämonen es bevölkern würden. Demnach gibt es also sowohl heilige wie auch unheilige Orte auf unserer Welt.«

»Und was soll mir das alles sagen?«

»Averroes behauptet, die Bruderschaft vom Ende des Sonnenkreises habe eine besondere Schwäche für *unheilige* Orte, an denen die Kräfte des Bösen wirken.«

David schluckte. »Jetzt verstehe ich. Du glaubst, das hier könnte einer davon sein.«

»Mach dir keine Sorgen. Die Heilige Schrift verspricht jedem Rettung, der den Namen Gottes anruft. Ich denke, wir haben nichts zu befürchten.«

»Vielen Dank für die aufmunternden Worte. Hätten wir unser Wiedersehen nicht trotzdem in einem etwas freundlicheren Rahmen begehen können?«

»Nein. Und du wirst gleich erfahren, warum. Ibn Ruschd, wie Averroes eigentlich hieß, hat in seiner Schrift nämlich auf eine Verbindung zwischen alten persischen Kulten und der besagten Bruderschaft hingewiesen. Und irgendwann ist der Gedanke wie eine Leuchtrakete in meinem Hirn aufgestiegen: Unter San Clemente gibt es doch einen Mithrastempel; den sollte ich mir unbedingt einmal ansehen. Das habe ich dann auch getan.«

– 480 –

»Und wann ist das gewesen?«

»1941.«

»Verstehe. Zu der Zeit war der Kontakt zwischen uns längst abgerissen. Wie geht's jetzt weiter?«

Sie standen wieder in dem Raum mit den langen Steinbänken und dem Marmorsockel in der Mitte. Lorenzo bückte sich nach dem Glas. »Jetzt kommt *das* hier an die Reihe.«

»Das Weihwasser?«

»Die Art des Wassers spielt keine Rolle. Hast du den Ring dabei?«

»Was ...? Du meinst Belials Fürstenring?«

»Natürlich, welchen denn sonst? Kannst du ihn mir kurz leihen?«

»Aber ... Was hast du denn damit vor?«

»Das lässt sich am leichtesten erklären, indem man es zeigt. Warte ...« Lorenzo stellte das Glas auf den Marmorsockel. Daneben platzierte er den Kerzenständer. Er schob beides einige Male hin und her, beobachtete das Spiel des reflektierten Lichts an den Wänden und der Decke des Tunnelgewölbes. »Das Ganze ist ein Experiment. Die Anweisungen in Averroes Handschrift sind ein wenig wirr.«

Er schloss für einen Moment die Augen, dann sprach er aus, was sich seinem Gedächtnis eingegraben hatte.

»*Nicht oft und auch nicht selten*
trifft sich die ew'ge Bruderschaft.
Nicht gleißend hell und auch nicht dunkel
darf dann das Licht der Tränen sein.

*Nicht Sonne und nicht Stern
    aus Schatten die Verwandlung schafft,
Aus Bildern früh'rer Zeit
    den Meister weckt im Feuerschein.«*

Davids Nackenhaare stellten sich auf. »Du willst doch nicht etwa den Schattenlord herbeirufen, Lorenzo?«

»Wir werden ihm keine Gelegenheit geben, hier aufzukreuzen.«

»Und was soll dann dieses ... *Experiment?*«

»Mich interessieren die ›Bilder früh'rer Zeit‹. In den Versen wird ja von einer *Verwandlung* der Schatten gesprochen – Metamorphosen geschehen nicht mit einem *Plopp*. Es sind langsame Prozesse. Immer vorausgesetzt, Averroes wusste, worüber er schrieb.«

»Du machst mir Spaß! Und wenn nicht? Ich fühle mich noch nicht dazu bereit, Belial gegenüberzutreten. Ihn zu rufen ist eine Sache, ihn zu besiegen eine ganz andere.«

»Wir werden auf der Hut sein. Deshalb ist es ja so wichtig, dass wir beide genau Acht geben und uns alles, was wir sehen, im Gedächtnis einprägen. Möglicherweise bekommen wir keine zweite Chance. Ich habe übrigens etwas mitgebracht.« Lorenzo griff in seine Gesäßtasche und zog einen längs gefalteten Skizzenblock hervor.

»Du willst mitschreiben. Sehr vorausschauend!«, spöttelte David.

»Falsch. Averroes spricht ja von Bildern. Ich werde mit*zeichnen* oder nachher aus dem Gedächtnis Skizzen anfertigen. Wir sollten uns dafür allerdings nicht allzu viel

Zeit nehmen, nicht an *diesem* Ort. Und Fotografieren dürfte ja unmöglich sein.«

»Warum denn?«

»Weil der Meister im *Feuerschein* erweckt werden muss. Natürlich kann ich das Gegenteil nicht beweisen, aber ich glaube, nur ein *echtes* Feuer kann die Verwandlung in Gang setzen.«

»Aber als ich in Toyamas Haus das Ritual beobachtet habe, da …« David verstummte. Schließlich nickte er langsam und fuhr fort: »Das Mondlicht ist eine abgeschwächte Reflexion des Sonnenfeuers.«

Lorenzo lächelte wie ein mit seinem Schüler zufriedener Lehrmeister. »›Nicht gleißend hell und auch nicht dunkel darf dann das Licht der Tränen sein. Nicht Sonne und nicht Stern‹ – wie du siehst, haben wir gute Chancen, dass unser Experiment gelingt.«

Davids Kiefer mahlten, während er Wasserglas und Kerze wie eine Giftschlange fixierte. Ohne den Blick vom »Versuchsaufbau« zu nehmen, öffnete er dann den obersten Knopf seines Hemdes und zog die Kette mit dem Ring heraus. Er streifte sie sich über den Kopf und reichte sie Lorenzo.

»Danke. Bist du bereit?«

David nickte.

»Na, dann mal los. Sieh genau hin.«

Langsam ließ Lorenzo den Siegelring an der goldenen Kette in das Glas gleiten. Der Wasserspiegel stieg bis zum Rand des Gefäßes hoch. Das Kerzenlicht schien von dem blutroten Stein geradezu angezogen zu werden. Vielfach re-

– 483 –

flektiert durch Wasser und Glas flimmerte es über die Wände der stillen Grotte. David bekam eine Gänsehaut. Er konnte sich nicht des Gedankens erwehren, die roten und goldenen Lichtflecken bewegten sich viel schneller, als sie es dem Flackern der Kerzenflamme nach eigentlich durften.

Die beiden Männer starrten gebannt auf das Farbenspiel. Irgendetwas stimmte nicht. Die leuchtenden Punkte huschten hin und her wie in einem Gefängnis, aus dem sie ausbrechen wollten, es aber nicht konnten.

»Warte!«, sagte David unvermittelt und zog mit dem Finger rings um das Glas einen Kreis in den Staub. Lorenzo runzelte fragend die Stirn. David zuckte die Achseln. »Eine alte Erinnerung. Ich weiß nicht, ob es etwas bringt.« Toyama hatte einst mit Tusche einen Kreis um seine Glaskugel gezogen.

Endlich war der Schlüssel gefunden, um das im Rubin gebannte Licht zu seiner vollen Entfaltung zu bringen. Allmählich kam Ordnung in die zuvor wild durcheinander flimmernden Pünktchen. Erst verdichteten sie sich zu kleinen kugelförmigen Lichtwolken und dann zeigte sich ein David durchaus vertrautes Bild: Aus den Lichtflecken wurden *Sputniks*, kleine Satelliten. Ausgerechnet jetzt musste er an den ersten künstlichen Trabanten denken, den die Sowjets vor ziemlich genau einem Jahr zum Schrecken der ruhmsüchtigen Amerikaner in die Erdumlaufbahn geschossen hatten!

Ebenso drehten sich nun die Lichtwölkchen wie irisierende Bälle um ihr Zentrum, den Fürstenring. Jedes Mal, wenn eine der unheimlichen Reflexionen David streifte,

– 484 –

glaubte er von eisigen Fingern berührt zu werden. Zum ersten Mal hatte er auf *Blair Castle* Ähnliches gesehen, später bei Jasons Träne, der Glaskugel aus dem Berliner Pergamonmuseum, und dann in Toyamas Residenz in Hiroshima ...

»Schau!«, flüsterte Lorenzo.

Auch David hatte die neuerliche Veränderung bemerkt: Es kam Leben in die runden Lichtblasen. Bewegungen waren darin zu erkennen. *Die Bilder!*

»Wirf einen Blick auf die Wände«, raunte Lorenzo.

Mühsam zwang David seine Augen weg von dem schlanken Wasserglas, der Kerze und dem Ring. Und tatsächlich! Über die Wände huschten große Bilder, als seien die kreisenden Trabanten die Linsen eines Projektors. Und mit einem Mal blickten die beiden Männer in die Vergangenheit.

Zuerst sahen sie eine Gruppe von zwölf Personen auf einer Anhöhe. Unweit war ein träger Strom zu erkennen. Plötzlich fielen David seine Gespräche mit Walter Andrae ein. Der Fluss musste der Euphrat sein. Dann war die Anhöhe E-temen-an-ki, »das Haus des Fundamentes des Himmels und der Erde«, der Turm von Babylon. Wie auf den Schwingen des Windes wehte eine Stimme an Davids Ohr – oder bildete sie sich direkt in seinem Kopf? Jedenfalls konnte er die Worte verstehen. Von einem Plan zur Vernichtung der Welt wurde da gesprochen, weil, wie die beschwörende Stimme sagte, das »wahre Sein nur aus der Finsternis der Nichtexistenz geboren werden« könne. Dann wechselte die Szene mit einem

Mal. Vor seinen Augen stieg ein finsterer Raum auf: das Mithräum.

Wieder tagte der Zirkel und schon wie in Babylon führte den Vorsitz eine in Schatten gehüllte Gestalt unter einem Baldachin, der an das Ziborium in der Oberkirche von San Clemente erinnerte. Ihre Stimme klang kalt und war gleichzeitig unheimlich zwingend. Der Schemen forderte von seinen Jüngern Gehorsam für einen nun schon jahrhundertealten Plan. Am liebsten hätte David dem Locken nachgegeben, wäre in die Illusion aus Licht eingetaucht, aber schon verblasste sie und die flirrende Wolke einer anderen Zeit tauchte vor ihm auf.

Erneut erblickte er ein Gewölbe, aber diesmal war es größer als die künstliche Grotte im Mithrastempel. Über den Köpfen des Zwölferrats war ein Relief zu erkennen. Es zeigte einen Machthaber und vor ihm neun gefesselte Feinde oder Aufrührer. Oder waren es jene, denen er den Thron geraubt hatte? Über dem Haupt des Königs schwebte eine stilisierte Sonnenscheibe, das Symbol einer Gottheit. Aus den Augenwinkeln nahm David die schnell über das Papier fliegenden Finger seines Freundes wahr. Er selbst wäre in diesem Moment überhaupt nicht in der Lage gewesen, irgendwelche Skizzen oder Notizen anzufertigen. Dafür arbeiteten seine Gedanken umso fieberhafter. *Die Bruderschaft vom Ende des Sonnenkreises ...* Kann uns der Usurpator auf diesem Hochrelief den Weg weisen?

Die Bilder an der Wand vergingen in einer dunkel werdenden Wolke und ein neuer Trabant warf seine gespei-

– 486 –

cherten Erinnerungen an das Gewölbe des Mithräums. David und Lorenzo drehten sich und drehten sich, um die Szene nicht aus den Augen zu verlieren. Einmal mehr sah man das Innere einer bizarren Höhle mit von der Natur geschaffenen Säulen, Stegen und Vertiefungen – man glaubte sich in einen riesigen Totenschädel versetzt. Jetzt tagte der Kreis der Dämmerung an einem mächtigen Steintisch mit unregelmäßigen Rändern, selbst wahrscheinlich eine Laune der Natur. Belial dozierte über Pest und Pogrome, Inkagold und Inquisition.

Überraschend zerplatzte die Vision und wich einer neuen. Unwillkürlich versteifte sich David. Ein Schauer lief über seinen Rücken. Es war, als blicke er aus den Augen seines ermordeten Vaters auf den düsteren Wappensaal hinab. Ja, dies musste *The Weald House* sein, Lord Belials Anwesen in Kent. Da saßen sie einmütig beieinander: Toyama, Papen, Rasputin, Ben Nedal, ein Dunkelhäutiger, der nur Kamboto sein konnte, ein großer Hagerer, in dem sich David beinahe selbst zu erkennen glaubte, und noch fünf andere waren dabei, die er nie zuvor gesehen hatte. Benommen deutete er auf die unbekannten Gesichter, damit Lorenzo sein Augenmerk besonders auf sie richtete. Zu viel mehr war er nicht in der Lage, einzelne Satzfetzen aus Belials flammender Ansprache schlugen ihn in Bann. *Wie genau Vater alles aufgezeichnet hat!* An der großen runden Tafel des Wappensaals diskutierten die zwölf über die letzte Phase der Verschwörung zur Vernichtung der Menscheit: den Jahrhundertplan. In Kürze würde das Feuer ausbrechen, Jeff in den Weald of Kent entfliehen, im Londoner Haus des Earl of Camden Unterschlupf und bald eine neue Familie finden, als Geoffrey Earl of Camden nach Japan gehen und schließlich dort der Vater von ihm, David, werden. Die Lichtblase begann zu verblassen …

Eine furchtbare Ahnung stieg in dem Jahrhundertkind hoch. War das schon die Sekundenprophetie? Entsetzen packte ihn. »Schluss damit!«, stieß er hervor und fegte mit der Hand Glas und Kerze vom Altar.

Schlagartig war es dunkel. Das Gefäß zerklirrte am Boden. David keuchte, wie erschöpft von dem eben Gesehenen, und kämpfte zugleich gegen ein Zittern an. Bildete er sich diesen kalten Luftzug nur ein?

»Ich glaube, du hast dem Spuk keinen Moment zu spät ein Ende bereitet«, kam endlich Lorenzos Stimme aus der Dunkelheit.

»Warum ist dir das nicht eingefallen?«

»Ich weiß nicht. Irgendwie bin ich überhaupt nicht auf den Gedanken gekommen.«

David hörte ein leises Klappern. »Vielleicht gehört das zum Ritual.«

Ein Streichholz flammte auf und Lorenzos gerunzelte Stirn erschien in einer Kugel aus Licht. »Wie meinst du das?«

»›Aus Bildern früh'rer Zeit den Meister weckt im Feuerschein‹, lautete nicht so der Spruch? Hätte übel für uns ausgehen können, wenn Belial plötzlich aufgetaucht wäre.«

Endlich brannte die Kerze wieder. David hob die Kette

mit dem Ring vom Boden auf und legte sie sich wieder um.

Lorenzo stocherte gedankenverloren mit der Fußspitze in den Glasscherben herum. Nach einer Weile murmelte er: »Ich muss unbedingt noch meine Skizzen ausarbeiten, bevor die Gesichter in meiner Erinnerung verblassen.«

Plötzlich versteifte sich David. »Lorenzo!«

»Ja?«

»Raus hier, Lorenzo!« David stürzte zum Ausgang.

»Was ist denn jetzt wieder los?«, fragte der andere und heftete sich an Davids Fersen.

»Ich weiß nicht, aber ich habe so ein ungutes Gefühl. In *Blair Castle* hatte ich es vor Negromanus' Besuch, kurz nachdem sich das Licht in dem Rubin und einem Wasserglas gebrochen hatte.«

Zwei, drei Herzschläge lang waren nur die Schritte der beiden zu hören, dann hatte Lorenzo seine Stimme wieder gefunden: »Kannst du nicht etwas schneller laufen?«

Die Feuerprobe

Manches war ihm geblieben: der stille Humor, das Gespür für die Empfindungen anderer Menschen, die lebhaften Gesten, der fast schon »schneidende« Scharfsinn und das profunde Insiderwissen den Vatikan betreffend. Selbst äußerlich hatte sich Lorenzo Di Marco kaum verändert. Mit seinen vierundfünfzig Jahren wirkte der schlanke

Mann noch jungenhaft frisch. Nur um seine Mundwinkel hatten sich zwei sichelförmige Falten eingegraben, die sein wahres Alter verrieten genauso wie seine Gewohnheit, oft und ausgiebig zu schmunzeln. Ansonsten haftete dem schmalen Gesicht etwas Zeitloses an, das durch die vollen schwarzen Haare noch unterstrichen wurde. Er schätzte ausgedehnte Spaziergänge, deliziöses Essen – was man ihm sonderbarerweise nicht ansah –, genoss gerne, wenn auch in Maßen, reife Weine, konnte in guter Literatur ebenso versinken wie in der Betrachtung meisterhafter Bilder oder dem Klang großer Musik und Lorenzo liebte das Wort Gottes. Irgendwann, irgendwie kam er immer auf die Bibel zu sprechen. Aber das störte David nicht, hatte er doch selbst in früheren Tagen immer wieder in der Heiligen Schrift nach Anleitung und Rat gesucht. Vielleicht konnte ihm Lorenzo ja Geheimnisse offenbaren, die ihm selbst bisher unzugänglich geblieben waren.

Lorenzos Heim spiegelte in gewisser Hinsicht dessen Persönlichkeit wider. Bei aller Bescheidenheit war die Einrichtung des roten Backsteinbaus ziemlich individuell. Weil ihm die nötigen Mittel zur Runderneuerung des schon etwas baufälligen Pfarrhauses fehlten, begnügte er sich mit der Nutzung von nur wenigen Zimmern: Küche, Schlafraum sowie einem kombinierten Wohn- und Arbeitsbereich. Ein Bad gab es nicht; der Abort war im Garten. Die wenigen Möbel stammten ausnahmslos aus dem letzten Jahrhundert.

Von San Clemente aus waren die beiden Freunde zunächst in die Via Vittoria d'Alibert gefahren, wo David unter Rosamaria Albertinis ungläubigen Blicken seine Habseligkeiten zusammengerafft hatte. Seine Wirtin war schockiert. Wie konnte ihr Untermieter nur eine »Männerwirtschaft« ihrer Betreuung vorziehen? Sie sprach das Wort mit wohl dosiertem Abscheu aus. Erst Davids Versicherung, dass sie die Anzahlung behalten dürfe, stimmte sie ein wenig gnädiger.

Und so tauschte er die opulente Küche der Witwe gegen die minimalistische, wenn auch nicht unbedingt asketische Verköstigung in Lorenzos Bruchbude ein. Fortan würde er über knarrende Bohlen laufen, in der Küche zwischen Trockenblumensträußen und altem Kochgeschirr aus Kupfer seine Mahlzeiten essen, die kühlen Abende vor einem knisternden Kaminfeuer verbringen und inmitten von Büchern und Papierstapeln auf einem Feldbett im Wohnzimmer schlafen.

Das Domizil des einstigen Benediktiners lag in einer ruhigen kopfsteingepflasterten Straße im Stadtteil Pafioli, unmittelbar oberhalb der Viale del Parioli. Gleich nach ihrer Ankunft hatte Lorenzo wieder seinen Zeichenblock hervorgeholt. Sie saßen auf ungepolsterten Stühlen an einem grob gezimmerten Tisch in der Küche, tranken Kaffee und visualisierten Erinnerungen. Die im Mithräum begonnenen Skizzen mussten vervollständigt werden, ehe das Gesehene in Vergessenheit geriet. Nachdem David eine Weile die Kunstfertigkeit des Freundes bewundert hatte, fragte er: »Wovon lebst du jetzt eigentlich? Etwa vom Bildermalen?«

Ohne seine Arbeit zu unterbrechen, antwortete der Zeichner: »Ich schreibe Doktorarbeiten.«

»Das musst du mir genauer erklären.«

Lorenzo schmunzelte. »Es gibt in dieser Stadt unzählige Leute, die allen Ernstes die Meinung vertreten, der Unterschied zwischen einem normalen Menschen und einem verehrungswürdigen, wenn nicht überirdischen Wesen bestehe in jenen zwei Buchstaben vor dem Namen, die einen Doktor kenntlich machen. Wie du weißt, hat Ansehen nicht unbedingt etwas mit persönlicher Leistung oder einem gefestigten Charakter zu tun. Viele, die nach einem akademischen Titel lechzen, sind stinkfaul. Ich betreibe für sie Recherchen, schreibe auch schon mal einen Rohentwurf für eine Dissertation. Einige Doktoren in dieser Stadt haben sich nicht einmal die Mühe gemacht, meine Elaborate zu überarbeiten. Sie haben ihren Titel trotzdem bekommen und halten sich jetzt für etwas Besseres.«

»Und du findest das nicht irgendwie unmoralisch?«

»Natürlich. Aber was soll ich tun? Es ist ja nicht so, dass ich im Vorhinein von den Täuschungen gewusst hätte. Im Gegenteil, nachdem ich von dem ersten Betrug Kenntnis erhielt, machte ich bei dem Schummeldoktor Rabatz. Aber es hat mir nichts genützt. Ich besaß nicht einmal eine Kopie meiner Arbeit und er drohte mir mit einer Verleumdungsklage. Inzwischen bin ich schlauer geworden, aber von irgendetwas leben muss ich ja schließlich auch. Und die Informationsbeschaffung ist ein einträgliches Geschäft! Also tue ich weiter, was ich gut kann: Nachforschungen anstellen und die Ergebnisse zu Papier bringen.

Hin und wieder fertige ich auch Übersetzungen aus dem Französischen an oder veröffentliche Essays in kirchenfernen Zeitungen.«

»Oh, dann sind wir ja sozusagen Kollegen!«

Lorenzo lächelte schüchtern. Sich wieder seinem Skizzenblock zuwendend, erwiderte er: »So etwas zu behaupten, würde ich mir nie anmaßen.«

David fiel erneut die Rolle des stillen Beobachters zu. Je länger er seinem Freund zusah, desto mehr wuchs sein Respekt vor ihm. Den scheinbar mit großer Leichtigkeit hingeworfenen Kohlezeichnungen haftete jene lässige Unvollkommenheit an, die gute Karikaturen auszeichnet. Unter Lorenzos schlanken Händen wurden aus wenigen Federstrichen Gesichter, jedes mit einem ganz eigenen Charakter.

»Ist dir auch aufgefallen, wie sehr du einem der Logenbrüder Belials ähnelst?«, fragte er nach einer Weile.

»Ja. In der Vision waren seine Haare allerdings nicht so weiß wie meine.«

»Das könnte sich inzwischen geändert haben. Schau!« Lorenzo drehte den Block zu David hin.

Die verblüffende Ähnlichkeit mit dem namenlosen Doppelgänger bereitete David Unbehagen. Um dem Gespräch eine andere Richtung zu geben, sagte er: »Ich wusste gar nicht, dass du so etwas kannst.«

»Bisher hatte ich auch nicht die Gelegenheit, damit vor dir zu glänzen, so wenig, wie wir uns gesehen haben. Gäbe es die vielen Briefe nicht, wären wir uns wahrscheinlich fremd geblieben.«

David lächelte. »Schon seltsam, dass man sich einem Menschen, der weit entfernt ist, so nahe fühlen kann.«

Lorenzos Finger verharrten über einer breiten Nase und er blickte von seinem Skizzenblock auf. »Mir ergeht es ebenso. Wenn wir jetzt aber nicht aufpassen, werden wir noch sentimental.«

»Das stört mich nicht. Ich muss dich etwas fragen, Lorenzo: Würdest du mit mir kommen?«

Der einstige Mönch zögerte. Mit der Zeichenkohle zog er ein paar neue Linien, dann sah er dem Freund direkt in die Augen. »Ich glaube nicht.«

David schluckte, fühlte sich verletzt. Er zwang seinen aufkeimenden Unmut nieder und fragte: »Darf ich auch den Grund dafür erfahren?«

»Es hat nichts mit dir zu tun, mein Lieber. Aber ich habe endlich meinen Lebenszweck gefunden: Ich möchte Gott dienen. Nicht, wie ein Papst es vorschreibt, sondern wie der Allmächtige selbst es wünscht.«

»Ich bin kein Papst, Lorenzo, und du wirst nie ein Heiliger sein.«

»Was soll das, David? Fast könnte man meinen, du missgönnst mir meinen Glauben.«

David schloss die Augen. Als er seinen Freund wieder ansah, sagte er sanft: »Entschuldige. Vermutlich hast du sogar Recht. Es fällt mir nicht leicht, deine Zurückweisung hinzunehmen, jetzt da ich …« Er schüttelte traurig den Kopf.

»Da du dich endlich überwunden hast, jemanden um Hilfe zu bitten?«

David nickte müde. »Ein Freund nannte mich vor Jahren einen einsamen weißen Wolf. Ja, ich bin ein Einzelgänger, das hat er schon ganz richtig erkannt. Mir fällt es unendlich schwer, jemanden nahe an meine Gefühle heranzulassen, weil ich ihn dann schon als Belials nächstes Opfer sehe. Nachdem der Schattenlord mir Rebekka genommen hat, bist du der erste Mensch, dem ich mein ganzes Herz öffne, Lorenzo. Ich *brauche* dich! Du hast ja selbst gerade noch deine Fähigkeiten im Recherchieren erwähnt und . . . «

»Ach, dann ist es also nur meine Spürnase, um die es dir geht?«

»Warum quälst du mich so, Lorenzo?«

»Weil ich möchte, mein Lieber, dass du den Panzer *ganz* aufsprengst, der deine Seele gefangen hält.«

»Ich kann es vielleicht nicht so ausdrücken, weil ich in den letzten zwei Jahrzehnten . . . Ich rede völligen Unsinn.« Ärgerlich schüttelte David sein weißes Haupt. »Es geht mir um *dich*, Lorenzo, deine Freundschaft und deinen Rat. Sie sind es, die mir fehlen.«

Ein mildes Lächeln umspielte die Lippen des einstigen Mönchs.

Voll Mitgefühl sagte er: »Na, siehst du, es geht doch. Du bist auf dem besten Weg geheilt zu werden. Was meine Fähigkeiten als Berater anbelangt, fühle ich mich allerdings offen gestanden etwas überfordert, mein Lieber. Wenn ich an deine Bestimmung denke . . . ! *Du* bist etwas Besonderes, David, ein Auserwählter von Geburt an. Aber *ich* . . . Mein Wankelmut würde dir doch eher hinderlich sein.

Wie könnte ich überhaupt jemals mit dir Schritt halten?«

»Ein japanisches Sprichwort sagt: ›Jeder Weg beginnt mit dem *ersten* Schritt.‹ Ich glaube, Lorenzo, heute hast du ihn getan. Willst du es dir nicht doch noch einmal überlegen?«

Lorenzo seufzte. »Also gut. Ich mildere mein Nein ab und mache ein Vielleicht daraus. Bist du jetzt zufrieden?«

David strahlte über das ganze Gesicht. »Ich könnte dich schon wieder umarmen.«

»Lass gut sein. Das war noch keine Zusage. Außerdem muss ich diese Skizzen noch fertig machen.«

David nahm einen Schluck von dem schon fast kalt gewordenen Kaffee. Lorenzos Hand flog leicht wie ein Vogel über das Papier. Sie erschuf Gesichter, die nicht im Geringsten diabolisch aussahen. Belial befehligte eine Bruderschaft äußerlich ganz normaler Menschen. Als sich das letzte Antlitz seiner Vollendung näherte, sagte David: »Ich wüsste nur zu gerne, wie wir dieser Geheimloge und ihrem Großmeister endgültig das Handwerk legen können.«

Mit schräg gehaltenem Kopf, ohne von dem Block aufzusehen, antwortete Lorenzo: »Vielleicht solltest du dich mehr auf die Ringe konzentrieren.«

»Wie meinst du das?«

»Eine Flamme hat die Bilder im Mithräum heraufbeschworen, vermutlich wird ein ebensolches Feuer auch die Ringe vernichten.«

»Ich habe Belials Siegelring schon allen möglichen Torturen ausgesetzt, aber er scheint unzerstörbar zu sein.«

»Hast du's schon mit Feuer versucht?«

»Nein.«

Lorenzo wiegte den Kopf hin und her. »Es gibt da eine Bibelstelle über den Aufenthalt des Apostels Paulus in der Stadt Ephesus. In der Apostelgeschichte, ich glaube, es steht im Kapitel 19, heißt es: ›Viele von denen, die Zauberei getrieben hatten, brachten ihre Zauberbücher herbei und verbrannten sie vor aller Augen ... So wuchs das Wort des Herrn mit Macht und wurde stark.‹ Wenn du mich fragst, David, ist Feuer noch das beste Mittel, um Belial zu bekämpfen. Wirf seinen Ring hinein und er wird seine Macht verlieren.« Der ehemalige Benediktiner schüttelte unverwandt den Kopf. »Ob sich dadurch allerdings überhaupt noch etwas am Lauf der Welt ändern lässt – ich weiß es nicht. Belial hat wohl längst ein Räderwerk in Gang gesetzt, das sich auch ohne ihn und seinen unseligen Zirkel weiterdrehen wird.«

David starrte mit glasigen Augen auf die Holzbohlen am Küchenboden. *Eine Feuerprobe?* Der Vorschlag klang bestürzend einfach. Und so verlockend! *Vernichtest du jedoch den Fürstenring, sterben alle Ringträger in einem Nu.* Sollte sich diese Prophezeiung aus Jasons Vermächtnis wirklich so einfach erfüllen lassen?

Ein erwartungsvolles Strahlen lag in seinen Augen, als er wieder aufblickte. »Es würde mir völlig genügen, wenn der Jahrhundertplan missglückt. Alles Übrige liegt sowieso in Gottes Hand.«

Lorenzo lächelte verschämt. »Jetzt hast du mich erwischt: Natürlich wird der Allmächtige die Rebellion gegen ihn nicht ewig dulden, schreibt doch schon Salomo im Buche Prediger: ›Denn der wahre Gott selbst wird jederlei Werk ins Gericht über alles Verborgene bringen im Hinblick darauf, ob es gut ist oder böse.‹«

»Bis es so weit ist, sollten wir deinen Vorschlag unbedingt überprüfen. Ich erinnere mich noch gut daran, was Jason über den Fürstenring sagt: ›Wird er in Gegenwart des Fürsten zerstört, so kann das Böse gebannt und das im Ring eingeschlossene Gute befreit werden.‹ Überlege doch, Lorenzo: Warum mein Leben aufs Spiel setzen und Belial erst mit einem ›weder zu hellen noch zu dunklen Licht‹ ködern, wenn ich den Kreis der Dämmerung durch den Siegelring vernichten kann? Wie heiß muss die Flamme wohl sein, die ihn zum Schmelzen bringt?«

»Das ließe sich feststellen. Ich kenne einen Goldschmied, einen Juden. Ich habe ihm seinerzeit geholfen, als die Nazis in die ›offene Stadt‹ Rom einmarschierten. Das war eine riskante Sache. Widersinnigerweise hegte Pacelli schon von jeher eine Abneigung gegen Christi Volk. Aber ich habe den Schutzsuchenden trotzdem im Vatikan versteckt – ohne Wissen des Papstes, wie du dir denken kannst. Der Mann ist ein Künstler, David, der weiß, wie mit Gold umzugehen ist.«

Am Dienstagabend, nach Einbruch der Dunkelheit, betraten David und Lorenzo das kleine Geschäft des Goldschmiedes. Der einstige Mönch stellte seinen Bekannten, einen zerbrechlich wirkenden Mann mit exorbitantem Schnurrbart, als Davide vor und machte ihn mit dem weißhaarigen Engländer gleichen Namens bekannt. Der Handwerker ließ sich ob dieser Gemeinsamkeit sofort zu einem Scherz hinreißen: Zwei Davids in so einem winzigen Juweliergeschäft müssten jeden Goliath in die Flucht schlagen.

David lächelte verhalten. *Belial wäre mir lieber.*

Kurze Zeit später saß man in einer kleinen Werkstatt zusammen, die kaum größer als ein Zeitungskiosk war. Davide warf eine Art Bunsenbrenner an, eine dünne, innen grüne und außen bläuliche Flamme züngelte empor. Weil sein Kunde keinen großen Wert auf einen schonenden Umgang mit dem rubingeschmückten Siegelring legte, ging Davide rabiat ans Werk. Er warf das Schmuckstück in einen Tiegel und hielt diesen in die leise fauchende Flamme. Sollte es sich gegen das Feuer als anfällig erweisen, musste genauso wie im Mithräum verfahren werden. Jasons Vermächtnis verlangte die Zerstörung des Ringes »in Gegenwart des Fürsten«, was die Angelegenheit einigermaßen schwierig machte: Der Ring musste zunächst wieder abgekühlt, anschließend in einem Glaskörper von einer Flamme angestrahlt und zuletzt wieder auf die Schmelztemperatur gebracht werden – natürlich rechtzeitig *vor* dem Auftauchen Belials.

David fühlte, wie seine Handflächen feucht wurden. Ihm war ganz und gar nicht wohl bei dem, was sie da taten. Es gab so viele Unbekannte in dieser Gleichung, dass er dieses wahnwitzige Vorhaben am liebsten noch in letzter Minute abgeblasen hätte. Vielleicht gefährdete er sogar ihrer aller Leben. Selbst wenn Belial seine Macht nicht mehr ausspielen konnte, ließ sich kaum abschätzen, welche Begleiterscheinungen die Zerstörung des Fürstenrings und die Befreiung des darin eingeschlossenen Guten mit sich brachte.

Wie gebannt starrten David und Lorenzo auf das routinierte Treiben des schnurrbärtigen Goldschmieds. Schon nach wenigen Minuten sagte dieser: »Ich weiß nicht, irgendwas muss mit meinem Brenner nicht stimmen.«

»Wieso?«, krächzte David. Seine Kehle war wie zugeschnürt.

Davide antwortete nicht sogleich. Stattdessen versuchte er mit zwei Zangen den Ring zu verbiegen. Als ihm das nicht gelang, machte er sich an den Ventilreglern zweier Gasflaschen zu schaffen, die neben seiner Werkbank standen.

»Was geschieht jetzt?«, fragte Lorenzo gespannt.

»Ich erhöhe die Temperatur der Flamme durch die Veränderung des Gasgemischs. Dann sollte das Gold in jedem Fall schmelzen.«

David wagte kaum noch zu atmen. Er sah, wie der Jude zunehmend ärgerlicher wurde, weil sich das rotgelbe Metall gegen all seine Angriffe unempfindlich zeigte. Zuletzt nahm er den Fingerreif mit einer Zange aus dem Tiegel und hielt ihn direkt in die Flamme.

Wieder vergingen quälend lange Sekunden. Als das Eisen der Greifhilfe erst rot zu glühen und sich dann sogar zu verformen begann, gab der Goldschmied entnervt auf. Er warf das widerspenstige Schmuckstück in den Tiegel zurück und machte sich an einer kleinen Maschine zu schaffen.

»Auf dieser Schleifscheibe befindet sich Diamantstaub«, knurrte er und legte einen Schalter um. Die flache runde Platte begann summend zu rotieren. »Nichts auf der Welt kann der mineralischen Form reinen Kohlenstoffs widerstehen. Wollen doch mal sehen, was unser kleiner Starrkopf dazu sagt.«

Als der Ring die Schleifscheibe berührte, ging ein ohrenbetäubendes Kreischen durch die kleine Werkstatt. Schon nach kurzer Zeit stieg Rauch auf. Erst als eine gelbe Flamme die Zerstörung der Diamantbeschichtung anzeigte, gab Davide seinen Kampf auf. An dem Ring war nicht der kleinste Kratzer zu sehen.

Der Goldschmied schüttelte ungläubig den Kopf und warf das Schmuckstück in einen kleinen wassergefüllten Topf.

»Fällt euch etwas auf?«, fragte er mit bleichem Gesicht.

David starrte auf das Gefäß mit dem Ring. Ohne es zu merken, fasste er sich an die Brust, dorthin, wo der Ring für gewöhnlich war. »Es hat nicht gezischt«, murmelte er.

»Mir gefällt das nicht«, meinte Davide. »Reines metallisches Gold schmilzt bei eintausendundvierundsechzig Grad Celsius. Die Flamme dieses Brenners hier übertrifft diese Temperatur bei weitem. Doch das Teufelszeug dort wird nicht mal heiß. Ein Diamant belegt auf der mohsschen Härteskala den Wert zehn. Die Wissenschaft kennt keinen härteren Stoff. Aber das Ding in dem Topf da hat nicht mal einen Kratzer abbekommen. Habt ihr den Ring aus einem Meteoriten geschmiedet, oder was?«

Lorenzo starrte den Juden betroffen an. »Ich bin mir nicht ganz sicher, ob ich dich richtig verstehe, aber ... «

»Lorenzo«, unterbrach David müde den Freund. Aus seiner Stimme sprach eine tiefe Niedergeschlagenheit, die ihn sogar die Vorsicht gegenüber dem Goldschmied vergessen ließ. »Wir wissen beide ganz genau, was das bedeutet. Unser Problem lässt sich nicht lösen, indem wir den Ring da ins Feuer werfen. Es gibt keinen schnellen, einfachen und sauberen Weg, den Kreis der Dämmerung auszulöschen, sondern nur einen langen, beschwerlichen, der uns Blut, Schweiß und Tränen abverlangt. Was Davide uns sagen will, ist doch im Grunde ganz einfach: Der Fürstenring stammt nicht von dieser Welt.«

(Als einsamer Jäger, ausgestattet mit außergewöhnlichen Gaben, konnte David klaffende Lücken in den Kreis der verschworenen Bruderschaft rund um Lord Belial schlagen, doch der entscheidende Sieg blieb bisher aus. Lorenzo Di Marcos Freundschaft zwingt den »weißen Wolf« dazu, scheinbar längst Vergessenes neu zu lernen: Vertrauen zu schenken und »im Rudel zu jagen«. Doch die Zeit bis zum Ende des Jahrhunderts wird immer knapper. Kann es David noch schaffen, auch die letzten Logenbrüder zu stellen oder bleibt ihm am Ende doch nur die direkte Konfrontation mit dem mächtigen Schattenlord? Nur so viel sei verraten: Die Saga vom *Kreis der Dämmerung* findet im vierten und abschließenden Teil einen nicht nur fulminanten, sondern auch ziemlich überraschenden Höhepunkt.)

Das vorliegende Buch ist ein frei erfundener Roman. Den Kreis der Dämmerung gab es nicht. Soweit historische Personen oder Institutionen auftauchen, werden sie in ein fiktives Geschehen gestellt.

*»Ein rätselhaftes Volk im
Dschungel von Guyana«*

Ralf Isau
DER SILBERNE SINN
Roman
768 Seiten
ISBN 3-404-15234-4

Eine junge Anthropologin, getrieben von dem Drang nach Wahrheit. Und mächtige Männer, entschlossen, die Wahrheit um jeden Preis zu verschleiern. Ein gefährliches Spiel. Unerbittlich und mit allen Mitteln geführt: Denn Macht kennt keine Moral.

»Ralf Isau gelingt es, seine fiktiven Ideen mit den realen Ereignissen unseres Jahrhunderts so zu verbinden, dass nach der Lektüre mancher Leser wohl nicht mehr wissen wird, was er im Geschichtsbuch und was er in dem Roman gelesen hat.«
Frankfurter Rundschau

Bastei Lübbe Taschenbuch

»*Eschbach nehmen und lesen.*«
FRANK SCHIRRMACHER, FAZ

Andreas Eschbach
DER LETZTE SEINER ART
Thriller
352 Seiten
ISBN 3-404-15305-7

In einem kleinen irischen Fischerdorf lebt ein Mann, der ein Geheimnis hütet. Nein, mehr als das, er *ist* das Geheimnis.
Sie hatten ihm übermenschliche Kräfte versprochen. Stattdessen wurde er zum Invaliden. Er hatte gehofft, ein Held zu werden. Stattdessen muss er sich vor aller Welt verbergen. Denn Duane Fitzgerald ist das Ergebnis eines geheimen militärischen Experiments, eines Versuchs, der auf tragische Weise fehlgeschlagen ist. Für seinen Opfermut erhielt er die Freiheit, den Rest seines Lebens dort zu verbringen, wo er es sich wünschte. Im Gegenzug musste er sich verpflichten zu schweigen. Doch es gibt da jemanden, der sein Geheimnis kennt – und er ist ihm bereits auf der Spur.

Bastei Lübbe Taschenbuch

*Der neue Roman des Autors
von DAS JESUS VIDEO*

Andreas Eschbach
EINE BILLION DOLLAR
Roman
896 Seiten
ISBN 3-404-15040-6

John Salvatore Fontanelli ist ein armer Schlucker, bis er eine unglaubliche Erbschaft macht: ein Vermögen, das ein entfernter Vorfahr im 16. Jahrhundert hinterlassen hat und das durch Zins und Zinseszins in fast 500 Jahren auf über eine Billion Dollar angewachsen ist. Der Erbe dieses Ver-mögens, so heißt es im Testament, werde einst der Mensch-heit die verlorene Zukunft wiedergeben.

John tritt das Erbe an. Er legt sich Leibwächter zu, verhandelt mit Ministern und Kardinälen. Die schönsten Frauen liegen ihm zu Füßen. Aber kann er noch jemandem trauen? Und dann erhält er einen Anruf von einem geheimnisvollen Fremden, der zu wissen behauptet, was es mit dem Erbe auf sich hat ...

Bastei Lübbe Taschenbuch

**»Sagen Sie alle Termine ab
und lesen Sie METEOR!«**
The Washington Post

Als die NASA mithilfe modernster Satelliten-Technologie in der Arktis eine sensationelle Entdeckung macht, wittert die angeschlagene Raumfahrtbehörde Morgenluft. Tief im Eis verborgen liegt ein Meteorit von ungewöhnlicher Größe, der zudem eine außerirdische Lebensform zu bergen scheint. Rachel Sexton, Mitarbeiterin des Geheimdienstes, reist im Auftrag des Präsidenten zum Fundort des Meteoriten. Doch es gibt eine Macht im Hintergrund, die den spektakulären Fund für ihre eigenen Zwecke nutzen will – und die bereit ist, dafür zu töten ...

ISBN 3-404-15055-4

Der neue Roman von Bestseller-Autor Peter Millar

Der Journalist Eamonn Burke und seine deutsche Kollegin Sabine Kottke sind einer heißen Sache auf der Spur: Nach dem Fall der Berliner Mauer wurde in Geheimarchiven ein Dokument entdeckt, das vermuten lässt, der nach dem Krieg als Atomspion verurteilte Klaus Fuchs sei Opfer einer Intrige geworden. Es scheint Gruppen zu geben, die auch heute noch alles daransetzen, die wahren Ereignisse von damals zu vertuschen. Burke und seine Kollegin machen sich auf die gefährliche Suche nach der Wahrheit, verfolgt von skrupellosen Killern. Ihr Weg führt sie durch ganz Europa bis nach Isalnd und schließlich zum spektakulären Showdown nach Deutschland. Die Lösung ist überraschend – und könnte die ganze Geschichte Europas ändern ...

»**Ein erstklassiger Polit-Thriller.**« THE TIMES
»**Umwerfend gut!**« DAILY MAIL
ISBN 3-404-15175-5

Das perfekte Verbrechen beginnt mit der perfekten Lüge ...

Howard Roughan
DER DRAHTZIEHER
Thriller
432 Seiten
ISBN 3-404-15343-X

Nichts kann den Psychologen David Remler auf den erschreckenden Telefonanruf seiner Patientin Samantha Kent vorbereiten. Das Bedürfnis zu helfen verwickelt ihn in ein Verbrechen, dessen Folgen außer Kontrolle geraten. David ahnt, dass er eine gefährliche Linie überschritten hat, dass seine Reputation auf dem Spiel steht. Er ahnt jedoch nicht, wie massiv er selbst ins Zentrum eines Kriminalfalls gerät, der sein eigenes Leben in große Gefahr bringt. Welche Pläne verfolgt die mysteriöse Patientin, warum hat sie ihn überhaupt involviert? Stück für Stück kommt David einer bedrohlichen Verschwörung auf die Spur, einer Verschwörung, die mit der perfekten Lüge began ...

Bastei Lübbe Taschenbuch